Darstellungen aus der Sittengeschichte Roms

Zweiter Theil

SALZWASSER VERLAG

Ludwig Friedlaender

Darstellungen aus der Sittengeschichte Roms

Zweiter Theil

Unveränderter Nachdruck der Originalausgabe von 1864.

1. Auflage 2022 | ISBN: 978-3-75259-654-0

Verlag: Salzwasser Verlag GmbH, Zeilweg 44, 60439 Frankfurt, Deutschland
Vertretungsberechtigt: E. Roepke, Zeilweg 44, 60439 Frankfurt, Deutschland
Druck: Books on Demand GmbH, In de Tarpen 42, 22848 Norderstedt, Deutschland

Darstellungen

aus der

Sittengeschichte Roms

in der Zeit

von August bis zum Ausgang der Antonine.

Von

Ludwig Friedlaender

Zweiter Theil.

Leipzig,

1864.

Ferdinand Gregorovius

gewidmet.

Vorwort

In diesem und dem folgenden Theile will ich versuchen, die geistigen Interessen und Richtungen, die wichtigsten Bildungselemente, die charakteristischen Vergnügungen und die Verfeinerung des Lebensgenusses in dem Rom der früheren Kaiserzeit in ihren Hauptmomenten darzustellen. Eine gesonderte Betrachtung einzelner konkreter Erscheinungen ist hier schon durch die Natur der Ueberlieferung bedingt, die, wenn auch überall sporadisch und lückenhaft, doch für einige Punkte besonders reichlich, für andere besonders spärlich ist: auch wird die Gefahr zu irren bei dieser Betrachtungsweise geringer sein, als bei dem Versuch einer Gesammtübersicht über weite Gebiete. Vollständigkeit irgend einer Art ist gerade hier am wenigsten erreichbar, aber auch systematische Anordnung, wie mir scheint, kaum möglich. So dürfen bei einer Darstellung des Verhältnisses der damaligen Zeit zu den Künsten Tanz und Schauspielkunst nicht fehlen, doch beide können nur im Zusammenhange mit den übrigen Bühnenspielen, diese nur als Theil der gesammten Schauspiele Roms richtig beurtheilt werden. Während ich daher die Behandlung der übrigen Künste für den nächsten Theil vorbehalte, mußte ich die beiden genannten schon hier in Betracht ziehen, wo ich eine Gesammtdarstellung der für die damalige Kultur nach so vielen Seiten hin charakteristischen Schauspiele Roms versucht habe. Ebenso war in einer Darstellung der Reisen, ihrer Motive und Zwecke, eine beiläufige Beantwortung der oft aufgeworfenen Frage nach dem Naturgefühl der Römer, wie sehr dieser Gegenstand sich auch zu einer gesonderten Behandlung empfiehlt, nicht zu umgehen.

Von den Abschnitten über den Cirkus und das Theater habe ich in den Grenzboten früher sehr ausgeführte Skizzen veröffentlicht, einiges Wenige aus andern Abschnitten auch anderwärts.

Königsberg den 9. April 1864.

Inhalt.

I. Die Reisen. S. 3—122.

II. Die Schauspiele. S. 125—396.

I.

Die Reisen.

1. Die Verkehrsanstalten und die Schnelligkeit des Reisens zu Lande und zur See.

Sicherheit und Regelmäßigkeit des Verkehrs. Folgen des Weltfriedens.

Wenn die noch jetzt hie und da gehegte Ansicht, daß Reisen von Griechen und Römern nur selten und ausnahmsweise unternommen worden seien, für keine Periode des Alterthums richtig ist, so ist sie vollends für die frühere Kaiserzeit durchaus verkehrt, und beruht auf einer völligen Verkennung der damaligen Kultur. Die Bedingungen für Leichtigkeit, Sicherheit und Schnelligkeit des Reisens waren im größten Theil des römischen Reichs in einem Grade vorhanden, wie sie es in Europa zum Theil erst wieder seit dem Anfang unsres Jahrhunderts gewesen sind; die Veranlassungen zur Ortsveränderung sogar zahlreicher und mannichfaltiger als in unsrer Zeit. Aus einer Uebersicht der auf diesen Gegenstand bezüglichen Nachrichten wird man keineswegs den Eindruck erhalten, daß Reisen zu Lande in den ersten Jahrhunderten unsrer Zeitrechnung seltner gewesen sind als im neunzehnten vor Einführung der Eisenbahnen. Wenn eine ausführliche Erörterung der Reisen in der frühern Kaiserzeit überhaupt geeignet ist, auf die damalige Kultur manches Licht zu werfen, so ist namentlich die Beantwortung der Frage für ihr Verständniß unentbehrlich, in wiefern Reisen als Bildungsmittel benutzt und zur Verschönerung des Lebens unternommen wurden, von welchen Interessen man sich dabei leiten ließ, welche Zwecke man verfolgte: also eine Betrachtung der zu Vergnügen und Belehrung im weitesten Sinne des Worts unternommenen Reisen.

Für die römische Welt war das Kaiserthum — wenigstens in den ersten beiden Jahrhunderten seines Bestehens — in der That der Friede: und daß es ihr unter den übrigen Segnungen des Friedens auch Sicherheit, Ordnung und Regelmäßigkeit des Verkehrs brachte, das haben die Zeitgenossen oft und dankbar anerkannt; im Preise des Weltfriedens vereinen sich Stimmen aus allen Provinzen, aus allen Perioden dieses Zeitraums.[1] Seit das Haus der Cäsaren die Erde beherrschte, hatte der Dämon des Neides die Macht ganzen Ländern und Völkern zu schaden eingebüßt, die schädlichen Elemente in die äußerste Ferne vertrieben, die heilsamen dagegen von den Grenzen der Erde und des Meers in das Weltreich zusammengeführt.[2] Meer und Land waren sicher, die Städte in Frieden und Wohlstand[3], Berg und Thal bebaut, alle Seeen von Schiffen erfüllt, die die Erzeugnisse der Länder gegeneinander austauschten.[4] Nirgend gab es Kriege und Schlachten, große Räuberhorden und Piratenflotten, sondern zu jeder Jahreszeit konnte man wandern und schiffen vom Aufgang bis zum Niedergang.[5] So war der Erdkreis durch die Majestät der römischen Herrschaft vereint[6], Rom war der Menschheit von den Göttern gleichsam als ein neues Leben geschenkt worden, und die Völker stimmten wohl in ihrer Mehrheit in das Gebet ein, daß dies Geschenk ein ewiges

---

1) Daß diese Aeußerungen mancher Einschränkung bedürfen, versteht sich von selbst.

2) Philo legat. ad Gaj. p. 566 sq.

3) Fragment einer wie es scheint auf August bezüglichen Inschrift zu Halikarnaß in Gerhard's Denkmälern und Forschungen 1859, 91* ff. (die Ergänzungen von Bergk). [τὸν εὐεργέτην το]ῦ ἀνθρώπων γένους ὅ[ς μεγίσ]τας ἐλπίδας οὐκ] ἐπλήρωσε μόνον ἀλλὰ καὶ ὑπερ[έβαλεν· ἀσφαλὴς μὲν γὰρ γῆ καὶ θάλασσα· πόλεις δε ἀνθοῦσιν ἐν ε[ἰρήνῃ καὶ ὁμ]ονοίᾳ καὶ εὐετηρίᾳ· ἀκμή τε καί etc.

4) Philo l. l. p. 552 sq.: μεγίστη δὲ καὶ ἀρίστη πασῶν ἐστὶν ἡ ἡγεμονία, δι' ἧς etc.

5) Epictet. diss. III. 13, 9: ὁρᾶτε γὰρ ὅτι εἰρήνην μεγάλην ὁ Καῖσαρ ἡμῖν δοκεῖ παρέχειν etc.

6) Plin. H. N. XIV 2: quis enim non communicato orbe terrarum majestate Romani inperi profecisse vitam putet commercio rerum ac societate festae pacis, omniaque quae antea occulta fuerant, in promiscuo usu facta?

sein möchte.[1] Noch enthusiastischer als diese gelegentlichen Aeußerungen des alexandrinischen Juden Philo, des griechischen Philosophen Epiktet, des römischen Ritters Plinius lautet, was der Smyrnäer Aristides in seinen Prunkreden auf den ersten Antonin und auf die römische Weltherrschaft schrieb. Können nicht Alle unbesorgt gehen, wohin sie immer wollen? Sind nicht alle Häfen überall voll von Geschäftigkeit, haben nicht die Gebirge dieselbe Sicherheit für die Wandrer wie die Städte für ihre Bewohner, hat nicht Anmuth alle Gefilde erfüllt, ist nicht die Furcht überall gelöst? Welche Bahnen der Ströme sind für den Uebergang gehemmt, welche Furthen des Meeres verschlossen?[2] — Die ganze Erde hat ihre alte Tracht, das Eisen, abgelegt und erscheint nun im Festgewande. — Jetzt können Hellenen und Barbaren außerhalb ihres Landes überall hin wandern und ihr Eigenthum mit sich führen, als wenn sie aus einer Heimath in die andere gingen, und weder die cilicischen Pforten sind jetzt furchtbar, noch die schmalen und sandigen Wege durch Arabien nach Aegypten, nicht ungangbare Gebirge, nicht unermeßliche Räume, nicht unbesuchte Barbarenstämme, zur Sicherheit genügt es Römer zu sein, oder vielmehr euer Unterthan.[3] Das Homerische „die Erd' ist allen gemeinsam" habt ihr zur Wirklichkeit gemacht. Ihr habt die ganze Erde vermessen, die Ströme habt ihr überall überbrückt, Fahrwege in die Berge gehauen, die Wüsten mit Nationen gefüllt, und Alles durch Ordnung und Zucht veredelt. Jetzt bedarf es keiner Weltbeschreibung mehr, noch ist es nöthig, die Sitten und Gesetze der einzelnen Völkerschaften aufzuzählen; ihr seid die Führer für alle in der ganzen Welt geworden, habt all' ihre Thore aufgethan, und Jedem die Freiheit gegeben, Alles mit eignen Augen zu sehen. Ihr habt Allen gemeinsame Gesetze gegeben, die frühern in der Erzählung ergötzenden, in der Wirklichkeit unerträglichen Zustände aufgehoben, und

1) Id. ib. XXVII 2 sq.

2) Aristid. εἰς βασιλέα p. 66 Jebb.

3) Schon Cicero Verr. II 5, 65, 166 konnte sagen, daß der edle und bei allen berühmte Name eines römischen Bürgers selbst dem unbekannten, bei Barbaren, bei den äußersten und fernsten Völkern, bei Indern und Persern von Nutzen war.

durch die Vermählungen der Völker unter einander die Welt gleichsam zu einer Familie gemacht. — Auch diese Rede schließt mit dem Gebet, „daß diese Stadt und dieses Reich blühe in Ewigkeit und nicht aufhöre bis Eisen auf dem Meere schwimmen wird und die Bäume im Frühling nicht mehr blühen.“[1]

Großartigkeit des römischen Straßensystems.

So überschwenglich diese Worte klingen, so war doch eine solche Bewunderung wenn für irgend eine Schöpfung des Römerthums, vor Allem für diese berechtigt. Die Herrlichkeit und Großartigkeit des Straßensystems, das das ganze Reich umspannte, ist in der That über jedes Lob erhaben, und seine Ueberbleibsel sind am meisten geeignet, mit Ehrfurcht vor der Größe des Römerthums zu erfüllen. Nur dadurch, daß nicht allein diese die ganze alte Welt umfassenden Riesenbauten untergegangen, sondern auch der Begriff einer so vollkommenen und ununterbrochenen Communication der neuern Zeit völlig verloren gegangen war, erklärt sich jener Irrthum von der Seltenheit der Reisen auch im spätern Alterthum.

Stationenverzeichnisse.

Wegekarten und Stationenverzeichnisse, auf denen Richtungen der Straßen, Entfernungen, Anhaltspunkte und Nachtquartiere angegeben waren, erleichterten den Verkehr in hohem Grade. Daß sie sehr verbreitet waren, läßt eine zufällige im Jahr 1852 gemachte Entdeckung schließen. Auf dem Grunde der Bäder von Vicarello am Lago di Bracciano fand man unter andern drei Silbergefäße in Form von Meilensäulen, auf denen die vollständige Reiseroute von Gades nach Rom mit Angabe aller Stationen und Entfernungen eingravirt war.[2] Offenbar haben diese, aus verschiedenen Zeiten herrührenden Gefäße Spaniern gehört, die in den Bädern von Vicarello Heilung suchten, und nach antiker Sitte die heilende Quelle durch eine fromme Gabe ehren wollten.[3] Daß die Gefäße aus verschiedenen Zeiten herrühren, läßt eine fortgesetzte Fabrikation

1) Aristid. encom. Romae p. 224, 18 J. etc.

2) Vgl. Henzen, Alterthümer von Vicarello Rhein. Mus. N. F. X 1853 S. 20 ff. Die Stationenverzeichnisse von Vicarello sind älter als das Itinerarium Antonini, das auf Diocletian's Zeit zurückgeht S. 31; das It. No. 3 steht dem It. Antonini der Zeit nach am nächsten, No. 1 ist das älteste und No. 2 steht in der Mitte (S. 34).

3) Preller, Röm. Mythol. S. 522.

vermuthen, und schwerlich war doch Spanien die einzige Provinz, wo man dergleichen verfertigte. Auch wäre die für den Luxus arbeitende Industrie kaum darauf verfallen, Stationenverzeichnisse an Silbergefäßen anzubringen, wenn nicht das Bedürfniß, sie bei sich zu führen, ein sehr allgemeines gewesen wäre. Vielleicht haben diese Verzeichnisse auch öfter Nachrichten über Sehenswürdigkeiten und Merkwürdigkeiten, historische und andre Notizen zum Gebrauch der Reisenden nach Art neuerer Handbücher enthalten, wenn auch nur kurze. Wenigstens enthält die um 333 n. Chr. für Pilger nach dem heiligen Lande abgefaßte Reiseroute von Bordeaux nach Jerusalem nicht bloß sehr zahlreiche Angaben über Ereignisse aus der heiligen Geschichte, die sich an den einzelnen Orten zugetragen haben, und über Erinnerungen und Denkmäler aus jenen Zeiten (besonders ausführlich bei Jerusalem und der Umgegend), sondern auch einige historische, naturwissenschaftliche und andere Notizen[1]; einiges wenige der Art auch das sogenannte Stationenverzeichniß des Antoninus (aus Diocletians Zeit).[2]

Die Staatspost, bei welcher wie bei so vielen anderen Einrichtungen des Kaiserreichs[3] ein altpersisches Institut das Vorbild gewesen war, konnte allerdings außer von Beamten, Courieren und andern im Staatsdienst reisenden Personen, nur von wenigen benutzt werden. Doch nachdem die öffentlichen Einrichtungen für einen fortlaufenden regelmäßigen Verkehr einmal getroffen waren, konnte es nicht fehlen, daß sich Privatunternehmungen überall anschlossen, wo das Bedürfniß vorhanden war, so daß wenigstens in größeren Organisatio des Privat fuhrwesens.

1) Die profanen Notizen sind folgende, abgesehen von den rein geographischen. P. 549 Wess. (ed. Pinder et Parthey p. 261): Civitas Burdigala ubi est fluvius Garonna, per quem facit mare Oceanum accessa et recessa per leugas plus minus centum. p. 564 civitas Viminatio: ubi Diocletianus occidit Carinum. p. 572 mansio Libissa: ibi positus est rex Annibalianus, qui fuit Afrorum. p. 577 mansio Andavilis: ibi est Villa Pampati, unde veniunt equi curules. Civitas Thiana: inde fuit Appollonius magus. p. 585 Caesarea Palestina: — in tertio miliario est mons Syna, ubi fons est in quem mulier si laverit gravida fit. p. 604 mutatio Euripidis: ibi positus est Euripides poeta. p. 606 civitas Pelli: unde fuit Alexander magnus Macedo.

2) Nur am Schluß des Itin. marit. bei den Inseln p. 524 Wess. (Parthey et Pinder p. 256) sqq.; und zwar fast durchaus mythologische Notizen.

3) Vgl. Bd. I S. 330.

Orten an den Hauptstraßen die Mittel zur Beförderung gewiß leicht beschafft werden konnten. Spuren von der Organisation dieses Privatfuhrwesens haben sich wenigstens in Italien erhalten. Die Vermiether von vierrädrigen (redae)[1] und zweirädrigen Wagen (cisiarii) und Zugthieren (jumentarii)[2] bildeten in mehreren Städten Italiens Innungen.[3] In den Städten selbst wurde wenig gefahren, ihr Haupterwerb mußte daher die Beförderung von Reisenden sein. Ihre Standorte hatten sie an und vor den Thoren[4], in größeren Städten gab es vermuthlich mehrere Innungen, die sich in die Hauptthore und -straßen theilten. Sie konnten entweder den Wagen- und Pferdewechsel von Station zu Station besorgen, oder wie die heutigen Vetturine, die Reisenden mit demselben Fuhrwerk auf weitere Strecken befördern.[5]

Schnelligkeit des Reisens zu Lande.

Mit der Staatspost konnte man bei längeren Reisen einschließlich alles Aufenthalts 5 Millien (1 geographische Meile) in der Stunde zurücklegen; man gelangte von Antiochia bis Constantinopel (747 Mill. = 150 Meilen) in nicht ganz sechs Tagen.[6] Bei

---

1) Sueton. Calig. c. 39. In Gallia — quidquid instrumenti veteris aulae erat ab urbe repetiit, comprensis ad deportandum meritoriis quoque vehiculis, ut — litigatorum plerique, quod occurrere absentes ad vadimonium non possent, caussa caderent.

2) Marini atti degli frat. Arv. p. 775 und Iscriz. alb. p. 106 hat sie mit den kaiserlichen jumentarii, a jumentis (superjumentarius Sueton. Claud. c. 2) confundirt, mit denen sie nichts zu thun haben.

3) Cattaneo Equeiade p. 83 ff. und Marini a. a. O. In Mediolanum: collegium jumentariorum portae Vercellinae et Joviae. In Ariminum ein coll. jum. Tonini Rimini p. 369 f. In Forum Sempronii ein conl. jumentar. portae Gallicae (Straße nach Senogallia) Henzen 4093. In Todi (Tuder) ein collegius jum. Orelli 2413. Cisiarii Praenestini Murat. 108, 4 = Corp. inscr. lat. 1129. In Tibur coll. jumentariorum, qui est in cisiaris Tiburtinis Herculis Fabretti Inscr. ant. p. 9 n. 179. In Cales cisiarii portae Stellatinae Henzen 6983; in Pompeji cisiarii außerhalb der Stadt Ib. 5163. Daß cisiarii und jumentarii in Verbindung standen, zeigt die Inschrift bei Fabretti.

4) Th. I. S. 43.

5) Diese scheinen im Gegensatz zu den kurze Strecken befahrenden Fuhrleuten perpetuarii geheißen zu haben, nach Seneca lud. c. 6, 1: tu autem qui plura loca calcasti quam ullus mulio perpetuarius, Lugdunenses scire debes et multa milia inter Xanthum et Rhodanum interesse.

6) Vgl. das Programm Acad. Alb. Regim. 1862 V. Observationes nonnullae

Reisen mit Miethfuhrwerk galt dieselbe Schnelligkeit als sehr groß, und mit Recht, da hier das Miethen neuer Pferde und Leute auf den Stationen nothwendig mehr Aufenthalt verursachte. Cäsar, dessen Reisen wegen ihrer Schnelligkeit angestaunt wurden, legte den Weg von Rom bis an die Rhone in nicht vollen acht Tagen zurück, es war eine Strecke von 800 Millien ungefähr, also je 100 (20 geogr. Meilen) in 24 Stunden.[1] Etwas schneller fuhr der Bote, der die Nachricht von der Ermordung des S. Roscius nach Ameria brachte, 56 Millien auf zweirädrigen Wagen in 10 Stunden, und zwar bei Nacht; aber dies war eine kurze Strecke, die nur etwa ein zweimaliges Umspannen erforderte.[2] Auch die Reise des Icelus, der die Nachricht von Nero's Ermordung an Galba nach Spanien brachte, galt als eine außerordentlich schnelle: er reiste im Juni 68 von Rom bis Clunia in nicht vollen sieben Tagen.[3] Die Seereise von Ostia bis Tarraco erforderte im günstigen Falle wohl nicht weniger als 5 Tage[4], wozu noch die Strecke von Rom bis Ostia kommt; da Icelus am siebenten Tage noch vor Sonnenuntergang anlangte, wird er für die Landreise von Tarraco bis Clunia nicht einmal 36 Stunden gebraucht haben, es waren 332 Millien.[5] Noch sehr viel schneller reiste allerdings der Courier, der die Nachricht von der Ermordung des Maximin aus

de itineribus terrestribus et maritimis Romanorum. Die Entfernung von Antiochia bis Constantinopel im Itin. Anton. p. 139, 1 Wess. vgl. die Anm. von Parthey und Pinder p. 65. Liban. orat. 22.

1) Sueton. (Caesar c. 57: longissimas vias incredibili celeritate confecit, expeditus, meritoria reda, centena passuum milia in singulos dies) und Plutarch (Caes. c. 17: συντόνως δὲ ἤλαυνεν οὕτως ὥστε τὴν πρώτην ἔξοδον ἀπὸ Ῥώμης ποιησάμενος ὀγδοαῖος ἐπὶ τὸν Ῥοδανὸν ἐλθεῖν) meinen dieselbe Reise. It. Anton. Wess. p. 289, 3 Via Aurelia. A Roma per Tusciam et Alpes maritimas Arelatum usque mpm DCCXCVI. — Die Reise von Rom bis Obulco in Baetica legte Cäsar in 27 Tagen zurück. Appian. II 103. Strabo III 4, 9 p. 160 f.

2) Cic. pro Rosc. Am. c. 7, 19.

3) Plutarch. Galba c. 7.

4) Plin. H. N. XIX 4 gibt bei der Aufzählung der schnellsten Seereisen an, daß Jemand am vierten Tage von Hispania citerior nach Ostia gelangt sei.

5) Von Tarraco bis Cäsaraugusta 163 M. (It. Ant. p. 451 W.), von da bis Clunia 169 (p. 441).

Aquileja nach Rom brachte; er langte „mit gewechselten Pferden" am vierten Tage an[1]; er muß, wenn er ganz zu Lande (über Bologna) reiste, 130—140 Millien den Tag gemacht haben, vielleicht zu Pferde.[2] Gewöhnliche Reisende, die natürlich übernachteten, brauchten zu Wagen die doppelte und dreifache Zeit. Von Brundisium gelangte man in gemächlicher Fahrt in weniger als zehn Tagen nach Rom (360 Millien)[3]; von Tarraco nach Bilbilis (224 M.) allenfalls am fünften.[4] Rüstige Fußgänger reisten nicht viel langsamer; für solche rechnete man von Rom bis Capua (136 M.) fünf Tage[5], von Rom nach Puteoli (138 M.) drei.[6] Wie billig wurden für diejenigen, die sich zur Uebernahme einer

1) Hist. Aug. Maximini II c. 25.

2) Von Rom bis Ariminum (It. Ant. p. 126) 226; von da bis Bononia (p. 126) 78, von da bis Aquileja (p. 281) 217, im Ganzen 521 M. Ging man von Ariminum auf Ravenna (33 M.), von da nach Altinum zu Wasser, und dann wieder zu Lande bis Aquileja (62 M. p. 126), so betrug die Landreise allein 321 M. Casaub. a. a. O. rechnet bei dieser Reise unrichtig 200 Millien auf 24 Stunden, und fügt hinzu: magna sane diligentia, sed non incredibilis; — constat hodiernos veredarios Roma Luteliam saepe diebus sex septem commeare, quae longe major contentio est.

De mortib. persecutor. c. 47: (Maximinus) una nocte atque una die ... Nicomediam alia nocte pervenit, cum locus proelii abesset milia CLX. Gibbon Ch. XIV nimmt an, daß Maximinus zu dieser Flucht von Heraclea nach Nicomedia nur 24 Stunden gebraucht habe, nach dem freilich lückenhaften Text muß es aber mehr gewesen sein.

3) Ovid. Epp. ex Pont. IV 5, 3:

Quum gelidam Thracen et opertum nubibus Haemon
Et maris Ionii transieritis aquas,
Luce minus decima dominam venietis in Urbem,
Ut festinatum non faciatis iter.

Das It. zählt von Rom nach Capua 136 M. (p. 612), von da nach Benevent 33 (p. 111), von da nach Tarent 157 (p. 120), von da nach Brundisium 44 (ib.), im Ganzen 370 M. Strabo VI 3, p. 50 gibt τξ' (360) an, die Straße war also später etwas geändert worden.

4) Martial. X 104:

Illinc (Tarracone) te rota tollet et citatus
Altam Bilbilin et tuum Salonem
Quinto forsitan essedo videbis.

5) Procop. de bell. Goth. I 14.

6) So lange Zeit braucht Damis bei Philostrat. Apollon. VII 41.

Vormundschaft von auswärts einzustellen hatten, kürzere Tagereisen (von 20 M.) angenommen.[1] Wahrscheinlich blieben Reisen zu Fuß wie zu Pferde immer häufig.[2]

Seefahrten waren allerdings fast ganz auf das Frühjahr, den Sommer und Frühherbst beschränkt. Im Anfange des Spätherbstes kehrten die Schiffe von allen Seiten in die heimischen Häfen zurück[3], falls sie nicht in der Fremde überwinterten.[4] Die Schifffahrt begann wieder im März[5]; dann schleppten überall die Maschinen die aufs Trockne gezogenen Fahrzeuge ins Meer.[6] Den Gefahren einer winterlichen Seereise setzte sich wohl Niemand ohne dringende Veranlassung aus.[7] Gegen Schiffbrüchige übten die Uferbewohner nur zu oft ein, wenn auch durch Gesetze verpöntes Strandrecht[8], Seereisen.

1) Digg. XXII 1, 13 § 2: ἕτερον δὲ ἐκεῖνο εὑρίσκομεν ἐκ τῆς Μάρκου νομοθεσίας ζητήσεως ἄξιον· τῷ γὰρ ἐν αὐτῇ τῇ πόλει ὄντι, ἐν ᾗ κεχειροτόνηται, ἢ ἐντὸς ἑκατὸν μιλίων, πεντήκοντα ἡμερῶν ἔδωκεν ὁ νομοθέτης προθεσμίαν· τῷ δὲ ὑπὲρ ἑκατὸν μίλια διατρίβοντι καθ' ἑκάστην ἡμέραν δεῖν ἀριθμεῖσθαι εἴκοσι μίλια ἐκέλευσε, καὶ ἔξωθεν τούτων ἄλλας τριάκοντα ἡμέρας προσέθηκεν εἰς δικαιολογίαν.

2) Wenn jedoch Horaz eine Reise nach Tarent zu Maulthier erwähnt, Sat. I 6, 105, und trotz seines Hanges zur Bequemlichkeit auf der Reise nach Brundisium so viel zu Fuße ging, so erklärt sich das daraus, daß das Fuhrwesen der cisiarii und jumentarii sich doch wohl erst nach Einrichtung des cursus, und auch dann nur allmälig organisirte.

3) Philo leg. ad Gaj. 548 M.

4) Act. Apost. 28, 11.

5) Navigium Isidis am 5. März; vgl. Preller, Röm. Myth. S. 729. Mommsen C. I. L. p. 387 b. Nach Veget. V 9 ruhte die Schifffahrt vom 11. November bis 5. März.

6) Horat. Carm. I 4, 2.

7) Flaccus im Anfange des Winters als Gefangener von Alexandria nach Italien gebracht, μυρία πονηθεὶς μόλις ἦλθεν εἰς Ἰταλίαν Philo in Flacc. 535 M. Ovid, der sich im December nach Tomi einschiffen mußte (Tr. I 11, 3), hatte mit Sturm zu kämpfen (ib. u. 7). Cicero's Reise von Leucas nach Brundisium (6—24. November 704). Epp. ad fam. XVI 9.

8) Callistrat. lib. II Quaest. (Digg. XLVII 9, 7): Ne quid ex naufragiis diripiatur, vel quis extraneus interveniat colligendis iis, multifariam prospectum est; nam et Divus Hadrianus edicto praecepit, ut hi qui juxta litora maris possident, scirent, si quando navis vel inflicta vel fracta inter fines agri cujusque fuerit, ne naufragia diripiant, in ipsos judicia praesides his qui res suas

und es kam selbst vor, daß Fischer durch falsche Signale das Stranden von Schiffen herbeiführten.[1]

Piraten.

Piraten waren im Mittelmeer seit der Wiederherstellung des Weltfriedens nicht zu fürchten[2], und nur ausnahmsweise und vorübergehend wurde in Folge von Kriegsunruhen die Sicherheit der Seefahrt gestört, wie im jüdischen Kriege eine große Anzahl von flüchtigen und vertriebenen Juden sich in Joppe befestigte und durch Seeraub den Schiffsverkehr zwischen Syrien, Phönicien und Aegypten eine Zeit lang unmöglich machte.[3] Auf entferntern Meeren vermochte die römische Weltmacht freilich nichts gegen die Piraten, wie im indischen Ocean[4] und selbst im nordöstlichen Theil des schwarzen Meers.[5]

Schnelligkeit des Reisens zur See.

Im Mittelmeer fuhr man häufig Nachts, besonders an der Westküste von Italien, von Puteoli nach Ostia.[6] Die Tibermündung erreichte man von Puteoli am dritten Tage[7], wahrscheinlich wurde am ersten Morgen in Antium, am zweiten in Cajeta angelegt. Von Brundisium nach Corcyra oder Dyrrhachium (und zu-

---

direptas queruntur, judicia reddituros etc. — Petron. c. 114: procurrere piscatores parvulis expediti navigiis ad praedam rapiendam.

1) Bei Dio Chrys. or. 7. 105 M. klagt der Sykophant den Strandbewohner von Euböa an: *καὶ γὰρ οἶμαι πυρσεύειν αὐτὸν ἀπὸ τῶν ἄκρων τοῖς πλέουσιν, ὅπως ἐκπίπτωσιν εἰς τὰς πέτρας;* vgl. dessen Erwidrung p. 109 M. — Ulpian. lib. I Opinionum (Digg. XLVII 9, 10): Ne piscatores nocte lumine ostenso fallant navigantes, quasi in portum aliquem delaturi, eoque modo in periculum naves et qui in iis sunt, deducant, sibique execrandam praedam parent, praesidis provincia religiosa constantia efficiat.

2) Strabo III 2 p. 145 (*ἡ νῦν εἰρήνη τῶν ληστηρίων καταλυθέντων*). Vgl. Plin. H. N. II 117.

3) Joseph. B. Jud. III 9, 2.

4) Plin. H. N. VI 26, 101.

5) Strabo XI 2, 12.

6) Philostrat. Ap. T. VII 16 p. 137 ed. K.: *δείλη ἤδη — καὶ χρὴ περὶ λύχνων ἀφὰς ἐς τὸν Ῥωμαίων λιμένα ἀφεῖναι* (von Puteoli), *τουτὶ γὰρ ταῖς ναυσὶ ταύταις νόμιμον.* Auch von Corinth wird VII 10 p. 133 ed. K.: *ἅμα ἑσπέρᾳ* abgefahren; dagegen von Puteoli am Morgen VIII 14 p. 164 ed. K. Petron. c. 99: adoratis sideribus intro navigium; c. 102: gubernator — pervigil nocte siderum quoque motus custodit. Eine Nachtfahrt von Aegina nach dem Piräeus Gell. II 21.

7) Philostr. ib. VII 17 p. 138.

rück setzte man bei gutem Wetter und Winde in einem Tage über[1]; bei stürmischem Wetter dauerte die Fahrt natürlich länger.[2] Von Rhegium nach Puteoli schiffte der Apostel Paulus mit Südwind in einem Tage[3], doch Apollonius und Damis gelangen bei Philostrat mit gehörigem Winde von Puteoli durch die Meerenge von Messina nach Tauromenium erst am dritten Tage.[4] Eine regelmäßig befahrene Linie ging von Sicilien durch das offene Meer nach dem Hafen Cyllene in Elis[5]; man konnte am sechsten Tage von Syrakus aus dahin[6], bei sehr günstigem Winde von Corinth nach Puteoli sogar am fünften Tage gelangen.[7] Bei Fahrten von Italien nach dem ägäischen Meere, Attika und Kleinasien war es allerdings gewöhnlich, in Lechäum anzulegen, zu Wagen oder zu Fuß den Isthmus zu passiren und sich in Cenchreä von Neuem einzuschiffen[8] (dies

---

1) Aemilius Paullus berichtet bei Appian. Rom. hist. IX 17: *ἐς μὲν Κερκύραν ἐκ Βρεντεσίου διαπλεῦσαι μιᾶς ἡμέρας κ. τ. λ.* Cic. ad Att. IV 1, 4: Pridie nonas Sext. Dyrrhachio sum profectus — Brundisium veni nonis Sext.

2) Eine stürmische Ueberfahrt bei Gell. XIX 1. Cic. ad fam. XVI 9, 1: Inde (aus dem Hafen Cassiope auf Corcyra) austro lenissimo, coelo sereno, nocte illa et die postero (a. d. VIII Kal. Dec. 704) in Italiam ad Hydruntem ludibundi pervenimus, eodemque vento postridie — hora quarta Brundisium venimus.

3) Acta Apost. 28, 13.

4) Philostrat. VIII 14 p. 167 ed. K.

5) Pausan. VI 26, 3: *κεῖται δὲ τετραμμένη τε πρὸς Σικελίαν καὶ ὅρμον παρεχομένη ναυσὶν ἐπιτήδειον, ἐπίνειον δὲ οὖσα Ἠλείων, ἀπὸ ἀνδρὸς Ἀρκάδος τὸ ὄνομα εἴληφε.*

6) Philostrat. l. l. (*ἐπὶ τὰς τοῦ Ἀλφειοῦ ἐκβολάς*).

7) Philostrat. ib. VIII p. 133 ed. K.

8) Propert. III 21, 19:

Deinde per Ionium vectus cum fessa Lechaeo
Sedarit placida vela phaselus aqua,
Quod superest sufferte pedes, properate laborem,
Isthmos qua terris arcet utrumque mare.

Philo in Flacc. p. 539 M. (von dem nach Andros relegirten Flaccus): *περαιωσάμενος δὲ τὸν Ἰώνων κόλπον ἔπλει τὴν ἄχρι Κορίνθου θάλατταν, καὶ καταβὰς εἰς Κεγχρεὰς τῶν Κορινθίων ἐπίνειον, ἀναγκάζεται πρὸς τῶν φυλάκων ἀναχώρησιν οὐδ' ἡντινοῦν ἐνδιδόντων, εὐθὺς ἐπιβὰς βραχείας ὁλκάδος ἀνάγεσθαι, καὶ — μόλις ἄχρι τοῦ Πειραιῶς κατασύρεται.* Ovid kaufte auf der Reise nach Tomi in Cenchreä ein eignes Schiff zur Weiterfahrt. Trist. I 11.

war noch vor Kurzem der Cours der Lloyddampfer); doch daß auch häufig der Peloponnes umfahren wurde, lehrt die Inschrift eines Handelsmanns, Flavius Zeuxis zu Hierapolis in Phrygien, der 72 Mal über Malea nach Italien geschifft war.[1] Wer die Seefahrt scheute, konnte allerdings zu Lande durch Thracien und Macedonien reisen; Aristides unternahm in seiner Krankheit mitten im Winter diese höchst mühselige Reise durch barbarische und unwirthliche Gegenden, und gelangte am hundertsten Tage nach seinem Aufbruch aus Mysien nach Rom[2]; die Rückreise im nächsten Jahr um die Zeit der Herbstnachtgleiche zu Wasser bei stürmischem Wetter unter nicht geringen Schwierigkeiten und Gefahren.[3] Von der Mäotischen See (dem Asowschen Meer) gelangten Lastschiffe mit günstigem Winde häufig am zehnten Tage nach Rhodos, von dort am vierten nach Alexandria.[4] Ebendahin war der Präfect Galerius von der Sicilischen Meerenge am siebenten Tage gelangt, der Präfect Balbillus am sechsten, Valerius Maximus, Senator mit prä-

1) C. I. Gr. 3920: *Φλάουιος Ζεῦξις ἐργαστὴς* (negotiator) *πλεύσας ὑπὲρ Μαλέαν εἰς Ἰταλίαν πλόας ἑβδομήκοντα δύο.* Den Plan Nero's, den Isthmus zu durchstechen, hegte auch Herodes Atticus nach Philostrat. vitt. sophist. II 6 ed. K. p. 237.

2) Orat. 24 p. 305 J. vgl. Masson Coll. Hist. ed. Dindorf. III p. LIII. Er reiste allerdings so schnell, daß *οὔτε οἱ τὰς ἀγγελίας κομίζοντες τῶν στρατιωτῶν ἡμᾶς γε παρῆλθον,* lag aber auch *ἐν Δέσσῃ* (in Edessa?) krank. Ovid zog der winterlichen Seefahrt durch die Propontis und längs der Westküste des schwarzen Meers bis Tomi die Landreise durch Thracien und Mösien vor Trist. I 10. Er schreibt von Tomi Epp. IV 11, 15:

Dum tua pervenit, dum littera nostra recurrens
Tot maria ac terras permeat, annus abit.

3) Aristid. l. l. 305 sq. Masson. p. LXI. Die Reise von Ostia nach der Meerenge von Messina und in dieser selbst war durch Unwetter sehr schwierig und gefährlich; die Ueberfahrt über das adriatische Meer erfolgte in zwei Nächten und einem Tage bei ruhiger See, doch war die Landung bei Cephallenia schwierig. Dann fuhren die Schiffer von Paträ bei ungünstigem Wetter aus, vermuthlich wurde der Isthmus zu Lande passirt, und die Fahrt durchs ägäische Meer bis Milet dauerte 4 Tage. Denn die Worte *τέτταρες πάλιν αὗται πρὸς ταῖς δέκα ἡμέραι καὶ νύκτες* bezeichnen doch offenbar die Dauer der ganzen Reise von Italien, nicht wie Masson will, nur die letzte Fahrt durch das ägäische Meer.

4) Diodor. III 34.

torischem Range, sogar von Puteoli am neunten bei sehr gelindem Winde.[1] In der Zeit der Passatwinde reiste man von Italien nach Syrien lieber über Alexandria, als direct von Brundisium, welches eine lange und beschwerliche Reise war, besonders da die Alexandrinischen Schiffe im Rufe standen, am schnellsten zu segeln und die besten Steuermänner zu haben[2]; dagegen konnte auch, wer die Meerfahrt vermeiden wollte, Alexandrien auf dem langen Umwege über Griechenland, Kleinasien und Syrien erreichen.[3] Wenn übrigens bei einer Schiffsanleihe für die Reise von Berytos nach Brundisium und zurück eine Frist von 200 Tagen gegeben wurde[4], so versteht sich von selbst, daß dabei die möglichen und muthmaßlichen Aufenthalte einer solchen Geschäftsreise und zwar in sehr liberaler Weise veranschlagt sind. Mit sehr günstigem, starkem Winde konnte ein Schiff an einem Tage (d. h. doch wol in 24 Stunden) 1200 Stadien (30 Meilen) zurücklegen; man wird eine Fahrt, wobei 1000 Stadien an einem Tage gemacht wurden, für eine günstige Durchschnittsfahrt halten dürfen.[5]

Für die Dauer der Fahrten nach den westlichen Häfen des Mittelmeeres geben die Angaben des ältern Plinius über die schnellsten damals bekannten Fahrten einen Maßstab. Nach denselben

1) Plin. H. N. XIX 1.

2) So reiste der Judenkönig Agrippa auf Caligula's Rath Philo in Flacc. p. 521 M.

3) So sollte Caligula die Reise machen id. ib. p. 583 M.

4) Digg. XLV 1, 122 § 1: Callimachus mutuam pecuniam nauticam accepit a Sticho servo Seji in provincia Syria civitate Beryto, usque Brentesium, idque creditum esse in omnes navigii dies ducentos sub pignoribus et hypothecis, mercibus a Beryto comparatis et Brentesium perferendis et quas Brentesio empturus esset et per navem Beryto (leg. um.) invecturus etc.

5) Aristid. or. XLVIII p. 360: *καίτοι ναῦς πανημερία θέουσα ὑπ' ἀνέμου κατὰ πρύμναν πνέοντος, προσθήσω δὲ καὶ λιγέος, οὐκ εἴκοσι καὶ ἑκατὸν σταδίους ἀνύσει μάλιστα, ἀλλὴ ἴσως μᾶλλον διακοσίους καὶ χιλίους. καὶ ἡμεῖς τοσούτους ἐν εὐπλοίᾳ πολλάκις ἠνύσαμεν, τὸ πᾶν διελόμενοι πρὸς τὰς ἡμέρας ὕστερον.* — Hiernach läßt sich ungefähr berechnen, in welchen Zeiträumen die in Seestadien (Hultsch Metrol. S. 67, 7) angegebenen Entfernungen (besonders bei Diodor) zurückgelegt wurden. Die Angabe des It. marit. p. 497 M.: a Brundisio Dyrrhachium in Macedonia stadia M. stimmt sehr wohl damit, daß man zu dieser Reise einen Tag brauchte.

hatte man von Ostia aus Gades am siebenten, das diesseitige Spanien (wol Tarraco) am vierten, das Narbonensische Gallien (wol Forum Julii) am dritten, Africa am zweiten Tage, dies letztere auch bei sehr gelindem Winde erreicht.[1]

---

2. Art des Reisens zu Lande. Gasthäuser, Zöllner und Räuber.

Einfache Einrichtung bei Landreisen.

Die Einrichtungen bei Reisen über Land werden hie und da geschildert. Einfache Reisende zogen hochgeschürzt zu Fuß, oder mit geringem Gepäck auf bescheidnem Maulthier oder zu Pferde im Regenmantel ihre Straße[2]; aber auch weniger begüterte wol selten ohne einen oder einige Sklaven.[3] Wurde die Reise zu Wagen gemacht, so folgten diese dem Herrn ebenfalls, wenigstens bei längerer Reise, gewöhnlich in einem oder mehreren Wagen.[4] Seneca hatte einmal den Einfall, eine Reise nach sehr bescheidenem Zuschnitt einzurichten. Auf einem Wagen fuhr er selbst mit seinem Freunde Maximus, ohne irgend welches Gepäck, außer dem, was sie an und auf sich hatten, mit so geringer Dienerschaft, daß ein einziger Wagen hinreichte, dieselbe aufzunehmen. Sollte geruht werden, so legte man ihm eine Matratze auf die bloße Erde, von zwei Regenmänteln diente der eine als Ueberzug, der andere als Decke. Die

---

1) Plin. l. l. Ueber die Entfernungen von der Insel Pityusa Diodor. V 16. — Einen Brief von seinem Bruder Quintus aus Britannien vom 10. Juni erhielt Cicero am 13. September. Epp. ad Qu. fr. III 1, 13. Einen Maßstab für die Dauer der Reise gibt dies natürlich nicht; der jüngere Cicero erhielt zu Athen einen Brief seines Vaters erst 46 Tage nach der Absendung (ad fam. XVI 21, 1).

2) Auch wenn man schnell reisen wollte, zog man natürlich das Pferd dem Wagen vor Apulej. Florid. IV 21. Vgl. Horat. Sat. I 6, 105 und das Bild des Reisenden zu Pferde auf dem Relief von Aesernia. Bull. Nap. VI tav. I nr. 4.

3) Dio Chrysost. (orat. 40 p. 486 M.) wanderte allerdings οὐ μόνον ἄοικος καὶ ἀνέστιος, ἀλλὰ μηδὲ ἀκόλουθον ἕνα ἐπαγόμενος.

4) Seneca epp. 87.

Luxuriöse Reiseeinrichtungen.

Mahlzeit konnte nicht einfacher sein, sie war in nicht mehr als einer Stunde bereitet, niemals fehlten dabei trockne Feigen und die Schreibtafel zum Aufzeichnen von Bemerkungen und Gedanken. Sein Wagen war ein Bauerwagen, der Schritt der Maulthiere gerade hinreichend, um für ein Lebenszeichen zu gelten, der Fuhrmann barfuß und zwar nicht bloß weil es Sommer war. So hatte er zwei höchst glückliche Tage verlebt; diese Reise hatte ihn gelehrt, wie viel Ueberflüssiges wir besitzen, was wir gar nicht vermissen, wenn es uns fehlt. Doch konnte er sich eines unbehaglichen Gefühls nicht erwehren, sobald er auf einen glänzenden Reisezug stieß, er konnte die falsche Scham nicht los werden, sich nicht zu dem Wunsch entschließen, daß dieser Wagen für den seinigen gehalten werden möchte. Dies Gefühl war bei einer für den bejahrten, ungeheuer reichen Consularen allerdings so höchst wunderlichen Art zu reisen mindestens sehr erklärlich; denn Personen der höheren Stände reisten nicht leicht ohne einen oder mehrere Gesellschafter, eine zahlreiche Dienerschaft und umfangreiches Gepäck.[1] Dies war schon zur Zeit der Republik ganz gewöhnlich[2], und Luxus und Ueppigkeit in der Einrichtung des Reisens schon damals nicht selten gewesen. Auf einer Reise nach Lanuvium mit seiner Frau nahm Milo unter dem übrigen großen Gefolge von Sklaven und Mägden auch die ganze Hauskapelle mit[3], Cäsar führte auf seinen Zügen Mosaikfußböden mit sich[4], die Reisen Marc Anton's mit ihrem ungeheuren Troß, den löwenbespannten Wagen, der Menge von Goldgefäßen, die wie in einer Procession getragen wurden[5], erinnern bereits an orientalische Gewohnheiten.[6] Dieser Luxus wurde in der Kaiserzeit noch überboten. Nero soll nie anders als mit

1) Th. I S. 180.

2) Plutarch Cato minor c. 20, 1: εἶτα πολλοῖς τισὶν ὑποζυγίοις καὶ σκεύεσι καὶ ἀκολούθοις ἀπαντήσας καὶ πυθόμενος Νέπωτα Μέτελλον εἰς Ῥώμην ἐπανέρχεσθαι κ. τ. λ.

3) Cic. pro Mil. c. 10.

4) Sueton. Caes. c. 46.

5) Plutarch. Anton. c. 9, 4. Cic. Philipp. 2, 24.

6) Plutarch. Crass. c. 21 (Reise des Parthers Surenas). Vit. Elagabali. c. 31.

tausend Karrossen gereist sein, die Hufeisen der Maulthiere von Silber, die Maulthiertreiber in rothen Röcken, Vorreiter und Läufer aufs reichste geschmückt[1]; Poppäa ließ ihre Zugthiere mit Gold beschlagen und führte 500 Eselinnen mit sich, um täglich in ihrer Milch baden zu können.[2] Die höhern Stände scheinen sich bemüht zu haben, dem kaiserlichen Beispiel so viel als möglich nachzueifern; wenigstens war der Luxus des Reisens sehr groß und nach Seneca's Versicherung sehr allgemein[3]; wobei es denn nicht fehlen konnte, daß manche der so prächtig einherziehenden eben nur „auf der Landstraße reich" waren, und bereits überlegten, ob sie nach dem Ausbruch ihres Bankerotts sich als Thierfechter oder als Gladiatoren vermiethen sollten.[4] Buntgekleidete Mohren, numidische Vorreiter und Läufer[5] eröffneten einen solchen Zug, um jedes Hinderniß zu beseitigen, das einen Aufenthalt verursachen konnte. Wohlgefütterte Maulthiere, die man gern gleichfarbig wählte, oder kleine dicke, aber schnelle gallische Pferde zogen den Wagen, Zelter wurden zum Reiten mitgeführt. Die Zugthiere waren mit purpurnen oder gestickten Decken behängt, trugen vergoldete Gehänge und Gebisse; die Reisewagen waren mit kostbaren Verzierungen, selbst goldnen und silbernen Figuren beschlagen, so daß sie den Werth eines Landguts haben konnten[7], die Vorhänge von Seide oder andern kostbaren Stoffen.[8] Tafelgeschirr aus den werthvollsten Materialen, wie Gold, Crystall, Murrha, wurde mitgeführt, selbst Gefäße, die hohen Kunstwerth hatten, und daher den Stößen des Wagens nicht ausgesetzt werden konnten, sondern getragen werden mußten. Großes Gefolge und Dienerschaft versteht sich bei einer derartigen Reiseeinrichtung von

1) Sueton. Nero c. 30.

2) Plin. H. N. XI 238. XXVIII 183. XXXIII 140.

3) Seneca epp. 123, 6: quod si pauci facerent, nollemus imitari: cum plures facere coeperunt, quasi honestius sit, quasi (quia?) frequentius, sequimur. Et recti apud nos locum tenet error, ubi publicus factus est. Omnes jam sic peregrinantur, ut illos Numidarum praecurrat equitatus etc.

4) Seneca epp. 87, 9.

5) Sen. epp. 123, 6. Martial. X 6, 7. X 13, 1. XII 24.

6) Sen. epp. 87, 10.

7) Plin. H. N. XXXIV 163. Martial. III 72.

8) Propert. IV 8.

selbst; die Lieblingspagen trugen Teigmasken vor dem Gesicht, um ihre Haut vor Frost und Hitze zu schützen.[1] Die bequeme Einrichtung der Reisewagen und das Raffinement, durch die man sie noch immer mit neuen Bequemlichkeiten auszustatten suchte, lassen übrigens schon allein eine sehr starke Benutzung voraussetzen. Man konnte darin nicht nur lesen[2], sondern auch schreiben[3], es gab auch zum Schlafen eingerichtete Wagen.[4] Claudius, der das Würfelspiel sehr liebte, hatte Wagen mit befestigten Würfelbrettern, auf denen man im Fahren spielen konnte.[5] Commodus hatte deren mit Vorrichtungen zur Drehung der Sitze, um die Sonnenstrahlen abzuwenden oder einen kühlenden Luftzug aufzufangen, und andere, an denen Apparate zur Messung des zurückgelegten Weges und zum Zeigen der Stunden angebracht waren.[6]

Der Umfang und die Ueppigkeit der Reiseanstalten hatte ihren Grund theils in dem Sklavenwesen, theils in der Mangelhaftigkeit der Gasthäuser. Den Reichen, denen hunderte von Sklaven zu Gebote standen, war es möglich, die Genüsse und Bequemlichkeiten ihrer Paläste sich auch auf der Reise zu verschaffen, während eine massenhafte Bedienung ihnen zugleich durch die Gewohnheit unentbehrlich geworden war. Die Gastwirthe kamen selten in die Lage, Gasthäuser. Die Gründe ihrer Dürftigkeit.

1) Seneca l. l.

2) Es scheint sogar eigens für die Reiselectüre eingerichtete, compendiös geschriebene Bücher gegeben zu haben. Martial. XIV 188 Cicero in membranis:
Si comes ista tibi fuerit membrana, putato
Carpere te longas cum Cicerone vias.

3) Becker Gallus I³ S. 87. Plin. epp. III 5: in itinere — ad latus notarius cum libro et pugillaribus cujus manus hieme manicis muniebantur.

4) Digg. XXXV 2, 13 [24]. Scaevola [libro XV Digestorum]. Uxori quis legavit his verbis: mundum muliebrem omnem et quidquid vivus dedi, donavi, id omne dari volo; quaesitum est an carruca dormitoria cum mulis, quum semper uxor usa sit, ei debeatur. Respondit, si ejus usus causa habita esset, deberi. δορμιτώριον in Diocles. edict. de pret. c. XV Mommsen. Vgl. Gallus III³ S. 13 f. Sonst waren für Frauen auf der Reise Sänften wol sehr gewöhnlich. S. außer den dort angeführten Stellen Cic. Att. X 10, 5: hic tamen Cytherida secum lectica aperta portabat, alteram uxorem: septem praeterea conjunctae lecticae amicarum, eae sunt amicorum.

5) Sueton. Claud. c. 33 (solitus etiam in gestatione ludere).

6) Vit. Pertin. c. 8.

den Bedürfnissen der verwöhnten Reisenden zu genügen, um so seltener, als das südliche Klima meist das Uebernachten in mitgebrachten Zelten erlaubte[1], und je weniger Ansprüche an sie gestellt wurden, desto weniger vermochten sie zu befriedigen. Allerdings gab es, und zwar nicht selten, auch gute, selbst üppig eingerichtete Gasthäuser, in denen man sich wol bewegen lassen konnte, länger als nöthig zu verweilen[2], und an sehr besuchten Orten, namentlich an Handelsplätzen und in den größten Badeorten, wie Canopus, Aedepsus, Bajä waren solche gewiß zahlreich.[3] Aber daß die Gasthäuser in der Regel dürftig waren, ist unzweifelhaft; doch nicht deshalb, weil sie nur Herbergen für die gemeinste Volksklasse gewesen wären. Sie sind es noch heute im Süden überall, wo der Einfluß der nordeuropäischen Sitte und Kultur nicht hinreicht, da der Südländer in Bezug auf häusliche Einrichtung sehr genügsam ist und vielleicht waren es die Alten, die an enge, wenig möblirte Wohnungsräume gewöhnt waren, noch mehr als die Neueren. Um so leichter waren die Reisenden zufrieden gestellt, die nur ein Nachtlager, eine Mahlzeit oder Schutz vor Unwetter suchten, und die Gasthäuser blieben darum meist dürftig oder doch einfach, wenn auch die bei Weitem überwiegende Mehrzahl der Reisenden hier einkehrte; denn die Zahl derer, die Zelte und alle sonstigen Bedürfnisse mit sich führten, oder bei Gastfreunden, bei Beamten oder auf öffentliche Kosten aufgenommen wurden[4], kann verhältnißmäßig

1) Plutarch. Cato min. c. 38, 2: τὸ δὲ ἄχρι Κερκύρας φυλάξας ἐν ἀγορᾷ κατεσκήνωσε, τῶν δὲ ναυτῶν διὰ τὸ ῥιγοῦν πυρὰ πολλὰ καιόντων τῆς νυκτὸς ἥφθησαν αἱ σκηναί. Id. Anton. 9, 4. Vgl. Sidon. Apoll. epp. IV 8.

2) Epictet. Diss. II 23, 36: οἷον εἴ τις ἀπιὼν εἰς τὴν πατρίδα τὴν ἑαυτοῦ, καὶ διοδεύων πανδοκεῖον καλὸν, ἀρέσαντος αὐτῷ τοῦ πανδοκείου, καταμένοι ἐν τῷ πανδοκείῳ. Ἄνθρωπε, ἐπελάθου σου τῆς προθέσεως· οὐκ εἰς τοῦτο ὥδευες, ἀλλὰ διὰ τούτου. Ἀλλὰ κομψὸν τοῦτο. Πόσα δ' ἄλλα πανδοκεῖα κομψά; πόσοι δὲ λειμῶνες; ἀλλ' ἁπλῶς ὡς δίοδος.

3) Strabo XVII 1, 17 p 801 Cas.: ἐν αὐτῷ τῷ Κανώβῳ καταγωγὰς — ἐπικειμένας τῇ διώρυγι εὐφυεῖς πρὸς τὴν τοιαύτην ἄνεσιν καὶ εὐωχίαν. Id. XII 17 p. 578: κώμη δ' ἐστὶν αὕτη (Carura auf der Gränze von Phrygien und Carien) πανδοχεῖα ἔχουσα καὶ ζεστῶν ὑδάτων ἐκβολάς.

Vgl. auch die freilich heillos verdorbene Stelle Plin. H. N. XXIX 23: ipsorum intemperantiam in [morbis] aquarum calidarum deverticulis.

4) Als Cato in Kleinasien reiste, schickte er immer seinen Bäcker und Koch

nur sehr klein gewesen sein. Schon deßhalb kann es keine Frage sein, daß es an allen Straßen, wo der Reiseverkehr lebhaft war, Gasthäuser gab.[1] In Städten versteht es sich ohnehin von Häufigkeit der Gasthäuser.

am Morgen zu dem bestimmten Nachtquartier voraus. Fanden diese an dem betreffenden Ort keinen väterlichen Gastfreund oder sonstigen Bekannten Cato's, so richteten sie sich in einem Wirthshause ein, ohne Jemand zur Last zu fallen, und nur wo es kein Wirthshaus gab, wandten sie sich an die Behörden; doch wurde Cato gerade wegen seiner Bescheidenheit von diesen öfter gering geachtet. Plutarch. Cato minor c. 12. Denn ohne Zweifel forderten Beamte und hochgestellte Personen gewöhnlich Aufnahme und Bewirthung ohne Entschädigung und betrugen sich auch sonst ungebührlich, auch noch in der Kaiserzeit. In Hippo war ein zahmer Delphin: injuriae potestatum in hospitales ad visendum venientium Hipponenses in necem ejus compulerunt Plin. H. N. IX 26.

Xenoparochi, ut in quibusdam civitatibus werden unter den städtischen Aemtern genannt Digg. L 4, 18, 10.

1) Daß Becker (Gallus III³ S. 18 ff.) dies ausführlich beweisen zu müssen geglaubt hat, beruht auf der verkehrten Ansicht von der Seltenheit des Reisens im Alterthum. Auch seine Darstellung von den Gasthäusern bedarf vielfacher Berichtigung, namentlich ist es ganz undenkbar, daß jeder römische Bürger überall Verbindungen genug hatte, um des Einkehrens in Gasthäusern überhoben zu sein, und eben so falsch, daß die Gasthäuser nur Herbergen für die gemeinste Volksklasse waren. Zum Beweise, daß an besuchten Straßen an Gasthäusern nirgend Mangel war, hätte B. übrigens viel schlagendere Thatsachen anführen können, wie daß unter den Kosten, die ein Geschäftsreisender berechnen darf, auch die Gasthausunkosten als regelmäßige aufgeführt werden. Ulpian. lib. XXXI ad edictum Digg. XVII 2, 52 § 15 (viatica igitur et meritoriorum et stabulorum jumentorum carrulorum vecturas vel sui vel sarcinarum suarum gratia vel mercium recte imputabit.) Sodann mag hier der Bericht erwähnt werden, den Aristides von seiner Reise von Smyrna nach Pergamus gibt. (orat. 27 p. 347—350 Jebb.) Gegen Abend (im Sommer) bricht er auf und gelangt um Sonnenuntergang zu dem Gasthause (καταγώγιον) πρὸ τοῦ Ἑρμοῦ, kann aber, krank und angegriffen, die Hitze der Zimmer nicht ertragen, und setzt die Reise fort. Am späten Abend kommt er nach Larissa, wo das Unterkommen (τὰ τῆς καταγωγῆς) nicht besser ist, und in tiefer Nacht nach Cumä, wo er Alles verschlossen findet. Um die Zeit des Hahnenschreis in Myrina anlangend, findet er seine vorausgesandten Leute vor der Thür eines Gasthauses reisefertig, und ruht daselbst auf einem in der Vorhalle stehenden Feldbett; später wird er von einem Bekannten aufgenommen. — Bei der Weiterreise von Pergamus erreicht er spät Abends die warmen Quellen, dort ist Alles voll Lärm und Gewühl, er kann kein Unterkommen finden und reist weiter, muß aber 120 Stadien (3 Meilen) vor der Stadt Halt machen; dort findet er ein Zimmer, Feldbett und einen

selbst[1] und gewiß hatte man an größeren Orten überall zwischen mehreren die Wahl.[2] Aber auch Landbesitzer bauten sehr häufig auf ihren an Straßen angrenzenden Grundstücken Schenken und Herbergen, die ihre Freigelassenen oder Sklaven für ihre Rechnung verwalteten; und dies war eine sehr vortheilhafte Verwerthung des Bodens.[3] Manche Stationen führten ihre Namen von diesen Tabernen[4], sei es, daß sie allein ein Unterkommen gewährten, sei es,

---

reinen Teppich zum Uebernachten. Wenn in Thracien Mangel an Gasthäusern (καταγωγίων ἀπορία p. 304 J.) war, so war dies eben ein wenig bereistes, halb barbarisches Land. Aber selbst an abgelegenen Straßen gab es deren. Sueton. Caes. c. 72: amicos tanta semper facilitate indulgentiaque tractavit, ut C. Oppio comitanti se per silvestre iter, correptoque subita valitudine deversoriolo eo quod unum erat cesserit, et ipse humi ac sub divo cubuerit. Hippolyt. refut. haer. V 23: εἴ τις ὁδὸν μακρὰν βαδίζων παρατυχὼν καταλύματι ἀναπαύεσθαι δοκεῖ.

1) Muratori 470, 7 (Zagaroli): C. ARVNCEIVS COTTA COLONIS INCOLIS | OSPITIVM ADVENTORIVM SERVISQVE EORVM | LAVATIONEM EX SVA PECVNIA GRATVITAM | IN PERPETVVM DEDIT.

2) Strabo XVII p. 815: Βερενίκην, ἀλίμενον μὲν, τῇ δ' εὐκαιρίᾳ τοῦ ἰσθμοῦ καταγωγὰς ἐπιτηδείους ἔχουσαν. Plutarch. de vitioso pudore cap. 8 p. 532: φέρε δὴ καὶ πρὸς ταῦτα — γυμνάζωμεν ἑαυτούς — μήτε καταλύειν ἐν φαύλῳ πανδοκείῳ, βελτίονος παρόντος, ὅτι πολλάκις ὁ πανδοκεὺς ἠσπάσατο ἡμᾶς· ἀλλ' ἔθους ἕνεκα, κἂν ᾖ παρὰ μικρόν, αἱρεῖσθαι τὸ βελτίον.

3) Vgl. Becker Gallus III 3. S. 22.

4) Becker a. a. O. führt nur Tres tabernae an der via Appia an. Beweisend ist der Name der dritten Station von Rom an der via Latina ad Pictas, welche Strabo V 3, 9 p. 237 C. Πικτὰς πανδοχεῖα nennt. Tres tabernae gab es auch auf der Straße von Dyrrhachium nach Byzanz. It. Ant. ed. Parthey et Pinder p. 157; vgl. den Index unter Tabernae, Ad medias, Ad novas, Veteribus; nur daß Tabernae nicht nothwendig überall Herbergen sind. (Hefner die röm. Töpfercolonie Tabernae, das heutige Rheinzabern. Münchn. gel. Anzeigen 1860 No. 21.)

Boissieu Inscr. de Lyon p. 419 und Greppo Rév. du Lyonnais T. X p. 284 haben mit Wahrscheinlichkeit die Namen mehrerer Stationen von Wirthshausschildern abgeleitet; da der als Wirthshausschild bekannte Name ad gallum gallinaceum Orelli 4329 sich auch als Stationsname zwischen Utica und Carthago (It. p. 9) findet. Von derselben Art sind also wol die Stationsnamen: Ad stabulum olearum, Ad ensem, Ad aquilam majorem, Ad aquilam minorem, Ad draconas, Ad gruem magnum. Nur darf man nicht Namen, wie Caput Africae, Aureum bucinum, Malum punicum, Ciconiae nixae, Mappa aurea so erklären wollen, allenfalls Ad ursum pileatum in den Act. Mart.

daß sie an die auf öffentliche Kosten gebauten und unterhaltenen Mansionen sich anschlossen.[1] Ein Schild, wie es scheint sehr häufig mit einem Thierbilde bezeichnet[2], lud die Reisenden zur Einkehr ein, und Inschriften versprachen freundliche Bedienung, Bäder und alle Bequemlichkeiten, in Italien öfter „nach hauptstädtischer Weise"[3]; die Inschrift eines wol besonders von Geschäftsreisenden besuchten Gasthauses in Lyon lautet: Hier verspricht Mercur Gewinn, Apollo Gesundheit, Septumanus Aufnahme nebst Mahlzeit. Wer einkehrt, wird nachher besser daran sein; Fremder siehe zu wo du bleibst.[4] Ueberdies verfehlten Wirth oder Wirthin nicht, die Reisenden zu begrüßen und die Vorzüge und Annehmlichkeiten ihres Hauses anzupreisen, und mancher ließ sich so bewegen, ein schlechtes Gasthaus dem bessern vorzuziehen.[5] Doch waren die gewöhnlichen Herbergen (von denen fast ausschließlich hie und da gesprochen wird), wie bemerkt, zum dauernden Aufenthalt nicht einladend: voll gemeiner Gesellschaft von Pferdeknechten und Maulthiertreibern[6], voll Lärm,

Wirthshausschilder.

Die gewöhnlichen Herbergen.

1) Es ist wol sehr glaublich, daß auch die Mansionen, wenn Raum war, gewöhnlichen Reisenden für Geld zur Benutzung offen standen.

2) Außer dem angeführten Schilde zu Narbo Martius eines L. Afranius Cerealis l. Eros IIIIII Aug. domo Tarracone ospitalis a gallo gallinaceo Orelli 4329 erwähnt Artemidor. Onirocr. I cap. 4 p. 12 (ed. Reiff. p. 17) ein ξενοδοχεῖον, ᾧ ἐπώνυμον κάμηλος (ξενοδ. κάμηλος καλούμενον). Auch die imago Galli in scuto Cimbrico picta als signum einer Taberne Quintil. VI 3, 38 ist wol ein Wirthshausschild.

3) Marini Atti II p. 532 (bei Bologna): IN · PRAEDIS · | C. LEGIANNI · VERI · | BALINEVM · MORE · VRBICO · LAVAT | OMNIA · COMMODA · PRAESTANTVR. Bei der via Nomentana 8 Miglien von Rom: IN . . S. PRAEDIS · AVRE | LIAE FAVSTINIANAE | BALINEVS · LAVAT · MO | RE · VRBICO · ET · OMNIS | HVMANITAS · PRAESTA | TVR.

4) Orelli 4330.

Vgl. auch das hospitium ad lucum Desidiorum in einer Inschr. v. Capua Minervini B. N. 1857 p. 58.

5) Plutarch. de vitioso pudore c. 8. Vgl. die Copa in den Virgilischen Catalekten.

6) Sueton. Vitell. c. 7: per stabula ac deversoria mulionibus et viatoribus praeter modum comis. Plutarch. de sanitate praec. c. 16 p. 130: (man müsse sich unaufhörlich im lauten Sprechen üben) ὅθεν οὐδὲ πλοῦν ποιητέον οὐδὲ καταγωγὴν ἐν πανδοχείῳ σιγῆς πρόφασιν, οὐδ' ἐὰν πάντες καταγελῶσιν. Ὅπου γὰρ οὐκ αἰσχρὸν φαγεῖν, οὐδὲ τὸ γυμνάζεσθαι δήπουθεν αἰσχρόν,

Rauch und übler Gerüche[1]; und ihre mit Büscheln der Rohrblüthe statt mit Federn gestopften Polster wimmelten im Sommer von Flöhen[2]; natürlich waren auch die Preise nicht hoch.[3] Uebrigens waren sie sehr häufig Orte der Prostitution und die Wirthe zugleich Kuppler.[4] Theils deßhalb, theils aus andern Gründen waren die Gast-

---

ἀλλ᾽ αἰσχίον τὸ δεδοικέναι καὶ δυσωπεῖσθαι ναύτας καὶ ὀρεωκόμους καὶ πανδοχεῖς καταγελῶντας, οὐ τοῦ σφαιρίζοντος καὶ σκιαμαχοῦντος ἀλλὰ τοῦ λέγοντος.

1 Sidon. Apoll. epp. VIII 11:

Tecti posce brevis vacationem.
Nasi destituor domo negata:
Maerens ad madidas eam tabernas,
Et claudens geminas subinde nares
Propter fumificas gemam culinas,
qua serpyliferis olet catenis
baccas per geminas ruber botellus,
ollarum et nebulae vapore juncto
fumant cum crepitantibus patellis.
Hic cum festa dies ciere ravos
cantus coeperit, et voluptuosam
scurrarum querimoniam crepare etc.

2) Plin. H. N. XVI 58 (coma arundinis) pro pluma strata cauponarum implet. Die Flöhe nennt er IX 154 cauponarum aestiva animalia.

3) Nach der gleich folgenden Inschrift von Isernia kostet (außer dem Wein, der als Landwein wol seinen üblichen Preis hatte) eine Mahlzeit, bestehend aus Brod und Zukost 3 As (1 Sgr. 9½ Pf.), Heu für das Maulthier 2 As. In der Zeit des Polybius zahlte freilich der Reisende für seinen ganzen Tagesbedarf ½ As (2—3 Pf.) Polyb. II 15.

4) Ulpian. libro VI ad Edict. Digg. III 2, 4 § 2: sive autem principaliter hoc negotium (lenocinium) gerat, sive alterius negotiationis accessione utatur — utputa si caupo fuit vel stabularius, et ministeria talia habuit ministrantia et ministerii occasione quaestum facientia, sive balneator fuerit, velut in quibusdam provinciis fit, in balneis ad custodienda vestimenta conducta habens mancipia hoc genus observantia in officina (?) — lenocinii poena tenebitur. Ulpian. libro I ad leg. Juliam et Papiam Digg. XXIII 2, 43 1: Palam quaestum facere dicimus non tantum eam quae in lupanario se prostituit, verum etiam si qua, ut assolet, in taberna cauponia, vel si qua alia pudori suo non parcit. Ib. § 9: si qua cauponam exercens in ea corpora quaestuaria habeat, ut multae assolent sub praetextu instrumenti cauponii prostitutas mulieres habere, dicendum hanc quoque lenae appellatione contineri. Cod. IV 56, 3 Imp. Alexander Aurelio: Eam quae ita veniit, ne corpore

wirthe im Allgemeinen verrufen und ihr Gewerbe mißachtet. Sie prellten und betrogen, fälschten den Wein[1] und nahmen den Maulthiertreibern den Hafer ab, den diese für ihre Thiere empfangen hatten.[2] Nach dem Traumbuch Artemidor's, der viel gereist war, bedeuteten eherne oder eiserne Stirnen im Traume Gastwirthen und Zöllnern, „und allen, die mit Unverschämtheit leben", Gutes[3]; Dornen im Traume zu sehen, war für Gastwirthe, Zöllner, Räuber und solche, die mit Gewicht und Rechnung betrügen, besonders günstig, „weil sie andern das Ihrige auch mit Gewalt und wider deren Willen entreißen."[4] Uebrigens hafteten Gastwirthe für Schaden, den Gäste in ihren Häusern erlitten.[5] Gastwirthe.

Der üble Ruf der Zöllner ist sprichwörtlich geworden und ohne Zweifel nicht ohne Grund. Freilich erregten sie den Verdruß der Reisenden schon, wenn sie vorschriftsmäßig verfuhren. Wir zürnen den Zöllnern, sagt Plutarch, nicht wenn sie offen daliegende Waaren untersuchen, sondern wenn sie nach versteckten spürend, in Zöllner.

quaestum faceret, nec in caupona specie ministrandi prostitui, ne fraus legi dictae fiat, oportet. — Die Inschrift des Steins von Isernia, auf dem der abreisende Gast mit der Wirthin die Rechnung macht (Bull. Nap. VI 1. Jahn, Ber. d. sächs. Gesellschaft Taf. X 6; vgl. daselbst S. 369) lautet: Copo computemus. — Habes vini sextarium unum, panem — assem unum, pulmentarium — asses duos. — Convenit. — Puellam — asses octo. — Et hoc convenit. — Faenum mulo asses duos. — Iste mulus me ad factum dabit (? die bisherigen Erklärungsversuche sind sämmtlich ungenügend). Andre Preise der Prostitution bei Bücheler Rh. Mus. XVII S. 138 f. Vgl. auch Strabo XII 17 p. 578: καὶ δή ποτε φασὶ πορνοβοσκὸν αὐλισθέντα ἐν τοῖς πανδοχείοις (des Bades Carura auf der Gränze von Phrygien und Carien) σὺν πολλῷ πλήθει γυναικῶν νύκτωρ γενομένου σεισμοῦ συναφανισθῆναι πάσαις. Vermuthlich war die Prostitution in den Herbergen der Badeorte am größten.

1) Vgl. Becker Gallus III³ S. 26. Martial. I 57.

2) Martial. XIII 11.

3) Artemidor. Onirocr. I 23. Vgl. IV 42 (ἄχρωμος ἡ ἐργασία).

4) Id. ib. IV 57.

5) Institt. IV 5, 3: Item exercitor navis aut cauponae aut stabuli de dolo aut furto, quod in navi aut caupona aut stabulo factum erit, quasi ex maleficio teneri videtur etc. Digg. IV 9 (Ulpianus libro XIV ad Edictum): Ait Praetor: nautae caupones stabularii, quod cujusque salvum fore receperint, nisi restituent, in eos judicium dabo. Vgl. Digg. XLVII 2, 14 § 17. und XLVII 5 § 6.

fremdem Gepäck herumwühlen; und doch gestattet ihnen dies das Gesetz, und wenn sie es unterlassen, leiden sie Schaden.[1]

Räuber Ein schlimmeres Uebel als die Belästigungen und Erpressungen der Zöllner und die Prellereien der Gastwirthe war für Reisende die öfter eintretende Unsicherheit auch belebter Straßen. Räuberische Anfälle waren selbst in Italien zu keiner Zeit selten, geschweige denn in den Provinzen[2] (besonders entlegneren und gebirgigen), trotz aller dagegen getroffenen Maßregeln.[3] Vorsichtige Reisende schlossen sich auf unsichern Straßen gern dem Gefolge eines höhern Beamten, eines Gesandten, Quästors oder Proconsuls an.[4] in Italien. Am größten war in Italien die Unsicherheit natürlich unmittelbar nach den Bürgerkriegen[5], wo bewaffnete Räuber in großer Anzahl sich überall ganz öffentlich zeigten, und bei Nacht von Rom nach Tibur zu reisen ein gefährliches Wagniß war[6], bis August diesem Unwesen durch Aufstellungen von Militärposten an geeigneten Stellen steuerte[7], aber nicht so völlig, daß nicht Tiber, der sich die Herstellung der Sicherheit ganz besonders angelegen sein ließ, von Neuem ähnliche zahlreichere Posten hätte aufstellen müssen.[8] Ergriffene büßten mit geschärften Todesstrafen, namentlich Zerreißung durch wilde Thiere, und ihre Leichen wurden zum abschreckenden Beispiel und „zum Trost für die Angehörigen der Ermordeten" an den Orten, wo sie ihr Wesen getrieben hatten,

---

1) Plutarch. de curiositate c. 7 p. 518. Quintilian. declam. 359. Marquardt Hdb. III 2 A. 853.

2) Z. B. Varro R. R. I 16, 2: multos enim agros egregios colere non expedit propter latrocinia vicinorum, ut in Sardinia quosdam qui sunt prope Celiem (?) et in Hispania prope Lusitaniam. Tiber schickte die aus Rom verwiesenen Juden nach Sardinien, um dort die Räuberbanden zu bekämpfen. Tac. A. II 85. Vgl. Strabo V 5. p. 224 sq. (auch über die Räuberbanden auf Corsika); ib. XII 7 p. 570 (in Pamphylien und Pisidien) XII 8, 8 p. 574 (Κλέων ὁ καθ' ἡμᾶς τῶν λῃστηρίων ἡγεμών).

3) Tertullian. apolog. c. 2: latronibus investigandis per universas provincias militaris statio sortitur. Vgl. Cod. Theodos. I 55, 6 (Erlaß vom Jahr 392).

4) Epictet. diss. IV 1, 91.

5) Appian. B. C. V 132.

6) Propert. III 16.

7) Sueton. August. c. 32.

8) Id. Tiber. c. 47.

an den Galgen oder das Kreuz gehängt.[1] Doch war das Uebel nicht auszurotten.[2] Bei Nacht (wo übrigens gewöhnlich mit Fackeln gereist wurde)[3], war, wer irgend werthvolle Dinge bei sich führte, in Besorgniß vor „Schwertern und Stangen" und erschrak vor dem Schatten des im Mondlicht wankenden Rohrs.[4] Aber selbst bei Tage trieben berittene Banden weidende Heerden fort.[5] Am verrufensten blieben immer die Pontinischen Sümpfe und der meilenlange, sandige gallinarische Buschwald[6]; die Truppensendungen, die von Zeit zu Zeit gegen die dort hausenden Banditen erfolgten, bewirkten nur, daß sie sich für den Augenblick nach andern Orten, besonders nach Rom selbst zogen.[7] Innere Kriege und Unruhen leisteten selbstverständlich dem Räuberwesen den meisten Vorschub, aber auch andre Ursachen. Als Sever aufhörte, die Leibgarde der Prätorianer hauptsächlich in Italien auszuheben (was bis dahin geschehen war), wandte sich die waffenfähige Jugend in Masse dem

---

1) Digg. XLVIII 19, 28 § 15. Petron. c. III: cum interim imperator provinciae latrones jussit crucibus adfigi.

2) Plin. H. N. VIII 144: Apud nos Volcatium nobilem (?) qui Cascellium jus civile docuit, asturcone e suburbano redeuntem cum advesperavisset canis a grassatore defendit; item Caelium senatorem aegrum Placentiae ab armatis oppressum, nec prius ille volneratus est quam cane interempto.

3) Casaub. zu Caesar Sueton. c. 31. Ovid beschreibt die Dämmerung Fast. IV 167:

Semiustamque facem vigilata nocte viator
Ponet, et ad solitum rusticus ibit opus.

Id. Metam. I 493:

Ut facibus sepes ardent, quas forte viator
Vel nimis admovit vel jam sub luce reliquit.

4) Juv. X 20 ff.

5) Marcus Cäsar schreibt an Fronto im J. 143 (Epp. ad M. Caes. II 13): Ut pater meus a vineis domum se recepit, ego solito meo more equum inscendi et in viam profectus sum et paululum provectus. Deinde ibi in via sic oves conglobatae adstabant ut locus solitarius (sic) et duo pastores et canes quatuor sed nihil praeterea. Tum pastor unus ad alterum pastorem postquam plusculos equites vidit: vide tibi istos equites inquit; nam illi solent maximas rapinationes facere. Digg. XIX 5, 20 § 1: mulae a grassatoribus — ablatae.

6) Strabo V 4, 4 p. 243 C. Dort hatten die Schiffsführer des S. Pompejus während des Krieges mit den Triumvirn Räuberbanden organisirt.

7) Juv. III 305 ff.

Fechter- und Räuberhandwerk zu.[1] Gegen Ende von Sever's Regierung brandschatzte ein Bandenführer, Felix Bulla, an der Spitze von 600 Räubern ganz Italien und behauptete sich zwei Jahre lang trotz aller gegen ihn ausgesandten Mannschaften. Die Züge, die von seiner Kühnheit, List, Großmuth und von seinen weitreichenden Verbindungen erzählt werden, erinnern an populäre moderne Banditen: er wurde von einer Geliebten verrathen und endete in der Arena.[2]

3. Die Hauptveranlassungen zum Reisen.

Die Größe des römischen Reichs als Veranlassung zu Ortsveränderungen. Wenn nun wenigstens die häufigsten und wichtigsten Veranlassungen und Zwecke der Reisen in jener Zeit hier angegeben werden sollen, so muß man vor Allem im Auge behalten, daß schon das ungeheure unter römischer Herrschaft vereinte Ländergebiet bei ganz ungehemmter Freizügigkeit ein unaufhörliches Hin- und Herziehen, Wandern und Reisen eines nicht geringen Theils seiner Bewohner nothwendig bedingte: und je länger dies Weltreich bestand, desto zahlreicher wurden die Beziehungen zwischen den verschiedenen Provinzen, folglich auch die Motive für die Bewohner, ihren Aufenthaltsort auf längere oder kürzere Zeit zu verändern. Schon allein der Kriegsdienst führte fortwährend Tausende aus ihren Geburtsländern an immer wechselnde Standorte in weiten Fernen. besonders für Beamte. Höhere Beamte erreichten gewiß selten die letzten Ziele ihrer Laufbahn, ohne in den verschiedensten Provinzen umhergeworfen worden zu sein. Hochgestellte Männer, sagt Epiktet, Senatoren, können nicht gleich Pflanzen am Boden wurzeln, sie können wenig

1) Dio LXXIV 2.

2) Dio LXXVI 10. Auf die von Sever gegen die Räuber organisirten militärischen Expeditionen und deren Erfolg bezieht sich vielleicht folgende neben dem Seversbogen gefundene Inschrift: Gruter 109, 3: GENIO EXERCITVS | QVI EXSTINGVENDIS SAEVISSIMIS LATRONIBVS | FIDE ET DEVOTIONE ROM. EXSPECTAT. ET VOTIS OMNIVM SATISFECIT.

dem Haushalt obliegen, sondern müssen viel reisen, befehlend oder gehorchend, im höhern Auftrage, im Kriegsdienst oder Behufs der Rechtspflege:[1] und diese Reisen, die oft unmittelbar aus den Mooren Schottlands an den Atlas, aus den Städten Syriens in die Standlager Germaniens führten, wurden natürlich immer mit größerem oder geringerem Gefolge unternommen. Unternehmungen, Geschäfte, Gewerbe, die an irgend einem Orte erfolglos geblieben waren, konnten in jeder andern Stadt des Reichs aufs Neue versucht werden. Allerdings strömte es am stärksten aus den Provinzen nach Rom, aber doch auch wieder von dort zurück, und nicht minder muß der Verkehr der Provinzen unter einander fortwährend sehr lebendig gewesen sein. Griechische Gelehrte hielten in Spanien Schule[2], für die Frauen einer römischen Kolonie in der Schweiz arbeitete ein Goldschmied aus Kleinasien[3], in den Städten Galliens griechische Maler und Bildhauer[4], Gallier und Germanen dienten als Leibwächter eines Judenkönigs zu Jerusalem[5], Juden waren in allen Provinzen ansässig.[6] Es gab keine Stadt, in der nicht zahlreiche Fremde waren, und Seneca konnte, wenn auch mit Uebertreibung, sagen, daß selbst auf einer so rauhen kulturlosen, ja abschreckenden Felseninsel wie Corsica ihre Zahl größer sei als die der Einheimischen.[7] Die Beziehungen, die sicherlich doch ein großer Theil der an fremde Orte Uebergesiedelten mit der Heimath unterhielt, waren allein schon fortwährende Veranlassungen zu weiten Reisen in allen Richtungen.

---

1) Epictet. diss. III 24, 36; vgl. IV 1, 91.

2) Z. B. Asclepiades von Myrlea in Turdetanien Lehrs Herodian. p. 434.

3) Nach einer Inschrift in Thun. Mommsen die römische Schweiz. S. 24.

4) Letronne Rev. arch. III p. 512—514. Inschrift, zu Bourbon-Lancy gefunden: D. M. DIOGENI ALP. PICTORI nach den Buchstaben aus dem ersten Jahrhundert. Zenodorus arbeitete einen colossalen Mercur für die Arverner. Plin. H. N. XXXIV 45.

5) Bei Herodes. Joseph. Ant. Jud. XVII 8, 3.

6) Strabo bei Joseph. XIX 7, 2. S. z. B. über die mit dem Aufstande des Bar-Cochba in Verbindung stehenden Reisen des Rabbi Akiba nach Gallien, Babylonien, Arabien und Afrika S. Cassel in Ersch u. Gruber Encyclop. II 27 S. 13 (Juden).

7) Seneca consol. ad Helv. c. 6.

Es war aber auch die Zahl von Berufsarten und Beschäftigungen nicht klein, durch die man genöthigt war, einen großen Theil seiner Zeit auf Reisen zu verbringen. Am unstätesten war das Leben des Kaufmanns, der vom Aufgang bis zum Niedergang, von den kältesten zu den heißesten Zonen zog[1], von den fernsten und unwirthbarsten Ländern die erste Kunde brachte. Er trotzte nicht nur den Gefahren des mittelländischen und schwarzen Meers[2], er wagte sich auch in den atlantischen Ocean[3]: und diese gefährlichen Reisen mußten gewiß von Vielen sehr oft gemacht werden. Ein Handelsmann aus Hierapolis in Phrygien, Flavius Zeuxis, rühmt sich, wie bereits erwähnt, auf einer zufällig erhaltenen Inschrift die Fahrt nach Italien zweiundsiebzig Mal gemacht zu haben.[4] Eine neue Aera war für den römischen Handel mit der Eroberung Aegyptens angebrochen, die ihm den Weg nach Ostindien öffnete. Die Fahrt begann von Alexandria aus im Hochsommer beim Wehen der Nordpassate, und ging zuerst auf dem Nil stromaufwärts bis Koptos, das man bei günstigem Winde in zwölf Tagen erreichte. Hier wurden die Waarenballen auf Kameele geladen, und die Karawanen gingen theils nordöstlich nach dem Maushafen (Myos Hormos), den sie etwa in sechs, oder südöstlich nach Berenike, einer sehr belebten Seestadt mit großen Magazinen und Karawanserais, die sie in zwölf Tagen erreichten. Diese Reisen durch die oberägyptische Wüste geschahen wegen der Hitze des Hochsommers bei Nacht; „nach den Sternen schauend", wie Strabo sagt, zogen sie von Brunnen zu Brunnen und rasteten am Tage.[5] Vom Maushafen segelten schon in Strabo's Zeit

Handelsreisen.

---

1) Vagus mercator Horat. A. P. 117. Satt. I 4, 29; I 1, 6. Epp. I 16, 71 cf. C. I 1, 15.

2) Thyna merce beati id. C. III 1, 3.

3) Die Verse C. I 31, 3 ter et quater Anno revisens aequor Atlanticum haben zwar H. Peerlkamp und Meineke verworfen. Doch die Häufigkeit dieser Reisen erscheint keineswegs übermäßig groß, da man hier nur an Gades zu denken braucht, zwischen welcher Stadt und den italischen Häfen der Handelsverkehr ein so höchst lebhafter war (Strabo III p. 144).

4) C. I. G. III 3920 (ἐργαστής ist negotiator).

5) Ueber die ganze Reise s. Varges de statu Agypti p. 78—81. Er ver-

wol 120 Kauffahrteischiffe jährlich durch den arabischen Meerbusen nach Indien[1], zum Schutze gegen Piraten mit Bogenschützen bemannt.[2] Die ganze Indienfahrt von Alexandria aus und zurück mochte sechs bis sieben Monate (von der Sommersonnenwende bis zum nächsten Februar) dauern.[3] Wir haben eine Beschreibung dieser ganzen Fahrt von einem ägyptischen Kaufmann aus der Mitte des ersten Jahrhunderts.[4] Damals wohnten schon auf einer Insel an der Südküste des glücklichen Arabiens unter Arabern und Indern griechische Kaufleute[5], trotz der tödtlichen Ungesundheit und der übrigen Gefahren dieser Gegenden[6]; Muziris auf der Westküste von Indien war der von griechischen Schiffen am meisten besuchte Hafen.[7] Es ist undenkbar, daß die römischen Kaufleute einen Handel, der einen so colossalen Gewinn abwarf, längere Zeit den Griechen und Aegyptern allein überlassen haben sollten. Bald reisten auch sie „rüstig zu den äußersten Indern"[8] und italische Produkte wurden stehende Artikel des Tauschhandels[9] in indischen Häfen, wie italischer Wein in Barygaza, wo auch der Eintausch von Gold- und Silberdenaren gegen Landesmünze höchst gewinnbringend war[10]; noch jetzt werden in Indien römische Münzen gefunden.[11] Und

muthet, daß damals Schiffe vom Nil aus direct durch den Ptolemäuscanal in den arabischen Meerbusen gelangen konnten.

1) Strabo II 4, 11 p. 118.

2) Plin. H. N. VI 106.

3) Varges ib. p. 81.

4) Schwanbeck, der Periplus des Erythräischen Meers. Rh. Mus. VII 113 ff., wonach bei Plin. H. N. VI 101 die Worte nunc primum certa notitia patescente — und navigatio quae his annis comperta servatur hodie sich auf diesen von ihm benutzten Bericht beziehen.

5) Hudson geogr. m. Peripl. m. Er. p. 17.

6) Ib. p. 16.

7) Ib. p. 30.

8) Horat. Epp. I 1, 45 impiger extremos curris mercator ad Indos. Mit Unrecht hat Schmidt bezweifelt, daß diese Stelle sich bereits auf römische Kaufleute bezieht. Strabo's Nachricht über den Aufschwung des ägyptisch-indischen Handels ist aus dem Jahr 730, wo er in Aegypten war. Das erste Buch der Episteln setzt Grotefend 733—736, Kirchner 727—739, Francke 730—734.

9) Pausan. III 12, 3.

10) Peripl. p. 28.

11) Mommsen, Gesch. d. röm. Münzwesens S. 725. Ptolem. Geogr. I 17

so führte der Handel Römer und Griechen nach Osten, Norden und Süden weit über die Grenzen des Weltreichs hinaus. Große Karawanen zogen nach Aethiopien und dem Troglodytenlande[1], und aus dem glücklichen Arabien setzten Handelsschiffe nach der Ostküste Afrika's südlich vom Vorgebirge der Düfte (Guardafui) über.[2] Ueber die Entfernung der Stadt Charax (nah an der Tigrismündung) von der Küste des persischen Meerbusens verdankte man römischen, von dort zurückgekehrten Kaufleuten die ersten zuverlässigen Nachrichten.[3] In Petra in Arabien wohnten schon zu Strabo's Zeit des Handels wegen unter andern Fremden auch viele Römer.[4] In den Städten an den Donaumündungen handelten Griechen mit schlechtem Weine und schlechten Kleidungsstücken.[5] Mindestens in Nero's Zeit waren Römer schon bis zur Bernsteinküste gekommen[6], in deren Nähe noch jetzt zahlreiche Münzfunde die Lebhaftigkeit des Handelsverkehrs mit den römischen Provinzen bezeugen.[7] Selbst bis zu den Seren scheinen schon in jenen Jahr-

---

hatte Berichte über die Lage des indischen Hafens *Σίμυλλα παρά τε τῶν ἐντεῦθεν ἐσπλευσάντων καὶ χρόνον πλεῖστον ἐπελθόντων τοὺς τόπους καὶ παρὰ τῶν ἐκεῖθεν ἀφικομένων πρὸς ἡμᾶς.*

1) Nach Xenophon. Ephes. sagt Ephes. IV 1: *πολὺ γὰρ πλῆθος ἐμπόρων διοδεῦον ἦν* (über Koptos) *τῶν τ' εἰς Αἰθιοπίαν καὶ τῶν ἐπὶ Ἰνδικὴν φοιτώντων.* Zu Schiffe gelangte man häufig von Alexandria am zehnten Tage nach Aethiopien, Diodor. III 34.

2) Ptolem. Geograph. I 17.

3) Plin. H. N. VI 140.

4) Strabo XVI 4, 15 p. 779. Angebliche Nachbildungen von Petra in Pompeji: Hittorf Pompéi et Pétra, Rev. archéol. 1862, 7 p. 1—18.

5) Dio Chrys. or. XXXVI p. 444 M. Id. or. XII p. 198 M.: *ἦλθον δὲ οὐ χρημάτων ἔμπορος οὐδὲ τῶν πρὸς ὑπηρεσίαν τοῦ στρατοπέδου, σκευοφόρων ἢ βοηλατῶν κ. τ. λ.* — Vgl. über den Weinhandel in Gallien Diodor. V 26.

6) Plin. H. N. XXXVII 45: Sexcentis M. pass. fere a Carnunto Pannoniae abesse littus id Germaniae, ex quo invehitur, p e r c o g n i t u m n u p e r, vivitque eques Romanus ad id comparandum missus a Juliano curante munus gladiatorum Neronis principis, q u i e t c o m m e r c i a e t l i t t o r a p e r a g r a v i t.

7) Mommsen, Gesch. d. röm. Münzw. 815. Der Fund bei Schreitlauken zwischen Königsberg und der Ostseeküste enthält Münzen von Trajan bis Commodus. Vgl. S. 818.

hunderten römische oder griechische Kaufleute gedrungen zu sein.[1] Chinesische Berichte melden von einer Gesandtschaft, die im Jahr 166 dem Kaiser Hiouanti von dem Kaiser Aan-Tun, König von Ta-tsin (Marcus Antoninus) Elephantenzähne, Hörner des Nashorns und Schildkrötenschalen als Geschenke überbracht haben soll: vermuthlich waren dies Kaufleute, die, um sicherer zu reisen, sich für Gesandte ausgaben.[2] — Daß an allen Handelsplätzen des römischen Gebiets sich Kaufleute, und darunter viele aus entfernten Provinzen für die Dauer aufhielten, ist selbstverständlich.[3] Aber auch in der Hauptstadt des Markomannenfürsten Marbod fanden die eindringenden Römer Kaufleute aus römischen Provinzen, die „erst die Handelsfreiheit, dann die Begierde nach Geldgewinn, endlich das Vergessen des Vaterlandes aus den heimathlichen Wohnsitzen auf feindlichen Boden hinübergeführt hatte."[4]

Die Zahl derer, die Forschungstrieb und der Wunsch ihre Kenntnisse zu erweitern, in fremde Länder führte, war im Alterthum zu allen Zeiten groß. Das Bedürfniß, sich durch Anschauung zu belehren, war viel verbreiteter, als in neuern Zeiten, nicht bloß weil die antike Wissenschaft viel mehr auf Anschauung gerichtet war als die moderne, sondern auch weil die aus Bücherstudien zu gewinnende Belehrung so viel unzusammenhängender und spärlicher, auch unzuverlässiger, endlich schwerer zugänglich war. Aber nicht bloß die eigentlichen Fachgelehrten, die vorzugsweise der Anschauung bedurften, wie Geographen, Kunst- und Alterthumsforscher, Natur- Wissenschaftliche Reisen.

1) Die angeblichen Gesandten aus Taprobane unter Claudius berichteten über die Seren cetera eadem quae nostri negotiatores. Plin. H. N. VI 88. Marinus Tyrius entnahm seine Angabe über die Entfernung vom steinernen Thurm bis zur Stadt Sera den Berichten eines macedonischen Kaufmanns, Maes genannt Titianus, der nicht selbst dort gewesen war, aber eine Handelsexpedition zu den Seren veranstaltet hatte. Ptolem. Geogr. I 11 spricht von der Unzuverlässigkeit solcher kaufmännischen Berichte.

2) Letronne, mém. des inscr. et belles lettres nouv. série T. X p. 227. (Klaproth tabl. hist. de l'Asie p. 69.)

3) Inschrift eines syrischen Handelsmanns, der zu Sirmium starb, zu Salona gefunden. Henzen 7257. Ein negotiator Gallicanus et Asiaticus zu Mevania. Or. 4246.

4) Tac. A. II 62.

forscher und Aerzte, machten große Reisen (es genügt an Diodor, Strabo, Pausanias, Dioskorides, Galen zu erinnern): auch ohne solche unmittelbare Zwecke führte das Streben nach umfassender und vielseitiger Bildung und Belehrung Männer der Wissenschaft offenbar äußerst häufig zu weiten und gefahrvollen Wanderungen.[1] Plutarch's Freund, Kleombrotos aus Sparta, ein vermögender und im Gebrauche seiner Zeit unbeschränkter Mann, reiste nicht des Handels halber, sondern aus Schaulust und Wißbegierde und um seinen Geist zu bilden, bis zu den Troglodyten, besuchte auch das Orakel des Ammon und schiffte weit ins rothe Meer hinauf. Die unverschämten Lügen, die dieser „heilige" und ganz auf höhere Zwecke gerichtete Mann von einem dorisch redenden Propheten am rothen Meere erzählte, der sich nur einmal im Jahr vor Menschen hören ließ, geben eine Probe von der Zuverlässigkeit der Reiseberichte über wenig besuchte Gegenden.[2] — Auch um persönliche Mittheilungen zu erhalten, wurden gewiß nicht selten Reisen gemacht. Der Traumdeuter Artemidor von Daldia, ein Mann, dem es allerdings um die Vervollkommnung seiner „Wissenschaft" heiliger Ernst war, war in Griechenland, Italien, Kleinasien und auf den Inseln gereist, um möglichst viele Fachgenossen kennen zu lernen und seine Kenntnisse durch ihre Erfahrungen zu bereichern.[3]

Reisen der Studirenden.

Doch am meisten geziemte es der Jugend zu reisen und „sich über die Grenzen der Heimath zu erheben."[4] Daß Jünglinge auf längere Zeit das elterliche Haus verließen, um an einem andern Orte bessern Unterricht zu genießen, war ganz gewöhnlich.[5] Jede

1) Vgl. z. B. über die Reisen Apio's Lehrs qu. epp. p. 5 sq.; über die des Apulejus Bosscha vita Apuleji. Aerzte reisten natürlich auch, um durch Ausübung ihrer Kunst sich zu bereichern. Anthol. lat. ed. Meyer. 1430. L. Scribonius P. l. Primigenius.

Ortus ab Iguvio medicus, fora multa secutus
Arte feror nota, nobiliore fide.

2) Plutarch. de def. orac. c. 2 p. 410.

3) Artemidor. Onirocr. I prooem. p. 3.

4) Philostrat. Apoll. Tyan. I XVIII ed. K.

5) Epictet. diss. III 21, 8: *εἶτα τούτου ἕνεκα ἀπολίπωσιν οἱ νέοι τὰς πατρίδας καὶ τοὺς γονεῖς τοὺς αὑτῶν, ἵν᾽ ἐλθόντες λεξείδιά σου ἐξηγουμένου ἀκούωσιν;* Id. III 23, 32: *εἶτα τούτου ἕνεκα ἀποδημήσουσιν ἄνθρωποι*

Provinz, jede Landschaft in den höher kultivirten Theilen des Reichs hatte ihren Studiensitz, der zunächst von der Jugend der nähern und fernern Umgegend, doch auch von weiter abwohnenden besucht wurde.[1] Solche Orte waren Mediolanum im cisalpinischen Gallien[2], Augustodunum im Gebiet der Aeduer.[3] Karthago in Afrika[4], Apollonia in Epirus[5] und Massilia[6] hatten schon mehr als provinzielle Bedeutung; die letztere Stadt wurde auch von Römern besucht.[7] In den asiatischen Provinzen gehörte Tarsos in Kilikien zu den Orten, deren Unterrichtsanstalten die meisten (obwohl in Strabo's Zeit fast nur einheimischen) Studirenden hatten[8]; vermuthlich auch Antiochia in Syrien[9], und mindestens im zweiten Jahrhundert Smyrna.[10] Alle andern aber verdunkelten Rom, Alexandria und Athen, zu deren Schulen Bildungsbeflissene aus der ganzen Welt strömten[11], und die, wenigstens Athen und Rom (wie später Constantinopel) durch ihre vom Staate begründeten und besoldeten Lehrstühle, am meisten Aehnlichkeit mit den Universitäten des modernen Europa erhielten.

νεώτεροι; καὶ τοὺς γονεῖς τοὺς αὐτῶν ἀπολίπωσι καὶ τοὺς φίλους, καὶ τοὺς συγγενεῖς καὶ τὸ κτησείδιον, ἵνα σοὶ Οἰᾶ φῶσιν, ἐπιφωνήματα λέγοντι;

1) Die Schrift von Kriegk de peregrinationibus Romanorum academicis (1704) kenne ich nicht.

2) Plin. epp. IV 13.

3) Tac. A. III 43.

4) Apulej. Florid. IV 20.

5) Sueton. Aug. c. 8. 89. 94 sq.

6) Tac. A. IV 49. Agric. c. 4.

7) Strabo IV 1, 5 p. 181.

8) Strabo IV 4, 13 p. 673.

9) Schon Cic. pro Arch. 3, 4 nennt Antiochia eruditissimis hominibus liberalissimisque studiis affluentem. Vgl. O. Mueller antiq. Antioch. I 68, II 106 sq.

10) Aristid. orat. XV p. 232, 16 J.: *οὐδ' ὅσαι Μοῦσαι πόλεις ἀνθρώπων ἐπέρχονται, οὐδεμία ἐξοικεῖ. πολλὴ μὲν γὰρ ἡ ἐγχώριος, πολλὴ δὲ ἡ ἔπηλυς· φαίης ἂν ἑστίαν εἶναι τῆς ἠπείρου παιδείας ἕνεκα.*

11) Ueber Alexandria und Athen vgl. Strabo l. l. Philostrat. Apoll. T. VIII 359. p. 167 K.: *ἡ νεότης ἐξ ἁπάσης τῆς γῆς Ἀθήναζε φοιτῶσα.* Lucian. Alexand. 44: *υἱὸν — ἐν Ἀλεξανδρείᾳ παιδευόμενον.* Ueber Rom vgl. Bd. I. S. 17.

Reisen der Professoren.

Auf der andern Seite führten auch die Gelehrten und Lehrer aller Fächer ein Wanderleben im eigentlichsten Sinne des Worts. Besonders Rhetoren und Sophisten reisten unaufhörlich von einer Stadt zur andern, um Unterricht zu ertheilen und Vorträge zu halten, und ernteten so am sichersten Beifall, Ruhm und große Reichthümer. Lucian war für die Bildhauerei bestimmt, er erwählte die Beredsamkeit; in seinem „Traum" läßt er beide um ihn werben; die Bildhauerei stellt ihm vor, wenn er sich ihr widme, brauche er nicht in die Fremde zu gehen und seine Angehörigen zu verlassen[1], während in einer andern Schrift die Beredsamkeit erklärt, sie habe sich mit ihm vermählt und sei ihm auf all seinen Reisen gefolgt, um ihm Ehre und Wohlstand zu verschaffen, in Griechenland und Ionien, über das Meer nach Italien und zuletzt selbst nach Gallien.[2] Die berühmten Lehrer jener Zeit führten, wie namentlich ihre Biographien von Philostrat zeigen, ein höchst unstätes Leben; in ähnlicher Weise zogen die Docenten der Renaissancezeit, die in so vielen Stücken an das Alterthum erinnert, von Ort zu Ort.[3] Mit einer Lobrede auf die Stadt, in der sie auftraten, pflegten jene Redekünstler ihre Vorträge zu eröffnen[4], es war ganz gewöhnlich, daß den berühmtern an Orten, die sie mit ihrer Gegenwart beehrten, von den Behörden oder dankbaren Zuhörern Statuen errichtet wurden[5], Apulejus rühmt sich, daß ihm diese Auszeichnung auch von unbedeutenden Städten erwiesen sei.[6] Da in einer Zeit, der Post und Presse fehlten, Reisen das sicherste Mittel waren, um schnell bekannt zu werden, so wurde es natürlich auch von Gauklern und Charlatanen angewendet, wie von Apollonius von Tyana und Alexander von Abonoteichos.

1) Lucian. somn. 1, 7.

2) Id. bis accus. 27.

3) Burckhardt, Cultur der Renaissance S. 205.

4) Dio Chrys. or. XXXIII p. 395 M.

5) Koehler, über die Ehre der Statue (Verm. Schr. VI 259 ff. über die Statuen des Dio Libanius Themistius Aristides; über die letzteren vgl. auch Letronne rec. des inscr. p. 132).

6) Florid. III 16.

Auch die meisten Künstler und Kunsthandwerker waren fortwährend auf der Wanderung begriffen. Wie in der ganzen römischen Welt das Bedürfniß verbreitet war, die Existenz durch künstlerischen Schmuck zu veredeln, ist aus den unermeßlichen Kunsttrümmern in fast allen Provinzen ersichtlich; ein so ungeheures Kunstbedürfniß konnte nur befriedigt werden, wenn „ganze Colonien, Züge, Schwärme, Wolken, wie man es nennen will, von Künstlern und Handwerkern da heranzuziehen waren, wo man ihrer bedurfte."[1] Noch existirt eine Inschrift eines solchen wandernden Künstlers, eines Bildhauers, Zenon aus Aphrodisias, welche besagt, daß er im Vertrauen auf seine Kunst viele Städte durchzogen habe[2]; Postamente von Statuen mit seinem Namen sind in Rom und in Syrakus gefunden worden.[3] Aber noch viel unstäter mußte das Leben aller Bühnenkünstler, musikalischen Virtuosen und Athleten sein, die theils einzeln, theils truppweise umherzogen, besonders in Griechenland und Kleinasien, wo selbst kleinere Orte ihre periodisch wiederkehrenden Schauspiele und Agonen hatten, was aber auch in den westlichen Provinzen mehr und mehr Nachahmung fand. Die berühmtern Künstler dieser Art machten offenbar regelmäßig Rundreisen wenigstens durch Griechenland, Kleinasien und Italien, wie ihre sehr zahlreichen Denkmäler bezeugen, und wurden oft von den Städten, in denen sie enthusiastische Bewunderung erregt hatten, mit dem Ehrenbürgerrecht beschenkt. Ein Aurelius Charinus, Bürger von Philadelphia, Nikomedia und Athen, berühmter Sänger, hatte in allen heiligen Wettkämpfen, von den Capitolinischen bis zu denen in Antiochia in Syrien, Kränze gewonnen.[4] Ein Athlet, M. Aurelius Asclepiades, Bürger von Alexandria, Hermopolis, Puteoli, Neapel und Elis, Senator von Athen und von vielen andern Städten Bürger und Senator, rühmt sich, in drei Ländern aufgetreten zu sein, Italien, Griechenland und Kleinasien[5]; dasselbe

Reisen der Künstler und Virtuosen.

1) Goethe's Werke, Ausg. v. Cotta 31, 250.
2) Brunn, Künstlergeschichte I 574. C. I. G. 6233.
3) Ib. 5374. 6151.
4) Ib. 3425.
5) Ib. 5913.

rühmt ein Dichter der ersten Kaiserzeit von dem pergamenischen Pankratiasten Glykon.[1]

Reisen zu religiösen Festen und Feierlichkeiten.

Jene Feste und Schauspiele aber, die damals so häufig in allen Provinzen stattfanden, zogen auch immer eine große Menge von Zuschauern und Theilnehmern von Nah und Fern herbei. Bei den Pythischen Spielen kam noch in Gellius' Zeit fast ganz Griechenland zusammen[2], und selbst den Verbannten auf den Inseln des Archipel wurde gestattet, an solchen Festen, so wie an religiösen Feierlichkeiten Theil zu nehmen.[3] Unter diesen übten die Eleusinischen Mysterien noch immer die größte Anziehungskraft auch auf Römer[4]; und gewiß war die Zahl der Gläubigen nicht gering, die, wie Apulejus, von einem Heiligthum zum andern zogen, und sich in jeden Geheimdienst einweihen ließen, um keines göttlichen Segens verlustig zu gehen.[5]

Gesundheits- und Erholungsreisen.

Endlich waren auch Reisen zur Wiedererlangung der Gesundheit ungemein häufig. Besonders bei beginnenden Brustkrankheiten

---

1) Antipat. Thessal. epigr. 68, Anthol. Gr. ed. Jacobs V. II p. 113. Vgl. auch folgendes Epigramm der Anthol. IV p. 284. Adesp. 752:

Μ. ΣΕΜΠΡΩΝΙΟΣ ΝΙΚΟΚΡΑΤΗΣ.
ἤμην ποτὲ μουσικὸς ἀνήρ,
ποιητὴς καὶ κιθαριστής,
μάλιστα δὲ καὶ συνοδίτης.
πολλὰ βυθοῖσι καμών,
ὁδοιπορίαις τ' ἀτονήσας,
ἔμπορος εὐμόρφων γενόμην,
φίλοι, μετέπειτα γυναικῶν.

Vgl. die Grabschrift desselben C. I. Gr. 6287 (Fabretti p. 704, 248) und A. d. I. 1861 p. 125. Daß übrigens auch Bordellwirthe mit ihren Dirnen umherreisten, zeigt Strabo XII 8, 17 p. 578. Auch mag man sich hier der umherziehenden Gladiatorenbanden und der unzähligen Transporte von Thieren zu Wasser und zu Lande (Cod. Theod. XV 11, 2) erinnern.

2) Gell. N. A. XII 5: cum Delphos ad Pythia conventumque totius ferme Graeciae visendum Taurus philosophus iret. Vgl. über das Zusammenströmen von Fremden zu den Schauspielen Roms Bd. I S. 19.

3) Plutarch. de exil. c. 2 p. 604. Sie konnten *μυστηρίοις ἐν Ἐλευσῖνι διατρίβειν, Διονυσίοις ἐν Ἄργει πανηγυρίζειν, Πυθίων ἀγομένων εἰς Δελφοὺς παρελθεῖν, Ἰσθμίων εἰς Κόρινθον.*

4) Lobeck. Aglaoph. p. 37 sq.

5) Apulej. Apol. p. 494.

und bei Blutauswurf empfahlen die Aerzte Seereisen und Veränderung des Klimas, aus Italien wurden die Kranken gewöhnlich nach Aegypten geschickt[1], falls ihnen nicht der Aufenthalt in Nadelholzwäldern oder eine Milchkur im Gebirge angerathen ward.[2] Unter den Orten, wo besonders heilkräftige Mittel erzeugt oder bereitet wurden, ist Anticyra am Busen von Crisa der berühmteste, wohin mehr Kranke reisten, als nach der gleichnamigen Stadt am Fuß des Oeta, obwohl hier die beste Nieswurz wuchs, doch wurde sie dort besser zubereitet.[3] Wie groß der Zudrang zu den oft mit Heilanstalten oder Traumorakeln verbundenen Tempeln der Heilgötter Aeskulap, Isis und Serapis war, ist allbekannt.[4] Der Gebrauch der Bäder war im Alterthum kaum minder allgemein als gegenwärtig, und ein sehr großer Theil der jetzt benutzten Heilquellen schon damals bekannt[5]; so war, um nur ein Beispiel anzuführen, Baden bei Zürich schon in der zweiten Hälfte des ersten Jahrhunderts ein durch den Gebrauch seiner Quellen lebhafter Ort.[6] Von den Badeörtern, die zugleich oder vorzugsweise Vergnügungsörter waren, wie Bajä, Aedepsus und Kanopus, wird unten die Rede sein. Auch zur Zerstreuung und Erholung scheinen Reisen sehr häufig unternommen worden zu sein.[7]

1) Cels. III. 22. Plin. epp. V 19, 6. Plin. H. N. XXXI 63.

2) Id. ib. XXIV 28.

3) Plin. H. N. XXV 52. Strabo VIII 418 C. — Horat. Sat. II 3, 166. Sueton. Calig. c. 29.

4) Vgl. über den Aeskulaptempel zu Epidaurus Curtius Peloponnes II 419 ff. Ueber die Reisen des Aristides in seiner Krankheit Welcker kl. Schriften 3, 89 ff.

5) Vgl. über einige Hauptbäder Italiens Becker Gallus I[3] 145 und den Artikel Aquae in der St. R. E. Ischia I. R. N. 3514.

6) Tac. H. I 67.

7) Seneca ad Polyb. 6, 4. epp. 28. Prop. III 21. Ovid. remed. am. 241 sqq.

4. Die Reisen der Touristen und deren gewöhnliche Ziele.

Häufigkeit der Reisen von Touristen.

Solcher und ähnlicher Art waren die hauptsächlichsten Veranlassungen zu Reisen in jener Zeit. Sie sind hier nur angeführt, um die Häufigkeit und Leichtigkeit des Reisens zu veranschaulichen. Fortan soll dagegen ausschließlich von den Reisen die Rede sein, die aus Wanderlust, aus Verlangen nach Veränderung, aus dem Wunsch, neue Eindrücke aufzunehmen, sich durch sie zu bilden oder zu unterhalten, unternommen wurden: auch solche Reisen waren damals kaum weniger häufig, als in der neueren Zeit. Plinius nennt die menschliche Natur „reiselustig und nach Neuem begierig.“[1] Die Zahl derer war groß, die „gern durch unbekannte Städte zogen, ein neues Meer erforschten, und in allen Ländern der Welt Gäste waren.“[2] Jener Hang zum Wandern war sehr verbreitet, der Hadrian durch alle Provinzen seines Reiches führte, und der in ihm so mächtig war, „daß er Alles, was er über irgend welche Gegenden der Welt gelesen hatte, aus eigener Anschauung kennen lernen wollte.“[3]

Beschränkung der antiken Reisen auf die bekannte Welt.

Doch nichts wäre irriger, als aus solchen Aeußerungen zu schließen, daß die Unternehmungen, die aus der Wanderlust der Alten hervorgingen, auch nur entfernt mit den Entdeckungsfahrten und Weltwanderungen in neueren Zeiten verglichen werden könnten. Der Trieb, ins Unbekannte vorzudringen, war im Alterthum gering, und so blieb den Römern wie den Griechen die Erde nach allen Richtungen hin von nahen Grenzen umschlossen, über die hinauszuschweifen kaum die Phantasie das Verlangen trug: und selbst auf den schon vielfach betretenen Grenzgebieten der bekannten Welt vermochte die Erkundung des Wahren nie völlig die Fabeln und Wundersagen früherer Zeiten zu verdrängen, die immer von Neuem auftauchten und auch bei den Gebildeten Eingang fanden.

Fortdauer von Fabeln über ihre Grenzgebiete.

Noch wagte kein kühner Schiffer sich in das unermeßliche Westmeer hinaus, von dem man glaubte, daß es wie das Nordmeer in einer

1) Plin. H. N. XVII 66: hominum natura novitatis ac peregrinationis avida. Vgl. auch Seneca ad Helv. c. 6.

2) Manil. Astron. IV 513.

3) Vit. Hadrian. c. 17.

gewissen Entfernung von der Küste für Schiffe undurchdringlich würde[1], obwohl die Existenz eines Festlandes zwischen dem westlichen Europa und Asien (nicht bloß von Strabo[2], sondern auch von Aristides[3]) für wohl möglich gehalten wurde. Noch Pausanias erzählt nach dem Bericht eines carischen Seefahrers von wüsten Inseln im atlantischen Meer, die von satyrähnlichen Geschöpfen bewohnt seien.[4] Im Süden setzten die Wüsten und die Gluth des innern Afrika der Forschbegierde das Ziel, von der es hieß, daß sie die Steine noch am Abend glühend mache, den Sand so erhitze, daß er die Sohlen der Menschen verbrenne und die Eingebornen zwinge, in unterirdischen Höhlen zu wohnen.[5] Aber auch der Atlas blieb in geheimnißvolles Dunkel gehüllt. Obwohl, seit römische Truppen unter Claudius zuerst bis dorthin gekommen waren, die Statthalter Mauretaniens es zum Ehrenpunkte machten, bis an dies Gebirge vorzudringen, obwohl es in dieser Provinz schon in Plinius' Zeit fünf römische Kolonien gab, berichtet auch er noch, daß die am Tage von den Schauern der tiefsten Einsamkeit erfüllten Bergwüsten des Atlas bei Nacht von Feuern leuchten und von dem Lärm schwärmender Satyrn und Pane, dem Klange der Flöten und Pauken wiederhallen.[6] Am erklärlichsten ist es, daß die Phantasie zu allen Zeiten geschäftig war, die Länder des Ostens, Arabien und Indien, mit immer neuen Wundern zu schmücken.[7] Doch auch über den äußersten Norden behaupteten sich Sagen und wunderliche Vorstellungen hartnäckig. Den Berichten von einem seligen Hyperboräerlande, mit ewigem Frühlinge, wo die Sonne nur einmal im Jahre auf- und einmal untergeht und der Tag ein halbes Jahr dauert, mochte Plinius

1) Ukert, Geographie der Griechen und Römer III 1, 85.

2) Humboldt Kosmos 2, 222.

3) Aristid. orat. XVI p. 242 ed. Jebb.: *εἴ τις ἔξω τοῦ Ἀτλαντικοῦ πελάγους ἐστὶ γῆ.*

4) Pausan. I 23, 6: *ἐς τὴν ἔξω θάλασσαν, ἐς ἣν οὐκέτι πλέουσιν* (—?)

5) Seneca quaest. nat. IV 2, 17. Vgl. Strabo XVII p. 839.

6) Plin. H. N. V 1, 5 sqq. Die ähnlichen Berichte bei Pompon. Mela III 9 über das Gebirge *Θεῶν ὄχημα* sind wol aus derselben Quelle geflossen.

7) Vgl. über Indien z. B. Hieronym. epp. 124, 4.

nicht völlig den Glauben versagen.[1] Tacitus sagt, daß im Norden ein starres unbewegliches Meer den Erdkreis abschließt; dorthin setze man mit Wahrheit die Grenze der Natur, denn so nahe gehe dort die Sonne unter, daß ihr Glanz die Nacht erhelle und die Sterne verdunkle, ja man wolle ihr Rauschen beim Versinken ins Meer vernommen haben.[2] Plutarch berichtet nach der Erzählung eines vielgereisten gelehrten Freundes, Demetrios aus Tarsos, daß die bei Britannien liegenden zerstreuten Inseln von Geistern bewohnt seien und daß auf einer derselben Kronos schlafend von dem Riesen Briareus gefangen gehalten werde[3]; und die Vorstellung, daß jene Küsten und Inseln ein Theil des Todtenreichs, ein Aufenthalt der abgeschiedenen Seelen seien, kehrt auch in spätern Zeiten in verschiedenen Formen wieder.[4]

Beschränkung der Reisen auf ein enges Gebiet auch innerhalb der bekannten Welt.

Aber auch innerhalb der Grenzen der bekannten Erde beschränkten sich bei weitem die meisten Reisen auf ein verhältnißmäßig enges Ländergebiet. Ueber die Grenzen des römischen Reichs wagen sich, mit Ausnahme von Kaufleuten, offenbar nur sehr Wenige. Strabo meinte, daß nicht leicht ein Geograph viel weitere Reisen gemacht haben möchte, als er: er war in der Richtung von Osten nach Westen von Armenien bis an die Westküste Italiens, von Norden nach Süden vom schwarzen Meer bis an die Grenze Aethiopiens gekommen.[5] Der vielgereiste Pausanias hatte Niemanden angetroffen, der in Babylon oder in Susa gewesen war.[6] In den Donauländern waren in Trajan's Zeit außer Kaufleuten und Armeelieferanten Fremde höchst selten zu finden.[7] Im römischen Reiche selbst konnten Reisen, die (ohne eigentlich wissenschaftlichen Zweck) nur zum Vergnügen und zur Belehrung unternommen wurden, so gut wie nie nach den nördlichen Ländern gerichtet sein. Von diesen galt ohne Zweifel in Bezug

1) Plin. H. N. II 89
2) Tac. Germ. c. 45.
3) Plutarch. de def. orac. c. 18 p. 419 F.
4) Claudian. in Rufin. I 23. Procop. B. Goth. IV 20. Vgl. Euseb. Praep. evang. V 17.
5) Strabo II p. 117 C.
6) Pausan. IV 31, 5.
7) Dio Chrys. or. XII p. 198 M.

auf Reisen im Allgemeinen, was Tacitus in Bezug auf Auswanderungen von Germanien sagt: es war undenkbar, daß Jemand Italien verlassen sollte, um diese Gegenden aufzusuchen.[1] Dagegen wurden allerdings in die westlichen Provinzen wie es scheint nicht ganz selten Reisen aus bloßer Schaulust gemacht, da namentlich Gallien und Spanien, in denen römische Sitte und Cultur in hohem Grade verbreitet war, manches Anziehende boten, und besonders das erstere ein völlig andres Land geworden war, als in Cicero's Zeit, wo es weder durch Anmuth der Gegenden, noch durch Schönheit der Städte, noch durch Bildung und Gesittung der Menschen und Völker Fremde festzuhalten vermochte.[2] In Spanien scheint besonders Gades ein vielbesuchtes Reiseziel gewesen zu sein.[3]

Hauptrichtung der Touristenreisen nach Süden und Osten.

Doch die weit überwiegende Mehrzahl der Reisenden schlug, wenn sie sich nicht mit Wanderungen in Italien und Sicilien begnügte, die Richtung nach Süden und Osten ein. Daß Griechenland, Kleinasien und Aegypten die in jener Zeit von der Hauptmasse der eigentlichen Touristen ausschließlich besuchten Länder waren, kann Niemanden zweifelhaft sein, der die damalige Litteratur auch nur oberflächlich kennt. Alle drei nennt der jüngere Plinius ausdrücklich als solche, die zu sehen jedem Gebildeten am nächsten

---

1) Tac. Germ. c. 2.

Aristid. or. XLVIII p. 355 sagt: *εἰς τὴν μεγάλην νῆσον τὴν ἀντιπέρας Ἰβήρων — στρατεύματά τε ἑκάστοτε παντοῖα διαβαίνει — καὶ ἄρχοντες καὶ ἰδιῶται μύριοι διαβαίνουσιν*, wobei ohne Zweifel hauptsächlich an Geschäftsleute zu denken ist. — Die Reise des Grammatikers Demetrios aus Tarsos nach Britannien Plutarch. de def. orac. c. 2 war vielleicht eine Art wissenschaftliche Entdeckungsreise; c. 18 p. 419 F. heißt es, er sei nach einer der nächstgelegenen Inseln geschifft, *ἱστορίας καὶ θέας ἕνεκα, πομπῇ τοῦ βασιλέως*.

2) Cic. de prov. conss. c. 12. — Der Rhetor P Annius Florus war auf seiner zur Zerstreuung unternommenen Reise auch nach Gallien und Spanien gereist. Jahn ed. Flori epit. p. XLII: inde rursus Italiam redii et taedio maris cum mediterraneam concupissem, secutus Gallicas Alpes en lustro populos Aquilone pallentes. Inde sol occidens placuit: flecto cursum. Sed statim par horrore, par vertice, par ille nivibus Alpinis Pyrenaeus excepit. Vgl. ib. p. XLIII die rühmende Beschreibung einer Stadt in Spanien, vielleicht Tarraco. — Von den Reisen, um die Ebbe und Fluth des atlantischen Meeres zu sehen, wird unten die Rede sein.

3) Vgl. z. B. auch Pausan. X 4, 4.

lag.[1] Viele sehenswerthe Dinge in und bei Rom selbst, sagt er, habe man nie gesehen, ja kenne sie nicht einmal vom Hörensagen, die man aus Büchern, Erzählungen, durch eignen Besuch kennen würde, wenn Griechenland, Kleinasien, Aegypten sie hervorgebracht hätte, oder ein anderes Land, das an Merkwürdigkeiten reich wäre und sie anzupreisen verstände. Nächst den Reisen in Italien müssen also diese Länder und die in ihnen besuchten Orte Gegenstand der Betrachtung sein.

a. Italien und Sicilien.

Ausflüge nach verschiedenen Richtungen.

Zu kleineren Ausflügen bot Italien eine große Anzahl anziehender Punkte in allen Richtungen. Seneca schildert, wie man durch kleine Streifereien zur See und zu Lande und fortwährenden Scenenwechsel dem Mißbehagen und der langen Weile zu entfliehen suchte. Bald reiste man nach Campanien, dann ward man der lieblichen Gegend überdrüssig und verlangte nach Wildnissen, dann wurden die lukanischen und bruttischen Waldschluchten durchzogen. Doch in diesen Einöden empfand man wieder Sehnsucht nach einem freundlichen Anblick, woran die verwöhnten Augen sich von der starren Rauhheit jener Gegenden erholen sollten: so ging es nach Tarent, und endlich wieder nach Rom zurück, um nicht länger das Klatschen und Gebrause des Cirkus und Amphitheaters zu entbehren.[2]

Reisen nach Sommeraufenthalten.

Doch solche Streifereien aus langer Weile wurden natürlich nur von Einzelnen gemacht; dagegen bedeckten sich im Sommer und Frühherbst alle Chausseen mit Reisenden, die der drückenden Schwüle und der Fieberluft, die dann über der Stadt brütete, entflohen, und die hohen Straßen Roms wurden leerer und leerer.[3]

1) Plin. epp. VIII 20.

2) Seneca tranq. an. 2, 13.

3) Stat. Silv. IV 4:

Zu Sommeraufenthalten wurden namentlich die bequem zu erreichenden Orte in den nahen Gebirgen und an der Küste von Latium und Campanien gewählt, doch auch an der etrurischen, wie Alsium[1] und Luna, das auch zum Aufenthalt im Winter geeignet war.[2] Am latinischen Ufer lag Ostia am nächsten, das ein wohlgeschütztes Seebad hatte[3]; an dem jetzt so öden Strande von Ostia bis Laurentum zog sich eine bald zusammenhängende, bald unterbrochene Reihe von Landhäusern hin, so daß man mehrere Städte zu sehen glaubte[4], auch Astura[5] und Circeji[6] waren besucht. Doch alle diese Orte überglänzte Antium mit seinen prachtvollen, zum Theil ins Meer hinausgebauten Palästen; Reste dieser versunkenen Herrlichkeit ragen hier noch überall aus dem Meer oder schimmern durch die durchsichtige Fluth vom Boden herauf, und eine Viertelstunde

---

Ardua jam densae rarescunt moenia Romae.
Hos Praeneste sacrum, nemus hos glaciale Dianae,
Algidus aut horrens, aut Tuscula protegit umbra,
Tiburis hi lucos Anienaque frigora captant.

1) Fronto de feriis Alsiensibus 3, 6 (maritimum et voluptarium locum). Vgl. die Anm. 1 von Mai und den Artikel Alsium in der St. R. E. (neue Bearb.).

2) Pers. VI 7. Stat. Silv. IV 4, 23.

3) Minut. Felix Octav. 1: placuit Hostiam petere amoenissimam civitatem. Ib. 4: modo in istis ad tutelam balnearum jactis et in altum procurrentibus petrarum obicibus residamus.

4) Plin. epp. II 17.

5) Wenigstens ist Cicero's dortige Villa bekannt: ad fam. VI 19. Att. XII 40. XIII 26.

6) Martial. X 30:

O temperatae dulce Formiae littus!
Vos quum severi fugit oppidum Martis
Et inquietus fessus exuit curas,
Apollinaris omnibus locis praefert.
Non ille sanctae dulce Tibur uxoris,
Nec Tusculanos Algidosve secessus,
Praeneste nec sic Antiumque miratur.
Non blanda Circe Dardanisve Cajeta.
Desiderantur nec Marica nec Liris,
Nec in Lucrina lota Salmacis vena.

weit ist das Ufer von Anzio nichts als eine Ruine oder ein fortlaufendes Gemäuer.[1] Dann zog sich von Terracina eine Reihe sämmtlich viel besuchter Seestädte die Küste entlang bis an den Golf von Neapel[2], der in seiner ganzen Ausdehnung das Hauptziel der Erholung und Zerstreuung suchenden war und eine überreiche Auswahl der herrlichsten Aufenthalte bot. Nicht minder beliebt waren die Orte im Albaner- und Sabinergebirg, vor Allen Tibur, Präneste, der Algidus, Aricia, Tusculum und Alba, auch die wildschönen Ufer des Anio waren dicht mit Villen besetzt.[3] Eine solche Menge verschieden gelegener Sommeraufenthalte machte es möglich, ein zusagendes Klima aus einer ganzen Scala zu wählen.[4] Auch Orte, die zum Aufenthalt im Winter geeignet waren, gab es theils unter den genannten, theils sonst besonders im Süden Italiens genug, wie Velia und Salernum[5]; doch vor andern lud hierzu das liebliche Tarent ein, wo der Winter so lau und der Frühling so lang war, und die Natur in so überschwenglicher Fülle ihre Gaben spendete, wie kaum in dem glücklichen Cam-

---

1) Gregorovius Figuren S. 201, wo die ganze Küste von Latium sehr schön geschildert ist. Nach Westphal röm. Campagna S. 39 erstrecken sich die Ruinen von Antium 3 Miglien weit.

2) Martial. V 1:

Hoc tibi, Palladiae seu collibus uteris Albae
 Caesar, et hinc Triviam prospicis, inde Thetin,
Seu tua veridicae discunt responsa sorores,
 Plana suburbani qua cubat unda freti,
Seu placet Aeneae nutrix seu filia Solis,
 Sive salutiferis candidus Anxur aquis.

3) Plin. epp. VIII 17 Anio, delicatissimus amnium, ideoque adjacentibus villis velut invitatus retentusque magna ex parte nemora quibus inumbratur, fregit et rapuit. Ueber Sublaqueum und Nero's dortige Villa vgl. Westphal, die röm. Campagna S. 118.

4) Fronto ad M. Caes. II 2, 7: Jam primum (Neapoli) nox tepida, Laurentina. Tum autem gallicinium frigidulum, Lanuvinum. Jam conticinium — usque ad solis ortum gelidum, ad Algidum maxime. Exin ante meridiem apricum, Tusculanum. Tum meridies fervida, Puteolana. At enim ubi sol latum (?) ad oceanum profectus, fit demum coelum modestius, quod genus Tiburtinum.

5) Horat. Epp. I 15 (quae sit hiems Veliae, quod coelum, Vala, Salerni).

panien.[1] An der Ostküste wird Ravenna als Sommeraufenthalt erwähnt.[2]

Reisen auf der Appischen Straße.

Ein sehr großer Theil der Reisenden schlug die Appische Straße ein, die von Rom in schnurgerader Richtung auf das Albanergebirg zu, von da nach Campanien und nach den beiden Haupthäfen Italiens, Puteoli und Brundisium, führte; und auch zu kürzeren Lustfahrten wurde die schöne belebte Straße viel benutzt. Da fuhr der reiche Mann, der der Stadt überdrüssig war, nach seiner Villa im Albanergebirg in einer Eile, als gälte es ein brennendes Haus zu löschen, um sich dort zu langweilen und zu gähnen, oder bald nach Rom zurückzukehren.[3] Da ließ der emporgekommene Freigelassene seine theuer gekauften Ponnies sehen.[4] Da zeigten sich üppige Frauen mit einem Gefolge von Männern[5], auch Cynthia fuhr dort, wie Properz berichtet, angeblich um die Juno in Lanuvium zu verehren, sie selbst ein Schauspiel, wie sie ihre Pferde lenkte; und zum Verdrusse des Dichters begleitete sie ein Nebenbuhler auf einem Wagen mit seidenen Vorhängen, neben dem zwei Molosserhunde mit großen Halsbändern hersprangen.[6] Auch nach dem Dianentempel im Hain bei Aricia, wo in der heißesten Jahreszeit ein großes Fest gefeiert wurde, wallfahrteten Frauen, die der Göttin ein Gelübde zu lösen hatten zahlreich, Kränze in den Haaren und Fackeln in den Händen[7]; und es wird nicht an jungen Männern gefehlt haben, die den Rath Ovid's befolgten, diese Gelegenheiten zum Anknüpfen

1) Hor. c. II 6. Der milden Winter erwähnt auch Seneca in der verdorbenen Stelle de tranq. an. c. 2, 13.

2) Digg. XVII 1, 16. Ulpianus libro XXXI ad Edictum. — Et ait Celsus libro septimo Digestorum, hoc respondisse se, quum Aurelius Quietus hospiti suo medico mandasse diceretur, ut in hortis ejus, quos Ravennae habebat, in quos omnibus annis secedere solebat, sphaeristerium et hypocausta et quaedam ipsius valetudini apta sua impensa faceret. — Nero vergiftete seine Tante Domitia wegen ihrer Besitzungen ἐν Βαΐαις καὶ ἐν τῇ Ῥαβεννίδι — ἐν οἷς καὶ ἡβητήρια μεγαλοπρεπῆ κατεσκέυασεν, ἃ καὶ δεῦρο ἀνθεῖ. Dio LXI 17.

3) Lucret. III 1063.

4) Horat. Epod. 4, 14 (et Appiam mannis terit).

5) Cic. pro Coel. 14, 34 f.

6) Propert. IV 8, 15—26; vgl. II 32, 9.

7) Ovid. Fast. III 269.

zärtlicher Verhältnisse zu benutzen.[1] Wie besucht der Ort war, ergibt sich schon daraus, daß hier (spätestens zu Ende des ersten Jahrhunderts) sich eine Art Bettlerkolonie niedergelassen hatte.[2] Jetzt liegt auf der „Königin der Straßen" statt des bunten glänzenden Lebens, das damals über sie hinwogte, die tiefste Einsamkeit. Endlos dehnen sich zu beiden Seiten die hügeligen Flächen der Campagna, aus deren Grün die halbzerstörten Bogen der Wasserleitungen ragen, hier und da steht ein graues Haus am Wege. Selten rollt ein zweirädriger Karren mit hochgestapelten Weinfässern beladen über das antike Pflaster, Campagnahirten zu Pferd treiben Schaf- und Rinderheerden vor sich her, und der schwermüthige Gesang eines Feldarbeiters schallt aus der Ferne herüber.

Reisen nach Campanien. Aber auch über Alba und Lanuvium hinaus blieb die Appische Straße lebendig, denn der Hauptstrom der Reisenden wälzte sich nach Campanien, um in jenem von der Natur zu thatlosem Genuß wie bestimmten Paradiese, vor Allem an dem üppigen Golf von Neapel[3], Erholung oder Genesung zu suchen oder sich Schwelgereien und Ausschweifungen aller Art zu überlassen. Schon längst war diese Gegend zum Sammelplatz der feineren Welt auserkoren gewesen.[4] An diesem Golf, den von Misenum bis zu dem „lieblichen Sorrent"[5] eine fortlaufende Reihe von hellschimmernden Flecken, Städten und Villen gleich einer Perlenschnur säumte, lag

Bajä. Bajä, das erste Luxusbad der alten Welt, am ebenen Strande, doch rings von einem Kranze grüner Berge umschlossen.[6] Der kleine Ort war mit großartigen Anstalten für die Cur der Kranken und glänzenden Gebäuden für den Aufenthalt und die Vergnü-

1) Id. A. A. I 259.

2) Juv. IV 117. Ob die Angabe des Schol., daß es besonders Juden waren, zuverlässig ist, bleibt dahingestellt. Nach Preller, Röm. Mythol. S. 279, 3 war es in der Gegend von Genzano.

3) Cic. ad Att. 2. 8, 2 crater ille delicatus. 5, 17 locus — animos ad consolandos accommodatus. Ovid. Metam. XV 711 (urbem in otia natam).

4) Cic. pro Planc. c. 26, 65: quum plurimi et lautissimi in iis locis soleant esse.

5) Horat. Epp. I 17, 52.

6) Becker Gallus I[3] 143 ff.

gungen der Gesunden aufs reichste ausgestattet[1]; er prangte mit einer Anzahl kaiserlicher Paläste, in deren Pracht jeder Monarch seine Vorgänger zu überbieten suchte. Villen erhoben sich theils auf weitschauenden Höhen, theils unmittelbar am Rande des Meeres[2], oder waren ins Meer hinausgebaut.[3] All diese Prachtbauten bildeten eine Stadt für sich[4], und vermuthlich war diese in fortwährendem Wachsthum begriffen, mindestens seit dem Anfange des zweiten Jahrhunderts unterschied man schon Alt- und Neu-Bajä.[5] Aber auch in den spätern Jahrhunderten hat sich der Ort wol noch vergrößert, da Alexander Severus hier prachtvolle Paläste und andere Bauten aufführte, und mit Meerwasser gespeiste Teiche anlegte.[6] Mindestens fünf Jahrhunderte lang blieb Bajä der berühmteste und besuchteste Lustort der alten Welt[7], und erst spät lagerte sich die Malaria, deren Einfluß wol nie ganz unmerklich gewesen war[8], über den verödenden Ufern.[9] Die überschwengliche Schönheit der Natur, die herrliche Klarheit und Milde der Luft, die reine Bläue des Himmels und des Meeres — Alles lud hier zum Genuß des Moments, zur seligen Vergessenheit der übrigen

---

1) Dio XLVIII 51.

2) Plin. epp. IX 7.

3) Horat. C. II 18, 20. Verg. Aen. IX 709 sqq.

4) Strabo V 4, 7 p. 246 C.

5) Nach dem Catal. Imp. starb Hadrian Bajis veteribus.

6) Vit. Alexdr. Sev. c. 26.

7) Schon Varro schrieb eine Satire Bajae, worin (doch wol in der Schilderung des dortigen Lebens) vorkam: quod non solum innubae fiunt communes, sed etiam veteres puellascunt (puerascunt?) et multi pueri puellascunt. Satt. fr. ed. Oehler X 1.

Aus der letzten Zeit vgl. Vit. Tacit. c. 7. Florian. c. 6. Symmach. Epp. I 7; 8; V 93; VII 24; VIII 23. Auson. Mosell. 346. Ammian. XXVIII 4, 18. Mueller gen. aev. Theod. II p. 34.

8) Cic. ad fam. IX 12, 1: gratulor Baiis nostris, si quidem ut scribis, salubres repente factae sunt etc.

9) Andres dell' aria di Baja. Bull. Nap. N. S. II p. 74 ff. Vgl. bes. Cassiodor. Var. IX cap. II. Petrarca (epp. fam. V 4): vidimus illum hybernis mensibus peramoenum sinum, quem sol aestivus nisi fallor infestat. Die Bäder waren nicht nur damals, sondern auch noch zu Pontanus' Zeit und selbst im Anfang des 17. Jahrhunderts besucht.

Welt ein, und prachtvolle Feste, in dieser Umgebung doppelt zauberisch, reihten sich in ununterbrochener Folge an einander. Auf den Wogen des sanftesten Meeres schaukelten zahllose bunte Barken und Gondeln, unter denen hier und da eine fürstliche Prachtgaleere steuerte[1], oder maaßen sich in Wettfahrten.[2] Heitere rosenbekränzte Gesellschaften waren zu festlichen Schmäusen an Bord oder am Strande vereint, Betrunkene einhertaumeln zu sehen, war ein gewöhnlicher Anblick. Ufer und Meer erschallten vom Morgen bis zum Abend von Gesängen und rauschender Musik.[3] Zärtliche Paare suchten die Einsamkeit der Myrthenhaine[4], oder ließen sich auf die See hinausrudern. Die Kühle des Abends und sternheller Nächte lud zu neuen Festen und Lustfahrten ein[5], und der Schlaf der Badegäste wurde bald durch Serenaden, bald durch das Gezänk an einander gerathener Rivalen gestört. Die Ueppigkeit und Zügellosigkeit des bajanischen Badelebens war sprichwörtlich. Seneca nennt Bajä eine Herberge der Laster, und schon Cicero fürchtete, es werde ihm übel ausgelegt werden, daß er sich in einer Zeit öffentlichen Unglücks dahin begebe.[6] Wüstlinge, die ihre Zahlungsunfähigkeit aus Rom vertrieb, verpraßten hier das Geld ihrer Gläubiger in Austernschmäusen.[7] Die Zahl derer, die, wie Gellius, sich in keuschen und ehrbaren Vergnügungen ergötzten, war wol zu keiner Zeit sehr groß.[8] Von Frauen wurde Bajä besonders viel besucht, und mancher Badegast, sagt Ovid, trug statt der gehofften Heilung eine Wunde im Herzen davon.[9] Einst, sagt ein andrer Dichter, war das Wasser in Bajä kalt, Venus ließ Amor darin

1) Vgl. die Erzählung von der versuchten Versenkung der Agrippina Tac. A. XIV 5.

2) Auson. Mosell. 201. vgl. 345 ff.

3) Vgl. die von Becker Gallus I² p. 142—152 angeführten Stellen, bes. Seneca epp. 51. Cic. pro Coel. 15 und 20. in Clod. 4.

4) Cels. II 17 erwähnt die Bäder super Bajis in myrtetis.

5) Tac. l. l.

6) Cic. ad fam. IX 3.

7) Juv. XI 49.

8) Gell. XVIII 5, 1.

9) Ovid. A. A. I 283.

schwimmen, ein Funke seiner Fackel fiel hinein und entzündete es, seitdem verfällt, wer dort badet, in Liebe.[1] Für weibliche Tugend galt der Ort als höchst gefährlich. Schon manches zärtliche Verhältniß, klagt Properz, habe sich hier gelöst.[2] Ein Fall, den Martial erzählt, daß eine höchst strenge Frau, die in Bajä als Penelope ankam, es als Helena verließ (das heißt sich von einem Liebhaber entführen ließ[3]), dürfte nicht selten gewesen sein.

Nächst Italien lud am meisten durch seine bequeme Nähe[4] Sicilien zu kürzern Ausflügen ein, anziehend durch seine Naturwunder, vor allen den Aetna[5], seinen milden Winter, die Schönheit und Berühmtheit seiner Städte, endlich durch eine Fülle historischer, bis in die Sagenzeit hinaufreichender Erinnerungen. Zu diesen gehörte besonders die Sage vom Raube der Ceres auf der Wiese bei Enna, auf der die Fülle der Veilchen und anderer wohlriechender Blumen so groß war, daß, wie man sagte, die Stärke des Dufts es den Jagdhunden unmöglich machte, die Spur des Wildes zu verfolgen, „ein sehenswerther Ort"; daneben der Schlund, aus dem Pluto hervorgebrochen sein sollte, und in der Stadt selbst der hochberühmte, altehrwürdige Cerestempel.[6] — Seneca zählt Sicilien.

1) Regianus oder Regillianus Anthol. lat. ed. Meyer. 536.

2) Prop. I 11, 27.

3) Mart. I 63.

4) Cic. Verr. II 2, 37: jucunda suburbanitas.

5) Lucret. I 727 nennt Charybdis und Aetna:

> quae cum magna modis multis miranda videtur
> gentibus humanis regio visendaque fertur.

Vgl. Aetna 593.

6) Diodor. V 3. Cic. Verr. II 4, 48 etc.

Mavortius Lollianus, Corrector Campaniae besuchte Firmicus Maternus während des Winters in Sicilien. In Firmic. mathes. I praef. heißt es: scrutatus a me es, sicut meministi, totius Siciliae quam incolo situm — et omnia quae veteres fabulae prodiderunt, cum verae rationis explicationem quaesisti. Quid velit ex se Scylla, quidve Charybdis — quid faciant ignes qui ex Aetnae vertice erumpant — qualis sit lacus qui prope alveum Simethi fluminis ostenditur cui Paliscus (sic) nomen est — cetera etiam omnia mecum recolens et requirens quaeque tibi a primo aetatis gradu et Atticae et Romanae litterae de admirabilibus provinciae Siciliae tradiderunt.

die Annehmlichkeiten einer Fahrt nach Syracus auf.[1] Der Reisende bekommt die mährchenhafte Charybdis zu Gesicht, die ruhig ist, so lange kein Ostwind weht, dann aber sich in weitem und tiefem Schlunde öffnet und Fahrzeuge hinabreißt. Dann sieht er die von den Dichtern so hoch gefeierte Quelle Arethusa mit ihrem blinkenden bis auf den Grund durchsichtigen Spiegel und eiskalten Wasser. Ferner den stillsten von allen natürlichen und künstlichen Häfen, der vor der Wuth auch der heftigsten Stürme sichern Schutz gewährt. Sodann die Stelle, wo die Macht der Athener gebrochen ward, wo die Steinbrüche zu unermeßlicher Tiefe ausgehauen, als ein natürlicher Kerker viele Tausende umschlossen; und die gewaltige Stadt selbst mit ihrem Gebiet, das größer ist, als die Gebiete vieler Städte; endlich erfreut er sich im Winter des mildesten Klimas, in dem kein Tag ohne Sonnenschein vergeht.

---

b. Griechenland.

Griechenland für die Römer ein Land der Vergangenheit.

Das nächste Ziel aller weitern Reisen war Griechenland. In Griechenland verehrten die Römer schon früh das Land, von dem alle Cultur ausgegangen war, sie verehrten es um seines hohen Ruhmes, selbst um seines Alters willen; seine Vergangenheit mit ihren großen Thaten und Ereignissen, selbst mit ihren Sagen war ihnen ehrwürdig.[2] Das Land, in dem fast jeder Zoll breit Erde eine bedeutende Erinnerung aufzuweisen hatte, in dem der Wandrer auf Schritt und Tritt durch unzählige aus jener großen Vorzeit stammende Denkmäler, durch die berühmtesten Werke aller Künste

---

1) Seneca ad Marc. c. 17, 2. Auch Caligula reiste zur Erholung nach Syracus. Sueton. Calig. c. 24 u. 51. Vgl. Seneca consol. ad Polyb. 17, 36. Cic. Verr. II 5 c. 27, 68: Lautumias Syracusanas omnes audistis, plerique nostis.

2) Plin. epp. VIII 24. Anthol. lat. ed. Meyer III 876 (T. II p. 1) v. 3:
Fama manet, fortuna perit: cinis ipse jacentis
Visitur, et tumulo est nunc quoque sacra suo.

festgehalten wurde, dessen Städte und Tempel zum Theil noch immer so schön, so glänzend und reich als alt und berühmt waren, hatten schon seit den punischen Kriegen die Römer von allen fremden Ländern am meisten besucht. „Die meisten von Euch, so läßt Livius die Gesandten der Rhodier 191 v. Chr. im römischen Senat sprechen, haben die Städte Griechenlands und Asiens gesehen.[1] Aemilius Paullus bereiste Griechenland im Herbst 169 v. Chr., um jene Dinge kennen zu lernen, die „durch das Gerücht verherrlicht nach Hörensagen für größer gehalten werden, als sie sich beim Augenschein erweisen"; die Beschreibung, die Livius von dieser Reise gibt, macht den Eindruck, als wenn er aus Autopsie schildere.[2] Der römische Feldherr besuchte die berühmtesten Tempel und Städte, und Orte, die wie Aulis durch historische Erinnerungen, oder aus andern Gründen merkwürdig waren, wie Chalcis mit der Dammbrücke über den Euripus; den größten Eindruck empfing er zu Olympia, wo ihn der Anblick des Phidiassischen Jupiter wie der eines gegenwärtigen Gottes im Innersten ergriff.[3]

Die Anziehung, die Griechenland auf die Römer übte, hat sich durch die Zunahme von Verfall und Verödung in den folgenden Jahrhunderten, welche einzelne wohlthätige Wirkungen der römischen Verwaltung und Cultur nicht aufhalten konnten[4], eher gemehrt als gemindert: in der Stille und Einsamkeit, die über Land und Städte gebreitet war, trat das Bild der großen Vergangenheit nur um so überwältigender vor die Seele des Wandrers. Zwar die Städte waren immer noch zahlreich[5], aber gar manche darunter bloße Schatten von Städten, wie das einst große und herrliche Panopeus in Phokis, das in Pausanias' Zeit aus ärmlichen Hüt- — Seine Verödung.

1) Liv. XXXVII 54.

2) Liv. XLV 27 sq. (c. 28 vom Aeskulaptempel zu Epidaurus: quod — nunc vestigiis revulsorum donorum, tum donis dives erat).

3) Livius nennt die Tempel zu Delphi, Lebadea, Oropus, Epidaurus, Olympia, die Städte Athen, Corinth, Sicyon, Argos, Sparta, Pallantium, Megalopolis.

4) Ueber diese vgl. Curtius Peloponnesos I 83 f.

5) Im Peloponnes lassen sich in der Zeit der Antonine 60 nachweisen (ebendas.)

ten bestand, weder ein Palast noch ein Theater, kein Marktplatz, kein Gymnasium, nicht einmal ein Brunnen war dort zu finden[1]; in andern weideten die Schafe vor dem Rathhause das Gras und das Gymnasium war in ein Kornfeld verwandelt, aus dessen wogenden Aehren die Häupter der Marmorbilder kaum hervorragten.[2] Von vielen Städten waren nur noch Ruinen übrig, das Land war entvölkert, weite Strecken lagen wüst[3], und in menschenleeren Einöden und Wildnissen konnte der Wanderer, der wie Dio von Prusa gern mit Hirten und Jägern verkehrte[4], hie und da auf abgelegene Hütten und Gehöfte stoßen, deren Bewohner kaum je eine Stadt gesehen, und in ihrer Abgeschiedenheit von der Verfeinerung wie von der Verderbniß der Civilisation unberührt, sich die volle Einfalt und Unschuld eines ursprünglichen Zustandes bewahrt hatten.[5]

Athen. Doch die meisten Reisenden besuchten ohne Zweifel nur die Städte, von denen auch die kleinern und halb oder ganz in Ruinen liegenden, an Denkmälern und Ueberbleibseln aus der Vergangenheit reich waren, die größern zum Theil ihren alten Glanz bewahrt oder unter römischer Herrschaft sich sogar noch vergrößert und verschönert hatten. Vor allen blieb Athen auch nach der Vernichtung seines Wohlstandes[6], in seiner Stille und Verödung[7] unvergleichlich schön: der Dämon des Neides weinte vor Grimm, wenn er die makellose Herrlichkeit dieser Stadt erblicken mußte.[8]

1) Paus. IV 1.

2) Dio Chrysost. orat. VII p. 106 M. (vermuthlich ist die geschilderte Stadt Chalkis auf Euböa).

3) Vgl. die Schilderungen bei Zinkeisen, Gesch. Griechenlands nach Strabo S. 516 ff., nach Pausanias S. 553 f. und die bekannte Angabe Plutarch's, daß ganz Griechenland nur noch 3000 Hopliten stellen könne (de def. orac. c 7 p. 629).

4) Dio Chrys. or. I p. 11 M.

5) Id. orat. VII.

6) Dio Chrys. or. 31 p. 348, 27 M. nennt die Athener ἐσχάτως ἀπολωλότες.

7) Horat. Epp. II 2, 81 vacuas — Athenas.

8) Ovid Metam. II 795. Daß Ovid dort gewesen war, zeigt die schöne Beschreibung des Hains und der Quelle von Hymettus A. A. III 687, was von Roß bestätigt wird: Humboldt, Kosmos II S. 108 A. 30. Vgl. von der Reise zwischen den Inseln A. A. II 79.

Dem Zauber jener wundervollen Werke, mit denen die Zeit des Perikles Athen geschmückt hatte, vermochte sich auch der für Kunstschönheit unempfängliche römische Gast nicht zu entziehen[1]; obwohl schon ein halbes Jahrtausend alt, erschienen sie wie neu und eben vollendet, die Zeit hatte sie nicht angetastet, ein Duft der Frische schwebte darüber, als wäre ihnen ein ewig blühendes Leben und eine unalternde Seele eingepflanzt worden.[2] Mit neuen Prachtbauten, die freilich hinter jenen unendlich zurückstanden, schmückten Hadrian, dem Athen eine neue Blüthe verdankte[3], die Antonine[4], Herodes Atticus die Stadt. Aber nicht die Stadt allein, auch das Land Attica prangte im Schmuck der Natur eben so sehr, als in dem der Kunst, überall fühlte man sich von Anmuth wie von einem sanften Hauch angeweht.[5] Die Lieblichkeit der Fluren und Thäler, der Glanz und die Linienschönheit der Berge wirkte um so zauberischer, je reiner und klarer die Luft, je stärker und voller das Licht war.[6] Eine Fahrt an jenen Küsten war wie ein schöner Traum; es war, als ob die Seele zuvor gereinigt und erhoben würde, um den Anblick Athens in sich aufzunehmen.[7]

Wenn Athen den Freund der Kunst, des Alterthums und der Wissenschaft zog, so übte Korinth einen ganz andern, aber nicht geringern Reiz. In mancher Beziehung war der Abstand zwischen beiden Städten ein ähnlicher, wie zwischen dem heutigen Rom und Neapel: dort Ernst und Stille und überall Denkmäler und Erinnerungen aus der großen Vergangenheit, hier Alles modern und Korinth.

1) Cic. ad Att. V. 10, 5; V 11, 4. Prop. III 21, 29 sq.

2) Worte Plutarch's Pericles c. 13, 3.

3) Pausan. I 20, 4.

4) Aristid. orat. XIII p. 183 J.

5) Id. ib. p. 187 J. sq. (τὸ ὥσπερ αὔρας εὔχαρι προςβάλλον πανταχοῦ).

6) Id. ib. p. 100 sq.

7) Id. ib. p. 97: οὕτω γὰρ παντάπασιν ἡ ψυχὴ προκαθαίρεται καὶ μετέωρος καὶ κούφη γίγνεται, καὶ σφόδρα τῶν Ἀθηνῶν τῆς θέας ἐν παρασκευῇ, ὥσπερ ἐν ἱεροῖς προτελουμένη· ἐπίδηλον δὲ καὶ τοῖς ὀφθαλμοῖς πλέον τοῦ συνήθους τὸ φῶς ἐγγιγνόμενον — ὥστε ἔοικεν ὀνείρατος εὐφροσύνη τὰ θεάματα, καὶ χορείαν ἐξελίττειν, οὐ πλοῦν ἀνύτειν δόξαις ἄν, οἷα τὴν ναῦν ἀεὶ κύκλῳ περιίσταται κάλλη, παντοδαπά, ἄγοντα μετ' εὐθυμίας ἐπὶ τὴν Ἀττικήν.

ein üppiges, buntes, geräuschvolles, ganz dem Genuß der Gegenwart geweihtes Leben. Korinth übertraf Athen noch durch die Schönheit seiner Lage[1], an Glanz und Pracht stand es ihm schwerlich nach: seine Hauptzierde waren die schönen und zahlreichen Brunnen, Quellen und Wasserwerke.[2] Durch den von Cäsar begonnenen, von Hadrian vollendeten Neubau war es als eine römische Stadt ganz neu erstanden[3], auch war in der Bevölkerung das römische Element wo nicht vorwiegend[4], so doch gewiß stark genug, um auf Leben und Sitten einen entschiedenen Einfluß zu üben[5]; überdies war Korinth durch seine unvergleichliche Lage an zwei Meeren und im Mittelpunkt von Griechenland zugleich ein Sammelplatz und ein Durchgangspunkt der von Osten und Westen unaufhörlich zuströmenden Fremden und eine „allen Hellenen gemeinsame Stadt.“ Es war eine Stadt voll Schönheit, Ueppigkeit und Lust, die auch den Sinn der Selbstvertrauendsten berückte, noch immer in Wahrheit eine Stadt der Aphrodite. Aber zugleich war sie reich an Bücherschätzen, wohin man blickte sah man deren auf den Straßen und in den Hallen, an Schulen und an Gymnasien; und auch Sagen und historische Erinnerungen fehlten nicht.[6]

Epidaurus. Nächst Korinth mag im Peloponnes das Heiligthum des Aesculap zu Epidaurus[7] von den Römern am meisten besucht gewesen sein, das sich in der Kaiserzeit zu neuer Geltung erhob. Die natürliche Abschließung des heiligen Kurortes durch die Bergabhänge war durch Mauern vervollständigt. Innerhalb der Grenze des Tempelgebiets „breitete sich der dichte Hain aus, in dessen Schatten die Kurgäste

1) Strabo VI 22 p. 397 schildert die Aussicht von Akrokorinth. Vgl. die schöne und ausführliche Schilderung bei Curtius Peloponnes II 527 ff.

2) Aristid. orat. III ed. Jebb. p. 23.

3) Einen Tempel des Jupiter Capitolinus nennt außer neuern römischen Bauten Pausan. II 4, 7.

4) Paus. II 1, 2.

5) Namentlich zeigt sich dies in der Vorliebe für Gladiatorenspiele und Venationen. Vielleicht war Korinth schon damals Residenz des römischen Statthalters, wie in späterer Zeit Marquardt, Hdb. III 1 S. 129.

6) Die ganze Schilderung nach Pausanias und besonders Aristid. or. III p. 22—25 Jebb.

7) Curtius Peloponnes S. 423 ff. u. S. 573.

sich ergingen und die Festgenossen lagerten. In dem Haine lagen die verschiedenen, den gottesdienstlichen und therapeutischen Zwecken gewidmeten Gebäude zerstreut; die Masse der Ruinen beweist die Großartigkeit der baulichen Ausstattung." Die Freigebigkeit des Kaisers Antoninus hatte diese Anlagen sehr erweitert, zu seinen Neubauten gehörte unter andern ein eigenes Sterbe- und Entbindungshaus an der äußern Grenze des Tempelgebietes, da in diesem Niemand geboren werden und Niemand sterben durfte. „Dies eingeschlossene Thal muß eine der lieblichsten Gegenden Griechenlands gewesen sein, so lange es im vollen Schmucke seiner Tempel und Festgebäude zwischen den mit heiligen Anlagen besetzten Waldhöhen sich ausbreitete, ein schöner Garten zugleich und ein reiches Kunstmuseum, angefüllt mit zahllosen Denkmälern aus der ganzen Reihe von Jahrhunderten, während welcher der Ruhm des Epidaurischen Gottes aus allen Theilen der Welt Hülfsbedürftige herbeilockte."

Rhodus.

Doch die bedeutendste Stadt Griechenlands war während dieser ganzen Zeit die Hauptstadt der Insel Rhodus. Der herrlichen Rhodos, wie sie Horaz nennt[1], kam nach Strabo keine andere griechische Stadt gleich, geschweige daß eine sie übertroffen hätte[2]; sie war auch zu Ende des ersten Jahrhunderts die reichste und blühendste Stadt von Griechenland[3] und blieb es, bis um die Mitte des zweiten ein furchtbares Erdbeben sie großentheils in Trümmer legte.[4] Noch unmittelbar vor dieser Katastrophe erschien sie so imposant, wie in der Zeit ihrer Seeherrschaft, so neu, als wäre sie eben vollendet[5], und so schön, daß sie sich mit Recht die Stadt des Sonnengottes nennen durfte.[6] Die Molen ihrer Häfen reichten weit in die See hinaus, ihre ungeheuren Schiffswerften glichen von

1) Horat. C. I 7, 1.

2) Strabo XIV p. 652.

3) Dio Chrys. orat. 31 (Rhod.) p. 321, 31 M.; 327, 17; 341, 27. Nach Marquardt, Hdb. d. R. A. III 1, S. 145 wäre diese Rede im Anfange von Vespasian's Regierung gehalten.

4) Aristid. orat. 43 (Rhod.) p. 550, 15 ed. J.: μέγιστοι τῶν Ἑλλήνων μέγιστα ἐπλήγητε.

5) Ib. p. 541 init.

6) Lucian. amores c. 8.

oben gesehen schwebenden Feldern, ihre Trieren, Tropäen von Schiffsschnäbeln und andre Erinnerungen alter Siege riefen die Zeiten ihrer einstigen Macht und Freiheit zurück. Darüber erhob sich amphitheatralisch am Ufer aufsteigend die Stadt[1], von äußerst starken mit Thürmen bewehrten Mauern umschlossen[2], mit breiten und geraden Straßen, deren Bauart und Ausstattung so durchaus gleichartig war, daß die ganze Stadt nur ein Haus zu sein schien.[3] Ihre Tempel und Heiligthümer prangten im reichsten Schmuck von Statuen und Gemälden: Rhodos allein war von Nero's Kunsträubereien verschont geblieben.[4] Ueberdies zeichnete sich die ganze Insel durch Naturschönheit und Gesundheit des Klimas aus, und wurde daher von den Römern gern als Aufenthaltsort gewählt.[5]

Eine Aufzählung auch nur der berühmtern Städte, der Tempel mit ihrer Fülle von Kunstwerken und Schätzen, der historisch merkwürdigen Punkte, der Ruinen der Vorzeit, die von Reisenden in Griechenland besucht wurden, würde allein ein Buch füllen; auch wird von den Orten und den Sehenswürdigkeiten, die Freunde der Kunst, des Alterthums und der Geschichte vorzugsweise aufsuchten, noch später die Rede sein. Von den Lustorten war der

Aedepsus. berühmteste Aedepsus in Euböa hart am Meer, mit warmen, noch jetzt von Kranken besuchten Quellen, ein Sammelplatz für ganz Griechenland, doch fehlte es natürlich auch nicht an römischen Besuchern.[6] Am lebendigsten war es hier im Frühling. Für die

---

1) Diodor. XIX 45.

2) Pausan. IV 31, 5.

3) Die ganze Schilderung nach Aristid. or. 43 p. 539, 8—541, 3.

4) Dio orat. 31 p. 355 M. Aristides sagt mit großer Uebertreibung p. 553, 11 J., noch nach dem Erdbeben seien so viel Kunstwerke übrig geblieben, daß andre Städte an einem Theil genug gehabt hätten, doch nach Mucianus bei Plin. H. N. XXXIV 36 waren auch in Rhodus 3000 Statuen, also nicht mehr als an den von Nero geplünderten Orten Athen, Delphi und Olympia.

5) Horat. C. I 7, 1. Sueton. Tiber. c. 11. (Vgl. das Gedicht des Apollonidas (15) Anth. Gr. ed. Jacobs II p. 121 sq.) Auch Nero (Sueton. c. 34) that seiner Mutter gegenüber so, als wollte er sich nach Rhodus zurückziehen. Annius Florus (Jahn. ed. Flori epit. p. XLII) nennt Rhodus und Creta unter den von ihm besuchten Orten.

6) Schon Sulla hielt sich hier auf. Plutarch. Sulla c. 26, 5.

Aufnahme der Gäste war durch Wohnungsgebäude mit Hallen und Sälen, für die Bäder durch Bassins aufs Beste gesorgt und Land und Meer lieferten zu den Gastmählern, die am liebsten am Strande des Meeres veranstaltet wurden, die köstlichsten Leckerbissen in Fülle. Schwelgerei und Ueppigkeit waren jedoch, wie es scheint, hier nicht so wie in Bajä an der Tagesordnung, man fand dort eine angenehme Geselligkeit und vielfache Gelegenheit zu edleren Vergnügungen.[1]

---

c. Kleinasien.

Die meisten Römer, die in Griechenland reisten, besuchten gewiß auch Kleinasien. Die Inseln des ägäischen Meeres, einst blühend und volkreich, nun verödet und zum Theil von Verbannten bewohnt, boten den Vorüberfahrenden reichlichen Stoff zu Betrachtungen über die Vergänglichkeit alles Irdischen, um so weniger luden sie zum Aufenthalt ein.[2] Eine gewiß nicht gewöhnliche Richtung und Ausdehnung gab Germanicus seiner Reise im J. 18[3], wo er von Athen über Euböa und Lesbos die Küste Asiens, dann Perinth und Byzanz mit der Propontis besuchte und in den Pontus einfuhr, „voll Begier, die alten und durch den Ruf gefeierten Reise des Germanicus.

1) Plutarch. quaest. conviv. IV 4, 1—4 u. 8. de fraterno amore c. 17. Vgl. Bursian in d. St. R. E. Bd. I[2] S. 206.

2) Cicero reiste im Juni des Jahres 703 mit vielem Aufenthalte von Athen über Zoster Ceos Gyaros Scyrus nach Delos, wohin er erst am sechsten Tage gelangte Epp. ad Att. V 11. Ueber die Verödung dieser Inseln vgl. außer dem bekannten Briefe des Sulpicius (Cic. ad fam. IV 5, 4) besonders die Epigramme des Antipater Thessalonic. 35—37. Anthol. ed. Jacobs. II p. 104 sq. (A. Pal. IX 421) und Apollonidas A. T. IX 408. Ovid scheint sich auf einer Reise in Griechenland und Kleinasien (Fast. VI 417—423) auf Delos aufgehalten zu haben Metam. XIII 630. Heroid. 21, 95.

Mitylene bei Cic. contra Rull. II 16, 40: urbs et natura ac situ et descriptione aedificiorum et pulchritudine imprimis nobilis, agri jucundi et fertiles. Vgl. Horat. C. I 7, 1. Sueton. Tiber. c. 10 (Agrippa zog sich dahin zurück).

3) Tac. A. II 53.

Orte kennen zu lernen;" auf der Rückreise hielten ihn von dem Besuche Samothrakes widrige Winde zurück. Wenn diese nördlichen Küsten und Inseln wol von der Mehrzahl der römischen Reisenden nicht besucht wurden, so versäumten dagegen gewiß die wenigsten, „Ilion, und was dort durch den Wechsel des Schicksals und den Ursprung Roms ehrwürdig ist," zu sehen.

Ilium. Die kleine von aeolischen Griechen bewohnte, nicht sehr alte Stadt Ilion war bis auf die Besitznahme Asiens durch die Römer ein dorfartiger armseliger Ort gewesen, ohne Mauern, selbst ohne Ziegeldächer[1]; doch hatte sie den damals noch von Niemanden angefochtenen Ruhm, an der Stelle der heiligen Ilios Homer's zu stehen, die, wie die Ilienser behaupteten, sogar nie aufgehört hatte zu existiren, sondern nach der Abfahrt der Griechen von geflüchteten Trojanern wieder aufgebaut worden war.[2] Pallas Athene, zu der Hekuba und Andromache gebetet hatten, war die Schutzgöttin auch der neuen Stadt geblieben, Xerxes und Alexander der Große hatten ihr hier geopfert, dem letztern waren in ihrem Tempel schon die Lyra des Paris und Rüstungen der Homerischen Helden gezeigt worden.[3] Eben so wenig zweifelten die Römer an der Identität von Ilium und dem alten Troja. Sie machten die Stadt, von der sie ihre Abstammung herleiteten, zur Herrin der ganzen umliegenden Küste, und in Folge der ihr verliehenen Steuerfreiheit und andrer mannichfacher Begünstigungen erhob sie sich zu einer nicht unbedeutenden Mittelstadt. Nun war freilich ein Versuch gemacht worden, den Ruhm, dem Ilium seine neue Blüthe verdankte, mit den Waffen wissenschaftlicher Kritik zu vernichten. Ein berühmter Philologe und eine als Erklärerin Homer's geschätzte Schriftstellerin bestritten die Identität von Ilium und Troja mit gelehrten Argumenten; beide waren aus Nachbarstädten gebürtig, vielleicht also durch lokale Eifersucht mit zu diesem Angriff bestimmt, der um so gefährlicher war, als er von dem Hauptsitz der griechischen Philologie und Alterthumsforschung, von Alexandria aus-

1) Strabo XIII p. 594.
2) Id. ib. p. 600.
3) Herodot. VII 43. Arrian. I 11. Plutarch Alex. c. 15.

ging. In der gelehrten Welt scheint diese neue Ansicht Anklang gefunden zu haben, wenigstens gewann sie in Strabo eine höchst gewichtige Autorität für sich[1]; in die weitern Kreise der Gebildeten scheint sie nicht einmal in Griechenland gedrungen zu sein[2], um so weniger ließen sich römische Reisende den Genuß, auf dem klassischen Boden jeden einzelnen, in der Geschichte Trojas erwähnten Punkt wiederzufinden, durch kritische Bedenken beeinträchtigen. Die Ilienser zeigten nach wie vor den Tempel und die Stelle, an der das nun in Rom befindliche Pallasbild gestanden hatte[3], und befriedigten überhaupt auch die leidenschaftlichste Wißbegierde und Schaulust.[4] Gewissenhafte Reisende durchwanderten ohne Zweifel außer der Stadt und Umgegend an der Hand der Führer auch die ganze Ebene bis zum Meer, an dessen Ufer die Grabhügel der griechischen Helden sich erhoben[5]; auf dem Grabe des Protesilaus standen jene Bäume, die jedesmal verdorrten, wenn ihre Wipfel hoch genug gewachsen waren, um Ilium erblicken zu können, und dann von Neuem anfingen zu wachsen.[6] In dem Gedichte Lu-

---

1) Grote Üb. v. Fischer Bd. I S. 300 f.

2) Ebdas. S. 301. Daß die Identität von Troja und Ilium den Römern zweifellos blieb, zeigt z. B. Tac. A. IV 55.

3) Ovid. Fast. VI 421:

Creditur armiferae signum coeleste Minervae
Urbis in Iliacae desiluisse juga.
Cura videre fuit: vidi templumque locumque;
Hoc superest illi, Pallada Roma tenet.

4) Philostrat. Apoll. Tyan. IV 11, 148 p. 168 ed. K.: ἦλθεν εἰς τὴν Ἰλιάδα καὶ πάσας τῆς περὶ αὐτῶν (?) ἀρχαιολογίας ἐμφορηθείς etc. Vgl. außer der ausführlichen Beschreibung bei Strabo auch Pompon. Mela I 18 und Artemidor. Onirocr. IV 47 p. 228: τούτων γὰρ (τοῦ Τρωικοῦ καὶ τοῦ Περσικοῦ πολέμου) καὶ ἐναυλίσματα δείκνυται καὶ τόποι παρατάξεων καὶ στρατοπέδων καθιδρύσεις παὶ πόλεων κτίσεις καὶ βωμῶν ἀναστάσεις καὶ ὅσα ἄλλα τούτοις ἀκολουθεῖ. Pausan. VIII 12, 4 führt zum Beweise, daß Anchises bei Mantinea in Arkadien begraben sei, an, daß die Ilienser sein Grab nicht zeigten.

5) Dort opferte auch Apollonius von Tyana (l. l.) und Caracalla Dio LXXVII 16. Herodian. IV 8.

6) Plin. H. N. XVI 238. Philipp. epigr. 75. Anthol. Gr. ed. Jacobs II p. 216.

can's besucht Cäsar die Gegend nach der Schlacht bei Pharsalus, vermuthlich hat der Dichter seine eigenen Reiseerinnerungen hier verwerthet.[1] Unfruchtbare Wälder und morsche Stämme, heißt es bei ihm, lasteten auf den alten Königspalästen und wurzelten in den Tempeln der Götter; ganz Pergamum ist von Gestrüpp überwuchert, sogar die Ruinen sind verschwunden. Er sieht den Fels, an den Hesione gebunden war, und im Dickicht verborgen Anchises Gemach; die Höhle, in der der Richter der Göttinnen gesessen, die Stelle, von der Ganymed zum Himmel entrafft ward, den Fels, auf dem die Nymphe Oenone spielte: kein Stein ist ohne Namen. Achtlos hatte er einen im trocknen Staube schleichenden Bach überschritten: es war der Xanthus; unbesorgt setzt er im hohen Grase seine Schritte: der Eingeborne warnt ihn, nicht auf Hektor's Asche zu treten. Auseinandergeworfen lagen Steine, und keine Spur verrieth, daß sie ein Heiligthum gebildet hatten: siehst du, sagte sein Führer, die Altäre nicht an, an denen Priamus fiel?

Jonien. Ueberhaupt aber war diese Küste von Kleinasien an Sehenswürdigkeiten sehr reich; namentlich Jonien stand hierin selbst Griechenland nicht nach, das es durch die Schönheit seines Klimas noch übertraf.[2] Hier waren die berühmtesten, größten und ältesten Tempel, wie zu Kolophon[3], Ephesus und Milet, und die schönsten Städte, verschwenderisch mit Prachtbauten neuerer Zeit, besonders

Ephesus. mit Bädern[4], ausgestättet. Unter diesen wurden wol Ephesus und Smyrna[5] am meisten besucht. Die erste als reicher Hauptthan=

---

1) Lucan. Pharsal. IX 901 sqq. Lucan wird die Reise hierher von Athen aus (Sueton. ed. Roth p. 299, 20) gemacht haben; daß er aus Autopsie schildert, scheint mir kaum zweifelhaft.

Die Höhle, in der Paris die Göttinnen richtete Diodor. XVII 7 (ἄντρον θεοπρεπές).

2) Pausan. VII 5.

3) Ib. Den Tempel zu Kolophon besuchte auch Germanicus und befragte das Orakel Tac. A. II 54.

4) Aristid. or. XIII p. 189 J.

5) Beide Städte nennt Dio Chrys. neben Tarsos und Antiochia als Vorbilder, denen Prusa nachstreben müsse. p. 489, 20 M.

delsplatz des vordern Asiens[1], eine Schatzkammer des Landes[2], war unter den Römern die Hauptstadt der Provinz[3] und galt für eine der volkreichsten und am schönsten gebauten Städte der Welt.[4] Doch den Ruhm, die schönste von allen zu sein, behauptete schon in Strabo's Zeit Smyrna, obwohl damals ihre Straßen wegen Mangels an Abzugsgräben noch sehr schmutzig waren.[5] Diesem Uebelstande wurde vermuthlich später abgeholfen und überhaupt vergrößerte und verschönerte sich die Stadt in den beiden ersten Jahrhunderten immer mehr, so daß sie sich mit Wahrheit „die erste Stadt Asiens an Größe und Schönheit, die glänzendste und Metropole von Asien" nennen durfte.[6] Am Ende dieses Zeitraums hat sie Aristides in seiner überschwenglichen Weise geschildert, bevor ein Erdbeben sie (zwischen 178 und 180) verwüstete.[7] In unvergleichlicher Lage amphitheatralisch am Meere und Hafen zu den Höhen ansteigend, bot sie überall einen gleich herrlichen Anblick, man mochte von oben herab auf das Panorama des Meers, der Vorstädte und der Stadt blicken oder von der Einfahrt in den Hafen aus. Den Anblick aus der Ferne aber übertraf noch das Innere. So durchaus in Anmuth blühend lag sie da, als wäre sie nicht allmälig erbaut, sondern auf einmal aus dem Boden entsprossen. Ueberall glänzte sie mit Gymnasien, Plätzen, Theatern, Tempeln und Tempelbezirken. Bäder so viel, daß man in Verlegenheit war, zu welchem sich wenden; Wandelbahnen von jeder Gestalt, bedeckte und offene, eine schöner als die andere; Quellen und Brunnen, Haus für Haus und mehr als Häuser; Straßen wie Plätze, in rechten Winkeln einander durchschneidend, marmor-

Smyrna.

1) Strabo XIV 641 f.

2) Aristid. or. XLII p. 522 J.

3) Marquardt, Hdb. d. R. A. III 1 S. 139.

4) Seneca epp. 102, 21.

5) Strabo XIV 646.

6) Schon Strabo nennt sie *καλλίστη τῶν πασῶν*; Aristid. or. XLI p. 613 J.: *ἡ δὲ πρὸς θέαν ὡραιοτάτη πόλεων καὶ τοῦ κάλλους ἐπώνυμος*; Philostrat. Ap. T. IV 7 p. 67 ed. K.: *καλλίστη πόλεων ὁπόσαι ὑπὸ ἡλίῳ εἰσίν*. Die Inschriften, auf denen sie die angeführten Beinamen führt C. I. Gr. 3202 3304—6 sind aus dem dritten Jahrhundert.

7) Dio LXXI 32.

gepflastert, von ein- und zweistöckigen Arkaden eingefaßt. Dazu Unterrichtsanstalten und Bildungsmittel aller Art, einheimische und fremde, ein Ueberfluß von Wettkämpfen, Schauspielen und andern Ergötzlichkeiten, ein Wettstreit zwischen den Erzeugnissen menschlicher Arbeit und Kunst und den Erzeugnissen des Meeres und des Landes; endlich das schönste Klima, da auch im Sommer und Frühling die von der See herwehenden Westwinde die Stadt zu einem Lustort schufen. Kurz es war eine Stadt, beiden Nationen (d. i. Griechen und Römern) am meisten gemäß, gleichviel ob man sein Leben in Erholung verbringen, oder sich aufrichtig um Bildung bemühen wollte.[1]

d. Aegypten.

Seltenheit der Reisen nach dem Orient.

Ueber die so leicht zu erreichende Provinz Asien erstreckten sich wol Reisen, die nicht zu eigentlich wissenschaftlichen Zwecken, sondern zur Belehrung und zum Vergnügen unternommen wurden, auch zu Lande selten nach Osten und Süden hinaus. Zwar boten auch Cyprus[2], Syrien und Palästina des Merkwürdigen und Sehenswerthen genug, aber die weite und beschwerliche Seefahrt schreckte gewiß die Meisten von dem Besuch dieser Länder zurück, und vor dem dritten Jahrhundert kamen wol selbst nach dem prachtvollen Antiochia[3], und nach dem hochberühmten Hierosolyma[4] nur

1) Für die Schilderung ist (außer Strabo l. l.) Aristid. or. XV p. 232 J. XX p. 261. XLII p. 521 benutzt. Galen ging in seinem 21. Jahre nach Smyrna, um den Pelops, einen Schüler des Numesianus und den Platoniker Albinus zu hören. K. Sprengel, Gesch. d. Medizin II 136 f. Eine ärztliche Schule daselbst, die aber zu seiner Zeit nicht mehr bestand, erwähnt Strabo XII p. 580.

2) Ueber den Besuch des Titus in Paphos Tac. H. II 2—4.

3) Antiochia wird in der Litteratur der ersten beiden Jahrhunderte sehr wenig erwähnt; bei Plinius z. B. nur zweimal bei geographischen Angaben und einige Male als Standort gewisser Pflanzen, offenbar aus griechischen Quellen; Alexandria dagegen sehr häufig.

4) Plin. H. N. V 70: Hierosolyma longe clarissima olim urbium Orientis,

die wenigsten römischen Reisenden.[1] Desto größer war die Zahl derer, die Jahr aus Jahr ein von Italien wie von Griechenland aus Aegypten besuchten, das namentlich mit Italien während der Zeit der Schifffahrt durch einen lebhaften und ununterbrochenen Verkehr verbunden war. Die zwischen beiden Ländern regelmäßig befahrene Linie ging von Alexandria nach Puteoli. In diesem Hafen war ein wahrer Weltverkehr.[2] Dort drängten sich innerhalb der mächtigen, weit in die See hinausreichenden Molen[3], Mast an Mast, Schiffe von allen Küstenländern des Mittelmeers, aus Spanien[4], Sardinien und Afrika, wie aus Cypern, Phönicien und Aegypten.[5] Die Bevölkerung von Puteoli war sehr stark mit orientalischen Elementen versetzt, Griechen und Juden[6], Aegypter und Syrer ließen sich hier zahlreich auf die Dauer nieder, die großen Handelsstädte des Ostens, wie Hierapolis, Berytus und Tyrus und ohne Zweifel noch viele andere hatten in Puteoli ihre Faktoreien und Gottesdienste.[7] Alexandrinische Schiffe lagen hier gewiß Puteoli.

---

non Judaeae modo. Vgl. Philo leg. ad Caj. p. 589 M über den Besuch des M. Agrippa in Jerusalem; über den des Titus in Paphos Tac. II. II 2—4.

1) Pausanias (V 7, 3) war am Jordan und am todten Meere gewesen.

2) Stat. Silv. III 5, 75: littora mundi hospita. Antiphil. epigr. 16. Anthol. Gr. ed. Jacobs II p. 158:

εἰπὲ Δικαιάρχεια, τί σοὶ τόσον εἰς ἅλα χῶμα
βέβληται, μέσσον γενόμενον πελάγους;

— —

β κόσμου νηίτην δέχομαι στόλον· εἴσιδε Ῥώμην
ἐγγύθεν, εἴτ' αὐτῇ μικρὸν ἔχω λιμένα.

3) Rohe Abbildungen der Küste zwischen Bajä und Puteoli, namentlich eines PALATIVM, RIPA, PILAE am letztern Hafen, auf zwei Glasgefäßen aus dem vierten Jahrhundert: De Rossi Bull. Nap. N. S. I p. 133 ff. (vgl. tav. IX 1); ib. II 153 ff.

4) Strabo III p. 145 C.

5) Philostrat. Apollon. Tyan. VII 12 p. 134 ed. K.: *τῶν γὰρ νεῶν τούτων, πολλαὶ δ' ὡς ὁρᾷς εἰσίν, αἱ μὲν ἐς Λιβύην ἀφήσουσιν, αἱ δ' εἰς Αἴγυπτον, αἱ δ' εἰς Φοινίκην καὶ Κύπρον, αἱ δ' εὐθὺ Σαρδοῦς, αἱ δ' ὑπὲρ Σαρδώ.*

6) Minervini im Bull. Nap. N. S. T. III (1855) p. 105: Giudei in Pozzuoli. Vgl. Acta apost. 28, 14.

7) C. I. Gr. III 5853 mit dem Commentar von Franz. Mommsen J. R. N. 2476, 2488.

Alexandrinische Lastschiffe.

stets vor Anker, von allen Größen und Gattungen, von dem kleinen, leichtgebauten Schnellsegler[1] bis zu dem riesigen Last- und Kornschiff. Es gab deren, die in der Länge gegen 180 Fuß (preuß.), in der größten Breite mehr als den vierten Theil der Länge, in der größten Tiefe über 40 Fuß maßen, und ihren Besitzern wol zwölf attische Talente (18861 Thlr.) und darüber jährlich eintrugen. Sie waren bemalt, hatten zu jeder Seite des Vordertheils ein Bild der Gottheit, von der sie den Namen trugen und manchen andern Schmuck; Besucher des Hafens, die noch nichts Aehnliches gesehen hatten, versäumten nicht, sich überall umherführen zu lassen und betrachteten mit Bewunderung Masten und Segel, Tauwerk, Anker und Winden und die Kajüten auf dem Verdeck, und sahen mit Staunen die braunen Matrosen furchtlos in den Tauen umherklettern.[2] In den Werften von Puteoli war auch das Schiff Acatus zu sehen gewesen, das erste alexandrinische Schiff, das unter August in den Hafen von Ostia eingelaufen und auf dem der im großen Cirkus aufgerichtete Obelisk nach Rom gekommen war; seiner Merkwürdigkeit halber hatte es August zu Puteoli aufstellen lassen, doch war es schon verbrannt, als Plinius schrieb.[3] Es soll 1200 Passagiere und außer dem Obelisken eine Ladung von Papier, Nitrum, Pfeffer, Leinwand und 400,000 (röm. d. i. gegen 64,000 preuß.) Scheffel Weizen enthalten haben.[4] — So hatte der Reisende, der sich in

1) Philo in Flacc. p. 533 M. (σκάφους δ' ἐπιβὰς τῶν μάλιστα ταχυναυτούντων).

2) Die ganze Beschreibung nach Lucian de navig. 1—6; 13. Im Piräeus war dies Schiff ein seltenes Schauspiel, das eine große Menge von Schaulustigen herbeilockte.

3) Plin. H. N. XXXVI 70: divos Augustus eam (navem) quae priorem advexerat miraculi gratia Puteolis perpetuis (?) navalibus dicaverat; incendio consumpta ea est.

4) Catal. imp. in den Abhdlgn. d. Sächs. Gesch. II 1. Mommsen's Angabe S. 651, 27, daß Claudius dies Schiff in Ostia versenkt habe, beruht auf einer Verwechslung mit dem noch größern Schiff, das auf Caligula's Befehl den Obelisk nach dem Vaticanischen Cirkus brachte: s. Plin. l. l. und XVI 201.

Von den gegenwärtigen Kauffartheischiffen haben die größten (Dreimaster) eine Tragkraft von 20000—25000 Centnern. Von den in der neuesten Zeit gebauten riesigen Dampfschiffen ist der Great Britain (1844 gebaut) 322 Fuß lang, 51 breit; die Persia (1856) 390 Fuß lang, 45 breit und hat eine Trag-

Puteoli einschiffte, in dem Getümmel des Hafens, wo alle Trachten und Bildungen der orientalischen Völker zu sehen, alle ihre Mundarten zu vernehmen waren, wo die Waaren und Produkte der fernsten Länder aufgespeichert lagen und feilgeboten wurden[1], bereits ein Stück des Orients vor Augen.

Die durchschnittliche Dauer einer günstigen Fahrt von Puteoli nach Alexandria kann man wol auf zwölf Tage und darüber veranschlagen, wenn nach der angeführten Angabe von Plinius die schnellste bekannte Fahrt neun gedauert hatte.[2] Aegypten war also den Römern damals sehr wenig, wenn überhaupt näher, als Amerika den Engländern jetzt ist. Die Fahrt ging vielleicht gewöhnlich von Sicilien über Malta, Creta und Cyprus.[3] Die Nähe der gefahrvollen ägyptischen Küste verkündete das Licht des Leuchtthurms von Pharos schon auf 300 Stadien (7—8 geograph. Meilen)[4], das noch im zwölften Jahrhundert den Schiffern leuchtete.[5] Wie ein Fahrt von Puteoli nach Alexandria.

---

fähigkeit von 5400 Tonnen, so daß bei dem Bedarf eines Kohlenvorraths von 1400 Tonnen für die transatlantische Fahrt 4000 Tonnen für Fracht übrig bleiben. Der Great Eastern, 680 Fuß lang, 83 breit, hat eine Tragfähigkeit von 27000 Tonnen und kann 4000 Passagiere außer der Bemannung aufnehmen, neben welchen dann noch für 5000 Tonnen Güterfracht Raum bleibt.

1) Sueton. August. c. 98.

2) Plin. H. N. XIX 1.

3) Der Apostel Paulus fand in Malta ein dort überwinterndes alexandrinisches Schiff Act. apost. 28, 11. Die Insel hatte sehr gute Häfen (wie auch Gaulus und Cercina), und war wohlhabend. Von Syrakus war sie 800 Stadien (keine volle Tagereise) entfernt. Diodor. V 12. Das alexandrinische Schiff, das Lucian beschreibt, fuhr von Alexandria nach Cyprus, das es οὐ πάνυ βιαίῳ πνεύματι am 7. Tage erreichte, dann wurde es durch Stürme verschlagen und lief endlich am 70. Tage in den Piräeus ein, οὓς ἔδει τὴν Κρήτην δεξιὰν λαβόντας ὑπὲρ τὸν Μαλέαν πλεύσαντας ἤδη εἶναι ἐν Ἰταλίᾳ. Lucian. navig. 7—10. Auch die von Statius beschriebene Reise des Metius Celer nach Alexandria geht über Creta. Nachdem das lucanische Meer und die Charybdis erwähnt ist, wünscht der Dichter zu erfahren (Silv. III 2, 87):

Quos tibi currenti praeceps ferat Adria mores,
Quae pax Carpathio, quali te subvehat aura
Doris Agenorei furtis blandita juvenci.

4) Joseph. Bell. Jud. IV 10, 5.

5) S. Pharus in d. St. R. E. u. Mannert X 1, 621. Aufseher des Pha-

Stern schien es durch die Finsterniß der Nacht[1], bis dann auch am Tage der hochragende Marmorbau sich weißschimmernd aus der blauen Fluth hob[2], und endlich die Palmen auf Pharos in Sicht kamen.[3]

Die Anziehungskraft Aegyptens für Griechen und Römer. Der Grieche, der Römer, der den Boden Aegyptens betrat, fand sich wie in einer neuen Welt. War dies Land ihnen von jeher als ein einziges, von allen übrigen durchaus verschiedenes erschienen[4], so mußte dies in jener Zeit noch in höherem Grade der Fall sein. Denn je länger die römische Weltherrschaft dauerte, desto einförmiger wurde die Welt. Mehr und mehr nivellirte im Westen die ausschließlich römische, im Osten die griechisch-römische Kultur die nationalen und landschaftlichen Eigenthümlichkeiten. In Aegypten allein erhielten sich gleichsam mumienartig Reste einer Kultur, mit deren Uralter verglichen die griechische und römische von heut und gestern zu sein schien, und so ragte dies Land der Vergangenheit mit seinen Wundern und Geheimnissen, wie in fossiler Erstarrung in die lebendige Gegenwart hinein. Seine Natur regte die Wißbegier wie keine andre an. Mit Ehrfurcht sah der Fremde den heiligen Strom, den berühmtesten der Welt, seine mächtigen, segenspendenden Fluthen wälzen, dessen in Dunkel gehüllter Ursprung den Forschungstrieb unwiderstehlich reizte, wenn auch nur eine dadurch veranlaßte angeblich erfolgreiche Entdeckungsreise bekannt ist.[5] Seine Schwellung verwandelte im Hochsommer ganz

---

rus war ein kaiserlicher Freigelassener nach Mommsen J. R. N. 6846: D. M. M. Aurelius Aug. lib. praepositus unctor. et proc. fari Alexandriae ad Aegyptum.

1) Plin. H. N. XXXVI 83: periculum in continuatione ignium ne sidus existimetur, quoniam e longinquo similis flammarum adspectus est.

2) Strabo XVII 1 p. 792.

3) Ovid. am. II 13, 8: palmiferamque Pharon. — Jetzt gibt keine Landmarke ein fernes Signal, als etwa im Westen der Araberthurm, und gegen Alexandria Gruppen von Dattelpalmen und die Pompejussäule. Ritter, Erdkunde I 869. Angeblich war das Meerwasser durch den Ausfluß des Nils schon trinkbar, ehe man das Land erblickte Aristid. or. XLVIII p. 334.

4) Herodot. II 35.

5) Lucian. navig. 44: καὶ τὰς πηγὰς δὲ τὰς Νείλου μόνος ἂν ἠπιστάμην. Vgl. Forbiger, Nilus in der St. R. E. Die Expedition zur Entdeckung der Nilquellen, die Nero veranstaltete, erwähnt Seneca N. Q. VI 8.

Unterägypten in eine weite Wasserfläche, aus der Städte, Flecken und Häuser auf natürlichen oder künstlichen Anhöhen erbaut, gleich Inseln ragten; unzählige Fahrzeuge, manche nur aus gehöhlten Baumstämmen[1] oder gar aus zusammengebundenem Thongeschirr bestehend[2], durchkreuzten sie.[3] Wie tief die Eindrücke der eigenthümlichen Vegetation und Thierwelt Aegyptens sich den Römern einprägten, wie lebhaft sie ihre Phantasie beschäftigten, davon geben die zahlreichen ägyptischen Landschaften auf Mosaiken und Wandgemälden Zeugniß, mit denen man Wohnzimmer und andre Räume schmückte.[4] Auf Gewässern, die dicht mit den weißen Blumen des Lotos bewachsen sind, sieht man hier Sumpfvögel schwimmen, zwischen hohem Schilf und Staudengewächsen verbirgt sich der Hippopotamus, lauert das Krokodil; am Ufer schleicht der Ichneumon, züngelt die Schlange, putzt sich der Ibis mit seinem krummen Schnabel; hoch über dem Dickicht wiegen Palmen auf schlanken Stämmen ihre befiederten Kronen.[5] Kleine seltsam gestaltete Gartenhäuser stehen in diesen Landschaften[6] und statt der Menschen erscheinen oft Pygmäen, als müßte das Wunderland von Wesen der Fabelwelt bewohnt sein.[7] Man hatte auch Nachahmungen ägyptischer Architekturen und Gegenden im Großen, wie Hadrian in seiner Villa zu Tibur ein Canobus[8], Sever wie es scheint, ein

1) Heliodor. Aethiop. I 31.

2) Strabo XVII p. 788. Juv. XV 126 sq.

3) Strabo ib.

4) Einige derselben hat zusammengestellt Jahn, Wandgemälde des Columbar. der Villa Doria Panfili S. 22.

5) Vit. Sever. c. 17: jucundam sibi peregrinationem hanc — propter novitatem animalium vel locorum fuisse, Severus ipse postea semper ostendit. Das Interesse an der Thierwelt Aegyptens zeigt am meisten das Mosaik von Palestrina, wo wirkliche Thiere mit fabelhaften gemischt erscheinen. Die Inschriften sind nicht zuverlässig, da das Mosaik stückweise ausgebrochen und zum Theil ohne Rücksicht auf Zusammengehörigkeit der Stücke wieder zusammengesetzt ist. Barthélemy mos. de Pal. p. 35. C. I. Gr. III 6131 b.

6) Aehnliche Häuser soll es jetzt in Dongolah geben (Westphal, d. röm. Campagna S. 104).

7) Die Pygmäendarstellungen bei Jahn, Archäol. Beitr. S. 416 ff.

8) Vit. Hadrian. c. 26.

Labyrinth und ein Memphis.[1] — Und wie die Natur Aegyptens ewig dieselben wunderbaren Schauspiele bot, so auch seine Monumente, die ältesten kolossalsten staunenswürdigsten, die das Alterthum kannte. An diesen künstlichen Steinbergen, Riesentempeln, unermeßlichen in Felsen gegrabenen Gängen und Höhlen, den Wäldern von Kolossen und Sphingen, den zahllosen mit farbenprangenden Bildern und geheimnißvollen Schriften überdeckten Wänden schien die Zeit machtlos vorüberzugehn. Es war immer dasselbe, was schon seit Jahrhunderten Tausende und aber Tausende angestaunt, beschrieben und geschildert hatten, und doch immer neu und überwältigend. Keine modernen Bauten und Gebilde störten die Einheit dieser übermenschlichen Werke, da auch neuere Tempel und Skulpturen den alten nachgebildet und Hieroglyphen nach wie vor angewendet wurden.[2] Endlich erhielten sich dort manche fremdartige und in der ganzen übrigen Welt unerhörte Sitten und Gebräuche, besonders im Gottesdienst, wo begreiflicherweise die Verehrung der Thiere die Neugier und Verwunderung der Fremden am meisten erregte. So blieb das Interesse für Aegypten nicht nur immer gleich lebendig, sondern es hatte auch immer den gleichen Inhalt; noch in der letzten Zeit des Alterthums waren Erzählungen und Berichte von Aegypten für griechische (und gewiß auch römische) Ohren die anziehendsten, und die Hörer wurden nicht müde, nach den Pyramiden, den Königsgräbern und all den andern Wundern des Fabellandes zu forschen.[3]

---

1) Marini atti degli fr. Arv. p. 556: qui locus appellatur Memphi — auf einem Gute Sever's. Vgl. p. 628 und Gruter 1080, 3 (*ὁ τόπος Λαβύρινθος*).

2) Letronne Rec. d'inscr. etc. I p. 210. Vgl. Marquardt, Hdb. d. R. A. III 1, 209.

Eine Ausnahme machen die Ruinen der von Hadrian angelegten Stadt Antinoopolis, vgl. Mannert X 1, 396.

3) Heliodor. Aethiop. II 27: (*Αἰγύπτιον γὰρ ἄκουσμα καὶ διήγημα πᾶν Ἑλληνικῆς ἀκοῆς ἐπαγωγότατον*).

Von den vorzugsweise oder ausschließlich aus Interesse für Aegypten unternommenen Reisen des Germanicus im J. 19, des Hadrian (mit Sabina) im J. 130, des Sever (mit Caracalla und Julia Domna C. I. 5973) bis zur Grenze Aethiopiens (Dio LXXV 13) im J. 200 (Tillemont) oder 203 (Eckhel VII p. 180) wird unten die Rede sein. Vespasian hatte zu einer Reise ins Land von Alexan-

Alexandria. Seine Größe und Schönheit.

Doch die Hauptstadt Aegyptens, Alexandria[1], bot den Fremden ganz andere Eindrücke, als das übrige Land. Eine relativ moderne, nicht ägyptische, sondern griechisch-orientalische Stadt, war sie in Bauart und Anlage von andern in der makedonischen Zeit entstandenen Hauptstädten wol nicht wesentlich verschieden. Im Umfange von etwa drei geographischen Meilen lag sie am Ufer von Osten nach Westen ausgebreitet[2]. Ihre beiden Hauptstraßen, die eine von Norden nach Süden, die andere von Osten nach Westen, beide hundert Fuß breit und wie es scheint mit Arkaden eingefaßt, die letztere 30 Stadien (3/4 Meilen) oder darüber lang, fast durchaus aus Prachtbauten und Tempeln bestehend, durchschnitten einander im rechten Winkel.[3] Die ganz massiv aus Stein gebauten Häuser hatten flache Dächer.[4] Mit Tempeln, Palästen und andern Prachtbauten und öffentlichen Anlagen war sie schon in der ersten Kaiserzeit so reich ausgestattet, daß diese den vierten oder gar dritten Theil des ganzen Stadtgebiets füllten.[5] Gegenüber dem großen Hafen erhob sich das dem ersten Kaiser geweihte Augusteum, ein weiter Tempelbezirk mit Portiken, Säulen, Bibliotheken, Hainen, Propyläen, voll von Weihgeschenken, Statuen und Gemälden, in Gold und Silber prangend[6]; von allen die pracht-

dria aus (Sueton. c. 7) wol eben so wenig Zeit als Lucull (Plutarch. Luc. c. 2); Titus war wenigstens in Memphis (Sueton. c. 5). Caligula beabsichtigte eine Reise nach Aegypten aus Vorliebe für Alexandria (Philo ad Gaj. p. 595 M.); desgleichen Nero (Sueton. c. 19; vgl. 20). Nach Letronne's wahrscheinlicher Annahme (Rec. des insc. II p. 310) sind auch Marc Aurel und Lucius Verus in Aegypten gewesen. Vgl. unten über die Inschriften der Syringen.

1) Die große Reichhaltigkeit des zur Schilderung von Alexandria vorhandenen Materials wird es hoffentlich entschuldigen, wenn ich dieselbe etwas mehr ausgeführt habe, als der Inhalt dieses Abschnitts es verlangt.

2) Vgl. Mannert, Alte Geographie X 1, 621 und Th. I S. 9 A. 2. Nach den dortigen Angaben war der Umfang 16360 passus.

3) Strabo XVII 1, p. 793. Diodor. XVII 52 gibt die Länge der Hauptstraße auf 40 Stadien an. Achill. Tat. V 1: *ἀνιόντι δέ μοι κατὰ τὰς Ἡλίου πύλας — στάθμη μὲν κιόνων ὄρθιος ἑκατέρωθεν ἐκ τῶν Ἡλίου πυλῶν εἰς τὰς Σελήνης πύλας· οὗτοι γὰρ τῆς πόλεως οἱ πυλωροί.*

4) Caesar. bell. Alex. I 1.

5) Strabo XVII 1 p. 795.

6) Philo leg. ad Gaj. 567 M.

vollste und großartigste Anlage aber war das Serapeum, das allein dem Capitol zu Rom nachstehen mochte.[1] Die Bevölkerung, die wol zwischen einer halben und einer ganzen Million schwankte[2], bestand theils aus Aegyptern, Griechen und Juden[3], theils war sie eine Mischlingsbevölkerung[4], hauptsächlich, doch keineswegs ausschließlich, aus der Vermischung der beiden ersten Nationen hervorgegangen. Die Juden wohnten hauptsächlich in zwei von den fünf (mit Buchstaben bezeichneten)[5] Quartieren der Stadt[6], einzeln aber in allen, daher man ihre von Bäumen umgebenen Synagogen in allen Stadttheilen sah.[7] Römer und andre Europäer müssen hier, auch abgesehen von der starken Garnison und dem großen Beamtenpersonal, immer in nicht geringer Zahl vorübergehend oder auf die Dauer ansässig gewesen sein. Dazu führte der Welthandel die afrikanischen und asiatischen Völkerschaften in Menge aus den weitesten Fernen wie in keiner andern Stadt der Erde zusammen: Aethiopen, Libyer und Araber sah man hier neben Skythen, Persern, Baktrern und Indern.[8]

Bevölkerung.

Welthandel und Reichthum.

Die beispiellos günstige Lage Alexandrias — an der sonst weit und breit hafenlosen Küste[9] eines unermeßlich reichen Hinterlandes und an der Mündung von dessen einziger Wasserstraße, auf der Grenze zweier Welttheile und mit dem dritten durch ein höchst ge-

---

1) Ammian. XXII 16, 12.

2) Marquardt, Hdb. d. R. A. III 1 A. 1486.

3) Ebd. S. 220.

4) Philo de legat. ad Gaj. p. 563 M.: ὁ Ἀλεξανδρέων μιγὰς καὶ συμπεφορημένος ὄχλος.

5) Philo in Flacc. p. 525 M.

6) Philo ib. Nach Joseph. B. J. II 18, 7 bewohnten sie nur ein Quartier. Natürlich ist hier Philo als Alexandriner glaubwürdiger, es müßte denn in der zwischen beiden liegenden kurzen Zeit eine Veränderung Statt gefunden haben.

7) Id. leg. ad Gaj 565 M. Vgl. über die nach jüdischen Quellen sehr prächtige Hauptsynagoge Grätz, Gesch. der Juden 4 S. 142 f. Sie soll unter Trajan zerstört worden sein.

8) Dio Chrys. or. XXXII p. 373 M.

9) Von Joppe bis Parätonium (eine Küstenstrecke von 5000 Stadien) war dies der einzige sichere Hafen. Diodor. I 31.

gliedertes Binnenmeer mehr verbunden, als von ihm geschieden[1] — machte diese Stadt zum größten Handelsplatz der alten Welt und zur zweiten des römischen Reichs.[2] Aber erst seit Aegypten ein Glied dieses ungeheuern Länderorganismus geworden war, konnten all jene Vortheile ihre volle Wirkung üben. Der Handel nahm sogleich einen gewaltigen Aufschwung. Die Einfuhr aus Arabien und Indien betrug schon in der ersten Zeit von Augusts Regierung das Sechsfache von dem, was sie unter den letzten Ptolemäern betragen hatte[3], nicht minder steigerte sich die Einfuhr aus dem innern Afrika[4]; und der Absatz der Waaren, die den Gegenstand dieses alexandrinischen Transithandels bildeten, nach Italien und dem Westen muß mit dem Steigen des Luxus und dem Fortschritt der Kultur in den Provinzen während der ersten Jahrhunderte noch sehr zugenommen haben. Karawanen und Handelsflotten brachten Jahr aus Jahr ein die Schätze des Südens und Ostens, selbst der fernsten Fabel- und Wunderländer hieher. Das Köstlichste und Seltenste, was die Welt kannte, lagerte hier in Massen. Goldstaub, Elfenbein und Schildkrötenschaalen aus dem Troglodytenlande, Gewürze aus Arabien, Perlen vom Persischen Meerbusen, Edelsteine und Byssus aus Indien, Seide aus China, — alle diese und unzählige andre Waaren, meist von der höchsten

1) Dio Chrys. or. XXXII p. 372 M.: *Κεῖται γὰρ ἐν συνδέσμῳ τινὶ τῆς ὅλης γῆς καὶ τῶν πλεῖστον ἀπῳκισμένων ἐθνῶν, ὥσπερ ἀγορὰ μιᾶς πόλεως, εἰς ταὐτὸ συνάγουσα πάντας καὶ δεικνύουσά τε ἀλλήλοις καὶ καθ' ὅσον οἷόν τε ὁμοφύλους ποιοῦσα.*

2) Ib.: *δευτέρα τῶν ὑπὸ τὸν ἥλιον.* Joseph. B. J. III 2, 4 sagt von Antiochia: *μεγέθους ἕνεκα καὶ τῆς ἄλλης εὐδαιμονίας τρίτον ἀδηρίτως ἐπὶ τῆς ὑπὸ Ῥωμαίοις οἰκουμένης ἔχουσα τόπον.* Auch Aristides or. XIV p. 205 J. nennt Alexandria die größte Stadt nach Rom. Zu Herodian's Zeit (VII 6, 2) rivalisirte Carthago mit Alexandria *περὶ δευτερείων.* Geta bestimmte sich zur Hauptstadt Alexandria oder Antiochia, *οὐ πολύ τι τῆς Ῥώμης, ὡς ᾤετο, μεγέθει ἀπολειπούσας.*

In Diodor's Zeit (XVII 52) galt Alexandria bei Vielen für die erste Stadt der Welt, mit der Rom, wie es scheint, damals noch nicht rivalisiren konnte.

3) Strabo (II 4, 10 p. 118) hörte schon im Jahr 24 v. Chr., als er Aelius Gallus auf seinem Feldzuge begleitete, daß damals wol 120 Schiffe Waaren aus Indien holten; früher (XVII 1, 13 p. 798) nur etwa 20.

4) Strabo XVII 1, 13.

Kostbarkeit, wurden hier aufs neue verladen, um in Rom und anderwärts zum Theil zum Hundertfachen des Einkaufspreises abgesetzt zu werden.[1]

Industrie. Neben diesem Welthandel, der Tausenden Lebensunterhalt, Wohlstand und Reichthum gab, von dem großen Kaufmann bis herab zu den Lastträgern des Hafens[2], hatte Alexandria eine großartige Industrie. Die dortigen Webstühle lieferten die feinsten Stoffe aus Linnen und Byssus, die Glasbläsereien die buntesten künstlichsten und kostbarsten Gläser in allen Gestalten und Farben, die Papyrusfabriken alle Arten des Schreibmaterials, vom dünnsten Blatt bis zum gröbsten Packpapier.[3] Das rastlose Treiben einer so ungeheuern erwerbenden, arbeitenden und schaffenden Bevölkerung imponirte um so mehr, wenn man es mit dem müssiggängerischen und unproduktiven Gewühl und Getümmel Roms verglich. Es war dies, was neben der in einem Welthafen natürlichen Vermischung und Verwirrung der Religionen und Kulte, vor Allem Hadrian's Staunen bei einem wiederholten Besuch von Alexandria erregte.[4] Niemand, so schrieb er an seinen Schwager Servianus, ist hier unthätig, jeder treibt irgend ein Gewerbe. Die Podagrischen haben zu schaffen, die Blinden haben zu thun, nicht einmal wer das Chiragra hat, geht müssig. Das Geld ist ihr Gott, ihn beten Juden, Christen und alle andern an.[5]

Uebermuth und Ausgelassenheit. Daß die Bevölkerung der reichen Fabrik- und Handelsstadt in hohem Grade übermüthig war, ist natürlich. Zu dem Kauf-

1) Höck, Röm. Geschichte I 2 S. 281—290.

2) Lucian Toxaris 31: *παραδοὺς γὰρ ἑαυτὸν τοῖς ἐν τῷ λιμένι ἐμπόροις ἕωθεν εἰς μέσην ἡμέραν οὐκ ὀλίγον ἀπέφερεν ἀχθοφορῶν*. Die Verspottung der Aegypter als Lastträger (Suidas s. *αἰγυπτιάζειν: οὗτοι διαβάλλονται καὶ ὡς ἀχθοφόροι ὄντες* cf. sub *ἀχθοφόρον* und Intpp. zu Cass. Dio LXII 6) hängt hiermit nicht zusammen.

3) Gallus II[3] S. 326 u. 370. III 205.

4) Hadrian war in Aegypten zum ersten Mal 130, der Brief an Servianus scheint in dessen drittem Consulat 134 geschrieben zu sein. Haackh, St. R. E. III 1035 f.

5) Vit. Saturnini c. 8. Den ganzen Satz; Unus illis deus est etc. hielt Casaubonus für eine Glosse, Salmasius bezog ihn auf Serapis; mir scheint die von Lehrs herrührende Emendation: Nummus illis deus est schlagend.

mannsstolz gesellte sich hier das Bewußtsein der Unentbehrlichkeit Aegyptens für Rom, dessen Existenz zum großen Theil auf dem Ausfall der dortigen Ernten und der Kornzufuhr von dort beruhte.[1] Wenn Jemand den Nil lobt, sagte Dio den Alexandrinern, seid ihr so stolz, als kämt ihr selbst aus Aethiopien geflossen.[2] Wo Millionen so leicht erworben wurden, war auch die Ueppigkeit und Ausgelassenheit groß. Die den Aegyptern eigenthümliche Witzelei und Spottlust war hier unbezähmbar und steigerte sich bis zur zügellosen Frechheit[3], selbst die Mächtigsten, selbst die Kaiser, selbst ihre Wohlthäter blieben nicht verschont[4], auch die Gefahr konnte die Ausbrüche dieses Hanges nicht zurückhalten. — Seneca durfte es seiner mütterlichen Tante zum Ruhme anrechnen, daß sie als Gemahlin des Vicekönigs von Aegypten während einer Zeit von sechszehn Jahren von aller übeln Nachrede verschont geblieben sei, in einer Stadt, „die so geistreich und redefertig ist, wo es die Verunglimpfung ihrer Regierung gilt.“[5] Scherz, Gelächter und Lustbarkeit waren überall, Ernst und Sammlung für höhere Interessen nirgend zu finden.[6] Auch hier drehte sich Alles um Brod und

1) Plin. paneg. c. 31: Superbiebat ventosa et insolens natio, quod victorem quidem populum pasceret tamen; quodque in suo flumine, in suis navibus vel abundantia nostra vel fames esset.

2) Dio or. XXXII p. 373 M.

3) Vgl. Bd. I S. 56 A. 4—6.

4) Dio ib. p. 367 M.: *οὐκ ἄρα ἔδεισα τὸν ὑμέτερον θροῦν οὐδὲ τὸν γέλωτα οὐδὲ τὴν ὀργὴν οὐδὲ συριγμοὺς οὐδὲ τὰ σκώμματα, οἷς πάντας ἐκπλήττετε καὶ πάντων ἀεὶ πανταχοῦ περίεστε καὶ ἰδιωτῶν καὶ βασιλέων.* Sueton. Vespas. c. 19: Alexandrini Cybiosacten eum appellare perseveraverunt. Dio LXVI 8. Hadrian in der vit. Saturnin. c. 8. Ueber die Spöttereien der Alexandriner, die das Blutbad Caracalla's veranlaßten Herodian. IV 9, 2. Dio LXXVII 22.

5) Seneca consol. ad Helv. 19, 6.

6) Dio l. l. init.: *ἆρά γε βούλοισθ᾽ ἄν, ὦ ἄνδρες, σπουδάσαι χρόνον μικρὸν καὶ προσέχειν, ἐπεὶ παίζοντες ἀεὶ διατελεῖτε καὶ οὐ προσέχοντες; καὶ παιδιᾶς μὲν καὶ ἡδονῆς καὶ γέλωτος, ὡς εἰπεῖν, οὐδέποτε ἀπορεῖτε, καὶ γὰρ αὐτοὶ γελοῖοί ἐστε καὶ ἡδεῖς καὶ διακόνους πολλοὺς τούτων ἔχετε, σπουδῆς δὲ ὑμῖν τὴν πᾶσαν ἔνδειαν ὁρῶ οὖσαν.* p. 379 M.: *ἱλαροί τε γὰρ ἀεὶ καὶ φιλογέλωτες καὶ φιλορχησταί.*

Schauspiele.[1] Obwohl Alexandria schon in Strabo's Zeit ein Amphitheater hatte[2], waren wenigstens hundert Jahre später die Spiele

Schauspiele und Musik.

der Rennbahn und des Theaters am meisten beliebt und neben Possen und Vorstellungen von Gauklern wär es vor Allem Tanz und Musik, woran das Volk mit Leidenschaft hing.[3] Die alexandrinische Musik war weltberühmt[4], sie schien eine Panacee für alle Uebel zu sein[5], und Sänger, Sängerinnen und Citherspieler entzückten die Massen bis zur Raserei.[6] Auch die leidenschaftliche Theilnahme für den Ausgang der Wagenrennen führte häufig zu tumultuarischen, ja blutigen Scenen[7], besonders da die untern Klassen häufig von dem Genuß eines dort beliebten Gerstenbiers berauscht zum Schauspiel kommen mochten.[8] Ueberhaupt war der Pöbel von Alexandria besonders gefährlich, nicht bloß weil es der Pöbel einer großen Seestadt war, sondern auch weil er aus der Hefe verschiedener Nationen und einer daraus hervorgegangenen Mischlingsbevölkerung bestand. Es bedurfte nur eines Funkens, um den hier immer bereiten Zündstoff in Brand zu setzen:

Häufige Tumulte.

ein Nichts konnte diese üppige, vergnügungssüchtige Stadt in ein wildgährendes Chaos verwandeln.[9] Auf die geringsten Anlässe,

---

1) Ib. 370 M.: *καὶ πρότερόν τινα εἰρηκέναι φασί· τὸ δὲ Ἀλεξανδρέων πλῆθος τί ἂν εἴποι τις, οἷς μόνον δεῖ παραβάλλειν τὸν πολὺν ἄρτον· [οὕτω γὰρ εἰρῆσθαι πολὺ βέλτιον]· καὶ θέαν ἵππων· ὡς τῶν γε ἄλλων οὐδενὸς αὐτοῖς μέλει.* Die eingeschobenen Worte scheinen ein Glossem zu sein.

2) Strabo XVII p 795.

3) Dio l. l. 361 M. u. s. w.

4) Schon bei Ovid. A. A. III 318: Niliacis carmina lusa modis. Cantica Nili Martial. III 63. Alexandrinische Flötenspieler Prop. IV 8, 39 ed. Hertzb. Tac. A. XIV 60; Citherspieler C. I. Gr. 6651; Sänger Petron. c. 35 (cf. 31). Oeffentlicher Musikunterricht in Alexandria Julian. epp. 56.

5) Dio l. l. 367 M.

6) Ib. 371 M. ff.

7) Ib. 384 M. ff.

8) Dio führt eine Schilderung solcher Tumulte in einem homerischen Cento von einem *τῶν σαπρῶν τούτων ποιητῶν* an, worin es heißt (387 M.): *αἴ τ' ἐπεὶ οὖν ζῦθόν τ' ἔπιον καὶ ἀθέσφατον οἶνον κ. τ. λ.* Vgl. Varges p. 72.

9) Philo in Flacc. p. 519 M. in f.: *τὸ Αἰγυπτιακὸν — διὰ βραχυτάτου σπινθῆρος εἰωθὸς ἐκφυσᾶν στάσεις μεγάλας.* Vgl. die Schilderung der *θίασοι*, vermittelst deren der Aufwiegler Isidorus die Judenverfolgung organi=

wie eine vernachlässigte Begrüßung, eine Beschlagnahme von Lebensmitteln, die Abweisung eines unbedeutenden Gesuchs, die mißfällige Bestrafung eines Sklaven, rotteten sich Massen zusammen, blitzten Waffen, flogen Steine:[1] und wenn diese Aufstände sich auch zuweilen in ein Absingen von Gassenliedern auflösten[2], so mußten doch mehr als einmal bedeutende Truppenmassen aufgeboten werden, um sie zu dämpfen.[3] Auch der religiöse Fanatismus der Aegypter veranlaßte vermuthlich nicht selten Unruhen[4], und wenn gleich Hadrian hier (wie erwähnt) wol nicht ohne Grund eine in dem Welthafen erklärliche Durcheinandermischung der jüdischen, christlichen und heidnischen Religionen zu finden glaubte[5], so standen diese doch andrerseits im schroffsten Gegensatz zu einander, und diese Gegensätze durch den Racenhaß geschärft und gesteigert, werden nicht selten zu Ausbrüchen geführt haben, wie die von Philo geschilderte große Judenverfolgung unter Caligula.[6]

Unter den gewiß sehr verschiedenen Klassen von Reisenden, die die große, prachtvolle und in so vieler Beziehung eigenthümliche Stadt anzog, verdienen diejenigen besondere Erwähnung, die dort Genesung und diejenigen, die wissenschaftliche Belehrung suchten. Eine Seereise nach Aegypten wurde von den Aerzten namentlich gegen beginnende Abzehrung empfohlen.[7] Unter dem mil- Klima.

---

sirte ib. 537; und die Th. I S. 56 A. 9 u. 10 angeführten Stellen; ferner Varges de statu Aegypti p. 48.

1) Hist. Aug. XXX tyr. c. 22 (de Aemiliano).

2) Dio l. l. p 383 M.: *οὐκ ἐν τῇ γενομένῃ ταραχῇ μέχρι σκωμμάτων ἐθρασύνοντο οἱ πολλοί, τινὲς δὲ ὀλίγα βάλλοντες ὅτι ἔτυχον ἅπαξ ἢ δίς, ὥσπερ οἱ καταχέοντες τῶν παριόντων, κατέκειντο εὐθὺς ᾄδοντες, οἱ δ' ἐπὶ τοὺς ὅρμους ᾖσαν ὥσπερ ἐν ἑορτῇ πιούμενοι*; daß dies aber das Gewöhnliche war, darf man Dio, dessen Tendenz es hier ist, die Ueppigkeit und Unmännlichkeit der Alexandrinischen Griechen möglichst groß darzustellen, nicht glauben.

3) Vgl. z. B. Dio LXXVIII 35. Ueber die in Alexandria stehenden römischen Truppen vgl. Varges p. 67 f.

4) Diodor. I 83. Vit. Hadrian. c. 12: Alexandrina seditione turbatus quae nata est ob Apin.

5) Vit. Saturnin. c. 8.

6) Joseph. B. J. II 18, 7.

7) Cels. III 22; vgl. aber Plin. H. N. XXXI 63; XXIV 28 u. S. 39.

den Himmel, wo nie Schnee fiel[1], auch im Winter die Rosen blühten[2] und kein Tag ohne Sonnenschein verstrich[3], während zugleich die Sommerhitze durch die Passate gemildert wurde[4], hoffte mancher Kranke, für den das Klima Italiens sich als zu rauh erwiesen
Arzneikunde. hatte, von seinem Bluthusten zu genesen.[5] Auch waren die Aerzte Alexandrias die berühmtesten[6], und sowohl deshalb, als weil man in den dortigen medicinischen Schulen die beste Gelegenheit zur Ausbildung in der Heilkunde fand[7], hielten stets zahlreiche Jünger dieser Kunst sich hier auf, und es war für einen jungen Arzt eine wirksame Empfehlung, in Alexandria seine Studien gemacht zu
Lehranstalten. haben.[8] Aber auch für die meisten andern Wissenschaften waren dort die besten Lehrer und Unterrichtsanstalten, die fort und fort zahlreiche Fremde, natürlich vorzugsweise aus den Ländern griechischer Zunge herbeizogen.[9] Alexandria blieb eine hohe Schule für

---

1) Seneca qu. n. IV 2, 20. Aristid. or. XLVIII p. 335 sq. J. sagt, Schnee sei das einzige, was in Alexandria nicht zu haben sei.

2) Martial VI 80. Becker Gallus III³ S. 52.

3) Ammian. Marc. XXII 16, 8.

4) Diodor. XVII 52.

5) Plin. epp. V 19, 6.

6) Aegyptische Aerzte in Rom: H. N. XXVI 3; XXIX 93 (vocatus Aegypto medicus ob hanc valetudinem ejus a Caesare).

7) Galen. *περὶ ἀνατ. ἐγχειρήσ.* ed. Kuehn III 220 (Bas. I 119): *ἐστὶ ἐν Ἀλεξανδρείᾳ μὲν τοῦτο πάνυ ῥᾴδιον·* (die Knochen aus Anschauung kennen zu lernen) *ὥστε καὶ τὴν διδασκαλίαν αὐτῶν τοῖς φοιτηταῖς οἱ κατ᾽ ἐκεῖνο τὸ χωρίον ἰατροὶ μετὰ τῆς αὐτοψίας ποριζονται· καὶ πειρατέον ἐστί σοι, κἂν μὴ δι᾽ ἄλλο τι, διὰ τοῦτο γοῦν αὐτὸ μόνον ἐν Ἀλεξανδρείᾳ γενέσθαι.* Er selbst hatte dort studirt (Sprengel, Gesch. d. Mediz. II 137). Unter andern hatte er dort auch oft die schnelle und schmerzlose Hinrichtung von Verbrechern durch Natterbiß gesehen (*πρὸς Πίσωνα π. τῆς θηριακῆς* c. 8. ed. Kuehn XIV p. 237).

8) Plutarch. Anton. c. 28, 2: *διηγεῖτο γοῦν ἡμῶν τῷ πάππῳ Λαμπρίᾳ Φιλώτας ὁ Ἀμφισσεὺς ἰατρὸς, εἶναι μὲν ἐν Ἀλεξανδρείᾳ τότε μανθάνων τὴν τέχνην κ. τ. λ.* Ammian. XXII 16, 18. mit der Anm. von Lindenbrog und Vales. (Fulgent. Planciades l. I mythol. Alexandriae in cunctis fere angiportis fuisse medicorum domicilia scribit).

9) Strabo XIV 4, 13 p. 674. Lucian. Alexand. 44 (*υἱὸν — ἐν Ἀλεξανδρείᾳ παιδευόμενον*).

Philosophie, Philologie und Litteraturwissenschaft, Mathematik und Astronomie, an die sich Astrologie, Magie und andre Geheimwissenschaften anschließen mochten[1], in die die Aegypter am tiefsten eingedrungen zu sein sich rühmten; den Mittelpunkt jener Studien bildete auch jetzt noch die von den Ptolemäern gegründete Akademie (das Museum) und die Bibliothek. Endlich werden auch religiöse Zwecke, namentlich der Kultus des hier ganz besonders hochverehrten, in so vielen Gefahren hülfreichen Gottes Serapis, dessen Hauptfest in Alexandria im Sommer gefeiert wurde, zahlreiche Verehrer dieses Gottes zur Wallfahrt hieher bewogen haben.[2] Kult des Serapis.

Fremde, die sich in Alexandria aufhielten, werden in der Regel nicht versäumt haben, die unweit gelegenen Lust- und Badeorte, die beiden Taposiris und Eleusis, vor allen aber Kanobus, zu besuchen, die sämmtlich Jahr aus Jahr ein von Gästen gefüllt waren.[3] Die Ufer des etwa drei Meilen langen Kanals, der Kanobus mit Alexandria verband, waren mit üppig eingerichteten Gast- Badeorte bei Alexandria.

---

1) Und zwar bis in die späteste Zeit des Alterthums. Ammian. ib. 17: nam et disciplinarum magistri quodammodo spirant, et nudatur ibi geometrico radio, quidquid reconditum latet, nondumque apud eos penitus exaruit musica, nec harmonia conticuit, et recalet apud quosdam adhuc licet raros consideratio mundani motus et siderum, doctique sunt numeros haud pauci; super his scientiam callent, quae fatorum vias ostendit. Vgl. die Anm. Ueber eine Schule der Magie in Canobus Rufin. h. eccl. II 26. Ueber die Zahlenlehre der Aegypter Hippolyt refut. IV 43 sq.

2) Vgl. bes. Aristid. or. VIII (p. 56): ὦ τὴν καλλίστην ὧν ἐφορᾷς κατέχων πόλιν, ἣ σοὶ τὴν δι' ἔτους πανήγυριν πληροῖ. Preller, Röm. Mythol. S. 723 ff. Caracalla begab sich nach Alexandria, πρόφασιν μὲν ποιούμενος ποθεῖν τὴν ἐπ' Ἀλεξάνδρῳ κτισθεῖσαν πόλιν, καὶ τῷ θεῷ χρήσασθαι ὃν ἐκεῖνοι σέβουσιν ἐξαιρέτως (Herodian. IV 8, 6). Vit. Sever. c. 16: jucundam sibi peregrinationem hanc propter religionem dei Serapidis et propter novitatem animalium vel locorum fuisse, Severus ipse postea semper ostendit. — Vgl. Juven. VI 525 sqq. Annius Florus reist nach Aegypten, ut ora Nili viderem et populum semper in templis otiosum peregrinae deae sistra pulsantem. Jahn ed. Flor. epit. p. XLII.

3) Strabo XVII p. 799: Ταπόσειρις οὐκ ἐπὶ θαλάττῃ πανήγυριν δεχομένη μεγάλην· καὶ δ' ἄλλη ἐστὶ Ταπόσειρις ἐπέκεινά τῆς πόλεως ἱκανῶς·

häusern besetzt[1], auch das hier gelegene Eleusis „ein Anfang der Kanobischen Schwelgerei"[2], hatte zahlreiche Fremdenwohnungen, zum Theil mit Vorrichtungen für Fernsichten versehen und überhaupt Kanobus. mit allem Luxus ausgestattet, noch mehr Kanobus selbst, ein Ort zur Lust geschaffen, wo man bei dem erfrischenden Hauch der sanften Seewinde, dem leisen Gemurmel der Wellen, unter dem sonnigsten Himmel träumen konnte, der Welt entrückt zu sein.[3] Kranke besuchten hier vor Allem den berühmten, vor andern heilig gehaltenen Tempel des Serapis, um dort im Schlaf die orakelhaften Anweisungen des Gottes zu ihrer Herstellung zu empfangen.[4] Ein großer Theil der Gäste aber suchte Kanobus auf, um sich den zügellosesten Ausschweifungen zu überlassen, als deren Schauplatz diese Stadt wie kein anderer Vergnügungsort in der damaligen Welt berüchtigt und sprichwörtlich war.[5] Tag und Nacht war in Strabo's Zeit der Kanal mit Barken gefüllt, die Gesellschaften von Männern und Frauen von Alexandria dorthin führten. Manche dieser mit Gemächern versehenen Barken legten im Schatten des hoch aus dem Wasser ragenden Gesträuchs der ägyptischen Bohne (Nelumbium speciosum) an, und hier sah man die Lustfahrenden mitten in Duft und Blüthenpracht ihre Mahlzeiten halten, auf andern beim Schall der Flöte Tänze von der äußersten Ausgelassenheit aufführen.[6]

αὐτῆς δὲ πλησίον πετρῶδες ἐπὶ τῇ θαλάττῃ χωρίον, καὶ αὐτὸ δεχόμενον πολλοὺς τοὶς κωμάζοντας ἅπασαν ὥραν ἔτους.

1) Ib. p. 801. Auf ein dortiges Gasthaus (oder *ἡβητήριον*) bezieht Franz wol richtig die von Hermann Opp. VI 140 ergänzte und auf ein Gymnasium bezogene Inschrift C. I. Gr. III 4961.

2) Ib. p. 800: *ἀρχή τις Κανωβισμοῦ καὶ τῆς ἐκεῖ λαμυρίας.*

3) Ammian. l. l. 14: Haclenus (?) impendio locus et laetis diversoriis exstructus, auris et salutari temperamento perflabilis, ita ut extra mundum nostrum morari se quisquam arbitretur in tractibus illis agens, cum saepe aprico spiritu immurmurantes audierit ventos.

4) Strabo p 801. Plut. de Is. et Osir. c. 27. Vgl. Pausan. II 4, 7.

5) Vgl. z. B. Juv. VI 84 u. XV 44: horrida sane
Aegyptus, sed luxuria quantum ipse notavi
Barbara non cedit famoso turba Canopo.

6) Strabo XVII 15—18 p. 799 ff. — Von zwei Darstellungen von Scenen

Das übrige Aegypten.

Doch welche Fülle von Schauspielen und Anregungen Alexandria und seine Umgegend auch bot, die Reisenden, welche wie Germanicus, Aegypten besuchten, um seine Alterthümer kennen zu lernen, konnte es auf die Dauer nicht fesseln. Denn die Stadt mit ihrem Leben und Treiben gehörte ganz und ausschließlich der Gegenwart. Aber nach einer kurzen Reise ins Land auf Kameelen[1] oder stromaufwärts auf der Nilbarke[2], war man aus dem Gewühl und Getöse, aus Glanz und Pracht in Schweigen und Einsamkeit entrückt, und fühlte sich überall vom Hauch einer unendlich fernen Vergangenheit angeweht. Das nächste Ziel der Reisenden, die nicht etwa gewissenhaft von Ort zu Ort zogen, um jede Sehenswürdigkeit in Augenschein zu nehmen, war ohne Zweifel Memphis, nicht weil es auch damals an Größe und Volkreichthum die zweite Stadt Aegyptens war, sondern wegen der hochberühmten Denkmäler[3] des uralten Königssitzes. (Memphis und die Pyramiden.) Zwar die Paläste der ältesten Pharaonen waren Ruinen, die Reihen von Sphingen, die zum Serapistempel führten, halb oder ganz unter Flugsand begraben; aber die Pyramiden hatten die Jahrhunderte nicht zu versehren vermocht. Schon aus weiter Ferne sah man sie auf einer öden hohen Felsebene im

---

auf dem Nil, die ihrer Obscönität wegen im gabinetto riservato des mus. Borb. verschlossen sind. wird die eine folgendermaßen beschrieben Bull. Nap. III 82: capanna che par fatta di tavole ed è coverta di tetto; avanti è una barca o zattera di forma rettangolare, che par poggiata sopra pietre, e nell' interno della quale veggonsi tre figure nude, due virili e l'una muliebre; due remi sono messi trasversalmente presso due degli angoli della zattera in diagonale. Die Wasserpflanzen haben das Aussehen der ägyptischen Bohne, die Barken sind monoxyla. — Aegyptische Scenen mit obscönem concubitus auch B. N. 1857 p. 34; andre 1856 p. 61. — Auch das Mosaik von Palestrina zeigt ein Gelage mit einer Flötenspielerin unter einer Weinlaube, die von einem Ufer eines Kanals über das andre gespannt ist.

1) Philostrat. Apoll. Tyan. V 43 ed. Kayser p. 104: (von Alexandria) *ἐχώρουν εὐθὺ πυραμίδων ἐπὶ καμήλων ὀχούμενοι, δεξιὸν θέμενοι τὸν Νεῖλον. πολλαχοῦ δὲ διεπλεῖτο αὐτοῖς ὁ ποταμὸς ὑπὲρ θεωρίας τῶν ἐν αὐτῷ πάντων, οὔτε γὰρ πόλιν οὔτε ἱερὸν οὐθ' ὁπόσα τεμένη κατ' Αἴγυπτον οὐδὲν τούτων ἄφωνοι παρῆλθον.* Die Stationen der Straße von Alexandria bis Memphis s. It. Ant. p. 155 Wess.

2) Germanicus fuhr von Canopus den Nil hinauf Tac. A. II 60.

3) Strabo XVII 1, 32 p. 807 sq.

Westen der Stadt aus zusammengewehten, schwer zu durchschreitenden Sandhügeln gleich Bergen ragen.[1] Ihr Anblick war damals ein andrer als gegenwärtig; die stufenartig aufsteigenden Steinblöcke waren durchaus bekleidet[2], die Außenseiten bestanden also aus vier geneigten, glatten, mit Hieroglyphen bedeckten[3] Flächen, die in eine Spitze zusammenliefen. Eingeborne, aus dem nahen Orte Busiris verstanden es nichtsdestoweniger, sie bis zur Spitze zu erklimmen[4]: eine Kunst, mit der sie sich ohne Zweifel, wie im Mittelalter die Araber, vor den Fremden für Geld sehen ließen.[5] Die ägyptischen Priester versicherten, daß die Pyramiden ebenso tief in die Erde hinab, als über den Grund in die Höhe gebaut seien.[6] Griechische und römische Reisende ließen auch hier das Andenken ihrer Gegenwart durch eingehauene Inschriften verewigen, die mit der Bekleidung der Pyramiden verschwunden sind; einige davon haben europäische Reisende im vierzehnten Jahrhun-

---

1) Tac. l. l.

2) Ausführlich hat dies bewiesen Letronne mélanges d' érudition p. 377: sur le revêtement des pyramides de Gizeh (vgl. Rec. des inscript. T. II p. 487 ff. und den Artikel von Scheiffele Pyramides in der St. R. E.). Die Demolition der Bekleidung fand nicht vor der ersten Hälfte des 14. Jahrhunderts Statt; bei der großen Pyramide war sie nach dem Zeugniß eines französischen Pilgers 1395 schon sehr vorgeschritten (man hielt die Pyramiden vielleicht nach einer Tradition der alexandrinischen Juden allgemein für Speicher [greniers] von Joseph erbaut, daher die Ableitung von πυρός, schon im Et. M. und bei Dicuil). Cyriacus von Ancona konnte 1440 schon auf die Spitze der großen Pyramide hinaufsteigen. Die Bekleidung der zweiten existirte großentheils noch 1638 nach dem Zeugniß des englischen Reisenden Greaves, die der dritten (von den Arabern die rothe genannt) noch am Ende des 14. oder Anfang des 15. Jahrhunderts.

3) Abdallatif (Anfang des 13. Jahrhunderts) sagt, daß Copieen der Schriften auf den beiden großen Pyramiden mehr als 10000 Seiten füllen würden. Vgl. Hdt. II 125, 5. Diodor. I 64.

4) Plin. H. N. XXXVI 76: vico adposito quem vocant Busirim, in eo sunt adsueti scandere illas.

5) Abdallatif (Letronne rec. p. 492): ayant appris que dans un village voisin il y avait des gens habitués à monter sur le sommet des pyramides, nous en fîmes venir un, qui pour une bagatelle, monta jusqu' en haut etc.

6) Aristid. or. XLVIII p. 363 J.

dert noch gelesen und abgeschrieben[1]; eine Anzahl von andern sind auf der Klaue eines kolossalen Löwen mit Menschenhaupt bei der Pyramide des Chefren eingehauen, der in neuerer Zeit wieder aus dem Sande, unter dem er verschüttet war, ausgegraben worden ist.[2]

Die Ruinen von Theben.

Ein ferneres Hauptziel für römische und griechische Reisende in Aegypten waren die Ruinen von Theben, ein kolossales Trümmerfeld, das sich auf beiden Seiten des Nil zwei Meilen weit von Norden nach Süden erstreckte. Auch Germanicus besuchte sie im Jahre 19, und vielleicht verstand der junge Fürst die ernste Mahnung, die in diesem großen Schauspiel untergegangener Herrlichkeit auch für sein Volk enthalten war; denn was ihm ein alter Priester auf Verlangen aus der noch übrig gebliebenen Hieroglyphenschrift der Denkmäler vorlas, lehrte ihn, daß das alte Reich von Theben so groß und mächtig gewesen war, wie damals allein das römische und parthische Reich. Mit einem Heer von siebenmalhunderttausend Männern, so war dort zu lesen, hatte König Ramses Libyen, Aethiopien und einen großen Theil von Asien durchzogen und unterjocht, auch die den besiegten Völkern auferlegten Tribute an Gold und Silber, an Pferden und Waffen, an Elfenbein und Wohlgerüchen, an Getreide und Erzeugnissen jeder Art, waren verzeichnet.[3]

Das tönende Bild des Memnon.

Auch das tönende steinerne Bild des Memnon betrachtete Germanicus; und dies nahm, wie es scheint, bald die Aufmerksamkeit der meisten Reisenden in höherm Grade in Anspruch, als alle übri-

---

1) Guillaume de Baldensel hat 1336 folgende Inschriften copirt:

Vidi pyramidas sine te, dulcissime frater,
Et tibi, quod potui, lacrymas hic moesta profudi,
Et nostri memorem luctus hic scripsi querelam.

und

Sic nomen decimi anni pyramide alta?
Pontificis comitisque tuis Trajane triumphis
Lustris sex intra censoris, consulis esse?

Eine griechische Inschrift schol. Clem. Alex. ed. Klotz IV p. 113 (Osann syll. inscr. p. 413):

Μνήματα Καιφρῆνός τε καὶ ἀντιθέου Μυκερήνου
Καὶ Χέοπος κατιδὼν Μάξιμος ἠγασάμην.

2) C. I. Gr. III App. 4700 b–l.

3) Tac. A. II 60. Strabo XVII 1, 46 p. 816. Duncker Gesch. d. Alterth. I 23 f.

gen Ueberbleibsel Thebens, ja vielleicht als alle Wunderwerke Aegyptens.[1] Auf dem westlichen Ufer des Nil ragten aus durcheinander geworfenen Trümmern zwei sitzende Kolosse, die man schon in einer Entfernung von vier Stunden sah. Jeder war aus einem Felsblock gehauen, von 60′ Höhe, nackt bis auf einen Schurz, mit jugendlichem Antlitz, in aufrechter Haltung, die herabgesenkten Arme eng an den Leib geschlossen, die Hände auf den Knieen ruhend. Seit ein Erdbeben, vielleicht im Jahre 27 vor Christus, den obern Theil des einen herabgestürzt hatte, so daß nur noch die Beine mit den auf den Knieen liegenden Händen an dem Throne hafteten, beobachteten Besucher der Ruinen von Theben ein seltsames Phänomen. Wenn beim Aufgange der Sonne die beiden Kolosse ihre ungeheuren Schatten über die schweigende Einöde hinwarfen, erklang aus dem zertrümmerten ein leiser aber deutlicher Ton. Strabo, der erste Berichterstatter über dies Phänomen, nennt es ein Geräusch, wie durch einen leichten Schlag verursacht. Andere verglichen den Ton dem einer zerspringenden Saite, wieder Andere dem Schall eines kupfernen Gefäßes, an das man schlägt. Manche glaubten darin eine Aehnlichkeit mit der menschlichen Stimme zu entdecken. So entstand die Vorstellung, daß dies ein Bild Memnons sei, der nach einem seit lange bei den Griechen verbreiteten Glauben der Erbauer auch dieser Paläste war, und daß der Sohn der Morgenröthe mit diesem Laut seine Mutter begrüße. Wann die Benennung des Kolosses als Memnon zuerst aufgekommen und allgemein geworden ist, läßt sich nicht bestimmt ermitteln; zuerst findet sie sich in der Naturgeschichte des ältern Plinius, deren Abfassung

1) Für alles Folgende vgl. Jacobs vermischte Schr. Bd. 3 S. 110 ff. und Letronne la statue vocale de Memnon.

Die Umgebung des Kolosses beschreibt der sonst durchaus unzuverlässige Philostrat Apoll. Tyan. VII 4 ed. K. p. 107 so anschaulich, daß man vermuthen darf, er stütze sich auf die Beschreibung von Augenzeugen. Vielleicht rührt sie von Julia Domna selbst her, die mit Sever in Aegypten war (C. I. Gr. 5973): *τὸ δὲ χωρίον, ἐν ᾧ ἵδρυται, φασὶ μὲν προσεοικέναι ἀγορᾷ ἀρχαίᾳ, οἶαι τῶν ἀγορῶν ἐν πόλεσί ποτε οἰκηθείσαις λείπονται στηλῶν παρεχόμεναι τρύφη καὶ τειχῶν ἴχνη καὶ θάκους καὶ φλιὰς ἑρμῶν τε ἀγάλματα, τὰ μὲν ὑπὸ χειρῶν διεφθορότα, τὰ δὲ ὑπὸ χρόνου.*

wol bis in die Zeit Nero's zurückreicht.[1] Seit dieser Zeit erlangte der Koloß eine ganz neue Anziehungskraft für griechische und römische Reisende. Von den Vielen, die seinetwegen nach Theben pilgerten, haben Manche ihre Namen, zum Theil auch das Datum ihrer Anwesenheit, und längere und kürzere Bemerkungen, selbst Gedichte, fast sämmtlich in die Beine der Figur einhauen lassen, die beinahe bis zu den Knieen mit diesen Inschriften bedeckt sind. Von 72 derselben sind 35 datirt, die erste aus Nero's Zeit, die meisten (27) aus der Hadrian's, sein eigner Name, der seiner Gemahlin und verschiedener Personen seines Gefolges stehen hier zur Erinnerung an einen im November 130 abgestatteten Besuch.[2] Außerdem liest man die Namen von 8 Vicekönigen Aegyptens, 2 Gemahlinnen von Vicekönigen, 3 Commandanten der Thebaide, von verschiedenen Officieren, 2 Oberrichtern, einem Priester des Serapis zu Alexandria, einem „homerischen Dichter" aus dem dortigen Museum u. s. w. Die letzten datirten Inschriften sind aus der Zeit des Septimius Severus. Er ließ wahrscheinlich bei seiner Anwesenheit in Aegypten im Jahr 200 den Koloß restauriren, und diese Restauration ist bis auf den heutigen Tag dauerhaft geblieben; aber der Druck der ungeheuern auf das Fragment aufgesetzten Steinmassen verhinderte die Vibration bei dem starken Temperaturwechsel des Sonnenaufgangs, die früher jenen Ton hervorgebracht hatte.

---

1) Plin. H. N. XXXVI 58: non absimilis illi narratur in Thebis delubro Serapis, ut putant, Memnonis statuae dicatus (sc. lapis basanites) quem cotidiano solis ortu contactum radiis crepare tradunt, wo ut putant nicht mit Letronne p. 87 auf Memnonis bezogen werden kann. Aus Tacitus' Angabe l. l. II 61 (Memnonis saxea effigies) kann man freilich nicht schließen, daß der Koloß schon im J. 19 den Namen Memnon führte.

2) Letronne p. 13. Eine datirte Inschrift ist aus Nero's Zeit, 3 aus Vespasian's, 3 aus Domitian's, 1 aus Trajan's, 10 aus Hadrian's Zeit bis 130, 17 130 und später. Vermuthlich noch vor Nero's Zeit ist folgende zu setzen:

ΑΠΙΩΝ ΠΛΕΙΣΤΟΝ . . .
ΗΚΟΥΣΑ ΤΡΙΣ.

Denn daß dies der bekannte alexandrinische Gelehrte Apion ist, macht der Beisatz des Vatersnamens unzweifelhaft. Das Bedenken Letronne's (C. I. Gr. III p. 1204, 4742 b.), daß man in diesem Falle erwarten müsse ὁ Πλειστονείκης oder Πλειστονείκου (s. Lehrs qu. ep. p. 23) ist völlig grundlos.

Das Bild des Memnon war nun verstummt und gerieth seitdem allmälig in Vergessenheit.

Inschriften der Reisenden.

In vielen der erwähnten Inschriften bezeugen die Reisenden dem Memnon ihre Verehrung als einem göttlichen Wesen und empfehlen sich seiner Huld. Oefter thun sie dieses zugleich im Namen ferner Lieben, die sie zur Stelle wünschen, oder ihrer in anderer Weise gedenken. Und dies ist überhaupt die gewöhnlichste Form auch der später zu erwähnenden Inschriften von Reisenden in Aegypten und anderwärts. Sie enthalten großentheils eine Verehrung einer Landes- oder Orts-Gottheit, in deren Tempel man sich befand, oder unter deren waltendem Schutz man hier, so fern von der Heimath und den Seinigen, zu stehen glaubte.[1]

Die Syringen.

Nächst dem Memnonskoloß bewunderten Griechen und Römer bei Theben vorzugsweise die Gräber der Könige, in der zweiten libyschen Bergkette im Westen von Theben, aus tief in die Felsen gehauenen Kammern und Gewölben, Gängen und Hallen bestehend; die Griechen nannten sie Syringen (Röhren).[2] Auch hier sind zahlreiche Inschriften (über 100) von Reisenden gefunden worden, bei Fackelschein flüchtig eingeritzt, oder mit rother Farbe gemalt; meist aus römischer Zeit, die datirten reichen von der Zeit Trajan's bis zu der Constantin's, keine ist älter als die Regierung der Ptolemäer.[3] Der größte Theil enthält nur Namen und Daten,

1) Z. B. C. I. 4917: NN. *ἥκω καὶ προςκεκύνηκα τὴν κυρίαν Ἶσιν καὶ πεποίηκα τὸ προςκύνημα τῶν φιλούντων με, ἔτους η̅, Μεχεὶρ κ̅α̅.*

Vgl. über die Proscynemata Franz elem. epigr. p. 336 sqq. und außer den unten angeführten Inschriften in Aegypten C. I. G. I 516 (Sunium, in den Ruinen des Minerventempels: *Ὀνήσιμος ἐμνήσθη τῆς ἀδελφῆς Χρήστης*) II 1826 sq. III 4668 sq. (auf Felsen zwischen Suez und Sinai und auf Sinai selbst). Wo *ἐμνήσθη* allein steht, kann es nicht mit Letronne l. l. p. 246 verstanden werden: „a laissé ce souvenir", sondern er war eingedenk, d. h. seiner Lieben oder dgl.

Plut. de curios. c. 11 p. 520 D.: *τὰ κατὰ τῶν τοίχων γράμματα — ἐμνήσθη ὁ δεῖνα τοῦ δεῖνος ἐπ' ἀγαθῷ, καὶ φίλων ἄριστος ὅδε τις, καὶ πολλὰ τοιαύτης γέμοντα φλυαρίας.*

2) Duncker, G. d. A. I 43. Vgl. z. B. Heliodor. Aethiop. IX 22: *τῶν τε Νειλῴων ἥ τις γένεσις παρὰ τῶν ἱερέων ἐκπυνθανόμενος, καὶ εἴ τι θαύματος ἢ θεάματος ἄξιον κατὰ τὴν πόλιν ἐπιδεικνύναι ἔχουσιν.*

3) Letronne stat. voc. de M. p. 242 ff. Die Inschriften *Αὐρήλιος Ἀντω-*

oder kurze Ausdrücke der Bewunderung. Die, welche dies nicht gesehen haben, haben nichts gesehen, lautet eine griechische Inschrift im Grabe des neunten Rhamses, glücklich sind, die dies geschaut haben.[1]

Inschriften von Reisenden in Oberägypten und Nubien.

Aehnliche Inschriften von Reisenden finden sich an den meisten Orten, die sich zu beiden Seiten des Nil hinziehen auf Tempeln, Obelisken, Pylonen u. s. w. eingehauen, und zwar nicht bloß bis zur Grenze von Aegypten (bis Philä und Syene), sondern bis zum „heiligen Maulbeerbaum", dem Grenzort Aethiopiens und südlichsten Punkt des römischen Reichs.[2] Wenige darunter haben ein besonderes Interesse. In den Ruinen von Groß-Apollinopolis (Edfu) in Oberägypten liest man: Es preist Gott Ptolemäos, Dionysios Sohn, ein Jude. Preis Gott. Theodotos Dorions Sohn, ein Jude, gerettet aus — der hier vermuthlich folgende Landesname fehlt; die Reisenden waren wol ägyptische Juden, die von einer weiten und gefährlichen Handelsreise zurückkehrten.[3] In Philä ist der Name des C. Numonius Vala eingehauen, mit dem Horaz einst in behaglicher Muße über die klimatischen und sonstigen Vorzüge von Velia und Salernum korrespondirte; er war hier im dreizehnten Consulate Cäsar's (2 vor Chr.) am 20. März; elf Jahre später fand er auf der Flucht aus der Schlacht im Teutoburger Walde nach dem Rhein den Tod.[4]

νεῖνος und Λ[ούκ]ιος Αὐρήλιος in den Syringen bezieht Letronne (Rec. des inscr. II p. 310) auf die beiden Kaiser dieses Namens. Für die Anwesenheit des erstern in Aegypten vgl. Dio LXXI 28, die des zweiten würde ins Jahr 162 fallen. Vgl. C. I. 4775 und 4780 und die Addenda.

1) C. I. Gr. III App. 4821 c.

2) C. I. Gr. III 4832 ff. (Latopolis) 4838 c. (Apollinopolis-Edfu) 4845—58 (Silsilis) 4900—4947. (Philae) 4951 f., (Oasis Thebarum) 4980—5037, (Steinbrüche in Nubien) 5039—68, (Talmis-Kalabscha in Nubien, Tempel des Gottes Manduli) 5074—5108, (Pselcis) 5110—5124, (Hiera Sykaminos, Tempel der Isis und des Serapis). Vgl. Append. p. 1188—1239.

3) C. I. G. 4838 c. Letronne rec. II p. 255 gibt als Auffindungsort das Hydreuma Panii an. Er meint, das Proscynema sei absichtlich so gefaßt, daß es auch auf einen heidnischen Gott bezogen werden könne, und dies sei aus Furcht oder aus Rücksicht auf heidnische Mitreisende geschehen; ich sehe zu dieser Vermuthung keinen Grund.

4) Henzen 5310.

Die übrigen Sehenswürdigkeiten Aegyptens.

Von den übrigen Sehenswürdigkeiten der verschiedensten Art, an denen Aegypten überreich war, können hier nur einige genannt werden, die das Interesse der Fremden vorzugsweise in Anspruch nahmen. Bei den sämmtlichen Heiligthümern und Tempeln machten Priester die Führer und Erklärer.[1] Sie zeigten unter andern auch die heiligen Thiere, wie den Stier Apis zu Memphis, den sie zu gewissen Stunden in einem eigens dazu bestimmten Hofe sehen ließen[2], und das zahme Krokodil Suchos zu Arsinoe, welches die Reisenden mit Brod, Fleisch und Wein zu füttern pflegten.[3] Unter den großen Baudenkmälern scheint außer den genannten das Labyrinth[4], unter den Wasserbauten der Mörissee[5] am meisten bewundert worden zu sein. Zu den berühmtesten Naturschauspielen gehörte der Anblick der unter dem Wendekreise gelegenen Grenzorte Aegyptens, Elephantine und Syene zur Zeit der Sommersonnenwende.[6] Um die Mittagsstunde war dann dort völlige Schattenlosigkeit, und alles Aufrechtstehende leuchtete in vollem Sonnenglanz, Tempel, Obelisken und Menschen; in Syene aber war ein heiliger Brunnen, auf dessen Grunde man am selben Tage und zur selben Stunde das Bild der Sonne sah, das die ganze Wasserfläche genau bis zum Rande füllte.[7] Auch die (kleinen) Katarrhakten des Nil oberhalb Syene wurden viel besucht. Der Strom stürzt hier bei hohem Wasserstande über eine Reihe von Klippen-

1) Strabo XVII an mehrern Stellen. Aristid. or. XLVIII p. 331: *αὐτὴν διερευνησάμενος Αἴγυπτον τετράκις τὸ σύμπαν, καὶ παρεὶς οὐδὲν ἀνεξέταστον, οὐ πυραμίδας οὐ λαβύρινθον, οὐχ ἱερὸν, οὐχὶ διώρυχας, ἀλλ' ὧν μὲν ἐν ταῖς βίβλοις τὰ μέτρα ὑπῆρχεν ἐκεῖθεν πορισάμενος, ὧν δὲ μὴ ἐξ ἑτοίμου λαβεῖν ἦν, ἐκμετρήσας αὐτὸς μετὰ τῶν παρ' ἑκάστοις ἱερέων καὶ προφητῶν κ. τ. λ.* Vgl. p. 360 J. u. 363. Heliodor. Aethiop. IX 22.

2) Strabo XVII 31 p. 807. Ihn besuchte auch Germanicus (Plin. H. N. VIII 185), Titus war bei seiner Einweihung zugegen (Sueton. c. 5).

3) Strabo ib. p. 811 sq.

4) Vit. Sever. c. 17. Nam et Memphim et Memnonem et pyramides et Labyrinthon diligenter inspexit. Pompon. Mel. I 19 nennt nur Pyramiden und Labyrinth.

5) Tac. A. II c. 61.

6) Vgl. den Artikel Syene von Forbiger in der St. R. E.

7) Aristid. l. l. p. 347.

inseln in der Mitte seines Bettes, während er zu beiden Seiten ruhig fließt. Kamen Statthalter und andre vornehme Personen, den Wasserfall zu sehen, so fuhren die Schiffer, um ihnen ein Schauspiel zu geben, am westlichen Ufer bis über die Klippenreihe stromaufwärts, und ließen sich dann von dem Wasserfall hinabschleudern, ohne Schaden zu nehmen.[1] Aristides erhielt auf seine Bitte von dem Kommandanten der römischen Garnison zu Syene eine militärische Begleitung, die die Schiffer nöthigen Falls zu dieser Fahrt zwingen sollte, und machte sie dann auch selbst mit.[2] Die großen Katarrhakten des Nil in Aethiopien scheinen Reisende nur selten erreicht zu haben. Ebenso scheinen die Punkte, die von den Ufern des Nil westlich oder östlich weit entfernt waren, bloß um ihrer Sehenswürdigkeit willen wenig besucht worden zu sein. Aristides hat Aegypten viermal in seiner ganzen Ausdehnung durchreist, ohne die berühmten Porphyrbrüche am rothen Meer gesehen zu haben, die seit der Zeit des Claudius in Betrieb waren (mons Claudianus), wo hunderte von Verurtheilten mitten in der wasserlosen Wüste, in sengender Sonnengluth das äußerst harte Gestein zu Säulen und anderm Schmuck für die Paläste Roms verarbeiteten.[3]

---

1) Strabo l. l. p. 817 sq.

2) Aristid. l. l. 343 sq.

3) Aristid. l. l. p. 349: *ἔν γε τῇ Ἀραβικῇ καὶ ἡ περιβόητος αὕτη λιθοτομία ἡ πορφυρῖτις ἐστίν· ἐργάζονται δ' αὐτὴν ὥσπερ καὶ τὰς ἄλλας δήπου κατάδικοι· ἀλλὰ τούτους γε ὥς φασιν οὐδεὶς φρουρεῖ, οὕτω σφόδρα ὕδατός ἐστιν ἄπορος, ὑφ' οὗπερ καὶ ἠρήμωται, ἀλλὰ φόβῳ τοῦ καυθήσεσθαι ζῶντες, ὃ δεῖ παθεῖν ἄν τις φεύγων ἁλῷ, μένουσιν οἱ μένοντες τῶν μεταλλέων. καὶ ὅμως εἰσὶν οἳ καὶ τοῦθ' αἱροῦνται μᾶλλον ἢ διὰ παντὸς τοῦ χρόνου κάεσθαι· τῷ γὰρ ὄντι τοῦτ' εἶναι τὸ κάεσθαι ζῶντα.*

Die Ortschaft, die den Mittelpunkt der Ausbeutung des mons Claudianus bildete, ist 1823 unter 27° 20′ N. Br. auf dem Höhenzuge Djebel-Dôchan (Berg des Rauches) von Burton und Sir H. Wilkinson wieder entdeckt worden. Allerdings stand hier ein Truppen-Detachement von mindestens 500 Mann, schon wegen Aufrechthaltung der Ordnung unter den Sträflingen. Vgl. die sehr interessante Abhandlung von Letronne in den rech. p. servir à l'hist. de l'Egypte.

5. Die Interessen der römischen Reisenden.

Allgemeines. Für den Nachweis der in jener Zeit von Reisenden hauptsächlich besuchten Länder und Orte konnten griechische ebensowohl als römische Zeugnisse benutzt werden. Für die Erörterung der Gegenstände, die die Aufmerksamkeit der Reisenden vorzugsweise in Anspruch nahmen und die mehrfach bereits berührt worden sind, kann die Benutzung der Zeugnisse nicht ganz ohne Unterschied geschehen, da die Interessen und Zwecke der Gebildeten beider Nationen, oder besser gesagt, der römisch und der griechisch Gebildeten auch in jener Zeit keineswegs durchaus zusammenfielen.[1]

Das Interesse an der nationalen Eigenthümlichkeit fremder Völker, an ihren Einrichtungen, Sitten und Gebräuchen[2], tritt bei den damaligen Reisen der Römer am wenigsten hervor, und das ist aus zwei Gründen natürlich. Erstens waren, wie oben bemerkt, die nationalen Eigenthümlichkeiten der am meisten bereisten Länder

---

1) Die Zusammenstellung der sieben Wunderwerke (zuerst wie es scheint bei Antipater Sidon. epigr. 52. Anal. Brunck. T. II p. 20, dann bei Strabo XVI p. 738; XVII p. 808 C.) fällt in die Zeit von Ol. 123—139, in welcher der überall dazu gerechnete Koloß von Rhodos noch aufrecht stand. Sie ist wol eher in einem der Diadochenreiche als in Griechenland gemacht, weil sonst wahrscheinlich mehr griechische Wunderwerke sich darunter befinden würden. Am nächsten liegt es auch hier an Alexandria zu denken. Die Orte, an denen die sieben Wunderwerke waren, liegen sämmtlich nicht bloß innerhalb des Weltreichs Alexanders des Großen, sondern auch in einer Peripherie, von deren Centrum Alexandria nicht zu entfernt ist: Olympia (der Zeus des Phidias), Rhodos (der Koloß), Halikarnaß (das Mausoleum), Ephesus (der Artemistempel), Babylon (die Mauern und hängenden Gärten), Memphis (die Pyramiden). Anderes ist erst später hinzugefügt, wie der Palast des Cyrus zu Ecbatana, das Kapitol zu Rom, der Tempel des Hadrian zu Kyzikos u. a. (vgl. Orelli ad Philon. de VII orbis miraculis p. 141 sqq.). Auf die Reisen der Römer (und der Griechen in römischer Zeit) hat das Bestreben, alle sieben Wunder zu sehen, so viel sich erkennen läßt, keinen Einfluß geübt, da ja Pausanias (IV 31, 5) Niemanden kannte, der in Babylon gewesen war, während Memphis so viel besucht wurde.

2) Plutarch. Cato minor c. 12: *βουληθεὶς — πλανηθῆναι καθ' ἱστορίαν τῆς Ἀσίας καὶ γενέσθαι θεατὴς ἠθῶν καὶ βίων καὶ δυνάμεως τῆς περὶ ἑκάστην ἐπαρχίαν.*

bereits bis zu einem gewissen Grade von der griechisch-römischen Kultur absorbirt, und die oberflächliche Betrachtung ward sie nur ausnahmsweise gewahr. Sodann aber interessirte in diesen Ländern die Vergangenheit die römischen Besucher fast überall unendlich mehr als die Gegenwart. Das Streben, die Vergangenheit in all ihren Denkmälern, Ueberbleibseln und Erinnerungen Schritt für Schritt zu verfolgen, tritt hier in den Vordergrund. Neben diesem ganz eigentlich historischen Interesse macht sich sodann das Streben bemerklich, die Merkwürdigkeiten und Sehenswürdigkeiten aller Art kennen zu lernen, oft nicht aus unmittelbarem Interesse an den betreffenden Gegenständen, sondern um ihrer Berühmtheit willen, namentlich wenn diese eine durch vielgelesene Schriften vermittelte war, sodann aber auch wegen ihrer Seltenheit und Ungewöhnlichkeit. Inwiefern das Interesse für Kunst wesentlich, das für Natur bis zu einem gewissen Grade sich nach diesem Gesichtspunkte bestimmte, kann erst zuletzt erörtert werden.

---

a. Das historische Interesse.

Die reichste Gelegenheit, Schaulust, Neugier und Wißbegier zu befriedigen, boten überall die Tempel; ihnen galten, nicht bloß aus religiösen Gründen, gewöhnlich die ersten Schritte der Reisenden.[1] Sie waren die schönsten, größten, zum Theil auch die ältesten und berühmtesten Gebäude. Ihre weitläufigen Bezirke umschlossen oft außer zahlreichen Baulichkeiten, Parke und andre Anlagen, auch Gehege von heiligen Thieren und Vögeln.[2] Sie waren Die Tempel als Museen.

1) Drepan. paneg. XXI p. 391: quod facere magnas urbes ingressi solemus, ut primum sacras aedes et dicata numini summo delubra visamus etc. Vgl. die übrigen von Lobeck Aglaoph. p. 30 sq. angeführten Stellen, und Ovid. Heroid. 21, 95 über den Tempel von Delos (vgl. Metam. XIII 630).

2) Vgl. z. B. die schöne Beschreibung des Parks bei dem Aphroditetempel

reich an Weihgeschenken, Kostbarkeiten und Seltenheiten aller Art, besonders an Bildern, Skulpturen und andern Kunstschätzen, die theils in frommer Absicht hieher gestiftet wurden, theils weil die Tempel die sichersten und besuchtesten Aufbewahrungsorte waren.[1] So vertraten sie in gewisser Art zugleich die Stelle von Museen, die außer Kunstgegenständen naturwissenschaftliche, ethnographische und historische Merkwürdigkeiten enthielten: diese letzten allerdings vereinzelt und wie sie der Zufall zusammengebracht hatte, Kunstsammlungen. die Kunstwerke aber zuweilen in so großer Menge, als moderne Galerieen und Kabinete. In Tempeln zu Athen, Delphi, Olympia, Rom, um andrer nicht zu gedenken, sah man viele der berühmtesten Bilder und Statuen[2], zu Rom auch Sammlungen von geschnittenen Steinen.[3] Naturseltenheiten. Von Naturseltenheiten, die in Tempeln zu sehen waren[4], werden genannt Elephantenschädel[5] und Elephantenzähne[6],

zu Knidos Lucian. amor. 12 (u. 18). Bei dem Apollotempel zu Gryneum war ein κάλλιστον ἄλσος δένδρων καὶ ἡμέρων καὶ ὅσα τῶν ἀκάρπων ὀσμὴν παρέχεταί τινα ἢ θέας ἡδονήν. Paus. I 21, 9. Strabo VIII 3, 12: μεστὴ δέ ἐστιν ἡ γῆ ἀρτεμισίων καὶ ἀφροδισίων καὶ νυμφαίων ἐν ἄλσεσιν ἀνθέων πλέως τὸ πολὺ διὰ τὴν ἐνυδρίαν. Vgl. X 5, 11 p. 487 über den Poseidontempel zu Tenos. Hain beim Branchidentempel zu Milet Strabo XVI 1, 5 Ortygia bei Ephesus XIV 1, 20. Artemidor IV 83 p. 250: ἱεροὶ γὰρ οἱ χῆνες καὶ ἐν ναοῖς ἀναστρεφόμενοι mit den Anmerkungen von Reiff. Ueber den Tempel der Dea Syria zu Hierapolis Preller, Röm. Myth. S. 745 ff.

1) Plin. H. N. praef. 19: multa valde pretiosa ideo videntur quia sunt templis dicata. Dem Apollotempel zu Rhegium vermacht Jemand ein Pergamentbuch in Elfenbein gebunden, ein Elfenbeinkästchen und 18 Bilder. Mommsen I. R. N. 6.

2) S. das Ortsverzeichniß in Brunn's Künstlergeschichte II 774 ff. Jacobs verm. Schriften III 421 ff. R. Rochette peint. ant. p. 94 ff.

3) Plin. H. N. XXXVII 11.

4) Mehreres bei Beckmann de historia nat. vet. c. IV p. 169 sqq. und Geschichte der Erfindungen II 364 ff. Bekanntlich ist diese Sitte auch auf christliche Kirchen übergegangen. Vgl. z. B. Millin voyage d. l. midi II p. 547 (ein Kaiman in der Kirche Notre Dame zu Cimiez).

5) Im Dianentempel bei Capua Pausan. V 12, 1.

6) Plin. H. N. VIII 31: magnitudo dentium videtur quidem in templis praecipua. Vgl. Beckmann S. 367.

große Schlangen[1], ein Krokodil[2], eine Wallfischrippe[3], Hörner von indischen Ameisen.[4] Häufig sah man in griechischen Tempeln indische Nüsse (vermuthlich Kokosnüsse)[5], die Wurzel des Zimmtbaums sah Plinius in einem im Palatium von Livia zu Ehren Augusts erbauten Tempel auf einer goldenen Schale.[6] Auch der größte Krystall, den Plinius gesehen hatte, ein Stück von 150 (röm.) Pfunden, war von Livia auf das Capitol gestiftet worden[7]; als Probe des schwarzen spiegelnden Obsian hatte August im Concordientempel vier daraus verfertigte Elephanten aufgestellt[8], einen aus britannischen Perlen verfertigten Harnisch Cäsar im Tempel der Venus Erzeugerin.[9] Auch künstliche Arbeiten befanden sich in Tempeln, wie ein Spiegel, der verzerrte Bilder zurückwarf, zu Smyrna[10], und ausländische Waffen und Geräthe; wenigstens sah Pausanias in dem Tempel des Aeskulap zu Athen einen aus Pferdehufen verfertigten sarmatischen Panzer und leinene Panzer im Apollotempel zu Gryneum und anderwärts.[11] Ethnographische Merkwürdigkeiten.

Doch noch häufiger dürften in Tempeln Gegenstände von historischem Interesse aufbewahrt worden sein, besonders solche, die im Besitz berühmter Personen gewesen waren, und zwar aus allen Perioden der Geschichte, von der jüngsten Vergangenheit bis zu den Historische Merkwürdigkeiten.

1) Dio LXIX 16. Hadrian ließ eine indische Schlange in dem von ihm erbauten Tempel des olympischen Zeus zu Athen aufbewahren. — Vgl. Plin. H. N. VIII 31.

2) Ein von Juba angeblich in einem See in Mauretanien gefundenes Krokodil ob argumentum hoc Caesareae in Iseo dicatus ab eo spectatur hodie. Plin. H. N. V 31.

3) Paus. II 10, 2 (im Aeskulaptempel zu Sicyon).

4) Ib. XI 111 (Erythris in aede Herculis fixa miraculo fuere).

5) Philostrat. vit. Apollon. III 5: ἐνταῦθα καὶ τὰ κάρυα φύεσθαί φασιν, ὧν πολλὰ πρὸς ἱεροῖς ἀνάκειται τοῖς δεῦρο θαύματος ἕνεκα.

6) Plin. H. N. XII 94.

Anthol. Graeca ed. Jacobs IV p. 201. Epigr. adesp. 393: ἐν τῷ Ἀσκληπιείῳ τῶν Παντικαπαιέων, ἐπὶ τῇ ῥαγείσῃ ὑδρίᾳ διὰ τὸν πάγον.

7) Plin. H. N. XXXVII 27.

8) Ib. XXXVI 196.

9) Ib. IX 156.

10) Ib. XXXIII 129.

11) Pausan. I 21, 7—9.

Anfängen der Menschheit hinauf.[1] Das dem Vitellius überreichte Schwert Julius Cäsar's war aus einem Marstempel genommen worden.[2] Den Dolch, mit dem Otho sich getödtet hatte, stiftete Vitellius in einen Tempel desselben Gottes in Cöln.[3] Spindel und Rocken der Tanaquil sah Varro in einem Tempel des Sancus und ein von ihr verfertigtes königliches Kleid, das Servius Tullius getragen, in einem Tempel der Glücksgöttin zu Rom.[4] Den angeblichen Ring des Polykrates zeigte man zu Rom im Concordientempel in einem goldnen von August geschenkten Horn.[5] Von dem leinenen Panzer, den König Amasis von Aegypten in den Tempel der Minerva zu Lindus auf Rhodus gestiftet hatte, und an dem jeder Strang aus 360 Fäden bestand[6], sah noch Mucianus, der Freund des Kaisers Vespasian, geringe Ueberreste, der größte Theil war durch das unaufhörliche Betasten zu Grunde gegangen.[7] Der Panzer des Masistius, der bei Platää die persische Reiterei führte, war in einem Tempel zu Athen, nebst einem Säbel des Mardonius, dessen Aechtheit aber Pausanias bezweifelte.[8] Die Lanze des Agesilaus sah man zu Sparta[9], Rüstung und Lanze Alexander's zu Gortys in Arkadien[10], Rüstungen Mithridats zu Nemea und Delphi.[11] Reliquien aus der Heroenzeit. Doch wahrscheinlich erregten die Reliquien aus der Heroenzeit, mit der ein großer Theil der Gebildeten durch die allgemein gelesenen Dichterwerke und den Schulunterricht vertrauter war als mit der neuern Geschichte[12], das größte Interesse, ohne daß ihre Aechtheit

1) Ueber Privatsammlungen dieser Art vgl. Gallus I³ S. 38. Lucian. adv. indoct. 13 sq. Dio LIX 21. LXXVII 7.

2) Sueton. Vitell. c. 8.

3) Id. ib. c. 10.

4) Plin. H. N. VIII 194.

5) Ib. XXXVII 4.

6) Herodot. III 47.

7) Plin. ib. XIX 12.

8) Pausan. I 27.

9) Plutarch. Agesil. c. 19, 8.

10) Pausan. VIII 28, 1.

11) Appian. XII 112.

12) Vgl. die schon von Grote (übs. v. Fischer I S. 418) angeführte Stelle H. Aug. vit. Aureliani c. 1, wo der Stadtpräfekt Junius Tiberianus auf Bo-

im Allgemeinen größern Bedenken unterlag, als die der historischen Stücke; denn auch die Sage galt als geschichtliche Ueberlieferung, wenn gleich als eine mit Fabeln und Märchen durchsetzte. Unter den Reliquien aus der Heroenzeit werden aber die aus der Zeit des trojanischen Krieges und der damit zusammenhängenden Begebenheiten, wie die geschätztesten so auch die am meisten verbreiteten gewesen sein; man hatte deren an den verschiedensten Orten von dem Ei der Leda, das in einem Tempel zu Sparta von der Decke herabhing, (vermuthlich ein Straußenei)[1] und einem von Helena in den Minerventempel zu Lindus gestifteten Kelch aus Elektron (wie man sagte, ein Maß ihres Busens)[2], bis zu den Schiffen des Agamemnon (auf Euböa), des Aeneas (zu Rom) und des Odysseus (auf Corcyra).[3] Aber aus noch viel ferneren Zeiten gab es Reliquien, zu Panopeus in Phocis sogar Ueberbleibsel des Lehms, aus dem Prometheus Menschen formte, vor einer Kapelle dieses Halbgottes, sie rochen nach Menschenhaut.[4] Vermuthlich nicht selten wurde auch derselbe Gegenstand an zwei verschiedenen Orten gezeigt, wie das Haar, das Isis sich aus Schmerz über den Tod des Osiris ausgerissen hatte, zu Koptos und zu Memphis.[5] Auf Reminiscenzen aus der griechischen Sage stieß man selbst im Orient, die natürlich erst von griechischen Reisenden dorthin gebracht, aber hie und da von den Landeseinwohnern festgehalten worden waren. So galt Joppe in Palästina allgemein als der Schauplatz der Befreiung der Andromeda durch Perseus; die Knochen des großen Meerthiers, die diese Annahme veranlaßt haben mochten, hatte zwar

---

piscus' Aeußerung, daß er noch kein lateinisches Leben Aurelian's gelesen habe, ausruft: Ergo Thersitem, Sinonem, ceteraque illa prodigia vetustatis et nos bene scimus et posteri frequentabunt: divum Aurelianum — posteri nescient?

1) Pausan. III 16, 2 und überhaupt Lobeck Aglaoph. p. 50 sq. adn. Besonders die Beschreibung einer ganzen Sammlung solcher Reliquien bei Ampelius lib. mem. cap. 8: Sicyone in Achaja in foro aedis Apollinis est: in ea sunt posita Agamemnonis clipeus et machaera, Ulyxis chlamis et thoracium, Teucri arcus et sagittae etc.

2) Plin. H. N. XXXIII 84.

3) Procop. b. G. IV 22.

4) Pausan. X 4, 3.

5) Lobeck l. l.

schon Scaurus nach Rom gebracht[1], aber noch in Josephus Zeit zeigte man dort die Spuren von Andromeda's Fesseln[2], noch in Pausanias' Zeit ein blutfarbiges Wasser, in dem sich Perseus nach dem Kampfe mit dem Meerungeheuer gewaschen haben sollte.[3]

Fremdenführer. Bei den Tempeln fanden die Fremden auch für Bezahlung am sichersten Führer (Periegeten) und Erklärer (Exegeten) der städtischen Sehenswürdigkeiten, falls sie nicht ein gefälliger Gastfreund damit bekannt machte. In Griechenland fehlten solche Erklärer auch in kleinen Städten nicht.[4] In der Regel versahen Priester und Tempeldiener dies Amt[5], und besonders angestellte Führer hatten wol nur die größten und besuchtesten Orte.[6] Unter diesen gab es zuweilen gebildete Männer, die wol auch über Alterthümer ihrer Stadt schrieben[7], die meisten betrieben jedoch, wie sich erwarten läßt, ihr Geschäft handwerkmäßig. Wenn gleich ihre Leitung den Reisenden oft erwünscht war[8], so konnten sie auch, besonders gebildeten Männern, zumal an Orten wie Athen und Olympia zur Qual werden[9], wenn sie ihre auswendig gelernten Erklärungen und nach dem Geschmack der Menge erfundenen Geschichtchen in größter Ausführlichkeit hersagten. Könnte man, sagt Lucian, die

---

1) Bd. I S. 35. Die Juden verlegten deßhalb die Geschichte des Propheten Jonas nach Joppe. S. Forbiger in d. St. R. E. unter Joppe.

2) Joseph. B. J. III 9, 3.

3) Pausan. IV 35. 6.

4) Vgl. über den ganzen Gegenstand Preller Polemon. fr. p. 160 sqq. und Lobeck Aglaoph. p. 29—31 (über μυσταγωγεῖν). Ein Verzeichniß der Orte, an denen Pausanias Periegeten erwähnt, Pr. p. 161 sq. C. I. Gr. 1227. (Ein περιηγητὴς καὶ ἀρχιατρὸς zu Hermione.)

5) Lobeck l. l. Z. B. Plin. H. N. XXXVI 32: Hecate Ephesi in templo Dianae post aedem, in cujus contemplatione admonent aeditui parcere oculis; tanta marmoris radiatio est.

6) Preller l. l. p. 162. Vgl. Curtius Peloponnes II 52 (über die Abhängigkeit des Pausanias von der Fremdenführung in Olympia).

7) Preller p. 168.

8) Seneca consol. ad Marc. c. 25, 2: utque ignotarum urbium monstrator hospiti gratus est etc.

9) Non. p. 419, 9: vindicare — liberare. Varro: Et me Juppiter Olympiae, Minerva Athenis suis mystagogis vindicassent. (Oehler Varronis sat. Menipp. 7, 4).

Sagen und Legenden aus Griechenland verbannen, so müßten die Führer Hungers sterben, denn das Wahre wollen die Fremden auch umsonst nicht hören.[1] In einer der kleinen Schriften Plutarch's wird von einem Besuche berichtet, den eine Gesellschaft dem Tempel zu Delphi und seinen Sehenswürdigkeiten abstattet.[2] Die Führer sind hier trotz aller Bitten nicht zu bewegen, ihre Erklärungen der Gegenstände, über deren Besichtigung man einig geworden ist, abzukürzen, und bestehen sogar darauf, die Inschriften vorzulesen; durch eine Frage aber, die außer der gewohnten Reihenfolge an sie gerichtet wird, gerathen sie in Verwirrung und bleiben die Antwort schuldig.

In Griechenland und Kleinasien unterhielten die Führer die Reisenden fast durchaus mit Erinnerungen aus der Heroenzeit, für welche das Interesse lebhafter war, als sonst irgendwo[3], und die wie gesagt einem großen Theil der Gebildeten näher stand, als die historischen Zeiten.[4] Ueberall hörte man nur von dem reden, was einst war, wie Aristides sagt; was man sah, war etwa der Ueberrest eines Tropäums, ein Denkmal, eine Quelle, oder der Führer wies auf kaum sichtbare Spuren hin: dies sei das Gemach der Helena, oder der Harmonia, oder der Leda gewesen, und dergleichen mehr.[5] Von diesem Tempel der Liebesgöttin zu Trözen schaute Phädra herab, wenn Hippolyt sich dort in der Rennbahn im Laufe übte; hier stand eine Myrthe mit durchlöcherten Blättern, die Unglückliche hatte sie in ihrem Liebeswahnsinn mit einer Haarnadel

Erinnerungen aus der Heroenzeit.

1) Lucian. Philopseud. § 4.

2) Plutarch. de Pythiae oraculis.

3) Tac. Hist. II 4. Titus spectata opulentia donisque regum, quaeque alia laetum antiquitatibus Graecorum genus incertae vetustati affingit etc.

4) Wie sehr dies auch bei den Römern der Fall war, zeigt unter andern das Werk des Pompon. Mela de situ orbis terrarum. Die mythologischen Reminiscenzen sind bei seinen Orts- und Länderbeschreibungen ungleich zahlreicher als die historischen. Auch wo griechische Sagen im Orient lokalisirt waren, behaupteten sie sich mit auffallender Hartnäckigkeit, wie z. B. auch die Ableitung des Namens Canopus von Menelaus' Steuermann, die selbst Tac. A. II 60 in seinem kurzen Reisebericht anführt; Aristides or. XLVIII p. 360 berichtigt, aber noch Ammian. Marcell. XXII 16 wiederholt sie.

5) Aristid. orat. XLIII p. 539 J.

durchbohrt.[1] Auf diesem Steine am Hafen von Salamis hatte der alte Telamon gesessen und dem Schiffe nachgeblickt, das seine Söhne nach Aulis trug.[2] In Aulis zeigte man eine Quelle, daneben hatte die Platane gestanden, auf der vor den Augen des versammelten Griechenheers eine Schlange den Sperling mit seinen neun Jungen fraß, ein Stück von ihrem Holze wurde dort aufbewahrt.[3] An dieser Stelle hatte Kadmos die Drachenzähne gesät, aus denen die geharnischten Männer entsprangen.[4] So konnte der Wandrer in dem sagenreichen Lande kaum einen Schritt thun, ohne die Stätte eines denkwürdigen Ereignisses zu betreten, auch hier war „kein Stein ohne Namen." Natürlich fehlte es auch hier nicht an historischen Erinnerungen aus jüngern Zeiten. Man besuchte die Grabstätten berühmter Männer, an denen manche Opfer brachten[5], die Schlachtfelder und Lagerstätten aus den neuern Kriegen, namentlich aus dem persischen.[6] „Wir erblickten, schreibt Arrian an den Kaiser Hadrian, mit Freude das schwarze Meer von derselben Stelle, von der es Xenophon sah und Du." Er fand dort Altäre von unbehauenem Stein mit schlecht und unorthographisch geschriebenen Inschriften, und setzte marmorne Altäre und gute Inschriften an die Stelle.[7] Mit besonderer Vorliebe, so scheint es, verfolgte man in Griechenland und im Orient die Erinnerungen an Alexander den Großen, seine Züge und Thaten. Noch in Plutarch's Zeit zeigte man eine alte Eiche am Cephissus, unter der

Erinnerungen aus historischen Zeiten.

1) Paus. II 32.

2) Id. I 35.

3) Id. IX 19, 5.

4) Id. IX 10, 1. Diese Beispiele sehr zu vermehren, würde überflüssig sein.

5) Sueton. Calig. c. 3: (Germanicus) sicubi clarorum virorum sepulcra cognosceret, inferias Manibus dabat. Ein angebliches Epigramm von ihm an Hector's Manen Anthol. lat. ed. Meyer 117. M'. Acilius bestieg den Oeta und opferte an der sogenannten Pyra (dem Ort, auf dem sich Hercules verbrannte) Liv. XXXVI 30. Caracalla opferte am Grabe Achilles' Dio LXXVII 16. Herodian. IV 8 und Apollonius Tyan. bei Philostrat. IV 11 p. 68 ed. K.; am Grabe des Pompejus Hadrian Dio LXI 11. Appian. B. C. II 86 (90). vgl. Anthol. Pal. T. II p. 286. Lucan. VIII 835 ff. und Drumann R. G. III 525.

6) Artemidor. Onirocr. IV 47 p. 288.

7) Arrian. peripl. ad Hadrian. I 1.

bei der Schlacht von Chäronea sein Zelt stand, nicht fern davon war das gemeinsame Grabmal der Macedonier.[1] Als König Mithridates in Phrygien einrückte, übernachtete er, um der guten Vorbedeutung willen, in derselben Herberge, in der einst Alexander eingekehrt war.[2] Bei Tyrus wurde eine Quelle gezeigt, an der Alexander von dem Fang eines Satyrs träumte, was die Traumdeuter auf die Eroberung von Tyrus bezogen.[3] Bei Minnagara (einem östlich vom Ausflusse des Indus gelegenen Hafen) besuchte der griechische Kaufmann, der auf der Indienfahrt hier anlegte, die Stellen, wo Kapellen, Altäre, Fundamente von Lagern und tiefe Brunnen als Erinnerungen an den Aufenthalt des macedonischen Heeres gezeigt wurden.[4] Die Gruft zu Alexandria, in der die Leiche Alexanders in einem gläsernen Sarge ruhte[5] und die vermuthlich für die meisten Reisenden unzugänglich war, ließen wol die römischen Kaiser, die dorthin kamen, niemals unbesucht.[6] Wie dir, sagt Plinius in der Schilderung von Trajan's Kriegsdiensten in fernen Ländern, wie dir dort die heiligen Spuren großer Feldherren gezeigt wurden, so wird einst die Zeit kommen, wo die Nachkommen verlangen werden zu sehen und ihren Kindern als sehenswürdig zu nennen, das Feld, auf dem dein Schweiß geflossen, die Bäume, unter denen du gerastet, die Felsen, die deinen Schlummer beschützt, die Häuser, die dich als Gast aufgenommen haben.[7] Daß diese Prophezeiung wirklich in Erfüllung gegangen ist, bezeugt Ammianus Marcellinus, der bei seinem Bericht über den Marsch Ju-

1) Plutarch. Alexand. c. 9, 2.

2) Appian. bell. Mithrid. c. 20.

3) Plut. Alex. c. 25.

4) Hudson. geogr. minores Peripl. mar. Erythr. I p. 24.

5) Strabo XVII p. 794.

6) Erwähnt wird der Besuch der Gruft von Cäsar Lucan. X 19, August Dio LI 16, Sueton. Aug. c. 18, von Severus, der sie verschließen ließ id. LXXVII 13, und nichtsdestoweniger von Caracalla Herodian. IV 8. Caligula (Sueton. c. 52) hatte Alexander's Harnisch aus der Gruft nehmen lassen. Noch die Muhammedaner verehrten ein angebliches Grab Alexander's zu Alexandria. Leone Africano descr. dell' Africa p. VIII bei Ramusio delle navigazioni e viaggi (Venet. 1563) p. 82.

7) Plin. paneg. c. 15.

lian's durch die Euphratebene erwähnt, daß dort in der Stadt Ozogardana das Tribunal gezeigt wurde, von dem Trajan zu seinem Heere gesprochen hatte.[1] Erinnerungen aus der römischen Geschichte waren die einzigen, die Italien und die westlichen Provinzen zu bieten hatten, da dort eine Sagenperiode so gut wie ganz fehlte, und ohne Zweifel wurden auch diese eifrig aufgesucht. Man zeigte bei Laurentum den Ort, wo das Lager des Aeneas gewesen war, Troja genannt[2], bei Liternum Oelbäume, die von dem ältern Scipio gepflanzt waren[3], in Bajä Schmucksachen und ein Mäntelchen, das Tiberius als Kind von der Schwester des Sextus Pompejus zum Geschenk erhalten hatte[4], auf dem Boden der Aponusquelle bei Padua Würfel, die er hineingeworfen[5], auf Capri die Stelle, von wo er seine Opfer nach langen Martern hatte ins Meer stürzen lassen[6], das Haus des Horaz bei Tibur[7] und in Rom und sonst die Geburtshäuser verschiedener Kaiser.[8] Es versteht sich von selbst, daß besonders Geschichtsschreiber die Stätten der von ihnen darzustellenden Ereignisse zu sehen suchten, besonders gewissenhaft scheint hierin Sueton zu Werke gegangen zu sein. Appian hatte die Stelle bei Cajeta besucht, wo Cicero ermordet worden war[9],

1) Ammian. Marc. XXIV 2, 3.

2) Appian. Rom. hist. fr. 1, 1.

3) Plin. H. N. XVI 234: (item myrtus eodem loco conspicuae magnitudinis; subest specus, in quo manes ejus custodire draco dicitur.) Vgl. den Bericht Seneca's über seinen Besuch in der Villa des Scipio und deren Beschreibung epp. 87.

4) Sueton. Tiber. c. 6.

5) Ib. c. 14.

6) Ib. c. 62.

7) Id. vit. Horat.

8) Angeblicher Geburtsort des August in avito suburbano juxta Velitras permodicus et cellae penuariae instar, den zu betreten man aber durch Geistererscheinungen abgehalten wurde Sueton. Aug. c. 6. Titus (ib. c. 1) natus — prope Septizonium, sordidis aedibus, cubiculo vero perparvo et obscuro, nam manet adhuc et ostenditur. Geburtshaus des Domitian Martial. IX 20, des Pescennius Niger H. A. vit. c. 12.

9) Appian. b. civ. IV 19: χωρίον ὃ καθ' ἱστορίαν τοῦδε τοῦ πάθους εἶδον.

Plutarch das Schlachtfeld von Bedriacum und in Brixellum das Monument Otho's gesehen.[1]

---

b. Das Interesse für Kunst.

Zurücktreten des Kunstinteresses hinter dem historischen.

Das historische Interesse, wie es bisher geschildert ist, überwog bei den Reisen der Römer jedes andere weit; und dies tritt auch in folgender Betrachtung eines römischen Dichters aus Nero's Zeit am Schlusse eines Gedichts über die Wunder des Aetna unverkennbar hervor. Prächtige Tempel, reich an Schätzen, heilige Marmorbilder und Alterthümer zu schauen, ziehen wir durch Länder und Meere, und bestehen Lebensgefahren; begierig forschen wir nach den Märchen alter Sage und wandern von Volk zu Volk. Jetzt freuen wir uns, die ogygischen Mauern Thebens zu sehen und versetzen uns gern in jene fernen Zeiten, bewundern bald die Steine, die sich beim Klange des Liedes und der Lyra zusammenfügten, bald den Altar, von dem der Rauch des Doppelopfers getrennt aufsteigt, dann die Thaten der sieben Helden und wie Amphiaraus vom Abgrunde verschlungen ward. Dort fesselt uns der Eurotas und die Stadt des Lykurg und die heilige ihrem Führer in den Tod folgende Schaar. Dann wird Athen besucht, stolz auf seine Sänger und seine siegreiche Göttin Minerva. Hier vergaß einst der treulose Theseus bei seiner Rückkehr das weiße Segel für seinen Vater aufzuziehen; auch an Erigones Geschick, die jetzt ein berühmtes Gestirn ist, trägt Athen die Schuld, von dort stammte Philomele, die nun in gesangdurchtönten Wäldern, Procne, die an Dä-

---

1) Plutarch Otho c. 14 u. 18.

Es versteht sich von selbst, daß auch in Palästina und anderwärts Erinnerungen aus der biblischen Geschichte überall aufgesucht wurden. Josephus nennt als solche die Ueberbleibsel von Noah's Arche auf einem Berge in Armenien Ant. Jud. I 3, 5; die Salzsäule, in die Loth's Weib verwandelt ward ib. I 11, 4 (ἱστόρησα δ' αὐτὴν· ἔτι γὰρ καὶ νῦν διαμένει); bei Hebron die Gräber der Enkel Abrahams und eine riesige Terebinthe, die seit Erschaffung der Welt stehen sollte B. J. IV 9, 7.

chern nistet, der wilde Tereus, der auf einsamen Feldern umherirrt. Wir bewundern die Asche Trojas und das von den Besiegten beweinte Pergamus, wir erblicken den kleinen Hügel des großen Hektor, hier liegt auch der schnelle Achill und der Rächer des großen Hektor.

Doch derselbe Dichter erwähnt auch nach dem historischen Interesse das Interesse an der Kunst als ein solches, das Reisen veranlaßte oder deren Richtung mitbestimmte. Er fährt fort: Ja auch griechische Gemälde und Bildwerke fesseln Viele; bald die Anadyomene mit triefenden Haaren, bald die schreckliche Kolcherin, zu deren Füßen ihre Kleinen spielen, bald das Opfer Iphigenia's mit dem verhüllten Vater, bald ein Werk Myron's: diese Fülle der Werke und ihre Kunst zieht Viele an, und du glaubst sie schauen zu müssen, trotz der Fährlichkeiten auf Land und Meer.[1]

Daß wißbegierige und um Bildung bemühte Römer auf ihren Reisen nicht versäumten, die Kunstwerke zu besichtigen, die namentlich Griechenland und Kleinasien in so großer Fülle besaßen, braucht nicht erst gesagt zu werden.[2] Cicero nennt eine Anzahl von Kunstwerken in Sicilien, die Verres geraubt, und die sich vorher theils im Privatbesitz, theils in Tempeln befunden hatten: jeder Fremde war von den Einwohnern dahin geführt worden und hatte sie in Augenschein genommen.[3] Neben den Studien des Plato, des De-

1) Aetna 565—598. Die ganze Stelle ist sehr verdorben. Haupt Ind. lect. Berol. hib. 1859 hat die Schlußverse folgendermaßen emendirt, V. 593: nunc Paphiae rorantes patre capilli (edd. arte) 596 nunc gloria vacca Myronis (edd. viva); 597 et jam mille manus operum turbaeque morantur (edd. quin etiam illa). Darüber, daß gerade Myron als Repräsentant der bildenden Kunst genannt wird s. m. Kunstsinn der Römer S. 37.

2) Cic. de imp. Pomp. 14, 40 sagt, daß Pompejus in Griechenland sich durch nichts habe aufhalten lassen: signa et tabulas celeraque ornamenta Graecorum oppidorum, quae alteri tollenda esse arbitrantur, ea sibi ille ne visenda quidem existimavit.

3) Cic. Verr. II 4, c. 2 sq. In der Kapelle des Hejus zu Messana war ein Amor von Praxiteles, ein Herkules von Myron, zwei Canephoren von Polyclet. Messanam ut quisque nostrum venerat, haec visere solebat: omnibus haec ad visendum patebant cotidie: domus erat non domino magis ornamento quam civitati. Ib. c. 33, 74: die Diana zu Segesta colebatur a civibus, ab omnibus advenis visebatur: quum quaestor essem, nihil mihi ab illis demon-

mosthenes und Menander wollte sich Properz in Athen auch mit Betrachtung von Bildern und von Werken in Bronze und Elfenbein beschäftigen.[1] Besonders aber mußte man natürlich solche Kunstwerke gesehen haben, die viel genannt und jedem Gebildeten dem Namen nach bekannt waren, wie die bedeutendern Städte Griechenlands deren auch noch in der Kaiserzeit aufzuweisen hatten.[2] Um ihretwillen wurden Reisen auch unternommen. Man besuchte in Cicero's Zeit Thespiä einzig und allein, um den Amor des Praxiteles zu sehen[3], und um seiner Venus willen, die manchen für das erste Kunstwerk in der Welt galt, hatten nach Plinius Viele die Seereise nach Knidos gemacht.[4] Doch wie sehr das historische Interesse bei den Reisen der Römer dies Kunstinteresse überwog, geht schon allein daraus hervor, daß jenes fast überall als das leitende hervortritt, dies nur ganz gelegentlich und ausnahmsweise zur Sprache kommt. In der That war dies Interesse meistens ein ganz oberflächliches und äußerliches, gewöhnlich durch den Namen des Künstlers und die Berühmtheit des Werkes bedingtes. Wer eine Statue oder ein Bild einmal gesehen hat, geht befriedigt

Das Kunstinteresse der Römer äußerlich und oberflächlich.

stratum est prius. Ib. c. 55, 122: Nihil erat ea pictura nobilius, nihil Syracusis quod magis visendum putaretur (eine Reiterschlacht des Agathokles im Minerventempel). Vgl. ib. c. 57 sq.

1) Propert. III 21, 29 sq. Apulej. de mundo p. 746: Phidian illum, quem fictorem probum fuisse tradit memoria, vidi ipse in clypeo Minervae quae arcibus Atheniensibus praevidet, oris sui similitudinem colligasse.

2) Eine Anzahl solcher Werke zählt auf Cicero l. l. c. 60, 135 und schließt: Longum est neque necessarium commemorare, quae apud quosque visenda sunt tota Asia et Graecia.

3) Cic. ib. u. c. 2, 4: Cupidinem — propter quem Thespiae visuntur: nam alia visendi causa nulla est. Strabo IX 25 p. 410: πρότερον μὲν οὖν ὀψόμενοι τὸν Ἔρωτά τινες ἀνέβαινον ἐπὶ τὴν Θέσπειαν ἄλλως ουκ ουσαν ἀξιοθέατον. Plin. H. N. XXXVI 22: ille propter quem Thespiae visebantur, nunc in Octaviae scholis positus.

4) Plin. ib. 20: ante omnia est non solum Praxitelis verum in toto orbe terrarum Venus quam ut viderent multi navigaverunt Cnidum. Daß Reisen von Römern nach Olympia nicht erwähnt werden, ist doch nur zufällig; von Griechen (vielleicht auch allgemein) Epictet Diss. I 7, 23: ἀλλ' εἰς Ὀλυμπίαν μὲν ἀποδημεῖτε, ἵν' εἴδητε τὸ ἔργον τοῦ Φειδίου· καὶ ἀτύχημα ἕκαστος ὑμῖν οἴεται, τὸ ἀνιστόρητος τούτων ἀποθανεῖν.

weiter und kehrt nicht wieder, heißt es in einer Taciteischen Schrift[1]: und dies wird ohne Frage von der überwiegenden Mehrzahl der römischen Reisenden gegolten haben. Man sah um gesehen zu haben: und auch in dieser Beziehung glichen die Reisen der damaligen Römer denen der heutigen Engländer eben so sehr, als in dem eifrigen und gewissenhaften Aufsuchen historischer Erinnerungen.[2] Wie sich Atticus bei Cicero über Athen äußert, so hat, wie wir nach allem annehmen dürfen, die große Mehrzahl der gebildeten Römer zu allen Zeiten empfunden. Orte, sagt er, an denen Spuren derer sind, die wir lieben und bewundern, machen einen gewissen Eindruck auf uns. Ja selbst meine Lieblingsstadt Athen erfreut mich nicht so sehr durch ihre griechischen Bauten und kostbaren Werke alter Künstler, als durch die Erinnerung an ihre großen Männer, wo sie gewohnt haben, wo sie zu sitzen, wo sie sich im Gespräch zu ergehen pflegten, und auch ihre Gräber betrachte ich mit Interesse.[3]

---

c. Das Interesse für Natur und das Naturgefühl überhaupt.

Verschiedenheit des antiken und modernen Naturgefühls.

Ungleich mehr als das Kunstinteresse tritt bei den Reisen der Römer das Interesse an der Natur hervor: auch in allem, was sich auf Erholung des Gemüths und auf Genuß bezieht, sagt Atticus, hat die Natur den Vorrang.[4] Doch zeigt sich dies Interesse meist als ein von dem modernen sehr verschiedenes. Auch dies war sehr häufig kein unmittelbares, sondern hervorgerufen und bestimmt

1) Dial. de oratt. c. 10: ut semel vidit, transit et contentus est, ut si picturam aliquam vel statuam vidisset.

2) Eine ausführliche Erörterung des Verhältnisses der damaligen Zeit zur Kunst muß ich einem spätern Abschnitte vorbehalten; hier kann ich nur auf meine Schrift: Ueber den Kunstsinn der Römer in der Kaiserzeit (1852) und meine Anzeige der Schrift v. K. F. Hermann Ueber den Kunstsinn der Römer (1856) in den N. Jahrbb. f. Philol. LXXIII S. 391 ff. verweisen.

3) Cic. de legg. II 2, 4.

4) Cic. de legg. II 1, 2.

durch Berühmtheit, Seltenheit und Ungewöhnlichkeit, endlich durch Heiligkeit der betreffenden Gegenstände und Erscheinungen. Das antike Naturgefühl unterscheidet sich von dem modernen am meisten durch seinen religiösen Charakter. Bedeutende Naturerscheinungen ergriffen die Gemüther der Alten mit einer andern Macht als die der Neuern, sie fanden sich hier einem göttlichen oder dämonischen Walten gegenübergestellt, und zu Staunen und Bewunderung gesellte sich immer religiöse Verehrung. Wie sehr auch der alte Götterglaube sich im Laufe der Jahrhunderte gewandelt hatte, dies eine Gefühl war den Römern jener Zeit so wenig als den Griechen verloren gegangen: blieben doch auch die Erscheinungen, die es hervorriefen, immer dieselben, und wirkten immer von Neuem mit der alten Gewalt auf das menschliche Gemüth. Von zahlreichen Aeußerungen römischer Schriftsteller und Dichter aus jener Zeit, in denen dies religiöse Naturgefühl sich offenbart, mag hier nur eine von Seneca stehen. „Erblickst du einen Hain von dichtstehenden, alten, über die gewöhnliche Höhe aufragenden Bäumen, wo die Masse des über und durch einander sich erstreckenden Gezweiges den Anblick des Himmels ausschließt, dann gibt der riesige Baumwuchs, das Geheimniß des Ortes und die Bewunderung des im offnen Felde so dichten und zusammenhängenden Schattendunkels dir das Gefühl von der Gegenwart einer Gottheit. Und wenn eine Grotte mit tief ausgefressenem Felsgestein sich in einen Berg hineinerstreckt, keine künstliche, sondern durch natürliche Ursachen zu solcher Weite ausgehöhlt, so wird sie dein Gemüth mit der Ahnung von etwas Höherem ergreifen. Wir verehren die Ursprünge großer Flüsse, wo ein gewaltiger Strom plötzlich aus dem Abgrunde hervorbricht, stehen Altäre, heiße Quellen haben ihren Gottesdienst und manche Seen werden wegen ihres dunkeln oder unermeßlich tiefen Wassers für heilig gehalten.“[1] In der Einsamkeit und Stille der Natur, wo man sich der Gottheit näher, von ihrem Walten unmittelbarer berührt und ihres Schutzes bedürftiger fühlte, regten sich religiöse Empfindungen öfter und stärker, als in dem Lärm

Religiöser Charakter des antiken Naturgefühls.

---

1) Seneca epp. 41. Andre derartige Stellen s. bei Preller, Röm. Mythol. S. 95 ff.

und Gewühl der Städte, und vor dämmernden Grotten, alten Bäumen, eingehegten Hügeln verweilte der Wandrer oft in unwillkürlicher Andacht.[1] So wurden Orte, die sich durch eine großartige oder schöne Natur auszeichneten, nicht bloß aufgesucht, um sich an ihrem Anblick zu erfreuen, sondern zugleich um die Gottheit, der sie geweiht waren, zu verehren. So zog die Quelle des Clitumnus in Umbrien die Besucher eben so sehr durch ihre Heiligkeit, als durch ihre Schönheit an.[2] Unter einem mit Cypressen bestandenen Hügel strömte sie hervor, eiskalt und von durchsichtigem Grün, in dem sich die Eschen der beiden Ufer spiegelten, und erweiterte sich bald zum schiffbaren Flusse, der von Landhäusern eingefaßt war. Ein alter Tempel und viele Kapellen standen am Ursprunge; Wände und Säulen waren von den Besuchern voll geschrieben, die hier offenbar besonders zahlreich waren[3], aber ohne Zweifel auch andern schönen und merkwürdigen Flüssen und Quellen nicht fehlten.[4] Unter den Grotten und Höhlen waren die berühmtesten die korycische am Parnaß, die Pausanias die größte und sehenswürdigste von allen nennt, die er gesehen[5], und die gleichnamige bei der Stadt Korykos in Cilicien, diese letztere offenbar keine eigentliche Höhle, sondern eine überwölbte Felsschlucht, wie man sie in Süddeutschland mit dem Namen „Klamm" bezeichnet.[6] Daß das Naturgefühl der Alten in diesen kühnen Wölbungen mit ihren wunderlichen Stalaktiten und andern seltsamen Gesteinbildungen Wohnungen von Göttern (besonders Nymphen)[7] zu erkennen, daß

---

1) Apulej. Florid. I 1. Vgl. auch die beiden poetischen Anrufungen des Silvanus im Thal des Tirinus Henzen 5751 und bei Arima Orelli 1613.

2) Plin. epp. VIII 8 (Bull. d'Inst. 1853 p. 82 über die auf dem Boden von Quellen und Flüssen gefundenen Münzen.)

3) Sueton. Calig. c. 43: cum ad visendum nemus flumenque Clitumni Mevaniam processisset.

4) So sagt Plin. H. N. III 117: Padus — visendo ponte profluens. Vgl. Preller a. a. O. S. 506 ff.

5) Pausan. X 32, 2, wo er noch drei große Höhlen in Kleinasien beschreibt, die cilicische aber nicht erwähnt.

6) Strabo XIV 5 p. 671 beschreibt sie kurz, Pompon. Mela I 13 sehr poetisch.

7) Lehrs, populäre Aufs. S. 101 f.

man in dem Rauschen von der Decke herabtropfender oder tief unten strömender Wasser Klänge einer dämonischen Musik zu vernehmen glaubte, daß man in dem geheimnißvollen Dämmerschein oder dem von Fackellicht schwach erleuchteten Dunkel sich von unbestimmter Angst erfaßt fühlte, ist begreiflich[1]; so waren wol alle größeren Grotten bestimmten Gottheiten geweiht, deren Bilder dann auch darin standen.[2] Ebenso natürlich ist die Verehrung der Haine und Bäume, die sich durch Uralter und riesigen Wuchs auszeichneten. Pausanias zählt die ältesten, in die graue Vorzeit hinaufreichenden Bäume in Griechenland auf, wie die Weide auf Samos, die Eiche zu Dodona, den Oelbaum auf der Akropolis zu Athen[3]; Plinius die ungeheuersten, in deren Höhlungen zum Theil mehrere Menschen Platz hatten.[4] Solche Bäume, wie die sogenannte schöne Pinie am Ida von etwa 220 Fuß (Preuß.) Höhe, die schon der erste Attalos von Pergamos beschrieben hatte[5], oder die ungeheure Platane in Lycien, in deren hohlem Stamme Licinius Mucianus mit zwölf Begleitern speiste, wurden offenbar viel besucht; eine andre berühmte Platane bei Gortyn auf Creta war in lateinischen und griechischen (vermuthlich an ihrem Stamm befestigten) Gedichten gefeiert; unter ihr sollte der Sage nach Jupiter Europa umarmt haben.[6]

Das Interesse für berühmte und von Dichtern geschilderte Lokalitäten.

Ein zweites Moment, das auf den Ruf der Sehenswürdigkeit einer Lokalität wesentlichen Einfluß übte, war Berühmtheit, die sie der Poesie und Litteratur verdankte. War die Schilderung einer Gegend erst zum Lieblingsthema der Schriftsteller und Dichter geworden, dann vermehrten diese Schilderungen gewiß die Zahl ihrer Besucher; und dies war auch bei einem großen Theil der eben ge-

1) Pompon. Mela l. l.: terret ingredientes sonitu cymbalorum divinitus et magno fragore crepitantium. — Intra spatium est, magis ut progredi quispiam ausit horribile et ideo incognitum.

2) Pausan. l. l.

3) Pausan. VIII 23. 4. Mit Spott spricht von einigen derselben Cic. de legg. I 1.

4) Plin. H. N. XII 9 sqq.

5) Strabo XIII 1, 44, p. 603.

6) Plin. l. l.

nannten Orte und Sehenswürdigkeiten der Fall. In der Beschreibung, die Pomponius Mela von der korycischen Höhle in Cilicien gibt, klingen Reminiscenzen an poetische Beschreibungen durch, ebenso in der Schilderung des Tempethals bei Plinius[1], zu dessen beiden Seiten sanft geneigte Wände in unabsehbare Höhe hinaufragten; die schmale Sohle durchströmte der Peneus, zwischen grasigen Ufern in Mitten eines schönen Haines, Vogelgesang tönte aus den Wipfeln der Bäume. Seneca erkundigt sich bei seinem Freunde Lucilius, nachdem dieser ganz Sicilien bereist hatte, nur nach der Natur des ganz allein durch die Dichtung berühmt gewordenen Charybdisstrudels; daß die Scylla ein ungefährlicher Fels sei, wußte er bereits.[2] Das Reisen, sagt er an einer andern Stelle seiner Briefe, wird dir Kenntniß von Völkern verschaffen, wird dir neue Gebirgsformen zeigen, unbekannte Ausdehnungen von Ebenen, von unversieglichen Wassern durchrieselte Thäler oder die merkwürdige Natur irgend eines Flusses: möge er nun wie der Nil in sommerlicher Anschwellung wachsen, oder wie der Tigris sich dem Blick entreißen, und nach unsichtbar vollbrachtem Lauf zu ungeschmälerter Größe sich wiederherstellen, oder wie der Mäander, ein Gegenstand für Spiel und Uebungen sämmtlicher Dichter, sich in häufigen Windungen schlängeln, und oft bis an sein eigenes Bett herangewunden, wieder umbiegen, bevor er in sich selbst fließt: übrigens wird es dich weder besser machen, noch vernünftiger.[3] Man sieht, diese Flüsse sind genannt, nicht weil sie durch die Schönheit ihrer Ufer,

---

1) Plin. ib. IV 31. In eo cursu Tempe vocant V milium p. longitudine et ferme sesquijugeri latitudine, ultra visum hominis attollentibus se dextra laevaque leniter convexis jugis intus suo luce viridante. Diese verdorbenen Worte müssen die Erwähnung eines Haines enthalten haben, die man nach dem Folgenden erwartet: Hac labitur Peneus, viridis (?) calculo, amoenus circa ripas gramine, canorus avium concentu. Das Tempethal hatte auch Hadrian in seinem Tiburtinum nachgebildet. Vit. c. 26.

2) Seneca epp. 79.

3) Id. ib. 104, 15. In dem verdorbenen alicujus fluminis sub observatione naturam scheint rariorem zu stecken. — Auch der Absturz des Tigris war vermuthlich damals oft von Dichtern geschildert; man denke an die Verse Nero's beim Schol. ad Lucan. III 261 und die Verse Lucan's selbst.

sondern weil sie durch ihre Berühmtheit und merkwürdige Phänomene interessiren.

Das Interesse für das Abnorme und Phänomenale in der Natur.

Und dies führt auf ein drittes, hier in Betracht zu ziehendes Moment, das ebenfalls bei mehrern schon genannten Punkten zur Erhöhung der Sehenswürdigkeit beitrug, die Anziehung, die alle abnormen, seltnen, von der Regel abweichenden Naturerscheinungen übten. Von den schwimmenden Inseln im See Badimonis bei Ameria sagt der jüngere Plinius, wie bereits angeführt ist, eine solche Naturmerkwürdigkeit lasse man in Italien unbeachtet, während man Reisen mache und Seereisen unternehme, um ähnliche, nicht sehenswerthere Phänomene in andern Ländern kennen zu lernen.[1] Römer und Griechen, die sich in den westlichen Provinzen aufhielten, reisten nach Gades oder an die Westküste von Gallien, um die Ebbe und Fluth des atlantischen Oceans zu sehen; in Gallien reiste in dieser Absicht Lucian's Freund, Sabinus[2], auch Philostrat hatte dies Schauspiel hier gesehen, nach Gades läßt er ebendeßhalb seinen Apollonius reisen, und berichtet von dort die auch jetzt an Küstengegenden heimische Sage, daß Todtkranke während der Fluthzeit nicht sterben können, erst mit dem Eintritt der Ebbe verläßt die Seele den Körper.[3] Strabo, Apulejus und Cassius Dio beschreiben einen Schlund bei Hierapolis in Phrygien, aus dem kohlensaure Dämpfe aufstiegen, die alle Menschen und Thiere tödteten, mit Ausnahme, wie dort behauptet wurde, von Eunuchen, sie hatten mit Vögeln und andern Thieren Experimente angestellt; wie sehr der Ort besucht war, geht daraus hervor, daß man einen eigenen Bau zum bequemern Betrachten dieses Phänomens errichtet hatte.[4] Doch die zahllosen wirklichen oder eingebil-

---

1) Plin. epp. VIII 20. Ein See mit schwimmenden Inseln bei Cotiliä, Dionys. Halic. I 16.

2) Lucian. apologia 15: *ὁπότε κατὰ θέαν τοῦ ἑσπερίου Ὠκεανοῦ καὶ ἅμα τὴν Κελτικὴν ἐπιὼν ἐνέτυχες ἡμῖν.*

3) Philostrat. Apoll. Tyan. IV f. V init.

Das Itin. Hierosol. beginnt: Civitas Burdigala, ubi est fluvius Garonna, per quem facit mare Oceanum accessa et recessa per leugas plus minus centum.

4) Strabo XIII 3, 14 p. 629. Apulej. de mundo p. 729. Dio LXVIII 27. Dies *θέατρον*, wie es Dio nennt, scheint erst nach Strabo's Zeit erbaut wor-

deten, oder doch fabelhaft ausgeschmückten Naturerscheinungen, die von Reisenden aufgesucht wurden, aufzuzählen, würde unmöglich sein, Beispiele zu häufen, ist um so überflüssiger, da mehreres derartige bereits früher erwähnt ist.

Die Freude an der Schönheit der Natur.

Es bleibt noch die Betrachtung der Orte und Gegenden übrig, die nur ihrer Naturschönheit willen aufgesucht wurden. In erster Reihe stehen hier die Meeresufer; so sehr suchte man gerade hier auch den Naturgenuß, daß es möglich war, die Ausdrücke für schöne Gegenden und Strandgegenden als synonyme anzusehen.[1] Die antike Poesie und Sage bietet eine Fülle der beredtesten Zeugnisse für ein tiefes und inniges Verständniß der Schönheit und Herrlichkeit des Meeres[2], die antike Kunst hat diesem Element die Motive zu ihren anmuthigsten und prachtvollsten Darstellungen entnommen. Die Liebe der Römer für das Meer ist vielfach durch ihre Litteratur[3], weit mehr durch die Trümmer ihrer Villen und Paläste bezeugt, die seine schönsten Ufer säumten, und gerade um

Meeresufer.

---

den zu sein, da er es nicht erwähnt. In Ammian's Zeit wurde das Phänomen nicht mehr beobachtet. Ammian. XXIII 6. — Es versteht sich von selbst, daß alle solche Averni eine ähnliche Beachtung fanden, besonders der bekannteste bei Cumä.

1) Gloss. Labb. Amoenia (sic) αἱ ἀκταί.

2) Ich kann mir nicht versagen, wenigstens folgendes schöne Gleichniß Catull's (63, 271 ff.) in der trefflichen Uebersetzung von Theodor Heyse herzusetzen:

Jetzt wie des ruhigen Meers Fluthplan mit dem Athem der Frühe
Zephyrus leicht anschauernd hinauslockt hüpfende Wellen,
Wenn an der wandernden Sonne Gezelt Aurora emporsteigt;
Die Anfangs schlafträge, gedrängt vom säuselnden Luftzug,
Seewärts gehen, leis rauschend, es hallt wie heimlich Gekicher;
Aber der Wind schwillt an, schon rollen sie höher und höher,
Und bald fernhin sprühen die entschwimmenden unter dem Glühroth:
Also wars u. s. w.

3) Cic. ad Att. XII 9 (aus Antium): cetera noli putare amabiliora fieri posse littore, villa, prospectu maris, his rebus omnibus. XIV 13 (aus Puteoli): quaeris atque etiam ipsum me nescire arbitraris, utrum magis tumulis prospectuque an ambulatione ἁλιτενεῖ delecter. Est mehercule ut dicis utriusque loci tanta amoenitas, ut dubites utra anteponenda sit. Vgl. die Beschreibung der Villa bei Laurentum Plin. epp. II 17. (vgl. I 9) Apul. apol. p. 579: prospectum maris qui mihi gratissimus est.

ihrer Aussicht willen von den Zeitgenossen gepriesen werden. Aus seinem Palaste auf Capri überschaute Tiber den ganzen herrlichen Golf von Neapel[1]; die Villa des Pollius Felix auf der Höhe von Sorrent bot aus jedem Fenster eine andre Aussicht, auf Ischia, Capri, Procida, aus allen aber die Aussicht auf das Meer; dort weilte die sinkende Sonne „wenn der Tag sich neigte, der Schatten der laubgekrönten Berge in die Fluth fiel und die Paläste im krystallenen Meere zu schwimmen schienen.“[2] Von den Lustorten und Bädern an der Westküste Italiens, an der Nordküste Aegyptens ist oben die Rede gewesen; auch in Griechenland stößt man auf die Ruinen römischer Villen hauptsächlich an den Küsten.[3] Aber auch die Ufer der Seen und Flüsse übten auf die Freunde von Naturschönheiten eine kaum geringere Anziehungskraft. Wie sehr Catull an dem Gardasee hing, ist bekannt, auf der von ihm so geliebten Sirmioinsel sind noch Trümmer römischer Gebäude; die reich belaubten reizenden Ufer des Comersees waren in der Zeit des jüngern Plinius mit Villen bedeckt[4], Ruinen eines Pausilypon (Sorgenfrei) aus Tiber's Zeit hat man am See von Bracciano gefunden.[5] Weit und breit, sagt Seneca, gab es keinen See, an dem nicht die Dächer von Villen der römischen Großen ragten, keinen Fluß, dessen Ufer ihre Gebäude nicht einfaßten.[6] Unter den Flüssen Italiens waren wol der Anio und der Tiber die, deren Ufer am meisten beliebt und besucht waren; die des Tiber waren nach Plinius vielleicht von mehr Villen besetzt, als die aller übrigen Flüsse in der ganzen Welt.[7] See- und Flußufer.

1) Tac. A. IV 67.

2) Stat. Silv. II 2, 16—20. Plut. qu. conv. I 4, 3, 5.

3) Curtius Peloponnesos I 83 f. (Vgl. z. B. Pausan. VII 21, 4.)

4) Plin. epp. IX 7. Plin. H. N. X 77: Larium lacum amoenum arbusto agro.

5) Die Besitzerin hieß Metia Hedonium. Vgl. de Rossi Bull. Nap. N. S. II 21. Henzen 5137.

6) Seneca epp. 89, 21.

7) Plin. H. N. III 54. Plin. epp. VIII 57: Anio delicatissimus amnium, ideoque adjacentibus villis velut invitatus retentusque, magna ex parte nemora quibus inumbratur, fregit et rapuit. Bekannt ist Nero's Villa bei Sublaqueum Tac. A. XIV 22 (lacus tris amoenitate nobiles, qui nomen dedere Sublaqueo.

Grund der Vorliebe für Uferlandschaften.

Diese Vorliebe für Strandgegenden und Uferlandschaften ist im Süden durchaus natürlich. Es war nicht bloß der erquickende Blick auf die grenzenlose azurne Fläche des Meers, auf die blauen und grünen Spiegel der Seen, die silberhellen Windungen der Bäche und Flüsse, die weißschäumenden Wasserstürze: es war auch die erfrischende Kühlung, die von den Wassern herwehte, die ihre Nähe so begierig aufsuchen ließ. Noch mehr, das Wasser ist in der südlichen Landschaft das eigentlich belebende Element, wo es fehlt, herrscht Dürre und Oede. An seinen Ufern ist das Grün am frischesten, das Laub am üppigsten, gewähren die Baumwipfel den dichtesten Schatten.[1] Den Blick auf dem „schweigenden Laube"[2], dem vorüberströmenden Flusse ruhen, oder ihn in die weite Ferne schweifen zu lassen, dem Gesang der Vögel, dem Murmeln oder Brausen der Wellen zu lauschen, den labenden Lufthauch zu athmen, in Einsamkeit und Stille die Stunden zu verträumen — das waren die Naturgenüsse, die die römischen Dichter so beredt preisen, solcher und verwandter Art die landschaftlichen Scenen, die die Freunde der Natur nächst den Seeufern am liebsten aufsuchten.[3]

Plin. H. N. III 109); den Wasserfall, dem Tibur seine Beliebtheit verdankte, erwähnt Dionys. Halic. V 37: *παρὰ ποταμὸν Ἀνίητα, ὃς ἐκ πόλεως μὲν Τιβύρων καθ' ὑψηλοῦ πολὺς ἐκχεῖται σκοπέλου — συνάπτει δὲ τὸ ῥεῦμα τῷ Τιβέρει ποταμῷ, καλὸς μὲν ὀφθῆναι, γλυκὺς δὲ πίνεσθαι.* Vgl. auch Stat. I 3 (villa Tiburtina Manlii Vopisci). Niebuhr (Vortr. üb. Röm. Gesch. III 209) ertheilt ihm das große Lob, daß seine Gedichte die rechte Farbe des Landes an sich tragen und daß man sie in Italien besonders gern liest.

1) Gloss. Labb. amoenus *σύνσκιος τόπος*.

2) Plin. H. N. XXXVII 62. Herbas quoque silentes frondisque avide spectare solemus.

3) Statt vieler andern Stellen mögen hier nur folgende stehen, weil sie die meisten angegebenen Bedingungen des Naturgenusses vereinigen. Lucret. II 29:

cum tamen inter se prostrati in gramine molli
propter aquae rivum sub ramis arboris altae
non magnis opibus jucunde corpora curant:
praesertim cum tempestas adridet et anni
tempora conspergunt viridantis floribus herbas.

Quintilian. X 3, 24: Silvarum amoenitas et praeterlabentia flumina et inspirantes ramis arborum aurae volucrumque cantus et ipsa late circumspiciendi libertas ad se trahunt.

Darum erhoben sich die Villen auch auf hohen Punkten[1], die weite, heitere und mannichfaltige Aussichten beherrschten. Die Lage der Toscanischen Villa des jüngern Plinius kann als Beispiel einer in römischem Sinne vollkommen schönen Binnenlandschaft dienen.[2] Man überschaute von hier eine weite Ebene, die wie ein ungeheures Amphitheater ringsum von den Vorbergen des Apennin eingerahmt war; von den höhern Gipfeln zogen sich alte dichte Wälder herab, dazwischen fruchtbare, mit dem üppigsten Kornwuchs prangende Abhänge, unter diesen Weinberge, endlich Felder und Wiesen vom schönsten Grün und buntester Blumenfülle, denn durch die ganze Ebene strömte der Tiber und überdies zahlreiche Bäche. Es war ein großer Genuß, diese Gegend von der Höhe aus zu betrachten, man glaubte nicht, eine wirkliche Landschaft, sondern ein schönes Bild zu sehen, überall erfreute sich das Auge an der Mannichfaltigkeit, an den Linien und Umrissen, die sich ihm darboten. Daß überhaupt eine angenehme Aussicht als Vorzug eines Besitzthums geschätzt wurde, bedarf nicht erst des Beweises.[3] Freude an weiten, heitern Aussichten.

Es ist höchst bezeichnend für die hier angedeutete Richtung des römischen Naturgefühls, daß Anmuth (amoenitas) das häufigste Lob einer schönen Natur, ja dasjenige Wort ist, das unserm „Naturschönheit" am nächsten kommt.[4] Der Begriff der Naturschönheit war den Römern ein viel enger begrenzter als uns. Quintilian sagt einmal, das Lob der Schönheit (species) komme unter den Gegenden „den ebenen, den anmuthigen, den am Meere gelegenen" zu[5]: Rauhheit und Wildheit, furchtbare Majestät, großartige, aber düstere Monotonie der Natur schlossen dies Lob nach römischer Empfindung aus; es war auf Thäler und Hügellandschaften, auf Beschränkung des Begriffs der Naturschönheit auf liebliche und heitere Landschaften.

1) Seneca epp. 89, 21.

2) Plin. epp. V 6.

3) Digg. VIII 1, 15 § 1 (Pomponian. libro XXIII. ad Sabinum): Servitutum non ea natura est veluti viridia (vulg. viridaria) tollat (?) aut amoeniorum prospectum praestet etc.

4) Daneben kommt freilich auch pulcher nicht selten vor.

5) Diese für das damalige Naturgefühl so höchst charakteristische Stelle ist meines Wissens noch nicht in Betracht gezogen worden. Sie lautet (III 4, 27): Est et locorum (laus) qualis Siciliae apud Ciceronem, in quibus similiter speciem et utilitatem intuemur; speciem maritimis, planis, amoenis; utilitatem salubribus, fertilibus.

Mangel an Verständniß für die Schönheit des Hochgebirgs. die Abhänge der Vorberge beschränkt, auf das Hochgebirge erstreckte es sich eben so wenig, als auf Haiden und Moore, auf wasserlose Felsgegenden und Wüsteneien; für den Zauber, den auf uns der Anblick der Campagna Roms in ihrer jetzigen Gestalt übt, war jene Zeit unempfänglich. Bei Cicero sagt der von der Schönheit der Fibrenusinsel überraschte Atticus, er habe sich in der Umgegend von Arpinum nur Felsen und Gebirg gedacht, und sich daher gewundert, daß sein Freund an dieser Gegend solches Gefallen finde.[1] Vollends für die Wunder der Alpenwelt fehlte der damaligen Bildung das Verständniß völlig, die Empfindungen, mit denen die Römer sie betrachteten, glichen etwa denen, die neuern Reisenden die Eiswüsten des Nordpols erregen, nur ohne die jetzige Bewunderung für die schauerliche Erhabenheit solcher Scenen. In einer Zeit, wo Jahr aus Jahr ein Hunderte, ja Tausende von Römern zahlreiche Alpenstraßen überschritten und die Schweiz ein von Römern bewohntes Land war, hatten die Alpenreisenden nur Auge für die Schwierigkeiten, Gefahren und Schrecken, die den Reisenden drohten, für die steile Steigung und Schmalheit der Saumpfade, die sich schwindelerregend an grauenvollen Abgründen hinzogen, für die unwirthbare Oede der kolossalen Eis- und Schneewüsten, die Furchtbarkeit der abstürzenden Lawinen.[2] Dieser Mangel an Gefühl für den Zauber des furchtbar Erhabenen in der Natur, und dieser allein ist der Grund, weßhalb „von dem ewigen Schnee der Alpen, wenn sie sich am Abend oder am frühen Morgen röthen, von der Schönheit des blauen Gletschereises, von der großartigen Natur der schweizerischen Landschaft keine Schilderung aus dem Alterthum auf uns gekommen ist; weßhalb Silius Italicus die Alpen als eine schreckenerregende vegetationslose Einöde schildert, während er mit Liebe alle Felsenschluchten Italiens und die buschigen Ufer des Liris besingt.“[3]

1) Cic. de legg. II 1, 2.

2) Vgl. besonders Strabo IV 6 p. 204, der vorzugsweise die westlichen Straßen, und Claudian. d. bell. Getico 340 sqq., der den Uebergang über den Splügen beschreibt.

3) Worte Humboldt's im Kosmos Bd. 2 S. 257 u. Sil. Ital. III 477 — IV 348. VIII 399.

Aus demselben Grunde wird die Besteigung höherer Berge, in der Absicht, weite Umblicke zu genießen, so gut wie nie erwähnt, da man die Aussichten, die die Römer allein liebten, in viel vollkommnerer Weise auf niedrigern Höhen hatte. Wie sehr das Besteigen von Bergen in der Regel nur als Beschwerde angesehen wurde, zeigt das Lob, das Plinius den ältern Naturforschern für ihre Unermüdlichkeit im Aufsuchen von Heilkräutern ertheilt, da sie „auch unwegsame Berggipfel und abgeschiedene Einöden durchforscht haben.“[1] Diejenigen, die den mit ewigem Schnee bedeckten Gipfel des Argäus bei Mazaca in Kappadocien bestiegen haben, sagt Strabo, berichten, daß man von dort zwei Meere sieht, das Issische und das Pontische; aber ihrer sind Wenige.[2] Der einzige Berg, dessen Besteigung öfter erwähnt wird, ist der Aetna[3], doch dies geschah offenbar nicht sowohl um der Aussicht, sondern um der vulkanischen Natur des Berges willen; namentlich auch um die Erscheinung ungeheurer Schneefelder in unmittelbarer Nähe des feuerspeienden Kraters genauer zu beobachten.[4] Hadrian bestieg ihn, um von seinem Gipfel aus das dort angeblich wahrnehmbare Phänomen des Sonnenaufgangs mit einem Regenbogen zu sehen[5]. Den Berg Casius bestieg er (und nach ihm Julian), weil man von seiner Höhe die Sonne schon um die Zeit des zweiten Hahnenschreis sehen sollte.[6] Hohe Berge selten bestiegen.

Das Gefallen an wilden, düstern, furchtbar großartigen Naturscenen ist gegenwärtig so verbreitet, daß man den gänzlichen Mangel dieser Richtung[7] für eine Eigenthümlichkeit des antiken Natur- Das Gefühl für das wilde und romantische in der Natur erst seit dem vorigen

1) Plin. H. N. XXV 3.

2) Strabo XII 2, 8 p. 538. Derselbe (XIII 5, 625) erwähnt ein marmornes Belvedere auf dem Tmolus bei Sardes, von den Persern erbaut, von wo man eine weite Rundschau über das Land hatte.

3) Id. VI 2, 8 p. 274.

4) Zu diesem Zweck fordert Seneca epp. 79 den Lucilius auf, ihn zu besteigen.

5) Vit. Hadrian. c. 13.

6) Ib. c. 14 mit der Anm. Angeblich sah man auch auf dem Gipfel des Ida die Sonne vor Tagesanbruch. Diodor. XVII 7.

7) Die früher angeführte Stelle von Seneca tranq. an. 2, 13, wo der Unbeständige wilde Gebirgsgegenden aufsucht, weil delicata fastidio sunt, kann hier-

Jahrhundert in Europa allgemein.

gefühls im Gegensatz zu dem modernen gehalten hat. Den Griechen und Römern, sagt Humboldt, schien fast allein das gemüthlich bewohnbare anziehend in der Landschaft, nicht was wir wild und romantisch nennen.[1] Und doch empfand nicht bloß das Alterthum so, sondern vielleicht auch das Mittelalter und gewiß die neuere Zeit zum großen Theil, denn wenn auch die erste Entstehung und allmälige Entwicklung dieses Gefühls in frühere Zeitalter hinaufreicht[2], so ist doch seine allgemeine Verbreitung sicher nicht viel über ein Jahrhundert alt. In Reisebeschreibungen aus dem Anfange des achtzehnten Jahrhunderts wird man schwerlich eine Spur davon finden. Die Beschreibung, die J. G. Keyßler von seiner in den Jahren 1729 bis 1731 durch Deutschland, die Schweiz und Italien gemachten Reise herausgab, noch jetzt ein nicht ganz vergessenes, war im vorigen Jahrhundert ein sehr berühmtes Buch. Naturschönheiten werden darin häufig besprochen; manches, wie der Wasserfall von Terni, die Aussicht Genuas von der See her, hoch gerühmt. An weiten heitern Prospekten findet der Verfasser am meisten Gefallen, und auch er weiß einer schönen Gegend kein höheres Lob zu geben, als daß er sie „angenehm" nennt; eine fruchtbare, gartenartig angebaute Ebene, mochte sie auch noch so einförmig sein, zieht er der großartigsten Gebirgsgegend unendlich vor, ja er hat offenbar keinen Begriff davon, daß man eine unfruchtbare Gegend überhaupt schön finden könne. Er rühmt z. B. die ganz flache und monotone Gegend bei Mantua. „Man kann sich nicht genug verwundern über die Fruchtbarkeit der Felder und Wie-

---

gegen wol nicht angeführt werden; doch ist es gewiß möglich, daß Einzelne auch im Alterthum diese Richtung des Naturgefühls gehabt haben.

1) Kosmos Bd. 2 S. 79.

2) J. Burckhardt, Cultur der Renaissance S. 295 führt an, daß Dante hohe Berge bestieg, in der einzig möglichen Absicht, den Fernblick zu genießen; vgl. daselbst über das Naturgefühl des Petrarca und Boccaccio, der erstere rühmt an der Seeküste östlich von Genua colles asperitate gratissima et mira fertilitate conspicuos. Ueber das Naturgefühl des Leon Battista Alberti S. 141. Eine Geschichte des Naturgefühls im Mittelalter und in der neuern Zeit bis zur Mitte des achtzehnten Jahrhunderts wäre wol eine eben so dankbare als schwierige Aufgabe.

sen, die reihenweise mit Bäumen, um welche sich Weinreben schlingen, bepflanzt sind. Die Menge der Nachtigallen, so sich in diesem Strich aufhalten, gibt ihm in der jetzigen Jahreszeit eine neue Annehmlichkeit. Man wird in Italien der schönen Gegenden fast gewohnt, dergestalt, daß man sie mit der Zeit nicht mehr so sehr als anfänglich geschieht, achtet. Ich bin aber versichert, daß derjenige so z. B. im gebirgigen Tirol, Salzburg, auf dem Harze, sächsischen Bergstädten, desgleichen in den Wäldern von Thüringen und Pommern, in den sandigen Gegenden von Schlesien, der Markgrafschaft von Brandenburg und Mecklenburg, oder in den Haiden von Lüneburg oder Westphalen erzogen worden und auf einmal in die auserlesensten Prospekte von Italien gebracht werden sollte, ganz ungemeine Regungen und Vergnügungen empfinden würde."[1] Hier werden also die Salzburger und Tiroler Alpen mit den Lüneburger Haiden und Märkischen Kiefernwäldern als gleich unschön zusammengestellt: offenbar weil sie sämmtlich gleich unfruchtbar und wild, folglich nicht „angenehm" gefunden wurden. Die Schweiz scheint damals in Deutschland wenig bekannt gewesen zu sein, wenigstens hält Keyßler für nöthig, ihren Handel und Industrie, Wohlstand und Luxus ausführlich zu schildern, um zu beweisen, daß man irre, „wenn man sich in diesen Gegenden nichts als unfruchtbare Klippen, rauhe Gebirge, beständigen Schnee und finstere Thäler vorstelle, worin die armseligen Einwohner kaum dasjenige, was zum Unterhalt ihres kümmerlichen Lebens unentbehrlich ist, hervorbringen und genießen können."[2] In derselben Zeit reiste ein gebildeter Engländer, Capitain Burt, in den schottischen Hochlanden, und erklärte sie für so häßlich, daß eine Sandsteppe mit ihnen verglichen, lieblich erscheinen müsse; und der Dichter des Prediger von Wakefield, der sich im Jahre 1733 in diese Gebirge wagte, sprach mit Abscheu von ihrer scheußlichen Wildheit, während er die Umgegend von Leyden mit ihren weiten grünen Wiesen, Landhäusern, Statuen, Grotten, Blumenbeeten und geradlinigen Alleen für unvergleichlich schön erklärte. Macaulay, der beide Aeußerungen mitgetheilt

1) Keyßler's Reisen (3. Ausgabe von Schütze 1776) S. 1010.
2) Ebdas. S. 1—4.

hat[1], glaubt den Grund der damaligen Unempfänglichkeit für die landschaftliche Schönheit der Hochlande in ihrer Unsicherheit und Gefährlichkeit suchen zu müssen. Aber dies ist ohne Zweifel ein Irrthum, denn die deutschen Gebirge, die Keyßler mit so großer Geringschätzung betrachtete, waren damals vollkommen sicher und verhältnißmäßig bequem zu bereisen: während anderseits Reisende in unsern Tagen sich durch die augenscheinlichsten Gefahren nicht abhalten lassen, die Schönheit des Libanon oder der Cordilleren richtig zu würdigen. Vielmehr ist klar, daß der Sinn für das sogenannte Romantische in der Natur auch noch der damaligen Zeit eben so völlig fehlte, als der Begriff und das Wort dafür.

Charakter des modernen Naturgefühls. Eine solche Erweiterung, ja Umgestaltung des Naturgefühls konnte nur aus einem wesentlich veränderten Verhältniß der Menschen zur Natur hervorgehen. Diese Veränderung war eine zwiefache. Einerseits ahnt die moderne Betrachtung in der Natur eine Seele, von der die menschliche nur ein Theil oder der sie doch innig verwandt ist; darum erblickt sie in den unendlich mannichfaltigen Erscheinungen der Sinnenwelt Spiegelbilder ihrer eigenen wechselnden Zustände; sie meint die Sprache der Natur belauschen und verstehen zu können, sie sucht und findet in ihrer immer gleichen Stille, Reinheit und Größe eine stets bereite Zuflucht vor dem Gewühl, dem Schmutz und der Kleinlichkeit des menschlichen Daseins. Es ist bekannt, wie sehr, besonders seit der Mitte des achtzehnten Jahrhunderts, die Naturbetrachtung durch diese subjektive Auffassung bestimmt worden ist, und wie diese neueste Zeit sich gerade in die Erscheinungen und Scenen mit Vorliebe versenkt hat, die zu ihren titanischen Gefühlen, zu ihrer namenlosen Sehnsucht, zu ihrer Lust am Schmerz, Zerrissenheit und Verzweiflung zu stimmen schienen. So fremd wie diese subjektive Betrachtung dem Alterthum war und bleiben mußte, so fremd war ihm auch die ästhetische, die in der Landschaft ein von der Natur gleichsam in künstlerischer Absicht geschaffenes und mit einer bestimmten Individualität begabtes und beseeltes Ganze sieht. Auch diese Betrachtungsweise ist eine sehr moderne, wenigstens hat die auf ihr beruhende

1) Macaulay history of England (Tauchnitz) vol. IV p. 299.

Landschaftsmalerei sich als selbstständig darstellende Kunst doch erst im siebzehnten Jahrhundert entwickelt. Das Alterthum hat keine Landschaftsmalerei im neueren Sinne und keine ästhetische Naturbeschreibung gehabt; der Mangel der letztern war durch das Fehlen der erstern, durch die Entbehrung der Anregungen mit bedingt, die die heutige Naturbeschreibung der künstlerischen Darstellung verdankt. An den zahlreichen trefflichen Naturbeschreibungen, die wir aus dem Alterthume haben, vermissen wir durchaus den landschaftlichen Sinn. Die Aufmerksamkeit ist überall mehr auf die einzelnen Erscheinungen, als auf ihr Zusammenwirken zum Ganzen gerichtet. Vor allem fehlt ganz und gar — und dies ist der wesentlichste Unterschied zwischen der heutigen und der antiken Naturbeschreibung — die Hervorhebung der Wirkungen des Lichts und ihrer Modifikationen durch das Medium der Luft. Nicht daß bei Naturbeschreibungen der Alten klarer Sonnenschein, trüber Wolkenhimmel, Mond- und Sternenlicht unerwähnt blieben. Aber von dem eigenthümlichen Charakter, den die Landschaft und ihre Theile durch die Beleuchtung erhalten, ist nirgend die Rede, nirgend von den verschiednen Wirkungen der Nähen und Fernen, nirgend von all den Abstufungen, die zwischen einem kalten Mondlicht und der Gluth der Abendsonne liegen, nirgend von den wundervollen Farben, in die sich im Süden Morgens und Abends der Horizont und ferne Berge tauchen, und die vom zartesten Rosa durch alle Grade zum tiefsten Blau gehen. In der ganzen antiken Litteratur wird man vergebens einen Ausdruck wie „blaue Berge“, „dämmernde Fernen“ suchen, in der ganzen antiken Poesie vergebens eine Stelle, wie etwa jene im Faust:

Fehlen des landschaftlichen Sinnes und der Aufmerksamkeit auf die Wirkungen des Lichts im Alterthum.

> Ich säh' im ew'gen Abendstrahl
> Die stille Welt zu meinen Füßen,
> Entzündet alle Höhn, beruhigt jedes Thal,
> Den Silberbach in goldne Ströme fließen.

In keiner der Inschriften der Memnonssäule wird auch nur mit einem Worte der landschaftlichen Wirkung der steigenden Morgenröthe und des Sonnenaufgangs gedacht. Ovid sah Rom zum letzten Male im Mondschein, und wie hätte ein moderner Dichter von seiner Begabung bei dem Bilde der so beleuchteten Stadt verweilt: er hat kaum ein flüchtiges Wort dafür, während er über den thränenreichen Abschied von den Seinigen übermäßig wortreich ist.[1] Tacitus erwähnt, daß bei einem nächtlichen Gefecht zwischen den Flavianern und Vitellianern der Mond im Rücken der erstern aufging; aber nur um die Nachtheile zu erwähnen, welche diese Beleuchtung für die letztern hatte, nicht um ihrer malerischen Wirkung auch nur mit einem Worte zu gedenken, was sich auch der strengste moderne Historiker kaum versagt hätte.[2] Daß die Luftperspective sich in der alten Malerei ebenso wenig entwickelt hat, als die Linearperspective, kann nur daran liegen, daß das Bedürfniß nicht vorhanden war, die betreffenden Erscheinungen zur Darstellung zu bringen. Wäre dies Bedürfniß empfunden worden, so hätte die Kunst sicherlich auch die Wege eingeschlagen, die zu seiner Befriedigung führen mußten.[3]

Zusammenhang der Beschränktheit des Naturgefühls mit der Beschränktheit der Reisen.

Mit der Beschränkung des Naturgefühls der Alten auf ein enges Gebiet der Erscheinungen hängt sodann auch, wie es scheint, die Beschränkung ihrer Reisen auf ein verhältnißmäßig enges Ländergebiet zusammen. Nicht bloß die Steppen Rußlands, die arktischen Meere, die Wunder Afrikas blieben unerforscht: auch das Märchenland Indien scheint die Reiselust der Römer nicht gereizt zu haben. Obwohl Jahr aus Jahr ein große Handelsflotten von Alexandria an die Küste von Malabar segelten, und also die Gelegenheit, Indien zu sehen, stets geboten war, hören wir doch nie, daß andere, als kaufmännische Reisende an diesen Fahrten Theil genommen hätten.

Mangel an Anregungen zu fernen Reisen.

Diese Seltenheit der Reisen in ferne, besonders tropische Länder, und das Fehlen der wirksamen Anregungen zu solchen Reisen stand in Wechselwirkung. Humboldt nennt deren hauptsächlich drei: dichterische Naturbeschreibung, Landschaftsmalerei und Kultur von tropischen Gewächsen. Bei ihm selbst haben zu einer unvertilgbaren Sehnsucht nach der Tropengegend den ersten Anstoß gegeben Georg Forster's Schilderungen der Südseeinseln, Gemälde der Gangesufer im Hause von Warren Hastings zu London, ein kolossaler

1) Ovid. Trist. I 3.

2) Tac. Hist. III 23.

3) Schnaase, Geschichte der Kunst II 128: Die Erfindung würde dem Bedürfnisse gefolgt sein.

Drachenbaum in einem alten Thurme des botanischen Gartens bei Berlin.[1]

Wie sehr das Alterthum diese Anregungen entbehrte, ergibt sich zum großen Theil schon aus der bisherigen Darstellung. Die Naturbeschreibung, die es bezweckt und erreicht, den Eindruck der geschilderten Scenen zu reproduciren, die dargestellte Natur vor die Seele des Lesers zu zaubern, wie sie nächst Forster vor allen Humboldt selbst ins Leben gerufen hat, ist einer der modernsten Zweige der Litteratur, und zu ihrer Entstehung hat es außer andern Bedingungen einer Verbindung der Darstellungskunst mit der Naturwissenschaft bedurft. Landschaftliche Bilder, die die Sehnsucht nach fernen Ländern hätten erregen können, gab es im römischen Alterthum nur von Aegypten. Die Kultur exotischer Gewächse war sehr beschränkt. In ihren Treibhäusern zogen die Römer nur frühe Früchte und Blumen im Winter, von den „fremden Bäumen, die ungelehrig sind, anderwärts zu wachsen, als in ihrem Geburtslande"[2], etwa nur hie und da die Palme und einige Fruchtbäume[3]; auch sah man in Gärten außer officinellen, einige fremde Gewürz- und Zierpflanzen[4]: aber nichts weniger als gruppenartige Zusammenstellungen exotischer Gewächse, die ein Bild der tropischen Vegetation im Kleinen zu geben vermocht hätten. Uebrigens zeigte sich die Verschiedenheit des römischen Naturgefühls von dem unsern ja gerade auch im Gartenbau, wo die Römer bekanntlich die Natur nicht frei walten ließen, sondern in künstliche Formen zwängten.

---

1) Humboldt, Kosmos II S. 4 f.

2) Plin. H. N. XIV 1.

3) Doch waren bekanntlich die jetzt als charakteristisch für die Vegetation Italiens betrachteten Bäume dem Alterthum großentheils unbekannt. Vgl. die Abhandlg. über die pompejanischen Pflanzen von Schouw (die Erde, die Pflanzen und der Mensch 1851) und Mommsen R. G. I³ 821.

4) Die officinellen Pflanzen sah Plinius bis auf sehr wenige im Garten des hundertjährigen Arztes Castor H. N. XXV 9. Ib. XVI 136: vivit in Italia piperis arbor, casiae vero etiam in septentrionali plaga. Colum. III 8, 4: compluribus locis urbis jam casiam frondentem conspicimus, jam thuream plantam, florentesque hortos myrrha et croco. X 169 ff. werden crocus, myrrha, sampsuchum, hyacinthus, amaranthus als Frühlingsblumen der Gärten genannt.

Aehnliche Erscheinungen im jetzigen Italien.

Doch diese Erscheinungen auf die Gegensätze antiker und moderner Kultur allein zurückzuführen, sind wir nicht berechtigt. Auch im heutigen Italien zeigt sich dieselbe Geschmacksrichtung im Gartenbau, und eine fast eben so kümmerliche Entwicklung der Landschaftsmalerei wie im Alterthum; und erwägt man überdies, daß die Reisen der Italiener sich auf die schönen und berühmten Punkte ihres eigenen Landes zu beschränken pflegen, so darf man glauben, daß das Naturgefühl unter demselben Himmel, in denselben Umgebungen sich in zwei Jahrtausenden nicht wesentlich verändert hat, außer insofern es von Einflüssen der transalpinischen Kultur berührt worden ist.

II.

Die Schauspiele.

Allgemeines.

Für jeden Versuch, die Kultur der römischen Kaiserzeit zu schildern, ist eine möglichst umfassende Anschauung der Schauspiele unentbehrlich: nicht bloß, weil sie den besten Maßstab für die Großartigkeit des damaligen Rom geben, sondern weil sie in so hohem Grade und in so vielen Beziehungen für die geistigen und sittlichen Zustände der Weltstadt charakteristisch sind.

Die Schauspiele im kaiserlichen Rom eine Nothwendigkeit.

Die Schauspiele, ursprünglich größtentheils zur Verherrlichung von Götterfesten eingeführt, hatten ihre religiöse Bedeutung längst so gut wie völlig verloren. Schon in der spätern Zeit der Republik waren sie das wirksamste Mittel zur Erwerbung der Volksgunst gewesen, und so benutzten sie auch die Kaiser, um das Volk in guter Stimmung zu erhalten. August, so wird erzählt, machte einst dem Pantomimen Pylades Vorwürfe wegen seiner Rivalität gegen einen Kunstgenossen, und Pylades durfte antworten: „Es ist dein Vortheil, Cäsar, daß das Volk sich mit uns beschäftigt.“[1] Nicht bloß der Zweck, den Interessen der Menge diese Richtung zu geben, wurde völlig erreicht, auch die Herzen der Menge gewannen prachtvolle Schauspiele den Kaisern am sichersten. Selbst Caligula hatte so eine gewisse Beliebtheit erlangt[2]; und daß Nero's

1) Dio LIV 17.

1) Joseph. Ant. Jud. XIX 1, 15: *οὐ γὰρ μικρὸν ἦν [τοῖς] τὸν αὐτοκράτορα* (Caligula) *ἀνῃρηκόσι τὸ κινδύνευμα, ὑπό τε ἀνοίας τοῦ δήμου τιμώμενον καὶ ὄντα προσφιλῆ*; ib. 16: *ἡ δὲ αὖ γυναικωνῖτις καὶ τὸ νεώτερον, ὅπερ ὄχλος φιλεῖ, θεωρίαις τε καὶ μονομαχιῶν δόσεσι καὶ τι-*

Andenken im Volk so lange fortlebte, daß man seinen Tod nicht glaubte, seine Wiederkehr noch dreißig Jahre später hoffte und wünschte, daß mehr als ein Pseudonero auftreten konnte[1], wird hauptsächlich aus der Pracht seiner Schauspiele zu erklären sein. Aber die Schauspiele hingen bald nicht mehr von dem Belieben der allmächtigen Weltherrscher ab. Sie waren in dem kaiserlichen Rom schnell zur unabweisbaren Nothwendigkeit geworden. In der Bevölkerung der Hauptstadt war das Proletariat überwiegend, und dieser Pöbel war wilder, roher und verdorbener als in modernen Weltstädten, weil hier wie nirgend der Auswurf aller Nationen zusammenfloß, und doppelt gefährlich, weil er größtentheils müssig war. Die Regierung sorgte durch die großen, regelmäßigen Getreidevertheilungen für seinen Unterhalt, und die Folge war, daß sie auch die Sorge für seinen Zeitvertreib übernehmen mußte. Brod und Spiele[2] wurden bald nicht mehr als Gnade der Regierung, sondern als Recht des Volkes angesehen; jede neue Regierung mußte wohl oder übel die Hinterlassenschaft ihrer Vorgänger antreten, und in Pracht und Großartigkeit dieser Feste haben die besten Kaiser mit den schlechtesten gewetteifert. August „übertraf alle durch die Häufigkeit, Mannichfaltigkeit und Pracht seiner Schauspiele", und seine umfassenden und eingehenden hierauf bezüglichen Anordnungen zeigen, welche Wichtigkeit der Begründer der Monarchie dem Gegenstande beilegte.[3] Der karge Vespasian baute das größte Am-

νῶν κρεανομιῶν ἡδοναῖς ἀνειλημμένοι, ἃ ἐπράσσετο λόγῳ μὲν ἐπὶ θεραπείᾳ τῆς πληθύος, τὸ δὲ ἀληθὲς ἐκπιμπλάντα τῆς μανίας Γαΐου τὴν ὠμότητα.

1) Sueton. Nero c. 57 mit der Anm. von Casaubonus. Bekanntlich erwarteten die Christen Nero's Wiederkehr als das Erscheinen des Antichrist.

2) Der Ausdruck findet sich außer der bekannten Stelle Juvenal. X 81 noch bei zwei Schriftstellern des zweiten Jahrhunderts so wörtlich übereinstimmend, daß man vermuthen darf, er sei ein verbreiteter gewesen. Dio Chrysost. or. XXXII p. 370, 18 M.: „καὶ πρότερόν τινα εἰρηκέναι φασί· τὸ δὲ Ἀλεξανδρέων πλῆθος τί ἂν εἴποι τις, οἷς μόνον δεῖ παραβάλλειν τὸν πολὺν ἄρτον [οὕτω γὰρ εἰρῆσθαι πολὺ βέλτιον] καὶ θέαν ἵππων· ὡς τῶν γε ἄλλων οὐδενὸς αὐτοῖς μέλει. Fronto in der gleich anzuführenden Stelle princip. hist. 5, 11: populum Romanum duabus praecipue rebus annona et spectaculis teneri.

3) Sueton. Octav. c. 43—45.

phitheater der Welt[1] und machte für Schauspiele einen ungeheuern Aufwand.[2] Vielleicht am eifrigsten sorgte Trajan für die Befriedigung der Schaulust der Römer. Man müsse es aus der höchsten Staatsweisheit ableiten, sagt ein späterer Schriftsteller, daß dieser Fürst selbst Tänzer und die übrigen Künstler der Bühne, des Cirkus und der Arena nicht unbeachtet gelassen habe, da er wohl wußte, daß das römische Volk vorzüglich an zwei Dingen hänge, an Brod und Schauspielen; daß die Trefflichkeit der Herrschaft sich nicht weniger in Kurzweil, als im Ernst erweise; daß zwar der Ernst mit größerm Schaden, die Kurzweil aber zu größerer Unzufriedenheit verabsäumt werde; daß sogar Geldvertheilungen mit minder heftigem Verlangen erstrebt werden als Schauspiele; daß durch Geld- und Getreidevertheilungen das Volk einzeln und Mann für Mann beruhigt werde, durch Schauspiele in seiner Gesammtheit.[3] Selbst der Stoiker Marc Aurel gewann es über sich, prächtige Schauspiele zu geben, und verordnete, daß in seiner Abwesenheit für die Belustigungen des Volks durch die reichsten Senatoren gesorgt werde.[4] Auch Severus ließ sich durch seine Geldgier nicht abhalten, zu diesem Zweck kolossale Summen zu opfern.[5] Die einzige Ausnahme macht auch hier Tiber, der seine gründliche Verachtung des Pöbels am auffälligsten dadurch bewies, daß er überhaupt keine Schauspiele gab.[6] Andre begnügten sich, was Tiber ebenfalls that[7], dem übermäßigen Aufwand durch Verordnungen ein Ziel zu setzen, deren öftere Wiederholung schon allein zeigt,

---

1) Auf Veranlassung des Abbé Barthélemy ließ 1756 P. Jacquier durch Sachverständige den Werth des am Kolosseum noch vorhandnen Travertins zu damaligen Preisen veranschlagen; die Rechnung ergab 2,218,065 Scudi = 16,894,851 Francs. Barthélemy voyage en Italie 1801 p. 385.

2) Dio LXVI 10. Ebenso Titus, Dio LXVI 25. Sueton. Tit. c. 7.

3) Fronto princip. hist. 5, 11. Congiariis frumentariam modo plebem singillatim placari kann nicht richtig sein; etwa cong. frumentationibus plebem etc.

4) Vit. M. Antonin. c. 23; vgl. c. 7 u. 17.

5) Herodian. III 8, 6—10 (οὐδεὶς γοῦν βασιλέων οὕτω χρημάτων ἡττήθη).

6) Sueton. Tiber. c. 47.

7) Ib. c. 34: ludorum ac munerum impensas corripuit, mercedibus scenicorum recisis paribusque gladiatorum ad certum numerum redactis.

daß sie wenig fruchteten, wie August[1], Nerva[2], Antoninus Pius[3] und Marc Aurel.[4]

Die Schauspiele als Surrogat der Volksversammlungen.

Auch insofern erhielten die Schauspiele in der Kaiserzeit eine neue Bedeutung, als sie dem Volke eine sonst fehlende Gelegenheit boten, sich in Masse zu versammeln, und in Gegenwart des Kaisers seine Stimmungen, Abneigungen und Zuneigungen, seine Wünsche, Bitten und Beschwerden laut werden zu lassen; und diese Kundgebungen, die mit einer sonst nirgend geübten Nachsicht geduldet wurden, erhielten durch den gänzlichen Mangel aller Oeffentlichkeit eine um so größere Wichtigkeit. Zunächst gehörten dazu die Begrüßungen beim Erscheinen der Kaiser und andrer hohen Personen. Es ist bekannt, welchen Werth schon in der Republik die Staatsmänner dem Empfange beilegten, der ihnen im Theater ward, wie erfreut Cicero war, wenn er bei Schauspielen und Gladiatorenkämpfen „wunderbare Manifestationen ohne jede Beimischung der Hirtenflöte davon trug.“[5] Ausnahmsweise wurde auch einem Dichter eine solche Ehre zu Theil: als einst im Theater Verse von Virgil recitirt wurden, erhob sich das ganze Volk und begrüßte den anwesenden Dichter eben so ehrfurchtsvoll wie August.[6] Unter den Kaisern werden solche Begrüßungen, wenn sie auch bei Privatpersonen vorkommen mochten[7], (mit Ausnahme der Festgeber selbst[8]) sich in der Regel auf die kaiserliche Familie und die anerkanntesten

1) Dio LIV 2 u. 17.

2) Dio LXVIII 2: πολλὰς δὲ ἱπποδρομίας ἄλλας τέ τινας θέας κατέλυσε, συστέλλων ὡς οἷόν τε τὰ δαπανήματα. Die von Reimarus angeführten Angaben von Zonaras p. 583 D. Chron. Paschale ad a. 97, daß die Gladiatorenspiele überhaupt aufgehoben wurden, sind Uebertreibungen.

3) Anton. P. c. 12: sumptum muneribus gladiatoriis instituit.

4) M. Anton. c. 11: gladiatoria spectacula omnifariam temperavit; temperavit etiam scenicas donationes. c. 27: gladiatorii muneris sumptus modum fecit.

5) Cic. ad Att. I 16, 11. II 19, 3. XIV 2. pro Sest. c. 54 sq. Propert. III 18, 18. Lipsius electa II 10.

6) Tac. dial. c. 13.

7) Seneca epp. 29, 12.

8) Diesem galt wol der Zuruf, den Plinius epp. VI 5 erwähnt: propitium Caesarem, ut in ludicro aliquo precabantur.

kaiserlichen Günstlinge beschränkt haben. Das versammelte Volk empfing die hohen und höchsten Personen mit allgemeiner Erhebung von den Sitzen und Klatschen (schon August mußte sein Mißfallen bezeigen, daß seine noch im Knabenalter befindlichen Enkel so geehrt wurden)[1], mit Tücherschwenken[2] und Zurufen von Ehrennamen[3] und Glückwünschen, die zum Theil stehend waren, und vielmals wiederholt, oft auch nach damaliger Sitte in bestimmten Melodieen taktmäßig abgesungen wurden.[4]

Auch die Kaiser benutzten gern die Schauspiele als die besten Gelegenheiten, mit dem versammelten Volke persönlich zu verkehren und seine Zuneigung durch Huld und Herablassung zu gewinnen. Je mehr sie sich volksfreundlich zu zeigen wünschten, desto öfter erschienen sie bei eignen und fremden Schauspielen. Selbst Tiber that dies häufig im Anfange seiner Regierung.[5] Doch verlangte das Volk auch, daß der Kaiser an seinem Vergnügen mit Theil nehme. So oft August ein Schauspiel besuchte, beschäftigte er sich mit nichts anderm, sei es, sagt Sueton, um den Tadel zu vermeiden, der Cäsar getroffen hatte, weil er dort Depeschen und Eingaben las und beantwortete, sei es aus Schaulust, von der er keineswegs frei war, wie er öfter offen bekannte.[6] Wie Cäsar, so hatte auch Marc Aurel die Gewohnheit, im Schauspiel zu lesen, Audienz zu geben und zu unterschreiben: weßhalb er oft vom Volke

Anwesenheit und Herablassung der Kaiser im Schauspiel.

1) Sueton. Aug. c. 56.

2) Aurelian (vit. c. 48) schenkte dem Volk Tücher (oraria) zu diesem Zweck.

3) Z. B. Plutarch Otho c. 3: *οὐκ ἔφευγε τὸ πρῶτον ἐν τοῖς θεάτροις Νέρων προσαγορεύεσθαι.* Vgl. Tac. Hist. I 72.

4) Tac. A. XVI 4. (plebs — urbis — personabat certis modis plausuque composito) Dio LXXIII 2: *ὅσα τε εἰώθεσαν ἐν τοῖς θεάτροις ἐπὶ τῇ τοῦ Κομμόδου θεραπείᾳ εὐρύθμως πως ἐκβοᾶν, ταῦτα τότε μετασχηματίζοντες ἐς τὸ γελοιότατον ἐξῇδον.* Vgl. Lips. l. l. Die Sitte bestand noch in der Zeit Cassiodor's Var. I 31.

5) Dio LVII 11: *συνεχέστατα γὰρ ἐπὶ τὰς θέας ἀπήντα, τῆς τε τιμῆς τῶν ἐπιτελούντων αὐτὰς ἕνεκα καὶ τῆς τοῦ πλήθους εὐκοσμίας, τοῦ τε συνεορτάζειν σφίσι δοκεῖν. οὐδὲ γὰρ ἐσπούδασέ ποτε τὸ παράπαν τῶν τοιούτων οὐδὲν, οὔτε δόξαν τινὰ, ὡς καὶ συσπεύδων τινὶ ἔσχεν.* Tac. A. I 54. Doch dauerte dies nicht lange. Sueton. Tib. c. 47.

6) Sueton. Octav. c. 45. Tac. l. l.: neque ipse abhorrebat talibus studiis et civile rebatur misceri studiis vulgi.

mit Witzreden geneckt wurde.[1] Nero sah anfangs den Spielen liegend aus den Fenstern einer ganz geschlossenen Loge zu, später auf dem offnen Podium[2], wobei man ihn sich seiner Kurzsichtigkeit halber eines geschliffenen Smaragds bedienen sah.[3] Doch wurde, wahrscheinlich von Domitian, wieder eine kaiserliche Loge hergestellt, Plinius lobt Trajan, daß er sie bei seinem Ausbau des großen Cirkus habe eingehen lassen: „deine Bürger werden also deinen Anblick haben, wie du den ihren; es wird vergönnt sein, nicht bloß die Loge des Fürsten zu sehen, sondern den Fürsten selbst, in voller Oeffentlichkeit, unter dem Volke dasitzend."[4]

Die Herablassung, Güte, selbst Zuvorkommenheit der Kaiser gegen das Volk bei den Schauspielen heben die Geschichtsschreiber und Biographen oft hervor; das Gegentheil wird von wenigen berichtet. Das brutale Vergnügen, das Claudius an den Schlächtereien der Arena fand, gab selbst in Rom Anstoß; doch weil er im Schauspiel sehr leutselig war, alle Wünsche gewährte und sich zu seinen Ankündigungen und Antworten möglichst wenig der Herolde bediente, sondern sie auf Tafeln schreiben und umhertragen ließ[5], wurde er sehr gelobt.[6] Er zählte die Goldstücke, welche die Sieger als Lohn erhielten, zugleich mit dem Volke an den Fingern ab, forderte die Zuschauer oft zur Heiterkeit auf, wobei er sie wiederholt „meine Herren" nannte, und ihnen abgeschmackte Scherze zum Besten gab.[7] Auch Titus kam allen Wünschen entgegen, er nahm für eine Gattung der Gladiatoren mit Partei, und neckte wie einer aus dem Volk die Gegenpartei mit Wort und Geberde, doch ohne daß die Majestät oder die Billigkeit (gegen die Fechter) darunter litt.[8] Domitian dagegen zeigte sich im Schauspiel öfter herrisch

1) M. Antonin. c. 15.

2) Sueton. Nero c. 11.

3) Plin. H. N. XXXVII 64.

4) Plin. panegyr. c. 51.

5) Daß diese Form direkter Mittheilung populärer war, als der Heroldsruf, liegt in der Natur der Sache.

6) Dio LX 13.

7) Sueton. Claud. c. 11. Ein besserer Witz von Gallienus Gallieni duo cap. 12.

8) Sueton. Tit. c. 11.

und schroff; man durfte nicht wagen, gegen seine Fechter Partei zu nehmen.[1] Trajan stellte die frühere Freiheit her, und bewies sich dem Volke überhaupt in jeder Beziehung gütig.[2] Strenger war Hadrian, der sogar einmal, wie Domitian, dem Volke, das mit Ungestüm etwas verlangte, durch den Herold Schweigen gebieten ließ, ohne es einer Antwort zu würdigen.[3]

Die Wünsche, die vom Volke geäußert und von den Kaisern gewährt wurden, bezogen sich zunächst und hauptsächlich auf die Schauspiele selbst. Die Zuschauer begehrten irgend eine bestimmte Aufführung oder Gattung von Wettkämpfen[4], das Auftreten berühmter Gladiatoren[5], die Entlassung eines tapfern Fechters[6], die Freigebung eines Schauspielers oder Wagenlenkers, die großentheils dem Sklavenstande angehörten[7], die Begnadigung eines zum Kampf mit den Thieren verurtheilten Verbrechers.[8] Aber auch sonstige Bitten der verschiedensten Art wurden den Kaisern vorgetragen, weil hier abschlägige Antworten nur selten und ausnahmsweise erfolgten.[9] Bei

Bitten und Beschwerden vom Volke in den Schauspielen vorgetragen.

1) Sueton. Domitian. c. 10 und 13. Plin. paneg. c. 33.

2) Id. ibid.

3) Dio LXIX 6. Die Freilassung eines ihm nicht gehörenden Wagenlenkers schlug er schriftlich ab LXIX 16.

4) Tac. Hist. I 32: dissono clamore caedem Othonis — poscentium, ut si in circo ac theatro ludicrum aliquod postularent.

5) Z. B. Sueton. Calig. c. 30: cumque Tetrinius latro postularetur, et qui postularent, Tetrinios esse ait.

6) Z. B. lib. spectac. 29, 3: missio saepe viris magno clamore petita est.

7) Die Kaiser wurden auch darum gebeten, wenn die Leute ihnen nicht gehörten Dio LVII 11. LXIX 16, und natürlich auch die Editoren selbst. Daß dabei das Volk öfter die Bewilligung seiner Wünsche erzwang, zeigt Sueton. Tiber. c. 47 und Paulus Digg. XL 9, 17: Si privatus coactus a populo manumiserit, quamvis voluntatem accommodaverit, tamen non erit liber; nam et Divus Marcus prohibuit, ex acclamatione populi manumittere. Vgl. Hdb. d. R. A. A. 3307, 3419.

8) Fronto ad M. Caes. II 4, 4: eos qui bestias strenue interfecerint, populo postulante ornatis aut manumittitis; nocentes etiam homines aut scelere damnatos, sed populo postulante conceditis.

9) Joseph. Ant. Jud. XIX 1, 4: ἐν τούτῳ δὲ ἱπποδρομίαι ἦσαν· καὶ σπουδάζεται γὰρ Ῥωμαίοις ἥδε ἡ θεωρία δεινῶς· συνίασι δὲ προθύμως εἰς τὸν ἱππόδρομον, καὶ ἐφ' οἷς χρῄζοιεν δέονται τῶν αὐτοκρατόρων κατὰ

den im Jahr 9 nach Chr. gegebenen Triumphalspielen baten die Ritter August vergebens um Aufhebung des neu erlassenen strengen Ehegesetzes.[1] Bei einer großen Theuerung im J. 32 wurden mehrere Tage hindurch im Theater Forderungen des Volkes laut, und zwar mit größerem Ungestüm, als gegen den Kaiser gewöhnlich war.[2] Als Tiber eine von Agrippa vor seinen Thermen aufgestellte Lysippische Statue, den Athleten mit dem Schabeisen, in seinen Pallast hatte schaffen lassen, verlangte das Volk sie im Theater lärmend zurück, und Tiber gab sie heraus, obwohl er an ihr besonderes Gefallen fand.[3] Caligula wurde im Cirkus kurz vor seiner Ermordung vom Volke um Ermäßigung des Steuerdrucks angegangen, worüber er so in Wuth gerieth, daß er die lautesten Schreier ergreifen und tödten ließ.[4] Als Palfurius Sura, den Domitian aus dem Senat gestoßen hatte, im Capitolinischen Agon den Preis als Redner erhielt, bat die ganze Versammlung einstimmig um Herstellung seines Standes, doch vergeblich.[5] So sehr waren solche Rufe der im Schauspiel versammelten Menge als Ausdruck der Volkswünsche anerkannt, daß Titus während seiner Verwaltung des Militärgouvernements von Rom, um Hinrichtungen von Personen, die ihm verdächtig waren, zu rechtfertigen, Leute im Theater vertheilte, die sie verlangen mußten.[6] Unter Galba verlangte das Volk im Cirkus und Theater unaufhörlich die Hinrichtung des Tigellinus, bis der Kaiser es durch ein Edikt zur Ruhe verwies.[7] Bekanntlich erfolgten auch die Ausbrüche feindseliger Gesinnung gegen die Christen in den spätern Jahrhunderten vorzugsweise im Cirkus und Amphitheater.

Spöttereien und Schmä- Aber nicht bloß Bitten und Beschwerden des Volkes wurden

---

πλῆθος συνελθόντες· οἱ δὲ ἀναντιλέκτους τὰς δεήσεις κρίνοντες οὐδαμῶς ἀχαριστοῦσιν.

1) Dio LVI 1.

2) Tac. A. VI 13.

3) Plin. Hist. nat. XXXIV 62.

4) Joseph. Ant. J. XIX 1, 4.

5) Sueton. Domitian. c. 13.

6) Sueton. Tit. c. 6.

7) Plutarch. Galba c. 17.

in den Schauspielen laut, auch seiner Spottlust scheint in der Regel eine gewisse Freiheit gestattet worden zu sein[1], und zwar durfte sie sich nicht allein gegen allgemein bekannte und unbeliebte Privatpersonen[2], sondern selbst gegen die Kaiser richten. Nicht selten ertönte der Cirkus von Schmähungen und Verwünschungen gegen die Beherrscher der Welt[3], da hier einzelne die Schwierigkeit der Entdeckung, größere Massen das Bewußtsein ihrer Anzahl die Gefahr solcher Verwegenheit vergessen ließ. bungen, selbst gegen die Kaiser.

Auch zu eigentlichen politischen Demonstrationen wurden die Schauspiele benutzt. Schon in der letzten Zeit der Republik war dergleichen bei Gelegenheit der Procession von Götterbildern vorgekommen, welche die Cirkusspiele eröffnete.[4] Als man im J. 40 v. Chr. in Rom dringend die Beendigung des Krieges wünschte, den die Triumvirn mit Sextus Pompejus führten, wurde das Bild des Neptun, den der tapfre Seemann als seinen Schutzgott ver- Politische Demonstrationen.

1) Dies war noch in der letzten Zeit des Alterthums der Fall. Ammian. XVI 10, 13: (Constantius) saepe quum equestres ederet ludos, dicacitate plebis oblectabatur, nec superbae nec a libertate coalita desciscentis, reverenter modum ipse quoque debitum servans. Cassiodor. Var. I 27: quidquid illic (in circo) gaudenti populo dicitur, injuria non putatur. Locus est qui defendit excessum. Quorum garrulitas si patienter accipitur, ipsos quoque principes ornare monstratur.

2) Schol. Juv. V 3: per ludos quibus primum (Sarmentus) in XIIII ordinibus sedit, haec a populo in eum dicta sunt:

Aliud scriptum habet Sarmentus, aliud populus voluerat.
Digna dignis: sic Sarmentus habeat crassas compedes.
Rustici ne nihil agatis, aliquis Sarmentum alliget.

Digg. XLVII 10, 7 § 8: atrocior injuria fit — tempore, si ludis et in conspectu. Vgl. ib. 9 § 1.

3) Tertullian. spect. 16: circo quid amarius, ubi ne principibus quidem aut civibus suis parcunt. Ad nat. I 17: illa obliqua nonnumquam dicta in concilio et maledicta quae circi sonant. — H. A. Macrin. c. 12: unde etiam in circo, quum favor publicus in Diadumenum semper fuisset, acclamatum

Egregius forma juvenis, cui pater haud (?) Mezentius esset.

4) Cic. ad Attic. XIII 14, 1 (a. u. 709): Suaves tuas litteras! Etsi acerba pompa. Verum tamen scire omnia non acerbum est, vel de Cotta. Populum vero praeclarum, quod propter malum vicinum ne Victoriae quidem ploditur. Brutus apud me fuit, cui quidem valde placebat me aliquid ad Caesarem. Adnueram, sed pompa deterret.

ehrte, im Cirkus mit lauten Beifallsbezeugungen empfangen, und als es in Folge dessen am andern Tage nicht in der Procession erschien, entstand ein Tumult.[1] Der Untergang des an Commodus' Hofe allmächtigen Oberkämmerers Cleander[2] wurde durch eine wohlvorbereitete Demonstration im Cirkus eingeleitet. Eine Schaar von Knaben, geführt von einer hochgewachsenen, furchtbar anzuschauenden Jungfrau, stürzte in einer Pause des Schauspiels in die Bahn und erhob wilde Verwünschungen gegen den verhaßten Mann, das Volk stimmte ein und in immer steigender Aufregung stürmte die Menge bis zur Villa des Kaisers, von dem sie die Preisgebung des Günstlings erzwang.[3] Als unter derselben Regierung der spätere Kaiser Pertinax bereits die allgemeine Aufmerksamkeit auf sich gezogen hatte, trug ein Rennpferd der von Commodus begünstigten grünen Partei, das diesen Namen trug, den Sieg davon; die Grünen riefen: es ist Pertinax! die Blauen erwiderten: o daß er es wäre![4] Solche Ausbrüche der Volksstimmung erfolgten im Cirkus zuweilen theils scheinbar ohne Vorbereitung, theils wirklich durch jene unerklärlichen Impulse, von denen große Massen plötzlich zu einmüthigen Aeußerungen oder Handlungen unwiderstehlich fortgerissen werden.[5] Cassius Dio berichtet als Ohrenzeuge, wie im Jahr 196 während des Bürgerkrieges zwischen Severus und dem Prätendenten Albinus eine unzählbare Menge im Cirkus mit staunenerregender Einstimmigkeit wiederholte Klagen über den Krieg und Wünsche für die Wiederkehr des Friedens ertönen ließ; es erschien dem Historiker wie eine göttliche Eingebung; „denn ohne eine solche hätten wol nicht so viele Myriaden von Menschen zugleich angefangen, dasselbe zu rufen, wie ein gut eingeübter Chor, noch es ohne Anstoß zu Ende gesprochen,

1) Dio XLVIII 31, gewiß richtiger als Sueton. Aug. c. 16.

2) Vgl. Th. I S. 88.

3) Dio LXXII 13. Herodian. I 12.

4) Id. LXXIII 4.

5) Vgl. Grote, History of Greece V p. 260 ff. (the common susceptibilities, common inspiration and common spontaneous impulse of a multitude, effacing for the time each man's separate individuality).

wie etwas Auswendiggelerntes."[1] Von den Demonstrationen, die im Theater durch Beziehung von Stellen in den aufgeführten Stücken auf die Gegenwart stattfanden, wird unten die Rede sein.

Die Anwesenheit der Kaiser und andrer hohen Personen beim Schauspiel nöthigte die Zuschauer zur Beobachtung mancher zum Theil lästigen Rücksichten[2], die schon in der ersten Zeit der Monarchie durch ausdrückliche, übrigens unter den verschiedenen Regierungen wechselnde Vorschriften geregelt wurden. Namentlich durften römische Bürger nur in ihrem Staats- und Festkleide, der Toga, erscheinen, die in der Sommerhitze so lästig war, daß sie bequemern das Schauspiel ganz verleiden konnte.[3] Schon August, der die alte Sitte überall auch in Bezug auf die Kleidung herzustellen bemüht war, gab den Aedilen den Befehl, nur mit der Toga bekleidete Zuschauer im Cirkus zuzulassen.[4] Die beiden höhern Stände mußten in ihrer Standeskleidung, die Beamten in ihrer Amtstracht erscheinen, die nur bei der öffentlichen Trauer um den Tod des Kaisers abgelegt wurde.[5] Im Sommer gestattete August, unbeschuht ins Theater zu kommen, Tiber hob diese Erlaubniß auf, Caligula führte sie von Neuem ein, und erlaubte auch den Senatoren im J. 37 zum ersten Mal, sich zum Schutz gegen die Sonne thessalischer Hüte zu bedienen; bis dahin hatten sie also

Etikette, namentlich in Bezug auf die Kleidung.

1) Dio LXXV 4. Daß Dio allein mehrere derartige Demonstrationen aus seiner Zeit berichten konnte, zeigt, wie häufig sie waren. Vgl. LXXVI 2. LXXVII 10.

2) Quintilian. VI 3, 63: eques Romanus, ad quem in spectaculo bibentem cum misisset Augustus qui ei diceret: ego si prandere volo domum abeo — tu enim, inquit, non times, ne locum perdas.

3) Juv. XI 203: nostra bibat vernum contracta cuticula solem
effugiatque togam.

Commodus contra consuetudinem jussit spectatores paenulatos non togatos ad munus convenire. Vit. Comm. c. 16.

4) Sueton. Aug. 40: negotium aedilibus dedit, ne quem posthac paterentur in foro circove nisi positis lacernis togatum consistere. Daß circove, nicht circave (so Roth) das Richtige ist, hat Roth nachträglich selbst eingesehen p. XXIX, vgl. p. 287, 14.

5) Dio LXXII 21 (vgl. vit. Commodi c. 16). Becker, Hdb. d. R. A. II 1, 279.

barhäuptig bleiben müssen.[1] Bei schlechtem Wetter waren Mäntel über der Toga erlaubt, die aber beim Erscheinen hoher Personen abgelegt wurden.[2] Derartige zum Theil in Vergessenheit gekommene Vorschriften erneuerte Domitian; der von seinen Vorgängern geduldete Gebrauch farbiger Kleidungsstücke wurde im Allgemeinen wieder aufgehoben[3], doch außer den weißen, wie es scheint, auch scharlachrothe und purpurne gestattet.[4] Außer Sonnenhüten waren auch Sonnenschirme erlaubt.[5] — Die Aufrechterhaltung der gesetzlichen Bestimmungen, sowie überhaupt der Ruhe und Ordnung in den Schauspielen lag dem Stadtpräfekten (Civilgouverneur) ob, der sie nöthigenfalls mit Zuziehung der zu diesem Behuf aufgestellten Militärposten handhabte, auch Uebertretern und Unruhestiftern den Besuch der Schauspiele verbieten konnte.[6]

Kosten der Schauspiele. Die für Volksvergnügungen verausgabten Summen waren schon in der frühern Zeit der Republik nach heutigen Begriffen keineswegs gering gewesen. Für das viertägige Hauptfest im September, das an den ersten drei Tagen seit 364 vor Chr. mit Bühnenspielen, am letzten mit Wagenrennen gefeiert wurde (die römischen Spiele), war die Summe von 200,000 Assen (14,300 Thlr.) aus der Staatskasse ausgeworfen, und diese wurde bis zum zweiten punischen Kriege nicht erhöht.[7] Auch die übrigen Staatsspiele

---

1) Dio LIX 7.

2) Sueton. Claud. c. 6. Domitian gestattete in einem Schauspiel während eines heftigen Regengusses Niemandem fortzugehen oder den Mantel zu wechseln Dio LXVII 8.

3) Martial. VIII 23:

Herbarum fueras indutus, Basse, colores,
 Jura theatralis dum siluere loci.
Quae postquam placidi censoris cura renasci
 Jussit et Oceanum certior audit eques,
Non nisi vel cocco madida vel murice tincta
 Veste nites et te sic dare verba putas.

4) Id. V 8. XIV 31. — XIV 137. IV 2.

5) Id. XIV 28 sq.

6) Digg. I 12, 1 § 13 sq.

7) Mommsen, Röm. Gesch. I³ S. 449. Vgl. Marquardt, Hdb. d. R. A. III 2 S. 69.

waren auf die Staatskasse angewiesen. Aber allmälig stiegen die Ansprüche und von den Festgebern wurde ein Aufwand verlangt, der mit den ausgesetzten Dotationen auch nicht annähernd zu bestreiten war, so daß die Aedilen bedeutende Zuschüsse aus ihrem Privatvermögen machen, oder die Unterstützung von Freunden in Anspruch nehmen mußten, und nicht wenige sich zu Grunde richteten, während die meisten das Geld von Bundesgenossen und in den Provinzen erpreßten.[1] In der Mitte des zweiten Jahrhunderts v. Chr. kosteten glänzende Gladiatorenspiele dreißig Talente (über 47,000 Thlr.)[2] Doch diese Summe erscheint gering im Vergleich mit der kolossalen Verschwendung, mit der die Schauspiele in der letzten Zeit der Republik gegeben wurden: solche, wie die des Scaurus, Pompejus, Cäsar können auch in der Kaiserzeit kaum überboten worden sein; Milo verschwendete „drei Erbschaften, um den Pöbel durch Spiele zu beschwichtigen.“[3] In der Kaiserzeit waren die aus dem Staatsschatz für die (allerdings unterdeß sehr verlängerten) Staatsspiele gezahlten Summen erhöht. Nach einer Urkunde aus dem Jahr 51 n. Chr. betrugen sie für die römischen Spiele 760,000 S. (ungefähr 55,000 Thlr.), für die plebejischen 600,000 S. (ungefähr 43,500 Thlr.), für die apollinarischen 380,000 S. (etwa 27,500 Thlr.), für die neugestifteten augustalischen 10,000 S. (225 Thlr.).[4] Doch geben auch diese Summen keinen Maßstab für die Gesammtkosten, da die Zuschüsse der Beamten unberechenbar bleiben. Ueber diese letztern, sowie überhaupt über den aus Privatmitteln für Spiele gemachten kolossalen Aufwand haben wir nur vereinzelte Nachrichten aus verschiedenen Zeiten. Als Herodes von

---

1) Ebdas. IV S. 485.

2) Polyb. XXXII 4, 5.

3) Cic. pro Mil. c. 35. Die verausgabte Summe ist nicht sicher. Cic. Epp. ad Quint. fr. III 9, 2: ὁ δὲ μαίνεται οὐκέτ' ἀνεκτῶς, qui ludos HS CCCI comparet (III 8, 6: ut nemo sumtuosiores). Neben CCCI findet sich als Variante CCC; jedenfalls erwartet man hier nur eine runde Summe. Trecenties wären 1,754,000 Thaler. Die Spiele waren im Jahr 53, als er sich ums Consulat bewarb. Drumann, R. G. I S. 46.

4) Mommsen. Corp. Inscr. lat. nach den Fasti Antiatini p. 377b. über die Zeit der Abfassung p. 295b.

Judäa zu Ehren August's ein Festspiel begründete, das in Zeiträumen von vier Jahren wiederkehren sollte, erhielt er von August und Livia alles zur Ausstattung desselben Gehörige zum Geschenk: der Gesammtwerth wurde auf 500 Talente geschätzt (786,000 Thlr.).[1] Im Anfang der Kaiserzeit konnte in einer italienischen Mittelstadt ein gutes Gladiatorenspiel, das drei Tage dauerte, 400,000 Sesterzen (29,000 Thlr.) kosten.[2] In Rom fiel das Fest der großen Mutter, wenn der Prätor aus eigenen Mitteln nur 100,000 Sesterzen (7250 Thlr.) darauf verwendete, sehr dürftig aus.[3] Aurelian erhielt zur Bestreitung der in seinem Consulat zu gebenden Cirkusspiele von Valerian (außer Kleidungsstücken, Teppichen und Opferthieren) 5 Millionen Sesterzen (etwa 362,000 Thlr.), 300 Goldstücke und 3000 Silberdenare (diese zum Auswerfen unter das Volk

1) Joseph. Ant. Jud. XVI 5, 1. Herodes hatte August bei seiner Anwesenheit in Rom mit 300 Talenten beschenkt, θέας τε καὶ διανομὰς ποιούμενον τῷ Ῥωμαίων δήμῳ. August schenkte ihm dafür den halben Ertrag der Cyprischen Erzgruben. XVI 4, 5.

2) Petron. c. 45. In Pisaurum waren 600,000 Sesterzen der Stadt vermacht, um von den Zinsen jedes fünfte Jahr ein Gladiatorenspiel zu geben, Orelli Inscr. lat. 81. Zu 5 Procent verzinst, ergibt dies in 5 Jahren 150,000 Sesterzen.

Der Senatsbeschluß vom Jahr 27, daß Niemand ein Gladiatorenspiel geben solle, der nicht mindestens 400,000 S. besäße (Tac. A. IV 63), sollte nur vermögenslose Spekulanten ausschließen, die die Sache um des Gewinns willen unternahmen, für andere war er überflüssig.

3) Martial. X 41:

Constatura fuit Megalensis purpura centum
Milibus, ut nimium munera parca dares.

IV 67: Praetor ait: scis me Scorpo Thalloque daturum,
Atque utinam centum milia sola darem.

V 25 fragt er, ob es nicht besser sei, einem Armen den Rittercensus zu schenken,

Quam non sensuro dare quadringenta caballo,
Aureus ut Scorpi nasus ubique micet?

Für die Gesammtausgaben der prätorischen Spiele in der frühern Kaiserzeit würden wir einen Maßstab haben, wenn in der vit. Hadriani c. 3 die Summe, die Hadrian zu diesem Zweck von Trajan erhielt, richtig angegeben wäre. Dort heißt es: praetor factus est, Sura bis, Serviano iterum Coss. quum HS iterum vicies ad ludos edendos a Trajano accessit. So haben die codd. reg. August

und zu Geschenken für die Kämpfer).[1] Die siebentägigen Spiele, die Symmachus bei der Prätur seines Sohnes ausrüstete, sollen 2000 Pfund Gold (609,000 Thlr. ungefähr) gekostet haben; doch gehörte Symmachus nicht zu den reichsten Senatoren; einer von diesen, Maximus, verwendete angeblich die doppelte Summe auf denselben Zweck.[2] Auch die Ausgaben des Consulats betrugen wegen der dabei zu gebenden Schauspiele in jener Zeit mehr als 2000 Pfund Gold, wozu die Kaiser das Meiste beizusteuern pflegten.[3] Justinian verausgabte in seinem Consulat im J. 521, das alle frühern orientalischen Consulate an Pracht überbot, zu Schenkungen und Schauspielen im Ganzen 288,000 Solidi (ungefähr 1,210,000 Thlr.).[4]

Belastung des Senatorenstandes.

Abgesehen von den kaiserlichen Schauspielen, deren Kosten die Provinzen, das heißt das ganze Reich trug, lastete die erdrückende Verpflichtung, dem Volke Roms diese so ungeheuer kostbaren Unterhaltungen zu gewähren, so gut wie ganz auf dem Senatorenstande, dem die von der Staatskasse gezahlten Zuschüsse wie gesagt, dabei eine verhältnißmäßig nur geringe Erleichterung gewährten.[5] Es war eine Jahrhunderte hindurch bis zur Grenze der Leistungsfähigkeit getriebene Besteuerung der Aristokratie zu Gunsten des Proletariats. Fort und fort erkauften ihre Mitglieder Rang, Titel und äußern Prunk der Ehrenämter durch einen Aufwand, der manche alte und vornehme Familie zu Grunde richtete oder nur mit Hülfe kaiserlicher Beiträge oder Unterstützung von Stan-

---

Palat. Doch ist wol iterum nur aus Versehen wiederholt. Vicies (145,140 Thlr.) ist eine angemessene Summe.

1) Vit. Aurelian. c. 12.

2) Olympiodor. ap. Phot. I p. 63 Bekk. Vgl. Marquardt. Hdb. d. R. A. II 3, 264.

3) Procop. hist. arc. c. 26. Marquardt S. 245. Das Pfund Gold habe ich nach Hultsch Metrologie S. 235 auf 304,531 Thlr. angesetzt.

4) Marcellin. com. chron.: Famosissimum hunc consulatum Justinianus omnium Orientalium consulatu profecto munificentius his liberalitatibus edidit. Nam CCLXXXVIII milia solidorum in populum, inque spectacula sive in spectaculorum machinam distributa, XX leones, XXX pardos exceptis aliis feris in amphitheatro simul exhibuit.

5) Vgl. Th. I S. 180 ff.

desgenossen bestritten werden konnte. In den ersten Jahrhunderten scheint bei der Mehrzahl der Glanz der senatorischen Würden und Aemter noch immer als hinreichende Entschädigung für eine so schwere Belastung angesehen worden und die Zahl der Senatoren und Senatsfähigen, die sich den erdrückenden Ehren ihres Standes zu entziehen suchten, verhältnißmäßig nicht groß gewesen zu sein. Sie wuchs aber ohne Zweifel, je mehr die Aemter aller wirklichen Macht entkleidet und ihre ganze Bedeutung auf die Verpflichtung, Schauspiele zu geben, herabgedrückt ward, und es kam die Zeit, wo es an Bewerbern für die so theuer bezahlten Würden und Titel zu mangeln begann. Schon Constantin mußte die Candidaten, die sich der Ernennung zur Prätur durch Flucht zu entziehen suchten, zur Annahme dieses Amts zwingen[1], und vielleicht war er nicht der erste Kaiser, der sich zu solchen Gewaltmaßregeln genöthigt sah. Eine Reihe von kaiserlichen Erlassen regelte im vierten Jahrhundert die Wahl zur Prätur und Quästur, die in Rom und Konstantinopel durch den Senat für die nächsten zehn Jahre aus der Zahl aller Mitglieder, die das fünfundzwanzigste Jahr vollendet hatten, erfolgte, und machte die gültigen Entschuldigungen namhaft, die von der Verpflichtung der Uebernahme entbanden. Es wurden für die verschiedenen Präturen Summen festgesetzt, unter welche die Ausgabe für die Schauspiele nicht herabgehen durfte. Diejenigen, die sich ohne genügende Gründe ihrer Verpflichtung entzogen, hatten nicht bloß die Kosten der Schauspiele zu tragen, die der Fiskus nun in ihrem Namen veranstaltete, sondern mußten zur Strafe überdies eine bedeutende Getreidelieferung an die hauptstädtischen Magazine entrichten. Selbst auf die Erben der erwählten Prätoren, die vor dem Antritt des Amtes gestorben waren, ging die Verpflichtung zur Ausrichtung der Schauspiele über.[2]

---

1) Zosim. II 38.

2) P. E. Mueller de gen. aev. Theodos. II p. 54 sq. Cod. Theodos. VI 14 mit Gothofredus' Anmerkungen.

L. 5 (v. J. 340) bestimmt folgende Minimalsätze für die damaligen drei Präturen von Konstantinopel: für die Flavialis 25,000 folles und 50 Pfund Silber, für die Constantiniana 25,000 f. und 40 Pfund, für die Triumphalis 15,000 f. und 30 Pfd. S. Wie Gothofredus richtig bemerkt hat, sind die in

Auch die Zahl der Tage, die im Laufe des Jahrs durch die Spiele ausgefüllt waren, läßt sich für keine Zeit genau bestimmen, da selbst die jährlich gefeierten Staatsspiele einem gewissen Wechsel unterworfen waren, die außerordentlichen aber sich aller Berechnung entziehen. Die aus der Kaiserzeit erhaltenen Festkalender geben nur von der durch die erstern besetzten Zeit eine annähernd richtige Vorstellung.[1] Während der Republik hatte es sieben jährliche Schauspiele gegeben, die unter August zusammen 66 Tage dauerten: die römischen Spiele 15, seit Cäsar's Tod 16 (4—19. September), die plebejischen 14 (4—17. November), die der Ceres 8 (12—19. April), des Apollo 8 (6—13. Juli), der großen Mutter 7 (4—10. April), der Flora 6 (28. April bis 3. Mai), der Sullanischen Siegesfeier 7 (26. October bis 1. November). Von diesen 66 Tagen waren 14 für Spiele der Rennbahn, 2 für Prüfungen der Rennpferde, 2 für Opfermahlzeiten, die übrigen 48 für Bühnenspiele bestimmt; Gladiatoren traten bei öffentlichen Spielen während der Republik in der Regel gar nicht auf. Alle genannten Feste, mit Ausnahme des letzten, bestanden, wenn auch zum Theil in verminderter Dauer, noch im vierten Jahrhundert. Die Vermehrung der Spiele erfolgte nach dem Untergang der Republik anfangs in bescheidner Weise. Bis zum J. 4 v. Chr. kamen nur die 11tägigen Spiele der Venus Erzeugerin (20—30. Juli, wovon 4 Tage circensisch waren) und das eintägige ebenfalls circensische Fest des Mars (12. Mai) hinzu. Noch ein zweites eintägiges circensisches Fest des Mars (1. August) wurde unter August, unter Tiber das Fest zu Ehren August's von 8, später 10 Tagen (3—12. October) eingeführt. Später wurde die Zahl der mit Spielen begangenen Festtage, die also unter Tiber 87 betrug, aus den verschiedensten Veranlassungen, zur Feier von Siegen, Tempeleinweihungen, kaiserlichen Geburtstagen u. s. w. erheblich vermehrt,

Zahl der durch die Schauspiele jährlich besetzten Tage.

Zahlen von folles angegebenen Summen die für die Ausstattung der Spiele bestimmten, die in Pfund Silber für Vertheilungen und Geschenke. Wenn der follis als Rechnungsmünze das Aequivalent eines Solidus bezeichnete (Hultsch S. 251), so betragen 25,000 folles ungefähr 105,000 Thaler.

1) Mommsen Corp. Inscr. lat. p. 377 sqq.

und obwohl Nerva (dessen Beispiel Sever und Macrinus nachahmten) sie herabgesetzt hatte, war sie wol im Ganzen stets im Wachsen begriffen. Nach einer freilich nicht ganz deutlichen Angabe scheint sie unter Marc Aurel 135 Tage betragen zu haben.[1] Um die Mitte des vierten Jahrhunderts war sie auf 175 gestiegen, von denen 10 mit Fechterspielen, 64 im Cirkus, 101 im Theater begangen wurden. Gerade die Gladiatorenkämpfe und Thierhetzen aber, die in den frühern Kalendern gar nicht vorkommen, in diesem neuesten wie gesagt auf zehn Tage (im December) beschränkt sind[2], müssen nach den so zahlreichen Erwähnungen in der Litteratur und den Denkmälern zu Rom in allen Perioden der Kaiserzeit sehr häufig gewesen sein. Es geht daraus hervor, daß auch die Zahl der außerordentlichen Schauspiele immer eine verhältnißmäßig große war; und diese dauerten zuweilen Wochen und Monate. So gab Titus zur Einweihungsfeier des Flavischen Amphitheaters im J. 80 ein Fest von hundert, Trajan zur Feier des zweiten dacischen Triumphs im J. 106 ein Fest von hundertdreiundzwanzig Tagen. Sämmtliche größere Schauspiele begannen mit Tagesanbruch und dauerten (mindestens zum großen Theil) bis zum Sonnenuntergange.[3]

Die drei Hauptgattungen der Schauspiele.

Ursprünglich waren die Spiele des Cirkus die vornehmsten von allen und darum der Beschluß jedes Volksfestes gewesen. In der letzten Zeit der Republik waren die damals schon mit ungeheurer Pracht und Verschwendung gegebenen Kämpfe der Gladiatoren bei der Masse am meisten beliebt[4]; doch als sich spätestens zu Anfang der Kaiserzeit die Organisation der Cirkusparteien voll-

1) Er bestimmte nämlich 230 zu Gerichtstagen. M. Anton. vit. c. 10.

2) Die Absicht des Alexander Severus (vit. c. 43), sie auf 30 Tage auszudehnen und diese durch das ganze Jahr zu vertheilen, blieb unausgeführt.

3) Hdb. d. R. A. IV A. 3192. Schon Cels. de re med. I 3 sagt: qui vero toto die in vehiculo vel in spectaculis sedet.

4) Cic. pro Sext. 50, 106: tribus locis maxime significari populi Romani judicium ac voluntas potest, contione comitiis ludorum gladiatorumque consessu. Ib. 59: equidem existimo nullum tempus esse frequentioris populi quam illud gladiatorum, neque contionis ullius neque vero ullorum comitiorum. Ib. 58, 124: Id autem spectaculi genus quod omni frequentia atque omni genere hominum celebratur, quo multitudo maxime delectatur.

endet hatte, drängte das Interesse an ihrem Wettstreit jedes andre in den Hintergrund. Die Bühnenspiele, obwohl auch sie noch in der Kaiserzeit eine große Anziehungskraft übten, standen doch erst in dritter Reihe. Wie das Volk, haben offenbar auch die Kaiser auf jene beiden ersten Gattungen bei weitem den größten Werth gelegt, bei denen zur Unterhaltung der Massen so kolossale Mittel verwendet wurden. Den Beweis geben die Münzen, die als eine Art von öffentlichen Dokumenten in Ermangelung anderer Ereignisse sehr häufig die Kundgebungen kaiserlicher Municifenz verewigen.[1] Bauten und Spiele im Amphitheater und Cirkus finden sich darauf oft, Theaterbauten und Bühnenspiele niemals angedeutet oder erwähnt. Bei den Säkularspielen wurden drei Tage und drei Nächte im Marsfelde scenische Vorstellungen gegeben: doch auf den zum Andenken an die tausendjährige Jubelfeier Roms unter Kaiser Philipp geschlagenen Münzen sind sie nicht angedeutet, während ein Löwe, ein Nilpferd und verschiedenes Wild an die damals gegebenen Thierhetzen erinnern.[2]

Außer diesen drei Hauptgattungen der Schauspiele hatten schon während der Republik aus Griechenland Athletenkämpfe und musikalische Aufführungen in Rom Eingang gefunden, die theils an besondern periodischen Festen, von denen unten die Rede sein wird, veranstaltet, theils mit andern Schauspielen verbunden wurden. Bei größern glänzend ausgestatteten Festen wurde noch auf manche andre Weise für Abwechslung gesorgt, als durch Feuerwerke, Seiltänzer, Gaukler, Equilibristen u. dgl.[3] Eine Feier der römischen Spiele unter Carinus und Numerianus machte durch die vielen noch nie gesehenen Productionen, mit denen sie ausgestattet war, Ungewöhnlichere Schauspiele.

1) Nur Pseudomünzen, wie Kontorniaten, machen eine Ausnahme.

2) Eckhel D. N. VII 323—327.

3) Hdb. d. R. A. IV 484. Daß dergleichen bei Spielen geschah, bedarf keiner Beweise, an denen es aber nicht fehlt. Serv. Aen. X 894: unde et pueri quos in ludis videmus ea parte qua cernunt stantes, cernui vocantur; ut etiam Varro in ludis theatralibus docet. Plin. H. N. VII 83: nos quoque vidimus Athanatum nomine, prodigiosae ostentationis, quingenario thorace plumbeo indutum cothurnisque quingentum pondo calciatum per scenam ingredi.

und die man später in Palatium in dem Säulengänge eines Stalles abgebildet sah, großes Aufsehen und gibt einen Begriff von der Mannichfaltigkeit dieser gleichsam als Zugabe gebotenen außerordentlichen Lustbarkeiten. Ein Seiltänzer tanzte mit Cothurnen an den Füßen auf ganz dünnen Seilen „wie in der Luft," ein „Wandgänger" lief vor einem Bären, den er geneckt hatte, die Wand in die Höhe, Bären führten ein Stück auf, hundert Trompeter bliesen ein Tutti, ebenso je hundert Bläser auf verschiedenen Gattungen von Flöten; tausend Pantomimen und Athleten traten auf. Die Bühne war mit künstlichen Vorrichtungen zu Verwandlungen und Feuerwerken versehen, und noch verschiedene andre Schauspiele wurden gegeben.[1] Auch bei dem von Claudian besungenen Feste des Consuls Flavius Mallius Theodorus sah man außer Wagenrennen, Athletenkämpfen, Thierhetzen, Theaterspielen und Musikaufführungen verschiedener Art Gaukler, die sich „gleich Vögeln in die Lüfte schnellten", und Pyramiden bildeten, auf deren Spitze ein Knabe schwebte, ferner künstliche Bühnenverwandlungen, ein Kunstfeuer, das nichts versehrte und eine Wettfahrt von Kähnen.[2]

Festliche Beleuchtungen.

Auch prachtvolle Beleuchtungen machten sehr häufig einen Theil der Festlichkeiten aus, wie denn der Gebrauch von brennenden Lichtern, Lampen und Fackeln bei gottesdienstlichen und festlichen Gelegenheiten in Rom und überhaupt im Alterthum nichts Seltenes war.[3] Schon in alter Zeit war bei Schauspielen das Forum und Comitium außer anderer Ausschmückung (am Tage) mit Lampen beleuchtet worden.[4] Die Feste auch in die Nacht hinein bei künstlicher Beleuchtung fortdauern zu lassen, ist sicherlich erst spät aufgekommen, vermuthlich geschah es zuerst bei dem Fest der Flora, zu dessen Ausgelassenheit eine Nachtfeier am besten paßte.[5] Der Prätor L. Sejanus ließ den Zuschauern an den Floralien des Jahrs

1) Vit. Carin. c. 19.

2) Claudian. de Fl. Mall. Theod. cons. 279 sqq.

3) Preller, Röm. Mythol. S. 415. Marini Atti p. 290.

4) Lucil. satt. I 23: Romanis ludis forus olim ornatu' lucernis. Vgl. Cic. Verr. II 1, 22, 58. Ib. 54, 141. N. D. I 9.

5) Ovid. Fast. V 361 sqq. Vgl. Hdb. d. R. A. IV 490.

32 n. Chr. von 5000 Sklaven heimleuchten.[1] Auch die von August im J. 17 v. Chr. wieder eingeführten Säkularspiele dauerten nach altem Brauch die Nächte durch. August verbot der Jugend beiderlei Geschlechts, diesen nächtlichen Schauspielen anders als in Begleitung älterer Personen beizuwohnen[2]; und während der tausendjährigen Jubelfeier Roms im J. 248 legte sich, wie die Chronisten berichten, das Volk drei Nächte lang nicht zur Ruhe.[3] Sodann dürften an den Saturnalien, wo der Gebrauch der Lichter allgemein war (der um die Zeit des kürzesten Tages, wie am Weihnachtsfest, die Erneuerung des Lichts bedeutete)[4], Beleuchtungen gewöhnlich gewesen sein. Bei der Saturnalienfeier, die Domitian im J. 90 veranstaltete, wurde mitten im Amphitheater bei Einbruch der Nacht ein Kreis von Flammen von oben herabgelassen, der die Nacht zum Tage machte und bei dessen Licht das Fest fortgesetzt wurde.[5] Auch das von Nero im J. 60 eingeführte, in vierjährigen Perioden wiederkehrende Fest scheint von Anfang an während der Nächte fortgedauert zu haben, und auf die Bedenken, daß dies Veranlassung zu Unfug geben würde, wurde geantwortet, daß bei der so hellen Beleuchtung nichts Unerlaubtes verborgen bleiben könne.[6] Uebrigens waren Nachtfeste bei den Schauspielen in Rom in der Kaiserzeit wol überhaupt nicht selten, da selbst in den Städten Italiens „Schauspiele und Illuminationen" häufig zusammen genannt werden. Caligula gab einmal Nachtschauspiele im Theater, wobei die ganze Stadt erleuchtet war.[7] Auch das Wagenrennen in Nero's Gärten, bei welchem Christen in Pech gehüllt gleichsam als Fackeln verbrannt wurden, scheint ein Nachtschauspiel gewesen zu sein.[8] Domitian veranstaltete sogar nächtliche Thierhetzen und Gladiatorenspiele bei Beleuchtung.[9]

1) Dio LVIII 19.
2) Sueton. August. c. 31.
3) Hieronym. chron.
4) Preller a. a. O.
5) Stat. Silv. I 6, 85 sqq.
6) Tac. A. XIV 20 sq. XVI 5.
7) Sueton. Calig. c. 18.
8) Tac. A. XV 44.
9) Sueton. Domitian. c. 4. Dio LXVII 8. Auch das Distichon im lib.

Bewirthungen.

Endlich wurden, wie schon während der Republik[1], Bewirthungen und Beschenkungen der Zuschauer in größtem Maßstabe nicht selten mit den Schauspielen verbunden. Seit diese ganze Tage ausfüllten, wurde wahrscheinlich regelmäßig um die Mittagszeit eine Pause gemacht, wobei die Zuschauer entweder sich zur Mahlzeit entfernten[2] oder im Theater und Cirkus selbst bewirthet wurden; wo dann Sklaven Speisekörbe und ungeheure Schüsseln, unter deren Last sie schwankten, überall umhertrugen[3]; auch wurden Marken mit Anweisungen auf Speisen und Getränke verabreicht[4], und es fehlte bei solchen Gelegenheiten im Publikum natürlich nicht an Klagen über Unbescheidenheit und Uebervortheilung.[5] Bei größern mehrtägigen Festen waren auch ganze Tage ausschließlich zu allgemeinen Schmäusen bestimmt.[6] Am Florafest, an dem sich diese Austheilungen am längsten erhielten[7], genügte eine reichliche Bewirthung mit Bohnen- und Erbsenbrei, um die Wünsche des Volks zu befriedigen[8]; bei kaiserlichen Festen war sie natürlich feiner. Bei den schon erwähnten Saturnalien im J. 90 war nach Statius' Beschreibung die Zahl der im Amphitheater selbst aufwartenden, durch alle Sitzreihen vertheilten jungen, schönen und reichgeschmückten kaiserlichen Diener eben so groß, als die der Zuschauer. Die einen brachten köstliche Mahlzeiten in Körben und weiße Tischtücher, die andern alte Weine herbei. Kinder und Frauen, Volk, Ritter und Senat, alles speiste wie an einer Tafel, der Kaiser selbst geruhte,

spectaculor. 25 bezieht Rucca, Sull' uso de' solterranei etc. p. 18 gewiß richtig auf Nachtschauspiele:

Quod, Leandre, tibi nocturna pepercerit unda,
Desine mirari: Caesaris unda fuit.

1) Cic. off. II 16, 55. Vgl. Jahn ad Pers. p. 224.

2) Hdb. d. R. A. IV A. 3183.

3) Ebdas. A. 3185.

4) A. 3186.

5) Martial. I 11; 26. V 49.

6) A. 3186.

7) Dio LXVIII 22 (p. Chr. 247): *καὶ μετὰ τοῦτο τό τε διαδίδοσθαί τινα ἐν τοῖς τῶν στρατηγῶν τῶν πάνυ* (?) *θέαις πλὴν τῶν τῇ Φλώρᾳ τελουμένων, οἵ τε δικαιονόμοι τὴν Ἰταλίαν διοικοῦντες ἐπαύσαντο.*

8) Pers. V 180; vgl. Horat. Sat. II 3, 182.

am Mahle Theil zu nehmen, und der Aermste war glücklich in dem Gefühl sein Gast zu sein.[1] Caligula sandte bei einem solchen Schmause einem römischen Ritter, den er mit ganz besonderem Behagen essen sah, in einer gnädigen Laune seine eigne Portion, einem Senator aus demselben Grunde ein Handschreiben mit der Ernennung zur Prätur außer der Reihe.[2] Mitunter wurden auch Geschenke, besonders Früchte und andre Eßwaaren in Masse unter die Zuschauer geworfen[3]; so bei jenem Saturnalienfest im J. 90, wo es am Morgen Feigen, Datteln, Nüsse, Pflaumen, Gebäck, Käse, Kuchen, am Abend Vögel und zwar angeblich auch Fasane und numidische Hühner regnete.[4] Sehr häufig wurden auch Marken geworfen, die die Empfänger wie Lotterieloose auf die verschiedenartigsten, zum Theil werthvollen Gewinne anwiesen; einige solche haben sich erhalten.[5] Domitian bewilligte an einem Feste, wo am ersten Tage der größte Theil der Gewinne auf die Plätze des dritten Standes gefallen war, am folgenden Tage je funfzig Marken für die Plätze der Senatoren und Ritter besonders.[6] Bei einem sehr großen mehrtägigen Fest, das Nero für die ewige Dauer des römischen Reichs veranstaltete, wurden an jedem Tage tausend Vögel aller Art ausgeworfen, ferner Loose, deren Gewinne vom verschiedensten Werth waren, als mannichfacher Hausrath, Getreidemarken, Kleidungsstücke, Gold, Silber, Edelsteine, Perlen, Gemälde, Zugthiere, gezähmte wilde Thiere, zuletzt Schiffe, Miethhäuser und Landgüter.[7] Aehnliche Loose ließ Titus bei der Einweihung des Flavischen Amphitheaters auswerfen.[8] Bei einem Fest Elagabals gewann man durch ein Loos zehn Bären, durch andre zehn Haselmäuse, zehn Salathäupter, zehn Pfund Gold u. s. w.[9]; nur keine Schweine, da diese der Glaube des Kaisers zu essen ver-

Auswerfen von Geschenken und Loosen.

1) Stat. Silv. I 6, 28 sqq. Vgl. auch Sueton. Domitian. c. 4.
2) Sueton. Calig. c. 18.
3) Hdb. d. R. A. IV 488.
4) Stat. Silv. I 6, 9 sqq. 65 sqq.
5) Henzen Ann. d. Inst. XX p. 283 ff. Mon. dell' Inst. IV tav. LII sq.
6) Sueton. Domitian. c. 4.
7) Id. Nero c. 11.
8) Dio LXVI 25.
9) Vit. Elagab. c. 22.

bot.[1] Daß bei solchen Gelegenheiten das Gedränge gewaltig war, daß es ohne Gewaltthätigkeiten und Raufereien nicht abging, ist selbstverständlich, und gewiß nicht selten kamen Menschen ums Leben.[2] Vorsichtige entfernten sich, ehe dieser Act des Festes begann, sie wußten, daß dort geringe Dinge theuer zu stehen kamen.[3] Auch kam es vor, daß Spekulanten denen, die sich in das Getümmel wagten, alles, was sie erhaschen würden, auf gutes Glück im Voraus abkauften.[4] In der spätern Kaiserzeit wurden einige Male viele Hunderte jagdbarer, zum Theil ausländischer Thiere, dem Volke preisgegeben. Zuerst wird dies von einem Fest berichtet, das der erste Gordian noch als Aedil gab; im größten Maßstabe geschah es bei der Feier des Triumphs des Kaiser Probus über die Germanen und Blemmyer. Der Cirkus war durch in die Erde gepflanzte und befestigte Bäume in einen Wald verwandelt. Es wurden tausend Strauße, tausend Hirsche, tausend Eber, tausend wilde Schafe, Antilopen und andre Geweihthiere hineingetrieben, „und Wild aller Art, so viel man hatte finden und ernähren können"; dann wurde das Volk hineingelassen und jeder durfte erhaschen und behalten so viel er wollte und konnte.[5]

Zuströmen von Fremden.

Daß bei großen, mit ungewöhnlicher Pracht gefeierten Festen nicht bloß ganz Rom zu den Schauplätzen strömte, sondern auch Fremde von Nah und Fern in Menge herbeikamen, braucht kaum gesagt zu werden. Schon während der Republik versammelten die Schauspiele einen großen Theil der Bevölkerung Italiens in der Hauptstadt[6], und seit sie der Mittelpunkt der Welt geworden

1) Herodian. V 6.

2) Id. ib.

3) Seneca epp. 74, 8.

4) Digg. XVIII 1, 8 § 1 (Pomponius libro IX ad Sabinum): Aliquando tamen et sine re venditio intelligitur, veluti quum quasi alea emitur: quod fit quum captus piscium vel avium vel missilium emitur; emtio enim contrahitur, etiamsi nihil inciderit, quia spei emtio est, et quod missilium nomine eo casu captum est, si evictum fuerit, nulla eo nomine ex emto obligatio contrahitur, quia id actum intelligitur.

5) H. A. Gordiani tres c. 3. Prob. c. 19.

6) Cic. Verr. I 18, 54: frequentia totius Italiae comitiorum ludorum censendive causa.

war, Schaulustige aus allen Ländern.[1] Bei den Triumphalspielen Julius Cäsar's war der Zudrang der Fremden so groß, daß die meisten in Buden und Zelten wohnen mußten, die man auf den Straßen aufschlug, und sehr viele Menschen, darunter zwei Senatoren, wurden im Gedränge todtgedrückt.[2] August stellte bei seinen größten Schauspielen Wachen an verschiednen Orten der Stadt auf, um Einbrüche und Raubanfälle in den verlassenen Straßen zu verhüten[3], zu der von ihm veranstalteten Aufführung einer Seeschlacht kamen, wie Ovid sagt, Männer und Frauen von Osten und Westen, und die ganze Welt war in Rom beisammen.[4] In einer poetischen Schilderung der Schauspiele bei Domitian's Einweihungsfeier des Flavischen Amphitheaters heißt es, es gebe kein so fremdes und barbarisches Volk, aus dem nicht Zuschauer herbeigekommen seien. Da war der Ackerwirth vom Fuß des Balkan, der von Pferdemilch genährte Sarmate, der Bewohner der Nilquellen und der Gast vom Ufer des Weltmeers, neben Sabäern und Arabern Sicambrer, die Haare auf dem Scheitel im Knoten gebunden, und krausköpfige Neger: das Gemisch so vieler verschiednen Sprachen vereinte sich zu dem einstimmigen Ruf, der den Kaiser als Vater des Vaterlandes begrüßte.[5]

Die entsittlichenden Einflüsse der Schauspiele nicht auf die untern Klassen beschränkt.

Aus den bisherigen Mittheilungen ergibt sich schon, welche kolossale Mittel zur Unterhaltung der Bevölkerung Roms aufgeboten wurden. Allerdings war diese Bevölkerung in einem Grade an Größe verwöhnt, wie nie eine andre. Die damals lebenden Geschlechter hatten nicht vergessen, daß durch eben diesen Cirkus in einer Reihe von Triumphzügen, die Jahrhunderte dauerte, die besiegten Könige der fernsten Länder als Roms Unterthanen, die Reichthümer der Erde als Roms Eigenthum geführt worden waren. Ihnen war das Erbtheil dieser großen Vergangenheit zugefallen, noch immer gehorchte ihnen die Welt, das Ungeheure war ihnen

1) Dio LXXVIII 26: *πᾶσαν τὴν οἰκουμένην – ὑφ᾽ ἧς ἀεί ποτε τὸ θέατρον ἐπληροῦτο.*

2) Sueton. Caes. c. 39.

3) Id. Aug. c. 43.

4) Ovid. A. A. I 173.

5) Lib. spectac. 2.

gewohnt, das Unglaubliche alltäglich, und das größte Wunder der alten und neuen Welt, das ewige Rom, hatten sie stets vor Augen. Die Wirkungen der Schauspiele konnten sich aber nicht auf die Massen beschränken, für welche sie zunächst bestimmt waren. Wer hätte sich auch der Gewalt dieser aufregenden und berauschenden, die Sinne berückenden, die Leidenschaften entfesselnden Eindrücke zu entziehen vermocht? Sie erfüllten die geistige Atmosphäre Roms mit einem Kontagium, dessen Einflüsse selbst hohe Bildung und bevorzugte Lebensstellung nicht zu brechen vermochte, für die auch das andre Geschlecht nur zu empfänglich war. Man athmete das leidenschaftliche Interesse für den Cirkus, die Bühne, die Arena, gleichsam mit der Lebensluft ein, „es gehörte zu den eigenthümlichen Uebeln der Stadt, die man schon im Mutterleibe empfing.“[1] So gewiß nun aber die verderblichen Wirkungen der Schauspiele auf die sittlichen Zustände auch der höhern Klassen sich im Allgemeinen voraussetzen lassen, so schwer, ja unmöglich ist es begreiflicher Weise, sie im Einzelnen nachzuweisen. Doch eine Erscheinung muß hier erwähnt werden, die allerdings hinreicht, um die Tragweite dieser entsittlichenden Einflüsse aufs klarste erkennen zu lassen: das öffentliche Auftreten von Männern und selbst Frauen aus edlen Familien, so wie mehrerer Kaiser, auf dem Theater, in der Arena und Rennbahn. Allerdings wirkten verschiedene Motive zusammen, um eine so beispiellose Abweichung von der Bahn der Sitte und des Gesetzes möglich zu machen, namentlich Verkommenheit und Verarmung eines Theils der höhern Stände, und ein von den Kaisern geübter Zwang, aber diese Ursachen reichen nicht hin, um eine solche Erscheinung völlig zu erklären; und schon die persönliche Betheiligung der Kaiser an den Schauspielen genügt, um zu beweisen, daß auch in den höchsten Sphären der Gesellschaft eine zur Manie ausgeartete Leidenschaft für sie verbreitet war, die keine durch Sitte und Gesetz gezogenen Schranken zurückzuhalten vermochten. Wenn mehrere Kaiser sich nicht bloß eifrig bemühten, in den Künsten des Schauspiels, des Tanzes, der Musik, des Wagenlenkens, der Gladiatur sich auszuzeichnen, sondern auch ihre Fer-

Oeffentliches Auftreten von Personen der höhern Stände als Symptom allgemeiner Demoralisation.

---

1) Tac. dial. de oratorib. c. 29.

tigkeit von kleinen und größern Kreisen bewundern ließen; wenn Nero wie ein gewerbsmäßiger Künstler in Griechenland umherzog, Commodus aus dem Palast in die Gladiatorenschule übersiedelte, Caracalla ganz öffentlich in blauer Livree seinen Wagen in der Rennbahn lenkte: so kann es nicht zweifelhaft sein, daß auch Personen von edler Geburt vielfach eben durch nichts anderes, als unbezwingliche Leidenschaft zu solcher Selbstbeschimpfung getrieben wurden.

Allerdings war schon unter August die Gladiatur eine nicht ungewöhnliche letzte Zuflucht ruinirter Wüstlinge aus den beiden höhern Ständen[1]: doch blieb ein so hoher Grad von Verkommenheit gewiß immer vereinzelt, und war im ersten Stande noch viel seltner als im zweiten. Auch eine direkte oder indirekte Nöthigung der Ritter und Senatoren zur Betheiligung an den Schauspielen von Seiten der Kaiser hat nur ausnahmsweise stattgefunden. Abgesehen von dem Wunsche einiger Wenigen, die Anstößigkeit ihres eignen Auftretens durch eine möglichst allgemeine Nachahmung zu mindern, mochte freilich dem Cäsarismus mit seinem Haß der Aristokratie, seinem Nivellirungssystem und seiner Pöbelfreundschaft eine solche Herabwürdigung der höhern Stände nicht unerwünscht sein: und was konnte den Pöbel mehr kitzeln, als die Abkömmlinge der edelsten Geschlechter ihre Person zu seiner Ergötzung gleich Verbrechern, Sklaven und gemeinen Söldlingen Preis geben zu sehen. Doch der Mehrzahl der Kaiser lagen entweder solche Intentionen fern, oder sie wurden durch die Rücksichten auf Herkommen und Gesetz und auf das Verhältniß mit den höhern Ständen in Schranken gehalten. Zwar der erste Cäsar trug seine absolutistische Nichtachtung der Standesehre auch in dieser Beziehung zur Schau. In seinen Cirkusspielen fuhren junge Männer von Adel um die Wette[2], Zwang und Belohnungen bewogen den Ritter Laberius auf der Bühne[3], andre in der Arena aufzutreten.[4] Bald nach seinem Tode

1) Horat. epp. I 8, 36. Propert. IV 8, 25. Seneca epp. 87, 9; 99, 13. Tac. A. XIV 14 (Nero) nobilium familiarum posteros egestate venales in scenam deduxit. Vgl. Juv. VIII 183, der die Neronische Zeit schildert.

2) Sueton. Caesar. c. 39.

3) Vgl. bes. Juv. VIII 183 sqq.

4) Dio XLIII 23. Sueton. c. 39. Vgl. Dirksen tab. Heracl. p. 97 sq.

ber (38 v. Chr.) wurde das Auftreten von Rittern und Senatoren in der Arena und auf der Bühne durch Senatsbeschluß verboten[1]; doch freilich die Uebertretung dieses Beschlusses geduldet[2], und im Jahr 10 n. Chr. den Rittern sogar ausdrücklich gestattet, als Gladiatoren zu fechten.[3] Tiber, durch und durch Aristokrat, verachtete den Pöbel noch tiefer als er den Adel haßte, und war weit entfernt, irgendwie die höhern Stände ihm zu Gefallen herabzusetzen; er hielt den Senatsbeschluß mit Strenge aufrecht und bestrafte seine Umgehung mit Verbannung.[4] In Caligula's Schauspielen lenkten Männer von senatorischem Range die Wagen[5], und mindestens zur Strafe für wirkliches oder angebliches Auftreten auf der Bühne und in der Arena ließ er viele Ritter[6], wol auch Senatoren[7] als Gladiatoren kämpfen. Claudius scheint nicht bloß den ernsten Willen gehabt zu haben, dem Unwesen ganz und gar zu steuern[8], sondern es scheint ihm auch gelungen zu sein. Unter Nero aber, dem ersten Kaiser, der selbst öffentlich auftrat, erreichte es seine größte Höhe, weder Stand noch Geschlecht, weder Reichthum noch makelloser Ruf vermochten damals gegenüber dem kaiserlichen Belieben vor der Schmach der Bühne und der Arena zu schützen.[9] Vitellius erließ ein neues scharfes Edikt gegen solche Herabwürdigung des Ritterstandes[10], selbst Domitian zeigte sich,

1) Das S. C. bei Dio XLVIII 43 bezog sich nicht bloß auf Senatoren, sondern, wie aus Sueton. August. c. 43. Tiber. c. 35 hervorgeht, auch auf Ritter; und wie die beiden letzten Stellen zeigen, nicht bloß auf Gladiatoren-, sondern mindestens auch auf Bühnenspiele.

2) Dio LI 22, LIII 21. Sueton. Nero c. 4.

3) Dio LVI 25.

4) Sueton. Tib. c. 35. Als in den Spielen des Drusus Ritter auftraten, äußerte er sein Mißfallen Dio LVII 14.

5) Sueton. Calig. c. 18.

6) Sueton. Calig. c. 30. Dio LIX 10.

7) Dio LIX 13 (*πολλοὶ τῶν πρώτων καταδικασθέντες — πολλοὶ δὲ καὶ τῶν ἄλλων μονομαχήσαντες*).

8) Dio LX 7.

9) Sueton. Nero c. 12 (wo nur quadringentos senatores nicht richtig sein kann, wie schon Lipsius bemerkte, auch sexcentos equites schwerlich). Tac. A. XIV 14, XV 32. Dio XLIX 17.

10) Tac. Hist. II 62.

wenigstens äußerlich, um Aufrechthaltung der Standesehre bemüht[1], am wenigsten kann von den folgenden Kaisern bis auf Commodus angenommen werden, daß sie Männer der beiden ersten Stände zum Auftreten zwangen. Nichts destoweniger konnte zu Marc Aurel ein übel berüchtigter Mann von senatorischem Stande sagen, er sähe viele als Prätoren, die mit ihm in der Arena gekämpft hätten[2]; und Sever im Senat zur Entschuldigung von Commodus' Auftreten im Amphitheater fragen, ob denn etwa niemand von den Senatoren als Gladiator fechte, oder wozu sonst einige von ihnen seine Schilde und goldnen Helme gekauft hätten.[3] Und doch galt die Arena für noch schimpflicher als die Rennbahn und das Theater.[4] Hiernach ist es wie gesagt offenbar, daß die Hauptschuld dieser entehrenden Theilnahme der höhern Stände an den Schauspielen (wenn man die Neronische Zeit ausnimmt) nicht auf Seiten der Kaiser war: und damit ist auch ein ebenso unzweideutiges als schreckenerregendes Symptom jener unwiderstehlich hinreißenden entsittlichenden Gewalt festgestellt, mit der diese wunderbaren, wie von Zauberhänden bereiteten Feste die Gemüther der Menschen ergriffen und bezwangen.

---

1) Sueton. Domit. c. 8: quaestorium virum, quod gesticulandi saltandique studio teneretur, movit senatu. Dio LXVII 13: *Καικίλιον γὰρ Ῥουφῖνον ἀπήλασεν ἐκ τοῦ συνεδρίου ὅτι ὠρχεῖτο.* Obwohl er die Betheiligung zum Thierkampf durch sein Beispiel (Sueton. Dom. c. 19) aufmunterte Juv. IV 99 sqq., ließ er doch Acilius Glabrio angeblich deswegen hinrichten. Dio LXVII 14. — Bei Caracalla war Priscillianus als tapfrer Thierkämpfer beliebt Dio LXXVIII 21.

2) H. A. vit. M. Antonin. c. 12.

3) Dio LXXV 8.

4) Juv. VIII 197:

res haut mira tamen citharoedo principe mimus
nobilis. haec ultra quid erit nisi ludus?

Seneca qu. n. VII 32: deinde quum sub persona diu trita frons est, transitur ad galeam.

1. Der Cirkus.

Lage und Ausdehnung des großen Cirkus.

Das lange, verhältnißmäßig schmale Thal, das sich zwischen den fast parallel streichenden Abhängen des Aventin und Palatin hindehnt, erscheint zum Schauplatz von Wettkämpfen, namentlich rennender Wagen, wie geschaffen. Auf dem Rasen dieser Hügelabhänge hatten sich schon in ältesten Zeiten die Bürger der jungen Stadt mit Weibern und Kindern gelagert, wenn an seltnen Feiertagen eine Wettfahrt oder ein Faustkampf veranstaltet wurde; hieher verlegte die Sage auch das Schauspiel, bei dem die ersten Römer sich ihre Bräute raubten. Mit der wachsenden Macht und Größe der Stadt wuchs auch die Pracht und Feierlichkeit des Cultus. Immer häufiger und regelmäßiger wurden die Feste der einheimischen oder vom Staate anerkannten fremden Götter, die in der Regel eine Cirkuslustbarkeit beschloß; und neben diesen bestimmten Feiertagen mehrten sich die außerordentlichen Veranlassungen, die das Volk in der Rennbahn versammelten. Einrichtungen für Sitzplätze waren hier schon von den Königen getroffen worden.[1] Aus hölzernen Gerüsten wurden mit der Zeit steinerne Bauten, endlich ersetzte Marmor den Tufstein, Vergoldung den farbigen Anstrich. Schon nach dem von Julius Cäsar beendeten Ausbau gehörte der große Cirkus zu den ersten Prachtbauten Roms.[2] Seine Länge betrug $3^1/_2$ Stadien (2062 pr. F.), sein Flächeninhalt 4 Plethren (beinah $1^1/_2$ pr. Morgen). Um die Bahn zog sich ein Graben von 10 Fuß Breite und Tiefe; Arkaden in drei Stockwerken über einander geführt schlossen sie ein, die Sitzreihen erhoben sich im Innern amphitheatralisch. Nur die untersten waren von Marmor, die obern von Holz, und blieben auch so, wenigstens zum großen Theil, da Einstürze derselben noch in später Zeit erwähnt werden: unter Antoninus Pius kamen bei einem solchen Unglücksfall über 1100, unter Diocletian und Maximin sollen sogar 13,000 Menschen um's Leben gekommen sein.[3] Die Sitzreihen

---

1) Vgl. Becker Hdb. d. R. A. I 664 ff.; ebdas. IV 495 ff.

2) Die Beschreibung nach Dionys. Halic. III 68.

3) Catal. imp. ed. Mommsen Abhdlgen d. Sächs. Gesch. II 647: Hoc im-

hatten in Cäsar's Zeit eine Gesammtlänge von 8 Stadien (4715 pr. F.) und vermochten 150,000 Menschen zu fassen. Das Wachsen der Bevölkerung und die Zunahme der Leidenschaft für die Cirkusspiele veranlaßte wiederholte Neubauten und Erweiterungen. Den ersten umfassenden Neubau scheint Nero unternommen zu haben, da der große Brand im J. 64 den Cirkus, in dem er ausbrach, wahrscheinlich fast ganz zerstörte; er ließ auch den die Bahn umgebenden Kanal zuschütten und benutzte den gewonnenen Raum zur Vermehrung der Sitzplätze[1], deren Zahl unter Titus bereits auf 250,000 angegeben wird.[2] Ein abermaliger Neubau (ebenfalls nach einem Brande) wurde von Domitian begonnen, von Trajan fortgesetzt und beendet.[3] Von spätern Restaurationen und Erweiterungen werden nur wenige beiläufig erwähnt[4]; in Folge dieser fortgesetzten Bauten war die Zahl der Plätze im vierten Jahrhundert auf 385,000 angewachsen.[5]

Die untersten der Bahn zunächst gelegenen Sitzreihen[6] waren für die Senatoren, die zunächst höhern für die Ritter, die übrigen für den dritten Stand bestimmt. Die Frauen hatten hier nicht, wie in den übrigen Schauspielen, gesonderte Plätze, sondern saßen unter den Männern. Der Platz des Kaisers und seiner Familie war unter den Senatoren und eben dort auch die Logen, die sich einige Kaiser erbauen ließen. Anordnung der Plätze.

Der Hauptschmuck des in jeder Hinsicht prächtig ausgestatte- Ausstattung.

---

peratore (Antonino Pio) Circensibus Apollinaribus partectorum columna ruit et oppressit homines ∞CXII. (Cf. vit. Anton. P. c. 9). Ib. (Diocletian. et Maximin.) partectorum podius ruit et oppressit homines XIII. Es scheinen, wie Mommsen bemerkt, unter den nur hier vorkommenden partecta die Gerüste zu verstehen, welche die hintern Sitzreihen bildeten.

1) Plin. H. N. VIII 7, 21.

2) Ib. XXXVI 24, 101.

3) Becker Hdb. I 667. Auch die unklare Angabe bei Pausan. V 12, 4 (οἰκοδόμημα ἐς ἵππων δρόμους προῆκον καὶ ἐς δύο σταδίων μῆκος) bezieht sich doch wol auf Trajan's Ausbau des Cirkus.

4) Becker ebdas. Hdb. IV A. 3245.

5) Ebdas. A. 3246.

6) Ueber die Anordnung der Plätze vgl. Hdb. d. R. A. S. 497.

ten und reich verzierten Gebäudes[1] war der von August in seiner Mitte aufgestellte Obelisk (jetzt auf Piazza del Popolo), zu dem Constantius noch einen zweiten, größern (jetzt auf dem Platz des Lateran) hinzufügte.[2] Von Außen zog sich um den ganzen Cirkus eine Halle mit Eingängen und Treppen, vermittelst deren viele Tausende leicht und ohne Gedränge hinaus und hinein gelangen konnten. Außerdem enthielt diese Halle Buden, Läden und für den Verkehr bestimmte Räumlichkeiten jeder Art, über denen sich Wohnungen für die Inhaber befanden. Daher war hier immer ein lebhaftes und buntes, aber nichts weniger als anständiges Treiben. Krämer boten ihre Waaren feil[3], Garküchen dampften[4], Spaßmacher trieben vor Zuschauern aus den untersten Klassen ihre Possen[5], Winkelastrologen[6] und andre Wahrsager ertheilten geringen Leuten Rath und Bescheid und rechneten mit Steinchen auf Tafeln ihre Zukunft aus[7]; und feile Dirnen, deren sich hier stets eine große Anzahl aufhielt, darunter viele Syrerinnen und andre Orientalinnen in fremder Tracht[8], tanzten beim Schall von Handpauken, Cymbeln und Castagnetten ihre unzüchtigen Tänze.[9]

Lebhaftigkeit des Verkehrs im und beim Cirkus.

---

1) Die Orbis descriptio bei A. Mai auct. cl. T. III p. 482 rühmt die circenses bene dispositos — ordines habundantissimo aeramine decoratos.

2) Preller, d. Regionen Roms S. 221.

3) Tac. A. XV 38: initium (des Neronischen Brandes) in ea parte circi ortum, quae Palatino Caelioque montibus contigua est; ibi per tabernas, quibus id mercimonium inerat, quo flamma alitur, simul coeptus ignis et statim validus ac vento citatus longitudinem circi corripuit.

4) Cic. pro Milone c. 24: popa Licinius nescio quis de circo.

5) Sueton. Aug. c. 74: triviales ex circo ludios.

6) Schon in Ennius' Zeit Cic. div. I 58, 132 (de circo astrologos).

7) Juv. VI 588: plebeium in circo positum est et in aggere fatum etc.

8) Juv. III 65: ad circum jussas prostare puellas. H. A. vit. Elag. c. 26: omnes de circo, de theatro, de stadio et omnibus locis et balneis meretrices. Vgl. Salmas. p. 918.

9) Priap. 26. (Anthol. lat. ed. Meyer 1642):

Deliciae populi, magno notissima circo
  Quintia, vibratas docta movere nates,
Cymbala cum crotalis, pruriginis arma, Priapo
  Ponit et adducta tympana pulsa manu etc.

Die Cirkusspiele.

Die Schauspiele des Cirkus[1] hatten, wie alle übrigen, im Laufe der Jahrhunderte an Dauer, Mannichfaltigkeit und Pracht der Ausstattung ungemein zugenommen. Die hauptsächlichsten waren zu allen Zeiten die Wagenrennen. Daneben fanden Wettrennen von Reitern statt, die in Nachahmung einer alten römischen Kampfart während des Laufs von ihrem Pferde auf ein zweites sprangen; und andere Kunstreiterstücke, die öfter erwähnt werden, wie Liegen und Stehen auf rennenden Pferden oder Sprünge über Viergespanne waren wahrscheinlich ebenfalls bei Cirkusspielen zu sehen. Auch Faustkämpfer, Läufer und Ringer zeigten sich hier in der frühern Zeit, und zuweilen auch noch in der spätern, wo solche Wettkämpfe gewöhnlich in eigens dazu erbauten Stadien gehalten wurden, wie z. B. im Jahr 44 n. Chr. ein Athletenkampf im Cirkus stattfand. Während der Republik veranstalteten hier junge Bürger in voller Rüstung Scheingefechte und andre militärische Schauspiele; in der Kaiserzeit wurden dergleichen öfter von Truppenabtheilungen, sowohl Fußvolk als Reiterei, ausgeführt. Andere Schauspiele gab im Cirkus die Ritterschaft, die bei solchen Gelegenheiten in ihren sechs Abtheilungen (Turmen), geführt von eben so viel Hauptleuten, an der Spitze des Ganzen der „Erste der Jugend" (gewöhnlich der Thronfolger) und ohne Zweifel im reichsten Festschmuck erschien. Auch die Knaben aus edlen Geschlechtern zeigten sich dem Volk im Cirkus in dem sogenannten Trojaspiel, das August mit andern abgekommenen alten Gebräuchen wieder in Aufnahme brachte und das unter den Julischen Kaisern, die ihre Abkunft von Aeneas ableiteten, mehrmals wiederholt wurde. Die Knaben, vorzugsweise aus senatorischen Familien (auch die kaiserlichen Prinzen nahmen Theil) führten in Abtheilungen von jüngern (etwa bis zu elf) und ältern (etwa bis zu siebzehn Jahren) geord-

---

*Das ähnliche, doch anständigere Treiben in einem griechischen Hippodrom schildert Dio Chrys. or. XX p. 264 M.: *ἤδη δέ ποτε εἶδον ἐγὼ διὰ τοῦ ἱπποδρόμου βαδίζων πολλοὺς ἐν τῷ αὐτῷ ἀνθρώπους ἄλλον ἄλλο τι πράττοντας, τὸν μὲν αὐλοῦντα τὸν δὲ ὀρχούμενον τὸν δὲ θαῦμα ἀποδιδόμενον, τὸν δὲ ποίημα ἀναγινώσκοντα τὸν δὲ ᾄδοντα τὸν δὲ ἱστορίαν τινὰ ἢ μῦθον διηγούμενον.*

1) Vgl. Hdb. d. R. A. IV 519 ff.

net, in glänzendem Waffenschmuck Reiterübungen aus. Auch Thierhetzen und Fechterspiele, deren Schauplatz seit Anfang der Kaiserzeit gewöhnlich die Arena des Amphitheaters war, fanden zuweilen, besonders wenn sie in sehr großem Maßstabe veranstaltet wurden, im Cirkus Statt.

Das Wagenrennen. Von den hier genannten eigentlichen Cirkusspielen, so prächtig und durch die Personen der Auftretenden ausgezeichnet sie zum Theil waren, gewann jedoch keines eine Bedeutung und Wichtigkeit, die auch nur entfernt der der Wagenrennen zu vergleichen wäre. Das Interesse für dies Schauspiel, das in einer so beispiellosen Weise die Neigungen und Leidenschaften der Massen absorbirte, beruhte zunächst nicht wie bei den heiligen Spielen der Griechen, auf der Theilnahme für die Personen der Wettfahrenden, noch wie bei modernen Wettrennen, auf dem Interesse an den rennenden Pferden, sondern ganz vorzugsweise auf der Parteinahme für die sogenannten Factionen, welchen Pferde und Lenker angehörten. Doch mußte mit der Steigerung und Ausbreitung der Leidenschaft für die Rennbahn auch für die letztern das Interesse zunehmen, und wenn gleich ursprünglich nur ein mittelbares, bald ein intensives werden.

Die Wagenlenker. In alter Zeit hatten die Bürger sich theils mit ihren Gespannen und Sklaven am Wagenrennen betheiligt, theils auch selbst die Wagen in der Bahn gelenkt, und der hier erworbene Kranz für so ehrenvoll gegolten, daß er den Siegern auf die Bahre gelegt wurde.[1] Später hatte sich auch an diese Preisgebung der Person zur Belustigung des Volks ein Makel geheftet, wenn gleich der Wagenlenker niemals wie der Bühnenspieler und Fechter für ehrlos galt[2]; und das schwierige und gefahrvolle Gewerbe war geringen Leuten, Freigelassenen und Sklaven zugefallen, von denen die letztern zuweilen für ihre Siege die Freiheit erhielten[3]; die gewöhn-

1) Plin. H. N. XXI 7 inde illa XII tabularum lex: qui coronam parit ipse pecuniave ejus, virtutis suae ergo duitor ei. Cf. Cassiodor. Var. III 51.

2) Hdb. d. R. A. IV 3308.

3) Vgl. außer den ebdas. A. 3307 angeführten Stellen: Digg. XL 9, 17, wonach Sklaven, deren Freigebung das Volk vom Editor erzwungen hatte, nicht frei waren.

lichen Belohnungen bestanden theils in Palmen und Kränzen, theils in Geldpreisen, und später in werthvollen und prächtigen Kleidern. Durch die Freigebigkeit der Festgeber und die Konkurrenz der Parteien, deren jede die bewährtesten Leute für sich zu gewinnen suchte[1], gelangten sie nicht selten zu bedeutendem Vermögen. Der unter Domitian berühmte Wagenlenker Scorpus trug nach Martial als Sieger in einer Stunde funfzehn Beutel Gold davon[2], und das Einkommen eines andern (von der rothen Partei) schätzte Juvenal dem von hundert Rechtsanwalten gleich[3]; zuweilen waren sie im Stande, sich an der Direktion der Parteien zu betheiligen.[4] Doch stiegen ihre Einkünfte später noch sehr, und im vierten Jahrhundert wurde geklagt, daß sie ganze Besitzthümer als Prämien erhielten.[5] Wie gesagt erregten die Helden der Rennbahn die Theilnahme und Aufmerksamkeit des Publikums auch persönlich in hohem Maße. Zurufe und Siegeswünsche empfingen und begleiteten sie in der Bahn, und wenn dieser Beifall auch zum Theil ein erkaufter war[6], so fehlte es doch den berühmtern Wagenlenkern niemals an einer großen Zahl aufrichtig ergebener Anhänger und Freunde,

---

1) Daß die Wagenlenker allen Parteien dienten, zeigt außer den A. 3306 angeführten Inschriften (Or. 2596 ist nach Henzen vol. III p. 115 verdächtig) auch Henzen 6197. Der Wagenlenker Scirtus ib. 7419 blieb allerdings zwölf Jahre (766—78) im Dienst der Weißen.

2) Mart. X 74.

3) Juv. VII 112:

> si libet, hinc centum patrimonia caussidicorum,
> parte alia solum russati pone lacernae.

Für lacernae ist vielleicht das richtige Lacertae, die Lesart der interpolirten Handschriften. Eine Lampe mit einem siegreichen Agitator hat die Inschrift: C. ANNIVS LACERTA NICA und CORACI NICA (wol Anrufung des Hauptpferdes) Henzen bull. d. Inst. arch. 1861, 8 Maerz. Ueber die häufige Anwendung derselben Namen bei dieser Art von Leuten s. den Anhang.

4) Hdb. d. R. A. IV A. 3299.

5) Ebdas. A. 3312. Liban. ed. Reiske II 190, 12: ἢ καὶ τὸν ἡνιόχων πλοῦτον ἐπαινεῖν με προσήκει.

6) Bezeugt ist dies zwar erst durch Hieronym. ep. 83: favorem populi in aurigarum morem pretio redimere (vgl. Symmach. epp. VI 42); doch daß es zu allen Zeiten geschah, ergibt sich aus der Analogie des Theaters.

die überall, wo sie sich öffentlich zeigten, ihr Gefolge bildeten.[1] Martial hat Scorpus „den Ruhm des lärmenden Cirkus, die Wonne Roms und den Gegenstand seines Beifalls" nach seinem frühen Tode im Alter von siebenundzwanzig Jahren in zwei Gedichten besungen[2]; und die müssigen Besucher der Portikus des Quirinus beschäftigten sich mit den neuesten Epigrammen des Dichters, wie er selbst gesteht, nicht eher, als bis sie der Gespräche und Wetten über Scorpus und den Renner Incitatus müde waren.[3] Dem Fremden, der Rom um die Mitte des zweiten Jahrhunderts besuchte, fiel die Menge von Statuen auf, die Cirkuskutscher in ihrem eigenthümlichen Costüm darstellten[4], und noch heute zeigen zahlreiche Monumente der verschiedensten Gattungen, daß sich alle Künste mit der Verewigung ihres Ruhms und ihrer Siege beschäftigten.[5] Daß das Interesse für sie bis in die höchsten Kreise hinaufreichte, war nicht bloß durch die Theilnahme derselben an dem Parteitreiben, sondern auch durch die hier vorzugsweise verbreitete leidenschaftliche Liebhaberei für die Kunst des Wagenlenkens bedingt, eine Liebhaberei, die mildere Beurtheiler wenigstens der Jugend nachzusehen geneigt waren. Junge Männer aus den edelsten Familien lenkten nicht nur ihre Rosse auf den Landstraßen selbst, sondern legten auch eigenhändig den Hemmschuh an, schütteten Gerste in die Krippen und schwuren gleich Kutschern und Maulthiertreibern bei der Pferdegöttin Epona.[6] Vitellius, den man in seiner Jugend oft in Ställen der blauen Partei die Pferde strie-

1) Plin. H. N. XXIX 5: nullus histrionum equorumque trigarii comitatior egressus.

2) Mart. X 50 u. 53.

3) Id. XI 1.

4) Lucian. Nigrin. 29.

5) Hdb. d. R. A. IV A. 3317.

6) Juv. VIII 146 sqq. Der Zusatz: „fecimus et nos Hoc juvenes" (v. 163) zeigt, daß Alles, was für den Consul Lateranus unschicklich war, jungen Männern gern nachgesehen wurde. Sueton. Nero c. 4 (von Nero's Vater Domitius) aurigandi arte in adulescentia clarus. Das strengere Urtheil von Tac. A. XIV 14 (foedum studium) ist ganz oder theilweise durch Nero's hohe Stellung begründet.

geln gesehen hatte[1], gewann die Gunst Caligula's und Nero's durch seinen Eifer für die Kunst des Wagenlenkens[2], in der der erstere Dilettant war, der letztere sogar als Virtuose zu glänzen suchte.[3] Zu Caligula's Günstlingen gehörte der Wagenlenker Eutychus von der grünen Partei, dem er nach einem Gelage ein Geschenk von zwei Mill. Sesterzen gab[4] und für dessen Pferde die Prätorianer Ställe bauen mußten.[5] Auch L. Verus[6], Commodus[7], Caracalla, Geta[8] und Elagabal[9] theilten in höherm oder geringerm Grade die Vorliebe für diese Kunst und ihre Virtuosen. Besonders Elagabal wählte unter ihnen seine Günstlinge und erhob die Mutter seines Hauptfavoriten Hierocles aus dem Sklavenstande zu consularischem Range. Daß die Cirkuskutscher, die sich so allgemein als Personen von Bedeutung anerkannt und behandelt sahen, sich durch Unverschämtheit und Frechheit auszeichneten, liegt in der Natur der Sache. Schon im Anfang der Kaiserzeit war die Unsitte eingerissen, daß sie (vermuthlich an gewissen Tagen) sich in der Stadt umhertreiben und unter der Maske des Scherzes Betrügereien und Diebstähle verüben durften, was unter Nero verboten ward.[10] Doch natürlich konnten vereinzelte Maßregeln nicht einer Zügellosigkeit Schranken setzen, die, auch abgesehen von den Begünstigungen der Kaiser, bei diesen Menschen schon durch das Bewußtsein ihrer Unentbehrlichkeit hervorgebracht und gesteigert werden mußte.[11]

Die besten Rennpferde[12] wurden aus den Provinzen bezogen, obwohl auch in einigen Landschaften Italiens die Pferdezucht in Die Rennpferde.

1) Dio LXV 5.
2) Sueton. Vitell. c. 4.
3) Dio LIX 5. LXI 17.
4) Sueton. Calig. c. 55.
5) Joseph. Ant. Jud. XIX 4, 4.
6) H. A. vit. Veri c. 6.
7) Commod. c. 2.
8) Herodian. III 10.
9) Elagab. c. 6.
10) Sueton. Nero c. 16.
11) Hdb. d. R. A. IV A. 3316.
12) Die Belege s. im Hdb. d. R. A. IV 517 f. Ich führe hier nur solche an, die dort fehlen.

großem Umfange betrieben ward, namentlich auf den weiten Triften Apuliens und Calabriens[1]; am meisten waren die Hirpiner geschätzt; auch standen die italischen Pferde im Rennen mit Dreigespannen nach Plinius' Versicherung überhaupt keinen andern nach. Ungeheure Gestüte besaß Sicilien, wo mit zunehmender Verödung schon zu Anfang der Kaiserzeit die Kornfelder mehr und mehr sich in Weiden verwandelt hatten[2]; noch als Gregor der Große die sämmtlichen auf den dortigen Gütern der römischen Kirche befindlichen Pferde verkaufen lassen wollte, erschien die Zahl von vierhundert, die zurückbehalten werden sollten, als so gering, daß sie gegen die Gesammtsumme gar nicht in Betracht kam.[3] Auch die sicilischen Renner wurden zu den besten gezählt. Unter denen der übrigen Provinzen waren sodann die afrikanischen, namentlich aus spanischem Blut gezüchteten wegen ihrer Schnelligkeit berühmt; im dritten und vierten Jahrhundert behaupteten den ersten Rang die kappadocischen[4] und spanischen Renner. In jener Zeit scheute Antiochia, die üppige Hauptstadt Syriens, deren Cirkusspiele vor andern berühmt waren[5], die mit der ungeheuern Entfernung verbundenen Schwierigkeiten und Kosten nicht, um in seinen Bahnen die edeln Thiere rennen zu sehen, die auf den Weiden des Tajo und Guadalquivir geweidet hatten.[6] Zur Tauglichkeit für die Rennbahn war ein Alter der Pferde von drei[7], oder nach andern

1) Schol. Juvenal. I 155: (Tigellinus) saltibus in Apulia et Calabria comparatis quum studiose equos aleret quadrigarios, amicitiam Neronis nactus, primus illum ad studium circensium movit. Vgl. auch Varro R. R. II 7, 1.

2) Strabo VI 2, 6 p. 273. Vgl. Cic. Verr. II 1, 10, 28.

3) Vgl. auch Gregorovius Gesch. Roms im Mittelalter II 64.

4) Itiner. Hierosol. ed. Pinder et Parthey p. 273: mansio Andavilis (unfern Tyana): ibi est villa Pampati (Palmati? Cod. Theod. XV Tit. X, 1), unde veniunt equi curules. Dio Chrys. ed. Dindorf I 57, 29 erwähnt mysische Pferde (besser als thessalische).

5) Descr. Orbis bei Mai Cl. auct. III 396: Habes ergo Antiochiam in ludis circensibus eminentem: similiter et Laodiciam et Tyrum et Berytum et Caesaream. Et Laodicia mittit aliis civitatibus agitatores optimos etc.

6) Symmach. epp. IV 62. Vielleicht waren damals die so nahen kappadocischen Gestüte ausschließlich kaiserlich.

7) Colum. VI 29, 4: certaminibus autem expleto triennio (recte domatur equus).

von fünf Jahren erforderlich.[1] Es ist selbstverständlich, daß die Preise dieser Thiere oft sehr hoch waren[2], so wie daß auf die Züchtung große Sorgfalt gewendet, und namentlich siegreiche Renner dafür gesucht wurden.[3] Liebhaber und Kenner waren mit Namen, Abkunft, Stamm, Alter, Dienstzeit und bereits gewonnenen Siegen der berühmtesten Cirkuspferde bekannt, wußten ihre Geschlechtsregister auswendig und hatten manche Anekdote von ihrer Klugheit und Dressur zu erzählen. So geschah es z. B. nach Plinius bei den Säcularspielen des Kaiser Claudius, als ein Wagenlenker von den Weißen gleich beim Ausfahren stürzte, daß seine Pferde die Spitze nahmen und sie trotz aller Bemühungen der übrigen Wettfahrer behaupteten, alles von selbst thaten, was sie unter der erfahrensten Leitung hätten thun können, den Sieg gewannen und am Ziele stehen blieben.[4] Bei dem Rennen mit Viergespannen, dem gewöhnlichsten von allen, wurde das beste Pferd immer zum linken Handpferde gemacht, da es auf dessen Schnelligkeit und Dressur bei der Wendung um das Ziel hauptsächlich ankam: von ihm hing die Erlangung des Preises ab, ihm galt daher die Aufmerksamkeit der Zuschauer fast ausschließlich.[5] Die Namen solcher Pferde waren in aller Munde, auch sie wurden in der Bahn mit lauten Zurufen begrüßt[6], die Menge im Cirkus wußte sehr genau, ob Passerinus oder Tigris rannte; und Martial war trotz aller Anerkennung, die seinen Gedichten geworden war, in Rom nicht bekannter als der Gaul Andrämon. Noch existiren Denkmäler, auf denen dieser und andre berühmte Renner abgebildet sind.[7] Oft artete die Leidenschaft für edle Pferde zur Manie aus. Caligula soll beabsich-

1) Plin. H. N. VIII 42, 162.

2) Veget. R. Vet. praef. 10: quum mancipia — saepe vilioribus pretiis quam equi vendantur aut muli.

3) Colum. III 9, 5: sacrorum certaminum studiosi pernicissimarum quadrigarum semina diligenti observatione custodiunt et spem futurarum victoriarum concipiunt propagata sobole generosi armenti.

4) Plin. H. N. VIII 160.

5) Digg. XXXI 65, 1: quadrigae legatum equo postea mortuo perire quidem ita credunt, si equus ille decessit, qui demonstrabat quadrigam.

6) Dio LXXIII 4.

7) Außer den a. a. O. A. 3321 angeführten auch C. I. G. 6311.

tigt haben, den Hengst Incitatus zum Consul zu ernennen; wenn er rennen sollte, wurde Tags zuvor in der Nachbarschaft durch Soldaten die Vermeidung von Geräusch anbefohlen, damit seine Ruhe nicht gestört würde. Epiktet erwähnt, daß ein Zuschauer, der sein Lieblingspferd in der Bahn zurückbleiben sah, sich in seinen Mantel hüllte und ohnmächtig wurde; als es wider Erwarten die Spitze gewann, mußte er durch Bespritzen mit Wasser zum Bewußtsein zurückgebracht werden.[1] Nero ertheilte ausgezeichneten Rennern, die durch Alter dienstunfähig geworden waren, Gnadengehalte. Aehnliches wird von Verus und Commodus erzählt.

Die Parteien. Da die Festgeber nur ausnahmsweise die Cirkusspiele mit eigenen Leuten und Pferden bestreiten konnten, übernahmen Gesellschaften von Kapitalisten und Besitzern großer Sklavenfamilien und Gestüte die Lieferung und Ausrüstung.[2] Wie in der Regel vier Wagen um die Wette rannten, so gab es auch vier solche Gesellschaften, die zu jedem Rennen je einen Wagen stellten, und seit Wagen und Lenker Farben als Abzeichen trugen, je eine dieser Farben zu der ihrigen machten; daher sie Faktionen oder Parteien genannt wurden. An ihrer Spitze standen Direktoren, einzelne oder mehrere, gewöhnlich wie alle Inhaber größerer Geschäfte dem Ritterstande angehörig, doch auch Wagenlenker schwangen sich, wie bemerkt, zu solchen Stellungen auf. Mit diesen Gesellschaften mußten die Veranstalter der Spiele sich über die Lieferung von Pferden, Wagen und Leuten einigen; ihre Forderungen wechselten natürlich nach Umständen. Als Nero gleich im Anfange seiner Regierung die Cirkusspiele so sehr erweiterte, daß sie ganze Tage ausfüllten, wollten die Direktoren der Parteien sich gar nicht dazu verstehen, ihr Personal für Spiele von kürzerer Dauer zu vermiethen, und behandelten überhaupt die Anerbietungen der Consuln und Prätoren mit dem höchsten Uebermuth. Im Jahr 54 ließ der Prätor Aulus Fabricius, der ihre unbilligen Forderungen nicht zugestehen wollte, Wagen mit abgerichteten Hunden statt mit Pferden in der Bahn erscheinen: durch diese Demonstration ließen sich zwar

---

1) Epictet. Diss. I 11. 27.

2) Vgl. Hdb. d. R. A. IV 512 ff.

die rothe und weiße Partei zur Nachgiebigkeit bewegen, aber die blaue und grüne nicht eher, als bis Nero selbst die Preise bestimmt hatte. Von Commodus wird erzählt, daß er die Cirkusspiele in der Absicht sehr vermehrt habe, die Direktoren der Parteien zu bereichern. Wol nicht selten erhielten die Parteien Unterstützungen und Geschenke, wie Gordian der Erste noch als Privatmann hundert kappadocische und hundert sicilische Pferde unter sie vertheilte (zu deren Annahme eine kaiserliche Erlaubniß erforderlich war), und Symmachus ihnen bei Gelegenheit der quästorischen Spiele seines Sohnes je fünf Sklaven schenkte. Nur einmal (im J. 6 n. Chr.) wird erwähnt, daß die Vorsteher der Parteien auf eigne Kosten Schauspiele veranstalteten, und zwar, wie es scheint, im Verein mit Pantomimen; doch mag es öfter geschehen sein, da Schauspiele, die die letztern gaben, später noch einige Male erwähnt werden.[1]

Das sehr zahlreiche Personal der Parteien bestand theils in Sklaven, theils in besoldeten Freien, und umfaßte nicht bloß die zum Dienst in den Gestüten, Ställen und in der Bahn erforderlichen Leute, sondern auch eine nicht geringe Anzahl von Handwerkern, Künstlern und Beamten verschiedener Art. Wagner, Schuhmacher, Schneider, Perlarbeiter, ferner Aerzte, Lehrer (im Fahren), Boten, Beschließer und Verwalter werden in Verzeichnissen und Urkunden als im Dienste der Parteien stehend aufgeführt, und gingen auch aus dem Dienst der einen in den einer andern über. Die sämmtlichen Stallungen der vier Parteien lagen in der neunten Region beisammen, vermuthlich am Fuße des Capitols in der Nähe des Flaminischen Cirkus. Sie waren, wenigstens zum Theil, von Kaisern erbaut, namentlich hatte auch Vitellius während seiner kurzen Regierung zu solchen Bauten große Summen verwendet; und wol mit kaiserlicher Pracht ausgestattet, da Caligula sich sehr viel in den Ställen der Grünen aufzuhalten und auch dort zu speisen pflegte. Das Verhältniß der Parteien zum Fiskus und zur städtischen Verwaltung Roms ist ganz unklar.[2] —

1) Dio LVI 27. Hdb. IV A. 3136.
2) Hdb. d. R. A. S. 513 f.

Die Farben. Die Farben[1], deren sich die Parteien als Abzeichen bedienten, waren weiß, roth, grün und blau. Ursprünglich waren nur die beiden ersten im Gebrauch gewesen, seit wann, ist unbekannt; eine gleichzeitige Erwähnung dieser Einrichtung haben wir erst aus dem letzten Jahrhundert vor Chr. Vielleicht kam grün und blau erst im Anfang der Kaiserzeit hinzu. Domitian führte dazu noch zwei neue Farben: Gold und Purpur, ein, die vielleicht eine ausschließlich kaiserliche Bedeutung hatten, aber bald wieder eingegangen zu sein scheinen, wenigstens werden sie später nie mehr erwähnt. Die Grünen und Blauen hatten schon seit Anfang der Kaiserzeit die beiden ältern Parteien in den Hintergrund gedrängt, zuletzt verbanden diese sich mit jenen (und zwar die weiße mit der grünen, die rothe mit der blauen), ohne daß sie ganz zu existiren aufhörten. Vier Farben gab es in Constantinopel noch im neunten Jahrhundert, ein Schriftsteller des zwölften spricht von den Parteien als von einer vergangenen Sache.

Die Parteiung[2], die sich in der Bevölkerung von Rom und Constantinopel für die Farben der Cirkusfactionen bildete, ist eine der bedeutsamsten und merkwürdigsten Erscheinungen der Kaiserzeit. Sie spaltete die ungeheure Mehrzahl des Volks von den Beherrschern der Welt bis zum Proletarier und Sklaven in vier und später in zwei Lager. Nichts andres ist so bezeichnend für die Unnatürlichkeit der politischen Zustände, als diese Concentration des allgemeinen Interesses auf diesen Gegenstand, und nichts zeigt so deutlich die wachsende geistige und sittliche Verwilderung Roms. Den Regierungen war dies Parteitreiben ohne Zweifel erwünscht; daß die Leidenschaften der Massen in einer Richtung abgelenkt wurden, in der sie scheinbar ohne Gefahr für den Thron austoben konnten, darauf wirkten auch wol die Besten hin, und wir erfahren nicht, daß irgend eine versucht hätte, dem Unwesen zu steuern.

---

1) Hdb. d. R. A. IV 509 ff.

2) Eine factio Garamantinia in einer gefälschten Inschrift Henzen 6080 ist, wie ich nachgewiesen habe (Ind. lectt. hib. acad. Regim. 1858) aus einem Zuruf an einen Wagenlenker oder ein Cirkuspferd Garamanti nica (Marini iscr. dol. nr. 222 bei Preller, Regionen Roms S. 156 f. A.) komponirt.

Vielmehr nahmen mehrere Kaiser auf's unverhohlenste Partei, wie Vitellius[1] und Caracalla[2] für die Blauen, Caligula[3], Nero[4], L. Verus[5], Commodus[6], Elagabal[7] für die Grünen, die in der frühern Kaiserzeit meist den Vorrang behauptet zu haben scheinen.[8] Die Kaiser begnügten sich aber nicht, das Parteitreiben durch ihre Theilnahme zu befördern, sondern unterdrückten und terrorisirten zum Theil auch die wehrlosen Gegenparteien mit der brutalsten Gewalt. Beim Volke waren die Factionen eines weit verzweigten Anhanges schon deshalb gewiß, weil sie eine systematische Organisation hatten, über bedeutende Summen geboten, eine Menge von Menschen unterhielten und beschäftigten, und gewiß keine Mittel sparten, um sich zu vergrößern und zu befestigen. Aber von unendlich größerer Wichtigkeit war die Einrichtung der vier Farben an sich, wie geschaffen für das Bedürfniß der Menge, bei jedem Wettstreit, der vor ihren Augen vorgeht, für und wider Partei zu nehmen. Sie will nur ein Feldgeschrei, nach seinem Inhalt fragt sie nicht. Für Pferde und Wagenlenker konnte eine verhältnißmäßig nur geringe

---

1) Sueton. Vitell. c. 7. Dio LXV 5.

2) Dio LXXVII 10. Vgl. LXXVIII 8.

3) Sueton. Calig. c. 55. Dio LIX 14.

4) Sueton. Nero c. 23. Dio LXIII 6. Plin. H. N. XXXIII 90. Martial. XI 33.

5) H. A. c. 4 u. 6.

6) Dio LXXII 17.

7) Id. LXXIX 14.

8) Auch Martial war ein Anhänger der Grünen; vgl. VI 46 und XI 33; in Juvenal's Zeit hatten sie entschieden die Oberhand (XI 97). Ein Monument der Blauen mit der Inschrift: Victoria Venetianorum semper constet feliciter aus unbestimmter Zeit Marini atti p. 582 vgl. 637 b. Von demselben spricht Visconti M. PCl. V tav. 38—43, der es einen Altar nennt; Argoli zu Panvin. de lud. circ. I 10, 69 spricht vielleicht aus Versehen von zwei solchen Steinen. C. I. G. 6354 (Romae). *Θ. K. Βασιλίου· Μνήμης χάριν ἐποίησεν Μ. Αὐρ. Διονύσιος ἀδελφῷ [εἰς αἰ]ῶνα Βενετιανοῦ συστήματος πρίνκιπι.* Theoderich sah sich veranlaßt, die Grünen gegen die Blauen in Schutz zu nehmen (Cassiod. I 20 u. 27). In Konstantinopel hatten die Blauen, die wenigstens seit Justinian stets von den Kaisern begünstigt wurden, den Vorrang (Wilken, histor. Taschenbuch 1830 S. 330). Ueber ein dortiges Monument eines Wagenlenkers vgl. B. d. J. 1847 S. 123 f.

Zahl von Sachverständigen und Anhängern sich interessiren, für die Farben Jedermann. Pferde und Wagenlenker wechselten, die Farben waren permanent.[1] Während eines halben Jahrtausends pflanzte sich das Feldgeschrei der Farben von Geschlecht zu Geschlecht fort, und zwar in einer mehr und mehr verwildernden Bevölkerung, und wenn schon bei allen Schauspielen Excesse und Tumulte gewöhnlich waren, so war vorzugsweise der Cirkus der Schauplatz wilder, selbst blutiger Scenen.[2] Mochte Nero oder Marc Aurel die Welt regieren, das Reich ruhig oder von Aufstand und Bürgerkrieg zerrüttet sein, die Barbaren die Grenzen bedrohen, oder von den römischen Heeren zurückgetrieben werden: zu Rom war für Hohe und Niedere, Freie und Sklaven[3], Männer und Frauen, die Frage, ob die Blauen oder die Grünen siegen würden, immer von derselben Wichtigkeit und der Gegenstand unzähliger Hoffnungen und Befürchtungen. Als das Christenthum die alten Götter entthront hatte, denen zu Ehren die Cirkusspiele gestiftet worden waren, kämpften im Cirkus die Parteien noch immer mit der gleichen Leidenschaft um den Vorrang. Auch die Christen ließen sich

---

1) Vgl. Hdb. d. R. A. IV 509 ff.

2) Vgl. die Cirkusparteien in der Kaiserzeit in den N. Jahrbb. f. Philol. LXXIII 745 ff.

3) Daß auch Sklaven Partei nahmen, (deren Zulassung zu den Schauspielen durch mehrere von mir Hdb. IV A. 3178 übersehene Stellen, wie Hor. Epp. I 14, 14. Colum. R. A. I 8, 2. Ulpian. Digg. XI 3, 1, 5. Venulejus ib. XXI 1, 65 ausdrücklich bezeugt ist) ist selbstverständlich und erwähnt überdies Petron. c. 40, wo Trimalchios' Sklaven für die Grünen Partei nehmen und wetten. Vielleicht ist aus diesem Grunde dort der ostiarius prasinatus (c. 28). Die Vorstellung, daß die Anhänger der Parteien ihre Farben wenigstens im Cirkus getragen hätten, ist an sich sehr wahrscheinlich, aber wird nur an einer einzigen Stelle angedeutet. Mart. XIV 131. Lacernae coccineae.

Si veneto prasinove faves, cur coccina sumes?
Ne fias ista transfuga sorte vide.

Ein Zeugniß für die Anwendung der Farben in den Cirkusspielen der Provinzen gibt außer den Mosaiken von Lyon und Italica die Inschrift Gruter 339,4 = C. I. G. 6803: Factionis Venetae Fusco sacravimus aram etc.

Die Parteien erwähnt auch die Pass. Perp. et Felic. c. 13: et dixerunt (angeli) Optato: corrige plebem tuam, quia sic ad te conveniunt, quasi de circo redeuntes et de factionibus certantes.

durch die Ermahnungen ihrer Prediger nicht von dem Besuch des Schauspiels zurückhalten. Sie wandten ein, daß man die Ergötzlichkeiten, die Gottes Güte gewährt habe, nicht verschmähen dürfe. Ja sie beriefen sich auf die heilige Schrift und führten an, Elias sei auf einem Wagen gen Himmel gefahren, folglich könne die Kunst des Wagenlenkens nicht sündlich sein.[1] Noch Leo der Große klagte bitter vor seiner Gemeinde, daß die schändlichen Schauspiele mehr Volk versammelten, als die Stätten der heiligen Märtyrer, deren Schutz die Stadt vor dem furchtbarsten Untergang durch die Horden Attila's errettet hatte.[2] Seinen höchsten Grad aber erreichte das Factionenwesen nicht in Rom, sondern in Constantinopel, wo trotz der Fortdauer der beiden schwächern Parteien ein eigentlicher Wettstreit nur noch zwischen den Grünen und Blauen stattfand. Hier wo die Zwietracht wenigstens zu Zeiten eine religiöse und politische Färbung annahm, raste sie mit verdoppelter Wuth und erfüllte das Reich mit Aufruhr. Für die Partei verschwendete man sein Vermögen, ertrug Martern und Tod und beging Verbrechen; das Parteiinteresse stand höher als Verwandtschaft und Freundschaft, Haus und Vaterland, Religion und Gesetz; auch die Frauen, die damals keine Schauspiele besuchten, wurden von dem Schwindel ergriffen; man konnte es nur eine allgemeine Geisteskrankheit nennen. Der sogenannte Nikaaufruhr, der im Jahr 532 im Cirkus zu Constantinopel entbrannte, hätte Justinian Thron und Leben gekostet, wäre er nicht durch die Geistesgegenwart seiner Gemahlin Theodora und Belisar's Treue gerettet worden; dreißigtausend Menschen sollen dabei um's Leben gekommen sein.

Der Cirkus Roms und seine Parteien werden von den Zeitgenossen zu selten erwähnt, als daß man im Zusammenhange verfolgen könnte, wie aus unscheinbaren Anfängen das Unheil zu so gigantischer Größe erwuchs. Wir müssen uns begnügen, auf den Grad und das Umsichgreifen der Krankheit aus vereinzelten Symptomen zu schließen. Schon im letzten Jahrhundert der Republik geschah es, daß bei der Bestattung eines Wagenlenkers von der rothen

Allmälige Entwicklung des Factionenwesens.

1) P. E. Mueller de gen. aev. Theodos. II p. 59 adn. o.

2) Gregorovius, Gesch. d. Stadt Rom im Mittelalter I 197.

Partei, Namens Felix, einer von seinen Anhängern sich mit auf den Scheiterhaufen stürzte. Dies berichtet der ältere Plinius aus dem öffentlichen Anzeiger, einer in diesem Falle ganz unverdächtigen Quelle.[1] Man würde glauben, es sei ein Verrückter gewesen, aber Plinius fügt hinzu, die Gegenpartei, um den Ruhm des Künstlers zu verkleinern, habe behauptet, der Selbstmörder sei durch die bei der Verbrennung angewandten Wohlgerüche betäubt gewesen, während sie doch sicherlich den Selbstmord am liebsten auf Rechnung des Wahnsinns geschoben hätte, wenn es mit einigem Schein möglich gewesen wäre. Doch trotz dieses einzelnen Falles kann die Parteibildung damals, und selbst in der Zeit August's, noch nicht in der umfassenden Weise organisirt gewesen sein, wie funfzig Jahre später. Ovid hat den Cirkus zum Schauplatz einer seiner Elegien gewählt: er sieht neben seiner Geliebten dem Rennen zu; zwar spricht er von der verschiedenfarbigen Schaar, die aus den Schranken hervorbricht[2], aber sein und seines Mädchens Interesse ist nur auf einen Wagenlenker, nicht auf eine Farbe gerichtet.[3] Horaz, der das Interesse für Theater und Gladiatoren öfter erwähnt, spricht kaum je vom Cirkus und nie von den Parteien. Erst im Laufe des ersten Jahrhunderts und zum Theil in Folge der leidenschaftlichen Betheiligung der Caligula, Nero, Vitellius bildete das Factionenwesen sich aus. Von Caligula's Parteinahme für die Grünen ist bereits die Rede gewesen; wie Dio erzählt, ließ er Pferde und Wagenlenker der Gegenpartei vergiften.[4] Nero zog sich schon als Schulknabe eine Rüge von seinem Lehrer wegen seines unaufhörlichen Redens von den Cirkusspielen zu; als er einmal trotz des Verbots gegen seine Mitschüler einen grünen, von seinen Pferden geschleiften Wagenlenker bedauerte, schalt der Lehrer, und der hoffnungsvolle Schüler erklärte, er habe von Hektor's Schleifung durch Achill gesprochen.[5] Als Kaiser begnügte er sich nicht, die Grünen

1) Hdb. IV S. 510. Huebner de actis p. 42.

2) Ovid. A. III 2, 78: evolat admissis discolor agmen equis.

3) L. l. 67 sqq. A. A. I 145.

4) Dio LIX 14.

5) Sueton. Nero c. 22.

aufs parteiischste zu begünstigen; er trat auch selbst in dieser Farbe auf, wobei der Cirkus statt mit Sand mit Kupfergrün (Chrysocolla) bestreut wurde; so bei den Schauspielen, die er dem Partherkönig Tiridates gab.[1] Vitellius, der, wie erwähnt, nicht verschmäht hatte, bei der blauen Partei die Dienste eines Stallknechts zu thun, soll seine Beförderung zum Statthalter des untern Germaniens dem an Galba's Hofe mächtigen T. Vinius verdankt haben, dem er durch die Parteigenossenschaft verbunden war.[2] Auf den Thron gelangt, buhlte er im Cirkus in unwürdigster Weise mit seiner Parteinahme um die Gunst des gemeinen Pöbels[3], doch ließ er auch einige Leute aus dem Volke, die die Blauen laut geschmäht hatten, tödten, in der Meinung, dies sei aus Verachtung gegen ihn selbst und in Hoffnung auf eine Staatsumwälzung geschehen.[4] Wenn auch ohne direkte Betheiligung von Seiten der folgenden Kaiser, hielt die Entwickelung des Factionenwesens natürlich mit dem Wachsthum und der Ausbreitung der Leidenschaft für die Schauspiele überhaupt gleichen Schritt; und diese Leidenschaft, die schon gegen das Ende des ersten Jahrhunderts so ganz die Gemüther beherrschte, daß sie keinen Raum für edle Bildung ließ, war wol geeignet, tiefer Blickende mit ernstlicher Sorge zu erfüllen. Man hörte die Jugend zu Hause und selbst in den Hörsälen von nichts anderem reden, und selbst die Lehrer glaubten überall sich zu solchen Gesprächen herbeilassen zu müssen.[5] Auch in den Kreisen gebildeter Männer war die Unterhaltung von den Blauen und Grünen schon wegen ihrer politischen Unverfänglichkeit beliebt.[6] Es war die glänzendste Periode des Kaiserthums, in der die Interessen des römischen Volks in dem berühmten panem et circenses zusammen-

1) Vgl. die oben S. 161 A. 3 angeführten Stellen. (Sonst wurde der Cirkus auch mit Splittern und Blättchen von Marienglas bestreut Plin. H. N. XXXVI 162).

2) Vgl. S. 161 A. 1.

3) Tac. H. II 91.

4) Sueton. Vitell. c. 14.

5) Tac. dial. c. 29. Nipperdey setzt die Schrift in der Einleitung zur dritten Ausgabe p. VIII sq. nach Domitian's Tod.

6) Martial. X 48 (unter Nerva herausgegeben).

gefaßt werden konnten.[1] In dieser Zeit, unter der Regierung Trajan's, erregte es das Staunen unbefangener Beobachter, wie so viele Tausende im Cirkus sich nicht durch die Schnelligkeit der Pferde, noch durch die Kunst der Leute fesseln ließen, sondern durch ein so oder so gefärbtes Stück Zeug; würde dies mitten im Rennen vertauscht[2], so würde auch Gunst und Antheil sich wenden, dieselben, die eben Pferde und Lenker von Weitem kannten und anriefen, würden sie dann plötzlich verlassen. Und wenn nur der Pöbel an einer elenden Tunica hinge! Aber auch ernste Männer waren unersättlich im Genuß einer solchen Unterhaltung; und der jüngere Plinius, der diese Betrachtungen anstellte, durfte einige Genugthuung empfinden, daß er über solche Interessen erhaben war.[3] Verlören die Grünen im Cirkus, schrieb Juvenal damals oder wenig später, so wäre Rom so bestürzt und niedergeschlagen, wie nach der Niederlage bei Cannä.[4] Marc Aurel, der an Hadrian's Hof aufwuchs, glaubte sich seinem Erzieher zu besonderm Danke verpflichtet, daß er ihn davor bewahrt habe, ein Parteigänger der Grünen oder Blauen zu werden.[5] Ohne Zweifel ist dies mit einem Hinblick auf seinen Mitregenten Lucius Verus geschrieben, der nicht nur ein leidenschaftlicher Freund der Cirkusspiele überhaupt war und wegen derselben eine umfassende Korrespondenz mit Provincialen unterhielt, sondern auch ein leidenschaftlicher Anhänger der Grünen, für die er in der unziemlichsten Weise Partei nahm und deshalb von den Blauen selbst in Marcus' Gegenwart häufige Schmähungen zu erdulden hatte.[6] Auch den Lehrer beider Kaiser, Fronto, schützte ein Uebermaß gelehrter Pedanterie nicht gegen die epidemische Leidenschaft, er stand, wie zu erwarten, auf derselben

---

1) Ueber diesen doch wahrscheinlich von einem Staatsmann oder Kaiser herrührenden Ausspruch vgl. S. 126 A. 2.

2) Nach einer Stelle bei Vel. Long. de orthographia scheint dies mitunter geschehen zu sein: inversis armis gladiatores pugnasse non est dicendum sed versis h. e. transmutatis, sed nec inversis pannis agitasse aurigas sed versis.

3) Plin. epp. IX 6.

4) Juv. XI 197 sqq.

5) M. Anton. Comment. I 5.

6) H. A. vit. Veri c. 6.

Seite wie sein kaiserlicher Schüler[1] und selbst durch ein sehr schmerzhaftes Chiragra ließ er sich vom Besuch des Cirkus nicht zurückhalten.[2] In einer um diese Zeit von einem griechischen Besucher verfaßten Schilderung Roms wird als charakteristisch das Treiben im Cirkus, die Statuen der Wagenlenker, die Gespräche über diese Dinge auf den Straßen und Plätzen und die große Verbreitung einer wahren Hippomanie, die sich vieler anscheinend trefflicher Männer bemächtigt hatte, hervorgehoben[3]: daß die Bedeutung des Factionenwesens, das hier nicht erwähnt ist, einem fremden Beobachter entgehen konnte, ist erklärlich. Bei der ungemeinen Dürftigkeit der Nachrichten aus dem dritten Jahrhundert geschieht auch des Cirkus und seiner Parteien in dieser Zeit nur selten und beiläufig Erwähnung, ausführlicher fast nur unter Caracalla, der selbst in schamloser Oeffentlichkeit in der Bahn seinen Wagen lenkte[4], und als einst gegen einen Wagenlenker seiner (der blauen) Partei Schmähungen ausgestoßen wurden, durch den der Wache gegebenen Befehl, die Schreier zu tödten, den Cirkus mit wilder Verwirrung, Gewaltthat und Mord erfüllte.[5] Anderthalb Jahrhunderte später schilderte Ammianus Marcellinus die Sitten Roms in einer Zeit, wo die innere Zerrüttung des Reichs aufs Höchste gestiegen war und die Gefahren von Osten und Norden immer näher und furchtbarer drohten: auch er, den die Leidenschaft der Römer für den Cirkus so sehr mit Erstaunen und Verachtung erfüllte, läßt seltsamer Weise das Treiben der Parteien unerwähnt.[6] Für die Masse war der Cirkus Tempel, Wohnort, Versammlungsplatz und Ziel aller Wünsche. Ueberall sah man Gruppen in eifrigster Unterhaltung über die Wettrennen beisammenstehen, bejahrte Männer poch-

---

1) So viel ergibt sich aus der unverständlichen Wortspielerei ad amicos I 6: Venetus venalis est. Scis hoc perpetuum Venetis fatum esse, ut numquam venierit veniat semper.

2) Fronto epp. ad amicos II 3.

3) Lucian. Nigrin. 29.

4) Dio LXXVII 10.

5) Herodian. IV 6.

6) Sein Aufenthalt in Rom fällt in sein späteres Alter. Vgl. E. Moeller de Ammiano Marcellino (Regim. 1863) p. 13—21.

ten auf ihre vieljährige Erfahrung und verschwuren sich bei ihren Runzeln und grauen Haaren, das Reich könne nicht bestehen, wenn es nicht so gehen werde, wie sie voraussagten. An den Tagen der Cirkusfeste strömte das Volk schon vor Aufgang der Sonne zur Rennbahn, viele verbrachten in Angst und Spannung auch die Nächte schlaflos. Es war ein wunderbarer Anblick, eine so unzählbare Menge in leidenschaftlicher Aufregung den Verlauf dieser Wettkämpfe verfolgen zu sehen. Aber nicht minder lebhaft war die Theilnahme des hochmüthigen Adels, in dessen Kreisen Boten, die die Ankunft neuer Wagenlenker und Pferde meldeten, empfangen wurden, wie einst die Dioskuren, als sie die Nachricht von dem Siege Roms über die Tarquinier brachten.[1] Und wieder nach anderthalb Jahrhunderten, als das Reich längst von den Wogen der Völkerwanderung in Trümmer geschlagen war und der Gothenkönig Theoderich Rom regierte, tobten im Cirkus immer noch die alten Leidenschaften. Theoderich gewährte den Römern öfter ihre Lieblingsschauspiele und wurde von ihnen dafür mit den Namen des Trajan und Valentinian, deren Regierungen er sich zum Vorbilde wählte, begrüßt.[2] Sein Geheimschreiber, der gelehrte Cassiodor, fand es staunenswürdig, wie im Cirkus die Aufregung größer als in allen andern Schauspielen war.[3] Der Grüne gewinnt den Vorsprung, ein Theil des Volks ist niedergeschlagen; der Blaue gewinnt ihn, ein andrer Theil grämt sich; ohne einen Vortheil zu haben, triumphiren sie leidenschaftlich, ohne einen Nachtheil zu leiden, fühlen sie den tiefsten Schmerz; man führt die nichtigsten Streitigkeiten mit einem Eifer, als wenn diese Bestrebungen einem gefahrbedrohten Vaterlande gälten. Noch immer vertrieben die Cirkusspiele den sittlichen Ernst, beförderten die eitelsten Kämpfe,

---

1) Ammian. XIV 6, 26. XXVIII 4, 11 u. 29.

Vgl. Symmach. X 29 u. 25: expectantur cotidie nuntii, qui appropinquare urbi munera promissa confirment, aurigarum et equorum fama colligitur; omne vehiculum, omne navigium scenicos artifices advexisse jactatur.

2) Exc. Valesii 60 (Ammian. ed. Wagner et Erfurdt I p. 620) Cassiodor. Chronicon 519. Vgl. Gregorovius, Gesch. Roms im Mittelalter I 286—295.

3) Cassiodor. Var. III 57. Vgl. I 27 u. 30—33.

vernichteten die Rechtschaffenheit und waren für Hader und Zwietracht eine befruchtende Quelle. —

So hat also der Kampf der Farben das weströmische Reich überlebt und in Rom erst mit den Cirkusspielen selbst geendet. Denn die letzten Wagenrennen veranstaltete in der bereits sehr verödeten und verarmten Stadt im Jahr 549 der Gothenkönig Totila.[1]

Um eine Vorstellung von der Großartigkeit zu gewinnen, mit welcher die hohen Beamten Roms auch in der frühern Kaiserzeit die von ihnen zu gebenden Cirkusspiele ausrüsteten, dürfen wir uns einer sehr viel spätern Quelle bedienen, der noch erhaltenen Korrespondenz, die Symmachus am Ende des vierten Jahrhunderts über die Vorbereitungen zu den prätorischen Spielen seines Sohnes geführt hat. Denn schwerlich standen die Senatoren Roms in den ersten Jahrhunderten ihren Nachkommen im Zeitalter des Theodosius an fürstlichem Reichthum und fürstlicher Prachtliebe nach, und die Zurüstungen der einen und der andern zu ihren Schauspielen haben sich vermuthlich kaum anders als durch die verschiedene Beschaffung des erforderlichen Apparats, der Menschen und Pferde unterschieden. Im Anfang der Kaiserzeit scheinen die Parteien diese Lieferungen übernommen zu haben, während Symmachus, wenigstens soviel seine Briefe ergeben, Wagenlenker und Pferde ohne deren Vermittelung kaufte und miethete. Wenn übrigens Symmachus auch (wie erwähnt) nicht zu den reichsten Senatoren seiner Zeit gehörte und die Schauspiele seines Sohnes von andern noch sehr überboten wurden[2], so machten sie doch offenbar großes Aufsehen, und können nur für ungewöhnlich glänzende Spiele einen Maßstab geben. Vorbereitungen zu den Cirkusspielen.

Quintus Aurelius Symmachus[3], dessen Palast von der Höhe auf Rom herabschaute, auf der jetzt die wüsten Gärten von Villa Casali sich ausbreiten, hatte die höchsten Staatsämter bekleidet und Die prätorischen Spiele des jüngern Symmachus.

---

1) Gregorovius a. a. O. I 436.

2) Vgl. S. 139 A. 2.

3) Vgl. über ihn De Rossi Ann. dell' Inst. XXI p. 283 ff. und Jahn in den Berichten der sächs. Gesellschaft 1851, 14. Januar.

war in jedem Sinne einer der hervorragendsten Männer seiner Zeit. Mit einer Anzahl geistesverwandter Verbündeten strebte er mit der äußersten Anstrengung die schon verlorne Sache des Heidenthums gegen das siegreiche Christenthum zu behaupten. Seine und seiner Freunde Bemühungen waren auf eine Neubelebung der klassischen Litteratur eben so sehr als des heidnischen Glaubens gerichtet, mit dem die Schauspiele im innigsten Zusammenhange standen; und wie sie von den Christen als abgöttischer Greuel verabscheut wurden, so sah es Symmachus ohne Zweifel gerade deßhalb als heilige Pflicht an, ein für seine gefährdete Religion so wichtiges Institut nach Kräften aufrecht zu erhalten, um so mehr, da er zwei der höchsten Priesterthümer bekleidete. Andre Gründe von weltlicher Natur erhöhten seinen Eifer: ein hoher Begriff von dem, was der Würde des römischen Volks gebührte, die Größe seines Hauses und der Wunsch, seinen Standesgenossen nicht nachzustehen.[1] So bot er denn alle Mittel auf, über die sein großer Einfluß, sein immerhin sehr bedeutendes Vermögen und seine weitreichenden Verbindungen ihn verfügen ließen, um auch bei der Prätur seines Sohnes, die durch den Glanz seiner frühern Spiele hochgespannten Erwartungen wo möglich noch zu übertreffen.[2] Die für die Cirkusspiele erforderlichen Pferde bezog er fast ausschließlich aus Spanien. Einem Manne in seiner Stellung konnte es nicht schwer werden, für seine Beauftragten die Benutzung der kaiserlichen Post zu erwirken.[3] So gingen denn zahlreiche Agenten nach Spanien, wohl versehen mit großen Geldsummen[4], Verzeichnissen und Briefen an die Besitzer der besten Gestüte[5] und Pferdekenner, die ihnen bei der Wahl behülflich sein sollten[6], überdies der Unterstützung einflußreicher Personen und der Behörden in Spanien wohl empfohlen.[7] Symmachus glaubte,

1) Symmach. epp. IV 60. IX 132.

2) Id. ib. IV 58—60. V 82.

3) Id. ib. IV 6 (eine Danksagung an Stilicho, der dazu beigetragen hatte). Vgl. VII 48; 105 sq. IX 22.

4) Epp. 9, 20.

5) 4, 60 (Eupraxius), 9. 18 sq. (Pompeja und Fabianus).

6) 9, 12.

7) 4, 6; 5, 83; 7, 82 105 sq.; 9, 23.

den Wunsch des Publikums nach Abwechslung berücksichtigen zu müssen[1] und seine Agenten hatten den Auftrag, die vorzüglichsten Renner aus Racen aller Provinzen zu wählen.[2] Die Auswahl, die mit so großer Sorgfalt getroffen werden sollte, zog das ohnehin langwierige Geschäft noch mehr in die Länge, so daß der Winter darüber einbrechen und die Schifffahrt und somit den Transport nach Italien verhindern konnte. Für diesen Fall hatte Symmachus an einen Freund im südlichen Frankreich geschrieben, daß er die gekauften Pferde während der drei bis vier Wintermonate in seinen Ställen beherbergen und füttern, und falls sich gerade auf dem Gebiet von Arles vorzügliche Renner befänden, diese dazu kaufen möchte.[3] Aber bei einem so weitläufigen Transport war vorauszusehen, daß Krankheiten und andre Unfälle die Zahl der Pferde sehr vermindern würden[4], und so wurden denn auch Anerbietungen von Pferdezüchtern in Italien angenommen.[5]

Wegen der mangelhaften und unregelmäßigen Verbindung zur See machten auch die Wagenlenker Symmachus große Sorge, obwohl diese nur aus Sicilien verschrieben waren. Sobald ihm sein sicilischer Agent ihre Abreise von dort gemeldet hatte, ertheilte er seinem am Golf von Neapel lebenden Schwiegersohn den Auftrag, zuverlässige Leute die Küste entlang bis Salerno zu senden, die sie bei ihrer Landung in Empfang nehmen sollten. Dann sollte ein

---

1) Epp. IV 63 (an Eupraxius): Fas sit dicere. Equorum curulium copia non egemus; sed incitat nos praeturae mora ad desiderium muneris largioris. Si ergo dulcis est, ut adsolet, mandati mei executio, quatuor ex grege Laudacianorum quadrigas, quas tua defloret electio, ad me opto deduci, cum primum mare navigatio verna patefecerit. — Credo mireris, ut non potius de gregibus tuis postulem, qui potissimos Iberorum nobilitate praevertunt. Fastidium uniformis spectaculi patitur civitas, cujus satietas mihi varietate vincenda est.

2) VII 48.

3) IX 20 und 24.

4) V 56 (Sallustio): — quadrigis quatuor gratuitis auxisti numerum comparatum. Ex illis equos undecim superstites caeteris prosecutorum cura perduxit. Nec longo intervallo pars succubuit traditorum.

5) Epp. V 82 (Helpidio): Nam cum de Hispaniis copiam equorum spes certa mihi promittat, hos quos de proximo polliceris, securior diligentia debet excerpere.

gemeinschaftlicher Freund sie mit allem Nöthigen versehen und ihre Reise nach Rom zu Schiffe fortsetzen lassen. Aber die Zeit verstrich und von ihrer Ankunft war nichts zu vernehmen, so daß Symmachus für gut fand, einen Beamten zu Nachforschungen längs der Küste zu verlangen. Ob das Schiff zu rechter Zeit angekommen ist, erfahren wir nicht.[1] —

Spannung des Publikums. Das Herannahen von Festen, zu denen so kolossale Vorbereitungen getroffen wurden, erfüllte ganz Rom mit Spannung und Aufregung. Nun vollends waren der Gespräche, Streitigkeiten und Wetten über den Ausgang der zu erwartenden Rennen kein Ende.[2] Auch Wahrsager wurden befragt[3] und Zauberer zu Rathe gezogen, denen man die Macht zuschrieb, den Lauf der Pferde zu beschleunigen oder zu lähmen.[4]

Gedränge zum Cirkus. Kam dann endlich der ersehnte Tag, so waren schon mehrere Stunden vor seinem Anbruch die Straßen mit Schaulustigen gefüllt. Caligula wurde einst mitten in der Nacht durch das Getöse der zum Cirkus strömenden Menge im Schlaf gestört, er ließ sie mit Stockhieben aus einander treiben, und in dem hierdurch entstehenden Gedränge kamen zwanzig Männer aus dem Ritterstande, ebensoviel verheirathete Frauen und eine unzählbare Menge aus den niedern Ständen ums Leben.[5] Unter Claudius und Nero erhielten die Ritter und Senatoren gesonderte Plätze, zu denen sie natürlich bequem gelangen konnten, während die hunderttausende des dritten Standes die ihren trotz der zahlreichen Eingänge nur

1) Epp. VI 42 u. 33. Der erste ist früher geschrieben. Er fängt an: Eusebii nuper litteras sumsi, quibus aurigas — missos ad Campaniam nuntiavit. Der zweite: Si qua adhuc de Sicilia speramus, incerta sunt. Nam cum litterae Eusebii nuntiaverint, dudum circi et scenae artifices navigasse, etiam nunc de adventu eorum rumor in operto est.

2) Juv. XI 201. Martial. XI 1, 14. Tertullian. de spect. c. 16.

3) Obgleich dies nur Tzetzes Chil. XIII hist. 497, 479 erwähnt.

4) Arnob. I 53. Hieronym. vit. Hilarionis c. 8. Veget. de arte veterin. V (III) 73 (74). Ammian. Marcell. XVI 3, 3. XVIII 1, 27. Cassiodor. III 51. Vgl. Gothofred. zu Cod. Theodos. IX 16, 11. P. E. Mueller de gen. aev. Theodos. II p. 70 g. Lobeck Aglaoph. p. 223. Zum Schutz gegen Bezauberung behing man die Pferde mit Glocken Jahn Columb. d. Villa Pamfili S. 48.

5) Sueton. Calig. c 26.

unter gewaltigem Gedränge erreichten, da bei der Größe und Schaulust der Bevölkerung der Cirkus, wenigstens in den frühern Jahrhunderten, nie Raum genug hatte. Der Besitz von zwei handfesten mösischen Sklaven, unter deren Schutz man ungefährdet einen guten Platz erlangen konnte, gehörte in Trajan's Zeit zu den Hauptwünschen der Aermern.[1] Da übrigens der Cirkus nicht mit einem Zeltdach überspannt werden konnte, gab es hier keinen Schutz gegen die Sonne als Hüte und Sonnenschirme, und keinen gegen Wind und Regen als große Mäntel. Nichtsdestoweniger wurde auch der Cirkus von Frauen aufs eifrigste besucht, die trotz Gedränge, Hitze und Staub im besten Putz erschienen, und deren Gegenwart dem Schauspiel auch für die Männer eine Anziehung mehr verlieh, da sie wie gesagt unter ihnen saßen.[2]

Die Cirkusprocession.

Die Cirkusspiele leitete eine gottesdienstliche Feierlichkeit ein. Vom Kapitol kam eine große Procession mit zahlreichen Götterbildern herunter und über das festlich geschmückte Forum, dann rechts zwischen den Läden des Toskanerquartiers, über das Velabrum und den Ochsenmarkt gehend, zog sie in das mittlere Hauptthor des Cirkus ein und die Bahn entlang um die Zielsäulen herum. Der Magistrat, der die Spiele veranstaltete, führte sie an, wenn es ein Prätor oder Consul war, auf hohem Wagen stehend in der Tracht eines triumphirenden Feldherrn, von den Falten der weiten goldgestickten Purpurtoga umwallt, darunter die mit Palmzweigen gestickte Tunica, den Elfenbeinscepter mit dem Adler in der Hand; einen gewaltigen Kranz aus goldnen Eichenblättern mit Edelsteinen besetzt, hielt ein öffentlicher Sklave über seinem Haupte. Auf dem Wagen oder den Pferden scheinen, ebenfalls wie beim Triumph, seine Kinder gesessen zu haben. Musik und andre Begleitung ging in langem Zuge voraus, eine Schaar von Clienten in weißen Togen umgab den Wagen. August ließ sich bei einer Unpäßlichkeit in einer Sänfte vorantragen, um dieser

1) Juv. IX 142. Kissen mit einer groben Binsenfüllung (tomentum circense Mart. XIV 160. Seneca de vit. b. 25, 2) wurden vermuthlich im Cirkus zum Kauf angeboten.

2) Vgl. Bd. I S. 250 f.

Ehre nicht verlustig zu gehen. Unter dem Schalle der Flöten und Tuben zog die Procession einher, die Bilder der Götter wurden theils auf Bahren und Thronen getragen, theils auf schön verzierten kostbaren Wagen gefahren, welche Maulthiere, Pferde und Elephanten zogen, sie waren mit ihren Attributen geschmückt, zahlreiche Priesterschaften und religiöse Korporationen begleiteten sie. Das Ceremoniell dieser Procession war bis ins einzelnste mit der pedantischen Genauigkeit des römischen Kultus vorgeschrieben, und ein kleiner Verstoß konnte die ganze Feier ungültig machen, worauf dann die Spiele von Neuem angefangen werden mußten. Da nun diejenigen, die aus einer solchen Wiederholung Vortheil zogen, sie nach Belieben durch Fehler gegen das Ceremoniell herbeiführen konnten, verordnete Claudius, daß die Cirkusspiele nur für einen Tag erneuert werden sollten, womit der Mißbrauch so gut als beseitigt war. Die Versammlung empfing auch diesen Zug mit Aufstehen, Klatschen und Beifallrufen, und wie noch heute in Italien bei Processionen von Heiligenbildern viele ihre Schutzpatrone anrufen und ihrem Wohlwollen sich empfehlen, so klatschten damals Landleute der Ceres, Soldaten dem Mars, Liebende der Venus, und glaubten wol gar, wenn ein Bild auf seinem Wagen wackelte, es mit dem Kopfe nicken zu sehen. Doch auch politische Sympathieen und Wünsche wurden, wie bemerkt, gelegentlich laut, und dies konnte um so eher geschehen, da in dem Zuge außer den Götterbildern auch Bilder der Kaiser und Personen aus den kaiserlichen Familien aufgeführt wurden, zunächst die, welchen die damals so freigebig gespendeten göttlichen Ehren zuerkannt waren, aber auch andere, deren Andenken man in ausgezeichneter Weise ehren wollte.[1] Wol mochten dem ernsten Betrachter der Dinge in der Zeit des Titus oder Trajan große und düstere Bilder aus der Vergangenheit aufsteigen, wenn die Gestalten der schönen Männer und Frauen aus der Familie der Cäsaren an ihm vorüberzogen,

---

1) Appian. VI 23. B. Hispan. c. 23: *καὶ νῦν ἔτι τὴν εἰκόνα τὴν Σκιπίωνος ἐν ταῖς πομπαῖς μόνου προφέρουσιν ἐκ τοῦ Καπιτωλίου, τῶν δ' ἄλλων ἐξ ἀγορᾶς φέρονται*; wo doch Cirkuspompen gemeint zu sein scheinen.

wenn er in die genialen Züge des ersten Cäsar, das unergründlich tiefe Gesicht August's, auf die makellose Schönheit der Frau blickte, die August beherrschte, den herrlichen Germanikus, die hochherzige Agrippina und alle andern bis auf das rührende Bild des Knaben Britannicus, dessen zarte hoffnungreiche Jugend einem so grauenvollen Morde erlegen war. Doch den meisten schien der oft gesehene Zug, der sich in feierlicher Langsamkeit bewegte, gar kein Ende nehmen zu wollen, man verglich ihn mit einer langweiligen Vorrede.

Um die Richtung des Laufs zu bestimmen, waren sowohl zu Anfang als zu Ende des zu durchmessenden Raumes je drei Kegelsäulen aufgestellt, und zwischen diesen beiden Zielen durch die ganze Länge der Bahn eine niedrige Mauer gezogen, auf der die beiden oben erwähnten Obeliske standen und die überdies mit Säulen, Götterbildern und kleinen Heiligthümern besetzt war. Falls, wie es wol am häufigsten geschah, vier Wagen um die Wette rannten, liefen diese aus den vier der Mauer auf der rechten Seite zunächst liegenden Thoren aus, durchmaßen die Bahn bis an die hintern Zielsäulen, zogen um dieselben herum und fuhren auf der linken Seite der Mauer zur Stelle des Ablaufs zurück. Wenn sie so die Länge der Bahn hin und zurück siebenmal durchmessen hatten, war der Sieger, der bei dem siebenten Rücklauf zuerst über eine nah am Eingange auf dem Boden mit Kreide gezogene Linie fuhr. Damit die Zuschauer sich in jedem Augenblick unterrichten konnten, wie viele von den sieben Umläufen bereits zurückgelegt waren, hatte man auf der Mauer zwischen den Zielsäulen in genügender Höhe sieben Delphine und ebensoviel eiförmige Ovale angebracht, und nach jedem Umlauf wurde je eins dieser Zeichen heruntergenommen. Einrichtung des Rennens.

Die Zahl der aus sieben Umläufen bestehenden Rennen[1] war nicht immer dieselbe. Noch in der ersten Kaiserzeit waren zehn oder zwölf an einem Tage das gewöhnliche, im Jahr 37 veranstaltete Caligula bei der Einweihungsfeier eines Tempels für August am ersten Tage zum ersten Mal zwanzig, am zweiten vier-

1) Hdb. d. R. A. IV S. 506 f.

undzwanzig. Diese Zahl, bei welcher das Schauspiel den ganzen Tag von Morgen bis Abend dauerte, wurde bald gewöhnlich[1] und seit Nero, wie es scheint, stehend, so daß eine geringere nur an untergeordneten Festtagen stattfand.[2] Mehr als vierundzwanzig Rennen wurden theils bei außerordentlichen Schauspielen gehalten[3], theils wenn zwei Feste auf einen Tag zusammenfielen; wie im vierten Jahrhundert auf den 8. September der Geburtstag Trajan's und der Sieg Constantin's über Licinius, auf den 8. November der Geburtstag Nerva's und Constantius' des zweiten: beide Doppelfeste wurden mit der doppelten Zahl von achtundvierzig Rennen gefeiert.[4] An drei andern besonders hochgehaltenen Festtagen wurden je dreißig oder sechsunddreißig gehalten.[5] Doch muß immer, wenn die Zahl von vierundzwanzig überschritten wurde, die Dauer der einzelnen Rennen nach Bedürfniß abgekürzt worden sein, da auch die längsten Tage nicht zu viel mehr als vierundzwanzig vollständigen Rennen hinreichten.

Wagen und Gespanne. Die gewöhnlichen Rennen waren mit Zwei- und Vier-, seltner mit Dreigespannen.[6] Mit Zweigespannen versuchten sich die Anfänger zuerst[7], Virtuosen der Kunst fuhren auch mit sechs-, sieben- und achtspännigen Wagen um die Wette[8], Nero trat zu Olympia sogar mit einem zehnspännigen auf, und erhielt den Preis, obwohl

---

1) S. die Fasten des Philocalus C. I. L. p. 334 sqq.

2) In den fasti Philocal. sind nur am Fest der Carna und des Lorius (?) 12 angegeben.

3) S. Hdb. IV S. 507.

4) Mommsen C. I. L. p. 387 sq.

5) Nach den fast. Philoc. waren am 13. November (Jovis epulum) und 25. December (natalis invicti i. e. Solis, später Christi p. 409 sq.) 30, am 22. October (ludorum Solis dies extremus) 36.

6) Hdb. d. R. A. IV A. 3324 f.

7) Anthol. lat. ed. Meyer 1428. Eutycheti aurigae ann. XXII Flavius Rufinus et Semp. Diofanes servo b. m. f.

Hoc rudis aurigae requiescunt ossa sepulcro
Nec tamen ignari flectere lora manu,
Jam qui quadrijugos auderem scandere currus,
Et tamen a bijugis non removerer equis.

8) Vgl. Hdb. IV A. 3326. Henzen 6179 u. 7429 dy (p. 509).

die Fahrt sehr unglücklich verlief.[1] Die Wagen, deren Form aus zahlreichen antiken Darstellungen allbekannt ist, waren sehr leicht und klein. Bei dem beliebtesten Rennen, mit Viergespannen, waren die Pferde neben einander gespannt, das beste, wie bemerkt, als linkes Handpferd, die mittlern gingen im Joch. Die Wagenlenker standen auf den Wagen, bekleidet mit einer kurzen, am Oberkörper festgeschnürten Tunica ohne Aermel, auf dem Kopfe eine helmartige Kappe, die auch Stirn und Wangen deckte und bei einem Sturz einigen Schutz gewähren konnte[2], in der Hand die Peitsche, in dem breiten Gürtel ein Messer zum Durchschneiden der Zügel im Fall der Noth: eine Vorsicht, die um so nöthiger war, als die Zügel am Gürtel befestigt zu sein pflegten. Die Tuniken (sowie gewiß auch Geschirr und Wagen) waren in den vier Farben.

Wenn das Schauspiel beginnen sollte[3], ging durch die aufgeregte Menge ein dumpfes Brausen, gleich dem Gebrause des wogenden Meeres. Aller Augen hingen an den Schranken, welche die Thore auf der Eingangsseite verschlossen, und hinter denen stampfend und schnaubend die zum Rennen bestimmten Gespanne standen. Der Vorsitzende, der sich auf einem über dem Haupteingange angebrachten Balkon befand, gab das Zeichen zum Anfang, indem er ein weißes Tuch in die Bahn warf. Genau so wie Ennius das im Cirkus auf das Zeichen des Consuls harrende Volk sah und beschrieb[4], schildert es fast vierhundert Jahre später ein christlicher Schriftsteller, Tertullian, dem das heidnische Schauspiel sündhaft und verdammlich, und das fallende Tuch wie ein Bild

Verlauf des Rennens.

1) Sueton. Nero c. 24 (quamvis id ipsum in rege Mithridate carmine quodam suo reprehendisset). Nach Appian. XII 112 fuhr Mithridat sogar mit 16 Pferden. Eine Gemme bei Caylus Rec. I t. 371, 1 zeigt einen Wagenlenker mit einer Palme auf einem zwanzigspännigen Wagen.

2) Als Mittel wendeten die Wagenlenker bei Verletzungen äußerlich und in Tränken Ebermist an; auch Nero soll einen solchen Trank getrunken haben Plin. H. N. XXVIII 237.

3) Bei der folgenden Darstellung ist außer einigen Stellen in Kirchenvätern (wie Lactant. VI 20. Gregor. Nyssen. de vita Mos. init.) hauptsächlich Sil. Ital. XVI 315 ff. benutzt, der offenbar bei seiner Schilderung den römischen Cirkus vor Augen gehabt hat.

4) Bei Cic. de div. I 48.

des aus der Höhe herabgestürzten Lucifer erschien.[1] Nun rasselten die Riegel, alle Schranken öffneten sich in demselben Augenblick, die Wagen stürmten in die Bahn, und ein ungeheures Geschrei erfüllte von allen Seiten die Luft. Bald hüllte eine dichte Staubwolke die rennenden Wagen ein[2], auf denen die Lenker, weit vorgebeugt, ihre Pferde mit Zurufen antrieben. Die Entfernung, die sie bei dem vierzehnmaligen Durchmessen der Bahn zurückzulegen hatten, betrug ungefähr eine deutsche Meile; jedes Rennen konnte also nicht viel weniger als eine halbe Stunde dauern. Erfahrne Lenker sparten die Kraft ihrer Renner zum letzten entscheidenden Lauf, und überholten dann leicht die Neulinge, die anfangs vorausgeeilt waren, und ihre erschöpften Pferde nun umsonst mit der Peitsche antrieben. Oft stürzten die Lenker und wurden von den Pferden geschleift; doch die Hauptschwierigkeit und Gefahr lag in der siebenmaligen Wendung um das hintere Ziel. Durch das Bemühen, hier die kürzeste Wendung zu machen, wurden die Wagen oft an einander und an das Ziel geschleudert, die folgenden stürzten darüber, und Menschen, Thiere und Trümmer lagen in einem wüsten blutigen Knäuel geballt.

Die Zuschauer. Das größere Schauspiel aber waren, wie ein christlicher Schriftsteller mit Recht gesagt hat, die Zuschauer selbst.[3] Die in unabsehbarer Weite sich hinziehenden, hoch übereinander aufsteigenden Sitzreihen waren von einem wogenden Menschenmeer überfluthet, und diese Hunderttausende erfüllte eine Leidenschaft, die in der That an Raserei grenzte. Je mehr das Rennen sich seinem Ende näherte, desto mehr steigerte sich Spannung, Angst, Wuth, Jubel und Ausgelassenheit. Mit den Augen unablässig die Wagen verfolgend, klatschten und schrieen sie aus allen Kräften, sprangen von den Sitzen auf, bogen sich vor, schwenkten Tücher und Gewänder,

---

1) Tertull. de spect. c. 16.

2) Obwohl vermuthlich immer mit Wasser gesprengt wurde. Frontin. de aquis 97: circus maximus ne diebus quidem ludorum circensium nisi aedilium aut censorum permissu irrigabatur: quod durasse etiam postquam res ad curatores transiit sub Augusto, apud Atejum Capitonem legimus.

3) Lactant. inst. div. VI 20, 32.

trieben die Pferde ihrer Partei mit Zurufen an, streckten die Arme aus, als wenn sie in die Bahn reichen könnten, knirschten mit den Zähnen, drohten mit Mienen und Geberden, zankten, schimpften, frohlockten und triumphirten. Endlich kam der erste Wagen am Ziel an, und das donnernde Jubelgeschrei der Gewinnenden, in das Flüche und Verwünschungen der Verlierenden sich mischten, hallte weit über das verlassene Rom hin, verkündete denen, die in ihren Wohnungen geblieben waren, das Ende des Wettkampfs[1], und traf noch das Ohr des Reisenden, der die Stadt schon weit hinter sich gelassen hatte.[2] Obgleich das Rennen sehr gewöhnlich mit geringen Pausen (namentlich um die Mittagszeit)[3] vom frühen Morgen bis zum Abend dauerte, harrte das Volk doch trotz Sonnengluth und Regenschauern unablässig aus und ward nicht müde, das über alles geliebte Schauspiel mit derselben leidenschaftlichen Aufmerksamkeit zu verfolgen.

Das einst so prachtvoll geschmückte, von so rauschendem Leben erfüllte Thal zwischen Aventin und Palatin gehört gegenwärtig zu den wüstesten, stillsten und einsamsten Stellen des alten Rom. Auf dem Palatin ragen die weitläufigen Ruinen der Kaiserpaläste, auf dem Aventin stehen einzelne Kirchen und Klöster zwischen Vignen und Gärten zerstreut. Große Schuttmassen von den Trümmern der einst hier prangenden Tempel und Paläste sind auf die Abhänge des Aventin und in das Thal hinabgesunken. Mitten in dieser traurigen Wüstenei liegt eine ärmliche, elende, nicht einmal eingefriedete Ruhestätte, der Kirchhof der Juden. Die Sohle des Thals durchströmt der Bach Marrana, auf dessen beiden Ufern

Die Stätte des großen Cirkus in ihrer jetzigen Gestalt.

1) Seneca epp. 83, 7. Juv. XI 197.

2) Rutil. Namat. It. 201 sqq.

3) Ueber die Pausen nach je 6 missus bei 24, nach je 5 bei 20 Rennen vgl. Hdb. d. R. A. IV A. 3276. Die Hauptpause war offenbar nach je 12 (oder je 10) Rennen um die Mittagszeit, wo die Zuschauer sich zum Theil entfernt haben werden; daher das Schauspiel in ein antemeridianum und pomeridianum spectaculum (Augustin. Conf. VIII 6) zerfiel. Schon Cic. orat. 47, 157 sagt: ‚pomeridianas quadrigas‘ quam ‚postmeridianas‘ libentius dixerim.

ein undurchdringlicher Wald des weit über Manneshöhe wachsenden römischen Schilfrohrs flüstert und rauscht.

2. Das Amphitheater.[1]

Während an den Spielen des Cirkus das Volk durch das Parteiinteresse in so hohem Grade betheiligt war, daß es beinahe mithandelte, und deshalb hier ein verhältnißmäßig geringer Aufwand von Mitteln hinreichte, um es in unablässiger Spannung zu erhalten, war es bei den übrigen Schauspielen, wo es müßig zusah, um so schwerer zu beschäftigen und zu befriedigen. Die ungeheuersten Anstrengungen wurden zu diesem Zweck im Amphitheater gemacht, wo neben Schauspielen der aufregendsten Art, eine wahre Feenpracht der Ausstattung, eine Aufeinanderfolge stets wechselnder Ueberraschungen und der ganze Reiz „des unzähligen, seltsamen und ungeheuern" immer von Neuem aufgeboten ward, um die Erwartungen und Ansprüche der in so hohem Grade verwöhnten und übermüthigen Hauptstadt zu erfüllen und zu übertreffen.

a. Die Gladiatorenspiele.

Anfänge und allmälige Erweiterung der Gladiatorenspiele.

Die Gladiatorenkämpfe, in Campanien (wo sie sogar bei üppigen Mahlzeiten zur Ergötzung der Gäste stattgefunden haben sollen)[2] und in Etrurien heimisch[3], waren in Latium ursprünglich unbe-

1) Die Abhandlung „Ueber Gladiatorenspiele und Thierhetzen zu Rom in der Kaiserzeit" (Rhein. Mus. N. F. X S. 544—590) ist, vielfach umgearbeitet und erweitert, ganz in die vorliegende Darstellung übergegangen.

2) Strabo V 4 p. 250 C.

3) Henzen Explicatio musivi Borghesiani in den Dissertazioni della pontif. Acad. Rom. di archeol. XII (1852) p. 74. Außer den Angaben der Schriftsteller (Val. Max. II 4. Nicol. Damasc. bei Athen. IV p. 155 J. Tertullian. de spect. c. 5 nach

kannt. In Rom wurden sie fast fünfhundert Jahre nach Erbauung der Stadt zum ersten Male gesehen, und während der Republik bis auf die letzte Zeit nur zur Feier von Begräbnissen, nicht, wie Wettrennen und Bühnenspiele, bei Staatsfesten veranstaltet. Das anfangs seltene Schauspiel ward mit der Zeit häufiger und häufiger, und je öfter es sich wiederholte, desto größer wurde die Pracht der Ausstattung und die Verschwendung von Menschenleben. Im J. 490 = 264 hatten bei der Bestattung des Brutus Perus dessen Söhne Marcus und Decius zum ersten Male auf dem Ochsenmarkt drei Paare fechten lassen.[1] Bei den Leichenspielen des M. Aemilius Lepidus (538 = 216) fochten bereits zweiundzwanzig Paare auf dem Forum; bei denen des M. Valerius Lävinus (554 = 200) fünfundzwanzig, bei denen des P. Licinius (571 = 183) sechzig Paare. Im Jahre 580 = 174 waren mehrere kleine Gladiatorenspiele, vor welchen sich das von T. Flamininus bei der Bestattung seines Vaters gegebene auszeichnete, wo 74 Mann drei Tage lang kämpften.[2] Doch das Buhlen um die Gunst des Pöbels und die demagogischen Wühlereien trieben die Festgeber zu immer größern Anstrengungen. Julius Cäsar kaufte zu den Schauspielen, die er als Aedil (689 = 65) geben wollte, so viele Gladiatoren zusammen, daß die Besorgniß seiner Gegner erwachte und auf ihre Anträge die höchste Zahl, die ein Privatmann besitzen durfte, durch einen Senatsbeschluß bestimmt ward. Obwohl Cäsar hier-

Zahlen der Fechter.

Sueton) sprechen für das Bestehen der Gladiatorenkämpfe in Etrurien das Wort lanista (Henker im etrurischen nach Isidor. Orig. X p. 247) und der etrurische Charon, der wie der Seelenführer Merkur (Dio LXXII 19) zu den Masken des Amphitheaters gehörte (Tertullian. apol. c. 15). Auch zeigt ein Gemälde in einem Grabe zu Tarquinii Fechterspiele (Canina Etruria marittima tav. 85; Micali storia dell' Italia etc. p. 53. Vgl. Dennis, die Städte und Begräbnißplätze der Etrusker II S. 203).

1) Val. Max. II 4, 7. Liv. Epit. 16.

2) Liv. XXIII 30. XXXI 50. XXXIX 46. XLI 28. — C. Terentius Lucanus, der avo suo, a quo adoptatus fuerat, triginta paria in foro per triduum dedit (Plin. H. N. XXXV 52) gehört vielleicht in den Anfang des siebenten Jahrhunderts (Mommsen, Gesch. d. R. Münzw. S. 554, 164); nach der Zahl der Paare (bei einem Schauspiel, das ungewöhnlich prächtig war) möchte man ihn eher ins sechste Jahrhundert setzen.

durch genöthigt war, eine sehr viel geringere Menge von Gladiatoren als er beabsichtigte zu geben, ließ er doch nicht weniger als 320 Paare fechten.[1] August verordnete (732 = 22), daß die Prätoren nur zweimal im Jahr Fechterspiele, und von nicht mehr als 120 Mann geben sollten.[2] Bei Privatschauspielen jedoch scheinen hundert Paare damals (wie auch später) nicht ungewöhnlich gewesen zu sein[3]; und schon Tiber sah sich veranlaßt, eine höchste bei solchen zulässige Zahl von Paaren festzusetzen.[4] Bei den Schauspielen, die August selbst während seiner Regierung gab, haben nach seiner eignen Angabe im Ganzen 10,000 Mann gefochten.[5] Aber bei den Festen allein, die Trajan im J. 106 nach Besiegung der Donauländer in Rom gab, und die vier Monate dauerten, sollen 10,000 Mann gefochten haben.[6] Auch die Privatschauspiele waren zuweilen verhältnißmäßig nicht minder großartig. Der erste Gordian gab in dem Jahr seiner Aedilität jeden Monat ein Gladiatorenspiel, nie unter 150, zuweilen 500 Paare[7], so daß also im Laufe des Jahrs 4—5000 Mann aufgetreten sein mögen.

Ausstattung des Schauspiels. Mit den Zahlen der Fechter wuchs die ganze Anlage und Ausstattung der Spiele. Schon im zweiten Jahrhundert vor Christus veranschlagte man die Kosten eines glänzenden Gladiatorenspieles (wie bereits erwähnt) auf dreißig Talente (über 47,000 Thlr.)[8]; bei dem von Julius Cäsar als Aedil gegebenen war der ganze erforder-

1) Sueton. Caes. c. 10. Plutarch. Caes. c. 5.

2) Dio LIV 2.

3) Horat. Sat. II 3, 84:

heredes Staberi summam incidere sepulcro,
ni sic fecissent, gladiatorum dare centum
damnati populo paria atque epulum arbitrio Arri.

Pers. IV 48:

Dis igitur genioque ducis centum paria ob res
egregie gestas indico.

4) Sueton. Tiber. c. 34 (paribusque gladiatorum ad certum numerum redactis). Da dies für die öffentlichen munera schon durch August geschehen war, können hier nur Privatspiele gemeint sein.

5) Marm. Ancyr. ed. Franz et Zumpt. Tab. IV 31.

6) Dio LXVIII 15.

7) Gordiani tres cap. 3.

8) Polyb. XXXII 4, 5.

liche Apparat von Silber[1], bei einem von Nero gegebenen aus Bernstein[2] oder mit Bernstein ausgelegt. Wie die Ausdehnung des Reiches zunahm und immer neue Länder unterworfen wurden, schleppte man die Menschen aus immer weiterer Ferne nach Rom, um sich in der Arena umzubringen. In der Republik hatte man Gallier, Samniten, Thracier aus angrenzenden Landschaften, und von einer nahen Küste fechten gesehen; in der Kaiserzeit sah man die tätowirten Wilden Britanniens, die blonden Deutschen vom Rhein und der Donau, die braunen Mauren aus den Kraalen des Atlas, Neger aus dem Innern Afrikas und Nomaden aus den russischen Steppen.[3] Mit den Fechtern der fremden Länder wurden auch ihre Waffen, Trachten und Kampfarten eingeführt, wie die kleinen runden Schilde der Thracier, die großen viereckigen der Samniten, die Schuppenpanzer der Parther[4] und die Streitwagen der Britannier; und neben diesen nationalen Bewaffnungen und Kampfarten wurde noch durch phantastische neuerfundene für Mannigfaltigkeit der Schauspiele gesorgt. So traten die Gladiatoren in den verschiedensten Rüstungen und Waffen auf, Mann gegen Mann, oder in ganzen Schaaren; aber auch förmliche Schlachten wurden geliefert, in denen Tausende fochten und nach welchen der Boden mit Leichen bedeckt war, und historisch berühmte Seeschlachten, theils auf größern Wasserflächen, theils in der überschwemmten Arena des Amphitheaters in voller Wirklichkeit dargestellt.

Ungewöhnliche Mittel zur Steigerung des Interesses.

Doch selbst die Aufregung blutiger Gefechte und die märchenhafte Pracht der Scenerie, reichte zuletzt nicht mehr hin, die abgestumpften Nerven des vornehmen und niedern Pöbels zu reizen;

1) Plin. H. N. XXXIII 3, 14.

2) Id. ib. XXXVII 3, 45.

3) Daker und Sueven 725 Dio LI 22, Britannier 47 v. Chr. ib. LX 30. Nach dem Triumph des Probus fochten Blemmyer, Germanen, Sarmaten und isaurische Räuber, im Ganzen 300 Paare vit. Probi c. 19; im vierten Jahrhundert Sachsen Symmach. II 46. Auch von den in Aurelian's Triumphzuge aufgeführten Gefangenen der verschiedensten Völkerschaften wurde vermuthlich ein Theil in der Arena umgebracht (vit. Aurelian. c. 33).

4) Eine parthische Bewaffnung erkennt Henzen mit Recht auf dem Relief Torlonia Expl. mus. Borgh. p. 107; vgl. Ann. d. I. 1842 p. 18 und die Beschreibungen Ammian. XXIV 4, 15; 6, 8. XXV 1, 12.

das Seltsamste mußte erdacht, das Unsinnigste und Widernatürlichste hervorgesucht werden, um dem kannibalischen Schauspiel neue Würze zu geben. Domitian gab Thierhetzen und Gladiatorenspiele bei Nacht, und die Schwerter blitzten beim Schein von Lampen und Kandelabern.[1] An den Saturnalien im Jahr 90 ließ er Zwerge und Weiber fechten.[2] Bei den Schauspielen, die Nero dem Partherkönig Tiridates zu Puteoli gab, traten an einem Tage nur Mohren beiderlei Geschlechts und von jedem Alter auf.[3] Frauen haben nicht selten in der Arena gekämpft, im Jahr 64 unter Nero selbst hochgeborne[4], und noch im Jahr 200 erfolgte ein Verbot gegen ihr Auftreten.[5]

Das Amphitheater.

So waren im Lauf der Jahrhunderte die Gladiatorenspiele aus kleinen Anfängen ins Ungeheure gewachsen. Die Einrichtungen für die Zuschauer vergrößerten und verschönerten sich in demselben Verhältniß. Auf Holzgerüsten, die auf dem engen Markte eilig aufgeschlagen wurden[6], drängte sich das Volk noch in der letzten Zeit der Republik, bis dem Bedürfniß durch die Erfindung eines neuen Gebäudes entsprochen ward. Das Amphitheater ergänzte den Halbkreis des griechischen Theaters zum vollen Kreise, der sich um eine elliptische Arena erhob.[7] Im J. 53 ließ C. Scribonius Curio nach dem Bericht des ältern Plinius zwei hölzerne Theater bauen, die mit dem Rücken gegen einander gestellt wurden und drehbar waren. Am Vormittage fanden in beiden Bühnenspiele Statt, dann wurden sie mit der ganzen Zuschauermenge in ihren Angeln herumgedreht, die halbkreisförmigen Gerüste schlossen sich zum Kreise, die beiden Bühnen verschwanden, und in dem so

1) Sueton. Domit. c. 4. Dio LXVII 8.

2) Dio ib. Stat. Silv. I 6, 51 sqq.

3) Dio LXIII 3.

4) Dio LXI 17. Tac. A. XV 32. Dio LXVI 25. Lib. sp. 6b.

5) Dio LXXV 16. Vgl. auch Nicol. Damasc. bei Athen. IV p. 154 A.

6) Vitruv. X praef. 3: nec solum id vitium in aedificiis sed etiam in muneribus, quae a magistratibus foro gladiatorum scenisque ludorum dantur, quibus nec mora neque exspectatio conceditur, sed necessitas finito tempore perficere cogit.

7) Noch Ovid. Metam. XI 25 nennt das Amphitheater structum utrinque theatrum. Für das Folgende vgl. Becker, Hdb. I 680 ff.

gebildeten Amphitheater wurden am Nachmittage desselben Tages Gladiatorenspiele gegeben.[1] Das erste wirkliche Amphitheater in Rom erbaute vielleicht Julius Cäsar im J. 44 aus Holz, ein von Statilius Taurus im J. 29 vor Chr. erbautes steinernes ging wahrscheinlich im neronischen Brande unter, und noch Nero ließ auf dem Marsfelde ein hölzernes aufführen. Erst das letzte Jahrzehnt des ersten Jahrhunderts sah die Vollendung des kolossalen Amphitheaters der Flavier, dessen Ruinen als der gewaltigste Rest jener versunkenen Welt in die unsrige hineinragen.

Die Gladiatoren waren verurtheilte Verbrecher, Kriegsgefangene, Sklaven und freiwillig Angeworbene. Die Verurtheilungen zum Schwerte der Gladiatoren und zu den Bestien gehörten zu den geschärften Todesurtheilen[2]; das letztere wurde nur gegen Nichtbürger[3], und in der spätern Kaiserzeit gegen Personen niedern Die Gladiatoren.

1) Stieglitz, Archäol. der Baukunst Bd. 2 S. 301, hegt an der fabelhaft klingenden Nachricht des Plinius keinen Zweifel und beruft sich auf eine Abhandlung des Architekten Weinbrenner (die beweglichen Theater des Curio, N. teutsch. Merkur 1797 S. 307 ff.). Auch der Architekt Herr Rudolf Bergau hält diesen Bau für keineswegs unwahrscheinlich, da die Construktionen und sonstigen technischen Leistungen der Römer die höchste Ausbildung der Technik voraussetzen, wie das Velarium des Colosseums. Die Aufrichtung eines Obelisken galt nicht blos im J. 1586 für ein ruhmwürdiges Werk (Beschr. Roms II 1 S. 159), sondern auch im neunzehnten Jahrhundert, da die des Obelisken auf der place de la Concorde zu Paris der Abbildung auf dessen Granituntersatz für werth gehalten wurde; während von der Aufrichtung der so zahlreichen römischen Obelisken nirgend die Rede ist. Schon die Construktion eines hölzernen Amphitheaters für viele Tausende ist eine so große Aufgabe, daß nach ihrer Lösung die Schwierigkeit, dasselbe beweglich zu machen, nicht mehr als unüberwindlich erscheinen kann.

2) Walter, Gesch. d. Röm. Rechts. (Zweite Aufl.) II S. 449 § 783. (Ulpian. in collat. leg. Mos. XI 7. Paul. sent. rec. V 17 § 3. c. 1. C. Th. ad l. Fab. [9, 19] — Fr. 1. pr. D. h. t.).

3) Hdb. d. R. A. IV A. 3579. Dio LX 28: *σπουδασάντων ποτὲ τῶν τε ἄλλων καὶ αὐτοῦ τοῦ Κλαυδίου τὸν Σαβῖνον τὸν τῶν Κελτῶν ἐπὶ τοῦ Γαΐου ἄρξαντα ἐν μονομαχίᾳ τινὶ ἀποκτεῖναι, ἡ Μεσσαλῖνα ἔσωσε.* Vielleicht war dieser Sabinus ein Freigelassener und nur Prokurator gewesen.

Standes gefällt.[1] Die Verurtheilung in die Gladiatorenschule war kein unbedingtes Todesurtheil, die Verbrecher konnten hier nach drei Jahren das Stockrappier (als Zeichen der Befreiung vom Auftreten in der Arena), nach fünf den Hut (das Zeichen der gänzlichen Freilassung) erhalten.[2] Nur die schwersten Verbrechen, als Raub[3], Mord, Brandstiftung, Tempelschändung[4], Meuterei im Heere[5] wurden mit jenen Strafen belegt; doch die gesetzlichen Bestimmungen auch wol von der kaiserlichen Willkür überschritten, wenn es an Menschen für die Arena fehlte[6]: während andrerseits auch Begnadigungen von Verbrechern auf Wunsch des Volks, das sich für sie wegen ihres im Kampfe bewiesenen Muths oder sonst interessirte, nicht ungewöhnlich gewesen zu sein scheinen[7]. — Kriegsgefangene wurden nach glücklichen Feldzügen zu hunderten in die kaiserlichen Fechtschulen geliefert, und die Schauspiele des Amphitheaters boten die beste Gelegenheit sich ihrer zu entledigen[8]. Noch

1) Paul. sent. rec. V 23 § 1. 15. 16. 17. fr. 3 §. 5. Ulpian. l. IX de off. proc. (Digg. XLVIII 8 § 12). Marcian. l. II reg. (Ib. XLIX 19, 3).

2) Ulpian. Coll. l. l. — Vgl. Plin. epp. X 40 sq. (Die in den Städten Bithyniens zur Gladiatorenschule verdammten wurden mißbräuchlich als öffentliche Sklaven verwendet, nach Trajan's Rescript sollten sie, falls das Urtheil nicht vor länger als zehn Jahren erfolgt war, dorthin zurückgeliefert werden.)

3) Callistratus lib. VI de cognit. (Digg. XLVIII 28 § 15): nonnulli etiam ad bestias hos damnaverunt.

4) Quintilian. decl. 9, 21: in ludo fui — morabar inter sacrilegos incendiarios et — homicidas. Vgl. lib. spect. 7, 7–10.

5) H. A. vit. Claud. c. 11.

6) Schon die erstaunlich großen Zahlen der in der Arena auftretenden angeblichen Verbrecher würden Verdacht gegen die strenge Rechtmäßigkeit der Urtheile erregen. Der Judenkönig Agrippa ließ zu Berytos nach Joseph. J. A. XVII 7, 5 1400 todeswürdige Verbrecher (!) gegen einander fechten; Hadrian einmal 300 (vit. Hadrian. c. 17). Vgl. Tac. A. XII 56. Ausdrücklich wird solche Willkür berichtet von Caligula Dio LIX 10 und Claudius (Sueton. Claud. c. 10: in majore fraude convictos legitimam poenam supergressus ad bestias condemnavit). Vgl. über eine ähnliche Willkür Nero's Sueton. Nero c. 31.

7) Fronto ad M. Caes. II 4: qui bestias strenue interfecerint, populo postulante ornatis aut manumittitis, nocentes etiam homines aut scelere damnatos; sed populo postulanti conceditis. Sueton. Nero c. 12 (neminem occidit ne noxiorum quidem).

8) So wurden die gefangenen Britannier bei den Triumphalspielen zu Rom

Constantin der Große verfuhr so. Die besiegten Bructerer, „die ihre Treulosigkeit ebenso zum Kriegsdienst, wie ihre Wildheit zum Sklavendienst untauglich machte," ermüdeten durch ihre Menge die wilden Thiere, denen sie vorgeworfen wurden; und der Kaiser ward von seinen Lobrednern gepriesen, daß er „die massenhafte Vernichtung der Feinde zur Ergötzung des Volks benutzte; welcher Triumph hätte schöner sein können?"[1]

Unter den Sklavenheeren der Großen fehlten in der letzten Zeit der Republik Gladiatorenbanden wol gewöhnlich nicht, sie dienten ihren Herren theils als Leibwachen und Bravi[2], theils wurden sie in eigenen Schauspielen verwendet, oder zu fremden geliehen und vermiethet. Cicero erkundigte sich angelegentlich nach der Bande, die sein Freund Atticus im J. 56 v. Chr. gekauft hatte, er hörte, daß sie sich ganz herrlich schlügen; hätte Atticus sie vermiethen wollen, so würde er nach zwei Schauspielen sein Geld zurück gehabt haben.[3] Mehrere der damaligen Großen hatten eigne Schulen, namentlich zu Capua, in denen sie hunderte von Gladiatoren ausbilden ließen.[4] Im Jahr 65 v. Chr. wurde die höchste Zahl, Verwendung von Sklaven als Gladiatoren.

im J. 47 in Masse vertilgt Dio LX 30 und die Juden nach Beendigung des jüdischen Krieges theils zu diesem Zweck in die Provinzen verschenkt Jos. B. J. VI 9, 2, theils sogleich zu Cäsarea bei den Schauspielen umgebracht (angeblich 2500) Ib. VII 2, 1 u. VII 3, 1.

1) Paneg. VIII 23, 3. VI 12, 3. Vgl. Hdb. d. R. A. IV A. 3625.

2) Dio XXXIX 7 sq. Cic. pro Sulla 19, 54. Sest. 39, 85.

3) Cic. ad Attic. IV 46 u. 8a.

4) Ludus C. Aureli Scauri (648 = 106) zu Capua. Valer. Max. II 3, 2. Schule des Lentulus (nach Mazzochi Q. Lentulus Vatia Cic. ad Qu. fr. II 3) ebendaselbst, aus welcher Spartacus mit 70 Genossen ausbrach Flor. III 8 (III 20); 200 hatten beschlossen zu fliehen Drumann R. G. IV 74. Schule des Julius Cäsar ebenfalls zu Capua (B. civ. I 14; vgl. Cic. ad Att. VII 2, VIII 14, wo die Zahl unsicher, Drumann III 427 f.). In Ravenna läßt er sich den Grundriß zu einer Schule vorlegen, Sueton. Caes. c. 31. — Im Catilinarischen Krieg (Sallust. Catil. c. 30, 7) wollte man die Gladiatoren aus Rom nach Capua und andern Municipien interniren. Catilina zählte auf sie, „obwohl sie besser gesinnt waren als manche Patricier" Cic. Catil. II 12. pro Sest. 4, 9. Drumann V 453. — Pompon. Auctorat. fr. 1 (Ribbeck):

Neque enim ego
Sum Memni neque Cassi neque Munati Ebriae.

die ein Einzelner besitzen durfte, durch einen Senatsbeschluß bestimmt, da die Menge der von Cäsar zusammengekauften Gladiatoren die Besorgniß seiner Gegner erregt hatte.[1] Caligula erlaubte dies Maximum zu überschreiten[2]; übrigens scheint sich in Bezug auf den Privatbesitz von Fechtern in der Kaiserzeit nichts geändert zu haben, außer daß die Sitte, sich mit einem solchen Gefolge zu umgeben, in der Stadt selbst ohne Zweifel aufgehört hatte.[3] Nach wie vor erscheinen sie in großer Anzahl unter den Sklaven reicher Häuser[4], und gingen mit anderm Eigenthum durch Kauf, Verkauf und Versteigerung aus einer Hand in die andere.[5] Ebenso war im ersten Jahrhundert das Recht der Herren, ihre Sklaven in die Arena zu verkaufen, unbeschränkt; so hatte Vitellius seinen Lieblingssklaven Asiaticus, der ihn durch seine Sprödigkeit erzürnte, an einen herumziehenden Fechtmeister verkauft.[6] Erst Hadrian verbot, eine Magd an den Kuppler, einen Sklaven in die Fechtschule ohne Angabe des Grundes zu verkaufen[7]; Marc Aurel erließ ein ähnliches Verbot in Bezug auf den Verkauf von Sklaven zum Thierkampf[8], den schon früher ein Petronisches Gesetz

1) Sueton. Caes. c. 10. Vgl. oben S. 188, 1.

2) Dio LIX 14. Vermuthlich bezieht sich hierauf auch die von Plin. paneg. c. 54 erwähnte Relation Domitian's an den Senat de ampliando numero gladiatorum.

3) Junius Bläsus, der Befehlshaber der pannonischen Legionen, hatte im J. 14 im Lager seine Gladiatoren um sich Tac. A. I 22 sqq.; Nero auch in Rom selbst ib. XIII 25.

4) Auch Frauen besaßen Gladiatoren, wie eine Hecatäa auf Thasos C. I. G. 2164. Die Tessera eines Philodamus Dosse bezweifelt Mommsen C. I. L. p. 200 a. Mehrere Besitzer einer Familie C. I. G. 2511 u. Add. II p. 1028. In Pompeji waren fünf Familien bekannt Bull. Nap. 1853 p. 115; dazu kommt noch die des Nero u. Julianus Garrucci graffiti p. 68 (vgl. pl. XI u. XIV).

5) Dio LIX 14 u. Sueton. Calig. 38, wo Caligula bei einer Auction einem vir praetorius 13 Gladiatoren für 9 Mill. S. zuschlagen läßt.

6) Sueton. Vitell. c. 12. Vgl. Petron. c. 45.

7) H. A. Vit. Hadr. c. 18.

8) Digg. XLVIII 8, 11: servo sine judicio ad bestias dato non solum qui vendidit, poena, verum et qui comparavit tenebitur. Vgl. Wallon hist. de l'esclavage III p. 61.

von richterlichem Urtheilsspruch abhängig gemacht hatte.[1] Inwiefern, abgesehen von dieser Beschränkung des Strafrechts der Eigenthümer die Verwendung und Verwerthung von Sklaven als Gladiatoren eingeschränkt war, ist nicht ersichtlich. Die Juristen erörterten im zweiten Jahrhundert die Frage, ob bei einem Kontrakt, nach welchem dem Besitzer für das Auftreten eines Fechters, wenn er unverletzt blieb, z. B. zwanzig Denare, wenn er getödtet oder verstümmelt wurde, tausend gezahlt werden sollten, Verkauf oder Vermiethung anzunehmen sei.[2] Sklaven, die sich der Strafe für Unterschlagung oder ein anderes Vergehen durch Selbstübergabe zu den Schauspielen der Arena zu entziehen suchten, sollten nach einem Erlaß von Antoninus Pius ihren Herren, gleichviel ob vor oder nach erfolgtem Kampf mit den Thieren zurückgegeben werden.[3] Von Macrinus wird als Beweis von Härte angeführt, daß er flüchtige Sklaven im Falle der Ergreifung ohne Weiteres zum Gladiatorenkampfe bestimmte.[4] Die Freilassung entband Sklaven, die als Gladiatoren gedient hatten, von der Pflicht des fernern Auftretens, während andere Freigelassene ihren ehemaligen Herren zu den frühern Dienstleistungen zum Theil verbunden blieben[5]; doch scheinen auch Freigelassene öfter auf den Wunsch ihrer Patrone in der Arena gefochten zu haben.[6] Uebrigens ist es keine Freigelassene.

1) Die Zeit ist unbestimmt. Doch vgl. Marquardt, Hdb. d. R. A. V A. 1221—23. Becker, Hdb. d. R. A. II 1, 60 A. 123 bemerkt, wenn die bekannte Erzählung von Androclus und seinem Löwen aus Tiber's Zeit bei Gell. V 14 genau berichtet sei, müsse das Gesetz damals schon bestanden haben, weil es dort von dem Herrn heißt: is me statim rei capitalis damnandum dandumque ad bestias curavit. Aber wahrscheinlich setzte Gellius das zu seiner Zeit übliche auch als früher bestehend voraus.

2) Gaj. instit. III § 146.

3) Digg. XI 4 l. 5. Wallon III p. 245.

4) Vit. Macrini cap. 12.

5) Callistrat. lib. III edict. monitor. Digg. XXXVIII 1, 38.

6) Freigelassene Gladiatoren scheinen in den Augen des Publikums mehr gegolten zu haben als Sklaven. Petron. sat. 45: et ecce habituri sumus munus excellente in triduo, die festa, familia non lanistitia, sed plurimi liberti. Dio LX 30: ὅτι κατὰ τὴν ὁπλομαχίαν (nach dem Triumph über Britannien im J. 47) πολλοὶ καὶ τῶν ξένων ἀπελευθέρων — ἐμαχέσαντο.

Gepreßte. Frage, daß auch Freie zu dem blutigen Handwerk gewaltsam gepreßt wurden[1], und schon im Anfange der Kaiserzeit wurde geklagt, daß die Reichen die Unerfahrenheit junger Männer sich zu Nutze machten, um sie schändlich zu hintergehen, und die schönsten und für den Kriegsdienst am besten geeigneten in die Fechtschule zu sperren.[2]

Freiwillig Angeworbene. Daß Freie sich anwerben ließen, muß in der Kaiserzeit immer häufig gewesen sein; schon in der letzten Zeit der Republik war es offenbar nicht selten.[3] In einem aus dieser Periode stammenden Dokument in Sassina schenkt ein dortiger Bürger den Stadtbewohnern einen Begräbnißplatz, mit Ausnahme derer, die sich als Gladiatoren verdungen, durch Erhängen sich selbst entleibt oder ein schmutziges Gewerbe getrieben haben.[4] Wol mochte es hin und wieder vorkommen, daß ein edles Motiv einen Unglücklichen in die Gladiatorenschule trieb, der kein anderes Mittel zum Erwerb hatte.[5] Doch ein großer, wo nicht der größte Theil derer, die den furchtbaren Eid der freiwillig eintretenden Fechter schwuren, daß sie sich „mit Ruthen hauen, mit Feuer brennen und mit Eisen tödten

1) Balbus ließ den römischen Bürger und pompejanischen Soldaten Fadius (qui quum depressus in ludum bis gratis depugnasset, auctorari sese nolebat) in der Schule grausam umbringen. Bestiis vero cives Romanos — objecit. Cic. ad fam. X 32.

2) Seneca Controv. V 33.

3) Unter den Atellanentiteln ist ein Auctoratus (von Pomponius) und ein Bucco auctoratus. Daß unter den Gladiatorentesseren mit Namen von Freien die älteste vom J. 740 ist (Borghesi Bull., d. I. 1842 p. 32), ist gewiß nur Zufall. Im Ganzen sind unter 61 ächten Tesseren 5 mit Namen von Freien. C. I. L. 745. 747. 749. 756. 776. Auf dem Verzeichniß bei Garrucci graffiti p. 60 kommen Namen vor wie M. Artorius, L. Sempronius.

4) Mommsen C. I. L. 1418 = Orelli 4404.

5) Unter den Themen zu Uebungsreden war auch der auctoratus ob sepeliendum patrem (Quintil. decl. 9 u. 302) und der vir fortis gladiator (Calpurn. 50). Doch ist auf diese Themen, die den Deklamatoren ebenso willkommen waren, als die edeln Jungfrauen im Bordell, nicht viel zu geben. Auch die Geschichte des Scythen bei Lucian (Toxaris 58), der für den Preis von 10000 Drachmen als Gladiator kämpft, um seinen Freund aus großer Noth zu retten, klingt romanhaft.

lassen wollten"[1], waren verzweifelte oder verworfene Menschen, für die innerhalb geordneter Zustände kein Raum war. Aber auch die Zahl derer war nicht gering, und es waren dies gewiß die schlechtesten Männer aus dem Volk, die allein die Lust an dem Waffenhandwerk den Fechtmeistern zuführte.[2] Als Severus die Leibgarde der Prätorianer, in der zu dienen bis dahin ein Vorrecht der Bevölkerung Italiens gewesen war, in den Provinzen aushob, wandte sich die waffenfähige Mannschaft Italiens in Masse dem Fechterhandwerk zu, oder ergab sich dem Räuberleben.[3] In der That muß die Gladiatur für rohe Tapferkeit eine große Anziehungskraft gehabt haben, denn sie hatte ihre Vortheile, ihren Gewinn und ihren Ruhm. Die Sieger wurden gut belohnt[4], bewährte Fechter konnten hohe Preise fordern, so zahlte Tiber ausgedienten Gladiatoren für das Auftreten in einem seiner Schauspiele hunderttausend

Vortheile des Gladiatorenhandwerks.

---

1) Lips. Saturn. II 5.

Es scheint, daß die neuangeworbenen Gladiatoren als Probe ihrer Standhaftigkeit beim ersten Auftreten eine Art Spießruthenlaufen bestehen mußten. Seneca lud. c. 9, 3: quis contra hoc S. C. deus factus dictus (fictus?) pictusve fuerit, eum dedi larvis et p r o x i m o m u n e r e i n t e r n o v o s a u c t o r a t o s f e r u l i s v a p u l a r e p l a c e t. Tertull. ad mart. c. 5: alii inter venatorum taureas scapulis patientissimis inambulaverunt. Euseb. Hist. Eccl. V 1: ὑπέφερον πάλιν τὰς διεξόδους τῶν μαστίγων τὰς ἐκεῖσε εἰθισμένας. Passio S. Felicit. et Perp. c. 18, 33: ad hoc populus exasperatus flagellis eos vexari pro ordine venatorum postulavit; wo Holstenius noch andre Stellen angeführt hat.

2) Tertullian. ad mart. c. 5: quot otiosos adfectatio armorum ad gladium locat? Manil. IV 523:

Nunc caput in mortem vendunt et funus arenae,
Atque hostem sibi quisque parat, cum bella quiescunt.

3) Dio LXXIV 2.

4) Sueton. Claud. c. 12. Lib. sp. 26, 9 heißt es vom Kaiser, der zwei tapfere Fechter nicht vor der Entscheidung entlassen will:

Quod licuit, lances donaque saepe dedit.

Daß die Goldstücke den Siegern auf Schüsseln (wie auch sonst Juv. VI 204) überreicht wurden, sieht man auf dem Lyoner Cirkusmosaik; diese oft werthvollen lances (Digg. XII 1, 11; XXX 51), oder disci (XVI 3, 26 § 2) waren selbst ein Theil der Belohnung.

Sest.[1] Die prachtvollen, künstlich verzierten Waffen[2], die Helme mit wallenden Federbüschen[3], die bunten goldgestickten Kleider[4], die Palmzweige und Ehrenketten der Sieger[5] werden ihre Wirkung gethan haben. Die Helden der Arena waren in Rom nicht weniger populär als die der Rennbahn, sie waren wie diese, nicht blos im Munde des Volks, auch in höhern Kreisen hatten sie Schüler, Bewunderer und Nachahmer; selbst mehrere Kaiser bemühten sich in der Führung der Gladiatorenwaffen Fertigkeit zu erwerben, wie Titus[6], Hadrian[7] und andere[8], wenn auch außer

---

1) Sueton. Tiber. c. 7. Nero (Sueton. c. 30) Spiculum myrmillonem triumphalium virorum patrimoniis aedibusque donavit.

2) Gladiatorenwaffen sind noch mehrfach erhalten, besonders aus Pompeji: Mus. Borb. III tav. LX (Helme), IV tav. XIII (Schienen), tav. XXIX (galeri), V tav. XXIX (balteus, Schwert und Panzerstück), VII tav. XIV (Visirhelm mit Reliefs), X tav. 31. Ferner in der Sammlung Despuig, Hübner, Antiken von Madrid S. 307. Vgl. Adr. de Longpérier Rev. archéol. VIII pl. 165 und das Monument des M. Antonius Exochus Fabretti col. Traj. 256.

3) Vgl. z. B. Gell Pompejana I pl. 18. und eine Lanze aus Constantine Rev. arch. XVI pl. 371, 2. Der schol. Juv. III 158 nennt Pfauenfedern (sieben bei Lucil. satt. 3, 22). Doch sind wol auch die mit Straußenfedern geschmückten Helme (Plin. H. N. X 1, 2) Gladiatorenhelme.

4) Schol. Juv. VIII 207, unter den Monumenten besonders das Borghesische Mosaik.

5) Pertinax (vit. c. 8) verkaufte aus dem Nachlaß des Commodus arma gladiatoria gemmis auroque composita et machaeras Herculaneas et torques gladiatorias.

6) Dio LXVI 15: *μονομαχίαις δὲ ἀνδρῶν οὐ πάνυ τι ἔχαιρε, καίτοι τοῦ Τίτου ἐν ταῖς τῶν νεανίσκων παιδιαῖς ταῖς ἐν τῇ πατρίδι αὐτοῦ τελουμέναις, σκιαμαχήσαντός ποτε πρὸς τὸν Ἀλιηνὸν ὅπλοις.*

7) Vit. Hadrian. c. 14: gladiatoria quoque arma tractavit.

8) Ueber Caligula Dio LIX 5. Sueton. Calig. c. 54. Domitian tödtete auf dem Albanum wilde Thiere Sueton. c. 19, welchem Beispiel andere folgten Juv. IV 99. Verus armis se gladiatoriis et venatibus exercuit (in Syrien) Vit. M. Antonin. c. 8. Dem Didius Julianus warf man vor, quod armis gladiatoriis exercitus esset (vit. c. 9). Caracalla und Geta trieben sich als Cäsaren mit Gladiatoren und Cirkuskutschern umher Dio LXXVI 7.

Uebrigens war der Dilettantismus mit Gladiatorenwaffen schon in der Republik gewöhnlich gewesen. Cic. de oratore III 23, 86 führt uns Lucilius einen Q. Velocius als guten Samniten an. Id. pro Sest. 4, 9: C. Marcellum,

Commodus keiner öffentlich auftrat.[1] Sogar Frauen gab es, die tapfer den Druck des Visierhelms und der übrigen Rüstung aushielten und ächzend die Stöße und Hiebe des Schulfechtens nach der Anweisung des Fechtlehrers gegen einen in die Erde gerammten Pfahl in vorschriftsmäßiger Stellung ausführten.[2] Nicht allein bei Frauen aus ihrem Stande machten die Gladiatoren Glück[3], auch für die höchsten Damen hatte „das Eisen" einen unwiderstehlichen Reiz und ließ ihnen die Kämpfer der Arena als Hyacinthe erscheinen.[4] Diese hörten sich von Dichtern besingen[5], sie sahen sich auf Töpfen und Schüsseln, Lampen, Gläsern und Siegelringen in allen Läden prangend[6], ihre Thaten wurden von müßigen Händen

---

quum is non solum Capuam venisset, verum etiam se quasi armorum studio in maximam familiam conjecisset. J. Cäsar ließ seine Gladiatoren von römischen Rittern und Senatoren (atque etiam per senatores armorum peritos) einüben Sueton. Caes. c. 26.

1) Vit. Commod. c. 8 u. 11. Clod. Albin. c. 6. Dio LXXII 17 sqq.

2) Juv. VI 246 sqq.

3) Martial. V 24, 10: Hermes cura laborque ludiarum.

4) Juv. VI 78—113. Petron. c. 126: arenarius aliquas accendit aut perfusus pulvere mulio aut histrio. Plutarch. Galba c. 9, 1: αἰτίαν δὲ ἔσχεν (Nymphidius Sabinus) ἐκ Μαρτιανοῦ τοῦ μονομάχου γεγονέναι, τῆς Νυμφιδίας ἐρασθείσης διὰ δόξαν αὐτοῦ. Vit. M. Anton. c. 19: Faustinam Marci uxorem, quum gladiatores transire vidisset, unius ex his amore succensam. — ib.: satis constat apud Cajetam condiciones sibi nauticas et gladiatorias elegisse.

5) Martial. V 24.

6) Vgl. überhaupt O. Müller, Hdb. d. Arch. § 424, 3.

Auf Lampen sind Gladiatorenvorstellungen, schon wegen der Bestimmung derselben für Gräber, bekanntlich sehr häufig; Henzen expl. mus. Borgh. l. l. p. 82. Vgl. Bull. Nap. II p. 139; Lucerne Ercolanesi tav. 8; Jahn, Alterthümer von Vindonissa S. 16 Taf. 2; Revue archéol. XVI 371 (Lampe aus Constantine) Hübner, Antiken von Madrid S. 621 (Lampe: ein Glad. mit vier Ebern kämpfend; Inschrift SAECVL) u. s. w.

Auf rothen Thongefäßen sind im Museum zu Leyden nach Leemans (Rev. arch. IX p. 71) Retiarier, überhaupt Schauspiele, häufig. Vgl. Janssen monumens grecs étrusques et rom. etc. II 2056 u. 2099; Sammlung röm. Denkm. in Baiern, herausg. v. d. Akademie 1808 Heft II Taf. V u. VII.

Ueber Gläser s. Henzen a. a. O. u. Vetri raccolti dal cav. Bartoldi tav. I. Trimalchio (Petron. c. 52) hatte in poculis Hermerotis pugnas et Petraitis (so cod. Tragur. vielleicht synonym mit Tetraites in Pompeji; vgl. Avellino atti d. soc. Ponton. III p. 194: Gladiatorenkampf eines Prudes und Tetraites).

mit Kohlen und Nägeln auf alle Wände gekritzelt.[1] In Rom und in den Provinzen waren Künstler fort und fort beschäftigt, Theater, Grabmonumente, Paläste und Tempel mit Skulpturen, Mosaiken und Gemälden zu schmücken, die ihren Ruhm auf die Nachwelt bringen sollten und wirklich gebracht haben.[2] Man begreift

---

Gemmen s. z. B. bei Lippert in jedem Tausend der Daktyliothek. Vgl. auch Impr. gemm. dell Inst. VI 79. Bull. d. I. 1839 p. 112 u. s. w.

1) Von dergleichen Kritzeleien spricht Horat. Satt. II 7, 96; s. m. Abhdlg. über den Kunstsinn der Römer S. 11. Bekanntlich sind in Pompeji Wände, Mauern und Säulen damit bedeckt: Avellino osservazioni sopra alcune iscrizioni etc. p. 10 und das Werk von Garrucci graffiti di Pompéi.

2) Reliefs. In Pompeji am Monument des Scaurus aus Stuck Mus. Borb. XV tav. 27, ein andres aus Marmor (von 16 Palmen Breite, 5½ Höhe) aus der necropoli marittima Bull. Nap. IV tav. I. Mommsen I. R. N. 1194 (Aeclanum — Grabmal eines Celsus), 1952 (Abella), 4649 (Venafrum — 5 Paare, einem Cassius und Julius gehörig, die Kämpfer mit V. u. M. bezeichnet). Von dem Relief Torlonia mit Thierkampfsscenen (Mon. d. Inst. III tav. 38) vermuthet Henzen Ann. d. I. XIV p. 12 ff. mit Wahrscheinlichkeit, daß es aus dem Marcellustheater stammt. Vgl. Bull. d. I. 1853 p. 130.

Die Sitte, Bilder von Gladiatorenspielen öffentlich auszustellen, stammt schon aus der Republik, und zwar von einem L. Terentius Lucanus, der sein Bild im nemus Dianae aufstellte Plin. H. N. XXXV 52; vgl. Henzen a. a. O. p. 15. Vielleicht ist es derselbe, dessen Name auf einer Gruppe von häufig vorkommenden Silber- und Kupfermünzen erscheint, die nach Mommsen, Gesch. d. R. Münzw. S. 554, 164 eher dem siebenten Jahrhundert angehören als dem sechsten. Vgl. oben S. 187, 2. In der Kaiserzeit, wo große Schildereien merkwürdiger Ereignisse überhaupt beliebt waren, ist es offenbar gewöhnlich gewesen; vgl. O. Müller a. a. O. § 211, 3. Mommsen I. R. N. 1439 wird das Bild eines munus erwähnt, das zu Benevent in einer Portikus aufgestellt war. Bekannt sind die Malereien im Amphitheater zu Pompeji.

Mosaiken. Das von Winckelmann (Mon. In. I 197 sq.) edirte Musaico Massimi (vgl. Marini fr. Atti p. 165) ist jetzt zu Barcelona (Hübner, Antiken von Madrid S. 196 f.). Das bedeutendste ist das Borghesische, aus dem Fußboden einer Tusculanischen Villa (Canina Bull. d. I. 1834 p. 93–96), herausgegeben von Henzen Diss. dell' Acad. Pontef. di Roma XII (1852). In Deutschland ein Mosaik in Augsburg, wobei auch Cirkusspiele Gruter 336, und das noch nicht edirte zu Nennig bei Trier (Gerhard, Denkm. u. Forsch. 1854 S. 434 ff. und Revue archéol. XII p. 106 mit Abbildungen). In England, zu Bignor in Sussex Archaeol. Britann. XVIII 1 p. 203. In Frankreich, zu Rheims 1860 entdeckt: Desjardins Bull. d. I. 1861 No. 6 (hauptsächlich Venationen; aus der Zeit zwischen Caracalla und Constantin).

hiernach vollkommen, nicht blos daß der Hang zu dem blutigen Gewerbe verbreitet sein, sondern auch daß er sich zur Leidenschaft steigern konnte. Die Gefahr gab ihm für Verwegene nur einen Reiz mehr, sie konnten hoffen, aus einer Reihe von Kämpfen frei und wohlhabend hervorzugehen. Wenn auch manche zufrieden sein mußten, sich nach erhaltenem Abschiede als Bellonapriester in den Straßen umherziehend das Leben zu fristen[1], so beschlossen andere ihr Leben auf einem eigenen Landgute[2], und ihre Söhne saßen im Theater auf den Ritterplätzen.[3] Auch konnten Gladiatoren wol ohne besondere Schwierigkeit zu ehrenvolleren Berufsarten übergehen:[4] behauptete doch das Gerücht sogar von dem Kaiser Macrinus, er sei einmal Gladiator gewesen.[5] So verlor auch die durch das Gesetz über sie verhängte Infamie bis auf einen gewissen Grad ihre Bedeutung; auch die Betheiligung von Personen aus den höhern Ständen trug dazu bei, das Gefühl für das Schimpfliche des Fechterhandwerks abzustumpfen; und die Schranken fielen mehr und mehr, die diese verachteten und ausgestoßenen Menschen von der übrigen Gesellschaft trennten.

Bei der ungeheuern Menge von Fechtern, die Jahr aus Jahr ein in Italien und den Provinzen zu den Schauspielen erfordert wurden, muß der Gladiatorenhandel ein gewinnbringendes Geschäft gewesen sein.[6] So wenig aber den vornehmen Besitzern solcher Gladiatorenhandel.

---

1) Schol. Juv. VI 105 (qui ut requiem gladiaturae haberet, bellonarium se fecerat).

2) Horat. epp. I 1, 5: Vejanius armis
Herculis ad postem fixis latet abditus agro.

3) Juv. III 158.

4) Daß der Anführer von Caligula's germanischer Leibwache Sabinus war χιλιαρχῶν οὐ δι' ἀρετὴν καὶ γενναιότητα προγόνων, μονομάχος γὰρ ἦν, ἰσχύι δὲ σώματος τὴν ἐπὶ τοιούτοις ἀνδράσι κτησάμενος ἀρχήν (Joseph. Ant. Jud. XIX 1, 15), ist allerdings eine Ausnahme. Sueton. Calig. c. 55: Threces quosdam Germanis corporis custodibus praeposuit.

5) Vit. Macrin. c. 4.

6) Ein M. Tul. Olympus negotiator familiae gladiatoriae in einer Inschrift zu Arles Gruter 333, 3; genauer Millin voy. d. l. midi III 610. Martial XI 66, 3:

Banden die Vermiethung oder der Verkauf ihrer Fechter zur Unehre gereichte, so sehr galt doch die gewerbsmäßige Betreibung derartiger Geschäfte als ehrlos.[1] Diese Händler, meist selbst Fechtmeister, waren theils ansäßig, theils zogen sie umher[2], und kauften und verkauften nicht nur — sondern übernahmen auch, wie es scheint, fremde Gladiatoren, natürlich gegen Entschädigung für Kost und Lehre oder Antheil am Ertrag.[3] Denn theils vermietheten sie ihre Leute an Veranstalter von Spielen, theils werden sie auf eigene Rechnung Spiele für Geld gegeben haben, was ebenfalls als ein schmutziger Gewinn galt.[4] Daß solche Banden unter August's Regierung in Rom zahlreich waren, geht daraus hervor, daß sie bei der Theurung in den Jahren 6—8, wo die Familien der Sklavenhändler und die Fremden ausgewiesen wurden, ausdrücklich mitgenannt werden.[5]

Kaiserliche Gladiatorenschulen in Rom und deren Verwaltung.

Gladiatorenschulen scheint es in Rom vor Anfang der Kaiserzeit nicht gegeben zu haben, da noch die gegen Cäsar Verschwornen ihre Fechter unter dem Vorwande von Uebungen im Theater des Pompejus versammelt hielten.[6] Caligula scheint bereits eine Schule in Rom gehabt zu haben[7], aber erst Domitian baute die vier kai-

---

Et fellator es et lanista. Miror
quare non habeas, Vacerra, nummos.

1) Tab. Heracl. cap. VIII lin. 49 (quive — lanistaturam fecerit).

2) Sueton. Vitell. c. 12 (lanistae circumforaneo).

3) Wenigstens kann man Inschriften, wie I. R. N. 736, wo unter der Ueberschrift familia gladia. [C.] Salvi Capitonis Gladiatoren verschiedener Herren aufgeführt werden, kaum anders verstehen. Vgl. 737.

4) Tac. A. IV 62 (ut qui — in sordidam mercedem id negotium quaesivisset).

5) Sueton. August. c. 42 (lanistarum familiae). Dio LV 26.

6) Dio XLIV 16. Ludus Aemilius. Horat. A. P. 32? Der medicus ludi Gallici in einer angeblich aus dem Jahr 663 ((L. Marcio et Sex. Julio cos.) stammenden Inschrift Gruter 65, 3 (aus Panvin.) ist unächt.

7) Plin. H. N. XI 144: viginti gladiatorum paria in Gai principis ludo fuere, in his duo omnino qui contra comminationem aliquam non conniverent. (Lipsius Conjektur Saturn. I c. 11 viginti milia ist, weder nöthig noch möglich). Ib. XI 245: Studioso Threci in C. Caesaris ludo notum est dexteram fuisse proceriorem. Vgl. auch Joseph. A. J. XIX 4, 3 S. 207 A. 2.

serlichen Schulen[1] (die große, gallische, dacische und Thierkampfschule) nach Vollendung des Flavischen Amphitheaters, welches sie auf dem Cälius im Halbkreise umgeben zu haben scheinen.[2] Sie umfaßten umfangreiche Baulichkeiten (von denen Rüstkammer, Waffenschmiede und Leichenkammer genannt werden)[3] und hatten ein großes Verwaltungspersonal (namentlich Fechtmeister, Aerzte, Rechnungsführer, Aufseher der verschiednen Gebäude und Anstalten)[4]; an der Spitze des Ganzen stand ein Procurator aus dem Ritterstande.[5] Zu dieser Stellung[6] wurden theils gewesene Officiere, namentlich Legionstribunen[7], theils Verwaltungsbeamte[8], auch solche, die schon die Oberleitung der fiskalischen Verwaltung einer ganzen Provinz gehabt hatten[9], befördert; sie war eine Vorstufe für höhere Finanzämter, wie für die Verwaltung der Erbschaftssteuer; selbst

---

1) Catal. imp.

2) Preller, Regionen d. St. R. S. 121 f.

3) Ebdas. (armamentarium samiarium [vgl. Hdb. d. R. A. IV A. 3589] spoliarium.)

4) Ebdas.

5) Daß zwei Schulen zugleich von einem Procurator dirigirt worden seien, ist ein Irrthum Preller's, da in Grut. 411, 1 wie überall proc. ludi magni proc. ludi matutini zwei auf einander folgende Aemter bezeichnet.

6) Vgl. Borghesi Ann. d. I. 1846 p. 319—321, wo die unächten Inschriften mit proc. ludi magni nachgewiesen sind: Gruter 414, 8. Murat. 619, 1 = 1113, 7. Id. 258, 1 = Orelli 1065. Or. 1371. Unächt ist auch der proc. ludi matut. Or. 2436. Dagegen ist Gruter 389,7, wie Borghesi ebenfalls bemerkte, nur sehr schlecht kopirt (besser Mazzocchi Amph. Camp. tit. 4) und von Mommsen I. R. N. 433* mit Unrecht unter die unächten gesetzt worden. Sie lautet dort: Ti. Claudio Jlo praefecto clas | sis praetoriae Miseni pub. (?) proc. | ludi magni. proco. claudi dacii | procon. XX hereditatium. praefc. vehiculorum proc. | claudi Alexandriae praeto | riae (?) trib. leg. VII Claudiae piae | fidel. praef., con. ii gallorum | praef. con. ii Cosforanorum.

7) Henzen 6520 (die Aemter in aufsteigender Reihe): trib. coh. I Germanor. proc. ludi matutini. proc. annonae Augusti Ostis etc. Ib. 6158 (ebenso): praef. fabr. trib. milit. leg. III Cyr. procur. ludi famil. glad. Caes. Alexandreae ad Aegyptum adlectus inter selectos ab imp. Caes. Aug. etc.

8) Gruter 411, 1 (absteigende Reihe): proc. XX her. proc. patrimoni proc. ludi magni proc. ludi matutini. proc. reg. urbis etc.

9) Henzen 6947 (aufsteigende Reihe): proc. Aug. Armeniae major. ludi magni hereditatium et a censibus a libellis Aug. praef. vigilum praef. Aegypti.

Kaiserliche Gladiatoren in Italien und den Provinzen.

die Stellung eines Unterprokurators bei einer kaiserlichen Schule war noch eine angesehene.[1] Auch außerhalb Roms gab es kaiserliche Gladiatorenschulen, von denen drei zu Capua[2], Präneste[3] und Alexandria (diese bereits unter August bestehend)[4] bekannt sind, die (wie vielleicht noch andre) ihre eigene Verwaltung hatten. Im Allgemeinen aber war in den Provinzen die Zahl der kaiserlichen Gladiatoren nicht so groß, daß auch nur jede Provinz ihren eigenen Prokurator gehabt hätte: die Oberleitung der sämmtlichen Familien in Gallien, Spanien, Germanien, Britannien und Thracien lag in der Hand eines einzigen Beamten, ebenso die der Familien in den kleinasiatischen Provinzen und Cyprus.[5] Diese Beamten bereisten ohne Zweifel von Zeit zu Zeit ihre Bezirke, um die nöthigen Anordnungen, namentlich auch in Bezug auf die Auswahl der erforderlichen Leute für die Schauspiele Roms zu treffen (nur die besten wurden dazu als „würdig befunden")[6], und standen überhaupt gewiß mit den römischen Procuratoren in steter Korrespondenz. In den einzelnen Provinzen besorgten wahrscheinlich Unterprocuratoren die laufenden Geschäfte. Die Provinzialstatthalter konnten Fechter und Thierkämpfer nur aus ihrer eignen Provinz requiriren; zum Transport derselben aus einer Provinz

1) Henzen 6524 (absteigende Reihe): proc. prov. Sicil. proc. alimentor. per Apuliam Calabr. Lucaniam Bruttios subproc. ludi magni.

2) Vit. Did. Julian. c. 8.

3) Tac. A. XV 46. Daß sie kaiserlich war, ergibt sich aus der Bewachung durch Soldaten.

4) Gruter 389, 7. Henzen 6158.

5) Gruter 402, 4 gibt folgenden Text: L. Didio Marino v. e. proc. Aug. n. prov. Arab. proc. Galatiae proc. fam. glad. per Gallias Bret. Hispanias German. et Tratiam. proc. Minuciae proc. alimentorum per Traspadum Histriam et Liburiam proc. vectigalior. pop. R. quae sunt citra Padum proc. fam. glad. per Asiam Hy. Galat. Cappadoc. Lyciam Pamfyl. Cilic. Cyprum Pontum Paflag. trib. coh. I Re... or. Marianus Aug. n. lib. etc.

6) Digg. XLVIII 19, 31 (Modestinus libro III de poenis). — Ad bestias damnatos favore populi praeses dimittere non debet, sed si ejus roboris vel artificii sint, ut digne populo Romano exhiberi possint, Principem consulere debet. § 1. Ex provincia autem in provinciam transduci damnatos sine permissu principis non licere, Divus Severus et Antoninus rescripserunt. Natürlich galt von den Gladiatoren dasselbe, wie von den Thierkämpfern.

in die andere bedurfte es (wenigstens seit dem dritten Jahrhundert) kaiserlicher Erlaubniß.[1]

Zahlen der kaiserlichen Gladiatoren in Rom.

Die Zahl der kaiserlichen Gladiatoren in Rom selbst war zu allen Zeiten sehr beträchtlich.[2] Nach Nero's Tode waren es zweitausend, durch welche Otho sein Heer verstärkte[3], und zweihundert Jahre später unter dem dritten Gordian ebenso viel, die der Kaiser Philippus sämmtlich bei der Feier des tausendjährigen Bestehens der Stadt fechten ließ[4], in einem Festzuge des Kaiser Gallienus gingen zwölfhundert[5], in dem Triumphzuge Aurelian's sechzehnhundert.[6] Da nun die in Italien und den Provinzen befindlichen kaiserlichen Fechter in kurzer Zeit in beliebiger Anzahl nach Rom zu ziehen waren, so konnten bei außerordentlichen Gelegenheiten ohne Schwierigkeit mehrere Tausende verwendet werden.

Einrichtung der Schulen.

Von der Einrichtung dieser Gladiatorenschulen haben wir eine Vorstellung durch den Grundriß der großen Schule auf einem Fragment eines in Marmor gegrabenen Stadtplans von Rom aus der Zeit der Severe[7], eine viel deutlichere jedoch seit man entdeckt hat, daß der früher für ein Soldatenquartier oder einen Markt gehaltene Platz in Pompeji die Ueberreste einer Gladiatorenschule enthält.[8] Auch hier ist wie bei der römischen Schule ein länglich

1) Vgl. die eben angeführte Stelle u. Dio LXXVI 10: *καί ποτε δύο λῃστῶν αὐτοῦ ἁλόντων καὶ θηρίοις δοθήσεσθαι μελλόντων, πρός τε τὸν δεσμοφύλακα κατῆλθε* (der Räuber Felix Bulla) *πλασάμενος ὡς τῆς πατρίδος ἄρχων καί τινων ἀνθρώπων τοιούτων δεόμενος.*

Im J. 57 erfolgte allerdings ein Edict Nero's, ne quis magistratus aut procurator qui provinciam optineret, spectaculum gladiatorum aut ferarum aut quod aliud ludicrum ederet (Tac. A. XIII 31): doch blieb es vermuthlich nicht lange in Kraft.

2) Joseph. Ant. Jud. XIX 4, 3 wo nach der Ermordung des Caligula *οἱ μονομάχοι (πλῆθος δὲ ἦν αὐτῶν ἀξιολόγον)* nebst den vigiles und classiarii ins Lager strömen, können wol nur die kaiserlichen Gladiatoren gemeint sein.

3) Tac. H. II 11.

4) H. A. V. Gordian. tert. c. 33.

5) Vit. Gallien. c. 8.

6) Vit. Aureliani c. 33.

7) Taf. XI. S. Preller, Regionen d. St. R. S. 121.

8) Dies hat schon Bechi im Mus. Borb. V tav. XI (1829) bemerkt, ausführlich bewiesen Garrucci Bull. Nap. N. S. I p. 99 ff. (namentlich mit den

viereckiger Platz (173 Fuß lang, 139 breit) von Säulenhallen umgeben. Noch stehen über 70 dorische Säulen aus Steinmauerwerk, fein marmorirt, roth gemalt, an der obern Hälfte kannellirt (von 11 Fuß Höhe). Diese Säulenhalle ist auf allen vier Seiten von Reihen kleiner Zimmer eingefaßt, die 10—12 Fuß im Quadrat messen, keine Fenster haben und auf die Säulenhalle münden; es waren die Zellen der Gladiatoren, im Ganzen wie es scheint 66. Darüber hat sich noch ein zweites Stockwerk befunden.[1] Wände und Säulen waren mit Inschriften und Bildern, die sich auf Gladiatoren beziehen, bekritzelt, an der Außenmauer befand sich unter andern die Anzeige eines Fechterspiels; zwei Bilder, die Tropäen von Gladiatorenwaffen vorstellen, sind noch erhalten.[2]

Härte der Zucht. Um Banden im Zaume zu halten, die ganz oder zum Theil aus Verbrechern und Kriegsgefangenen bestanden, aus verzweifelten Menschen, von denen man sich des Aeußersten versehen konnte, mußten die wirksamsten Maßregeln getroffen werden. Die Gladiatoren waren völlig entwaffnet, wurden in mehr oder minder strenger Haft gehalten, in kaiserlichen Schulen von Soldaten bewacht[3]; die Zucht wurde mit der grausamsten Härte betrieben, wie es schon bei der Anwerbung der erwähnte Eid verkündete. Außer den Strafen der Geißelung und des Brennens mit glühendem Eisen, wurde besonders Kettenstrafe angewendet. In der Pompejanischen Fechtschule hat man in einer Zelle einige Gerippe mit

---

dort gefundenen Visirhelmen, die eben nur von Gladiatoren getragen wurden); vgl. auch Minervini ib. 1859 p. 116—120 u. p. 175.

1) Goro von Agyagfalva, Wanderungen durch Pompeji S. 120 ff.

2) Gegenwärtig im Museo borbonico. Abgebildet Bull. Nap. N. S. I tav. VII 13 u. 14; besser ib. 1859 tav. X.

3) Appian. b. civ. I 68 sagt von Spartacus und seinen Anhängern: βιασάμενος — τοὺς φύλακας ἐξέδραμε. Sie bewaffneten sich mit Schwertern, die sie in Capua raubten (Vellej. II 30, 5) oder mit Knitteln und Dolchen von Reisenden (Appian) oder mit selbstgeschmiedeten Waffen (Flor. II 8 [III 20]). Die von Seneca epp. LXX 17 erzählten Selbstmorde wurden nach Ueberlistung der Wachen ohne Waffen ausgeführt. Vgl. Symmach. epp. II 46. Vgl. die Erzählung eines Ausbruchs von 80 Gladiatoren in Rom bei Zosim. I 66; ein versuchter Ausbruch der Gladiatoren zu Präneste wird verhindert praesidio militis qui custos adest Tac. A. XV 46.

Schließeisen an den Füßen gefunden[1]; diese Unglücklichen sind von dem langsam fallenden Aschenregen lebendig begraben worden. Nur eins unterschied ihre Behandlung von der verurtheilter Verbrecher: die aufmerksame Fürsorge für ihr körperliches Wohlbefinden. Die Schulen wurden besonders an Orten angelegt, die sich durch gesunde Luft auszeichneten, wie Capua mit seinem paradiesischen Clima, Präneste mit seiner reinen Gebirgsluft, Ravenna und Alexandria, wo die Seewinde die Sommerhitze milderten. Ihre Kost war eine auf übermäßige Herausbildung der Muskeln berechnete Mast[2], die Speisen wurden ihnen vorschriftsmäßig bereitet und gereicht[3]; so „aßen und tranken sie, was sie in Blut wieder von sich geben sollten."[4] Bewährte Chirurgen heilten ihre Verletzungen[5], Aerzte wachten darüber, daß die ganze genau geregelte Diät streng beobachtet wurde.[6] Sorgfalt in der Diät.

Behufs gemeinsamer Verehrung von Schutzgottheiten, vielleicht auch zu andern Zwecken wurde den Gladiatoren gestattet, Vereine zu bilden.[7] Auch die einzelnen Waffengattungen scheinen kamerad- Organisation der Gladiatoren.

1) Goro, Wanderungen S. 123, wo auch die Schließeisen beschrieben sind.

2) Lips. Saturn. II c. XIV. Die miscellanea ludi Juv. XI 20 erklären die Schol. als genus miserabile ferculi und cibus gladiatorum. Plin. H. N. XVIII 72: antiquissimum in cibis hordeum, sicut apparet — et gladiatorum cognomine, qui hordearii vocabantur. Doch dürfte dies ein Spottname für ihr mastiges und aufgeblähtes Aussehen gewesen sein. Sueton. cl. rhet. c. 2: ordearium eum rhetorem appellat, deridens ut inflatum ac levem et sordidum. Galen. π. τροφῶν δυνάμεως lib. I c. XIX (ed. Kuehn VI 529) sagt, daß die Pergämenischen Gladiatoren täglich viel Bohnenbrei mit Gerstengraupen aßen, σαρκοῦντες τὴν τοῦ σώματος ἕξιν οὐκ ἐσφιγμένῃ τε καὶ πυκνῇ σαρκί, καθάπερ τὸ χοίρειον κρέας, ἀλλὰ χαυνοτέρᾳ πως μᾶλλον. Cyprian. epp. 2: impletur in succum cibis fortioribus corpus, ut arvinae toris moles robusta pinguescat, ut saginatus in poenam carius pereat.

3) Tac. H. II 88: singulis ibi militibus Vitellius paratos cibos ut gladiatoribus saginam dividebat.

4) Seneca epp. 37, 2.

5) Vgl. die Recepte verschiedener Chirurgen für Gladiatorenwunden bei Scribon. Larg. de comp. medic. 102. 203. 207. 208 und Plin. H. N. XXVI 135.

6) S. Preller a. a. O. S. 122. Die Schulen hatten zu den im Alterthum so beliebten Einreibungen ihre eignen unctores.

7) Den Sklaven wurde oft gestattet, Collegien zu bilden: Mommsen de collegiis p. 102, 108; besonders den kaiserlichen p. 78, 25. Vgl. Marquardt,

schaftlich zusammengehalten zu haben.[1] Jede hatte, wie sich versteht, ihre eigenen Lehrer.[2] Die Neulinge übten sich an einem Strohmanne oder Pfahl zuerst mit Stockrappieren[3]; die später zur Uebung dienenden Waffen waren schwerer als die zum wirklichen

---

Hdb. III 2, 386 u. Mommsen I. R N. 4615. Am bekanntesten ist das von Gladiatoren des Kaisers Commodus gebildete Collegium Silvani Aureliani Orelli 2566. Henzen 7209 Collegium venatorum Deensium, qui ministerio arenario funguntur (i. e. qui in amphitheatro pugnare solent). Ib. 7210 collegium venatorum Pollentinorum. Auch die Inschrift zu Puteoli Mommsen C. I. L. 1234: Mercurio retiarii (?) .... dan[dum] mag[istri] curarunt rührt vielleicht von einem Gladiatorenkollegium her.

1) Borghesi Bull. Nap. I p. 95 gibt folgende Inschrift: D. M. Macedoni Thr. tiro. Alexandrin. ben. mer. fec. armatura Thraecum universa. Vixit ann. XX men. VIII dieb. XII. Vgl. Orelli 2571: hui[c] Delicatus coarmio fecit (sc. monumentum).

2) Doctor Thraecum I. R. N. 6902. (Henzen 6171: Thr. Pinnesis s[pectatus) v[ictor] de Val. Valerian[i familia?] nat. Raet. docet Faustus [doctor Thracum est?]). — Doctor myrmillonum Muratori 2019, 6. Gratus doctor murm. Henzen 6175. — Doctor secutorum Fabretti 234, 613. — D. M. Aniceto prov. sp. Ael. Marcion. doctor et Primus b. m. ib. 614 = Henzen 6173. — Doctor sagittariorum Fabr. 616 (= Donati 686, 1. Hübner, Antiken von Madrid S. 153 [ein Mann mit Rebstock]). — Magister Samnitium Cic. de orat. III 23. — Donat. vit. Verg. 7, 28: in Balistam, ludi gladiatorii magistrum — distichon fecit.

Den Vers Juv. XI 8 scripturus leges et regia verba lanistae, den man von Collegien verstanden hat, die die Gladiatoren nachschrieben, hat schon der Scholiast richtig von der Abschließung des Contrakts erklärt. Dictata sind die bei dem Schulfechten üblichen Kommandos. Tertullian. ad mart. c. 1: et gladiatores perfectissimos non tantum magistri et praepositi sui sed etiam idiotae et supervacui quique adhortantur de longinquo, ut saepe de ipso populo dictata suggesta profuerint. Hieronym. epp. 48, 112: delicata doctrina est, pugnanti ictus dictare de muro. Zu Sueton. Caes. c. 26, wonach Cäsar römische Ritter und Senatoren bewog, seine Fechter zu unterrichten (ut disciplinam singulorum susciperent ipsique dictata exercentibus darent) führt Casaub. Hieronym. praef. in Comm. Ezechiel. 13 an: facile est dare dictata de populo et singulos ictus calumniari. Es wurde also den Gladiatoren z. B. Terz, Quart u. dgl. (Quintilian. V 13, 54) aus dem Publikum zugerufen. Bei Petron. Sat. c. 45 ist Thraex qui et ipse ad dictata pugnavit, ein schulmäßig gebildeter Fechter. Vgl. die dictata magistri in der Kunst des Vorschneidens (Juv. V 122).

3) Einen solchen palus glaubt Henzen auf einer Lampe zu erkennen: Expl. mus. Borgh. Tav. VII 1 und Bull. d. I. 1843 p. 93.

Kampf bestimmten.[1] Die Schulen hatten eine Art militärischer Organisation. Wohlklingende und schmeichelhafte Namen wurden freigebig ertheilt, und auch die Namen berühmter Fechter aus früherer Zeit gern auf's Neue angewendet.[2] Hatten die Tironen ihren ersten ernsten Kampf öffentlich bestanden, so erhielten sie wahrscheinlich eine länglich viereckige Marke mit dem Datum ihres Auftretens, die, wie es scheint, als Abzeichen um den Hals getragen wurde.[3] Eine weitere Reihe von Kämpfen erhob sie zu den höhern Stellen in ihrer Waffe, mit denen vermuthlich eine Befehligung der Gemeinen verbunden war[4], und machte sie zu Be-

1) Vielleicht sind die in der Schule zu Pompeji gefundenen außerordentlich schweren Waffen nur Uebungswaffen gewesen (Goro S. 122). Vgl. Lips. Sat. I c. XV.

2) Vgl. hierüber den Anhang.

3) Mommsen (C. I. L. p. 195) hat die seit dem sechzehnten Jahrhundert allgemein angenommene Erklärung der tesserae consulares als Gladiatorentesseren bezweifelt. Allerdings kann die Möglichkeit, daß sie eine andere Bestimmung gehabt haben, nicht geleugnet werden, aber die bisherige Erklärung bietet sich nicht nur von selbst dar, sondern läßt sich auch gegen die von Mommsen gemachten Einwendungen, wie mir scheint, sehr wohl festhalten. Spectatus „im Schauspiel aufgetreten" scheint mir eine vollkommen natürliche Bezeichnung des Debüts. Daß von 57 römischen Tesseren 23 das Datum der Kalenden, 12 der Iden (vgl. p. 560, 1537), 4 der Nonen, nur 18 anderer Monatstage tragen, ist gewiß nicht zufällig, erschwert aber die Beziehung auf Gladiatorenspiele keineswegs, da diese fast durchweg außerordentlich waren, und jene Haupttage vielleicht, weil sie auch bei lange vorher erfolgten Ankündigungen leicht im Gedächtniß blieben oder aus irgend einem andern Grunde vorzugsweise gewählt werden konnten (wenigstens von 669 a. u. bis 74 p. Chr., welcher Zeit die Tesseren angehören). Auch daß auf einigen nichtrömischen Tesseren nur der Monat, nicht der Tag angegeben ist (731 [Parma] 743 [Mutina] 776a [Arles]), ist als Ausnahme begreiflich, entweder so, daß ein bestimmter Tag sich von selbst verstand, oder aus Nachlässigkeit; auch kam es ja auf den Tag nicht so genau an, sondern nur auf die Thatsache des erfolgten Debüts.

4) Prima (oder summa) und secunda rudis (πρῶτος und δεύτερος πάλος Dio LXXII 22) Orelli 2573—2575. 2584 (?). Boissieu inscr. de Lyon p. 7 sq. Henzen 6189. Bull. d. I. 1846 p. 189. 192. Ib. 1848, 71.

Letronne's Vergleichung der primera und segunda spada in den spanischen Stierkämpfen (Rev. Arch. III p. 5) paßt hier nicht. Boissieu (a. a. O. p. 8) übersetzt premier baguettier ou baguettier maître, titre que prenaient les professeurs lanistes suivant leur rang et leur habileté. Doch wenn auch der Stab

teranen.[1] Endlich erhielten sie als Zeichen der Entlassung das Stockrappier[2], doch traten auch ausgediente Gladiatoren für gute Belohnung wieder auf[3], oder thaten als Lehrer Dienste.

Anhänglichkeit der Gladiatoren an ihren Stand und Treue gegen ihren Herrn.

Gewiß war die Zahl derer nicht klein, die ihren Stand mit keinem andern vertauschen mochten. Unter den kaiserlichen Gladiatoren, sagt Epiktet, sind manche unwillig, wenn man sie nicht auftreten läßt. Sie beten deshalb zu den Göttern und bestürmen die Procuratoren, fechten zu dürfen.[4] Unter Tiber's Regierung, als Spiele selten waren, hörte Seneca einen Myrmillonen klagen: „welch hübsche Jahre gehen da verloren!"[5] Ein Gefühl von Standesehre beseelte sie häufig; sie hielten es für Schande, mit Schwächern zu fechten.[6] Eine wilde Tapferkeit, und die Gewißheit, daß Liebe zum Leben am wenigsten Erbarmen bei den Zuschauern fand, erfüllte sie mit der äußersten Todesverachtung.[7] Sie empfingen die schwersten Wunden ohne Laut[8], sandten von Blutverlust erschöpft zu ihren Herren mit der Frage, ob sie aufhören oder sterben sollten[9], auch die Furchtsamsten wußten zu fallen.[10] Wo sie in Bürgerkriegen verwandt worden sind, was auch in der Kaiser-

---

das Abzeichen der lanistae gewesen zu sein scheint, mit dem sie überall auf den Monumenten erscheinen (vgl. auch gloss. Labb.: rudis ῥάβδος ἡ τῶν ἐπιστατῶν τῶν μονομάχων. Passio Perpetuae et Felic. c. 10: ferens virgam quasi lanista), so sind jene Titel offenbar nicht Bezeichnung von Fechtmeistern, sondern von Gladiatoren, die aber vielleicht als Stellvertreter der lanistae und Lehrer fungirten.

1) In dem Coll. Silvani Aureliani (Orelli 2566) besteht die erste Dekurie ganz aus Veteranen von sechs verschiedenen Waffen, in der zweiten steht ein Veteran an der Spitze, die übrigen sind meistens Tironen.

2) Gloss. Labb. Rudiarii ἀποταξάμενοι. Mit den Rudiarii (vgl. auch Sueton. Tiber. c. 7) scheinen die victores (Orelli 2570. I. R. N. 2627) im wesentlichen identisch zu sein (Henzen expl. mus. Borgh. p. 104).

3) Sueton. l. l.

4) Epictet. Diss. I 29, 37.

5) Seneca de provid. 4, 4.

6) Id. ib. 3, 4.

7) Seneca dial. II (Nec injuriam etc.) c. 16, 2.

8) Cic. Tusc. II 20, 46.

9) Ib. II 17, 41.

10) Ib. u. Seneca epp. 30, 8.

zeit öfter geschehen ist, haben sie auch im offenen Felde meist mit Tapferkeit gekämpft, ja sie haben denen, die sie für die Arena mästeten, aufopfernde Hingebung bewiesen. Als nach der Schlacht bei Actium Fürsten und Völker sich von der verlorenen Sache Marc Anton's abwandten, blieben die Gladiatoren, die er in Kyzikos für seine vermeintlichen Siegesfeste hatte üben lassen, ihm treu. Auf eigene Hand brachen sie auf, um zu ihm nach Aegypten vorzudringen, ließen sich durch Vorstellungen und Hindernisse nicht zurückhalten, sandten, da sie sich nicht durchschlagen konnten, Botschaft an Antonius, daß er zu ihnen nach Syrien kommen möchte, und gaben ihn erst auf, als er weder kam noch antwortete.[1]

Selbstmorde und Mentereien in den Gladiatorenschulen.

Wehe aber dem, den in der Gesellschaft von Rohheit, Verworfenheit und Elend die Erinnerung an eine glückliche Vergangenheit, an eine ferne Heimath überkam![2] Ihm ward das Leben zur unerträglichen Qual, er ersehnte und suchte den Tod als einziges Glück. Vergebens war dann die strengste Bewachung, vergebens, daß man ihnen alle Mittel zum Selbstmorde entzogen hatte, sie führten ihren Vorsatz nur mit um so größerm Heroismus aus. Es liegt in der Natur der Sache, daß solche Fälle nur vereinzelt berichtet werden; sie werden deshalb nicht selten gewesen sein. Welche Gräuel, die Niemand erfuhr, im Innern jener scheußlichen Höhlen vorgehen konnten, davon gibt ein Bericht des Asinius Pollio an Cicero über die Unthaten des Quästor Balbus in Gades eine

1) Dio LI 7. Gegen diese Gladiatoren unterstützte Herodes August's Legat Q. Didius Joseph. A. J. XV 6, 7. B. J. I. 20, 2.

Vgl. über die Gladiatoren des L. Antonius Appian. b. c. V 30; 33. Sueton. Aug. c 14; die des D. Brutus Vell. II 58, 2 (Besetzung des Capitols) Appian. ib. III 49 (bei Mutina); die Otho's Tac. H. II 12; 23 sq.; 34 sq. 43; des Vitellius ib. III 57; 76 sq. Spätere Bewaffnungen von Gladiatoren H. A. vit. Did. Julian. c. 8. Herodian. VII 11. Marc Aurel bildete aus ihnen das Corps der Obsequentes. Vit. c. 21 u. 23.

2) Quintilian. decl. IX 7: Namque et natura redit in extremis tristis praeteritae voluptatis recordatio, et mihi cum generis conscientia, cum fortunae conscius aliquando fulgor, cum liberales artes, cum omnia quondam honestiora munerario meo, domus familia amici ceteraque numquam videnda in ultima mortis exspectatione succurrerent tenenti servilia arma et ignominiosa morte perituro etc.

Probe. Einen pompejanischen Soldaten und römischen Bürger, Namens Fadius, der, zum Gladiator gepreßt, zweimal gekämpft hatte, aber beharrlich weigerte, sich anwerben zu lassen, ließ er in der Gladiatorenschule in die Erde graben und lebendig verbrennen.[1] Seneca berichtet zwei heroische Selbstmorde von Thierkämpfern, die damals kürzlich vorgefallen waren. Der eine derselben, der auf einem Karren zwischen Wachen sitzend zum Schauplatz gefahren wurde, stellte sich, als wenn er vom Schlaf überwältigt einnickte, ließ endlich den Kopf so tief sinken, daß er ihn zwischen die Radspeichen bringen konnte, und hielt sich in dieser Stellung so lange, bis ihm die Umdrehung das Rades das Genick brach.[2] Auch Verschwörungen, Meutereien und gewaltsame Ausbrüche waren in den Gladiatorenschulen vermuthlich häufig, wenngleich ein zweiter Spartacus sich nicht mehr fand. Ein Versuch der Gladiatoren zu Präneste, sich zu befreien, erregte im Jahr 64 zu Rom ernstliche Besorgnisse, wurde aber von dem dort zu ihrer Bewachung aufgestellten Militärposten unterdrückt.[3] Unter der Regierung des Kaiser Probus gelang es achtzig Gladiatoren, in Rom selbst auszubrechen; erst nach tapferer Gegenwehr wurden sie überwältigt.[4] Ein Ereigniß, das alle bisher erwähnten an Furchtbarkeit weit übertrifft, erwähnt Symmachus gelegentlich in einem Briefe. Ein Theil jener kühnen Sachsen, die sich damals auf kleinen Böten aus der Nordsee in den Ocean wagten und durch ihre Raubzüge die Küsten Galliens mit Schrecken erfüllten, war in die Hände der Römer gefallen. Eine Anzahl von ihnen sollte in den von Symmachus veranstalteten Spielen als Gladiatoren auftreten. Am ersten Tage hatten sich neunundzwanzig von ihnen mit bloßen Händen gegenseitig erwürgt.[5]

---

1) Cic. ad fam. X 32.

2) Seneca epp. 70, 20. Der Wagen muß wie die jetzt von den römischen carrettieri benutzten, sehr hohe Räder gehabt haben. Göttling's wiederholt geäußerter Einfall (Ann. d. I. XIII p. 60), der andere Selbstmörder sei Thumelicus gewesen, ist mit Recht wol schon wieder vergessen.

3) Tac. A XV 46.

4) Zosim. I 71.

5) Symmach. epp. II 46.

Anzeigen der Fechterspiele.

Die Fechterspiele wurden durch Anzeigen bekannt gemacht[1], die die Festgeber an den Mauern der Häuser und öffentlichen Gebäude, auch an denen der Grabdenkmäler, die sich vor den Thoren der Städte zu beiden Seiten der Landstraße hinzogen, durch eigens dazu bestellte Schreiber mit Farbe anmalen ließen; daher in Grabschriften diese Schreiber zuweilen ersucht werden, das Grab zu verschonen.[2] Mehrere solche Anzeigen haben sich in Pompeji an verschiedenen Orten erhalten, z. B.: „die Gladiatorenfamilie des Aedilen A. Suettius Cerius wird zu Pompeji am 31. Mai fechten. Es wird eine Thierhetze sein, und ein Zeltdach ausgespannt werden."[3] In andern Anzeigen werden überdies Sprengungen mit Wasser gegen Staub und Hitze verheißen. Statt des Datums heißt es einmal: „wann das Wetter es erlauben wird", ein anderes Mal: „ohne irgend welchen Aufschub." Diese Anzeigen enthielten öfter die Namen der hauptsächlichsten Kämpfer, paarweise geordnet, wie sie gegen einander fechten sollten, wobei die Festgeber, um die Spannung des Volkes rege zu erhalten, auf alle Tage des Festes neue noch nicht gesehene Paare zu vertheilen pflegten; solche Verzeichnisse wurden auch abgeschrieben, in den Straßen verkauft und nach auswärts versandt.[4] Am letzten Tage vor dem Schauspiel wurde den Gladiatoren und Thierkämpfern öffentlich eine sogenannte „freie Mahlzeit" gegeben, wobei man sie mit köstlichen Speisen und Getränken auf's reichste bewirthete, und Neugierigen der Zutritt gestattet war. Während hiebei die roheren und halbverthierten unter diesen Unglücklichen unbekümmert um den nächsten Morgen sich unmäßiger Schwelgerei überließen, sah man doch auch manche von

Die freie Mahlzeit.

---

1) Vgl. Hdb. d. R. A. IV S. 562 ff. Ich trage hier nur Citate nach, die dort fehlen.

2) Vgl. über die scriptores Henzen in Gerhard's Archäol. Zeitg. 1846 S. 295 und Coll. Inscr. lat. 5663. 6566. 6975–6977.

3) Museo Borb. I rel. dei scavi. Garrucci Bull. Nap. 1853 p. 115. (TOTIVS ORBIS DESIDERIVM in einer dort angeführten Inschrift gehört offenbar auch zu einer solchen Anzeige).

4) Das Bild eines solchen libellus gibt Garrucci graffiti di Pompei pl. X p. 66. Vermuthlich ist das Verzeichniß vor dem Spiel geschrieben und V und M nachträglich hinzugefügt; sonst würde wol der Sieger immer voranstehen.

den Ihrigen Abschied nehmen, ihre Weiber Freunden empfehlen, ihren Sclaven die Freiheit schenken; und Christen, die für ihren Glauben in der Arena bluten sollten, hier ein letztes Liebesmahl feiern.

Paradezug durch die Arena. Das Schauspiel begann mit einem Paradezug der Gladiatoren im Festschmuck durch die Arena[1]; vielleicht war dabei der einmal erwähnte Zuruf an den Kaiser: „Heil dir, Imperator, die zum Tode gehen, grüßen dich" gewöhnlich. Dann wurden dem Festgeber die Waffen zur Prüfung vorgelegt. Eine Gattung der schärfsten Gladiatorenschwerter führte den Namen von Tiberius' Sohne Drusus, der bei dieser Prüfung in angeborener Grausamkeit besonders unnachsichtig verfuhr.[2] Dagegen ließ Marc Aurel nur mit abgestumpften Waffen fechten.[3] Zuerst fand ein Scheingefecht statt, wobei namentlich auch Lanzen geschleudert und, zuweilen wenigstens, wie es scheint, nach dem Takt der Musik gefochten wurde. Zu dem Gefecht mit scharfen Waffen gab der düstere Schall der Tuben das Zeichen; und unter dem Schmettern der Trompeten und Hörner, den schrillen Tönen der Pfeifen und Flöten begann der Kampf.[4]

Die Hauptgattungen der Gefechte. Die mannigfaltigsten Scenen lösten hier in fortwährendem Wechsel einander ab. Einzeln und in Schaaren traten die Retiarier auf, halb nackte bewegliche Gestalten, fast ohne Rüstung, mit Netz, Dreizack und Dolch bewaffnet. Bald von den mit Visierhelm, Schild und Schwert leicht bewaffneten Secutoren verfolgt, bald die schwergerüsteten Gallier und Myrmillonen umschwärmend, die sie mit geschlossenem Visier in halb kauernder Stellung erwarteten, suchten sie diesen das Netz überzuwerfen, um ihnen dann mit dem

---

1) Wenn auch dies Relief B. N. IV tav. I keine amphitheatralische Pompa darstellen sollte (Jahn, Ber. d. Sächs. Ges. 1861 S. 313—315), so hat es jedenfalls viel mit einer solchen gemein.

2) Dio LVII 13. Vgl. Lips. exc. ad Tac. III 37.

3) H. A. vit. M. Anton. c. 11. Dio LXXI 29.

4) Juv. III 35 (quondam cornicines et municipalis arenae Perpetui comites). C. I. G. 3675:

οὐκέτι χαλκελάτου φωνὴν σάλπιγγος ἀκούων
οὐδ' ἀνίσων αὐλῶν, κέλαδον λαῶν ἀνεγείρω.

Auch auf bildlichen Darstellungen von Gladiatorenspielen kommt Musik öfter vor.

Dreizack oder Dolch den Todesstoß zu geben. Die Samniten, von dem großen viereckigen Schilde von Manneslänge gedeckt, kreuzten ihre kurzen geraden Schwerter mit den gebogenen der besser gerüsteten, aber nur mit einem kleinen runden Schilde versehenen Thraker. Die Waffenkämpfer, wie mittelalterliche Ritter ganz in Eisen gehüllt, zielten mit ihren Stößen nach den Fugen und Oeffnungen in der Rüstung des Gegners. Die Reiter rannten mit langen Lanzen gegen einander, die Essedarier fochten von britannischen Streitwagen herab, deren Gespanne von einem neben dem Kämpfer stehenden Lenker gezügelt wurden. Noch manche andre Arten von Gladiatoren werden erwähnt, aber zu selten und beiläufig, um uns von ihrer Bewaffnung und Kampfart eine deutliche Anschauung zu geben.

War im Einzelkampfe der eine von beiden Fechtern überwunden und noch lebend in der Gewalt seines Gegners, so überließ der Festgeber die Entscheidung, ob er getödtet werden sollte, in der Regel den Zuschauern. Die verwundeten, um ihr Leben bittenden Kämpfer hoben einen Finger in die Höhe.[1] Von Seiten der Zuschauer war das Zeichen der Gewährung, wie es scheint, das Schwenken von Tüchern[2]; das Umwenden des Daumens bedeutete den Befehl zur Ertheilung des Todesstoßes. Tapfere Fechter wiesen wol die Einmischung des Volkes zurück und deuteten durch Winke an, ihre Wunden seien nicht erheblich: während sie am meisten Theilnahme fanden, erregten Zaghafte gerade die Erbitterung des Volkes, das es als eine Art Beleidigung gegen sich empfand, wenn ein Gladiator nicht gerne sterben wollte.[3] Mit Peitschen und glühenden Eisen wurden Säumige und Furchtsame in den Kampf getrieben. Tödtung oder Entlassung der besiegten Fechter.

1) Vgl. außer schol. Pers. V 119. Garrucci graffiti pl. XI und das Monument des Scaurus Mus. Borb. XV tav. 27 ff.

2) Vielleicht auch das Aufheben eines Fingers. Ein kürzlich bekannt gewordnes Relief (zu Cacillargues) zeigt bei dem Kampf eines Samniten und eines Retiariers vier Zuschauer, worunter eine Frau, die den Daumen in die Höhe heben. Bull. d. Inst. 1853 p. 130. Die Inschrift, die dort ergänzt ist pug]NANTES MISSI (vielmehr stantes missi. Vgl. Orelli 2571 u. 2581, wo ST. MISS. zusammengehört) ist kein Ruf des Publikums, sondern eine erklärende Beischrift.

3) Seneca de ira I 2, 5. Lactant. inst. div. VI 20.

Aus den Reihen der zur Wuth entflammten Zuschauer ertönte es: „Tödte, peitsche, brenne! warum fällt dieser so furchtsam in das Schwert? warum führt der den Todesstreich so wenig herzhaft? warum stirbt Jener so verdrossen?" — Schauspiele zu geben, bei denen die Begnadigung der verwundeten Fechter von vorn herein ausgeschlossen war und der Kampf so lange fortgesetzt wurde, bis einer von beiden auf dem Platze blieb, hatte August verboten.[1] Dagegen scheint es sehr häufig gewesen zu sein, daß dem Sieger sogleich ein durchs Loos bestimmter Ersatzmann als neuer Gegner gegenübergestellt wurde, zuweilen sogar ein zweiter und dritter.[2] In den Pausen des Gefechts wurde der blutgetränkte Boden umgeschaufelt[3], und Mohrensclaven schütteten frischen Sand darauf.[4] Die Gefallenen nahmen Menschen in der Maske des Unterweltsgottes Merkur in Empfang, andere in der Maske des etruskischen Dämon Charon prüften mit glühenden Eisen, ob sie nicht etwa den Tod nur heuchelten. Todtenbahren standen für die Leichen bereit, auf denen sie durch das „Thor der Todesgöttin" hinausgetragen und in die Leichenkammer geschafft wurden. Dort wurden auch die vollends getödtet, in denen noch Leben war.

Parteien unter den Zuschauern.

Obwohl sich auch im Amphitheater Parteien unter den Zuschauern bildeten, haben sie doch niemals auch nur annähernd die Bedeutung der Cirkusfactionen gewonnen; theils weil das Parteiinteresse durch diese schon absorbirt war, theils auch wol, weil der Anschluß an feste Corporationen und damit die Organisation fehlte. Außer den persönlichen Anhängern berühmter und tapferer Gladia-

---

1) Sueton. August. c. 45. Id. Nero c. 4: (Domitius) — munus etiam gladiatorium (dedit), sed tanta saevitia ut necesse fuerit Augusto clam frustra monitum edicto coercere. — Daß dies Verbot nicht überall und zu allen Zeiten galt, zeigt die Inschrift von Minturnae Mommsen I. R. N. 4063 (vom J. 249).

2) Lips. Saturn. II cap. 14. Tertiarius auch Petron. c. 45.

3) Martial. II 75, 5.

Nam duo de tenera puerilia corpora turba,
Sanguineam rastris quae renovabat humum etc.

4) Petron. c. 34: duo Aethiopes cum pusillis utribus, quales solent esse qui harenam in amphitheatro spargunt.

toren gab es im Amphitheater auch Parteien für die verschiedenen Waffen; wenigstens standen sich „Großschildner“ (Anhänger der Myrmillonen und Samniten) und „Kleinschildner“ (Anhänger der Thraker) feindlich gegenüber. Auch diese Parteien waren durch alle Schichten der Gesellschaft verbreitet[1], und auch hier betheiligten sich selbst die Kaiser. Caligula[2] und Titus[3] begünstigten den kleinen Schild, Domitian den großen[4]; und Marc Aurel gereichte es zur Befriedigung, daß er beiden Parteien gleich fern stand.[5]

Große Massenkämpfe, für welche die Arena des Amphitheaters keinen Raum hatte, fanden an verschiedenen andern Orten, natürlich nur selten Statt. Julius Cäsar ließ bei seinen Triumphalspielen eine Schlacht im Circus aufführen, wo die Zielsäulen weggenommen und zwei Lager aufgeschlagen waren: auf jeder Seite fochten 500 Mann zu Fuß, 300 zu Pferde und 20 Elephanten, die bemannte Thürme auf dem Rücken trugen.[6] Im Jahr 7 v. Chr. wurde zu Ehren des (im J. 12 verstorbenen) Agrippa in den von ihm erbauten Septen ein Massenkampf ausgeführt.[7] Claudius ließ nach der Besiegung Britanniens im J. 44 die Eroberung und Plünderung einer dortigen Stadt und die Uebergabe der Häupt- Massenkämpfe.

---

1) Quintil. II 11, 1. Ein Lehrer der Beredsamkeit wurde gefragt, Theodoreus an Apollodoreus esset? Ego inquit parmularius sum.

2) Sueton. Calig. c. 32 (sica). 54 (Threx) vgl. 55 (myrmillonum armaturas recidit).

3) Sueton. Tit. c. 8 (studium armaturae Threcum prae se ferens).

4) Sueton. Domit. c. 10: patrem familias quod Threcem myrmilloni parem, munerario imparem dixerat, detractum spectaculis in harenam, canibus objecit, cum hoc titulo: Impie locutus parmularius. (Vgl. Plin. paneg. c. 33. Erst unter Trajan war wieder securus favor, libera studia). Wegen dieser Parteinahme des Kaisers spricht auch Martial von der parma mit Geringschätzung XIV 213: haec quae saepe solet vinci, quae vincere raro; und IX 68: vincenti parmae cum sua turba favet.

5) Comment. I 5 (τὸ — μήτε παλμουλάριος ἢ σκουτάριος γενέσθαι).

6) Vgl. die nicht ganz übereinstimmenden Angaben bei Appian. bell. civ. II 102. Dio XLIII 23. Sueton. Caes. c. 39. Plin. H. N. VIII 22.

7) Dio LV 8.

linge auf dem Marsfelde in vollster Wirklichkeit vorstellen[1], wobei er im Feldherrnmantel präsidirte. Ein kleineres Gefecht zweier gleicher Schaaren von Fußtruppen veranstaltete Nero im J. 57 im Amphitheater[2], größere Schlachten von Reitern und Fußgängern Domitian bei seinen Triumphalspielen im Cirkus.[3]

b. Die Thierhetzen.

Allgemeines. Die erste bekannte Thierhetze gab in Rom M. Fulvius Nobilior, der Besieger Aetoliens, 568 = 186, etwa achtzig Jahre nach Einführung der Gladiatorenspiele.[4] Seitdem wurde dies Schauspiel, das während der Republik meist im großen Cirkus stattfand (wie zuweilen auch später), häufig und mit immer größerer Pracht veranstaltet. Die Thiere wurden theils nur gezeigt, theils gehetzt und erlegt, indem man sie abwechselnd mit einander und mit Menschen kämpfen ließ. Auch die Thierkämpfer waren nicht bloß verurtheilte Verbrecher und Kriegsgefangene[5], sondern auch gemiethete und geworbene[6]; auch dieses Gewerbe, obwohl ebenso ehrlos wie die Gladiatur[7], hatte seine Anziehungskraft.[8] Es gab Familien

---

1) Sueton. Claud. c. 21.

2) Dio LXI 9. Auch bei der consummatio gladiatorum Plin. l. l. sind wol Massenkämpfe zu verstehen. — Vgl Joseph. A. J. XVII 7, 5 (Schauspiel des Agrippa zu Berytos, wobei auf jeder Seite 700 Mann fochten).

3) Dio LXVII 8.

4) Liv. XXXIX 22. Zerreißen durch Thiere als Todesstrafe kommt schon früher vor. Val. Max. II 7, 13 sq. Liv. epit. 51. Id. XXVI 2.

5) Vgl. oben S. 191 f.

6) Seneca epp. 87, 9: hic — cum maxime dubitat utrum se ad gladium locet an ad cultrum. Vgl. Apulej. Metam. IV 72. Symmach. epp. V 59. Claudian. cons. Mall. 293.

7) Ulpian. lib. VI ad Edict. (Digg. III 1 § 6): (das Recht der Anklage verliert) et qui operas suas ut cum bestiis depugnaret locaverit.

8) Tertullian. ad mart. c. 5: certe ad feras ipsas adfectatione descendunt, et de morsibus et cicatricibus formosiores sibi videntur. Cf. ad nat. I 18.

von Thierkämpfern wie von Fechtern[1], sie wurden in besondern Schulen unterrichtet[2], eine der vier von Domitian erbauten kaiserlichen Schulen war ganz oder vorzugsweise zu ihrer Ausbildung bestimmt.[3] Wenn Thierhetzen mit andern Spielen zugleich stattfanden, gingen sie diesen in der Regel voraus und begannen am frühen Morgen.[4]

Die ersten Thierhetzen.

Auch die Thierhetzen[5] erhielten mit jeder Erweiterung des römischen Reichs immer wachsende Dimensionen, jedes neu eroberte Land sandte seine seltensten und wildesten Thiere nach Rom. Das Schauspiel war erst eingeführt worden, nachdem das afrikanische Gebiet Carthagos bereits in die Abhängigkeit der Römer gerathen war, vierzig Jahre später wurde es zur Provinz. Die wilden Thiere dieses Landstrichs waren die ersten und blieben länger als ein Jahrhundert die einzigen außereuropäischen, die im Cirkus gesehen wurden. Schon bei jener ersten Thierhetze sah man Löwen und Panther in solcher Fülle und Mannichfaltigkeit, daß das Schauspiel, wie Livius meinte, den Venationen der Augusteischen Zeit fast gleichkam; siebzehn Jahre später (585 = 169) „bei wachsender Pracht" in den Cirkusspielen der Curulädilen Scipio Nasica und P. Lentulus 63 afrikanische Thiere (Panther und Leoparden, wol auch Hyänen), 40 Bären und mehrere Elephanten. Auch Strauße hatte schon Plautus „im Lauf durch den Cirkus fliegen" gesehen. Außer diesen fremden Thieren wurden Rehe, Hasen und Hirsche, Eber, Bären und Büffel aus den Wäldern Apuliens und

1) Henzen 6178 = Grut. 334, 20.

2) Schon Sen. epp. 70, 20 erwähnt einen ludus bestiariorum.

3) Preller, Reg. d. St. R. S. 121.

4) Ebdas. Sueton. Claud. c. 34: bestiariis — adeo delectabatur ut etiam prima luce ad spectaculum descenderet. Bei Martial. VIII 67 sind die Venationen an den Floralien in der fünften Stunde noch nicht beendet. Auch bei Lucian. Toxaris c. 58 sind die Thierkämpfe zuerst.

Bestiarii scheint gewöhnlich der Name der zum Thierkampf bestimmten Verbrecher zu sein, daher ist es ein Zeichen von Grausamkeit, sie gern zu sehen (Sueton. Claud. c. 34), und sie sind schlechtere Kämpfer als die schlechtesten Gladiatoren (Petron. c. 45). Dagegen sind venatores geübte Jäger, die in der Regel wol nicht Verurtheilte waren.

5) Vgl. den Anhang.

Lukaniens, den Pontinischen Sümpfen und den Apenninen im Cirkus gehetzt, und gewiß häufig diese einheimischen Thiere allein; bei den Spielen der Flora (ein stehendes Fest seit 571 = 183) nur das unschädliche Wild.

Die Thierhetzen im letzten Jahrhundert vor Chr. und in der Kaiserzeit.

Die Schauspiele im letzten Jahrhundert der Republik lassen erkennen, daß die römische Macht bereits bis in die äußersten Fernen der Erde reichte, daß ihr nichts mehr unmöglich war. In den dreizehn Jahren von 58 bis 46 v. Chr. folgten drei Schauspiele von beispielloser Pracht schnell aufeinander, in denen Thiere dem Volk vorgeführt wurden, von denen bis dahin kaum die Namen nach Rom gedrungen, und deren Fang mit den ungeheuersten Schwierigkeiten verknüpft war: die Ungeheuer des Nil, Krokodil und Hippopotamus bei den Festen des Scaurus im J. 58; das Rhinoceros, eine weder vorher noch nachher gesehene afrikanische Affenart und der Luchs aus Gallien bei den fünftägigen Venationen, die Pompejus im J. 55 zur Einweihungsfeier seines Theaters gab; endlich die Giraffe bei den ebenfalls fünftägigen Venationen, die Cäsar zur Feier seiner Triumphe im J. 46 veranstaltete. Die Giraffe ist im Mittelalter einige Male nach Europa gekommen, als Geschenk ägyptischer Emire an europäische Fürsten, zuletzt an Lorenzo de' Medici 1486, von da ab bis zum neunzehnten Jahrhundert nicht wieder; Büffon mußte sich begnügen, sie zu beschreiben, ohne daß er wagen konnte, eine Abbildung zu geben. Der erste seit dem Alterthum nach Europa gekommene Hippopotamus ist wahrscheinlich der, dessen Erwerbung vor mehreren Jahren den Stolz des zoologischen Gartens zu London ausmachte. Der ganze Einfluß eines englischen Konsuls bei einem ägyptischen Pascha reichte kaum hin, ihn zu erlangen; sein Fang beschäftigte eine ganze Truppenabtheilung, sein Transport vom weißen Nil bis Kairo dauerte allein fünf bis sechs Monate. Auch diese seltensten und kostbarsten Thiere sind später in Rom zu wiederholten Malen und in größerer Anzahl gezeigt, selbst getödtet worden: Commodus tödtete, wie Cassius Dio als Augenzeuge berichtet, eigenhändig an einem Tage fünf Nilpferde und an verschiedenen anderen Tagen zwei Elephanten, eine Giraffe und einige Nashörner. Auch den Tiger, dessen Fang noch Varro für eine Unmöglichkeit gehalten hatte, sah man in Rom schon im Jahr 11 v. Chr. und später nicht selten, wild und gezähmt.

Die Zahlen sowohl der Thiere von einer Gattung als auch die Gesammtzahlen der verschiedenen bei einem großen Schauspiel zusammengebrachten Thiere klingen unglaublich. Ohne Zweifel ist die Bemerkung Dio's, daß alle solche Zahlen übertrieben sind, sehr richtig[1], aber sie bleiben auch noch nach großen Abzügen, ja wenn man sie auf die Hälfte herabsetzt, enorm. In dieser Beziehung sind die Spiele des Pompejus und Cäsar später nicht nur nicht übertroffen, sondern auch nicht erreicht worden. Bei den erstern sah man angeblich 17 oder 18 Elephanten, 500 oder 600 Löwen, 410 andre afrikanische Thiere; bei den letztern 400 Löwen und 40 Elephanten. Doch daß 100 und selbst 200, ja 300 Löwen, 300, 400, 500 Bären, ebensoviel afrikanische Thiere bei einem einzigen Schauspiel gezeigt oder gehetzt wurden — solche Angaben (und von gemeinern Thiergattungen zum Theil noch höhere) sind bei den Geschichtsschreibern der Kaiserzeit nichts weniger als selten. Mit den Thieren, die damals in Rom zu einem einzigen großen Fest zusammengebracht waren, könnte man gegenwärtig alle zoologischen Gärten Europas aufs reichste versorgen.[2] Nach der eigenen Angabe August's, der „an der unzähligen Menge und unbekannten Gestalt der Thiere" besondre Freude hatte[3], wurden in den von ihm gegebenen Schauspielen an afrikanischen Thieren allein ungefähr 3500 erlegt.[4] Bei dem hunderttägigen Fest, das Titus zur Einweihungsfeier des Flavischen Amphitheaters im J. 80 gab, sollen an einem Tage 5000 wilde Thiere aller Art gezeigt[5], im Ganzen

Zahlen der Thiere.

1) Dio XLIII 22.

2) Ganz ohne Nutzen waren sie auch damals nicht für die Naturkunde. Galen. περὶ ἀνατομ. ἐγχειρησ. VII 10 ed. Kuehn II 619. μεγίστου γοῦν ἐλέφαντος ἔναγχος ἐν Ῥώμῃ σφαγέντος ἠθροίσθησαν μὲν ἐπὶ τὴν ἀνατομὴν αὐτοῦ πολλοὶ τῶν ἰατρῶν. Das Herz nahmen die Köche des Kaisers heraus. Auch die Künstler machten natürlich nach den Thieren ihre Studien; vgl. die Anekdote von Pasiteles Plin. H. N. XXXVI 10.

3) Aurel. Vict. epit. 1, 25.

4) Marm. Ancyr.

5) Sueton. Tit. c. 7. Eutrop. VII 21.

9000 zahme und wilde getödtet worden sein[1]; bei den viermonatlichen Festen, die Trajan im J. 106 zur Feier des zweiten dacischen Triumphs veranstaltete, sogar 11000.[2]

Jagden. Da während der Kaiserzeit nicht bloß in Rom, sondern in allen großen und vielen kleinern Städten Venationen gegeben wurden, müssen, um die erforderlichen Thiere zu schaffen, unaufhörlich Jagden in großem Maßstabe nicht nur in den Provinzen des Reichs, sondern auch jenseit seiner Grenzen gehalten worden sein, sowohl für die Kaiser als für Privatpersonen[3] und zwar nicht nur für die Festgeber selbst, sondern auch für Kaufleute[4], die mit den Thieren handelten. Da diese Jagden Jahrhunderte hindurch fortgesetzt wurden, trieben sie in manchen Gegenden die wilden Thiere tiefer in Wildnisse und Wüsteneien und gewannen für Ackerbau und Civilisation neuen Boden. Sie verwandelten in Nordafrika die Lagerplätze der Löwen und Panther in Viehtriften[5] und hatten schon in August's Zeit bewirkt, daß die Nomadenstämme der überaus gesegneten Landstriche zwischen Carthago und den Säulen des Herkules sich dem Ackerbau zuwenden konnten[6]; sie rotteten dort die Elephanten allmälig ganz aus und befreiten die Saatfelder

---

1) Dio LXVI 25.

2) Dio LXVIII 15.

3) Der spätere Kaiser Macrinus soll in Afrika Jäger gewesen sein. Vit. Macrini c. 4.

4) Symmach. epp. V 62 (ursorum negotiatores).

5) Anthol. ed. Jacobs IV 202. epigr. adesp. 398:

Ἐσχατιαὶ Λιβύων Νασαμωνίδες, οὐκ ἔτι θηρῶν
ἔθνεσιν αὐχμηρὰ νῶτα βαρυνόμεναι,
οὔτοι ἐρημαιῇσιν ὑποπτήσσεσθε λεόντων
ὠρυγαῖς ψαμάθους ἄχρις ὑπὲρ Νομάδων,
φῦλον ἐπεὶ ἀνάριθμον ἐν ἰχνοπέδαισιν ἀγρευθὲν
ἐς μίαν αἰχμητὴς Καῖσαρ ἔθηκε θέαν·
αἱ δὲ πρὶν ἀγραύλων ἐγκοιτάδες ἀκρώρειαι
θηρῶν, νῦν ἀνδρῶν εἰσὶ βοηλασίαι.

6) Strabo II 5, 34 p. 131. C. *Πᾶσα δ' ἡ ἀπὸ Καρχηδόνος μέχρι στηλῶν ἐστὶν εὐδαίμων, θηριοτρόφος δὲ, ὥσπερ καὶ ἡ μεσογαία πᾶσα. Οὐκ ἀπεικὸς δὲ καὶ νομάδας λεχθῆναί τινας αὐτῶν, οὐ δυναμένους γεωργεῖν διὰ τὸ πλῆθος τῶν θηρίων τὸ παλαιόν· οἱ δὲ νῦν ἅμα τῇ ἐμπειρίᾳ τῆς θήρας διαφέροντες, καὶ τῶν Ῥωμαίων προσλαμβανόντων πρὸς τοῦτο διὰ*

Aegyptens von den Verwüstungen der nächtlich weidenden Hippopotamusse, die in Plinius' Zeit noch oberhalb der Präfektur von Sais häufig waren[1], im vierten Jahrhundert aber sich schon ganz nach Nubien hinaufgezogen hatten.[2] Wenn jedoch die Ergiebigkeit dieser Jagden auch in Afrika abnahm, so blieb der Reichthum der asiatischen Länder an wilden Thieren unerschöpflich. Noch in Ammian's Zeit schweiften zwischen den Rohrdickichten und Dschungeln Mesopotamiens „unzählige Löwen",[3] und wimmelte Hyrkanien von Tigern und andern wilden Thieren.[4] An der Grenze des römischen Reichs wurde für die zu den Schauspielen bestimmten Thiere, namentlich Löwen, Panther und Leoparden ein Eingangszoll erhoben.[5] Symmachus erwähnt den Hafenzoll für Bären von 2½ Procent, von dem aber Festgeber senatorischen Ranges damals befreit waren.[6] Das Jagdrecht war innerhalb des römischen Reichs im Allgemeinen unbeschränkt; dem Jäger gehörte das Thier, das er, gleichviel ob auf eigenem oder fremdem Boden, erjagt hatte.[7]

τὴν σπουδὴν τὴν περὶ τὰς θηριομαχίας, ἀμφοτέρων περιγίνονται καὶ τῶν θηρίων καὶ τῆς γεωργίας.

1) Plin. H. N. XXVIII 121.

2) Ammian. Marc. XXII 15, 24. Themist. orat. X p. 140a: *καὶ δυσχεραίνομεν ἐξηρημένων ἐκ Λιβύης μὲν ἐλεφάντων, ἐκ Θετταλίας δὲ λεόντων, ἐκ δὲ τῶν ἑλῶν τῶν περὶ τὸν Νεῖλον τῶν ἵππων τῶν ποταμίων.* Vgl. auch Cless (Numidia) St. R. E. V 736.

3) Ammian. XVIII 7, 4.

4) Id. XXIII 6, 50. Die Könige und Satrapen von Persien hatten große Thiergärten (Philostrat. Apoll. Tyan. I XXVIII ed. K. p. 20. Ammian. XXIV 5, 1); auch Gratian liebte darin zu jagen Ammian. XXXI 10, 19. Geschenke an wilden Thieren von den Perserkönigen an Diocletian Panegg. I 10; an Theodosius Ib. XII 22. Vgl. Marcell. Com. Chron. ad a. 496.

5) Vgl. die Ausführungen des Ael. Marcianus aus einem Rescript von Marc Aurel und Commodus, wo unter an der Grenze zu versteuernden ausländischen Waaren genannt werden Indici leones leaenae pardi leopardi pantherae Digg. XXXIX 4, 16 § 7. Es sind dies, wie Dirksen bemerkt (Abhdlgen der Berl. Akad. 1843 S. 104), sämmtliche damals gewöhnlich zu den Kampfspielen gebrauchte Thiere, und unter indischen Löwen asiatische überhaupt im Gegensatz zu den afrikanischen zu verstehen.

6) Symmach. epp. V 60 u. 62. Vgl. Marquardt, Hdb. III 1 S. 207.

7) Instit. II 1 § 12: ferae igitur bestiae et volucres et pisces, id est

Doch war der Besitz der Elephanten ein ausschließlich kaiserliches Vorrecht, der erste Privatmann, der nach dem Untergange der Republik ein Stück von diesem „Vieh des Kaisers“ besaß[1], war der spätere Kaiser Aurelian, der ihn von dem Perserkönig zum Geschenk erhalten hatte, und dies galt als Vorbedeutung seiner Herrschaft.[2] Auch die Elephantenjagd konnte daher nur auf Befehl oder mit Erlaubniß des Kaisers stattfinden.[3] Ebenso haben, wenigstens in späterer Zeit, die Kaiser das Recht der Löwenjagd sich allein vorbehalten. Niemand, heißt es in einem Erlaß der Kaiser Honorius und Theodosius vom J. 414, der einen Löwen tödtet, soll deswegen eine Anklage zu befürchten haben, da das Heil Unsrer Unterthanen Unserm Vergnügen nothwendig voranstehen muß und dieses überdies keine Einbuße erleidet, insofern wir wohl die Erlaubniß, diese Thiere zu tödten, aber nicht zu jagen und zu
Die kaiserlichen Thiergärten in Rom. verkaufen gegeben haben.[4] Wie reich die kaiserlichen Zwinger und Thiergärten zu Rom[5] mit den seltensten und kostbarsten Thieren versehen waren, mag folgende Aufzählung der unter dem dritten Gordian zu Rom befindlichen Thiere zeigen: 32 Elephanten, 10

---

omnia animalia, quae terra, mari, coelo nascuntur, simulatque ab aliquo capta fuerint. jure gentium statim illius esse incipiunt; quod enim nullius est, id naturali ratione occupanti conceditur. Nec interest feras bestias et volucres utrum in suo fundo quisque capiat an in alieno etc.

1) Juv. XII 106: Caesaris armentum nulli servire paratum Privato.

2) Vit. Aureliani c. 5.

3) Aelian. Nat. Anim. 10, 1: ἀνὴρ τῆς τούτων (elephantorum) ἄγρας οὐκ ἄπειρος, δύναμιν λαβὼν ἐκ βασιλέως τοῦ Ῥωμαίων πάλαι, Ἀλέξανδρος ὄνομα, καὶ σταλεὶς ἐπὶ τὴν θήραν κ. τ. λ.

4) Cod. Theod. l. XV Tit. XI l. 1. Als unter Aurelian einmal die Sibyllinischen Bücher besonders feierliche Opfer vorschrieben, schrieb der Kaiser an den Senat: quaelibet animalia regia non abnuo sed libens offero (vit. Aurel. c. 20). Ob dazu außer Elephanten und Löwen noch andre gehörten, ist unbekannt. Wenn Symmach. epp. VII 122 bittet, ut aliarum ferarum Libycarum mihi emptio sacra auctoritate praestetur, so sind hier vielleicht nur Löwen zu verstehen.

5) Ein solcher befand sich bei Nero's goldenem Hause Sueton. Nero c. 31. Ein vivarium bei porta Praenestina erwähnt Procop. Bell. Goth. I 22, vgl. Jahn Ann. d. I. X 208. Becker, Hdb. I 207. Für ein vivarium hat man auch die unterirdischen Räume unter SS. Giovanni e Paolo gehalten. Beschreibung Roms III 473.

Elenthiere, 10 Tiger, 60 zahme Löwen, 30 zahme Leoparden, 10 Hyänen, 1 Rhinoceros, 1 Hippopotamus, 10 „Hauptlöwen", 10 Giraffen, 20 wilde Esel, 40 wilde Pferde und „unzählige" andre Thiere, welche der Kaiser Philipp sämmtlich zu den tausendjährigen Säcularspielen im J. 248 verwandte.[1] Die Versorgung und Instandhaltung dieser Zwinger verschlang Jahr aus Jahr ein erhebliche Summen[2] und erforderte ein großes Verwaltungspersonal.[3]

Beschaffung der Thiere aus den Provinzen und dem Auslande.

Vermuthlich schenkten die Kaiser nicht selten ihren Freunden und andern bevorzugten Senatoren Thiere zu amphitheatralischen Schauspielen.[4] Uebrigens wurde den römischen Großen deren Beschaffung oft sehr dadurch erleichtert, daß sie in Asien und Afrika Güter besaßen[5], und außerdem die Hülfe der Provinzialstatthalter in der Regel in Anspruch nehmen konnten, wenn auch die Beiträge an Geld und wilden Thieren zu den von den Freunden der Statthalter zu gebenden Schauspielen nicht mehr wie in der Zeit der Republik[6] zu den stehenden Abgaben der Provinzialen gehörten. Wie sehr die höhern römischen Beamten gewöhnt waren, die Beschaffung wilder Thiere als eine geringfügige, von den Statthaltern der betreffenden Provinzen mit Sicherheit zu erwartende Gefälligkeit anzusehen, zeigen die hierüber von M. Cälius als Aedil im J. 51 mit Cicero als Proconsul von Cilicien gewechselten Briefe. Da Patiscus an Curio 10 Panther geschickt habe, schreibt der erstere, werde es für Cicero eine Schande sein, wenn er ihm nicht sehr viel mehr schicke; er habe übrigens nichts zu thun, als die erforderlichen Aufträge zu ertheilen, da für Transport und Füt-

1) Gordianus tertius c. 33.

2) Aurelian verschenkte die in seinem Triumph aufgeführten Thiere, ne fiscum annonis gravaret (vit. Aurel. c. 33); Caligula fütterte die seinen, als Fleisch einmal theuer war, mit Verbrechern (Sueton. Calig. c. 27).

3) Henzen 6342: Gami Aug. l. proc. aloricata. Loricata hält Borghesi für einen eingehegten Raum, wie ihn Ammian. XXIII 5 beschreibt: loricae ambitu circumclusum — continens feras. Ein Ti. Claudius Spectator procurator Laurento ad helephantos Orelli 2951. Ein custos vivarii Murat. 619, 2.

4) Symmachus erwähnt ein Geschenk von mehreren Leoparden. Epp. IV 12. VII 59.

5) Vgl. Bd. I S. 177.

6) Marquardt, Hdb. d. R. A. III 2. A. 872.

terung der erwarteten Thiere bereits im voraus gesorgt sei.[1] Dergleichen Bitten wurden um so weniger abgeschlagen, als man leicht in den Fall kommen konnte, selbst die Gegendienste des Bittenden in Anspruch zu nehmen.[2]

So bestanden denn tausende von kühnen Jägern Jahr für Jahr in allen Zonen Gefahren der furchtbarsten Art, um die zu den überall begehrten Schauspielen nöthigen Thiere in der erforderlichen Anzahl zu liefern. Damit ein einziges großes Fest mit der Pracht gefeiert werden konnte, an die man in Rom gewöhnt war, richtete der Hindu seine zahmen Elephanten zur Jagd der wilden ab[3], stellten die Bewohner der Rheinufer Netze um das sumpfige Rohrdickicht, in dem der Eber hauste[4], jagten die Mauren auf ausdauernden Wüstenpferden den Strauß in immer engeren Kreisen[5], und lauerten in den grauenvollen Einöden des Atlas bei ihren Fanggruben auf den Löwen.[6] Waren diese gefährlichen Jagden von glücklichen Erfolgen gekrönt, dann forderte die Sorge für die Fortschaffung der erbeuteten Thiere eine neue Thätigkeit. Nun

1) Cic. ad fam. II 11, 2. VIII 9, 3. Vgl. Plutarch. Cic. c. 36.

2) Symmach. epp. IX 125.

3) Strabo XV 1, 42. Plin. H. N. VIII 24. Arrian. Hist. Ind. c. 13.

4) Claudian. laud. Stilich. 3, 305.

5) Aelian. Hist. an. XIV 7.

6) Claudian. ib. 3, 341. Plin. ib. VIII 54. Vgl. Xenophon. de venat. c. 11. Digg. IX 2, 28 (qui foveas ursorum cervorumque capiendorum causa faciunt etc.). Netze mit eingeflochtenen Federn zum Fang von Bären, Säuen, Hirschen, Wölfen, Füchsen beschreibt Nemesian. cyneg. III 303 (Wernsdorf. poet. min. I p. 303 sq.), den Fang der Panther in Mauretanien mit Fallen, worin faules Fleisch als Köder diente, Aelian. l. l. XIII 10; anders Oppian. IV 320; den Fang des Hippopotamus in Fallgruben Achill. Tat. IV 2 f.; eine Jagd des Hippopotamus mit Harpunen Diodor. I 35. Vgl. die Abbildungen auf dem Mosaik von Palestrina und Gerhard, Archäol. Anzeiger 1858 S. 169*. Den Fang des Krokodils in Netzen Diodor. l. l. Den Fang des Bison Pausan. X 13, 2. Den Fang der *ὄνοι ἄγριοι* (?) in Numidien durch Reiter, die ihnen Schlingen überwarfen Arrian de venat. c. 24, 3. Die Tigerjagd, bei der die berittenen Jäger die jungen Tiger aus der Höhle nehmen und sich vor der verfolgenden Tigerin dadurch retten, daß sie einzelne fallen lassen: Plin. H. N. VIII 66. Pomp. Mela III 5. Martial. VIII 26. Bartoli sepolcro de' Nasoni. Anders Oppian III 353 ff.

klang die Axt, knirschte die Säge des Zimmermanns, rauchte die Esse des Schmiedes, und bald ließen die furchtbaren Gefangenen ihre Wuth an den Gitterstäben ihrer Käfige aus. In seinem Gedicht auf Stilicho besingt Claudian eine von diesem gegebene Thierhetze. Seinem Gönner zu Ehren läßt der Dichter Diana selbst mit ihren Nymphen in allen Wäldern, Wüsten und Gebirgen der Welt jagen, und da freilich reichen die Zimmerleute gar nicht aus, um für alle erforderlichen Käfige auch nur die Balken zu behauen; aus rohen Buchen- und Ulmenstämmen werden sie zusammengefügt und sind von dem darangebliebenen Laube noch ganz grün.[1] Der Transport erfolgte theils zur See[2], wo denn die betreffenden Schiffe nicht selten durch widrigen Wind zurückgehalten wurden, bis es zu spät war[3], oder mit ihren kostbaren Ladungen Schiffbruch litten[4]; theils kamen auch zu Lande lange Züge schwerfälliger, mit Käfigen beladener Wagen von Stieren gezogen.[5] Bei den ungeheuern Entfernungen, die diese Züge zum großen Theil zurückzulegen hatten, waren sie sehr oft Monate lang unterwegs, wobei es denn leicht geschehen konnte, daß die Thiere massenhaft umkamen[6], oder in unbrauchbarem Zustande an ihren Bestimmungsort gelangten.[7] Aus einem Erlaß der Kaiser Honorius und Theodosius vom J. 417 geht hervor, daß die Transporte kaiserlicher Thiere von den Städten, die sie durchzogen, während ihres Aufenthalts verpflegt werden mußten, was vermuthlich auch früher der Fall gewesen war. Welche Mißbräuche diese Bestimmung zur Folge hatte, zeigt der erwähnte Erlaß, nach welchem ein solcher Zug in der Hauptstadt der damaligen Euphratprovinz Hierapolis sich statt

Transporte.

1) Claudian. ib. 3, 322.

2) Die Einschiffung der Elephanten (bei Hannibal's Uebergang über den Rhodanus) beschreibt (nach Polyb. III 46. Liv. XXI 28) Sil. Ital. III 460. Aelian. Nat. an. X 17. — Pasiteles machte seine Studien in navalibus, ubi ferae Africanae errat Plin. H. N. XXXVI 40.

3) Plin. epp. VI 34.

4) Symmach. epp. IX 117.

5) Claudian. l. l.

6) Apulej. Metam. IV 72.

7) Symmach. epp. II 76.

7—8 Tage 3—4 Monate aufgehalten und die Führer gegen alles Herkommen überdies noch Käfige verlangt hatten: weßhalb die Kaiser verordnen, daß fortan kein Zug länger als sieben Tage in einer Stadt bleiben solle.[1]

Ausputz der Thiere. Bei den Schauspielen des Amphitheaters wurden die Thiere, wie gesagt, nicht bloß gehetzt und zum Kampf gegen einander und gegen Menschen losgelassen, sondern auch, namentlich seltnere und unschädliche, nur zur Schau gestellt. Dabei pflegte man sie nach damaligem Geschmack zu putzen, besonders wurden sie mit breiten bunten Schärpen[2] und mit Goldblech behängt[3], aber auch mit Farben angestrichen. Bei Schauspielen, wie bei Opfern und Processionen, sah man weiß angestrichene Ochsen[4], Schafe mit Purpur und Scharlach[5], Strauße mit Zinnober gefärbt[6] und Löwen mit vergoldeter Mähne.[7]

Zähmung und Abrichtung. Die Zahlen der im Amphitheater gezeigten gezähmten und abgerichteten Thiere waren eben so groß als die Leistungen der Thierbändiger erstaunlich.[8] Schon unter August wurde diese Kunst

---

1) Cod. Theodos. XV Tit. XI. l. 2.

2) Auch dies geschah nicht bloß bei Aufzügen und Opfern, wobei es die Denkmäler häufig zeigen (vgl. auch H. A. Gallieni duo c. 8: processerunt etiam altrinsecus centeni albi boves cornibus auro jugatis et dorsualibus sericis discoloribus praefulgentes), sondern auch bei Thierkämpfen nach dem Relief Mon. d. I. III tav. 38 vgl. Henzen Ann. d. I. 1840 p. 20.

3) Seneca epp. 41, 6: aliter leo aurata juba mittitur — aliter incultus — hic — praefertur illi languido et bracteato. Vielleicht sind auch die Metallplatten, mit denen die Thiere auf dem Borghesischen Mosaik behängt sind (die Henzen für Reizmittel gehalten hat) solche bracteae.

4) Juv. X 65 duc in Capitolia magnum Cretatumque bovem (nach dem schol. Nachahmung eines Lucilischen Verses).

5) Plin. H. N. VIII 197.

6) Struthiones Mauri miniati CCC. Gordiani III c. 3.

7) Seneca l. l. Vgl. auch Id. de benef. I 6, 3: ne in victimis quidem, licet opimae sint auroque praefulgeant.

8) Plutarch. de solert. anim. c. 5, 5 p. 963 C.: οὐχ ἂν ἀπεσχόμην σου, μυρία μὲν εὐμαθείας μυρία δ' εὐφυίας παραδείγματα θηρίων διηγούμε-

so vielfach geübt, daß Manilius sie unter den Berufsarten nennt, zu denen die unter gewissen Konstellationen gebornen Menschen besonders geschickt sind.[1] Seit Julius Cäsar sich hatte von Elephanten, die Fackeln trugen, nach Hause leuchten lassen[2], und Marc Anton mit der Tänzerin Cytheris auf einem löwenbespannten Wagen gefahren war[3], wurden Löwen, Panther, Bären, Eber, Wölfe, gezähmt oder ungezähmt, in den Palästen der Kaiser und der Vornehmen offenbar sehr häufig gehalten.[4] Die römischen Thierbändiger scheinen es sich zur Aufgabe gemacht zu haben, die Thiere gerade zu dem abzurichten, was ihrer Natur am meisten zuwider war. Wilde Stiere ließen Knaben auf sich tanzen[5], standen auf den Hinterfüßen[6], zeigten zugleich mit Pferden ihre Kunststücke im Wasser[7], und blieben auf schnellfahrenden Zweigespannen „als Wagenlenker" unbeweglich.[8] Hirsche lernten dem Zügel gehorchen[9], Parder im Joch gehen.[10] Kraniche beschrieben im Laufen Kreise[11],

---

νος, ὧν ἅμαις καὶ σκάφαις ἡμῖν ἐκ τῶν βασιλικῶν ἀρύσασθαι θεάτρων ἡ καλὴ Ῥώμη παρέσχηκε. Große Zahlen von gezähmten Thieren z. B. Gordiani tres c. 33, Gallieni duo c. 8 (mansuetae ferae diversae generis CC.)

Einiges über die Thierzähmung s. bei Jahn Columbar. d. Villa Pamfili S. 34 ff., über die Abrichtung von Affen Archäol. Beitr. S. 435. Vgl. auch Cic. ad Attic. VI 1, 25 (cynocephalus in essedo) u. Luxor. de simiis canum dorso impositis Anthol. lat. ed. Meyer 341.

1) Manil. IV 234 sqq. V 700. Firmic. mathes. VIII 17. — Seneca epp. 5, 41.

2) Dio XXXIX 22; oder auf das Kapitol nach Sueton. Caes. c. 37.

3) Cic. Philipp. 2, 24. Plutarch. Anton. c. 9. Plin. H. N. VIII 55.

4) In dem Edikt der Aedilen Digg. XXI 1, 40—42 werden Eber, Wölfe, Bären, Panther, Löwen als im Besitz von Privatpersonen vorkommende Thiere angegeben. Vgl. Seneca de ira III 23. Juv. VII 76. Plutarch. de cohib. ira c. 14 sq. p. 462 F. Pausan. VIII 17, 3 (weiße Eber und Bären). Epictet. diss. IV 1, 25. Dio LXXVIII 7. Vit. Elagab. c. 21, 25, 28.

5) Martial. V 31.

6) Aelian. Nat. an. VII 4.

7) Dio LXVI 25. Aelian. l. l. Plin. VIII 181.

8) Plin. ib.

9) Martial. I 104, 3 sq. Gezähmte Hirsche werden auch Instit. II 1, 15 erwähnt.

10) Martial. ib.

11) Plin. H. N. X 59.

und bekämpften sich gegenseitig.[1] Friedliche Antilopen rannten mit den Hörnern an einander, bis eine oder beide todt auf dem Platze blieben.[2] Löwen wurden bis zum äußersten Grade hündischen Gehorsams gebracht; in Domitian's Schauspielen sah man sie in der Arena Hasen fangen, unversehrt in den Zähnen halten, loslassen und wieder fangen.[3] Elephanten ließen sich auf den Wink ihrer schwarzen Lehrmeister[4] auf die Kniee nieder, führten Tänze auf, zu denen einer von ihnen die Cymbeln schlug[5], lagen zu Tisch, trugen je vier einen fünften wie eine Wöchnerin in einer Sänfte, gingen auf dem Seil[6], und schrieben lateinisch.[7] Plinius versichert, daß, als mehrere zusammen abgerichtet wurden, einer, der einen „langsamen Geist" zum Lernen hatte und deßhalb häufig mit Schlägen bedroht wurde, bei Nacht belauscht worden sei, wie er sich selbst das Gelernte einübte.[8] Die Römer hatten eine Art von Zärtlichkeit für die Elephanten, in deren Sanftheit und Gelehrigkeit sie etwas menschliches fanden. Bei den Schauspielen des Pompejus, wo eine größere Anzahl von Elephanten umgebracht wurde, erregten sie das Mitleiden des Volkes in so hohem Grade, daß der beabsichtigte Eindruck sich fast in sein Gegentheil verkehrte.[9]

Thierhetzen in der Arena.

Mit den Produktionen gezähmter Thiere wechselten die Kämpfe der auf einander gehetzten wilden, wie des Rhinoceros mit dem Elephanten[10], dem Bären, dem Büffel, des Elephanten mit dem Büffel[11] u. s. w. Die natürliche Wildheit der Thiere ward durch

---

1) Dio LXVI 25.

2) Martial. IV 35; 74.

3) Martial. I 6; 14; 22; 48; 51; 104.

4) Martial. I 104. VIII 74. Seneca epp. 85, 41. Caylus rec. d'antiq. VI pl. L.

5) Aelian. hist. Ind. c. 14, 5. Vgl. Martial. I 104. Plin. H. N. VIII 4 sq. Plutarch. de fort. c. 3. Aelian. Nat. an. II 11.

6) Plin. ib. Sueton. Galba c. 6; anders Dio LXI 17.

7) Aelian. H. A. II 11. Plin. H. N. VIII 6.

8) Plin. l. l. Plutarch. de solert. an. c. 12, 3.

9) Vgl. mit dem einfachen Bericht des Augenzeugen Cicero (ad fam. VII 1) die Erzählung bei Plin. H. N. VIII 21 und vollends Dio XXXIX 38.

10) Dio LV 27.

11) Lib. spect. 9. 17. 19. 22. Kampf von Bär und Stier Seneca de ira III 43, 2. Mus. Borb. XIV Tav. 48 (im Hintergrunde Felsen, wol nach einer Dekoration im Amphitheater). Dasselbe auf einer Lampe Bartoli luc. sep. I f. 33.

scharfe Reizmittel gesteigert. Man trieb sie mit Peitschengeknall an[1], verwundete sie mit Stacheln[2] und Bränden[3], warf ihnen mit Lappen behängte Strohpuppen vor[4], die sie wüthend in die Luft schleuderten[5], fesselte sie je zwei an langen Seilen zusammen[6], und das Volk jauchzte vor Entzücken, wenn sie rasend gemacht einander zerfleischten. Sodann traten gewiegte und gut bewaffnete Jäger auf, die mit wohldressirten[7] Hunden von guter (besonders auch britannischer und schottischer[8]) Race den wildesten Bestien einzeln oder in Menge Stand zu halten vermochten. Ihren Bogen, Jagdspießen und Lanzen (in deren Führung vor allen Mauren und Parther Meister waren)[9] erlagen selbst Löwe und Panther, Bär und Auerochs.[10] Man sah auch in der Arena Bären zuweilen durch einen geschickt auf den Kopf geführten Faustschlag tödten[11], Löwen durch einen über den Kopf geworfenen Mantel blenden und

1) Sozomen. hist. eccl. VII 29.

2) Vgl. das Borghesische Mosaik nebst Henzen's Commentar. Taurocentae I. R. N. 2377.

3) Lib. spect. 19. Ruinart acta mart. p. 171.

4) Cic. pro C. Cornel. de maj. or. 1. fr.: videlicet homines foeneos in medium ad temptandum periculum projectos. Gloss. Labb. pilae taurariae. (Vgl. Salmas. ad Hist. Aug. p. 154). Auch auf einigen Diptychen bei Gori scheinen dergleichen abgebildet zu sein; vgl. Henzen Ann. d. I. XXV 118. Martial. II 43, 6:

At me (toga velat) quae furias passa est et cornua tauri,
Noluerit dici quam pila prima suam.

5) Lib. sp. 9. 19. 27.

6) Vgl. die auf den Kampf von Bär und Stier bezüglichen Anführungen S. 230 A. 11.

7) Martial. XI 69:

Amphitheatrales inter nutrita magistros
Venatrix, silvis aspera, blanda domi,
Lydia dicebar, domino fidissima Dextro.

8) Diese wurden schon zu Strabo's Zeit ausgeführt. Strabo IV 5, 2 p. 199. Vgl. Grat. Falisc. cyneg. 174 sqq. Nemesian. Cyneg. 124 sqq. Zu Symmachus' Schauspielen kamen schottische Hunde in eisernen Käfigen Symmach. epp. II 77.

9) Herodian. I 15. Die Sagittarii der Inschriften sind doch wol Thierkämpfer.

10) Lib. spect. 15. 27.

11) Plin. H. N. VIII 34.

dann ohne Schwierigkeit überwinden.[1] Auch die in Griechenland, besonders in Thessalien, einheimischen Stiergefechte[2] wurden, seit sie Cäsar in Rom zuerst veranstaltet hatte[3], später öfter wiederholt: den wilden, durch Vorhalten rother Tücher noch gereizten Thieren[4] standen Kämpfer zu Fuß[5] und berittene gegenüber; von den letztern wurden sie nach thessalischer Sitte bis zur Ermattung gehetzt, und dann an den Hörnern zu Boden gerissen.[6] Claudius ließ eine Abtheilung der berittenen prätorianischen Leibwache unter Anführung ihrer Officiere gegen afrikanische Panther, Nero dieselben Reiter gegen 400 Bären und 300 Löwen fechten.[7]

Hinrichtungen durch wilde Thiere. Aber zu den Schauspielen des Amphitheaters gehörten auch die Vollstreckungen jener entsetzlichen Todesurtheile, durch welche Menschen theils an Pfähle gebunden und völlig wehrlos[8], theils zur Verlängerung ihrer Qual mit Waffen versehen den wilden Bestien überliefert wurden, die zuweilen überdies zum Menschen-

---

1) Id. ib. VIII 54.

2) Böttiger, Kl. Schr. Bd. 3 S. 325 (Stierkämpfe, ein Sieg des Alterthums über die Modernen). Vgl. auch Anthol. Pal. ed. Jacobs II 192 (IX 543). Artemidor. Onirocr. I 8 p. 15: ταύροις δ' ἔτι κατὰ προαίρεσιν ἐν Ἰωνίᾳ παῖδες Ἐφεσίων ἀγωνίζονται καὶ ἐν Ἀττικῇ παρὰ ταῖς θέαις ἐν Ἐλευσῖνι. Aristid. orat. XXV ed. Jebb. p. 324. (ταύρων θήρα zu Pergamus) C. I. G. 2858 (βοηγία zu Milet) 3212 (ταυροκαθάψια zu Smyrna).

3) Plin. H. N. VIII 182. Appian. B. C. II 102. Vellej. II 56.

4) Ovid. Metam. XII 103.

5) H. A. Gallieni duo c. 12.

6) Sueton. Claud. c. 21. Dio LXI 9.

7) Sueton. ib. Dio ib.

8) H. A. Aurelian. c. 37: sane Mnestheus postea surrectus ad stipitem bestiis objectus est. Ruinart acta mart. p. 171: qui nudis corporibus stabant et commotis manibus eas (feras) in semet ipsos provocabant, id enim facere jubebantur. Die Sammlung röm. Denkmäler in Baiern, herausg. v. d. Akad. 1808 (ein Magazin von Töpferwaaren, muthmaßlich bei Pons Oeni) enthält zahlreiche Scherben, darunter Taf. V. VII Venationen, Taf. X Menschen nackt an Pfähle gebunden und Bären, Taf. VIII Stiere und Figuren in Kapuzenmänteln, vermuthlich magistri.

Auch im Mittelalter wurden politische Urtheile durch wilde Thiere vollstreckt: Burckhardt, Cultur der Renaissance S. 288, 2. (Vgl. ebdas. über Thierhetzen, als Volksbelustigungen und die Löwengruben bei den Staatspalästen in Florenz und Perugia, zu Rom am Fuß des Capitols.)

fressen abgerichtet waren.[1] Welch' ein Anblick, wenn diese Elenden mit zerrissenen Gliedern, von Blut bedeckt, nicht um Gnade, sondern um Aufschub ihres Martertodes bis zum nächsten Tage flehten[2]! Und wenn nun vollends dieser gräßlichen Wirklichkeit der Schein einer Theaterscene gegeben wurde! Vielleicht meinte man dies unmenschliche Schauspiel so minder abschreckend zu machen: für unser Gefühl ist es doppelt empörend, daß Maschinist und Dekorateur aufgeboten wurden, um die Agonieen von Delinquenten zu verlängern und mit dem Prunk der Bühne zu umgeben.

Schon Strabo erwähnt ein Beispiel einer in solcher Weise zum Schauspiel benutzten Hinrichtung. Ein Räuber, Salirus, Sohn des Aetna genannt, weil er dort sein Wesen getrieben, war zum Tode durch die wilden Thiere verdammt: auf dem Forum war ein Gerüst errichtet, auf dem der Verurtheilte stand, das Gerüst fiel aus einander und er stürzte in die Käfige der Bestien hinab, die ihn zerrissen.[3] Im Flavischen Amphitheater war für eine völlig theatralische Ausstattung der Schauspiele durch Dekoration und Maschinenwesen in der großartigsten Weise gesorgt. Wie in den Amphitheatern zu Puteoli und Capua, (die beide vermuthlich oft zu kaiserlichen Schauspielen benutzt wurden), ruhte der Boden der Arena auf kolossalen Substructionen.[4] In die so gebildeten unterirdischen Räume konnten Menschen, Thiere und Maschinen durch Eingänge außerhalb des Gebäudes von den Zuschauern ungesehn

Theatralische Ausstattung des Schauspiels.

1) Dio LX 13. LXXI 29. Ammian. XXIX 3, 9: habebat (Valentinianus) duas ursas saevas hominum ambestrices, Micam auream et Innocentiam.

2) Joseph. B. J. VII 8, 7: *οἱ δ᾽ ἀπὸ θηρίων ἡμίβρωτοι πρὸς δευτέραν αὐτοῖς τροφὴν ζῶντες ἐφυλάχθησαν, γέλωτα καὶ παιδιὰν τοῖς πολεμίοις παρασχόντες.* Marc. Antonin. Comment. X 8: *τοῖς ἡμιβρώτοις θηριομάχοις, οἵτινες μεστοὶ τραυμάτων καὶ λύθρου παρακαλοῦσιν ὅμως εἰς τὴν αὔριον φυλαχθῆναι, παραβληθησόμενοι τοιοῦτοι τοῖς αὐτοῖς ὄνυξι καὶ δήγμασιν.*

3) Strabo VI 2, 6.

4) Vgl. den Anhang und Rucca dell' uso de' sotterranei anfiteatrali (aus den Mem. dell' acad. Ercolan. Vol. IV) Napoli 1851; der aber in seiner Vorstellung von der Benutzung dieser Souterrains viel zu weit geht, und z. B. annimmt, daß mit Ausnahme der essedarii und andabatae alle Menschen und Thiere aus der Versenkung heraufkamen.

gelangen[1]; beim Amphitheater von Capua, das dem Flavischen an Größe ungefähr gleichkommt, war hier angeblich für tausend Menschen Platz.[2] So war es möglich, die ganze Scenerie mit allen handelnden Personen und dazu gehörigen Thieren aus der Tiefe aufsteigen und wieder verschwinden zu lassen, und überhaupt die überraschendsten Verwandlungen auszuführen. Die römischen Maschinisten hatten ihre Kunst bis zu einem hohen Grade von Vollkommenheit gebracht; es war ihnen ein Leichtes, ihre Gerüste und Koulissen geräuschlos in die Höhe wachsen und hinabsinken, sich von einander lösen und zusammenschließen zu lassen.[3] Bei den Schauspielen Sever's im Jahre 202 war die Arena in die Gestalt eines Schiffes umgeformt, das plötzlich aus einander fiel und ein Gewimmel der mannichfaltigsten Thiere entlud. Bären, Löwen, Panther, Strauße, Auerochsen rannten und drängten sich durcheinander, siebenhundert Thiere wurden so während des siebentägigen Festes gezeigt und erlegt.[4] Bei dem Schauspiel, das der Dichter Calpurnius beschreibt, klaffte der Boden wiederholt auseinander und aus den unterirdischen Schlünden stieg ein Zauberwald von goldschimmernden Gebüschen mit duftenden Springbrunnen auf, den zugleich aus der Tiefe emporgestiegene Ungeheuer fremder Zonen erfüllten.[5]

Hinrichtungen und Foltern in pantomimischen Scenen.

Auch eigentliche theatralische, besonders pantomimische Vorstellungen fanden in der Arena Statt, nur daß die Schauspieler verurtheilte Verbrecher waren, die eigens dazu unterrichtet und eingeübt wurden[6], und daß sie Tod und Martern nicht fingirten, sondern wirklich erlitten. In kostbaren golddurchwirkten Tuniken und Purpur-

1) Nach Dio LXIX 4 schlug der Architekt Apollodorus vor, die Souterrains des Tempels der Venus und Roma mit denen des Amphitheaters zu verbinden, um mehr Raum für den scenischen Apparat der Schauspiele zu gewinnen.

2) Rucca sull' ipogeo dell' anfiteatro Puteolano p. 11 f.

3) Seneca epp. 88, 22.

4) Dio LXXVI 1. Vgl. die hierauf geprägte Münze Eckhel D. N. VII 182. Nach Dio LXI 1 hätte ein solches Schiff schon als Modell für das Fahrzeug gedient, in dem Agrippina den Tod finden sollte. Vgl. Tac. A. XIV 5 sq.

5) Calpurn. Eclog. VII 69 sqq.

6) Hdb. d. R. A. IV A. 3529.

mänteln, mit goldnen Kränzen geschmückt, traten sie auf, doch wie aus den todbringenden Gewändern der Medea, fuhren plötzlich Flammen aus diesen prächtigen Kleidern, in denen die Elenden grauenvoll umkamen.[1] Es gab wol kaum eine aus der Geschichte und Litteratur bekannte Folter oder furchtbare Todesart, mit deren Aufführung das Volk nicht im Amphitheater unterhalten worden wäre.[2] Man sah hier Herkules auf dem Oeta den Flammentod sterben[3], Mucius Scävola die Hand über das Kohlenbecken halten, bis sie verzehrt war[4], den Räuber Laureolus, den Helden einer bekannten Posse, am Kreuz hängend von Bestien zerreißen. Ein Augenzeuge schildert, wie die Glieder tropfenweis herabfielen und der Körper kein Körper mehr war: wie zu seiner Beruhigung fügt er hinzu, der so Gemarterte sei gewiß ein Vatermörder, Tempelräuber oder Mordbrenner.[5] Ein anderer Verdammter stieg bei demselben Schauspiel als Orpheus aus der Versenkung auf, als ob er aus der Unterwelt zurückkehrte. Die Natur schien von seinem Spiel bezaubert, Felsen und Bäume bewegten sich auf ihn zu, Vögel schwebten über ihm, zahlreiche Thiere umgaben ihn; als das Schauspiel lange

---

1) Plutarch. de sera num. vind. c. 9. Mit volksthümlichem Ausdruck hießen diese brennenden Gewänder tunica molesta: Martial. X 25. Vgl. Juv. I 155. VIII 235 und Nipperdey zu Tac. A. XV 44. Fast unglaublich klingt, was Tertull. ad mart. c. 5 sagt: Jam et ad ignes quidam sese auctoraverunt, ut certum spatium in tunica ardente conficerent. Vgl. Id. ad nat. I 18.

Daß die Opfer der Arena auch sonst prächtig gekleidet wurden, zeigt die Passio S. Felicitatis et Perpetuae c. 18, wo die Christen als Priester des Saturn (also in Scharlach- und Purpurmänteln Tertull. de testim. animae c. 2, de pall. c. 4), die Christinnen als Cerespriesterinnen erscheinen müssen.

2) Tertullian. Apol. c. 15: vidimus (in cavea) aliquando castratum Atyn, illum deum ex Pessinunte (!), et qui vivus ardebat Herculem induerat. Id. de pudic. c. 22: puta nunc sub gladio jam capite librato, puta in patibulo jam corpore expanso, puta in stipite jam leoni concesso, puta in axe jam incendio adstricto (eine Darstellung des Ixion).

3) Vgl. außer Tertull. Apol. c. 15 auch Anthol. Pal. ed. Jacobs II 374. (XI 184), wo ein Dieb als Herkules verbrannt wird.

4) Martial. VIII 30. X 25. Auch diese Exekutionen fanden früh am Morgen Statt. Ebenso in Alexandria Philo in Flacc. p. 529 M.

5) Lib. spectac. 7.

Heitere mythologische Pantomimen.

genug gewährt hatte, ward er von einem Bären zerrissen.[1] Mit diesen gräßlichen mythologischen Scenen wechselten aber auch heitere, selbst schlüpfrige, wie Darstellungen der Europa mit dem Stier[2] oder der Pasiphae mit dem Stier.[3] Knaben, vermuthlich als Liebesgötter, schwebten bis zu dem Zeltdach empor, das über dem Zuschauerraum ausgespannt war.[4] Dabei kamen wunderliche Aenderungen bei der Aufführung bekannter Mythen vor, wie z. B. ein von einem Löwen zerrissener Dädalus[5], ein von einem Stier gen Himmel getragener Herkules erwähnt wird.[6] Dann wieder verwandelte sich die Arena plötzlich in eine Wasserfläche, Leander schwamm zu Hero, bunte Züge von Seegöttern und Nymphen mit Ruder, Anker und Dreizack tummelten sich um Nachen mit geblähten Segeln, und über den Häuptern der Dioskuren leuchteten Sterne.[7]

---

1) Ib. 21, 21 b.

2) Eine solche Darstellung deutet offenbar Aelian. Nat. An. VII 4 an, wo er sagt, daß Stiere abgerichtet wurden, Frauen zu tragen.

3) Suelon. Nero c. 12: inter pyrrhicharum argumenta taurus Pasiphaen ligneo juvencae simulacro abditam iniit, ut multi spectantium crediderunt. Dasselbe Schauspiel Lib. sp. 5.

4) Juv. IV 122.

5) Lib. sp. 8.

6) Ib. 16 sq.

7) Ib. 25—26.

Exekutionen und Hinrichtungen fanden auch, abgesehen von den Schauspielen, öfter im Amphitheater Statt. Verbrennung Sueton. Calig. c. 27, vgl. Tiber. c. 75. Geißelung von Delatoren unter Titus Id. Tit. c. 9 (l. sp. c. 4?), unter Trajan Plin. Paneg. c. 34; von Bankerotteuren unter Hadrian Vit. Hadr. c. 18; vgl. Casaub. u. Salmas. Ebenso in Constantinopel vgl. Bock sur l'amph. de C. (Suidas s. κυνήγιον etc.); Justinian ließ dort heidnische Bücher verbrennen Malalas XVIII p. 49, 1. Vgl. auch Intpp. ad Ammian. Marc. XXVI 3, 2.

c. Die Naumachieen.[1]

Auf der unter Wasser gesetzten Arena des Amphitheaters wurden auch Schiffskämpfe veranstaltet. Schon die Arena des von Nero auf dem Marsfelde erbauten Amphitheaters wurde bei einem Schauspiel im J. 57 oder 58 überschwemmt, Fische und große Seethiere schwammen im Wasser umher, dann wurde eine Seeschlacht zwischen Athenern und Persern aufgeführt, zuletzt das Wasser abgelassen und auf der trocken gelegten Arena Gladiatorenkämpfe und eine Landschlacht gegeben.[2] Ebenso folgte bei einem Fest im J. 64 ein Kampf zu Lande auf eine Seeschlacht in derselben Arena, die zuletzt abermals überschwemmt wurde, um auf dem Wasser ein üppiges Gelage zu feiern.[3] Die großen Wasserbehälter und Leitungen, durch welche die Arena des Flavischen Amphitheaters in einen See verwandelt werden konnte[4], waren bereits im J. 80 fertig, da Titus hier bei der Einweihungsfeier außer andern Wasserschauspielen auch einen Schiffskampf zwischen Corcyräern und Corinthiern veranstaltete.[5] Auch Domitian gab eine Seeschlacht im Amphitheater.[6]

Schiffskämpfe in der überschwemmten Arena des Amphitheaters.

1) Das Wort schon bei Lucil. (fragm. satt. ed. Gerlach. 14, 4):
naumachiam licet haec inquam alveolumque putare et
calces: delectes te, hilo non rectiu' vivas.

2) Dio LXI 9. Das Amphitheater war im J. 57 erbaut Tac. A. XIII 31; vielleicht fand das Schauspiel zur Einweihung Statt. Vgl. die Anm. bei Reimarus.

3) So Dio LXII 15. Tac. XV 37 berichtet nur über das berüchtigte von Tigellinus angeordnete Fest, welches auf dem stagnum Agrippae stattfand, ohne die Naumachie und sonstigen Schauspiele zu erwähnen. Vielleicht hat Dio den Bericht über die letztern mit dem über das Fest des Tigellinus zusammengezogen.

4) Rucca dall' uso de' sotterranei anfiteatrali (Napoli 1851) p. 15: zum Colosseum gehörten delle vaste conserve ne' muri addossati al monte Celio, in parte ancora esistenti, und wie Fea meint (osservazioni sull' arena e sul podio etc. consultate da Fea p. 2) erhielt die Arena auch von den Sette sale Wasser. Auch der Aquädukt des Amphitheaters von Capua ist noch vorhanden.

5) Dio LXVI 25.

6) Sueton. Domit. c. 4.

Naumachieen. Julius Cäsar's. Den ersten Schiffskampf im größern Maßstabe veranstaltete Julius Cäsar bei seinen Triumphalspielen im J. 708 = 46. Er ließ auf dem Marsfelde, etwa in der Gegend des Pallast Farnese, einen See graben[1], auf dem eine tyrische und eine ägyptische Flotte, jede aus Zwei-, Drei- und Vierrudrern bestehend und mit 1000 Seesoldaten und 2000 Ruderern bemannt, gegen einander kämpften.[2] Der See wurde im J. 711 wieder zugeschüttet[3], da man glaubte, daß seine Ausdünstungen zur Erzeugung einer damals herrschenden Epidemie beigetragen hätten. Die zweite große Naumachie gab August im J. 752 = 2 bei der Einweihung des Tempels des Mars Ultor, in einem auf dem jenseitigen Tiberufer in Cäsar's Gärten gegrabenen See[4], der (nach seiner eigenen Angabe) 1800 Fuß Länge und 1200 Breite hatte; dreißig geschnäbelte Zwei- und Dreiruderer und noch mehr kleinere Schiffe, wahrscheinlich mit 3000 Soldaten bemannt, führten hier eine Seeschlacht zwischen Athenern und Persern auf.[5] Diese beiden, so wie alle spätern Naumachieen, wurden weit durch den kolossalen Schiffskampf überboten, mit dem Kaiser Claudius die Vollendung der mehrjährigen Arbeiten zur Führung eines Emissars aus dem Fucinersee (Lago de Celano) durch das Gebirge in den Liris (Garigliano) feierte.[6] Eine sicilische und eine rhodische Flotte von Drei- und Vierru-

(Marginal notes: "August's." beside line 9; "Naumachie des Claudius auf dem Fucinersee." beside the lines on Claudius.)

1) Sueton. Caes. c. 39.

2) Appian. Bell. civ. II 102.

3) Dio XLV 17.

4) Becker, Hdb. d. R. A. I 657. A. 1416 und Preller, d. Regionen d. St. R. S. 206, Anm. Ueber dieses Bassin führte ein pons naumachiarius, der unter Tiber verbrannte und wieder gebaut wurde. Plin. H. N. XVI 190 und 200. Noch Dio (LV 10) sah Spuren von dieser Naumachie.

5) Monum. Ancyr. IV 43, woraus Sueton Aug. c. 42 geschöpft hat. Vgl. Vellej. II 100. Dio LV 10. Tac. A. XII 56 (mit Nipperdey's Anm.). Ovid. A. A. I 71. Die Ergänzung des mon. Anc. von Zumpt: praeter remiges millia [hominum tri]a [circiter] wird sehr wahrscheinlich durch Dio LXVI 25, wonach in einem Seetreffen des Titus in demselben Bassin ebenso viel Menschen fochten; vgl. Sueton. Tit. c. 7.

6) Tac. A. XII 56 mit Nipperdey's Anm. Ob der Schiffskampf in demselben Jahre stattfand, wie das Gladiatorenspiel, ist allerdings zweifelhaft, aber unmöglich ist es keineswegs.

derern, im Ganzen mit 19,000 Bewaffneten bemannt, standen einander gegenüber.[1] Ein silberner Triton tauchte aus dem Wasser auf und gab mit der Trompete das Zeichen zum Anfang.[2] Der See, so berichtet Tacitus, war mit Flößen eingefaßt, damit nicht hier oder dort einer entkäme. Doch war Raum genug für die volle Thätigkeit der Ruderer, für Kunst und Gewandtheit im Gebrauche des Steuers, für die Angriffe der Fahrzeuge und das ordentliche Seegefecht. Auf den Flößen standen Abtheilungen der prätorischen Cohorten zu Fuß und zu Roß; Brustwehren waren angebracht, von denen die Wasserfläche mit Wurfgeschützen bestrichen werden konnte. Den übrigen Theil des Sees besetzten Flottensoldaten in gedeckten Schiffen. Die Ufer, Hügel und Bergabhänge erfüllte, wie in einem Theater, eine unzählige Menschenmenge, die aus den nächsten Landstädten oder auch aus Rom Schaulust oder Rücksicht auf den Kaiser herbeigelockt hatte. Er selbst in prächtigem Feldherrnmantel und in seiner Nähe Agrippina in einem ganz aus Gold gewebten Oberkleide, führten den Vorsitz. Gekämpft wurde, obgleich unter Missethätern, mit dem Muthe tapferer Männer, und nach vielen Wunden wurden sie dem Tode entzogen. Als aber nach beendetem Schauspiel der Abfluß des Wassers erfolgen sollte, zeigte sich, daß die Arbeiten ungenügend ausgeführt waren und die Kanäle noch vertieft werden mußten. Nach Vollendung dieser neuen Arbeit wurde die Menge abermals (im J. 52) durch ein Gladiatorenspiel versammelt, wobei zum Fußgefecht Brücken über das Wasser geschlagen worden waren. Ein an der Stelle des Abflusses veranstaltetes Gastmahl unterbrach der zu heftige Strom, der einen Theil der Holzbauten fortriß und alles mit Schrecken erfüllte.

---

1) Sueton. Claud. c. 21 gibt je 12 Triremen an, Dio LXVI 30 je 50. Die erstere Zahl kann nicht richtig sein, da nach Tacitus das Schauspiel die Naumachie des August so weit überbot und 19,000 Mann auf 24 Triremen auch schwerlich Platz hatten.

2) Sueton. ib. u. Aetna 290 sqq., welche sehr verdorbene Stelle aber selbst Haupt (Ind. lect. aestiv. Berol. 1854 p. 13) zu emendiren nicht gelungen ist. — Bei Gelegenheit dieses Schauspiels erwähnen Sueton und Dio den Ruf: ave imperator, morituri te salutant.

Naumachie des Titus. Die Naumachie August's benutzte Nero zu einem Gastmahl[1] und Titus bei seinen hunderttägigen Festen im J. 80 zu glänzenden Schauspielen.[2] Am ersten Tage fand auf der mit Balken gedeckten Wasserfläche ein Gladiatorengefecht und eine Thierhetze Statt, am zweiten ein Wagenrennen, am dritten wurde ein Seegefecht zwischen Athenern und Syrakusanern aufgeführt, wobei die erstern siegten, zum Schluß eine kleine Insel erstiegen und eine dort erbaute Befestigung erstürmten. Domitian. Domitian, um Titus in jeder Hinsicht zu überbieten, gab nicht nur wie er einen Schiffskampf in der Arena des Amphitheaters, sondern ließ auch unter dem Vatikan einen neuen großen See graben[3] und darauf eine Seeschlacht von soviel Schiffen ausführen, daß ihre Zahl beinahe der wirklicher und regelmäßiger Flotten gleichkam[4]; auch hier folgten, wie es scheint, auf den Schiffskampf Schauspiele des Circus und des Amphitheaters: nach diesem Fest, meinte ein Hofdichter, würden alle frühern, selbst das auf dem Fucinersee, vergessen sein.[5] Obwohl sich während des Schiffskampfs ein Wolkenbruch entlud, durfte das Schauspiel weder unterbrochen werden, noch die Zuschauer sich entfernen oder nur die Kleider wechseln, was vielen Krankheit und Tod brachte.[6] — und Philipp. Endlich scheint auch Kaiser Philipp der Araber bei den Festen, mit denen er die tausendjährige Dauer der Stadt Rom feierte, eine Naumachie veranstaltet zu haben[7], wozu aber wol nur einer der beiden von August und Domitian gegrabenen Seen erneuert wurde.[8]

---

1) Becker, Hdb. d. R. A. I A. 1418. Dio LXI 20.

2) Dio LXVI 25. Sueton. Tit. c. 7.

3) Preller, Regionen d. St. R. S. 207. Die Gegend heißt in der ältern kirchlichen Tradition Naumachia; vgl. auch Gregorovius, Geschichte d. St. R. III 28 f.

4) Sueton. Domit. c. 4.

5) Lib. spect. 24.

6) Sueton. l. l. Dio LXVII 8. Vgl. S. 136, 2.

7) Becker a. a. O. Aurel. Vict. Caes. 28.

8) Preller a. a. O.

Schlußbetrachtung.

Nichts zeigt so sehr den ungeheuern Unterschied zwischen der Denk- und Empfindungsweise des römischen Alterthums und des heutigen Europa, als die Beurtheilung, die die Schauspiele des Amphitheaters damals und jetzt bei Gebildeten fanden. In der ganzen römischen Litteratur begegnen wir kaum einer Aeußerung des Abscheus, den die heutige Welt gegen diese unmenschlichen Lustbarkeiten empfindet. In der Regel werden die Fechterspiele mit der größten Gleichgültigkeit erwähnt. Die Kinder spielten Gladiatoren[1], die erwachsene Jugend widmete ihnen ein leidenschaftliches Interesse[2], Bemerkungen über die Helden der Arena waren Lückenbüßer auch in der Unterhaltung der Gebildetsten.[3] Noch mehr, Ovid fand nichts Arges daran, das Schauspiel, in dem man sich am Anblick des Mordes ergötzte, zur Förderung von Liebesverhältnissen besonders zu empfehlen. Wer, sagt er, im Gespräch mit seiner Nachbarin ihre Hand berührt, sich das Programm erbittet, über den Ausgang des Kampfes wettet, hat oft selbst die Wunde gefühlt![4] Wo diese Schauspiele gemißbilligt werden, geschieht es nicht immer aus denselben Gründen, aus denen wir sie verdammen, ja sie werden auch in Schutz genommen, oder gepriesen. Daß dies letztere von Dichtern geschah, die alles besangen, was von der Regierung ausging, kann freilich nicht Wunder nehmen. Statius und Martial, die ihr Talent zu begeisterten Lobeserhebungen der Regierung Domitian's mißbrauchten, haben es an Gedichten auf seine Schauspiele nicht fehlen lassen. Martial fand, daß die Leistungen der Thierkämpfer die Thaten des Herkules überträfen.[5] Statius verglich die Weiber, die in der Arena als Klopffechterinnen auftraten, mit Amazonen, und unglückliche Zwerge einander zerfleischen zu sehen, war ihm ein guter Spaß, über den Vater

Aeußerungen gebildeter Römer über die Schauspiele des Amphitheaters.

1) Epictet. manuale 29, 3.
2) Dial. de orat. c. 29.
3) Horat. Sat. II 5, 44. Epp. I 18, 19. Epictet. manuale 33, 2.
4) Ovid. A. A. I 164 sqq.
5) Martial. V 65.

Mars und die blutige Göttin der Tapferkeit lachte.[1] Aber auch einseitige und bornirte Vertheidiger des Römerthums nahmen diese Spiele, zum Theil vielleicht in einer Art von Trotz gegen die griechische Cultur in Schutz; auch Cicero, dem im Grunde die rohe Metzelei zuwider war, stellt sich gelegentlich auf ihre Seite. „Die Fechterspiele,“ sagt er, „erscheinen einigen unmenschlich und grausam, und mögen es auch sein, wie sie jetzt sind. Als aber noch Verbrecher mit der scharfen Waffe auf Tod und Leben fochten, da konnte es für das Ohr vielleicht manche stärkere Lehre gegen Schmerz und Tod geben, für das Auge keine.“[2] Der jüngere Plinius lobt einen Freund, der zum Andenken seiner verstorbenen Frau zu Verona ein glänzendes Fechterspiel mit vielen Panthern veranstalten wollte[3], und preist Trajan, daß er auch dieses Schauspiel dem Volke gewährt habe: „nicht ein kraftloses weichliches, das die Seelen von Männern zu entnerven und zu schwächen, sondern das sie zu rühmlichen Wunden und Todesverachtung zu entzünden geeignet war, da selbst in den Leibern von Sklaven und Verbrechern Liebe zum Ruhm, und Begierde nach Sieg sich zeigte.“[4] Mit Recht nennt der englische Geschichtsschreiber des sinkenden Reichs dies ein eitles und grausames Vorurtheil, so edel widerlegt durch die Tapferkeit des alten Griechenland und des neuern Europa.[5] Fast noch schlimmer als diese Vertheidigungen ist die Art, wie sich Cicero gegen die Venationen ausspricht: „Was kann es für einen gebildeten Mann für ein Vergnügen sein, wenn ein schwacher Mensch von einem ungeheuer starken Thier zerfleischt, oder ein herrliches Thier von einem Jagdspieß durchbohrt wird.“[6] Marc Aurel, der

1) Stat. Silv. I 6, 51 sqq.

2) Cic. Tusc. II 20, 46.

3) Plin. epp. VI 34.

4) Plin. paneg. c. 33.

5) Gibbon History etc. XXX (Basil. 1787 Vol. V p. 171). Hist. Aug. Maxim. et Balbin. c. 8: alii hoc litteris tradunt (quod verisimilius credo) ituros ad bellum Romanos debuisse pugnas videre et vulnera et ferrum, et nudas inter se cohortes, ne dimicantes in bello armatos hostes timerent, aut vulnera et sanguinem perhorrescerent.

6) Cic. ad fam. VII 1, 3.

so viel als möglich dem Blutvergießen Einhalt that, sagt in seinen Selbstbetrachtungen vom Amphitheater nur, daß man dort immer dasselbe sähe, und des einförmigen Anblickes überdrüssig werde.[1] Auch Tacitus, wo er die grausame Lust rügt, mit der sich Tiberius' Sohn, Drusus, an dem Morden weidete, sagt, er habe „obwohl über feiles Blut" zu große Freude gezeigt.[2] Noch von einem der letzten Vertreter des Römerthums, von Symmachus, haben wir eine für die römische Auffassung des Gegenstandes höchst charakteristische Aeußerung. Ueber jenen Selbstmord der kriegsgefangenen Sachsen in der Gladiatorenschule[3] sagt er: „Man sieht, daß auch eine besondere Bewachung die ruchlosen Hände dieses verzweifelten Volkes nicht zurückgehalten haben würde." Er erklärt die Selbstmörder für noch nichtswürdiger, als Spartacus und seine Genossen und beschließt, den Unfall mit derselben philosophischen Resignation zu tragen, mit der sich Sokrates über die Vereitelung seiner Wünsche zu trösten pflegte.[4]

Der einzige unter den uns erhaltenen römischen Schriftstellern[5], der sich in der Auffassung auch dieses Gegenstandes zum allgemein menschlichen Standpunkte erhoben hat, ist der Philosoph Seneca, und auch er vielleicht nur momentan oder erst in seinen letzten Jahren; wenigstens nennt er in einer im reifen Mannesalter geschriebenen Schrift die Gladiatorenspiele unter den leichten Zerstreuungen, mit denen man vergebens den Kummer zu bannen sucht.[6] Seneca allein verdammt sie.

1) M. Antonin. Comment. VI 46.

2) Tac. Ann. I 76.

3) Vgl. S. 214.

4) Symmach. Epp. II 46.

5) Auch in den Deklamationen, die von Gladiatoren handeln, finden sich keine Aeußerungen über die Unmenschlichkeit dieser Schauspiele. Die Stelle des Varro ap. Non. s. lusus vel lusio: ab hujusmodi l u s i o n i b u s radices crudelitas agere solet kann nicht auf Gladiatorenspiele bezogen werden, wie Mommsen R. G. III' 564 gethan hat. Bekanntlich werden diese von Schriftstellern der guten Zeit nur munera genannt, nie ludi. Vgl. Garrucci sull' epoca e sui frammenti dell' iscrizione dell' anfiteatro Puteolano Napoli 1851 p. 5—8.

6) Seneca cons. ad Helv. matr. c. 17. Nach Lehmann (L. Ann. Seneca und seine philosophischen Schriften Philologus VIII 309 ff.) war Seneca 9—7 v. Chr. geboren, die consolatio fällt in die Zeit des Exils, also nach 41.

In einer seiner spätesten Schriften[1] dagegen hat er der Empörung über ein Schauspiel von freilich ungewöhnlicher Unmenschlichkeit einen lebhaften Ausdruck gegeben, an dessen Aufrichtigkeit trotz der rhetorischen Färbung nicht zu zweifeln ist. Er erzählt, daß er zufällig um die Mittagszeit ins Amphitheater gerathen sei. Aber gerade dann, wenn der größte Theil der Zuschauer sich entfernt hatte, mußten zur Unterhaltung der Zurückbleibenden Verbrecher, die ungeübt und ohne Schutzwaffen waren, sich umbringen, weil ihre Gefechte für das ganze Publikum zu wenig Interesse gehabt hätten. Hiemit verglichen, sagt Seneca, sind alle bisherigen Kämpfe Erbarmen. Jetzt werden alle Spielereien weggelassen, es ist reiner Mord. Sie haben nichts sich zu schützen, den Wunden mit ganzem Leibe preisgegeben, führen sie Hieb und Stoß niemals vergebens. Dies ziehen die meisten regelmäßigen und auf Verlangen gegebenen Zweikämpfen vor. Und warum auch nicht? Hier wird nicht mit Helm und Schild das Eisen abgewehrt. Wozu diese Schutzwaffen? Wozu die Fechterkünste? Alles das sind ja nur Mittel den Tod hinzuhalten. Am Morgen werden die Menschen Löwen und Bären, am Mittag ihren Zuschauern vorgeworfen. — Mit Hieben werden sie in die Wunden gejagt und empfangen ihre wechselseitigen Stöße mit bloßgegebener und nackter Brust. Das ist die Pause im Schauspiel. „Man schlachte unterdeß Menschen, damit sie nicht ungenutzt verfließe."

Gründe der römischen Ansicht.

Wenn der Ausdruck einer für uns so natürlichen Empfindung in der römischen Litteratur so vereinzelt steht, so darf man wol behaupten, daß diese Schauspiele auch den Besten und Gebildetsten unendlich unschuldiger erschienen, als sie waren. Die Ursachen, die zwischen der sittlichen Auffassung der damaligen und der heutigen Welt einen so unermeßlichen Abstand hervorbrachten, sind hauptsächlich drei: die Scheidung der Menschheit in eine berechtigte und eine unberechtigte Hälfte, die Macht der Gewohnheit und die blendende und berauschende Großartigkeit und Pracht in der Ausstattung der Schauspiele. Dem römischen Alterthum war der

1) Epp. 7, 2. — Die Schrift de tranq. animi (c. 2, 13: juvat jam et humano sanguine frui) setzt Lehmann a. a. O. S. 315 f. nach 49.

Begriff der Menschenrechte fremd, und deshalb auch die Ehrfurcht vor der Heiligkeit des Menschenlebens an sich, die zarte Fürsorge für seine Erhaltung. Die geringe Entwicklung des Völkerrechts, vor allem aber das Institut der Skaverei befestigte zwischen der berechtigten und der unberechtigten Menschheit eine weite und unübersteigliche Kluft, nährte bei jener die Gewohnheit, die Existenz dieser mit einem besondern Maßstabe zu messen und gering zu achten, ihre Leiden und ihren Untergang ohne Theilnahme anzusehen. Die Kämpfer der Arena waren Landesfeinde, Barbaren, Verbrecher, Sklaven, oder verlorene Menschen; ihre Existenz war für die Gesellschaft entweder gleichgültig oder schädlich. In einer rauhen und kriegerischen Zeit hatte Rom das etruskische Schauspiel bei sich eingeführt; anfangs selten gesehen, war es langsam häufiger, und erst nach Jahrhunderten gewöhnlich geworden. Allmälig übte die von Geschlecht zu Geschlecht vererbte, tiefer und tiefer wurzelnde Gewohnheit ihre unwiderstehliche Gewalt. Keine Macht ist so ungeheuer als diese, sie ist die einzige, welche den ursprünglichen Widerwillen am Gräßlichen in Behagen zu verwandeln vermag, und Niemand ist im Stande, sich dem Einfluß des Geistes zu entziehen, der sein Zeitalter durchdringt.

Die Sklaverei.

Die Macht der Gewohnheit.

Endlich darf man nicht vergessen, daß das Amphitheater auch abgesehen von den Kämpfen der Arena eine große Anziehungskraft zu üben vermochte; denn hier und hier allein bot sich ein Schauspiel, so überwältigend groß, wie die Welt es nie, weder vorher noch nachher, gesehen hat. Wenn es in der Kaiserzeit noch etwas gab, das den Traum von der vergangenen römischen Größe heraufrufen konnte, so war es der Anblick des im Amphitheater der Flavier versammelten Volks. Das Bewußtsein, einer Nation anzugehören, die auch in ihrem Sinken noch so gewaltig erschien, mochte manche Brust mit einem stolzen Gefühl schwellen.[1] Der Bau der Flavier wurde mit Recht von den Zeitgenossen den Wundern der Welt beigezählt.[2] Auf achtzig mächtigen Bogen gegründet, erhob

Die Pracht des Schauspiels.

1) Im J. 58, als das Amphitheater noch nicht existirte, wurden germanische Gesandte ins Pompejustheater geführt, quo magnitudinem populi viserent. Tac. A. XIII 54.

2) Lib. spect. 1.

er sich mit vier Stockwerken bis zur Höhe von hundertfunfzig Fuß und vermochte 87,000 Zuschauer zu fassen. Die innerste und unterste Reihe unmittelbar über der Arena war der Sitz der Senatoren. Hier saßen die Stammhalter der alten fürstlichen Geschlechter, die Würdenträger der Monarchie in ihrer Amtstracht, die Priestercollegien im Ornat, die Vestalinnen; in der Mitte dieses glänzenden Kreises, auf offnem Sitz oder in einer prachtvollen Loge, der Kaiser mit seinem Hause und Gefolge. Hier zog auch wol ein orientalischer Fürst in hoher Mütze und weiten juwelenbedeckten Gewändern die Blicke auf sich[1], oder ein deutscher Häuptling in knapp anschließender Tracht erregte durch seine Riesengestalt die Bewunderung und durch sein blondes Haar den Neid der Römerinnen. Denn hier war der Platz der fremden Könige und Gesandten[2], und auch vornehme Gefangene versäumte man nicht, bei solchen Gelegenheiten dem Volk zu zeigen.[3] Die Tausende und aber Tausende der übrigen Stände bedeckten die marmornen Sitze, die sich über dieser ersten Reihe in immer weitern Kreisen erhoben. Unter sie mischten sich die Formen, Farben und Trachten aller Racen und Nationen. Alle römischen Bürger waren mit Rücksicht auf die kaiserliche Gegenwart und zu Ehren des Festes in die weiße Toga gekleidet und bekränzt.[4] Die Plätze der Frauen befanden sich in den höhern Reihen des Amphitheaters; nur die Vestalinnen und die Frauen der kaiserlichen Familie hatten das Vorrecht, die blutigen Scenen der Arena aus unmittelbarster Nähe anzuse-

1) Sueton. Calig. c. 35: Edente se munus (Ptolemaeum) ingressum spectacula convertisse hominum oculos fulgore purpureae abollae animadvertit.

2) Joseph. A. J. XIV 10, 6. In einem Rescript Julius Cäsar's heißt es: *δίδοσθαί τε Ὑρκανῷ, καὶ παισὶ τοῖς αὐτοῦ καὶ πρεσβευταῖς τοῖς ὑπ' αὐτοῦ πεμφθεῖσιν ἔν τε πυγμῇ μονομάχων καὶ θηρίων καθεζομένους μετὰ τῶν συγκλητικῶν θεωρεῖν.*

3) Sueton. Aug. c. 43: quodam autem muneris die Parthorum obsides tunc primum missos per mediam arenam in spectaculum induxit superque se subsellio secundo collocavit.

4) Sueton. Aug. c. 58: patris patriae cognomen — detulerunt ei — plebs — ineunti Romae spectacula frequens et laureata. Die Lorbeerbekränzung der Senatoren erwähnt Dio LXXII 21. Wenigstens bei besonders festlichen Veranlassungen war sie gewiß stehend.

hen. Auf den höchsten Plätzen drängte sich die Menge derer, die ihr niedrer Stand und zerlumpter und schmutziger Anzug von den untern Sitzen ausschloß.[1] Dem Auge, das über den weiten Raum hinschweifte, erschienen diese ungeheuren Massen in einer ebenso einfachen als imposanten Anordnung. Alle architektonischen Linien waren durch reiche und kunstvolle Verzierung gehoben[2], und das gewaltige Bild in den würdigsten Rahmen gefaßt. Ueber den ganzen Zuschauerraum konnte zum Schutz gegen die Sonne ein ungeheures Zeltdach gespannt werden, dessen bunte Felder dann einen farbigen Schimmer über das Innere des Gebäudes gossen.[3] Aus der Arena warfen Springbrunnen Strahlen wohlriechender Wasser bis zu erstaunlicher Höhe und kühlten die Luft, welche sie zugleich mit Düften füllten.[4] Eine rauschende Musik übertönte den Lärm des Gefechts. Alles vereinigte sich, die Sinne mit einer Trunkenheit zu befangen, die ebenso geeignet war, die Seele für den Eindruck des Wunderbarsten und Ungeheuersten empfänglich zu machen, als die Regungen sittlicher Empfindung in Schlummer zu wiegen. In einer großen leidenschaftlich aufgeregten Masse hörte die geistige Selbstständigkeit des Einzelnen momentan bis zu einem gewissen Grade auf, und auch der Widerstrebende ward in den allgemeinen Taumel fortgerissen. Eine Geschichte, die Augustinus erzählt, gibt hierzu einen merkwürdigen Beleg, und ist um so lehrreicher, da sie gewiß die Geschichte von Tausenden gewesen ist.[5] Einer seiner Freunde, Namens Alypius, ein junger Mann von guten Sitten, hielt sich in Rom auf, um die Rechte zu studiren. Er begegnete eines Tages einigen Freunden, die ihn trotz seines Sträubens mit freundschaftlicher Gewalt in's Amphitheater führten; er, ein Christ, rief wiederholt: sie könnten seinen Leib zwar dahin schleppen, aber nicht seine Seele, er werde mit geschlossenen Augen dasitzen und in Wirklichkeit abwesend sein.

Aufhören der Selbstständigkeit des Einzelnen in einer aufgeregten Menge.

1) Calpurn. eclog. VII 26 u. 79. Vgl. Hdb. d. R. A. IV A. 3561.

2) Calpurn. eclog. VII 47.

3) Lucret. IV 75 sqq. Plin. h. n. XIX 25: vela nuper et colore coeli, stellata per rudentis stetere etiam in amphitheatris principis Neronis.

4) Hdb. d. R. A. IV A. 3566.

5) Augustin. confess. VI 8.

Er befolgte seinen Vorsatz, aber als ein ungeheures Geschrei, durch irgend einen Zufall des Kampfes veranlaßt, sein Ohr traf, ließ er sich von Neugier verleiten, die Augen aufzuschlagen; und, sagt Augustin, seine Seele wurde von einer schwereren Wunde getroffen, als der Leib dessen, den zu sehen er begierig war, und er fiel jammervoller als der, bei dessen Fall jenes Geschrei sich erhoben hatte. Denn mit dem Anblick des Blutes sog er Unmenschlichkeit ein, er wendete sich nicht ab, er heftete den Blick, er ward von der blutigen Wollust berauscht. Was soll ich noch mehr sagen? Er sah zu, er schrie, er entbrannte, er nahm jenen Wahnsinn mit sich fort, der ihn zum Wiederkehren stachelte.

Abschaffung der Fechterspiele im Anfang des fünften.

Nur sehr langsam und allmälig vermochte das Christenthum die alte Welt von den mörderischen Schauspielen der Arena zu entwöhnen.[1] Der Erlaß Constantin's aus Berytos vom 1. Oktober 326, der die „blutigen Schauspiele" während der Ruhe des Friedens mißbilligt, und bei Verurtheilungen die Arbeit in den Bergwerken an Stelle der Gladiatorenspiele zu setzen befiehlt[2], ist wol nur für einen beschränkten Bezirk bestimmt gewesen[3]; keinesfalls ist er lange in Kraft geblieben, denn ein Gesetz Valentinian's vom J. 365 verbietet nur, Christen zur Gladiatorenschule zu verdammen.[4] Erst Honorius, den Prudentius vergeblich beschworen hatte, die Todesstrafe nicht ferner zur Ergötzung des Volks dienen zu lassen[5], soll im J. 404 die Gladiatorenspiele in Rom aufgehoben haben, nachdem ein asiatischer Mönch, Telemachus, der sich

---

1) Ueber das allmälige Aufhören der amphitheatralischen Schauspiele s. P. E. Mueller de gen. aev. Theodos. II p. 80 sqq.; besser und vollständiger Wallon hist. de l'esclavage III 421 ff.

2) Cod. Theodos. XV 12, 1 (mit Gothofredus' Commentar).

3) Die Inschrift von Hispellum Henzen 5580, ein Rescript Constantin's, wonach die sacerdotes coronati Umbriae ihre scenischen und gladiatorischen Spiele fortan in Hispellum (Flavia Constans), die sac. cor. Tusciae die ihren in Volsinii geben sollten, ist später als 326.

4) Cod. Theod. IX 40, 8.

5) Prudent. in Symmach. II 1121 sqq.

mitten unter die Kämpfenden gestürzt hatte, um sie zu trennen, von dem über diese Unterbrechung des Schauspiels zur Wuth empörten Volke zerrissen worden war.[1] Im Orient hatten die Gladiatorenkämpfe schon zu Ende des vierten Jahrhunderts aufgehört: Johannes Chrysostomus, der in seinen Predigten wiederholt den Besuch des Cirkus und Theaters als sündhaft und verderblich verdammt, nennt diese Schauspiele, gegen die er mit noch viel größerem Recht geeifert haben würde, niemals. Dagegen eifert er und andre christliche Prediger gegen die Thierhetzen, in denen man Fühllosigkeit und Grausamkeit lerne[2]; und diese haben sich im Orient wie im Occident mindestens bis ins sechste Jahrhundert erhalten. Im J. 469 verboten die Kaiser Leo und Anthemius „die thränenreichen Schauspiele" der Venationen nur für den Sonntag.[3] Noch im J. 536 verordnete Justinian ausdrücklich, daß die Consuln bei ihrem Amtsantritt unter andern Schauspielen auch Thierkämpfe geben sollten[4]; zwei Jahre früher hatte er in einem Schreiben an den Erzbischof von Constantinopel beklagen müssen, daß Geistliche sich des Besuchs auch dieser Schauspiele nicht enthielten.[5] In derselben Zeit bewunderte Cassiodor in Rom die Gewandtheit und Schnelligkeit, mit der sich die Thierkämpfer den Angriffen der Bestien zu entziehen wußten, so wie die mancherlei künstlichen Vorrichtungen, die zu ihrem Schutze getroffen waren und die wir zum Theil noch

Fortdauer der Venationen im sechsten Jahrhundert.

1) Theodoret. Hist. eccl. V 26.

2) Mueller l. l. p. 87. Wallon p. 427.

3) Cod. Just. III 10, 11 (10, 9).

4) Just. Nov. CV. c. 1: Es sollen 7 processus (πρόοδοι) stattfinden. Am ersten Tage der feierliche Amtsantritt (1. Januar); μετ' ἐκείνην δὲ δευτέραν ἄξει θέαν τὴν τῶν ἁμιλλητηρίων ἵππων ἣν δὴ μάππαν προςαγορεύουσι. καὶ τρίτην τὴν τοῦ καλουμένου θεάτρου κυνηγίαν, οὐ δὶς ἀλλὰ προςάπαξ τελεσθησομένην· μετ' ἐκείνην τὴν τοῦ λεγομένου μονημερίου, ἔνθα πολλῆς ἡδυπαθείας ἐμπλήσει τὸν δῆμον τό τε καλούμενον πάγκαρπον θεώμενον καὶ θηρίοις προςμαχομένους ἀνθρώπους καὶ εὐδοκιμοῦντας τῇ τόλμῃ καὶ πρός γε ἀναιρούμενα τὰ θηρία (sc. ὁρᾶν). Der fünfte Tag (πόρναι genannt) war theatralisch, der sechste wieder circensisch, am siebenten fand die feierliche Niederlegung des Amts Statt.

5) Cod. Just. I 4, 34. Vgl. auch Anthol. Pal. IX 581 (ed. Jacobs II 207): εἰς τὸ μονημέριον ἤγουν κυνηγέσιον, ἐν ᾧ ἀγωνίζονται ἄνδρες πρὸς θῆρας.

auf den geschnitzten Elfenbeindeckeln der Einladungen dargestellt sehen, die die Consuln zu ihren Schauspielen versandten: wenigstens war man also damals in Rom bemüht, die Venationen, wo nicht unblutig, so doch weniger blutig zu machen.[1]

Verbreitung der amphitheatralischen Spiele im römischen Reich. So weit die alte Welt das Gepräge römischer Kultur getragen hat, sind auch die Schauspiele des Amphitheaters verbreitet gewesen, und von Jerusalem bis Sevilla, von England bis Nordafrika hat es gewiß keine bedeutende Stadt gegeben, in deren Arena nicht Jahr für Jahr zahlreiche Opfer geblutet hätten. Außer gelegentlichen Erwähnungen der alten Schriftsteller lassen Denkmäler verschiedener Art, vor allem die noch erhaltenen Ruinen der Amphitheater in mehreren römischen Provinzen die Verbreitung dieser Schauspiele einigermaßen verfolgen.

Italien. Am häufigsten waren sie, wie natürlich, in Italien, das auch noch jetzt bei weitem die meisten Amphitheater hat. Kaum war dort ein Städtchen so klein und armselig, wo nicht von Zeit zu Zeit einige Klopffechter aufgetreten oder Wildschweine und Bären gehetzt worden wären, und in größeren Orten fand nach dem Maßstabe, den wir an Volksvergnügungen anzulegen gewohnt sind, für diese Schauspiele eine unverhältnißmäßige Verschwendung Statt. Sie dauerten nicht selten zwei[2], drei[3], vier[4] und mehr[5] Tage. Es wurden nicht bloß Stiere, Hirsche, Hasen, Wildschweine und Bären, die in den Apenninen häufig waren, gehetzt, sondern auch

1) Cassiodor. Var. epp. V 42. Vgl. Hdb. d. R. A. 3638 und außer den dort angeführten Diptychen bei Gori thes. dipt. ein neues dieser Art in den Mon. ined. dell' Inst. V tav. 51 mit Henzen's Erklärung Ann. d. I. XXV p. 115—118. Henzen glaubt dort eine zur Täuschung der Thiere bestimmte Figur zu erkennen. Vgl. auch das Epigramm Anthol. Palat. IX 538 (ed. Jacobs II 190): *εἰς τὸν ἀπὸ κόντου κατερχόμενον θηριομάχον*. — Auch Turcius Apronianus cos. 494 hatte nach seinen Versen im Cod. Med. des Vergil zu Rom im Cirkus außer Wagenrennen und Bühnenspielen einen Thierkampf gegeben.

2) Mommsen I. R. N. 1501 (Benevent).

3) Cic. ad Att. II 8, 2. (Antium). I. N. 6036 (Minturnae). Petron. sat. c. 45.

4) I. N. 4060 (Capua). 2578 (Puteoli). Garrucci graffiti di Pompéi. pl. X p 66: munus P. Sornii V. IV. III prid. Id.

5) Achttägige Schauspiele zu Präneste Cic. ad Att. XII 2.

Panther[1] und Strauße[2], die das Volk „überseeische Sperlinge" nannte; und Plinius sagt, daß man in den Municipien bereits die Thierkämpfer mit silbernen Waffen gerüstet sähe, was hundert Jahre früher in den Schauspielen Cäsar's zu Rom großes Aufsehen gemacht hatte.[3] In kleinern und ärmern Orten traten drei[4] oder vier[5] Fechterpaare, in größern zwanzig[6], dreißig[7], ja funfzig[8] auf. In Pompeji gab ein A. Clodius Flaccus, als er zum zweiten Mal das Duumvirat (das höchste städtische Amt) bekleidete, unter andern dreißig Paar Athleten und 5 Paar Gladiatoren allein, fünfunddreißig Fechterpaare, ferner Stierkämpfe und eine Hetze von Ebern, Bären und andern Thieren mit seinem Collegen gemeinschaftlich.[9] Dergleichen Angaben sind in Postamente von Statuen und andern Ehrendenkmälern, auch in Grabmonumente, eingehauen, um die ruhmwürdige Pracht und Freigebigkeit der Festgeber auf die Nachwelt zu bringen; und die Inschriften zeigen, wie sowohl die Kommunen als die Einzelnen bemüht waren, ihre Vaterstadt bei solchen Gelegenheiten in möglichst großem Glanze erscheinen zu lassen.[10] Die Feste galten aber für um so glänzender, je mehr Menschenleben sie kosteten. Auf dem Postament einer Statue, die im J. 249 einem Bürger errichtet ward, der alle Aemter bekleidet und prächtige Schauspiele gegeben hatte, heißt es: Er hat zu Minturnä an vier Tagen elf Paare auftreten und so lange fechten lassen, bis elf von den ersten Gladiatoren Campaniens auf dem Platze geblieben sind, auch hat er zehn grausame Bären todthetzen lassen, wie Euch, wohledle Bürger, wohl bewußt ist.[11]

---

1) I. N. 4678 (Allifae). 5789 (Amiternum). Plin. epp. VI 31 (Verona).
2) I. N. 2569 (Cumae).
3) Plin. H. N. XXXIII 49.
4) I. N. 6036 (Minturnae).
5) Ib. 2560 (Cumae). 5789 (Amiternum).
6) I. N. 4768 (Allifae). Henzen 6151 (Tibur p. Chr. 184).
7) I. N. ib.
8) Ib. 2627 (Capua).
9) Ib. 2378.
10) Ib. 4040 (munus — secundum dignitatem coloniae). Vgl. 5789.
11) Ib. 6036.

Die westlichen Provinzen. Nächst Italien haben Gallien und das nördliche Afrika die meisten Amphitheater, und waren in diesen Provinzen und in Spanien die Fechterspiele ohne Zweifel auch am meisten verbreitet. In den nördlichen Ländern, wo Amphitheater ganz fehlen, werden sie ohne Zweifel seltner gewesen sein, aber nur weil dort die Armuth und Rohheit der Bewohner, die Spärlichkeit der Bevölkerung und die Vereinzelung der römischen Städte der Ausbreitung der römischen Kultur überhaupt hinderlich war. Griechenland. Nur in Griechenland setzte die Bildung und Gesittung des Volks der Einführung der Fechterspiele einen lebhaften Widerstand entgegen, der immerhin soviel vermochte, daß sie dort nicht so allgemein wurden, als in den westlichen Provinzen. Doch freilich bewies die Gewohnheit ihre unwiderstehliche Macht auch hier. Dies hatte sich schon damals gezeigt, als König Antiochos Epiphanes zum ersten Mal in Syrien und vermuthlich auch in Griechenland Gladiatorenspiele einführte. Anfangs erregten sie mehr Entsetzen als Vergnügen, aber durch häufige Wiederholung und indem er die Kämpfe anfangs nur bis zu Verwundungen, dann bis zum Fall eines Fechters fortsetzen ließ, brachte er es dahin, daß sie Beifall fanden und bald Freiwillige für geringen Lohn sich zum Kampf anboten.[1] Um so begreiflicher ist es, daß die Gladiatorenspiele in Griechenland Eingang fanden, seit mit der Unterwerfung unter die Römer die Beziehungen dieses Landes zu Rom je länger desto inniger und vielfacher wurden und römische Sitten sich dort mehr und mehr einbürgerten. Der Heerd, von welchem die Verbreitung dieser fremden Einflüsse ausging, war das von Cäsar als römische Kolonie neu gegründete Korinth. Auch abgesehen von dem ungriechischen Charakter dieser Kolonie und ihrer Bevölkerung war es natürlich, daß die Gladiatorenspiele gerade hier, in der üppigen und reichen Handels- und Seestadt mit einem ohne Zweifel großen, verdorbenen Pöbel sich am festesten behaupteten: und dies ist auch der einzige Ort in Griechenland, wo sich (wenn gleich nicht vor dem zweiten Jahrhundert) ein Amphitheater bestimmt nachweisen läßt; seine Ruine steht noch heute. Bald wurde das Schauspiel auch in Athen eingeführt, wie es

---

1) Liv. XLI 20.

scheint, weil man dort den Korinthern nicht nachstehen wollte[1]; und obwohl es in Trajan's Zeit an einigen Orten, wie Rhodus, noch nicht Eingang gefunden hatte[2], war es doch damals in Griechenland nicht mehr selten. Plutarch empfiehlt den Männern, die die Leitung der öffentlichen Angelegenheiten in ihren Gemeinden übernehmen wollen, die Gladiatorenkämpfe ganz zu verbannen; wenn dies aber nicht möglich sei, sie doch zu beschränken und der Masse, die solche Schauspiele verlange, Widerstand zu leisten.[3] Doch seine Klagen über die ungebildeten Reichen, die unter andern unedeln Mitteln auch dies nicht scheuten, um eine geehrtere Stellung in ihrer Stadt einzunehmen und so das Volk verdarben, zeigen, daß er selbst an der Ausführbarkeit seiner Rathschläge verzweifelte.[4] Aber immer war es in Griechenland nur die Hefe des Volks, die an diesen grausamen Vergnügungen Gefallen fand, die Gebildeten waren, wie es scheint, einstimmig in ihrer Verdammung.

---

1) Lucian. Demon. 57: *Ἀθηναίων δὲ σκεπτομένων κατὰ ζῆλον τὸν πρὸς Κορινθίους καταστήσασθαι θέαν μονομάχων, προελθὼν εἰς αὐτούς, Μὴ πρότερον, ἔφη, ταῦτα ὦ Ἀθηναῖοι ψηφίσησθε, ἂν μὴ τοῦ Ἐλέου τὸν βωμὸν καθέλητε.* In Dio's Zeit war die Einführung schon erfolgt. Dio orat. XXXI ed. Dind. p. 386: *Ἀθηναῖοι δὲ ἐν τῷ θεάτρῳ θεῶνται τὴν καλὴν ταύτην θέαν ὑπ' αὐτὴν τὴν ἀκρόπολιν.* Ib.: (*Ἀθηναῖοι*) *τὰ περὶ τοὺς μονομάχους οὕτω σφόδρα ἐζηλώκασι Κορινθίους, μᾶλλον δ' ὑπερβεβλήκασι τῇ κακοδαιμονίᾳ κἀκείνους καὶ τοὺς ἄλλους ἅπαντας.* Den Philosophen, von dem Dio sagt, daß er den Athenern vergebens abredete und deßhalb Athen verließ, nennt er *γένει Ῥωμαίων οὐδενὸς ὕστερον*, was allenfalls auf Demonax bezogen werden kann (Lucian. Dem. 3: *οὐ τῶν ἀφανῶν ὅσα εἰς ἀξίωμα πολιτικὸν καὶ κτῆσιν*). Wenn Philostrat den Apollonius von Tyana schon unter Nero die Athener brieflich wegen der bei ihnen stattfindenden Gladiatorenspiele zurechtweisen läßt (Apoll. Tyan. IV 21), so ist dies mit Lucian's Nachricht unvereinbar, und sicherlich eine bloße Erfindung. Seine Worte: *οἱ Ἀθηναῖοι ξυνιόντες εἰς τὸ θέατρον ὑπὸ τῇ ἀκροπόλει προσεῖχον σφαγαῖς ἀνθρώπων καὶ ἐσπουδάζετο ταῦτα ἐκεῖ μᾶλλον ἢ ἐν Κορίνθῳ νῦν* — lassen sogar vermuthen, daß er die Stelle Dio's vor Augen hatte.

2) Dio or. XXXI l. l.

3) Plutarch. praec. ger. rep. c. 30, 4: *τῶν φιλοτιμιῶν ὅσαι τὸ φονικὸν καὶ θηριῶδες ἢ τὸ βωμολόχον καὶ ἀκόλαστον ἐρεθίζουσι καὶ τρέφουσι, μάλιστα μὲν ἐξέλαυνε τῆς πόλεως, εἰ δὲ μή, φεῦγε καὶ διαμάχου τοῖς πολλοῖς αἰτουμένοις τὰ τοιαῦτα θεάματα.*

4) Id. ib. c. 5, 14 u. 29, 1. De cupid. divitiar. c. 5.

Wie Plutarch und andre[1], äußern sich auch Dio von Prusa und Lucian[2] mit Abscheu über die Gladiatorenspiele, sie nennen sie roh, thierisch, mörderisch und überdies auch insofern schädlich, als sie das Land gerade der tapfersten Männer berauben. Der Philosoph Demonax soll den Athenern, als sie mit der Einführung dieses Schauspiels umgingen, gerathen haben, zuvor den Altar umzustürzen, den sie der Gottheit des Erbarmens errichtet hatten.[3] Viel leichter fanden die Fechterspiele in den kleinasiatischen Provinzen mit ihrer halborientalischen Mischlingsbevölkerung Eingang, noch mehr im eigentlichen Orient, mit Ausnahme von Palästina. In Kleinasien kannte schon Strabo ein Amphitheater zu Nysa in Karien, ein anderes zu Laodicea am Lykus wurde im J. 79 erbaut. Auch Alexandria hatte bereits unter August ein Amphitheater.

Kleinasien und der Orient.

Schicksale der Amphitheater im Mittelalter und in der neuern Zeit.

Ruinen von Amphitheatern sind fast in allen Theilen des römischen Reichs erhalten, die meisten und größten, wie gesagt, in Italien und Südfrankreich, die wenigsten in Griechenland und den andern östlichen Provinzen. Ihre Erhaltung ist nach den Schicksalen, die sie betroffen haben, verschieden. Einige sind schon im Alterthum nach dem Aufhören der Gladiatorenspiele verfallen und

---

1) Vgl. auch Plutarch. Non posse suaviter vivi c. 17, 6. De esu carnium c. 2, 3: *ταῦτα τὴν ὄψιν ἐδίδαξε μὴ πυῤῥίχαις χαίρειν μηδὲ χειρονομίαις, μηδ' ὀρχήμασι γλαφυροῖς μηδ' ἀγάλμασι καὶ γραφαῖς, ἀλλὰ φόνον καὶ θανάτους ἀνθρώπων καὶ τραύματα καὶ μάχας θέαμα ποιεῖσθαι πολυτελέστατον.* De sollert. anim. c. 1, 4 wird die Jagd gerühmt, *ὅτι τοῦ πεφυκότος ἐν ἡμῖν ἢ μεμαθηκότος χαίρειν μάχαις ἀνδρῶν πρὸς ἀλλήλους διὰ σιδήρου τὸ πολὺ δεῦρο τρέψασα, καθαρὰν παρέχει θέαν.*

2) Lucian. Anacharś. c. 37.

3) Vgl. S. 253 A. 1.

Favorinus schrieb eine Rede *ὑπὲρ τῶν μονομάχων* (Philostrat. vitt. soph. 491, 6 ed. Kayser) vermuthlich um in der Vertheidigung des allgemein Verdammten seine Kunst zu zeigen; denn Philostrat nennt daneben Reden *ἐπὶ τῷ λήρῳ* und *ὑπὲρ τῶν βαλανείων*. Favorinus liebte diese infames materias Gell. N. A. XVII 12. — Nur Libanius spricht von den Gladiatoren mit einer gewissen Bewunderung, vielleicht aus Opposition gegen die christlichen Eiferer (de vita sua c. 3).

ihre Steine zur Errichtung neuer Gebäude verwendet worden, wie dies zu Verona unter Gallienus, in Catania unter Theodorich mit dessen ausdrücklicher Erlaubniß geschehen ist.[1] Diese Art der Zerstörung hat an den meisten Orten durch das ganze Mittelalter und die neuere Zeit fortgedauert, durch sie ist ohne Zweifel ein großer Theil der Amphitheater völlig verschwunden, von vielen nur geringe, kaum erkennbare Spuren geblieben. In verlassenen Gegenden sind sie unter dem langsam wirkenden Einfluß der Naturkräfte in Trümmer gesunken, und die auf den Ruinen wuchernde Vegetation, die ihre Wurzeln in alle Fugen trieb, hat die Zerstörung vollendet.[2] Sehr viele sind, wo Kriege oder innere Fehden wütheten, besonders während der Stürme des frühern Mittelalters, als Festungen benutzt worden, namentlich auch von den Arabern. Die Vertheidiger befestigten sie mit Thürmen und Gräben, und Mauerbrecher donnerten und Brände und Pfeile flogen gegen die Bogenthore, durch die einst eine festlich geschmückte Menge gewogt war. Mit der Wiederkehr friedlicher Zeiten erfuhren sie neue Zerstörungen, wenn die Armuth in den alten Mauern ihre Hütten baute. An manchen Orten fielen sie der Prostitution anheim, die sie zum Schauplatz ihrer Orgien machte. Ihre halbverschütteten und verfallenen Gewölbe und Gänge boten dem Auswurf der Gesellschaft willkommne Schlupfwinkel, und manche Unthat ward in ihrer Verborgenheit verübt. Schatzgräber durchwühlten ihren Schutt, in der Hoffnung, Reste der alten Herrlichkeit zu Tage zu fördern; und Zauberer und Beschwörer mochten in den verrufenen und schauerlichen Ruinen gern ihr Wesen treiben.[3] Noch immer wurde hie und da die Arena zu ritterlichen Kämpfen, Gottesurtheilen und Turnieren benutzt. Anderwärts durchfurchte der Pflug ihren blutgetränkten Boden, oder er bedeckte sich mit dem Grün der Rebe und des Oelbaums. Wie an alle Reste längstvergangener, ver-

---

1) Belege zu dieser wie zu allen übrigen hier gemachten Angaben enthält das Verzeichniß der Amphitheater im Anhange.

2) Vgl. die Beschreibung des Amphitheaters von Sutri bei Dennis, die etrurischen Städte I 67.

3) S. die Erzählung Benvenuto Cellini's von der Zauberei im Coliseum, der er beiwohnte, Buch 2 Capitel 1 (Goethe 28, 138).

schollener Zeiten heftete sich die Sage auch an diese alten Gemäuer und bevölkerte sie mit den Geistern des Volksglaubens: Grotten der Feen heißen sie noch jetzt an einigen Orten. Das Amphitheater zu Pola, das außen völlig erhalten, innen ganz zerstört ist, gilt dem Volke der Umgegend als das unvollendete Werk einer Fee; sie sollte in einer einzigen Nacht einen Palast bauen, die Morgendämmerung und der Hahnenschrei setzten ihrer Arbeit für immer ein Ziel.[1]

Das Amphitheater zu Nimes.

Die Geschichte einiger von diesen Ruinen läßt sich wenigstens in ihren Hauptmomenten durch das Mittelalter und die neuere Zeit verfolgen. Als die Franken unter Chlodwig 508 in das südliche Frankreich eindrangen, befestigten die Westgothen das Amphitheater zu Nimes[2]; sie zogen einen breiten Graben umher, erbauten zwei viereckige Thürme, die erst 1809 abgebrochen wurden, und im Innern Wohnungen für die Besatzung; fortan hieß das Gebäude Castrum arenarum. Von 720 bis 737 diente es den Saracenen als Festung, die Karl Martell nach heftigem Widerstande daraus vertrieb. Sein Versuch, es durch Feuer zu zerstören, mißlang. Das Amphitheater blieb Festung, und bis zum Ende des vierzehnten Jahrhunderts im Besitz einer Art von Ritterorden, der milites castri arenarum. Mit der Zeit fiel es dann den untern Klassen der Einwohnerschaft anheim, sein innerer Raum bedeckte sich mit armseligen Hütten und bildete durch mehrere Jahrhunderte ein eigenes Quartier (quartier des arènes), dessen Bevölkerung bis auf 2000 Seelen stieg und sich durch einen eigenthümlichen Sprachaccent auszeichnete. Im Jahr 1533 besuchte Franz der erste Nimes und die Ueberbleibsel des Alterthums erfüllten ihn mit hoher Bewunderung. Man sah ihn knieend über römische Inschriftsteine gebeugt, die er mit seinem Tuch vom Staube reinigte, um sie zu entziffern. Die Stadt beschenkte ihn mit einem silbernen Modell des Amphitheaters, doch sein Befehl, die eingebauten Häuser abzubrechen, blieb unausgeführt. Erst im Jahr 1809 erfolgte die Räu-

1) Stancovich anfiteatro di Pola p. 10.

2) Clérisseau antiquités de la France p. 88 ff. Millin voyage dans le midi de la France IV p. 220 ff. Pelet description de l'amphitéatre de Nimes. (1853) p. 137 ff.

mung der Arena. Gegenwärtig werden hier die in Nimes sehr beliebten Reiterspiele, Ringkämpfe und Stiergefechte veranstaltet, bis 15,000 Menschen finden noch jetzt in dem Gebäude Platz.[1] Aehnliche Schicksale hat das benachbarte Amphitheater von Arles gehabt, dessen Räumung (sowie Aufstellung eines im Rhoneschlamme versunkenen Obelisken) schon Heinrich IV. hatte ausführen wollen.[2]

Das Amphitheater zu Verona erlitt die erste Zerstörung schon im Alterthum, Steine daraus befinden sich in der Mauer, die eilig zum Schutz der Stadt aufgeführt wurde, als man unter Gallien einen Einfall der Barbaren besorgte. Eine Beschreibung der Stadt aus der Zeit des Königs Pipin nennt es das Labyrinth, aus dessen Gängen man nur mit Lampe oder Faden den Ausweg finden könne, der Bischof Rather „den Cirkus, der Arena genannt wird.“ In dieser Zeit (dem zehnten Jahrhundert) und später wird sein Gebrauch als Festung mehrfach erwähnt. Es diente sodann zu gerichtlich verordneten und wol auch andern Zweikämpfen; noch im Jahr 1263 wird bezeugt, daß einige Visconti das Recht besaßen, für jeden darin abzuhaltenden Zweikampf 25 Lire zu erheben, für welche Summe sie die Pflicht übernahmen, den Kampfplatz durch bewaffnete Leute abzusperren und freizuhalten. Nicht selten fanden auch in der Arena Enthauptungen von bedeutenden Verurtheilten Statt, namentlich in den Zeiten der Scaliger. Seit dem Anfange des funfzehnten Jahrhunderts und bis zu dessen Ende wurden seine Gewölbe von feilen Dirnen bewohnt, die dafür der Stadt einen Zins zahlten. Wie in allen Städten, wo es Amphitheater gab, hatte man sich seiner Steine fort und fort als Baumaterial bedient; doch ist die Stadt Verona vor allen andern dadurch ausgezeichnet, daß sie schon sehr früh auf Erhaltung der Ruine bedacht war. Schon in einem Statut von 1228 verspricht der Podestà, zur Herstellung der Arena in dem ersten halben Jahr seiner Regierung aus der Gemeindekasse 500 Lire anzuweisen, eine für jene Zeit beträchtliche Summe. In einem zweiten, vor 1376 abgeschlossenen Statut, wird angeordnet, die Arena zu schließen und die

Das Amphitheater zu Verona.

1) Revue archéolog. VII p. 194.
2) Estrangin études sur Arles.

Schlüssel in Verwahrung der Gemeinde zu behalten, da dort viele Uebelthaten begangen seien und noch ferner begangen werden könnten; zugleich werden Strafen festgesetzt gegen Erbrechung der Thore, Verletzung der Mauern und Verunreinigung des Gebäudes. Ein drittes Statut von 1475 verordnet Strafen gegen Fortschaffung von Steinen und Stufen aus demselben. Doch waren die letztern damals schon zum größten Theil verschwunden; im Jahr 1480 nennt ein Dichter die Arena von Stufen entblößt (gradibus vacua). Mit dem sechzehnten Jahrhundert begann die Restauration. Seit 1545 wurde von Zeit zu Zeit ein Bürger erwählt, der die Erhaltung der Ruine zu überwachen hatte; im Jahr 1568 eine Geldsammlung zur Herstellung der Stufen veranstaltet, 1579 eine jedes vierte Jahr zu erhebende Steuer eingeführt, behufs Instandhaltung des Gebäudes, wozu auch der vierte Theil der Geldbußen verwendet werden sollte. Aehnliche Beschlüsse faßte der Rath der Zwölf und der Funfzig mehrmals. Im siebzehnten Jahrhundert wurden zur Fürsorge für dies Gebäude zwei Presidenti dell' Arena ernannt. Turniere wurden damals öfter dort abgehalten, so 1622 und 1654, dies war auch in frühern Jahrhunderten nicht selten geschehen; so wird eins vom Jahr 1222 erwähnt. Im Jahr 1716 wurde dort zu Ehren des Kurfürsten von Baiern ein Ringstechen veranstaltet. Der edle Veroneser, dem wir diese Geschichte des bedeutendsten Monuments seiner Vaterstadt verdanken, Marchese Maffei, fordert am Schlusse derselben die adliche Jugend Veronas auf, sich dieses einzigen und unvergleichlichen Schauplatzes von Zeit zu Zeit zu bedienen, um ihren Muth zu zeigen und ihre Tapferkeit zu üben.[1]

Das Colosseum.

Doch bei Weitem die gewaltigste unter all diesen Ruinen ist das Colosseum. Wenn auch von Habsucht und Glaubenseifer früh ihrer Zierden beraubt, blieben seine Mauern noch manches Jahrhundert nach dem Untergange des römischen Reichs unangetastet stehen, und riefen im achten unsrer Zeitrechnung jenes Wort der Bewunderung hervor: So lange das Coliseum stehen wird, wird Rom stehen; wenn das Coliseum fallen wird, wird Rom fallen;

---

1) Maffei Verona illustrata P. N. degli Anfiteatri Vol. V. p. 135—148 (ed. 2da Milano 1826).

wenn Rom fallen wird, wird die Welt fallen![1] Die erste wesentliche Zerstörung erfolgte vielleicht erst 1084, in welchem Jahr Robert Guiscard den größern Theil der Stadt zwischen Cälius und Capitol verwüstete[2]; andere Zerstörungen brachten die innern Fehden, in denen es während des zwölften und dreizehnten Jahrhunderts meist den Frangipani als Festung diente, sie waren Hauptleute der Region de Colosseo, einer von den damaligen 13 Regionen Roms.[3] Im Anfang des vierzehnten Jahrhunderts kam es in die Botmäßigkeit des Senats und Volkes von Rom, welche darin am 3. September 1332 ein großes Stiergefecht veranstalteten. Alle Barone der Umgegend wurden eingeladen, drei hohe Damen hatten das Amt, die Frauen der Stadt an ihre Plätze zu führen; die Namen der Kämpfer, die das Loos ergab, wurden gemeldet, sowie ihre Farben und Mottos. Achtzehn von ihnen blieben auf dem Platze, neun wurden verwundet und elf Stiere getödtet; die Leichen der gefallenen Paladine wurden mit großem Pomp und unter allgemeinem Zulauf des Volks in S. Maria Maggiore und S. Giovanni del Laterano bestattet.[4] Im Jahr 1381 schenkten Senat und Volk den dritten Theil des Colosseums der Brüderschaft der Kapelle Sancta Sanctorum, in Anerkennung der Verdienste, die sich dieselbe um Herstellung der Ordnung in jener Gegend erworben hatte, denn so viele Missethäter hatten sich in die Ruine geflüchtet, daß sie zu einer Räuberhöhle geworden war.[5] In Folge des Zuströmens einheimischer und fremder Gläubiger, die den mit Märtyrerblut getränkten Boden verehren wollten, wurde aus Almosen eine Kapelle in der Höhe des alten Podiums und daneben die

---

1) Beda Venerab. Collect. cap. 3 de bell. Ueber die Ableitung des Namens Colosseum s. den Anhang.

2) Marangoni delle memorie sacre e profane dell' anfiteatro Flavio (1746) p. 46.

3) Ib. p. 49—53.

4) Ib. p. 53—55.

5) Ib. p. 55 f. Nach Marangoni hatte die Brüderschaft ein Hospital im Colosseum selbst, wozu einige Korridore in den höhern Stockwerken durch Vermauerung der äußern Bögen eingerichtet waren, luogo altissimo per spedale. Dies wurde nachher mit dem Hospital im Lateran vereinigt.

Wohnung eines Eremiten errichtet; über der Kapelle war eine Bühne mit Mauern abgeschlossen, auf der jährlich am Charfreitage ein Passionsspiel aufgeführt wurde, das in vielen Schriften des funfzehnten und sechzehnten Jahrhunderts erwähnt wird.[1] Unterdessen hatte die Ausbeutung der Ruine als Steinbruch immer fortgedauert. Schon am Anfang des funfzehnten Jahrhunderts klagte Poggio, daß „durch die Thorheit der Römer" die Ueberreste des Colosseums großentheils zu Kalk gebrannt seien.[2] Paul der Zweite bediente sich seiner Travertinquadern zum Bau des Palasts S. Marco (di Venezia), der Cardinal Riario benutzte sie für die von Bramante erbaute Cancelleria, Paul der Dritte für den Palast Farnese.[3] Der Plan Sixtus des Fünften, eine Tuchfabrik im Colosseum einzurichten nebst Wohnungen für die Arbeiter, wurde durch seinen Tod vereitelt.[4] Im Jahr des Jubiläums 1675 wurden, um fernere Mißbräuche und Profanationen zu verhindern, die Eingangsbögen durch Vermauerung geschlossen.[5] Doch blieben die getroffenen Anstalten unzureichend, bis Benedikt der Vierzehnte, zum Theil veranlaßt durch einen Mordanfall auf den Eremiten im J. 1741, die Erhaltung und Sicherung des Colosseums zum Gegenstand umfassender und nachhaltiger Fürsorge machte.[6] Mit Pius dem Siebenten begann die Zeit der Restauration, die leider vielfach mit dem in Italien so gewöhnlichen Mangel an Verständniß und Schonung für ursprüngliche Gestalt und Charakter des Herzustellenden geschehen ist.[7] Das Colosseum bietet nicht mehr den Anblick, den es damals bot, als Byron's gewaltige Phantasie die

---

1) Ib. p. 58—60. Unter Pius dem Dritten wurde das Passionsspiel aufgehoben.

2) Ib. p. 47. Sallengre Nov. thes. antiq. Roman. I p. 502.

3) Ib. p. 46.

4) Ib. p. 60 f.

5) p. 64. Eine Concession zur Veranstaltung von Stiergefechten, die im Jahr 1671 zwei Bewerbern auf 2 Jahre ertheilt wurde, hatte keine Folge. Vgl. p. 72. Vgl. p. 73: Erlaubniß an den Eremiten im J. 1727 das im Colosseum wachsende Gras zu verpachten (per poter affittar l'erbe che nascono dentro il colosseo).

6) Ib. p. 67 ff.

7) Von den neuesten Restaurationen Canina A. d. I. 1582 p. 258 ff.

Geister der Todten, die diesen Boden mit ihrem Blut getränkt hatten, in die vom Mondlicht beschienenen Trümmer heraufbeschwor. Das auf den Mauern waldartig wuchernde Grün ist verschwunden, die neuen Backsteinbauten stechen häßlich von den alten Travertinquadern ab. Ueber den höchsten Mauerrand läuft ein Telegraphendrath. Am Eingange steht eine französische Schildwache. An zwei Nachmittagen in jeder Woche erbaut die Predigt eines Kapuziners in der Arena eine Zahl von Andächtigen, meist aus den untersten Klassen, und die alten Bogen hallen dann von Lob- und Bußgesängen wieder.

---

3. Das Theater.[1]

Verhältniß der Theaterspiele zu den andern Schauspielen.

Wie bereits erwähnt ist, fanden die Schauspiele des Theaters, die von allen am wenigsten Kosten und Schwierigkeiten verursachten, auch bei Weitem am häufigsten Statt[2]; doch war das Interesse für sie ein weit geringeres, als für die beiden andern Gattungen.[3] Zwar besaß Rom seit dem Anfang der Kaiserzeit drei stehende Theater, aber selbst nach den höchsten Angaben faßten alle drei zusammen nicht viel mehr Zuschauer, als das Amphitheater, nach den niedrigsten sogar nicht viel mehr als die Hälfte.[4] Ver-

1) Im Allgemeinen verweise ich auf das Handb. d. R. A. IV S. 523 ff. und gebe hier nur Belege für Angaben und Sätze, die dort fehlen oder anders gestellt sind.

2) Vgl. S. 141 f.

3) Vgl. S. 143.

4) Becker, Hdb. d. R. A. I A. 675 ff. Die differirenden Angaben sind folgende:

Theatrum Pompeji	40,000	(Plin.)	17,580	Curiosum.
Balbi	30,085	(Notit.)	11,510	
Marcelli	20,000	(Curios.)	20,000	
	90,085		49,090.	

Sollten die ersten Angaben die Zahlen der Stehplätze, die des Curiosum die der Sitzplätze geben?

muthlich aber wurde nur ausnahmsweise und an großen Festen in allen drei Theatern zugleich gespielt¹, für gewöhnliche Aufführungen genügte wol das Pompejustheater. Neben den gewaltigen Aufregungen, die Cirkus und Arena boten, konnte die Bühne ihre Anziehungskraft für die Massen nur durch unedle Mittel behaupten, durch rohe Belustigung und raffinirten Sinnenkitzel: und so hat sie, anstatt dem verderblichen Einfluß jener andern Schauspiele die Wage zu halten, zur Korruption und Verwilderung Roms nicht am wenigsten beigetragen.

Unter den bereits existirenden Gattungen des Dramas gewannen in der Kaiserzeit die beiden niedrigsten die Herrschaft auf der Bühne, die Atellane und der Mimus. Die erstere, eine Art Pulcinellkomödie, aus Campanien stammend, wo sie noch heute heimisch ist, war schon früh nach Rom verpflanzt worden; ursprünglich improvisirt, wurde sie in Sulla's Zeit in die Litteratur eingeführt. Eine kurze, wol in der Regel einaktige Handlung knüpfte sich an vier stehende Masken, welche die Prototypen der modernen italienischen Charakterkomödie sind. Pappus, der Alte, entsprach ungefähr dem Pantalon, Dossennus, der weise Mann, der als Schulmeister, Wahrsager u. dgl. auftrat, etwa dem Dottore; dazu kommen noch die beiden Figuren des Fressers und des Dümmlings, Bucco und Maccus. Die zahlreichen erhaltenen Titel von Atellanen, wenn auch aus früherer Zeit stammend, machen uns mit den beliebtesten Gegenständen dieser Gattung bekannt, die wahrscheinlich in der Kaiserzeit im Ganzen dieselben waren, wie in der Republik. Ausnahmsweise kamen auch mythologische vor, wie „der untergeschobene Agamemnon." Oefter wurden bestimmte Nationalitäten auf die Bühne gebracht, „die Campaner, die transalpinischen Gallier, die Soldaten von Pometia", deren provincielle Sprache und Haltung das städtische Publikum ohne Zweifel sehr belustigte. Den reichsten Stoff lieferte wol das Landleben: „das Zicklein, der kranke Eber, der gesunde Eber, die Kuh, der Hühnerhof, die Winzer, die Holzhauer u. s. w.;" sodann die städtischen Gewerbe: Fischer, Maler,

Die Atellane.

1) Seneca clem. I 6, 1: cogitate in hac civitate, — in qua tribus eodem tempore theatris viae postulantur.

Ausrufer, vor Allen die Walker, die überhaupt auf der römischen Bühne eine große Rolle spielten. Eine Anzahl von andern Titeln zeigt die Hauptpersonen in allerlei komischen Situationen und Verwicklungen: „die beiden Maccus, Maccus als Jungfer, als Soldat, als Schenkwirth, als Verbannter, die beiden Dossennus, Pappus als Landmann, die Braut des Pappus, Bucco in der Gladiatorenschule.“ Auch Gespenster scheinen oft vorgekommen zu sein. Daß in dieser Volkskomödie die Komik eine durchaus groteske, die Späße sehr derb waren, und daß es namentlich von Zoten wimmelte, versteht sich von selbst.

Auch der Mimus war ein lose zusammenhängendes Charakterbild aus dem gemeinen Leben, kurz wie die Atellane, aber ohne ihre stehenden Masken. Wie die Atellane, wurde er als Nach- oder Zwischenspiel anderer Aufführungen gegeben und erfreute sich in Cicero's Zeit größerer Gunst als diese; auch in der Kaiserzeit wird wenigstens der Mimus bei Weitem öfter genannt, wo die Gattung der Posse überhaupt bezeichnet werden soll; er erhielt sich von allen Gattungen des Dramas am längsten, und überdauerte sogar das weströmische Reich. Nach den erhaltenen Titeln waren die Gegenstände im Ganzen dieselben, wie in der Atellane, nur daß sie mehr dem städtischen als dem bäuerlichen Leben entnommen gewesen zu sein scheinen, besonders dem der untern Stände und Handwerker, ferner auch hier Schilderungen von fremden Nationalitäten, endlich, wenn auch wol nur ausnahmsweise, mythologische Gegenstände, wie denn in einem drei hungrige Herkulesse, in einem andern Anubis als Ehebrecher vorkam, in einem dritten das Testament des verstorbenen Jupiter verlesen wurde.[1] In einem Mimus, der am Tage von Caligula's Ermordung gespielt ward, kam die Kreuzigung des berühmten Räuberhauptmanns Laureolus Der Mimus.

1) Grysar, Sitzungsber. d. W. Akad. XII p. 251. Tertullian. apol. 15: Dispicite Lentulorum et Hostiliorum venustates, utrum mimos an deos vestros in jocis et strophis vestris rideatis, moechum Anubin, et masculum Lunam et Dianam flagellatam et Jovis mortui testamentum recitatum et tres Hercules famelicos irrisos. — Auf einen Mimus Actäon deutet Varro sat. Menipp. 84, 1 ed. Oehler (Non. 355, 19): Quod si Actaeon occupasset et ipse prius canes suos comedisset et non nugas saltatoribus in theatro fieret.

vor, wobei das Fließen des Blutes künstlich dargestellt und von mehreren Spaßmachern nachgeäfft wurde.[1] In einem andern, der im Beisein Vespasian's im Theater des Marcellus aufgeführt ward, spielte ein Hund die Hauptrolle, der ein narkotisches Mittel erhielt, und sowohl das allmälige Einschlafen als Erwachen zu allgemeiner Bewunderung darstellte.[2] Gaunereien und Rabulistenstücke kamen häufig[3], am häufigsten Liebeshändel und Ehebruchsscenen vor. Der überraschte Liebhaber ließ sich in einem Kasten davontragen, um dem betrogenen Ehemanne zu entgehen, der Gatte schickte seine hübsche Frau zu einem mächtigen Feinde, um ihren Reizen seine Sicherheit zu verdanken u. dgl.[4] Plötzliche Veränderungen des Schicksals erinnern an jetzige Zauberpossen: Bettler wurden mit einem Schlage reich[5]; Reiche, genöthigt ihr Heil in der Flucht zu suchen, liefen über die Bühne, den Kopf mit dem Mantel verhüllt, mit Ausnahme der Ohren, mit denen sie vermuthlich angstvoll nach ihren Verfolgern lauschten.[6] Eine große Rolle spielten Schimpfreden[7] und Prügel im Mimus, und das Klatschen der Ohrfeigen auf den Pausbacken der auch in diesen Stücken regelmäßig vorkommenden Dummköpfe scheint zu den beliebtesten Späßen gehört zu haben. Die Sprache war voll von Ausdrücken und Wendungen, wie sie die untersten Klassen gebrauchten[8], der Witz possenhaft und gemein[9], das Spiel karrikirt und grob komisch; Grimassen, skurrile Geberden, groteske Tänze gehörten nothwendig dazu, die Tänze (mit Flötenbegleitung) waren ein Hauptbestandtheil dieser Stücke.[10] Man

---

1) Sueton. Calig. c. 57. Juv. VIII 185.

2) Plutarch. de sollert. anim. c. 19, 9.

3) Cic. Rabir. c. 12. Prudent. in Laur. martyr. p. 144.

4) Juv. VI 45. I 35. VIII 185.

5) Cic. Phil. II 27.

6) Seneca epp. 114.

7) Philo ad Gaj. p. 598 M.: *καταχλευαζόμενοι καὶ κερτομούμενοι πρὸς τῶν ἀντιπάλων ὡς ἐν θεατρικοῖς μίμοις.*

8) Gell. N. A. XVI 7.

9) Phil. l. l. p. 552: *ἢ ἐπὶ μίμοις αἰσχρῶν καὶ σκωμμάτων μὴ ὑπομειδιῶντα σεμνότερον, ἀλλὰ μειρακιωδέστερον καγχάζοντα;*

10) Grysar a. a. O. S. 264 ff.

sah in der Kaiserzeit Mimen mit wohldurchgeführter Handlung[1], und vielleicht entlehnte die Posse um so mehr von der kunstmäßigen Komödie, je mehr sie diese auf der Bühne verdrängte. Doch dürften, wie früher, auch damals solche gewöhnlich gewesen sein, wo man es sich mit der Lösung des dramatischen Knotens leicht machte: sollte das Stück aufhören, so lief etwa eine von den Personen (z. B. der ertappte Liebhaber) davon, die Musik fiel ein und ein Tanz machte den Schluß.[2] Die scenische Ausstattung war sehr einfach. Die Mimen spielten auf dem vordersten, durch einen Zwischenvorhang abgetheilten Raum der Bühne, ohne den auch im Lustspiel üblichen Theaterschuh und ohne Maske; ihr Kostüm war eine bunte Harlekinstracht mit einem darüber geworfenen Mäntelchen. Neben dem Hauptspieler, dem die Durchführung der Posse eigentlich oblag, war die Person des Dümmlings oder Fressers (Parasiten) wie gesagt, gewöhnlich, der sich durch Pausbacken, kahlen Schädel, und vermuthlich auch sonst charakteristische Tracht auszeichnete.

Seine Unsittlichkeit.

In frecher Verhöhnung der Sitte und unzweideutiger, unverhüllter Obscönität überbot offenbar der Mimus die übrigen Possen weit. In der Republik war diese Ausgelassenheit durch den Charakter des Florafestes entschuldigt worden, an dem die Mimen hauptsächlich aufgeführt wurden, später bedurfte es wol solcher Entschuldigung nicht mehr. Die weiblichen Rollen wurden hier allein von Frauen gespielt, die auf Verlangen des Publikums Tänze aufzuführen pflegten, bei denen sie das Obergewand abwarfen, und in mehr oder weniger vollständiger Nacktheit erschienen.[3] Ovid fand den seinen Gedichten gemachten Vorwurf der Unsittlichkeit mit Recht unbillig, wenn der Kaiser und Senat, wenn Frauen, Jungfrauen, ja Kinder Mimen sahen, wo unaufhörlich der Ehemann von der Frau und

---

1) Quintilian. IV 2, 53. Plutarch. Qu. conv. VII 8, 4. Auch der de soll. an. c. 19, 9 angeführte Mimus war πλοκὴν ἔχων δραματικὴν καὶ πολυπρόσωπος.

2) Cic. pro Cael. c. 27.

3) Grysar S. 271 ff. Daß hier an völlige Entblößung zu denken sei, können Berichte über Aufführungen in Byzanz und Antiochia in der Zeit des Joh. Chrysost. natürlich nicht beweisen. Gloss. Labb.: sum nudus, fero levia γυμνητάω.

ihrem zierlichen Liebhaber betrogen wurde, und wo nicht nur die Ohren sich an unkeusche Reden, sondern auch die Augen an Schauspiele gewöhnten, die die Scham empörten. Die frechsten Scenen wurden am lautesten beklatscht und solche Stücke von den Prätoren am besten bezahlt.[1] Auch Martial konnte sagen, daß Frauen, die Mimen sähen, keinen Anstand nehmen dürften, selbst seine schlimmsten Gedichte zu lesen.[2] Was in diesen Aufführungen möglich war, davon geben Prokop's Berichte über die mimischen Vorstellungen der Theodora immerhin einen Begriff, wenn auch die spätere Kaiserin des christlichen Byzanz die frechsten Tänzerinnen der römischen Bühne an Schamlosigkeit noch so sehr übertroffen haben mag.[3]

Anspielungen auf die Gegenwart, namentlich auf die Kaiser.

Sowohl die Mimen als die Atellanen wurden häufig benutzt, um Anspielungen auf öffentliche Angelegenheiten und auf die Kaiser selbst anzubringen. Schauspieler und Publikum kamen einander darin entgegen, Stellen, die auf die Gegenwart gedeutet werden konnten, hervorzuheben und den hineingelegten Sinn unzweideutig zu machen; auch wurden bezügliche Improvisationen und Zusätze gewagt, und die Gewißheit, das Publikum zu elektrisiren, riß wol nicht selten die Schauspieler und selbst Dichter hin, die Gefahr zu vergessen. Im Ganzen scheinen die Kaiser für gut befunden zu haben, solche Anspielungen so viel als möglich unbeachtet zu lassen. Schon Julius Cäsar hatte eine Anspielung des Mimendichters und -spielers Laberius auf seinen Staatsstreich zu dulden[4], und nach seiner Ermordung ließ sich Cicero von Atticus die Witzworte der Mimen und die Aufnahme, die sie beim Volke fanden, berichten.[5] Als einmal in August's Gegenwart in einem Mimus die Stelle vorkam: „O der milde und gute Herr!“ brach ein lauter Jubel

1) Trist. II 497 sqq.

2) Martial. epigr. III 86.

3) Gryſar a. a. O. S. 310 ff. Vgl. S. 253 u. 272.

Hieronym. epp. 52, 2 sagt von der Erzählung, daß für den alten König David ein Mädchen zur Erwärmung gesucht worden sei: nonne tibi videtur — figmentum esse de mimo vel Atellanarum ludicro?

4) Macrob. Sat. II 7.

5) Cic. ad Att. XIV 3 (710 u. c.) tu si quid πραγματικόν habes, rescribes: sin minus, populi ἐπισημασίαν et mimorum dicta perscribito.

aus, der diese Worte zum Ausdruck der allgemeinen Gesinnung gegen den Kaiser stempeln sollte: eine Schmeichelei, die August sogleich durch Miene und Geberde und am folgenden Tage durch einen scharfen Erlaß zurückwies.[1] Ein anderes Mal dagegen gab das Publikum einem unverfänglichen Verse durch einen hineingelegten Sinn eine derbe Beziehung auf August's Weichlichkeit.[2] Während Tiber's Aufenthalt auf Capri wurde eine Stelle in einer Atellane, die man auf seine Ausschweifungen deuten konnte, mit rauschendem Beifall aufgenommen.[3] Schon im J. 22 oder 23, also einige Jahre vor seiner Entfernung von Rom hatte Tiber auf Veranlassung verschiedener von den Prätoren über die Schauspieler erhobenen Beschwerden ein Schreiben über deren Frechheit an den Senat gerichtet, worin es hieß, die Atellane, die leichtfertigste Belustigung des Pöbels, sei so schändlich und unbändig geworden, daß die Väter dagegen einschreiten müßten. Ob und in welcher Art dies geschehen ist, wird nicht überliefert, die Geschichtsschreiber erwähnen nur die damals erfolgte Ausweisung der Pantomimen.[4] Caligula ließ einen Atellanendichter wegen eines Scherzes, der auf ihn bezogen werden konnte, in der Arena des Amphitheaters verbrennen.[5] Nach dem Muttermorde Nero's wagte ein Atellanenspieler, Datus, die Worte: Heil dir Vater! Heil dir Mutter! mit den Geberden eines Trinkenden und eines Schwimmenden, als Hindeutung auf die Vergiftung des Claudius und die Ertränkung Agrippinens zu begleiten; Nero begnügte sich, ihn aus Italien zu verweisen.[6] Als Galba, dem das Gerücht der Härte und Habsucht voranging, als Kaiser in Rom eintraf, und beim nächsten Schauspiel in einer Atellane ein bekanntes Chorlied angestimmt wurde, in dem wie es scheint die Hausgenossen über die unwillkommene Heimkehr des Alten vom Lande klagten, fiel das

1) Sueton. Aug. c. 43.

2) Id. ib. c. 68.

3) Id. Tiber. c. 45.

4) Tac. A. IV 14. Wegen der damals aus andern Gründen erfolgten Ausweisung der Pantomimen s. Bd. I S. 282 f.

5) Sueton. Calig. c. 27.

6) Sueton. Nero c. 39.

ganze Publikum ein und wiederholte den Vers mehrmals.[1] Der damaligen Zeit erschien diese Licenz der Bühne sogar mit dem Ernst einer Todtenfeier nicht unvereinbar. Bei Vespasian's Bestattung stellte der Archimime Favor die Person des verstorbenen Kaisers vor, dessen Wesen und Reden er der Sitte gemäß zu kopiren suchte; als er auf die Frage, wie viel das Begräbniß koste, die Antwort erhielt: 10 Millionen Sest., rief er aus: man möge ihm nur 100,000 S. geben und ihn dann, wenn man wolle, in den Tiber werfen.[2] Helvidius Priscus der Jüngere wurde unter Domitian hingerichtet, weil er in einer Atellane Paris und Oenone die Scheidung des Kaisers von seiner Gemahlin durchgezogen haben sollte.[3] Der Mimendichter Marullus durfte M. Aurel und L. Verus ungestraft auf der Bühne verspotten[4]; auf die stadtkundigen Liebschaften der Kaiserin Faustina[5], auf das schmachvolle Leben des Commodus[6] wurden in Mimen unzweideutige Anspielungen gemacht, und der Kaiser Maximinus, der kein Griechisch verstand, sogar in seiner Gegenwart mit griechischen Versen verhöhnt.[7]

Das kunstmäßige Drama. Während die Theaterlust der Massen sich an diesen Possen befriedigte, reichte die Theilnahme der kleineren Kreise der Gebildeten kaum hin, das kunstmäßige Drama auf der Bühne zu er-

---

1) Id. Galba c. 12 (cod. Memm.: venitione Simus, Roth venit Onesimus [die frühern venit io Simus] Lachmann venit Dorsennus, was hier aber nicht paßt).

2) Id. Vespas. c. 19. Mimen scheinen auch auf der Bühne öfter bekannte Personen kopirt zu haben. In dem Gedicht des Mimen Vitalis, Meyer Anthol. Lat II p. 89 nr. 1173 heißt es V. 17:

> Ipse etiam, quem nostra oculis geminabat imago,
> Horruit in vultu se magis esse meo.
> O quoties imitata meo se femina gestu
> Vidit et erubuit totaque mota fuit.

3) Sueton. Domitian. c. 10 (scenico exodio).

4) H. Aug. M. Anton. c. 8. Diesen Marullus (Grysar a. a. O. S. 301) nennt auch Galen π. ἀνατ. ἐπιχειρ. VII c. 12 ed. Kuehn III 631 ed. Bas. I 181 sq.: ὁ Μαρύλλου τοῦ μιμογράφου παῖς ἐθεραπεύθη καὶ ζῇ νῦν ἔτι.

5) M. Antonin. c. 29.

6) H. A. Commod. c. 3: appellatus est a mimis quasi obstupratus eosdemque ita ut non appareret subito deportavit.

7) Maximini II c. 9.

halten.[1] Die Zeit der Produktivität auf dem Gebiet der Tragödie und Komödie, die doch immer nur Reproduktion griechischer Muster war, hatte längst aufgehört; ihre vereinzelten letzten Ausläufer reichen, wie es scheint, nicht über das erste Jahrhundert hinaus. Der letzte Dichter, von dem es bekannt ist, daß seine Stücke aufgeführt wurden, der Consular L. Pomponius Bassus, lebte unter Claudius[2]; die meisten damals geschriebenen Dramen waren nur für den Lesesaal bestimmt. Neue Mimen sind bis in die späteste Kaiserzeit geschrieben worden,[3]; dagegen der sehr beschränkte Bedarf der Bühne an kunstmäßigen Stücken wurde durch die große Zahl der älteren Lust- und Trauerspiele ohne Zweifel mehr als gedeckt, die man vermuthlich in mehr oder minder modernisirten Bearbeitungen aufführte.

Am festesten behauptete sich die sogenannte neue Komödie der Griechen (zu deren Meistern vor allen Menander gehörte, und von deren römischen Bearbeitungen wir in den Stücken des Plautus und Terenz Muster haben) in der Gunst des Publikums.[4] Nicht bloß in Rom und Italien, auch in den Provinzen ergötzte sich ein Jahrhundert nach dem andern an den altbekannten stereotypen Figuren der travestirten Götter, der polternden und gutmüthigen Väter, liederlichen Söhne, verschmitzten Sklaven, der Bramarbasse, Dirnen u. s. w.[5] Eine feine und künstlerische Darstellung war hier Die Palliate.

1) Daß das ungebildete Publikum die Atellane der Komödie vorzog, zeigt Petron. c. 53, wo Trimalchio sagt: nam et comoedos emeram, sed malui illos Atellanam (cod. Trag. Atellam) facere.

2) Welcker, die griech. Tragödie III S. 1441 u. 1458.

3) Mimographen erwähnt Hieronym. epp. 54, 15 als noch damals thätig: etiamsi clementissima fueris, omnes comoedi et mimographi et communes rhetorum loci in novercam saevissimam declamabunt.

4) Vermuthlich gilt, was hier von der palliata gesagt ist, auch von der togata; doch die einzige bekannte Aufführung einer solchen in der Kaiserzeit ist die des Incendium von Afranius, bei den ludi maximi Nero's, wobei den Schauspielern gestattet war, das brennende Haus zu plündern. Sueton. Nero c. 4.

5) Die Fortdauer der Aufführungen von Palliaten im zweiten Jahrhundert (bis dahin sind sie durch Quintilian und Juvenal bezeugt), ergibt sich aus M. Antonin. Comm. XII 36, wo ein κωμῳδὸς als in einem fünfaktigen Stück spielend erwähnt wird; für den Anfang des dritten Jahrhunderts Dio LXXVII 12:

nicht bloß durch die Natur dieser Komödien und die Tradition bedingt, sondern auch unerläßlich, um das Interesse für Stücke rege zu erhalten, die ein großer Theil der Zuhörer genau kannte, was mindestens in Rom der Fall war. Die Bildung der Schauspieler für die Komödie war wenigstens am Ende des ersten Jahrhunderts, vermuthlich aber auch später, eine streng schulmäßige, und die Lehrer der Beredsamkeit empfahlen sie ihren Schülern zum Unterricht in Korrektheit der Aussprache, Angemessenheit des Vortrags, Modulation der Stimme, Haltung, Mienen- und Geberdenspiel.[1] Die studirte Eleganz, die die ciceronische Zeit an einem Roscius bewundert hatte, erschien dem hundert Jahre später lebenden Geschlecht altmodisch und lächerlich.[2] Das Spiel war ohne Zweifel realistischer geworden, aber noch immer viel weniger realistisch als etwa gegenwärtig auf deutschen Bühnen. Die Schauspieler faßten ihre Aufgabe mit Ernst auf; Quintilian hatte oft gesehen, wie Ko-

---

οὐδ' ἐν ταῖς κωμῳδίαις οἱ ποιηταὶ ἔτι αὐτῷ (Getae nomine) ἐχρῶντο, wo die ποιηταί nur Bearbeiter der ältern Stücke für die Bühne sein werden. Nicht klar ist ib. LXXIX 2: ὥσπερ γὰρ προσωπεῖόν τι ἐς τὰ θέατρα ἐν τῷ διακένῳ τῆς τῶν κωμῳδῶν ὑποκρίσεως εἰσεφέρετο (leg. εἰσφέρεται) κ. τ. λ. Die meisten von Welcker a. a. O. S. 1477 ff. angeführten Stellen sind zu unbestimmt, um als Beweise für gleichzeitige, öffentliche Aufführungen ganzer Komödien gelten zu können. Ein Zeugniß für das vierte Jahrhundert gibt Donat. ad Andr. IV 3: sive haec (persona feminea) personatis viris agitur, ut apud veteres, sive per mulierem ut nunc videmus, wo man doch wol kaum an Mimen denken darf. Für den Anfang des fünften Jahrhunderts Augustin. civ. dei II 8 (a. a. O. S. 1481): et haec sunt scenicorum tolerabiliora ludorum, comoediae scilicet et tragoediae, hoc est fabulae poetarum agendae in spectaculis, multa rerum turpitudine sed nulla saltem sicut alia multa (Mimen) verborum obscoenitate compositae. Id. epp. 202: tot locis pingitur, funditur, tunditur, sculpitur, legitur, agitur, cantatur, saltatur Juppiter adulteria tanta committens. Cantatur bezeichnet den Tragöden, saltatur den Pantomimen, bei agitur denkt man schon wegen des Plautinischen Amphitruo (dessen damalige Aufführung Arnob. VII 33 aber nicht beweist) an den Komöden, doch könnten freilich auch Mimen und Atellanenspieler gemeint sein.

1) Quintilian. I 11. Marc Aurel hatte den Komöden Geminus zum Lehrer vit. c. 2.

2) Tac. dial. c. 20: nec magis perfert (vulgus assistentium) in iudiciis tristem et impexam antiquitatem, quam si quis in scena Roscii aut Turpionis Ambivii exprimere gestus velit.

möden nach rührenden Scenen selbst weinend die Bühne verließen.[1] Die Deklamation entfernte sich zwar nicht zu weit von der Sprechweise des täglichen Lebens, kopirte sie aber auch keineswegs, sondern stylisirte sie durch eine angemessene Veredlung.[2] Auch das Geberdenspiel war offenbar durch sehr bestimmte Vorschriften geregelt[3], und die größere oder geringere Schnelligkeit des Ganges wurde genau nach dem Charakter der darzustellenden Rolle bemessen. Bei Jünglingen, Greisen, Soldaten, Matronen war er langsamer, bei Sklaven, Mägden, Parasiten, Fischern schneller.[4] Unter den Schauspielern der Komödie zeichneten sich auf den Theatern Roms in Quintilian's und Juvenal's Zeit vor allen Griechen aus, diese gebornen Schauspieler, wie der letztere sie nennt, die berühmtesten waren Demetrius und Stratocles. Die Charakteristik, die Quintilian von beiden gibt, zeigt nicht bloß, wie scharf noch in der damaligen Schauspielkunst die Grenzen zwischen dem erlaubten und unerlaubten gezogen waren, sondern auch wie fein und lebhaft die Empfindung für die Ueberschreitung dieser Grenzen war. Demetrius war durch ein herrliches Organ, große Schönheit und tadellosen Wuchs begünstigt, und mehr für ruhigere Rollen beanlagt, sein Fach waren Götter, Jünglinge, gute Sklaven und Väter, Gattinnen und würdige alte Frauen; in gewissen Dingen war er unnachahmlich, wie in leidenschaftlichen Bewegungen der Hände, in lang ausgehaltenen, wohlklingenden Ausrufungen; die Art, wie er im Gehen seine Gewänder durch den Luftzug aufbauschen ließ, die Bewegungen, die er zuweilen mit der rechten Seite machte, standen ihm allein wohl. Stratocles hatte eine schärfere Stimme, er war von der höchsten Beweglichkeit und Geschmeidigkeit, er durfte ein Ge-

1) Quintil. VI 2, 35.

2) Quintil. II 10, 13: quod faciunt actores comici, qui neque ita prorsus, ut nos vulgo loquimur, pronuntiant, quod esset sine arte, neque procul tamen a natura recedunt, quo vitio periret imitatio: sed morem communis huius sermonis decore quodam scenico exornant.

3) Die Regeln, die Quintilian XI 3 über die Gestikulation des Redners gibt, lassen analoge für die Bühne voraussetzen.

4) Quintil. XI 3, 112. Bei den Fischern wird man an den Plautinischen Rudens zu denken haben.

lächter wagen, das nicht zu seiner Maske paßte, sogar sich erlauben, den Nacken zusammenzuziehen. Sein Fach waren polternde Alte, spitzbübische Sklaven, Parasiten, Kuppler u. dgl. Die kleinen Ueberschreitungen der Regel, die beide Schauspieler sich gelegentlich gestatteten, gingen nicht aus Unkenntniß, sondern aus Nachgiebigkeit gegen den Geschmack des Publikums hervor. Uebrigens wäre, was bei dem einen die beste Wirkung that, bei dem andern geradezu häßlich gewesen.[1]

Die Tragödie. Doch ungleich mehr als die Komödie war die Tragödie auf die Theilnahme der kleinen Minorität der Gebildeten ausschließlich angewiesen. Der Menge, die an die Schauspiele der Arena gewöhnt war, deren Nerven kaum durch die krasseste Wirklichkeit erschüttert werden konnten, blieb der Schein der Bühne natürlich unendlich fern und die Gestalten der idealen Welt wesenlose Schatten: was war ihnen Hekuba? Aber auch unter den Gebildeten war die Zahl derer wol niemals groß, die nicht lieber die lustigen Scenen des Plautus, Scenen, wie sie die Gegenwart in anderer Form auf allen Seiten bot, auf der Bühne gesehen hätten, als die Schicksale der Könige und Helden aus der Vorzeit Griechenlands. Ueberdies ließ schon das Kostüm die Tragöden wie Gestalten aus einer andern Welt erscheinen. Diese seltsamen, auf dem Kothurn wie auf Stelzen einhertretenden, ausgestopften, von langen bunten Schleppkleidern umwallten Figuren, mit hohen künstlichen Haaraufsätzen und einer Maske, deren Mund so weit geöffnet war, als wollten sie die Zuschauer verschlingen, mochten wol nicht wenigen häßlich oder lächerlich erscheinen.[2] Schon in der letzten Zeit der

1) Quintilian. XI 3, 178—181. Juv. III 93:

an melior cum Thaida sustinet, aut cum
uxorem comoedus agit vel Dorida nullo
cultum palliolo? —
98 nec tamen Antiochus nec erit mirabilis illic
aut Stratocles aut cum molli Demetrius Haemo,
natio comoeda est.

2) Lucian. de saltat. 27. Philostrat. Apollon. Tyan. V 195 p. 89 ed. K., wo erzählt wird, wie die Bewohner einer Stadt in Bätica, die noch nie einen Tragöden gesehen hatten, vor dem ersten, der dahin kam, erschraken und aus dem Theater liefen.

Republik war eine prunkvolle Ausstattung das beste oder einzige Mittel, um das Publikum im Trauerspiel festzuhalten. Militärische Evolutionen großer Schaaren zu Fuß und zu Pferde, ungeheure Triumphzüge und andre Processionen, wobei fremde, kostbare Trachten und Prachtstücke aller Art in größter Menge gezeigt, Schiffe, Wagen und sonstige Kriegsbeute, sogar Giraffen und weiße Elephanten, vorübergeführt wurden, so daß die Stücke vier Stunden und länger dauerten — solche Schauspiele waren es, die in Horazen's Zeit auch für die Gebildeten den Hauptreiz der Tragödie ausmachten.[1] Diejenigen, die einen künstlerischen Genuß im Theater suchten, kamen doch nicht sowohl um des Dramas, sondern um der Darstellung willen, nicht um den Dichter, sondern um den Schauspieler zu bewundern. Die natürliche Folge dieses gänzlichen Schwindens des dramatischen Interesses war eine Auflösung der Tragödie, wobei die den Zuschauern gleichgültig gewordene zusammenhängende dramatische Entwickelung geopfert, und nur solche einzelne Scenen beibehalten wurden, welche die wirksamsten Momente enthielten, und zugleich den Darstellern die beste Gelegenheit gaben, ihre Kunst zu zeigen. Zwar werden immer noch vollständige, wenn auch verkürzte Tragödien in Rom wie in den Provinzen (namentlich den griechischen) aufgeführt worden sein; in der Regel aber geschah es wol, wenigstens seit dem zweiten Jahrhundert, nicht mehr, und die Stelle des Trauerspiels nahmen nun Gesangsscenen und pantomimische Tänze ein.[2]

---

1) Horat. epp. II 1, 181 sqq. 187:

> verum equiti quoque jam migravit ab aure voluptas
> omnis ad incertos oculos et gaudia vana.

2) Die in großer Zahl von Welcker a. a. O. angeführten Stellen beweisen nicht das Aufführen ganzer Tragödien, da selbst τραγῳδία und tragoedia den Vortrag einzelner Gesangsscenen durch τραγῳδοί tragoedi bezeichnen kann: vgl. z. B. Philostrat. l. l. Dio Chr. or. XXXIII p. 396, 15 u. Welcker a. a. O. S. 1319. Die Stelle des Dio Chr. or. XIX p. 261 lautet mit der von Welcker S. 1320 richtig angegebenen Interpunktion: καὶ τά γε πολλὰ αὐτῶν (des von Schauspielern vorgetragenen) ἀρχαῖά ἐστι καὶ πολὺ σοφωτέρων ἀνδρῶν ἢ τῶν νῦν· τὰ μὲν τῆς κωμῳδίας ἅπαντα, τῆς δὲ τραγῳδίας τὰ ἰσχυρά, ὥς ἔοικε, μένει· λέγω δὲ τὰ ἰαμβεῖα· καὶ τούτων μέρη διεξίασιν ἐν τοῖς θεάτροις· τὰ δὲ μαλακώτερα ἐξεῤῥύηκε τὰ περὶ τὰ μέλη. Dio denkt hier nur an Aufführungen oder Vorträge von Dialogen und jambi-

Trennung von Gesang und Tanz in der Tragödie.

Musik und Tanz waren von jeher wesentliche Bestandtheile aller dramatischen Aufführungen auf der römischen, wie auf der griechischen Bühne. Die eigentliche, durch gesprochene Scenen nicht unterbrochene Oper kannte das Alterthum zwar nicht; denn der Dialog wurde immer gesprochen. Diejenigen Theile der Dramen aller Gattungen, für die neben dem Dichter der Komponist thätig war, waren ausschließlich Monologe und Chöre; Duette, Terzette, überhaupt mehrstimmige Gesangsscenen, gab es nicht. Im Dialog vermochte der Schauspieler Gestikulation und Vortrag zu vereinigen, im lyrischen Monolog aber trat eine solche Steigerung des Ausdrucks ein, daß die erste in Tanz, der letztere in Gesang überging. Hier mußte entweder auf ein Darstellungsmittel Verzicht geleistet, oder die Aufführung zwei verschiedenen Darstellern übertragen werden. Es geschah das letztere; und dies zeigt wie nichts anderes, wie fern die antike Bühne von dem Streben, und die Zuschauer von dem Verlangen nach Illusion waren; die ganze Bühneneinrichtung ließ keinen Augenblick die Täuschung aufkommen, man habe einen wirklichen Vorgang vor Augen, sie entfernte sich mit Absicht weit von der Wirklichkeit, die Darstellung sollte und konnte eben nur als eine Produktion der Kunst verstanden und gewürdigt werden, die nicht nur keine Realität hatte, sondern jeden Gedanken an Realität ausschloß. So war man auch auf der römischen Bühne von jeher gewöhnt gewesen, den Schauspieler seine Scene in stummem pantomimischen Tanz ausdrücken zu sehen, während ein Sänger, ruhig daneben stehend, die Worte vortrug, die jener hätte sprechen sollen. Diese für uns höchst seltsame Trennung von Vortrag und

---

schen Monologen auf der Bühne (die sonst nirgend erwähnt werden); das Wegbleiben des Chors erklärt sich schon aus seiner Kostspieligkeit. Die gewöhnlichen Tragödenvorträge bestanden gerade im Gesange der lyrischen Scenen. Von jener Art mögen auch die in Athen und Nicomedia von Dio erwähnten Aufführungen gewesen sein. Welcker S. 1314 f. Auch die von Welcker S. 802 und P. E. Mueller de gen. aev. Theodos. II p. 137 für die Fortdauer der Tragödien angeführte Stelle Liban. III p. 375 ed. Reiske beweist nicht Aufführungen ganzer Stücke: *λέγε δεῖν — κεκλεῖσθαι τοῖς ὑποκριταῖς τὸ θέατρον, ἵνα μὴ τραγῳδὸς εἰσελθὼν Πασιφάην μιμήσηται τὴν ἐξοκείλασαν εἰς ἀλλόκοτον ἔρωτα, μηδ᾽ αὖ κωμῳδὸς τὰς παρὰ Μενάνδρῳ τικτούσας καὶ πολλὰ ἕτερα.*

Action erschien so natürlich, daß in Plinius' Zeit Dichter einem geladenen Publikum ihre Gedichte von Andern vortragen ließen, die ein gefälligeres Organ hatten, und den Vortrag mit „Gemurmel, Minenspiel und Gestikulation" begleiteten.[1]

Durch diese Trennung von Gesang und Tanz auf der Bühne war die Auflösung der Tragödie in ihre Elemente schon vorbereitet. Der Verfall des dramatischen Interesses, die Steigerung des Interesses für Gesang und Tanz vollendete sie, und schon in der letzten Zeit der Republik wurden die Leistungen des Sängers, Tänzers und des begleitenden Flötenspielers als selbständige geboten und aufgenommen.[2] Hier sollen zunächst nur diejenigen Darstellungen in Betracht gezogen werden, die den dramatischen Charakter wenigstens theilweise beibehielten, die Pantomimen und die Vorträge der Tragöden. Zusammenhängende und zum Ganzen abgeschlossene Aufführungen waren, soviel wir wissen, nur die erstern, während die letztern immer mehr rhapsodisch geblieben zu sein scheinen. Da sie nie auch nur annähernd zu der Geltung der Pantomimen auf der Bühne wie im Publikum gelangten, sind wir über sie nur sehr unvollkommen unterrichtet.[3] Die Tragöden traten in Maske und vollem Kostüm auf, wie im eigentlichen Drama. Ihre Produktion beschränkte sich aber im Wesentlichen auf Gesang[4]; zwar begleiteten sie sich natürlich auch mit Gestikulation, doch diese konnte für sie nur ein untergeordnetes Darstellungsmittel bleiben, und in der angemessenen Vollständigkeit nur durch einen zweiten Schauspieler ausgeführt werden. Ob dieser, der zuweilen erwähnt wird,

Auflösung der Tragödie in ihre Elemente.

Halbdramatische Konzertvorträge der Tragöden.

1) Plin. epp. IV 34. Daß Goethe einmal, wenn auch nur aus Noth, auf der Bühne zu Weimar etwas ähnliches wagte (Devrient, Gesch. d. dtsch. Schauspielkunst III 247), ist für seine Auffassung der theatralischen Darstellung merkwürdig.

2) Vgl. Mommsen III[4] 581. Die Auflösung der Tragödie in ihre Elemente ist im Ganzen sehr treffend auseinandergesetzt von Gaston Boissier (De la signification des mots cantare et saltare et saltare tragoediam Rev. archéol. N. S. II 2 p. 333—343).

3) Im Allgemeinen verweise ich auf das Hdb. d. R. A. IV 553 und die dort angeführte Schrift von Grysar über das canticum und den Chor in d. r. Tragödie.

4) Nach Lucian. saltat. 27 (ἐνίοτε καὶ περιᾴδων τὰ ἰαμβεῖα) wurden auch jambische Stellen gesungen; jambisch ist auch die von Nero gesungene Stelle aus einem verbannten Oedipus. Sueton. Nero c. 46.

gewöhnlich neben dem Sänger auftrat[1], ob die Einzelvorträge öfters mit einem Chor verbunden waren[2], ob derselbe Tragöde mehrere Rollen eines Stückes nacheinander vortrug und ob und wie der Zusammenhang zwischen diesen Solos vermittelt wurde[3], ob stumme Nebenpersonen die Aufführung vervollständigten, ob und wie sich an die Einzelgesänge gesprochene Dialoge anschlossen[4] — über all diese Fragen sind wir in völliger Ungewißheit. Nur soviel ist klar, daß die Einzelgesänge der Tragöden den Kern dieser Darstellungen bildeten, und daß sie so gut wie ausschließlich das Interesse des Publikums in Anspruch nahmen. Es war dies die dramatische Gattung, in der Nero aufzutreten liebte, weil er vorzugsweise durch seine Stimme und Gesangskunst glänzen zu können meinte. Er sang, sagt Sueton, Tragödienscenen in der Maske, wobei die Masken der Götter und Helden seinem, die der Göttinnen und Heroinen dem Gesichte der Frauen ähnlich gemacht wurden, die er gerade liebte. Unter andern sang er die kreisende Canace, Orest als Muttermörder, den geblendeten Oedipus, den rasenden Herkules. Man erzählte, daß ein junger Soldat, der am Eingange Wache stand, als er ihn für seine Rolle ankleiden und mit Ketten belasten sah, herbeieilte, um ihn zu befreien.[5] Man bemerkte, daß in dem letzten Stück, in dessen Scenen er öffentlich auftrat, einer damals sehr berühmten Bearbeitung des verbannten Oedipus, sein Gesang mit den Worten schloß: „Zum Tode treiben Gattin, Vater, Mutter mich.“[6] Die angeführten Textworte sind griechisch, und in die-

1) Sueton. Nero c. 24. mit Casaubonus' Anm., Grysar a. a. O. S. 56, 1 und Lipsius Electa I 24.

2) Einen Chor muß man wol voraussetzen nach Epictet. Diss. III 14: ὡς οἱ κακοὶ τραγῳδοὶ μόνοι ᾄσαι οὐ δύνανται ἀλλὰ μετὰ πολλῶν.

3) Grysar's Angaben S. 55 sind bloße Vermuthungen.

4) Die oben angeführte Stelle des Dio Chrys. or. XIX p. 261 kann sich vielleicht auf Dialoge, aber eben so gut auch nur auf jambische Solos beziehen.

5) Sueton. Nero c. 21. Das zuletzt gemeinte Stück müßte nach dem Text der rasende Herkules sein, der doch kaum gefesselt werden konnte: statt in qua fabula ist wol in aliqua zu lesen. Die Rollen, die Juvenal. VIII 223, Dio LXIII 9 u. 22, vollends Philostrat. vit. Apollon. V 6 als von Nero gespielt angeben, sind wol nur willkürlich gewählte Beispiele.

6) Sueton. Nero c. 46.

ser Sprache mögen die Texte der Tragöden in Rom damals öfter abgefaßt gewesen sein, da eine fremde Sprache auch die Unkundigen hier kaum mehr stören konnte, als gegenwärtig in der italienischen Oper außerhalb Italiens. Ueberhaupt wurde die griechische Sprache auf den Bühnen Roms in der Kaiserzeit wol nicht selten gehört, und selbst andre; schon Cäsar und August hatten „Schauspieler von allen Sprachen" auftreten lassen.[1] Doch läßt sich nicht ermitteln, ob ganze griechische Dramen aufgeführt worden sind, was sehr möglich ist, oder ob nur halbdramatische, koncertartige und deklamatorische Vorträge griechische Texte hatten.[2]

Zu einer weit andern Bedeutung als diese Tragödengesänge gelangten, wie gesagt, auf der Bühne die pantomimischen Aufführungen. Daß die pantomimische Action von jeher für ein wichtigeres Darstellungsmittel galt, als Deklamation und Gesang, geht schon daraus hervor, daß im eigentlichen Drama der Schauspieler, der auf eins von beiden verzichten mußte, wie gesagt, gerade das letztere dem außerhalb der Handlung stehenden Sänger überließ, und den Inhalt der Dichterworte selbst durch das erstere ausdrückte. Die Action mußte das Minenspiel ersetzen helfen, das der Gebrauch der Masken ausschloß, und wieviel reicher, feiner, ausgebildeter und lebendiger die Geberdensprache der damaligen Pantomimen war, als die der heutigen, das können wir uns aus zahlreichen Andeutungen und aus der Geberdensprache der heutigen Südländer wenigstens annähernd vorstellen. Die allgemeine Verständlichkeit dieser Darstellungen auch für die des Lateinischen und Griechischen Unkundigen, trug vielleicht gerade in Rom mit seiner aus allen Ländern zusammengeflossenen Bevölkerung, nicht am wenigsten bei, dieser Gattung auf der Bühne Eingang und bald die Herrschaft zu verschaffen.

Der Pantomimus als selbständige Kunstgattung.

1) Sueton. Caesar. c. 39. August. c. 43.

2) Mommsen R. G. III' 581. Tac. A. XIV 15: non nobilitas cuiquam, non aetas aut acti honores impedimento, quominus Graeci Latinive histrionis artem exercerent. Grysar (der röm. Mimus Sitzungsberichte d. Wiener Ak. XII S. 327—330) hat in dem Abschnitt über die scena Graeca viel Ungehöriges und Falsches eingemischt.

Die Texte der Pantomimen.

Die Ausbildung des darstellenden Tanzes zu einer selbständigen Kunstgattung erfolgte unter August durch Pylades und Bathyllus. Sie beschränkte sich von Anfang an auf Tragödie und Satyrspiel, und auch die letzte Gattung scheint bald in Abnahme gekommen zu sein, so daß man den Pantomimus geradezu als einen Ersatz für die absterbende Tragödie ansehen kann.[1] Die Bearbeitung geschah in der Art, daß die bedeutendsten und wirksamsten Momente der Handlung in eine Reihe von lyrischen Solos zusammengefaßt wurden, die ein einziger Pantomime darstellte, der also immer mehrere Rollen und zwar sowohl männliche als weibliche hinter einander geben mußte, während der jedem Solo entsprechende Text nicht wie im eigentlichen Drama von einem einzelnen Sänger, sondern von einem ganzen Chor gesungen wurde. Die Textbücher der Pantomimen mögen vielleicht nicht selten eigne Dichtungen gewesen sein, öfter waren sie aber wol gewiß aus bereits vorhandenen griechischen und römischen Stücken zurechtgeschnitten. Auch bedeutende Dichter verschmähten es nicht, die Texte dieser Tanzstücke (fabulae salticae) zu verfassen, Lucan soll ihrer vierzehn geschrieben haben.[2] Sie wurden von den Pantomimen gut bezahlt; Statius, der für seine Thebais nur unfruchtbares Lob einerntete, hatte durch den Verkauf des noch unbekannten Textes zu einer Agaue an den berühmten Tänzer Paris, einen namhaften Gewinn.[3] Im Allgemeinen aber scheinen die Pantomimentexte für werthlos gegolten zu haben, und gewiß nicht mit Unrecht.[4] Die Gegenstände waren, wie es die Entlehnung aus der Tragödie mit sich bringt, fast durchweg mythologisch, und nur ausnahmsweise historisch. Zwar erklärt Lucian alle Gegenstände vom Anfang der Welt bis zum Tode der Kleopatra als geeignet für den Pantomimus (daß die

---

1) Vgl. Hdb. d. R.-A. IV 549 und weiter unten S. 286.

2) Welcker a. a. O. S. 1469. Jahn Proll. ad Pers. p. XXXIV. Genthe de M. Annaeo Lucano p. 64 sq. Außer den genannten noch Silo Seneca decl. ed. Bip. p. 20.

3) Juv. VII 92.

4) Plutarch. qu. conv. IV 15, 17: ἡ ὄρχησις — πάνδημόν τινα ποιητικὴν προσεταιρισαμένη, τῆς δ' οὐρανίας ἐκπεσοῦσα ἐκείνης κ. τ. λ. vgl. Liban. ed. Reiske vol. III p. 381 sq.

Dichter der Kaiserzeit die letztere Grenze nicht überschreiten durften, ist begreiflich¹); doch die tragische Geschichte des Polykrates und seiner Tochter und die Leidenschaft des Seleucus für die Geliebte seines Vaters Stratonike sind die einzigen historischen Gegenstände, die er anführt¹, auch sonst werden solche nirgend erwähnt, während die Zahl der uns bekannten mythologischen sehr groß ist. Ausnahmsweise waren sie der römischen Sage entnommen, so wird ein nach Virgil bearbeiteter Turnus erwähnt, in dem Nero auftreten wollte²; auch der ägyptischen (die Geschichte des Osiris, die Verwandlungen der Götter)³; aber der ganz überwiegenden Mehrzahl nach der griechischen, und vermuthlich wurden auch von diesen manche als Pantomimen zum ersten Male auf die Bühne gebracht. Darunter waren allerdings hochtragische Gegenstände nicht selten, wie Atreus und Thyest, der rasende Ajax, der rasende Herkules, Niobe, Hektor und ähnliche. Doch bei Weitem am häufigsten und beliebtesten waren Liebesgeschichten⁴, und zwar nicht wenige vom bedenklichsten Inhalt, theils aus der Göttersage, wie die Liebesabenteuer und Verwandlungen Jupiter's, Venus und Adonis, Venus und Mars im Netze Vulkan's, Apollo und Daphne u. s. w.; theils aus der Heldensage, wie Phädra und Hippolyt, Meleager und Atalante, Protesilaos und Laodamia, Jason und Medea, Achill auf Skyros, Achill und Briseis, Ariadne auf Naxos, Pasiphae, Kinyras und Myrrha u. s. w.⁵ Diese und ähnliche Gegenstände wurden während der ganzen Kaiserzeit von Pantomimen auf allen Bühnen

1) Lucian. de saltat. 54 u. 58.

2) Sueton. Nero c. 54: proditurum — histrionem saltaturumque Vergili Turnum.

3) Lucian. de saltat. c. 59.

4) Ovid's Warnung vor dem Theater (remed. 751 sqq.) könnte sich zwar allenfalls auch auf Mimen beziehen, doch denkt man eher an Pantomimen, die seit 732/33 eingeführt waren.

Illic assidue ficti saltantur amantes
Quid caveas actor, quid juvet, arte docet.

5) Lucian. l. l. 37—61. Grysar a. a. O. 53 f. Der zuletzt genannte Gegenstand wurde am Tage von Caligula's Ermordung aufgeführt Joseph. A. J. XIX 1, 13.

vorzugsweise dargestellt und fesselten überall die Zuschauer am meisten.[1]

Die Musik der Pantomimen.

Da die Textbücher der Pantomimen nach Tragödien bearbeitet oder doch in entsprechender Form gehalten waren, wurde wol auch die Einheit des Orts beobachtet, so daß kein Coulissenwechsel stattfand; wenigstens wird ein solcher ebenso wenig als die sonstige scenische Ausstattung erwähnt. Vermuthlich war diese wie in der Tragödie sehr einfach. Der Chor sang außer den Texten der Tanzstücke vielleicht auch in den Pausen derselben, da die Aufführung doch kaum ohne eine verbindende Erzählung (etwa in der Art des Recitativs in unsern Oratorien) gedacht werden kann: durch sie würde zugleich der Tänzer die Zeit erhalten haben, Kostüm und Maske zu wechseln. Den Gesang hatte statt des einzelnen Sängers der Tragödie der Begründer der neuen Gattung Pylades eingeführt, und statt der einfachen Flötenbegleitung ein reiches stark instrumentirtes Orchester. Auf die Frage, worin seine Neuerung bestehe, soll er mit einem homerischen Verse geantwortet haben: „In der Flöten und Pfeifen Getön, und der Menschen Getümmel.“[2] Neben der Flöte gehörten auch Syringen und Cymbeln, Cither und Lyra zu diesem Orchester[3], und der Takt wurde durch das Scabillum angegeben, ein Instrument, bestehend aus zwei verbundenen, an der Sohle befestigten Platten, die beim Auftreten lautschallend zusammenschlugen.[4] Natürlich hatte die Musik zugleich den Zweck, die rhythmischen Bewegungen des Tänzers zu leiten. Diese Musik stand nicht höher, als die gewöhnlichen Texte, sie war voll Geschmetter und Getriller, weichlich, würdelos und unzüchtig, nur auf gemeinen Ohrenkitzel berechnet, und ernstere Kunstfreunde glaubten

1) Vgl. über die späteren Zeiten P. E. Mueller de gen. aev. Theodos. II 104 sqq.

2) Sueton. ap. Hieronym. (ed. Roth p. 301, 25): Pylades Cilix pantomimus, cum veteres ipsi canerent atque saltarent, primus Romae chorum et fistulam sibi praecinere fecit a. 732. 733. Vgl. Macrob. Saturn. II 7, 18.

3) Die beiden erstern werden mehrmals von Lucian, die beiden letztern von Ovid remed. 753 sq. genannt. Vgl. Grysar Rhein. Mus. II S. 58. (Arnob. adv. gent. I 2. Cassiodor. Var. IV 51).

4) Grysar a. a. O. S. 57 f. Vgl. Jahn, das Columbar. der Villa Pamfili S. 24.

den Verfall der Musik überhaupt von der Herrschaft des Pantomimus auf der Bühne herleiten zu müssen.[1]

Der pantomimische Tanz.

Je mehr Musik und Gesang dem Tanz untergeordnet waren, desto ausschließlicher nahm dieser das ganze Interesse der Zuschauer in Anspruch. Zwar ward das Verständniß des Tanzes durch den Chorgesang unterstützt und vermittelt, doch die eigentliche Aufgabe, die sich die neue dramatische Gattung stellte und löste, war, das stumme Spiel so viel möglich auch ohne solche Hilfe verständlich zu machen. Diese Aufgabe war um so schwieriger, da ein Pantomime in demselben Stück wie gesagt mehrere[2] und zwar die verschiedensten Rollen durchzuführen hatte. Er erschien z. B. erst als rasender Athamas, dann als furchterfüllte Ino; erst als Atreus, dann als Thyest und wieder als Aegisth oder Aerope[3], oder hintereinander als Bacchus, Kadmos, Pentheus und Agaue.[4] Sodann lag es dem Darsteller ob, durch sein Spiel die Phantasie der Zuschauer zur Ergänzung der übrigen Personen des Stücks anzuregen und deren Beziehungen zu der von ihm dargestellten Hauptperson auszudrücken: er mußte bei der Darstellung des Achill die Person des Paris, bei der des Prometheus den Vulkan, bei der des Ganymed den Jupiter mit andeuten u. s. w.[5] Der berühmte cynische Philosoph Demetrius (unter Nero) soll sich einst über die Pantomimen geringschätzig ausgesprochen haben, die, wie er meinte, ohne Chor und Musikbegleitung nichts zu leisten vermöchten. Der damals bedeutendste Pantomime Roms (wahrscheinlich Paris) beschloß, ihn vom Gegentheil zu überzeugen, und tanzte vor ihm den Ehebruch des Mars und der Venus. Er drückte die Anzeige des Sonnengottes an den betrogenen Gemahl, die Nachstellung Vulkan's und die unsichtbaren Fesseln, die Scham der Venus, die Bitten des Mars,

1) Ovid. remed. l. l. Lucian. salt. 2 (ὑπὸ κρούμασι καὶ τερετίσμασι καὶ ποδῶν κτύπῳ). Vgl. Hdb. d. R. A. IV A. 3469.

2) Fünf nennt Lucian. ib. 66 (τοσούτων γὰρ μερῶν τὸ δρᾶμα ἦν). Vgl. Grysar Rh. Mus. S. 38.

3) Lucian. 26. 67.

4) Anthol. ed. Jacobs IV p. 192. Epigr. adesp. 353 (εἰς Ξενοφῶντος Σμυρναίου ὀρχηστοῦ εἰκόνα).

5) Liban. ed. Reiske III 391, 23. Vgl. Hdb. d. R. A. IV A. 3513.

die sämmtlichen andern von Vulkan herbeigerufenen Götter durch sein stummes Spiel so verständlich aus, daß der Philosoph bewundernd die Unrichtigkeit seines Urtheils eingestand.[1] Im Achill auf Skyros stellte der Künstler die spinnenden und webenden Jungfrauen und Achill in Weibertracht unter ihnen vor, sein Spiel bewirkte, daß man Odysseus an der Thür erscheinen zu sehen und Diomed in die Trompete stoßen zu hören glaubte; aber auch Achill vor Troja, in der Schlacht die Lanze schleudernd und mordend, mit Hektor kämpfend und seine Leiche schleifend, die Kämpfe des Theseus, die Arbeiten des Herkules, selbst der Kampf der Centauren und Lapithen wurde vorgestellt.[2] Daß die Pantomimen Maske und Costüm für jede neue Rolle desselben Stücks in der Regel wechselten, ist selbstverständlich und ausdrücklich bezeugt, doch gab es auch eine Darstellungsart, wo dies nicht geschah: vermuthlich eine Probe großer Virtuosität, und es liegt in der Natur der Sache, daß eine solche nur ausnahmsweise vorkommen konnte.[3]

Die pantomimische Kunst, die solche Aufgaben zu lösen vermochte, mußte um so größer sein, da neben dem einzigen Tänzer auch nicht einmal Statisten als Darsteller von Nebenpersonen aufgetreten zu sein scheinen.[4] Doch die Leistungen, die den Pantomimen nachgerühmt werden, erscheinen überhaupt nur dann begreiflich, wenn man sich erinnert, daß die antike Kunst (und namentlich die Kunst der Bühne) die Phantasie des Betrachters zur Ergänzung des Gebotenen in ungleich höherm Grade aufforderte und an solche Thätigkeit gewöhnte, als die moderne.

Der Pantomimentanz war kein Tanz im heutigen Sinne, er

1) Lucian. ib. 63.

2) Liban. ib. p. 373 sq.

3) Hdb. d. R. A. IV A. 3512. Fronto epp. ad M. Antonin. Aug. de orall. IV 8: histriones quom palleolatim saltant, caudam cycni, capillum Veneris, furiae flagellum eodem pallio demonstrant. Bei schol. Juv. VI 653: spectant in theatro parapallium Alcestin pro marito suo morientem kann wol in dem verdorbenen Wort kaum etwas derartiges vorausgesetzt werden.

4) Auch in der einzigen Stelle, aus der man auf das Auftreten von Nebenpersonen schließen kann Lucian. de saltat. 83 (Hdb. d. R. A. IV A. 3512), scheint doch der Sinn nur zu sein, daß der Pantomime sich so gebärdete, als wenn ihm eine zweite Person in der angegebenen Weise gegenüberstände.

bestand hauptsächlich in ausdrucksvollen und rhythmischen Bewegungen des Kopfs und der Hände, obwohl natürlich Bewegungen des ganzen Körpers, Biegungen und Wendungen aller Art, und selbst Sprünge dabei nicht fehlen konnten.[1] Die Sprache der Hände, diese (wie Quintilian sagt) bei so großer Verschiedenheit der Mundarten allen Völkern gemeinsame Sprache[2], war offenbar im Alterthum noch reicher an bezeichnenden und allgemein verständlichen Gesten als die Geberdensprache der heutigen Südländer, jede veränderte Haltung der Hand und der einzelnen Finger drückte einen andern Sinn aus[3], und diese „Beredsamkeit des Tanzes"[4] wurde ohne Zweifel durch die fortdauernde Uebung der Kunst mehr und mehr erweitert, ausgebildet und verfeinert. Griechische Enthusiasten meinten sogar, daß „philosophische" Tänzer in ihrem Schweigen, gleichsam neue Pythagoriker, beredter seien als Rhetoren in ihren Vorträgen.[5] Denkende Künstler suchten nicht sowohl die einzelnen Worte als den Sinn des Textes durch entsprechende Bewegungen auszudrücken; sie verschmähten es z. B. Krankheit durch die Geberde des Pulsfühlens, Citherspiel durch die des Saitenschlagens zu bezeichnen.[6] Als Hylas (in einer Probe oder in der Tanzschule) die Textworte: „den großen Agamemnon" dadurch ausdrückte, daß er sich auf die Zehen stellte, tadelte ihn sein Lehrer Pylades, weil er ihn lang, aber nicht groß mache; er selbst nahm bei diesen Worten die Stellung eines Nachdenkenden an.[7] Wie überhaupt in der antiken Kunst sich überall eine ungleich festere Tradition gebildet

Seine Ausdrucksfähigkeit.

1) Lucian. salt. 71.

2) Quintilian. XI 3, 87.

3) Id. XI 3, 91 sqq.

4) Manu puer loquaci hat schon Petron. ed. Buecheler p. 212. Tac. dial. c. 26: illa foeda et praepostera sed tamen frequens quibusdam exclamatio, ut oratores nostri tenere dicere, histriones diserte saltare dicantur. Von Griechen nennt schon Antipat. Thessalon. epigr. 27 den Bacchus den Pylades παμφώνοις χερσὶ λοχευόμενος. Vgl. C. I. Gr. 6305 (ἱστορίας δείξας καὶ χερσὶν πάντα λαλήσας) und Grysar a. a. O. S. 41.

5) Athen. I p. 20 D.

6) Quintilian. XI 3, 88 sq.

7) Macrob. Sat. II 7.

hat, als in der modernen, und wie diese dann für die ganze folgende Entwicklung eine sichere Richtschnur, ein Correktiv gegen Verirrungen und thörichte Experimente falscher Originalitätssucht geblieben ist: so scheint es auch im Pantomimus der Fall gewesen und so den Künstlern das Spiel, den Zuschauern das Verständniß in hohem Grade erleichtert worden zu sein. Lucian erzählt, daß ein Pantomime bei der Darstellung des kinderverschlingenden Kronos sich in die der Mahlzeit des Thyest, ein anderer bei der Darstellung des Flammentodes der Semele in die der Glauke verirrte, die das feurige Gift der von Medea gesandten Hochzeitsgewänder verzehrte.[1] Weder eine solche Verirrung aus einer Rolle in die andre ist ohne eine sehr bestimmte Tradition für jede Rolle denkbar, noch die Wahrnehmung des Irrthums von Seiten der Zuschauer. Nach allen Schilderungen dürfen wir eine feine Charakteristik bei den bessern Künstlern voraussetzen. Mit einer Darstellung des blinden Oedipus durch Hylas soll Pylades unzufrieden gewesen sein, weil seine Bewegungen die eines Sehenden waren.[2] In rührenden Scenen vermochten die Pantomimen die Zuschauer nicht selten zu Thränen hinzureißen.[3]

Sein sinnlicher Reiz.

Wenn aber auch die besten Künstler ihre Erfolge einer geistvollen, durchdachten und künstlerisch schönen Darstellung zu verdanken bemüht waren, so beruhte der Zauber, den dies Schauspiel auf den größten Theil der Zuschauer und Zuschauerinnen ausübte, doch in seinem sinnlichen Reiz. Prachtvolle bunte und faltenreiche Gewänder und eine Maske ohne die häßliche Schallöffnung der Tragödenmaske[4] hoben die Wirkung einer tadellosen jugendlichen Gestalt, die für den Pantomimen unerläßlich war, in ihm sollte man nach Lucian's Meinung den Kanon Polyklets verkörpert sehen[5]; gegen Mängel der äußern Erscheinung waren die Zuschauer am wenigsten nachsichtig; eine reiche natürliche Lockenfülle, nach antikem Begriff ein noch wesentlicherer Bestandtheil jugendlicher

1) Lucian. salt. 80.
2) Macrob. I. 1.
3) Lucian. ib. 79.
4) Ib. 27. 29. Vgl. Hdb. d. R. A. IV A. 3512.
5) Ib. 75 sqq.

Schönheit als nach modernem, durfte nicht fehlen.[1] Toilettenkünste jeder Art unterstützten ohne Zweifel die Natur.[2]

Schlüpfrigkeit und

Durch unablässige Uebung und Beobachtung einer geregelten Lebensweise, namentlich Enthaltsamkeit im Genuß von Speisen[3] erlangten die Pantomimen eine unbedingte Herrschaft über ihren Körper, eine Gelenkigkeit, Geschmeidigkeit und Elasticität, die sie in den Stand setzte, jede ihrer Bewegungen mit Anmuth, Eleganz und Weichheit auszuführen. Durch diese Eigenschaften entzückten sie am meisten in Frauenrollen, in denen es ihnen gelang, ihr Geschlecht völlig vergessen zu machen.[4] In schlüpfrigen Scenen, die die eigentliche Würze dieses Schauspiels waren, verband sich die verführerische Anmuth der Darstellung oft mit einer Ueppigkeit und Schamlosigkeit, der das Aeußerste für erlaubt galt. Wenn der schöne Bathyllus die Leda tanzte, dann fühlte sich selbst die frechste Mimenspielerin solcher Meisterschaft in der Kunst des raffinirten Sinnenkitzels gegenüber als ländliche Novize und Schülerin.[5]

korrumpirende Wirkungen dieses Schauspiels.

Den Vorwurf der Unsittlichkeit und der korrumpirenden Wirkung, der den Pantomimen allgemein gemacht wurde, vermochten auch seine eifrigsten Vertheidiger nicht zu entkräften[6]; daß sie nicht am wenigsten zur Entsittlichung der Frauen beitrugen, die den Schauspielen überhaupt leidenschaftlich ergeben waren, würde auch ohne die sehr grelle Schilderung Juvenal's[6] unzweifelhaft erscheinen. Einer der letzten heidnischen Geschichtsschreiber des Kaiserreichs sah in der Einführung der Pantomimen unter August ein Symptom eines allgemeinen sittlichen Verfalles der Welt, der mit dem Beginne der Monarchie begonnen habe.[8]

---

1) Vgl. die Stellen aus Liban. bei P. E. Mueller de gen. aev. Theodos. II p. 104 und Claudian. in Eutrop. II 403—5.

2) Galen. de compos. medicament. sec. locos ed. Kuehn XII p. 454 gibt Recepte zu *ψίλωθρα*: *Πάριδος τοῦ ὀρχηστοῦ· παραχρῆμα τὰς τρίχας αἴρει.*

3) Liban. pro saltat. l. l. p. 388 sq.

4) Columella de r. r. I praef. 15. Lactant. inst. div. VI 20, 32.

5) Juv. VI 63—66 (Thymele tunc rustica discit).

6) Plin. epp. VII 24 (von dem Enkel der Ummidia Quadratilla).

7) Juv. l. l.

8) Zosim. Hist. I 6: *ἥ τε γὰρ παντόμιμος ὄρχησις ἐν ἐκείνοις εἰσήχθη τοῖς χρόνοις, οὔπω πρότερον οὖσα, Πυλάδου καὶ Βαθύλλου πρώτων αὐτὴν*

Tragische und satyrische Gattung. Pylades und Bathyllus.

Man unterschied zwei Hauptgattungen des Pantomimus, die auf die beiden Urheber dieser Darstellungsart, den Alexandriner Bathyllus und den Cilicier Pylades, zurückgeführt wurden.[1] Der letztere, der auch über seine Kunst schrieb[2], war der Begründer des tragischen Pantomimus. Die von Bathyllus eingeführte Gattung scheint sich in ähnlicher Art an das Satyrspiel angeschlossen zu haben, wie jene an die Tragödie, sie war einfach, heiter, dem burlesken griechischen Tanz Kordax verwandt. Echo, Pan, ein mit Eros schwärmender Satyr — von solcher Art waren die Rollen, in denen Bathyllus glänzte; der für die pathetischen, feierlichen, aus vielen Personen zusammengesetzten Pantomimen des Pylades eben so wenig Begabung besaß, als dieser für den leichteren Tanz.[3] Pylades riß besonders als Bacchus die Zuschauer hin: es war, sagt ein griechischer Dichter, als wäre der Gott in ihn übergegangen, dieser Bacchus stammte wahrlich vom Himmel[4]; wäre er so in den Olymp gekommen, sagt ein andrer, so hätte die Götterkönigin selbst ihn als ihren Sohn beansprucht.[5] Als rasender Herkules scheint er sich in der Darstellung des Wahnsinns den Vorwurf der Uebertreibung zugezogen zu haben.[6] — Beide Künstler bildeten Schulen[7],

μετελθόντων, καὶ προσέτι γε ἕτερα πολλῶν αἴτια γεγονότα μέχρι τοῦδε κακῶν.

1) Athenaeus I p. 20 F. und Plutarch. quaest. conviv. VII 8 c. 3, 3 haben aus derselben Quelle, einer Schrift des Aristonikus, geschöpft. Bei Plutarch heißt es: ἀποπέμπω δὲ τῆς ὀρχήσεως τὴν Πυλάδειον, ὀγκώδη καὶ παθητικὴν καὶ πολυπρόσωπον (dies ist auch bei Ath. statt des unsinnigen πολύκοπος zu lesen) οὖσαν — δέχομαι τὴν Βαθύλλειον αὐτόθεν πέζαν τοῦ Κόρδακος ἁπτομένην, Ἠχοῦς ἢ τινος Πανὸς ἢ Σατύρου σὺν Ἔρωτι κωμάζοντος ὑπόρχημά τι διατιθεμένην. Diese Stelle zeigt, daß mit comoedia in der Stelle des Seneca (Anm. 3) nur das Satyrspiel gemeint sein kann; mit Recht hat Welcker (die griech. Tragödie S. 1476) die Existenz komischer Pantomimen, d. h. pantomimische Darstellungen von Komödien ganz in Abrede gestellt.

2) Athen. l. l.

3) Seneca controv. epit. III praef.: Pylades in comoedia, Bathyllus in tragoedia multum a se aberant.

4) Antipater Thessalon. epigr. 27. Anthol. Gr. ed. Jacobs II p. 102.

5) Boeth. ib. p. 114.

6) Macrob. II 7.

7) Seneca qu. n. VII 32: stat per successores Pyladis et Bathylli domus, wo aber domus nicht richtig sein kann.

und die von Bathyllus begründete Gattung erhielt sich mindestens bis auf Plutarch's Zeit[1], doch scheint sie frühe von der andern in den Hintergrund gedrängt worden zu sein, die bald allein die Herrschaft auf der Bühne behauptete: Lucian erwähnt in seiner sehr ausführlichen Schrift über den Tanz nur den tragischen Pantomimus.

Außer dem Pantomimus sah man auf der römischen Bühne noch mancherlei andre orchestische Aufführungen. Wie die Gesangstücke der Tragödien, wurden auch sonst in Musik gesetzte Gedichte pantomimisch dargestellt oder mit pantomimischen Tänzen begleitet, zuweilen begleiteten die Sänger sich selbst.[2] So waren Gedichte Ovid's, obwohl nicht für das Theater bestimmt, in Rom aufgeführt worden, und noch in seinem Exil erfreute ihn die Nachricht, daß seine Verse im Theater getanzt und beklatscht würden; so wurden Lobgedichte auf die Kaiser zum Aergerniß strengerer Beurtheiler unter Begleitung weibischer Tänze auf der Bühne abgesungen; und Redner, die nach einer marklosen Ueberzartheit des Ausdrucks strebten, rühmten, daß man ihre Reden singen und tanzen könne.[3] Sonstige orchestische Aufführungen.

Doch außer dem Pantomimus ist nur einer der damals auf der Bühne vorkommenden Tänze etwas genauer bekannt, die griechische Pyrrhiche. Der Name bezeichnet ursprünglich einen dorischen Waffentanz, der sich noch spät in Sparta erhielt[4], in der Kaiserzeit scheint es verschiedene Gattungen der Pyrrhiche gegeben zu haben, von denen die vorzüglichste in Jonien und andern kleinasiatischen Provinzen heimisch war, und dort von Kindern der edelsten Die Pyrrhicha.

1) Plutarch. l. l.

2) Vgl. Hdb. d. R. A. IV S. 553 u. Petron. c. 53 (odaria saltare). Von den Inschriften mit cantavit saltavit et placuit ist Orelli 2605 = Grut. 331, 7 unächt, 2607 = Grut. 332, 4 mindestens sehr verdächtig (Henzen III p. 226). Die letztere (d. m. pueri Septentrionis annor. XII qui Antipoli in theatro biduo saltavit et placuit) hat Wallon in der (übrigens sehr werthvollen) Hist. de l'esclavage II 129 zu folgender Bemerkung veranlaßt: On connait l'inscription de ce jeune enfant du Nord, „qui parût âgé de douze ans sur le théatre d'Antibes, dansa deux jours et sût plaire“ ... Quel sort fatal le ravit si tôt et si loin de sa patrie, sous un ciel qui le conviait à vivre par tous les charmes d'un climat plus doux?

3) Ovid. Trist. II 519; V 7, 25. Plin. paneg. c. 54. Tac. dial. c. 26.

4) Athen. XIV 631. A.

Familien öffentlich bei festlichen Veranlassungen getanzt wurde.[1] Solche Knaben ließen die Kaiser zu ihren Schauspielen wiederholt nach Rom kommen, und beschenkten sie öfter nach der Aufführung mit dem Bürgerrecht[2], doch wurden auch Sklaven und Sklavinnen, besonders im kaiserlichen Hause, in diesem Tanz geübt.[3] Vielleicht gab es Pyrrhichen, die nur von Knaben, und andre, die von beiden Geschlechtern ausgeführt wurden, die letztern wol ausschließlich von Sklaven oder doch gewerbmäßigen Tänzern und Tänzerinnen. Die Pyrrhichisten erschienen prächtig und bunt in goldgestickte Tuniken, Purpur- und Scharlachmäntel gekleidet und bekränzt.[4] Immer neue Gruppirungen, Verschlingungen und Lösungen folgten in stetem Wechsel auf einander, bald bildeten sie Kreise, bald Reihen, zerstreuten sich in scheinbar regellose Haufen oder ordneten sich im Viereck.[5] Auch Scheinkämpfe von Tänzern und Tänzerinnen gegen einander mit hölzernen Waffen aufgeführt, gehörten zu dieser Gattung[6],

1) Vgl. überhaupt Hdb. d. R. A. I. 551 f. Sueton. Caes. c. 39: pyrrhicham saltaverunt Asiae Bithyniaeque principum liberi. Joseph. A. J. XIX 1, 14. Sueton. Calig. c. 58. Dio LX 7 und LX 23. Sueton. Nero c. 12. Hienach scheint es mir nicht zweifelhaft, daß auch bei Lucian. de saltat. 79 von der Pyrrhiche die Rede ist, die hier vorzugsweise bacchisch war: *ἡ μέν γε Βακχικὴ ὄρχησις ἡ ἐν Ἰωνίᾳ μάλιστα καὶ ἐν Πόντῳ* (vgl. Marquardt III 1, 148 f.) *σπουδαζομένη, οὕτως κεχείρωται τοὺς ἀνθρώπους τοὺς ἐκεῖ, ὥστε κατὰ τὸν τεταγμένον ἕκαστοι καιρὸν ἁπάντων ἐπιλαθόμενα τῶν ἄλλων κάθηνται δι᾽ ἡμέρας τιτᾶνας καὶ κορύβαντας καὶ σατύρους καὶ βουκόλους ὁρῶντες καὶ ὀρχοῦνται ταῦτα οἱ εὐγενέστατοι καὶ πρωτεύοντες ἐν ἑκάστῃ τῶν πόλεων κ. τ. λ.* Bei Philostrat. Apoll. T. IV 2 ed. K. p. 66 sind die Bewohner von Ephesus *ὀρχηστῶν ἡττημένοι καὶ πρὸς πυῤῥίχαις αὐτοὶ ὄντες, αὐλῶν μὲν πάντα μεστὰ ἦν, μεστὰ δὲ ἀνδρογύνων μεστὰ δὲ κτύπων.* Aus Plutarch. qu. conv. IX 2 geht hervor, daß die Pyrrhiche damals auch von Knaben aus guter Familie in Griechenland getanzt wurde. Hiernach scheint es, daß auch die nach Philostrat. Apoll. Tyan. IV 21 p. 73 ed. K. bei den Dionysien in Athen getanzten Tänze Pyrrhichen waren.

2) Dio l. l. Sueton. Nero c. 12.

3) Orelli 2639. Dis man. Naidi Caesaris vernae ex numero pyrrhiche.

4) Digg. XLVIII 19, 8, 11. Plutarch. de sera num. vind. c. 9. Fronto ad M. Caes. I 2, 4. Lucian. Piscator 36.

5) Apulej. Met. X 29. p. 734.

6) Anthol. Lat. ed. Meyer 959. De pyrrhicha.

hauptsächlich aber Tänze von bacchischem[1] und verwandtem Charakter. Die Tanzenden stellten Titanen, Satyrn, Korybanten, Hirten vor[2] und schwangen als Bacchanten Thyrsusstäbe und Fackeln. Leicht konnte diesen Tänzen ein dramatischer Inhalt gegeben werden, als die Abenteuer des Dionysos in Indien, die Geschichte des Pentheus; doch wurden die Gegenstände auch andern Sagenkreisen entnommen, wie bei einem Feste Nero's die Geschichte der Pasiphae im Amphitheater als Pyrrhiche aufgeführt ward, wobei der von einer Flugmaschine hoch emporgetragene Ikarus herabstürzte und den Kaiser mit seinem Blut bespritzte.[3] Dramatische Pyrrhichen.

Eine ausführliche Beschreibung einer solchen mythologischen Pyrrhiche, die dem modernen Ballet sehr ähnlich ist, gibt Apulejus bei der Schilderung eines Festes in der römischen Kolonie Korinth, offenbar nach eigner Anschauung; eine Pyrrhiche ohne dramatischen Inhalt geht diesem Ballet voraus.[4] Die Bühne zeigt das Idagebirge aus Holz hochaufgebaut, mit Gebüsch und lebendigen Bäumen bepflanzt, von dem Quellen herabfließen; einige Ziegen grasen darauf, die Paris, ein schöner Jüngling in Barbarentracht mit goldner Tiara, weidet. Merkur, ein schöner blonder Knabe, nur mit der Chlamys bekleidet, Stab und Caduceus in der Hand, goldene Flügel am Haupt, erscheint im Tanzschritt, überreicht Paris einen goldenen Apfel, indem er durch Geberden den Auftrag Jupiter's andeutet und geht ab. Nun tritt Juno auf, eine schöne Frau mit Diadem und Scepter, dann stürmt Minerva herein, mit blankem olivenbekränztem Helm, Schild und Lanze schwingend, endlich erscheint Venus, bis auf ein durchsichtiges seidenes, um die Hüften geschlagenes Pallium von blauer Farbe, ganz nackt. Juno, die von Kastor und Pollux begleitet wird, drückt zuerst unter Flötenbegleitung in gemessenen Tanzbewegungen pantomimisch das Versprechen aus,

---

In spatio Veneris simulantur proelia Martis
Cum sese adversum sexus uterque venit etc.

1) Athen. XIV 631 A.

2) Lucian. de saltat. l. l.

3) Sueton. Nero c. 12. Vermuthlich bezieht sich auch Juvenal. IV 122 (et pegma et pueros inde ad velaria raptos) auf eine Pyrrhiche. Vgl. S. 236 A. 4.

4) Apulej. Metam. X p. 232—236.

dem Paris für den Preis der Schönheit die Herrschaft über Asien gewähren zu wollen. Minerva, von den Dämonen des Schreckens und der Furcht begleitet, die nackt einen Schwertertanz aufführen, verspricht in wildbewegten Rhythmen, zu denen kriegerische dorische Weisen gespielt werden, dem Paris Kriegsruhm. Endlich tritt Venus unter lautem Klatschen der Zuschauer hold lächelnd in die Mitte der Bühne, umgeben von einer Schaar kleiner Liebesgötter mit Flügeln, Bogen und Fackeln, und Mädchen, die die Grazien und Horen vorstellen. Die Flöten stimmen eine sanfte lydische Melodie an, zu der Venus einen verführerischen Tanz aufführt („zuweilen schien sie nur mit den Augen zu tanzen"), in dem sie Paris die schönste Frau verspricht. Dieser reicht ihr den Apfel, Juno und Minerva drücken im Abgehn Zorn und Verdruß, Venus in einem Schlußtanz mit ihrem ganzen Chor Triumph und Freude aus. Hierauf springt vom Gipfel des Idagebirgs ein Springquell von Crokus und Wein hoch in die Höhe, und nachdem er das ganze Theater mit Wohlgeruch erfüllt hat, versinkt der Berg.

Herrschaft des Pantomimus auf der Bühne.

Unter allen Gattungen des Tanzes nicht bloß, sondern auch unter allen Theaterschauspielen überhaupt war es der Pantomimus, der auf der Bühne der Kaiserzeit die allgemeinste und leidenschaftlichste Theilnahme fand. Wie sehr er die übrigen Gattungen in den Hintergrund drängte, geht schon daraus hervor, daß das Wort, das früher alle Schauspieler bezeichnet hatte (histrio), in der damaligen Sprache ganz besonders diese Tänzer bedeutete. Wenn die Leidenschaft für Pantomimen auch in allen Schichten der Gesellschaft verbreitet war[1], so wurde sie doch von den untern Klassen am wenigsten getheilt. Diese ergötzten sich sicherlich mehr an den derben Zoten und Possen der Mimen, auf welche die Anhänger der Pantomimen mit Verachtung herabsahen.[2] Die letztern setzten schon wegen ihres mythologischen Inhalts eine gewisse Bildung voraus, in ungleich höherm Grade aber war diese für das Verständniß der

1) S. z. B. Plin. paneg. c. 46.

2) Liban. l. l p. 350 wirft seinem Gegner vor, daß er beide Gattungen vermenge: ἀλλ' οἶμαι τὸ τοῦ βελτίονος σχήματος ἤλπισε χεῖρον ἀποφαίνειν ἀπὸ τῶν μετιόντων ὃ χεῖρον εἶναι δοκεῖ καὶ τὴν τῶν μίμων δόξαν ἕλξειν ἐπὶ τὴν ὄρχησιν.

Feinheiten der Darstellung erforderlich; überdies war kein anderes Theaterschauspiel so geeignet, Nerven, die ein Uebermaß von Genüssen erschlafft hatte, auf's Neue aufzuregen. Eine Leidenschaft für die Pantomimen verbreitete sich bald gleich einer Krankheit in der höhern Gesellschaft Roms[1] und ergriff am meisten die Frauen.[2] Die öffentlichen Schauspiele reichten nicht aus, das Verlangen der Liebhaber zu sättigen, und schon in der ersten Kaiserzeit gehörten zu den Sklaven und Freigelassenen großer Häuser so wie des Hofes neben andern Bühnenkünstlern auch Pantomimentänzer und -tänzerinnen.[3] Diese letztern (die von der Bühne ausgeschlossen waren), besaßen zuweilen die Gunst ihrer Herren in so hohem Grade, daß sie eine Million Sesterzen als Mitgift erhielten.[4]

Zwar beschloß der Senat im Jahre 15 n. Chr., daß Pantomimen sich nur öffentlich sehen lassen dürften[5]; doch sicherlich ist dieser Beschluß nicht lange in Kraft geblieben[6]; ausdrücklich gestattete Domitian, der ihr öffentliches Auftreten verbot, ihnen das Auftreten in Privathäusern. Eine so leidenschaftliche Neigung für die Tanzkunst führte nothwendig zum ausübenden Dilettantismus, so sehr auch ein solcher mit den römischen Anstandsbegriffen im Widerspruch stand. Schon unter August strebten gebildete Männer[7] und solche, die gebildet scheinen wollten[8], nach Fertigkeit im Tanz, die bereits zu den Vorzügen eines guten Gesellschafters gerechnet wurde[9]: und bald ward die Klage laut, daß diese verweichlichenden und unziemlichen Uebungen ernstern Studien bei der männlichen

Dilettantismus in der Tanzkunst.

---

1) Seneca controv. epit. III praef. nennt diese Leidenschaft seinen morbus; Tac. dial. 39 rechnet den histrionalis favor unter die angebornen Uebel in Rom.

2) Vgl. Bd. I S. 282 f.

3) Vgl. Bd. I S. 89 f.

4) Seneca cons. ad Helv. 12.

5) Tac. A. I 77.

6) Sueton. Domitian. c. 7. Vgl. Plin. epp. VII 24.

7) Ovid. A. I 595: si vox est canta, si mollia brachia, salta.

8) Hor. Sat. I 9, 23:

nam quis me scribere plures
Aut citius possit versus, quis membra movere
Mollius?

9) Manil. IV 525 sqq.

Jugend Abbruch thäten.[1] Die Leidenschaft Caligula's für den Tanz[2] leistete der Verbreitung dieses Dilettantismus Vorschub. Gute Lehrer des Tanzes wie der Musik wurden von Liebhabern eifrig gesucht[3], und wenn dies auch wol größtentheils Ausländer waren, so hatte doch schon unter August zum ersten Mal ein Römer in Rom Tanzunterricht ertheilt.[4] Seneca sagt, daß die Kunst des Pylades und Bathyllus zahlreiche Lehrer und Schüler finde, daß überall in Privathäusern Bühnen errichtet seien, die von den Tanzübungen der Männer und Frauen wiederhallten.[5] Auch in der spätern Zeit fehlt es nicht an Zeugnissen für die Fortdauer dieses Dilettantismus[6], der zwar für hochgestellte Männer immer als unschicklich, selbst beschimpfend, galt[7], doch nichts desto weniger von einigen Kaisern ausgeübt wurde.[8]

Bürgerliche Ehrlosigkeit der Schauspieler.

Die Theilnahme besonders der höhern Stände und der höchsten Personen an den Bühnenspielen konnte auf die gesellschaftliche Stellung der Schauspieler nicht ohne Einfluß bleiben, wenn auch ihre rechtliche Stellung sich nicht veränderte. Noch immer traf jeden, der sich auf öffentlicher Bühne zur Kurzweil des Volks Preis gab, bürgerliche Ehrlosigkeit, gleich dem schimpflich entlassenen Soldaten, dem Kuppler, dem überwiesenen Diebe, Betrüger und Verläumder.[9] Daß Personen, die während ihrer Minderjährigkeit die Bühne betreten hatten, nicht der Ehre verlustig sein sollten, bestimmte zuerst, wie es scheint, Diocletian.[10] Auch in Municipien

1) Seneca controv. I prooem.: cantandi saltandique nunc obscoena studia effeminatos tenent.

2) Sueton. Calig. c. 55.

3) Colum. R. R. praef. I.

4) Plin. H. N. VII 159: Stephanionem qui primus togatus saltare instituit. (Vgl. Marquardt, Hdb. d. R. A. V A. 611.) Vermuthlich doch derselbe, den Sueton. Aug. c. 45 togatarius nennt.

5) Seneca qu. nat. VII 32.

6) Martial. II 7 (et belle cantas et saltas, Attice, belle).

7) Suet. Domit. c. 8. Dio LXVII 13. Vgl. oben S. 153 A. 1.

8) Hist. Aug. Commod. c. 1. Elagabal. c. 32. Herodian. V 3, 10.

9) Edict. praet. Digg. III 2, 1. Vgl. Cic. de rep. IV 10. Cornel. Nep. prooem. 4.

10) Cod. II 12, 21.

und Kolonien waren Schauspieler gesetzlich von jedem Ehrenamt ausgeschlossen.[1] Mit dem Sohn eines Schauspielers oder einer Schauspielerin konnten selbst Enkelinnen und Urenkelinnen von Senatoren im Mannsstamme keine gültige Ehe schließen, ebensowenig wie ihre Enkel und Urenkel mit Töchtern aus Schauspielerfamilien.[2] Der Ehemann, der einen Schauspieler in seinem eignen Hause im Ehebruch mit seiner Frau betraf, konnte ihn ebensowohl wie seinen Sklaven und Freigelassenen im gleichen Falle straflos tödten.[3] Der Soldat, der sich zum Schauspiel hergab, wurde ebenso mit dem Tode bestraft, als wenn er sich hatte zum Sklaven machen lassen.[4] Das alte Recht der Beamten, die Schauspieler überall und zu jeder Zeit körperlich zu züchtigen, beschränkte erst August auf die Dauer der Schauspiele und den Bereich des Theaters[5], und bei dieser Bestimmung scheint es später verblieben zu sein.[6] Uebrigens war August gegen die Schauspieler, die gegen die Sitte verstießen, unnachsichtig streng. Den Komödienspieler Stephanio ließ er in den drei Theatern Roms mit Ruthen hauen und verbannte ihn, wegen eines Verhältnisses mit einer verheiratheten Frau, die ihm in Knabentracht mit kurzgeschornem Haar aufgewartet hatte. Den Pantomimen Hylas ließ er auf die Beschwerde eines Prätors in dem Atrium seines Hauses öffentlich mit Peitschenhieben züchtigen, und den berühmten Pylades verwies

---

1) Dirksen obss. ad tab. Heracl. (VIII l. 34) part. II p. 71.

2) (durch lex Julia) Digg. XXIII 2, 42 u. 44.

3) Ib. XLVIII 5, 24. (Macer libro I Publicorum).

4) Ib. XLVIII 19, 14. Macer libro II de re militari: — si miles artem ludicram fecerit, vel in servitutem se venire passus est, capite puniendum Menander scribit.

5) Sueton. August. c. 45.

6) Tac. I 77, wo der Satz divus Augustus immunes verberum histriones quondam responderat vielleicht aus den Senatsakten entnommen ist. Sueton gibt die Sache genauer und sicherlich richtiger an. Der damals (im J. 15) gemachte Vorschlag, ut praetoribus jus virgarum in histriones esset, verlangte vermuthlich die Herstellung des Verhältnisses vor August. Vgl. Hdb. d. R. A. S. 536. A. 3431.

er aus Italien, weil er auf einen Zuschauer, der ihn im Theater auszischte, mit dem Finger gewiesen hatte.[1]

Die Schauspieler meist Sklaven oder Freigelassene.

Es war natürlich, daß die Kunst, auf der der Makel der Ehrlosigkeit haftete, in der Regel nur von Sklaven und Freigelassenen, oder von Freien solcher Länder geübt wurde, in denen das römische Vorurtheil nicht bestand, namentlich von Griechen, Asiaten und Aegyptern[2]: und dieser Umstand konnte nicht dazu beitragen, die Schauspieler geachteter zu machen. Wie Pantomimen, so pflegten sich in der Kaiserzeit auch Komöden, Tragöden und andre Bühnenkünstler in den Sklavenfamilien großer Häuser zu befinden, theils einzeln, theils in ganzen Truppen[3], die zahlreichsten und vorzüglichsten besaß das kaiserliche Haus. Sie gingen wie andre Sklaven durch Vermächtniß, Kauf und Schenkung aus einer Hand in die andre[4], und dienten theils zur Unterhaltung ihres Herrn und seiner Gäste, besonders bei und nach der Tafel[5], theils und vorzugsweise wurden sie zu öffentlichen Schauspielen verwandt, verliehen und vermiethet, und gewährten für die Kosten ihrer Ausbildung einen reichlichen Ertrag. Freunde des Hauses und Personen, die dem Besitzer ihre Aufmersamkeit beweisen wollten, versäumten nicht, das Schauspiel zu besuchen, wenn seine Leute auftraten, und eifrig zu klatschen.[6] Sehr häufig erlangten diese Sklaven die Freiheit als Belohnung ihrer Kunstfertigkeit, zuweilen auch auf Verwendung des Publikums.[7] Doch gewöhnlich übernahmen

---

1) Sueton. l. l.

2) Die comoedi, tragoedi und tibicines, liberi homines, mit denen ein Schüler des Philosophen Taurus verkehrte (Gell. XX 4), werden Griechen gewesen sein.

3) Vgl. außer den Hdb. d. R. A. IV A. 3421 angeführten Stellen z. B. Martial. XIV 214: Pueri comoedi.

Non erit in turba quisquam Μισούμενος iste,
sed poterit quivis esse Δὶς ἐξαπατῶν.

4) Gaj. Inst. III 212. Digg. XXI 1, 34 (quum ejusdem generis plures res simul veneant veluti comoedi vel chorus). XL 5, 12 (cum Firmus Titiano tragoedos tres legasset).

5) Vgl. Bd. I S. 237 A. 5.

6) Plin. epp. VII 24.

7) Sueton. Tiber. c. 47. Dio LVII 11.

sie bei der Freilassung die Verpflichtung, unter gewissen Bedingungen sich ihrem Patron zur Verfügung zu stellen, auch sich von ihm vermiethen zu lassen[1]; in seinen und seiner Freunde Schauspielen mußten sie unentgeltlich auftreten.[2]

Doch diese Mißachtung, die den ganzen Schauspielerstand drückte, hinderte nicht, daß vorzügliche und beliebte Künstler sich zu sehr glänzenden Stellungen aufschwangen. Schon Roscius und Aesop war dies gelungen, um wie viel leichter war es für große Talente in einer Zeit, wo die Schauspiele eine so viel höhere Wichtigkeit hatten und das Vorurtheil gegen die Kunst durch die zunehmende Akkommodation an griechische Sitten und Anschauungen und durch die Leidenschaft der höhern Stände für die Bühne mehr und mehr von seiner Schärfe verlor. Der Abstand zwischen der Lebensstellung eines untergeordneten und eines gefeierten und berühmten Schauspielers war damals sehr viel größer als gegenwärtig. Gar mancher der erstern, der auf der Bühne als Agamemnon oder Kreon prächtig im Purpurmantel einhertrat, lebte von einer monatlichen Brodration, wie sie die Sklaven erhielten und schlief unter einer Decke aus Lumpen, erhielt einen kargen Lohn, wenn er beklatscht und selbst Peitschenhiebe, wenn er ausgezischt wurde.[3] Auf der andern Seite bewegten die Künstler, die die Bühnen Roms beherrschten, sich in den höchsten Kreisen, besaßen Reichthum und Macht, und sahen hochgeborne Männer sich um ihre Gunst, und hochgeborne Frauen um ihre Neigung bemühen. Gesellschaftliche Stellung berühmter Schauspieler.

Es versteht sich, daß es hervorragenden Schauspielern nicht an Ehrenbezeugungen und Auszeichnungen von Seiten ihrer Kollegen fehlte; namentlich pflegten sie in den Gesellschaften, Corporationen und Festgenossenschaften der Bühnenkünstler Ehrenämter und Priesterthümer zu bekleiden.[4] Aber auch die Städte, in deren Ehrenbezeugungen und Auszeichnungen.

1) Julian. lib. XLV Digg. Digg. XXXVIII 1, 25.

2) Id. lib. I ex Minicio. ib. ib. 1, 27.

3) Seneca epp. 80, 7: ille qui in scena latus incedit et haec resupinus dicit — servus est, quinque modios accipit et quinque denarios. — Ille — diurnum accipit, in centunculo dormit. Vgl. Lucian. apolog. 5. piscator 33.

4) Orelli 2160 (Apollinis sacerdoti soli vittato archieri synhodi). 2627 (parasito Apollinis archieri synodi) Anthol. lat. ed. Meyer 1440 (adlectus sce-

Theatern sie sich sehen und hören ließen, waren gegen sie freigebig nicht bloß mit Inschriften und selbst Statuen[1], sondern auch mit kommunalen Auszeichnungen. Zwar die römischen Kommunen waren in ihren Verleihungen, namentlich des Bürgerrechts an durchreisende Künstler aller Art nicht so verschwenderisch als die griechischen, aber auch „die glänzendsten Städte Italiens" nahmen nicht Anstand, Pantomimen, die den gebräuchlichen Ehrentitel „der Erste seiner Zeit" beanspruchen durften, die Insignien der Dekurionen (Gemeinderäthe) und andre Ehren zuzuerkennen.[2] In dem kleinen Ort Bovillä ist sogar der Direktor einer Mimentruppe, der zugleich „der erste Komiker und Tragiker seiner Zeit" war, trotz der Bestimmung, die Schauspieler von Gemeindeämtern ausschloß, Dekurio gewesen: bei der feierlichen Errichtung einer ihm von der Mimengenossenschaft gesetzten Statue im Jahr 169 veranstaltete er eine große Geldvertheilung an die sämmtlichen Einwohner der Stadt.[3] Namhafte und gesuchte Schauspieler gelangten zu großem Wohlstande und selbst Reichthum. Sie wurden für ihre Leistungen hoch bezahlt (schon im J. 15 waren Beschränkungen ihres Soldes nöthig befunden worden)[4]; überdies erhielten sie Geschenke von den Festgebern, deren wetteiferndes Bestreben ihre Prachtliebe und Freigebigkeit auch hierin zu zeigen, zu solcher Verschwendung führte, daß Marc Aurel sich veranlaßt sah, ein Maximum (von zehn Gold-

Belohnungen.

nae, parasitus Apollinis idem). Ib. 2626 (sacerdoti Dianae victr. et Apollinis Palat.) ist unächt und 2628 verdächtig. Henzen III p. 226.

Ueber die parasiti Apollinis vgl. Hdb. d. R. A. IV S. 533 f. Henzen 6186. Kotzebue, Erinnerungen aus einer Reise nach Rom und Neapel III 94 theilt folgendes bei Tivoli gefundene Fragment mit:

TREPTO
IMORECTORVM (ordo adlectorum?) ME
(parasit) O APOLLINIS ADIECTO (adlecto)
ONIA DAPHNE
OPTIMO.

1) Orelli 2627. Henzen 6185: colonia (Parium) P. Publilium Ingenuum comoedum ob insignem artis prudentiam et morum probitatem.

2) Orelli 2629.

3) Inschrift des L. Acilius Eutyches Orelli 2625.

4) Tac. A. I 77.

stücken) für diese Geschenke zu bestimmen[1], doch schwerlich mit dem beabsichtigten Erfolge. Auch die Preise für Sieger in den Wettkämpfen, die unter den Bühnenkünstlern stattfanden, bestanden in Gold oder waren sonst werthvoll, namentlich goldne Kränze, obwohl statt deren auch kupferne mit Ochsengalle gefärbte gegeben wurden.[2] Vespasian schenkte bei den Schauspielen, die er zur Einweihung der wiederhergestellten Bühne des Marcellustheaters gab, keinem der mitwirkenden Künstler weniger als 40,000 Sest., außer vielen goldnen Kronen, dem Tragöden Apollinaris sogar 400,000.[3] Man darf hiernach glauben, daß beliebte und berühmte Schauspieler gewöhnlich vermögend waren[4]; Pylades war es z. B. in so hohem Grade, daß er in seinem Alter selbst Schauspiele (im J. 752) in Rom geben konnte.[5]

Die gefeiertsten Schauspieler gehörten, wie bereits bemerkt, häufig zum kaiserlichen Hause, und genossen schon aus diesem Grunde allgemeines Ansehn, überdies erfreuten sie sich, besonders die Pantomimen, nicht selten der höchsten Gunst der Kaiser und Kaiserinnen.[6] Caligula's Gunst besaß eine Zeit lang der Tragöde Apelles, bis an seinen Tod der schöne Pantomime Mnester, den er leidenschaftlich liebte; derselbe war, obgleich nur gezwungen, der Liebhaber Messalinen's, die ihn vom Theater entfernt hielt und von den eingeschmolzenen Münzen Caligula's ihm zu Ehren Bildsäulen gießen ließ; er wurde gleichzeitig mit ihr im J. 48 hingerichtet.[7] Der Pantomime Paris stand bei Nero als Genosse seiner Ausschweifungen in so hoher Gunst, daß er nicht bloß wagen durfte, die Kaiserin Mutter anzuklagen, sondern auch straflos ausging, als

Die Hofschauspieler oft kaiserliche Günstlinge.

1) Hdb. d. R. A. IV 537. Vita M. Antonin. c. 11.

2) Plin. H. N. XXXIV 94.

3) Sueton. Vespas. c. 19.

4) Gedicht des Mimen Vitalis Meyer anthol. lat. II p. 89 nr. 1173, v. 3:
hic ego praevalui tota notissimus urbe,
hinc mihi larga domus, hinc mihi census erat.

5) Dio LV 10: ἐποίησε μὲν οὖν καὶ Πυλάδης ὁ ὀρχηστὴς πανήγυρίν τινα, οὐκ αὐτὸς χειρουργήσας, ἅτε ὑπεργήρως ὤν, ἀλλὰ τῇ τε σκευῇ τῇ ἀρχικῇ καὶ τοῖς ἀναλώμασιν.

6) Vgl. I S. 89—91.

7) Vgl. die ebendas. u. S. 283, 2 angeführten Stellen.

Agrippina die Bestrafung ihrer übrigen Ankläger erwirkte.[1] Er forderte von seiner frühern Herrin, der Vatersschwester des Kaisers Domitia, die Rückerstattung der Summe von 10,000 Sest., die er ihr für seine Freilassung gezahlt hatte, unter dem Vorgeben, daß sie ihn widerrechtlich als Sklaven besessen habe, und gewann den Prozeß, wie allgemein bekannt war, auf Befehl des Kaisers (56 n. Chr.).[2] Erst elf Jahre später (67 nach Chr.) ließ Nero ihn hinrichten, weil er selbst auch in der Kunst des Tanzes glänzen wollte, und in Paris, der darin sein Lehrer war, einen gefährlichen Gegner fürchtete.[3] Zu Domitian's Günstlingen gehörte der Mime Latinus[4]; den berühmtesten Pantomimen jener Zeit, der (nach der damaligen Sitte der Künstler, die Namen berühmter Vorgänger anzunehmen)[5] sich ebenfalls Paris nannte, ließ er ermorden, weil er die Gunst seiner Gemahlin Domitia besaß; mit ihrer Leidenschaft für diesen oder einen andern Pantomimen brachte später das Gerücht die Ermordung Domitian's in Verbindung.[6] Auch Trajan, ein großer Freund aller Schauspiele[7], liebte einen Pantomimen, Pylades[8]; und unter ihm oder seinem Nachfolger wurde Juvenal wegen einer Stelle in seinen Satiren verbannt, in der er die Gönnerschaft eines Tänzers bei der Bewerbung um Aemter oder Stellen im Heer für wirksamer erklärt hatte, als die aller Großen Roms, weil dies als Anspielung auf einen gerade damals am Hof in hoher Gunst stehenden Pantomimen erschien, dessen Schützlinge mehrfach befördert worden waren.[9] Unter den Freigelassenen, die an dem üppigen Hofe des L. Verus eine hervorragende Stellung einnahmen, werden nicht weniger als drei Pantomimen genannt, Memphis oder Apolaustus (eigentlich Agrippinus),

1) Tac. A. XIII 19—22.
2) Digg. XII 4, 3 § 5. Tac. ib. c. 27.
3) Dio LXIII 18. Sueton. Nero c. 54.
4) Vgl. Bd. I S. 91.
5) Vgl. den Anhang.
6) Vgl. Bd. I S. 283.
7) Fronto principp. hist. 5, 13. ed. Niebuhr. p. 249.
8) Dio LXVIII 10.
9) Bd. I S. 90.

den der Kaiser aus Syrien mitgebracht hatte, Paris (eigentlich Maximinus) und abermals ein Pylades[1], und unter denen, die das Stadtgespräch als begünstigte Liebhaber der Kaiserin Faustina bezeichnete, waren ebenfalls Pantomimen.[2] Caracalla machte den Tänzer Theokrit sogar zum Befehlshaber eines Heers in Armenien.[3]

Interesse des Publikums für die Schauspieler.

Es kann hiernach nicht Wunder nehmen, daß die Gesellschaft von Schauspielern auch von Personen der höhern Stände eifrig gesucht wurde. Jener Senatsbeschluß vom J. 15 mußte bereits untersagen, daß Senatoren die Häuser von Pantomimen besuchten, daß römische Ritter beim Ausgehen ihr Gefolge bildeten[4]; doch diese Verbote fruchteten nicht. Unter Nero wetteiferten Männer und Frauen an ihrer Seite zu gehen[5], man sah junge Männer aus den edelsten Geschlechtern sich wie ihre Knechte geberden[6]; auch unter Nero's Nachfolgern drängte sich um sie auf den Straßen die größte Menge[7], und unter den Antoninen brachten viele einen Theil des Vormittags regelmäßig bei Pantomimen oder Cirkuskutschern zu.[8] Auf der Stelle, wo jener Paris, den Domitian ermorden ließ, gefallen war, streuten viele seiner Verehrer Blumen und gössen Wohlgerüche aus[9], und Martial dichtete ihm folgende Grabschrift: „Wanderer auf der Flaminischen Straße, gehe nicht an diesem edeln Marmorbau vorüber. Die Wonne Roms, der Witz Alexandriens, Kunst und Anmuth, Scherz und Freude, die Zierde und der Schmerz des römischen Theaters und alle Liebesgöttinnen und Liebesgötter sind in diesem Grabe mit Paris bestattet.“[10] Vor allen die Frauen auch der höhern Stände standen im Rufe, für

---

1) Ueber den ersten vita Luc. Veri c. 8; über den dritten Fronto epp. ad L. Ver. 12; vgl. den Anhang.
2) V. M. Antonini c. 23.
3) Dio LXXVII 21.
4) Tac. A. I 77.
5) Seneca qu. n. VII 32, 3.
6) Id. epp. 47, 17.
7) Plin. H. N. XIX 9.
8) Galen. Method. med. I (ed. Kuehn. vol. X p. 3).
9) Dio LXVII 3.
10) Martial. XI 13.

die persönlichen Vorzüge der Bühnenkünstler nur zu empfänglich zu sein, ja deren Gunst nicht selten zu erkaufen.[1]

Theaterparteien.

Bei dem so allgemeinen und intensiven Interesse für das Schauspiel und die Schauspieler war es unvermeidlich, daß die Rivalität bedeutender Künstler auch im Theater Parteiungen herbeiführte, um so mehr, da auch zwischen den Schauspielern schon seit alter Zeit ein Wettkampf stattfand, bei welchem die Sieger Palmen, Kränze und sonstige Ehrenpreise erhielten. Schon in der Zeit der Republik suchten die Schauspieler diese Anerkennung durch einen künstlich organisirten Beifall herbeizuführen. Sie sicherten sich eine möglichst große Zahl einflußreicher Anhänger, vertheilten gut bezahlte Klatscher unter die Zuschauer und suchten das Publikum durch Leute, die dies Geschäft gewerbsmäßig betrieben, zu ihren Gunsten zu stimmen.[2] Die Organisation dieser Theaterparteien[3] erweiterte und befestigte sich in der Kaiserzeit theils unter dem Einflusse der Parteiungen im Cirkus, theils durch die Betheiligung hoher Personen und selbst einiger Kaiser mehr und mehr; ihre Versuche, sich gegenseitig zu terrorisiren und zu unterdrücken, führten auch hier, trotz der im Schauspiel aufgestellten Wache von einer ganzen Cohorte (1000 Mann), nicht selten zu blutigen Schlägereien und Tumulten, in Folge deren wiederholte Verweisungen der Schauspieler und Bestrafungen ihrer Anhänger stattfanden. Dies Unwesen verbreitete sich aus den römischen Theatern auch in die der Provinzen.[4] Daß eigentlich nur Pantomimen als die Anstifter solcher Parteiungen und Unruhen genannt werden, zeigt wieder deutlich, wie sehr dies Schauspiel alle übrigen in den Hintergrund gedrängt hatte.

---

1) Bd. I S. 282, 4.

2) Hdb. d. R. A. IV S. 536—538, bes. A. 3440. Vgl. auch Petron. Sat. c. 5.

3) Fest. p. 86 M.

4) Epictet. diss. III 4 (über unstatthafte Beifallsäußerungen eines Procurator von Epirus). Digg XLVIII 19, 28, 3 (Callistr. lib. VI de cognitionibus): solent quidam, qui vulgo se juvenes appellant, in quibusdam civitatibus turbulentis se acclamationibus popularium accommodare; qui si amplius nil admiserint nec ante sint a Praeside admoniti, fustibus caesi dimittuntur, aut etiam spectaculis iis interdicitur etc.

Theatertumulte.

Die Geschichtsschreiber haben diesen Vorgängen im Theater hinreichende Wichtigkeit beigemessen, um wenigstens über die bedeutendern und das Verhalten der einzelnen Kaiser dabei zu berichten. Schon die Rivalität des Pylades und Bathyllus hatte (im J. 17 v. Chr.) Unordnungen im Theater veranlaßt; doch August hatte die Künstler, die die Aufmerksamkeit der Menge in so willkommner Weise von öffentlichen Angelegenheiten abzogen, und von denen der zweite überdies Mäcen's Liebling war, mit Schonung behandelt.[1] Auch die unmittelbar nach seinem Tode (im J. 15) ihm zu Ehren gefeierten Schauspiele wurden durch die Rivalität der auftretenden Pantomimen gestört, aber Tiber wagte nicht, das an nachsichtige Behandlung der Theaterlicenz gewöhnte Volk gleich im Anfange seiner Regierung durch strenges Einschreiten zu erbittern.[2] Doch im nächsten Jahr führte der Kampf der Parteien im Theater, erhitzt durch die Theilnahme des kaiserlichen Prinzen Drusus[3] abermals zu tumultuarischen Auftritten, die Beamten wurden verhöhnt, die Wache schritt ein, und im Handgemenge fielen nicht nur mehrere aus dem Volke, sondern auch Soldaten und ein Centurio, der Tribun der wachthabenden prätorischen Cohorte ward verwundet. Hierauf erfolgte jener bereits erwähnte Senatsbeschluß, wodurch die Prätoren unter andern die Befugniß erhielten, Excesse ihrer Anhänger mit Verbannung zu bestrafen.[4] Doch dieselben Scenen wiederholten sich immer von Neuem und nachdem die Beschwerden der Prätoren mehrmals vergeblich geblieben waren, verhängte Tiber im J. 22[5] oder 23[6] eine Ausweisung aus Italien gegen die Schauspieler, die sich theils der Erregung von Theaterunruhen, theils anderer Vergehen schuldig gemacht hatten[7], namentlich gegen die Pantomimen, und keine Bitten des Volks konnten ihn bewegen,

1) Dio LIV 17. Tac. A. I 54.

2) Tac. ib.

3) Dio LVII 14.

4) Tac. A. I 77.

5) Dio LVII 21.

6) Tac. A. IV 14.

7) Vgl. Bd. I S. 282 u. oben S. 267, 4.

sie zurückzurufen.[1] Caligula gestattete ihre Rückkehr gleich beim Antritt seiner Regierung[2] und unter ihm und seinem Nachfolger werden keine gegen die Theaterlicenz getroffenen Maßregeln erwähnt. Nero entfernte sogar zu Ende des Jahrs 55 die prätorische Cohorte, die bei den Spielen die Wache hatte, aus dem Theater, angeblich um die Soldaten den Verführungen des Schauspiels zu entziehen[3]; die Folge war, daß die Kämpfe der Parteien sich mit vermehrter Heftigkeit erneuerten, um so mehr, da Nero die Kämpfer durch Straflosigkeit und Belohnungen anfeuerte, ja selbst erst verborgen, dann öffentlich als Anführer Theil nahm; bei einem Handgemenge, wo Steine und zerbrochene Bänke als Wurfwaffen umherflogen, warf er eifrig mit und verwundete einen Prätor am Kopf.[4] Man überzeugte sich nun, daß die Wache im Theater unentbehrlich sei, die Pantomimen wurden wieder aus Italien verwiesen, die Hauptschuldigen unter den Zuschauern vom Prätor mit Gefängniß bestraft; und der Versuch eines Volkstribunen diese unpopuläre Maßregel zu verhindern, vom Senat zurückgewiesen.[5] Doch wurde das Wiederauftreten der Pantomimen sehr bald (schon vor dem Jahr 60) gestattet.[6] Titus enthielt sich der Bezeugungen des Beifalls auch gegen einige seiner Lieblingspagen, die damals als Tänzer die Bühne beherrschten[7], auf's strengste. Domitian verbot das Auftreten der Pantomimen auf öffentlichen Bühnen ganz[8], Nerva gestattete es auf dringende Bitten des Volks, Trajan verbot es von Neuem im Anfange seiner Regierung[9]; doch hob er das Verbot nach dem dacischen Triumphe (106) wieder auf.[10] Ha-

1) Sueton. Tiber. c. 37.

2) Dio LIX 2.

3) Tac. A. XIII 24.

4) Tac. A. XIII 24 sq. Sueton. Nero c. 26. Dio LXI 8.

5) Tac. ib. u. c. 28. Sueton. Nero c. 16 sq.

6) Id. ib. XIV 21.

7) Sueton. Tib. c. 8.

8) Sueton. Domitian. c. 7.

9) Plin. paneg. c. 46: neque enim a te minore concentu ut tolleres pantomimos quam a patre tuo ut restitueret exactum est

10) Dio LXVIII 10.

drian ließ sogar die Hofpantomimen auf der Bühne auftreten[1], Lucius Verus begünstigte gerade diese Gattung des Schauspiels vorzugsweise. Verbote desselben werden aus dem zweiten Jahrhundert und später nicht erwähnt, und es ist auch nicht wahrscheinlich, daß sie in jenen Zeiten zunehmender Verwilderung, wo die Schauspiele mehr und mehr alle übrigen Interessen absorbirten, erfolgt sind.

---

4. Das Stadium.

Athleten-kämpfe in Rom vor der Kaiserzeit.

Am spätesten bürgerten sich in Rom die griechischen Kämpfe und Spiele von Athleten und musischen Künstlern ein.[2] Während der Republik blieben sie selten, erst in der Kaiserzeit wurden sie mit der zunehmenden Verschmelzung römischer und hellenischer Kultur und Sitten allmälig populär. Hier soll nur von den Athletenkämpfen die Rede sein.[3] Auch dies Schauspiel hatte zuerst M. Fulvius Nobilior im J. 186 veranstaltet, viele Künstler waren aus Griechenland dazu herübergekommen.[4] Hundert Jahre später gab Sulla zur Feier des Triumphs über Mithridat (81 v. Chr.) Kämpfe von Athleten, deren er so viele nach Rom gezogen hatte, daß in Olympia, mit Ausnahme des Wettlaufs, im Stadium aus Mangel an Theilnehmenden keine Spiele stattfinden konnten.[5] Das Schauspiel wiederholten 58 v. Chr. M. Scaurus in seiner Aedilität[6],

---

1) H. A. vit. Hadrian. c. 19: histriones aulicos publicavit. Ebenso Alex. Sever. c. 34: pantomimos populo donavit.

2) Aemilius Paullus gab im J. 169 in Amphipolis griechische Schauspiele, ad quae rudes tum Romani erant. Liv. XLV 22.

3) Das Wenige, was wir über öffentliche, ausschließlich musikalische Aufführungen in Rom wissen, wird besser einem spätern Abschnitte über Musik vorbehalten.

4) Liv. XXXIX 22.

5) Appian. Bell. civ. I 99. (Ol. 175).

6) Valer. Maxim. II 4, 7 legt ihm irrthümlich die Einführung des Schau-

C. Curio bei den Leichenspielen für seinen Vater (53)[1], Pompejus bei der Einweihung seines Theaters im J. 55.[2] Was damals Cicero an M. Marius schrieb, er werde wol nach den Athleten kein Verlangen tragen, da er sogar Gladiatoren verschmähe — das bezeichnet gewiß den Geschmack der großen Mehrzahl des damaligen römischen Publikums, und Pompejus gestand selbst, daß er „Mühe und Oel" verschwendet habe.[3] Doch ließ auch Cäsar bei seinen Triumphalspielen im J. 46 Athleten in einem auf dem Marsfelde erbauten, später wieder abgebrochenen Stadium drei Tage lang kämpfen.[4]

Die Aktischen Spiele zu Nikopolis und Rom.

August, der auch diesem Schauspiel besondere Aufmerksamkeit zuwendete und großes Gefallen daran fand[5], gab zuerst die Veranlassung nicht nur zu seiner häufigen Abhaltung, sondern auch zu seiner regelmäßigen Wiederkehr. Zur immerwährenden Feier des Sieges bei Actium hatte er die dort seit alter Zeit dem Apollo gefeierten Festspiele erneuert und erweitert, die fortan in dem von ihm neugegründeten Nikopolis wahrscheinlich am Tage der Schlacht bei Actium (den 2. September) in Zwischenräumen von vier Jahren mit gymnischen und musischen Wettkämpfen begangen wurden.[6] Dies periodische Fest wurde dem Cyklus der vier großen heiligen Wettkämpfe Griechenlands als fünfter hinzugefügt[7], und im Anfange

---

spiels bei, was er schwerlich gethan hätte, wenn es bis dahin schon oft vorgekommen wäre.

1) Plin. H. N. XXXVI 120.

2) Dio XXXIX 38. Plutarch. Pompej. c. 52.

3) Cic. ad fam. VII 1, 3.

4) Plutarch. Caes. c. 39.

5) Sueton. Aug. c. 45.

6) Strabo VII 325. C. Sueton. August. c. 18. Dio LI 1. Vgl. Franz C. I. G. III p. 730 u. den Artikel Actium von Bursian in der St. R. E. I[2] 146. Der Termin läßt sich annähernd bestimmen. Die Augustalien in Neapel waren kurz vor dem Todestage August's, den 19. August (Sueton. August. c. 98); die Actischen Spiele in Nikopolis bald darauf nach Stat. Silv. II 2, 6:

Huc me post patrii laetum quinquennia lustri,
Quum stadio jam pigra quies, canusque sederet
Pulvis, ad Ambracias conversa gymnade frondes etc.

Diese Angaben führen auf den 2. September.

7) Franz G. I. G. III p. 730a. Cf. 4472, 10: Αὐγούστου ἐν Νικοπόλει τῆς περιόδου.

der Kaiserzeit hie und da nach Aktiaden wie nach Olympiaden gerechnet.[1] Es erhielt sich bis in das späteste Alterthum (noch Julian erneuerte es[2]) und stand in hohem Ansehn. Zahlreiche Inschriften von Athleten und Musikern aus den verschiedensten Ländern griechischer Zunge bezeugen, daß die Ehre des dort errungenen Sieges nicht minder hoch gehalten wurde als die des Kranzes zu Olympia und Delphi.[3] Aehnliche periodische Feste stifteten zu Ehren August's Fürsten, wie Herodes von Judäa[4] und viele Städte in den Provinzen[5]: so werden zu Alexandria und Antiochia Aktische Spiele noch am Ende des ersten Jahrhunderts erwähnt.[6] Auch in Rom selbst beschloß der Senat ein periodisches vierjähriges Fest zur Feier des Sieges bei Aktium schon im J. 724.[7] Zum ersten Male hielt es August mit Agrippa im J. 726 — 28 ab, in welchem auch die Einweihung des Palatinischen Apollotempels stattfand. Edle Männer und Knaben lenkten, wie bei den heiligen Spielen in Griechenland, die Wagen in der Rennbahn, und Athleten kämpften in einem auf dem Marsfelde eigens erbauten Stadium; außerdem

---

1) Joseph. Bell. Jud. I 20, 4.

2) Panegg. X c. 9, 1.

3) Außer der angeführten Stelle des Statius ist zu vgl. Orelli 2633 (TI CLAVDI GLAPHYRI CHORAVLAE ACTIONICAE ET SEBASTONICAE) und folgende griechische Inschriften: C. I. G. 1068 (Megara — *Ἄκτια ἐν Νικοπόλει β*) 1420 (Sparta — *Ἄκτια τραγῳδούς*) 1719 (Delphi — *Ῥώμην πυθαύλας, Ἄκτια χοραύλας*) 1720 (Nicomedia — *τὸ β Ἄκτια κατὰ τὸ ἑξῆς πυθαύλας καὶ χοραύλας*) 2723 (Stratonice — *παγκράτιον? Ἄκτια ἀγ[ενείων]*) 2810 (Aphrodisias — *κύκλ. αὐλητ. Ἄκτια*) 3208 (Smyrna — *κιθαρῳδ. Ἄκτια β*) 4081 (Pessinus — *κύκλ. αὐλητ. Ἀκτιόνεικος*) 4472 (Laodicea — *παιδῶν πυγμήν* — Zeit der Severe C. I. G. III 730). 5913, 24 (Alexandria — *παγκράτιον*). Offenbar fanden also auch hier alle sonst üblichen musischen und gymnischen Wettkämpfe Statt.

4) Im J. 8 v. Chr. Joseph. Ant. Jud. XVI 5, 1; vgl. Bell. Jud. I 21, 8.

5) Sueton. Aug. c. 59: provinciarum pleraeque supra templa et aras ludos quoque quinquennales paene oppidatim constituerunt.

6) Unter den Siegen des T. Flavius Archibius C. I. G. 5804 ist auch l. 24 *τὸν ἐν Ἀντιοχείᾳ ἱερὸν πεν[ταετηρικὸν ἀγῶνα] Ἀκτιακῶν παίδων παγκράτιον* (89 p. Chr.) und l. 27 *καὶ τὸν ἐν Ἀλεξανδρείᾳ ἱερὸν πενταετηρικὸν ἀγῶνα Ἀκ[τιακῶν παίδων]* (90 p. Chr.). Vgl. p. 732.

7) Dio LI 19.

wurde auch ein Fechterspiel gegeben. Das Fest dauerte mehrere Tage, während welcher zum Theil Agrippa statt des erkrankten August den Vorsitz führte.[1] Von nun ab rüsteten das Fest, so lange es in Rom überhaupt bestand, die vier großen Priesterkollegien abwechselnd aus[2], und es ist wol unzweifelhaft, daß dabei regelmäßig auch athletische Kämpfe stattfanden. Die vierte Feier im J. 738 ist die letzte, die erwähnt wird, die Kosten trug Agrippa als Mitglied des Kollegiums der Quindecimvirn, welchem in diesem Jahr die Leitung oblag.[3] Caligula hob die Aktischen Spiele im ganzen Reiche auf[4], und wenn sie in den Provinzen trotzdem fortbestanden, scheinen sie in Rom doch entweder damals oder bald darauf aufgehört zu haben.[5]

Oeftere Wiederholung athletischer Spiele in Rom.

Durch solche öftere Wiederholungen wurden die athletischen Spiele in Rom beliebt und bald verlangte das Volk „die griechischen Wettkämpfe" von den die Staatsspiele gebenden Beamten[6],

1) Dio LIII 1. Wahrscheinlich präsidirte hierbei auch der damals 14jährige Tiber. Sueton. Tiber. c. 6, wo die Ueberlieferung lautet: Praesedit et asticis ludis, et Trojam* circensibus, ductor turmae majorum puerorum. Die Emendation Actiacis für das sinnlose asticis (s. Ernesti) macht das vorausgehende pubescens Actiaco triumpho currum Augusti comitatus est wahrscheinlich; das Alter von 14 Jahren paßt gut zu der angegebenen Führerschaft beim Trojaspiel.

2) Dio l. l. Offenbar sind mit den pontificales ludi, an denen August den Frauen das Schauspiel der Faustkämpfe entzog (Sueton. Aug. c. 44), die von den Pontifices gefeierten ludi Actiaci gemeint. Vgl. Tac. A. III 64 (im J. 22 ludi magni beschlossen, die von den damaligen großen Kollegien gefeiert werden sollten).

3) Dio LIV 19, wo sich Noris durch den Ausdruck πενταετηρὶς τῆς ἀρχῆς αὐτοῦ verleiten ließ, an vota quinquennalia zu denken. Eckhel D. N. VIII 476.

4) Sueton. Calig. c. 23: Actiacas Siculasque victorias — vetuit sollemnibus feriis celebrari.

5) Daß zu Poppäa's Entbindung (63) ein certamen ad exemplar Actiacae religionis beschlossen wurde Tac. A. XV 23, beweist eben so wenig für ihr Fortbestehn in Rom, als andre von mir im Hdb. d. R. A. IV 482 irrthümlich angeführte Stellen, die sich alle auf die Aktischen Schauspiele in Nikopolis beziehen. Daß neben diesen, die so häufig vorkommen, die römischen Actia nie genannt werden, zeigt, daß sie nicht lange bestanden haben.

6) Tac. A. XIV 21: nec perinde magistratus rem familiarem exhausturos aut populo efflagitandi Graeca certamina a magistratibus causam fore, quum eo sumptu respublica fungatur.

welche diese Wünsche gewiß eben sowohl berücksichtigten als die Kaiser. So gab Caligula im J. 38 gymnische Spiele[1], desgleichen im J. 39 am Geburtstage der Drusilla an mehreren Orten gleichzeitig[2], und Claudius ließ bei den Spielen zur Feier des britannischen Triumphs im J. 44 im Cirkus zwischen den Wagenrennen Athleten auftreten.[3] Doch weit mehr förderte Nero's Vorliebe für griechische Sitten und Einrichtungen die Popularisirung dieser Schauspiele in Rom. Er stiftete hier im J. 60 das erste ganz nach Die Neroneen. griechischem Muster eingerichtete „heilige" Fest mit drei Arten von Wettkämpfen: im Wagenrennen, in Gymnastik, in Gesang, Musik, Poesie und Beredsamkeit; auch dies Fest sollte in vierjährigen Perioden wiederkehren, und war auf die Staatskasse fundirt.[4] Die musischen Wettkämpfe, die bei den Aktischen Spielen in Rom offenbar gefehlt hatten[5], bildeten hier den Mittelpunkt, wie denn die ganze Stiftung zunächst durch Nero's Wunsch, als Dichter, Sänger und Citherspieler zu glänzen, veranlaßt war; sie fanden im Theater Statt, Consularen präsidirten, die vornehmsten Römer betheiligten sich nach dem Beispiel des Kaisers daran, die Sieger wurden bekränzt.[6] Die gymnischen Kampfspiele wurden bei der ersten Feier in den Septen abgehalten und hiezu die Vestalischen Jungfrauen eingeladen, weil auch in Olympia die Priesterinnen der Ceres allein von allen Frauen dem Feste beiwohnten. Der gleichzeitige Bau eines mit seinen Thermen verbundenen Gymnasiums

1) Dio LIX 9.

2) Id. LIX 13.

3) LX 23.

4) Tac. A. XIV 20. Dio LXI 21. Sueton. Nero c. 12. Eckhel D. N. V 264. Der Revers einer in diesem Jahr geschlagenen Münze mit der Umschrift CER. QVINQ. ROM. CON. S. C. zeigt einen Tisch, darauf eine Urne und ein Kranz, darunter ein Discus und Greife, die einen Schild halten.

5) In diesem Sinne sagt Sueton a. a. O.: instituit quinquennale certamen primus omnium Romae more Graeco triplex, nicht wegen der periodischen Wiederkehr (so Nipperdey), eben so wenig, weil hier zuerst anständige Personen um den Preis rangen (so Marquardt, Hdb. V A. 606), denn auch dies war schon bei den Wagenrennen der Actischen Spiele geschehen.

6) Vgl. die angeführten Stellen; Tac. A. XVI 4. Sueton. Nero c. 21. vit. Lucani und Haackh in der St. R. E. V 584.

und die bei dessen Einweihung erfolgende Vertheilung von Oel an Senat und Ritterschaft[1], deutete den Wunsch des Kaisers in verständlicher Weise an, daß Männer der höhern Stände auch an diesen Wettkämpfen sich betheiligen möchten.[2] Und in der That trat der Sohn eines Consularen, Palfurius Sura, ein ebenso hochbegabter als sittlich haltloser Mann, als Ringer auf[3]; doch scheint diese ungeheure Verletzung des römischen Anstandsgefühls keine Nachahmung gefunden zu haben. Während des Festes hatten viele griechische Tracht angelegt.[4] Seit der zweiten Feier im J. 64[5] werden die Neroneen nicht mehr erwähnt, vermuthlich gingen sie sehr bald, spätestens mit der Stiftung der Capitolinischen Spiele ein. Gordian der Dritte soll sie (im J. 240 oder 241) erneuert[6], oder vielmehr durch ein neugestiftetes Fest ersetzt haben.[7]

1) Sueton. Nero c. 12. Dio LXI 21. Tac. A. XIV 47.

2) Tac. A. XIV 20: quid superesse, nisi ut corpora quoque nudent (proceres Romani) et caestus adsumant easque pugnas pro militia et armis meditentur?

3) Schol. Juv. IV 53 (wie es scheint, nach Marius Maximus): sub Nerone luctatus est; bei Valla sogar: luctatus est cum virgine Lacedaemonia in agone, was an und für sich nicht undenkbar ist. Vgl. über ihn S. 135, 2.

4) Tac. A. XIV 21: Graeci amictus quis per eos dies plerique incesserant, tum exoleverant. Nipperdey erklärt exoleverant: waren damals schon etwas Altes geworden, daher sie kein Aufsehn mehr erregten.

5) Tac. A. XVI 4. setzt (wie auch Euseb. chron.) die zweite Feier ins Jahr 65, da er quinquennale certamen von einem fünfjährigen verstand, was der mos Graecus und die Analogie der ludi Actiaci und des agon Capitolinus verbietet. Lustrum wird auch von der Periode des Capitolinischen Agon gesagt: so Stat. Silv. V 3, 232. Mommsen I. R. N. 5252. Die Angaben bei Genthe de M. Annaei Lucani vita et scriptis p. 52 sq. enthalten mehreres Irrthümliche. In der Inschrift Gruter 116, 3 scheint quinquennalibus der Ablativ von quinquennales (etwa eines Collegiums) zu sein; 499, 6 ist ein certamen pentaetericum in Alexandria, nicht in Rom erwähnt. Kontorniaten (Eckhel D. N. VIII p. 312) beweisen eben so wenig, wie der Cameo mit der Inschrift Νέρων Αὔγουστε (Nero auf einer Quadriga mit Scepter und mappa — Caylus rec. I tab. 86, 2) für die Fortdauer der Neroneen in späterer Zeit.

6) Aurel. Vict. Caes. c. 27: Lustri certamine, quod Nero Romam invexerat auctoque firmatoque in Persas profectus est. Die Expedition gegen die Perser erfolgte im Jahr 241; im Jahr 240 stiftete Gordian vermuthlich seinen neuen Agon, und man rechnete aus, daß in dies Jahr die 46. Feier der Neroneen gefallen sein würde.

7) Catal. imp.: agonem Minervae instituit. Vielleicht ist dies der ἀγὼν

Ungleich höheres Ansehn gewann und behauptete der von Domitian im J. 86 gestiftete Capitolinische Agon[1], der ebenfalls dem olympischen gleichgeachtet ward.[2] Auch er wurde in vierjährigen Perioden abgehalten, wie es scheint um die Zeit des Frühsommers[3], und auch hier in den drei Hauptgattungen der Wettkämpfe um den Kranz gerungen, einige ungewöhnlichere, die Domitian hinzugefügt hatte, fielen später wieder fort.[4] So ließ man die Bewerbung um den Preis in griechischer und lateinischer Beredsamkeit fallen; aber der Preis für griechische und lateinische Poesie, der in seiner Art einzig war, blieb das höchste Ziel des Ehrgeizes der Dichter im ganzen römischen Reich, und die Hoffnung, diesen aus Oel- und Eichenzweigen geflochtenen Kranz[5] nach dem Spruche der Richter[6] aus der Hand des Kaisers[7] zu empfangen, führte die talentvollsten Dichter aus fernen Provinzen über das Meer nach der Hauptstadt. Die Erinnerung an diese Dichterkrönungen auf dem Capitol erhielt sich durch das ganze Mittelalter lebendig, und Petrarca zog die Der Capitolinische Agon.

Ἀθηνᾶς προμάχου. C. I. G. 1068 (jedenfalls nach Hadrian) nennt unter andern Siegen in Agonen auch Ἀθηνᾶς Προμάχου ἐν Ῥώμῃ δ.

1) Morcelli sull' agone Capitolino pubblicato da Labus ed. 2. Milano 1816.

2) Franz C. I. G. III p. 729. Vgl. Vol. II 2810 b Add.: Ῥώμην Καπετώλεια Ὀλύμπια.

3) Morcelli p. 12. Die Ermordung des Maximus und Balbinus fand während der Capitolinischen Spiele im J. 238 Statt (Herodian. VIII 8, 3). Clinton Fasti Romani p. 252 hat die verschiedenen Berechnungen des Monats zusammengestellt, in dem das Ereigniß erfolgte, er selbst entscheidet sich für die Mitte des Juni. Vielleicht war der Termin der Capitolinischen Spiele kein fester; im Sommer muß er aber gewesen sein, um die Betheiligung überseeischer Preisbewerber zu ermöglichen. Ueber die Periode vgl. Censorin. de die natali (a. 238 geschrieben) c. 18, 11. Scaliger de emend. temp. 243. Eckhel D. N. IV 437.

4) Sueton. Domitian. c. 4. Ueber die einzelnen Wettkämpfe vgl. den Anhang.

5) Stat. Silv. V 3, 231 mixta quercus — oliva; es war das dem Jupiter und der Minerva heilige Laub. Juv. VI 387 Capitolinam — quercum. Martial. IX 35, 9 Juleae — olivae.

6) Mommsen I. R. N. 5252 = Gruter 332, 3 (Inschrift von Histonium): CORONATVS EST INTER POETAS LATINOS OMNIBVS SENTENTIS IVDICVM.

7) Martial. IV 1, 6: perque manus tantas plurima quercus est.

Krönung hier durch den Senator von Rom jeder andern vor.[1] Um den Preis für Musik war anfangs auch im Spiel der einzelnen und der Chorcither gestritten worden, später im Gesange, in der Citharödik (d. h. dem Gesange mit Citherbegleitung), im Spiel der Pythischen (Solo-)Flöte und wahrscheinlich der Chorflöte, vielleicht auch in dramatischen Vorträgen. Für diese musikalischen Aufführungen ließ Domitian von dem berühmten Architekten Apollodoros ein bedecktes Theater, das Odeum, auf dem Marsfelde erbauen, das 10600 oder 11600 Zuhörer faßte, und noch im vierten Jahrhundert zu den schönsten Gebäuden Roms gerechnet ward.[2] Die gymnischen Kämpfe waren beim Capitolinischen Agon die überall in Griechenland üblichen, für Knaben wie für Männer; die bei der ersten Stiftung nach spartanischem Muster eingeführten Wettläufe von Jungfrauen hörten bald wieder auf. Die Konkurrenz in diesen Kämpfen blieb natürlich in der Regel den Athleten der griechischen Länder überlassen, deren mehrere in noch erhaltenen Denkmälern sich des hier gewonnenen Kranzes rühmen. Ein T. Flavius Archibius hatte ihn in vier aufeinander folgenden Capitolinischen Olympiaden (von 94—106 n. Chr.) gewonnen, das erste Mal im Pankration der Knaben, die drei andern Male im Pankration der Männer[3]; und der Geschichtsschreiber Cassius Dio berichtet, daß der Athlet Aurelius Aelix unter Elagabal (218) im Capitolinischen Agon zugleich im Ringen und Faustkampf siegte, was in Olympia nur sieben Kämpfern nach Herakles, in Rom noch keinem gelungen war.[4] Für die Athletenkämpfe erbaute Domitian ebenfalls auf dem Marsfelde ein Stadium, das 30—33,000 Zuschauer faßte, von dem im Mittelalter noch bedeutende Reste übrig waren, und dessen Andenken Piazza Navona (ursprünglich Agon, Campus Agonis) noch heute in Gestalt und Namen bewahrt.[5] Der griechische Charakter des ganzen Festes sprach sich wenigstens unter Domitian

---

1) Burckhardt, die Cultur der Renaissance S. 202 ff.

2) Preller, die Regionen Roms S. 169.

3) C. I. G. 5804.

4) Dio LXXIX 10.

5) Preller a. a. O. S. 169 f.

auch äußerlich aus. Der Kaiser führte den Vorsitz in griechischem Purpurmantel und in griechischen Schuhen, auf dem Haupt einen goldnen Kranz mit den Bildern der drei Capitolinischen Gottheiten Jupiter, Juno, Minerva; Beisitzer und Kampfrichter waren der Flamen des Jupiter und das Priesterkollegium des Flavischen Hauses in gleicher Tracht, nur daß in ihren Kränzen auch noch das Bild des Kaisers angebracht war.[1] Später hatten die Priesterkollegien unter dem Vorsitz des Kaisers abwechselnd die Leitung der Wettkämpfe. Die Versammlung der Zuschauer und Zuhörer war die glänzendste in der ganzen Welt, deren Beifall einem Kämpfer, Künstler oder Dichter zu Theil werden konnte.[2] Die Capitolinischen Spiele erhielten sich bis in die letzten Zeiten des Alterthums.[3]

1) Sueton. Domitian. c. 4. Sacerdotales praesides agonum nennt auch Tertullian. Spect. c. 11.

2) Herodian. I 9, 2.

3) Bock, les dernières solennités des jeux Capitolins de Rome. Bruxelles 1849 p. 6: die letzten Erwähnungen sollen sich bei Firmic. Mat. Astrol. III 6, 12 und VI 31 finden. Aber die coronarum insignia, die an der ersten Stelle genannt werden, sind vielmehr priesterliche Insignien, wie die Zusammenstellung mit praetexta vestis zeigt (vgl. praetexta et aureae vestes atque aurearum insignia coronarum VI 31). An der zweiten Stelle heißt es: athletam faciet ista genitura, sed qui in sacris certaminibus victor, gloriosa et digna reportet insignia coronarum; hier können also auch andre Agonen gemeint sein. Nicht völlig klar ist auch Auson. Profess. V 5 sq.: Tu paene ab ipsis orsus incunabulis Dei poeta nobilis Sertum coronae praeferens Olympiae Puer celebrasti Jovem. (Dagegen der schol. Juv. VI 387 POLLIO QVERCVM: coronam dicit; inde enim s o l e b a n t coronari). Bock meint (p. 31), der agon habe seit den Gesetzen Cod. Theod. App. l. XII ed. Ritter VI p. X; LXIX, XVI 10 (de paganis sacrificiis et templis 407 u. 408) aufgehört. Auf die Capitolinischen Spiele bezieht Bock auch das Diptychon von Monza (Gori Dipt. II 243 ff. Tab. VIII eine Muse mit einer Lyra und ein kahlköpfiger Mann mit einer Rolle und einem Buch) und zwei gleiche bemalte Glasgefäße bei Buonarotti Osserv. Tav. XXX u. XXXI p. 216. Auf einen als Flußgott dargestellten Mann (nach Bock Andeutung der blauen Partei) fliegen drei Genien zu; der eine hält über dem Kopf des Mannes eine Vase, darunter *ΚΑΠΕΘ*; unter den Genien steht [HILA]RIS VIVAS VALEAS VINCAS. Garrucci vetri ornati etc. pl. XXXIV 1: Ein Flötenspieler in langem gestreiften Aermeltalar, in der Linken zwei Flöten, in der Rechten eine Palme (?), links eine Maske auf einem Stabe, rechts ein Korb. Auf dem Stabe befindet sich außer einem ranze die Inschrift ILIA CAPITOLIA.

Spätere Agonen. Zwar sind noch mehrere, vielleicht ausschließlich gymnische Agonen von verschiedenen Kaisern gestiftet worden[1], so ein Kampfspiel des Herkules[2], der schon erwähnte Agon der Minerva von Gordian dem Dritten[3] und der des Sonnengottes von Aurelian (im J. 277)[4]; aber von all diesen und andern[5] ist so gut wie nichts bekannt und keiner hat auch nur annähernd die Bedeutung des Capitolinischen erlangt. Uebrigens wurde im Lauf der Kaiserzeit das Auftreten von Athleten in Rom bei Schauspielen jeder Art ohne Zweifel immer häufiger[6], besonders aber seit dem fünften Jahrhundert, wo ihre Kämpfe zugleich die nun abgeschafften Gladiatorenspiele ersetzen mußten.[7]

Ein ähnliches Glasgefäß beschreibt Bock nach Boldetti Osserv. sopra i cimiteri de' SS. Martiri I c. XXXIX p. 205; Ilia hält er für Aelia, wodurch die angebliche Abstammung des Theodosius von Hadrian angedeutet sein soll. Wenn aber auch dies und manches andre dunkel bleibt, so kann man an der Beziehung der Gefäße auf den agon Capit. kaum zweifeln.

1) C. I. G. 3208 erwähnt den Sieg eines Kitharöden in den Ἀδριάνια Ῥώμην β', desgleichen ib. 246 den eines Faustkämpfers Ἀδριάνεια Ῥώμη.

2) Hist. Aug. vit. Alex. Sev. c. 35: agoni praesedit et maxime Herculeo in honorem magni Alexandri. Vielleicht hatte diesen Caracalla gestiftet.

3) Catal. imp. C. I. G. 1068.

4) Catal. imp. p. 648 ed. Mommsen: (Aurelianus) agonem Solis instituit. Euseb. chron. ad a. 277: primus agon Solis ab Aureliano constitutus. Dieser so wie der des Herkules sind doch wol gemeint in der zu Rom gefundenen Inschrift C. I. G. 5923 (ich schreibe sie mit den Ergänzungen von Franz):

— —
αὐτοῦ, Νεικήτης Ἡράκλειος προβιβασθείς
καὶ αὐτὸς ἄθλοις τοῖς ἐν σταδίοισι τέτευχεν,
καὶ πρῶτον στεφθεὶς στάδιον κἀὐτὸς δὲ δίαυλον
Ἡλίου τε δρόμον Μήνης τε Σελήνης ἆθλα τελέσσας
μείζονα δ' Ἡρακλέους σὺν τειμῆς (?) ἐνεγκών
— —
ἐν μεγάλῃ δόξῃ τ' ἔδραμεν νεικήσας Ῥωμαίους.

5) Euseb. chron. ad a. 250: agon mille annorum actus.

6) Vgl. außer den früher angeführten Stellen Herodian. III 8, 6 (Triumphalspiele des Sever) vit. Carini c. 19 (ludi Romani)

7) Bei den konsularischen Spielen des Flavius Mallius Theodorus (399) traten Athleten auf (Claudian. de cons. Fl. M. Th. 287), aber keine Gladiatoren. Vgl. für diese Zeit Orelli 2588. C. I. G. 5924. Cassiodor. Var. epp. V 42.

Die Einführung dieser griechischen Agonen in Rom stieß auf einen entschiedenen Widerstand des eigentlichen Römerthums, der hauptsächlich gegen die Athletenkämpfe gerichtet war. Zwar waren einige derselben in Italien und sonst im Westen von jeher heimisch gewesen und auch in Rom bei öffentlichen Schauspielen gesehen worden, namentlich Ringen, Wettlauf und Faustkampf.[1] Der letztere, eine in Etrurien[2], Latium[3] und Campanien sowie in Afrika[4] nationale Kampfart, wurde in Italien auch von ganzen Schaaren gegen einander ausgeführt[5] und war in Rom immer sehr beliebt.[6] Doch müssen sich diese italischen Wettkämpfe von den griechischen wesentlich unterschieden haben, am meisten wol durch ihre Kunstlosigkeit. Der Widerwille der Römer gegen die griechische Gymnastik und Athletik beruhte zunächst auf ihrem Schicklichkeitsgefühl, dem die Nacktheit für unanständig galt, und der Mißbilligung aller nicht auf praktische Zwecke, namentlich Ausbildung für den Kriegsdienst gerichteten Körperübungen; sodann auch auf der Besorgniß einer Korruption der heranwachsenden Jugend und einer Gewöhnung aller an müssiggängerisches Treiben durch die Gymnasien, welche durch beides nach römischer Ansicht hauptsächlich zum Verfall und Untergange von Griechenland beigetragen hatten.[7] Namentlich als Nero die Athletenkämpfe in ein römisches Staatsfest aufnahm, ein Gymnasium baute, eine lebhafte Vorliebe für diese Uebungen zur Schau trug[8], und das Beispiel des Kaisers und des Abneigung der Römer gegen Gymnastik und Athletik.

1) Hdb. d. R. A. IV S. 519 f.

2) Liv. I 35: pugiles — ex Etruria acciti.

3) Sueton. Aug. c. 45 (pugiles Latini).

4) Sueton. Calig. c. 18 (Afri Campanique pugiles).

5) Mommsen I. R. N. (Pompeji): pugiles catervarios et pyctas (die letztern offenbar griechische).

6) Horat. Epp. II 1, 185:

si discordet eques, media inter carmina poscunt
aut ursum aut pugiles: his namque plebecula gaudet.

7) Vgl. Marquardt, Hdb. d. R. A. V S. 120 und besonders Plutarch. qu. R. 30.

8) Sueton. Nero c. 40: Neapoli — in gymnasium progressus, certantes athletas effusissimo studio spectavit. Galba c. 15: si quid — xystici donatum (a Nerone) olim vendidissent.

Hofes[1] das Interesse für griechische Gymnastik, die schon längst zu diätetischen Zwecken vielfach angewendet worden war[2], in weiten Kreisen verbreitete; als die zur Mode gewordene Kunst von ihren Lehrern und Freunden nicht bloß als unentbehrlich für die vollkommene Gesundheit und naturgemäße Ausbildung des Körpers angepriesen ward[3], sondern sich auch wol Stimmen für ihre Aufnahme in die Jugenderziehung erhoben[4]: da wurde in konservativ-römischen Kreisen die Befürchtung rege, es werde mit der griechischen Gymnastik auch griechische Sittenverderbniß in Rom einziehen. Die bereits allmälig in Abgang gekommenen Sitten der Väter, hieß es, würden durch die aus der Fremde eingeführte Zügellosigkeit von Grund aus umgestürzt, damit was irgend verführbar und verführerisch sei, in Rom zum Schauspiel diene, und die Jugend durch ausländisches Treiben, durch Gymnastik, Müssigang und schändliche Liebschaften entarte.[5] Schon die Einführung der Gymnastik in die Diätetik der Gesunden erklärten die Vertreter dieser Richtung für höchst sittenverderblich[6], und klagten, daß die römische Jugend durch Uebung der Körperkraft die sittliche Kraft einbüße.[7] Selbst Griechen waren der Meinung, daß die Römer die Entblößung zum Schaden ihrer Sitten von den Hellenen gelernt, dann aber freilich ihren Lehrern diesen Schaden mit Zinsen vergolten hätten.[8] Der Capitolinische Agon Domitian's, der, wie es scheint, die Einrichtungen der griechischen Feste im weitesten Umfange in

1) Sueton. Nero c. 45: forte accidit, ut in publica fame Alexandrina navis nuntiaretur pulverem luctatoribus aulicis advexisse. Plin. H. N. XXXV 168: inde (e Nilo harena) Patrobio certe Neronis principis liberto advehebatur.

2) Marquardt a. a. O. S. 125.

3) S. bes. Seneca epp. 15.

4) Dies folgt wol aus der Polemik bei Seneca epp. 88, 18: aeque luctatores et totam oleo ac luto constantem scientiam expello ex his studiis liberalibus — an liberale studium istuc juventuti nostrae credimus —?

5) Tac. A. XIV 20.

6) Plin. H. N. XXIX 26: illa perdidere imperi mores, quae sani patimur, luctatus, ceromata ceu valetudinis causa instituta, balineae ardentes etc.

7) Id. ib. XXXV 168: ceromatis quibus exercendo juventus nostra corporis viris perdit animorum.

8) Plutarch. Cato major. c. 20.

Rom einführen sollte, rief jene Opposition aufs Neue hervor; und sie bestand fort, wenn auch das anstößigste Schauspiel, die Wettläufe der Jungfrauen, abgeschafft wurden. Als einst im Kabinetsrathe Trajan's über die Aufhebung eines gymnischen Agon zu Vienna (in Gallien) abgestimmt wurde, gab Junius Rusticus, ein Mann von hoher Festigkeit und Geradheit, seine Stimme dafür mit dem Zusatz ab: „Ich wünschte, er könnte auch in Rom aufgehoben werden"; was der jüngere Plinius, der selbst an der Sitzung Theil nahm, als Beweis von Unerschrockenheit und Entschiedenheit anführt. Er schließt seinen Bericht: „Es wurde beschlossen, den Agon aufzuheben, der zur Sittenverderbniß in Vienna beigetragen hatte, wie der unsre zu einer allgemeinen. Denn die Laster der Viennenser bleiben unter ihnen, die unsern breiten sich weit aus, und wie in den Körpern, so ist in einem Reiche die Krankheit am gefährlichsten, die vom Haupte aus sich dem übrigen Leibe mittheilt."[1]

So lange die national-römische Abneigung und Opposition gegen Athletenthum und griechische Agonen in Rom bestand (also mindestens noch am Anfange des zweiten Jahrhunderts), bewirkte sie wenigstens so viel, daß die Betheiligung der Männer aus den höhern Ständen an *diesen* Schauspielen sich auf ganz vereinzelte Fälle beschränkte und auch in den untern Ständen Roms keine sehr verbreitete war. Während Ritter und Senatoren im ersten Jahrhundert auf der Bühne, im Cirkus und in der Arena so zahlreich aufgetreten sind, ist jener Palfurius Sura der einzige, dessen Auftreten im Stadium berichtet wird. Geringere Leute ergriffen freilich auch in Rom das Gewerbe der Athleten. Schon in der 177. Olympiade (72 v. Chr.) hatte ein Römer, Gaius, in Olympia den Sieg im Dauerlauf gewonnen[2], ein Pankratiast, Regulus, wird als von Titus bevorzugt genannt[3], und Juvenal sagt, es sei mit der Ausländerei in Rom schon so weit gekommen, daß die Bürger des Quirinus „am frottirten Halse Athletenprämien" tragen.[4] Aber obwohl Neapel die beste Gelegenheit zur schulmäßigen Ausbildung

Ihre Betheiligung an athletischen Kämpfen verhältnißmäßig gering.

1) Plin. epp. IV 22.
2) Phot. cod. 79. p. 146 H p. 83 Bekk. Krause, Gymnastik S. 803.
3) Plutarch. de sanitate praec. c. 5. p. 124.
4) Juv. III 68: et ceromatico fert niceteria collo.

in der Athletik bot, scheint Italien immer vorzugsweise nur jene Klasse von Kämpfern hervorgebracht zu haben, die, wie Horaz sagt, von Dorf zu Dorf ziehend, an ländlichen Festen ihre Streitbegier ausließen, auf den Kranz in den großen Olympien aber keinen Anspruch machten[1]: während Griechenland und der Orient nach wie vor die Virtuosen in dieser Kunst lieferten. Denn während die Inschriften und Denkmäler griechischer Athleten eben so häufig sind wie die römischer Wagenlenker und Fechter, fehlt es an Denkmälern römischer Athleten so gut wie ganz.

Dilettantismus in der Athletik in Rom. War nun aber auch das Interesse der Römer für diese Schauspiele niemals ein so leidenschaftliches als für die übrigen, so war doch (wie bereits früher erwähnt) die Liebhaberei für die Athletik seit Nero, noch mehr seit Domitian in Rom sehr verbreitet, und führte wol nicht selten auch zum ausübenden Dilettantismus[2], da sogar Frauen hie und da athletische Uebungen mitmachten. In Nero's Zeit nahmen die Freunde dieser Kunst die „neuesten Athleten" gastlich auf[3] und waren eifrige Zuschauer ihrer Uebungen[4], und schon damals scheinen unter den Sklaven vornehmer Häuser Athleten sehr gewöhnlich gewesen zu sein[5], die häufig die Diät ihrer Herren regelten (und wenn man sie gewähren ließ, wol gar vorschrieben, wie man die Beine beim Gehen und die Backen beim Kauen zu bewegen habe).[6] In Domitian's Zeit besuchten junge Männer zahlreich die Plätze der griechischen Uebungen und nahmen für hohe Bezahlung bei Athleten Unterricht[7], und es gab Enthu-

1) Horat. epp. I 1, 49. Vgl. Preller, Röm. Mythol. S. 494 f.

2) Dies zeigt schon die Klage des Plinius H. N. XXXV 168.

3) Seneca de brev. vit. c. 12, 3.

4) Id. ib.: qui in ceromate (nam, proh facinus, ne Romanis quidem vitiis laboramus) sectator puerorum rixantium sedet.

5) Id. epp. 15, 3: accedunt pessimae notae mancipia in magisterium recepta. Martial nennt palaestritae unter andern Sklaven III 58, 20; III 82, 20; VI 39, 9; vielleicht sind auch bei Pers. IV 39 Sklaven zu verstehen.

6) Seneca epp. 15, 9.

7) Martial. VII 32, 5 sqq.:

At juvenes alios fracta colit aure magister
Et rapit immeritas sordidus unctor opes

siastinnen auch für diese Kunst, die ihre Vorliebe nicht selten auf die Künstler übertrugen[1] und ihnen kostbare Geschenke machten[2]; hie und da selbst Mannweiber, welche die schwere zur Athletendiät gehörige Kost aßen[3], sich mit gelbem Sande einrieben, rangen und schwere Hanteln schwenkten.[4]

Die bürgerliche Stellung der Athleten war auch in Rom eine günstigere, als die der übrigen in öffentlichen Schauspielen auftretenden Künstler. Erstens forderte das Ansehn der von den Kaisern gestifteten „heiligen" Wettkämpfe, daß die hier um den Preis ringenden mehr Ehre genossen, als Schauspieler und Gladiatoren, mindestens von deren Ehrlosigkeit frei blieben.[5] Während in den übrigen Schauspielen so häufig Sklaven auftreten, scheint in den kaiserlichen Agonen, wie in den heiligen Spielen Griechenlands, nur Freien die Theilnahme gestattet gewesen zu sein[6]: eine Verordnung Alexander Sever's, daß zu dem Wettlauf im heiligen Kampfspiel nur Freie zugelassen werden sollten[7], brachte vermuth- Bürgerliche Stellung der Athleten.

9 Vara nec in lento ceromate brachia tendis,
Non harpasta vagus pulverulenta rapis.

1) Tertullian. spect. c. 22: xystici — quibus feminae corpora substernunt. Martial. VII 57:

Castor de Polluce Gabinia fecit Achillam,
Pyxagathos fuerat, nunc erit Hippodamus.

2) Juv. VI 356.

3) Id. II 53.

4) Id. VI 246. Martial. VII 67.

5) Digg. III 2, 4 (Ulpianus libro VI ad edictum). Athletas autem Sabinus et Cassius responderunt omnino artem ludicram non facere: virtutis enim gratia hoc facere. Et generaliter ita omnes opinantur et utile videtur, ut neque thymelici neque xystici neque agitatores — qui certaminibus sacris deserviunt, ignominiosi habeantur. Tertullian. spect. c. 22 nennt offenbar aus Unkunde auch die xystici unter den infames.

6) Digg. IX 2, 7, 4. (Ulpian. libr. XVIII ad Ed.): Si quis in colluctatione vel in pancratio vel pugiles dum inter se exercentur, alius alium occiderit, si quidem in publico certamine alius alium occiderit, cessat Aquilia, quia gloriae causa et virtutis, non injuriae gratia videtur damnum datum. Hoc autem in servo non procedit, quoniam ingenui solent certare. Vgl. auch P. E. Mueller de gen. aev. Theodos. II p. 65 n.

7) Vit. Alex. Sever. c. 42.

lich nur ein älteres hierauf bezügliches Gesetz in Erinnerung. Sodann fand auch insofern eine Anbequemung an die griechische Sitte Statt, als die Athleten von Seiten der Behörden und Regierungen mit einer gewissen Rücksicht und Zuvorkommenheit behandelt wurden. Unter ihren zahlreichen Genossenschaften, die von Ort zu Ort ziehend, bei den überall in größeren Städten gestifteten Agonen und sonstigen Festen auftraten[1], zeichnete sich im zweiten Jahrhundert die „Athletengesellschaft der den Herakles verehrenden bekränzten Sieger in den heiligen Spielen" aus, welche, wie alle diese Verbindungen, ihre Beamten, Priester und Vorsteher aus ihrer Mitte ernannte. Sie hatte in Rom eine Station, und ihr oberster Beamter erscheint dort einige Male mit dem Amte eines Aufsehers der kaiserlichen Bäder bekleidet.[2] Hadrian und Antoninus Pius bewilligten ihr Versammlungslokale zu Berathungen, Opfern und Aufbewahrung von Urkunden, namentlich bei den Capitolinischen Spielen; das von Antoninus bewilligte Lokal war bei den Thermen des Titus.[3] Die in griechischer Sprache abgefaßten Schreiben der Kaiser an diese Athletencorporation sind noch erhalten.

Verschiedenheit der griechischen Ansicht über Athletik von der römischen.

Doch trotz solcher Bevorzugungen war (wenigstens im ersten Jahrhundert) die Geringschätzung, mit der namentlich Seneca von den Athleten redet, in Rom vermuthlich eine sehr verbreitete. Er nennt sie stumpfsinnige, ihr Leben abwechselnd mit Trinken und

1) Die *φιλοσέβαστος καὶ φιλορώμαιος Ἀλεξανδρέων περιπολιστικὴ εὐσεβὴς σύνοδος* C. I. G. 5804 (Rom). Vgl. ad I 349. II 3476b u. ad nr. 3067.

2) Vgl. C. I. G. 5906—5913 und den Commentar von Franz p. 780: Habet haec synodus ut solet, *ξυστάρχην* et *ἀρχιερέα τοῦ σύμπαντος ξυστοῦ* et quod memorabile, archontas binos eponymos (5908 cf. Van Dale Dissert. p. 644). Pontifex fere *ξυστάρχου* simul munere fungitur, idemque solet esse praefectus balneorum Imperatoris (*ἐπὶ βαλανείων Σεβαστοῦ* vel *Σεβαστῶν* n. 5906—9. 5911—13. Cf. Vol. II 3500. 3501.).

3) Ib. 5907. Orelli 2588 FILVMENVM DDD. ET PRINCIPES N. VALENTINIANVS VALENS ET GRATIANVS FILVMENVM IN OMNI ACLHETICO CERTAMINE AB ORIENTE AD OCCIDENTE VSQ. VICTOREM PAMMACHO LVCTA PANCRATI. CESTIBVS Q. ID EST PYCME LOCATIONE STATVAE IN ACLETARVM CVRIA AETERNITATIS GLORIA DIGNVM ESSE IVDICARVNT QVOD OMNES XISTICI GRATANTER ACCEPERVNT SEN. PARITER SIMVLQ. P. R. INGENTI FABORE PROSECVTVS EST.

Schwitzen verbringende Menschen, deren Körper gemästet, deren Geist roh und vernachlässigt sei, deren Kunst aus Oel und Schmutz bestehe.[1] Ganz anders dachte man in den griechischen Provinzen. Zwar gab es auch hier unter den Gebildeten unbedingte Verächter der Athletik: Galen hat mit Vorliebe die Gelegenheit benutzt, diese Gesinnung in den stärksten Ausdrücken zu äußern. Nach ihm glich ihr Leben dem der Schweine, oder war noch schlimmer, wegen des unaufhörlichen Zwanges zu übermäßigem Essen und Schlafen und zu gewaltsamen Körperanstrengungen[2]; es war ein Kreislauf von Essen, Trinken, Schlaf, Ausleerung und Herumwälzen in Staub und Koth.[3] Ueberdies zerstöre die Athletik die männliche Schönheit, und gebe dem Körper eine widernatürliche aber nur scheinbare Stärke, da er so den Krankheiten viel weniger Widerstand leiste als im naturgemäßen Zustande; auch würden die Athleten (selbst abgesehen von den unvermeidlichen Beschädigungen und Verstümmlungen) früh untauglich zu ihrem Beruf und es sei ihnen überdies nicht einmal möglich, Reichthum zu erwerben.[4] Aber daß solche Ansichten damals in den griechischen Ländern keineswegs allgemein waren, geht schon daraus hervor, daß Galen junge Männer auf's Ernstlichste warnen zu müssen glaubte, bei der Wahl ihres Lebensberufs nicht der Athletik vor nützlichen Künsten und Wissenschaften den Vorzug zu geben, wozu namentlich die Berühmtheit, die man dadurch bei der Menge erlangte, verleiten könne.[5] Seit das griechische Leben seinen realen Inhalt verloren hatte, füllte ein Spielen mit den Schatten vergangener Herrlichkeit es aus. Mit leicht erklärlicher, zuweilen rührender Zärtlichkeit hingen die Epigonen an den alten Erinnerungen, und suchten die trümmerhaften, zum Theil unkenntlich gewordenen Reste der Grundlagen hellenischer Kultur und hellenischen Ruhms zu erhalten. Dazu gehörte die Gymnastik in erster Reihe, und Gymnasien und Agonen erhielten nun eine

1) Seneca epp. 15, 3. 80, 2. 88, 18 sq.

2) Galen. προτρεπτ. λογ. c. 11. ed. Kuehn. V I p. 28 sq.

3) Id. περὶ ἰατρ. καὶ γυμναστ. c. 37. ed. K. V p. 878 sq.

4) Id. προτρεπτ. λογ. c. 9—14.

5) Id. ib. c. 9.

um so größere Wichtigkeit[1], je enger der Kreis der höhern und edlern Interessen geworden war. Man konnte in Griechenland nicht bloß „diese spielenden Künste mit Ehren betreiben“[2]; auch hochgebildeten Männern erschienen die hervorragenden Athleten als Ideale von Mannheit, Kraft und Muth, von Schönheit und Keuschheit, die wol mit den Heroen der Vorzeit verglichen werden könnten.[3] Noch immer galt auch den besten der Sieg zu Olympia als ein hoher Ruhm[4], und die Namen der wenigen, die, wie Nicostratus, in der 204. Olympiade (37 v. Chr.) an einem Tage den Doppelsieg im Ringen und Pankration gewonnen hatten, wurden in der ganzen Welt, noch von Enkeln und Urenkeln, mit Bewundrung genannt.[5] Ueberdies erfreuten sich die Athleten, namentlich die in Kampfspielen gekrönten, mancher Privilegien, die August bestätigte und erweiterte[6], (vermuthlich gehörte schon damals dazu die Befreiung von lästigen und kostspieligen Kommunalämtern)[7], die Sieger in den größten Agonen erhielten Ehrenbesoldungen[8], und die Städte, in denen berühmte Kämpfer auftraten, wetteiferten, sie durch Statuen, Dekrete, Ertheilung des Ehrenbürgerrechts und der Rathsherrenwürde auszuzeichnen.[9] Hiernach kann es in den griechischen Provinzen kaum Anstoß gegeben haben, wenn Männer aus guten, selbst angesehenen Familien, als Athleten öffentlich auftraten.[10]

---

1) Trajan. ap. Plin. epp. X 29 (34 ed. Gierig): gymnasiis indulgent Graeculi.

2) Tac. dial. de orat. c. 10.

3) Dio Chr. or. XXIX (Melancomas II) p. 538 u. p. 542 R.

4) Epictet. man. c. 29: θέλεις Ὀλύμπια νικῆσαι; κἀγώ, νὴ τοὺς θεούς· κομψὸν γάρ ἐστιν. Cf. diss. III 15.

5) Tac. dial. de orat. c 10. Quintilian. II 8, 14 (quem adolescentes senem vidimus). Pausan. V 21, 5. Krause, Olympia S. 235.

6) Sueton. Aug. c. 45.

7) Cod. Justin. X 53. Imperatores Diocletianus et Maximianus AA. et CC. Hermeti: Athletis ita demum si per omnem aetatem certasse, coronis quoque non minus tribus certaminis sacri (in quibus vel semel Romae seu antiquae Graeciae) merito coronati, non aemulis corruptis ac redemtis, probentur, civilium munerum tribui solet vacatio.

8) Plin. epp. X 119 sq. (118 sq. G.) über die obsonia certaminum Iselacticorum.

9) Vgl. z. B. C. I. G. 5913.

10) Ib. 5910 (Inschrift des Athleten Cl. Rufus Apollonius): οὗτος δὲ ἐγέ-

Im Allgemeinen war also die gesellschaftliche Stellung der Athleten während der frühern Kaiserzeit in den griechischen Provinzen eine bei Weitem bessere als in Rom und Italien. Doch je mehr die immer massenhaftere Aufnahme griechischer und orientalischer Kulturelemente die allmälige Zersetzung und endliche völlige Auflösung des eigentlichen Römerthums beförderte, desto mehr mußte auch in Rom die Abneigung und Opposition gegen das Athletenthum schwinden. Als der Fußboden eines glänzenden Raumes in den Thermen des Caracalla mit langen Reihen von Bildern siegreicher Athleten geschmückt ward, standen die Helden des Stadiums in der Hauptstadt und überall im Occident gewiß in höherer Achtung, als in der Zeit, in welcher Seneca, beide Plinius, Tacitus und Juvenal über den Unwerth und die Verwerflichkeit der griechischen Uebungen und Wettkämpfe sich so einstimmig aussprachen.[1]

νετο καὶ γένους ὑπατικῶν. Paus. V 20, 4: ἀνὴρ βουλῆς τῶν Ῥωμαίων ἀνείλετο Ὀλυμπικὴν νίκην d. h. ein Mann von senatorischem Stande; daß es ein Römer war, wie Krause glaubt (Gymnastik u. Agonistik S. 803), sagt Pausanias nicht und würde es gesagt haben, wenn es der Fall gewesen wäre. — Wenn aber Dio Chrys. or. XXVIII p. 539 R. dem Faustkämpfer Melancomas ein λαμπρὸν γένος beilegt, so definirt er dies or. XXIX p. 538 R. selbst dahin, daß sein Vater ein Olympionike war.

1) Das Werk von Secchi Il musaico Antoniniano rappresentante la scuola degli atleti. Roma 1843. ist mir leider nicht zugänglich gewesen.

Für das Aufhören des römischen Vorurtheils gegen die Athletik im dritten Jahrhundert spricht auch die Angabe in der vit. Alex. Sever. c. 27: palaestes (Reg. palaestres Casaub. palaestrites) primus fuit. In Italien und den westlichen Provinzen scheinen Athletenkämpfe und gymnische Agonen früh Eingang gefunden zu haben. Die erstern sind für Pompeji bereits in der ersten Kaiserzeit bezeugt Henzen-Orelli 2530. 6166. Pugilum certamina zu Epidaurus in Dalmatien Bull. d. Inst. 1856 p. 46. Gymnicus agon zu Vienna Plin. epp. IV 22. Zu Carthago Tertull. adv. gnost. 6 (agon Pythius); vgl. de pall. 4. und Gothofred. ad Cod. Theodos. XV 7, 3. Henzen 6599 (ex agro Tunetano): pugilum certamina — et populo gymnasium.

Anhang.

1. Kostüm und Bewaffnung der Gladiatoren.[1]

Unsere Kenntniß dieses Gegenstandes ist in neuerer Zeit sehr durch die so äußerst zahlreichen bildlichen Darstellungen gefördert worden; namentlich hat hierzu Henzen's treffliche Erklärung des Borghesischen Mosaiks beigetragen. Das Buch von Olenine sur le costume des gladiateurs habe ich trotz vieler Bemühungen nicht erlangen können. Von den mir bekannten Monumenten führe ich nur solche an, die aus irgend einem Grunde merkwürdig oder vorzugsweise belehrend sind.

1. Retiarii. Da die Abbildungen hier keine Verwechslung mit einer andern Gattung zulassen, sind wir über diese Fechter am genauesten unterrichtet. Caylus Rec. d'ant. III pl. 24 1 u. 2 (Thonfigur, merkwürdig für den galerus). Winckelmann Monum. Ined. I 197 (musaico Massimi vgl. S. 200 Anm.). Archaeol. Britann. XI p. 49 (vgl. Rev. archéol. IX p. 183). XVIII p. 203 (Mosaik v. Bignor, vgl. Rev. arch. V p. 562) XIX p. 70 (Relief des malus oculus, wiederholt von Jahn, Ber. d. Sächs. G. 1835 Taf. III 1). Mus. Borb. XV tav. XXVII ff. (Monument des Scaurus, vgl. Mazois Ruines de Pompéi pl. 32) Atti dell' academia Ponteficia 1852 XII (das Borghesische Mosaik). Bull. Nap. N. S. (1853) I T. 7. II (1854) T. 9, 20 u. 21. Rev. archéol. VIII pl. 169; vgl. p. 417. IX pl. 183. Garrucci graffiti di Pompei tav. XII (Kampf eines Retiariers und eines Samniten).

Die Retiarier waren die einzigen Gladiatoren, die ohne jede Kopfbedeckung erschienen (Sueton. Claud. c. 34; Juv. VIII 200—206). Sie

1) Vgl. Rhein. Mus. N. F. X S. 582 ff.

trugen eine Tunica (Sueton. Calig. c. 30; Juv. II 143; VIII 207) oder auch ein bloßes subligaculum, das auf den Monumenten gewöhnlich ist (auf dem Mus. Borgh. weiß). Ihre Schutzwaffen beschränkten sich (außer etwa Binden um die Beine) auf den breiten Leibgurt (balteus) und einen Aermel am linken Arm, an dem aber immer ein Stück über die Schulter in die Höhe stand, aus Leder oder Metall, zum Ersatz des Schildes. Daß dies Schulterstück (das besonders groß auf dem Mosaik von Bignor ist, wo es wie ein Flügel aussieht) galerus hieß, hat Henzen erkannt (Mus. Borgh. p. 113) nach dem Schol. Juv. VIII 208 (ed. Jahn): galerus est umero impositus gladiatoris (vgl. Bull. d. I. A. 1853 p. 130). Eine so unpassende Benennung müßte allerdings Bedenken erregen, wenn es nicht offenbar ein Ausdruck der Kunstsprache wäre, in der ja auch das Netz der Gladiatoren iaculum genannt wurde, Isidor. Origg. XVIII 51. Später hat auch Garrucci in den Schulterstücken den galerus erkannt, Bull. Nap. Nuova Serie I, p. 101 ff., 103, tav. 7, wo solche in Pompeji gefundene galeri abgebildet sind, vgl. Rev. archéol. V 8, pl. 165. In der Stelle bei Juvenal. VIII 207:

> Credamus tunicae, de faucibus aurea cum se
> porrigat et longo iactetur spira galero

erklärt Garrucci a. a. O. die spira wol richtig für eine Schnur, die von der linken Schulter quer über Brust und Rücken nach der rechten Hüfte geht. Schol.: [SPIRA] hujusmodi aliquid, quo citius sparsum funem vel jactatum retium colligerent. A. a. O. p. 104: sembra quindi che fosse una tal sorte di amentum (ἀγκύλη) che i reziarii portavano accanto al galero fermo, e pendente da un capo. — Questa spira io ravviserei nella correggia che si parte dalla spalla sinistra del gladiatore al nr. 12 della tav. VII, ella passa attraverso del petto, congiungendosi di poi alla fune della rete, che egli sostiene nella destra. Il reziario in atto di lanciar la rete, dovea avvolgersela intorno al braccio, e cotal maniera di servirsi di questa correggia le potè giustamente far dare il nome di spira.

Die Angriffswaffen der Retiarier waren erstens das Netz, das bei Winckelmann M. I. 197 so groß erscheint, daß es die Figur des Gegners fast ganz bedeckt. Außerdem findet es sich nur noch Rev. arch. Vol. IX pl. 183, 2. Archaeol. Brit. XVIII p. 203. und Gori Inscr. III p. 99. (abgeb. B. N. 1853. Tav. VII 12). Vermuthlich ist es auf Monumenten deßhalb so selten, weil es schwer darzustellen war, und die

Retiarier es zusammengefaltet trugen, ehe sie es schleuderten, s. Isidor. a. a. O. Hatten sie fehlgeworfen, so zogen sie sich zurück, bis sie das Netz wieder zum Wurf bereit gemacht hatten und wieder angreifen konnten, daher bedeutet der Retiarier nach Artemidor. Oniroer. II 3 eine Frau καὶ φυγάδα καὶ ῥᾷστα τῷ βουλομένῳ πλησιάζουσαν. Vgl. Juv. VIII 204 ff. Gloss. Labb. Retiarius δικτυοφόρος c. δικτυοβόλος.

Zweitens der Dreizack, die Thunfischharpune, fuscina, und der Dolch (Valer. Max. I 7, 8 und die meisten Monumente). Die von Letronne für einen dimachaeros gehaltene Figur Rev. arch. V 562, hat Chabouillet (Rev. arch. VIII 416) richtig als retiarius erklärt, der Dolch und Dreizack hatte. Vgl. Garrucci B. N. 1865. p. 134.

Das Werfen des Netzes mag eine alte Kampfart gewesen sein, die auf einer antiken Paste dargestellt ist (Welcker, Alte Denkmäler 2, Taf. 16, 32) und in dem Zweikampf zwischen Phrynon und Pittakus vorkommt (Diog. Laert. I 74. Polyaen. I 25 vgl. auch Diodor. XVII 43, nach welchem die Tyrier gegen die belagernden Macedonier Dreizacke und Fischernetze anwandten). Strabo hat bei jenem Zweikampf des Phrynon und Pittakus den Dreizack zugesetzt XIII 1, 38 p. 600 (s. Welcker a. a. O.), offenbar, um wie die römischen Antiquare (Festus s. retiarius) diesen Kampf zum Prototyp der Retiarierkämpfe zu machen. Sei es nun, daß Harpune und Netz der Gladiatoren wirklich vom Fischfang entlehnt war (Arnob. adv. g. VI 12. Cum fuscina rex maris, tamquam illi pugna sit gladiatorii obeunda certaminis. Aequoreus tridens, Martial. V 24, 12. Aequoreus, Name eines Retiariers, Mommsen Inscr. Neap. 2872. Einer der in Pompeji gefundenen galeri B. N. 1853. N. S. 1. Taf. VII 2 enthält eine Krabbe, einen Delphin und einen Anker) oder nicht: jedenfalls mußten diese Waffen die Vorstellung des Fischfangs erwecken. Bei dem Witz, den Quintilian erzählt, Inst. or. VI 3, 61 Pedo de mirmillone qui retiarium consequebatur nec feriebat, Vivom inquit capere volt. sehe ich keine andre Möglichkeit des Verständnisses, als die Conjektur von Leemans Rev. arch. IX p. 82: de retiario qui mirmillonem etc., obwohl der Witz auch dann noch sehr frostig ist. Der Fisch, der auf den Helmen der Galli und myrmillones angebracht gewesen sein soll, die mit den Retiariern kämpften, hat sich bis jetzt nicht auf Monumenten gefunden, vielleicht kam dies aus der Mode (doch ist Mus. Borb. VII Tav. XIV. ein Visirhelm mit einem Delphin abgebildet). Das Spottlied der Retiarier an die Myrmillonen Non te peto, piscem peto, quid me fugi' Galle? besteht, wie Meineke bemerkt hat (Progr. des Joachimsth. Gymn. 1851), aus Ionici a maiore. Vermuthlich ist dies unter entsprechenden rhythmischen Bewegungen und Musikbegleitung gesungen worden. Daß Musik während der Kämpfe gemacht wurde, ist oben bemerkt. Aber natürlich konnte da nicht nach dem Takt gefochten werden, dies konnte nur bei Scheingefechten geschehen. Von solchen spricht Petron Cap. 36: 'processit statim scissor et ad symphoniam ita gesticulatus laceravit obsonium, ut putares essedarium hydraule cantante pugnare', wovon unten bei den essedarii die Rede sein wird.

Daß die Retiarier die verachtetsten Gladiatoren waren, schließt Henzen wol mit Recht (a. a. O. 113) wahrscheinlich daraus, daß sie ohne Bedeckung des Gesichts (Juv. VIII 200) und am leichtesten bewaffnet waren. Aehnlichkeit mit ihnen scheinen gehabt zu haben:

2) die Laquearii mit einer Schlinge statt des Wurfnetzes, nur bei Isidor. XVIII 56: quorum pugna erat, fugientes in ludo homines iniecto laqueo impeditos consecutosque prosternere, amictos umbone pelliceo.

Die Retiarier kämpften auch gregatim (Sueton. Calig. c. 30), aber wie es scheint, nie gegen einander, sondern theils gegen die schwer bewaffneten Galli, myrmillones, Threces (Cic. Phil. 5, 7, 20) und Samnites (die Samniten kommen als Gegner der Retiarier, besonders auch auf dem Mosaik von Bignor und dem Borghesischen vor), theils gegen die leichter bewaffneten secutores. Nach Henzen 6175 mag auch contrarete einen gegen die Retiarier kämpfenden Gladiator bezeichnen: D. M. | LYCO LIB. MVR. | SCAEV. PVGNA. IIII | FEC. LONGINAS | LIB. CONTRARETE | FRATRI. B. M. Scaeva kommt als Name (nicht Beiname) eines Gladiators auch bei Vict. Caesares c. 17 (Commod.) vor.

3) Secutores. Cic. ad Att. VII 14, 2: secutorum in ludo (J. Caesaris Capuano) ΙϽϽΙϽϽ (?) fuerunt. Sie scheinen die Retiarier angegriffen zu haben (ἀεὶ γὰρ διώκει, sagt Artemidor. Oniroer. l. l. von ihnen). Ihre Waffen waren Schwert, Schild und Visirhelm. Dio LXXII 19 sagt von dem als Secutor kämpfenden Commodus: οὓς ἐφίλει ὥσπερ εἶχε διὰ τοῦ κράνους; schol. Juv. VI 108 ATTRITVS GALEA: apparet eum secutorem fuisse. Damit stimmt das bei Muratori 617, 1 roh abgebildete, aber von Cavedoni B. d. I. 1846 p. 190 genau beschriebene Monument eines Urbicus secutor und einige Figuren auf dem

Pompejanischen Relief Bull. Nap. IV tav. 1, wo namentlich in der Mitte der Kampf eines stehenden Secutor und eines knieenden Samniten dargestellt scheint. Auch einige andre Figuren, die allerdings außer den angegebenen Waffen noch Schienenärmel haben, dürften Secutoren sein. Beinschienen hatten sie wol nicht. Vgl. auch Ann. d. I. 1850 p. 125 (Lampe aus Salona). Isidor. l. l. gibt ihnen cuspidem et massam plumbeam, was unverständlich ist, die Konjektur von Leemans (Rev. arch. IX p. 80) cassidem et magnum clypeum entbehrt durchaus der Begründung.

4) Galli und 5) Myrmillones (oder Murm. Henzen 6174 sq.) waren wol sehr ähnlich, aber nicht ganz gleich, denn in der Gladiatorenliste bei Mommsen I. N. 736 kommen beide Waffengattungen neben einander vor. Auf Monumenten haben sie bis jetzt nicht mit Sicherheit nachgewiesen werden können. Nach Festus entstanden die myrmillones aus den Galli, vermuthlich durch irgend eine Modifikation. Auf eine schwere Rüstung schließt man aus Ammian. Marc. XVI 12, 49: seque in modum myrmillonum operiens und XXIII 6, 83: pedites in speciem myrmillonum contecti. Lipsius hat die Cruppellarii der Aeduer verglichen, zur Gladiatur bestimmte Sklaven, quibus more gentico continuum ferri tegimen: Tac. Ann. 3, 43. Nach Auson. (praef. ad centonem: myrmillo in armis subsidens) hielten sie sich oft in halbkauernder Stellung, was aber wol überhaupt bei Gladiatoren nicht selten war (Juv. VI 262). Ihre Gegner waren außer Retiariern auch Threcer (Sueton. Domitian. cap. 10). Vgl. Henzen a. a. O. p. 3.

6) Samnites. Die Samnitische Bewaffnung, wenigstens wie sie Liv. IX 40 beschreibt, war etwas modificirt. Die charakteristischen Stücke sind: der große oblonge Schild, oft etwas gewölbt (Winckelmann M. I. 199), der aber auf den Monumenten nicht, wie in Livius' Beschreibung, unten schmäler ist als oben; der Aermel am rechten Arm, die Schiene am linken Bein, der Gurt, der Visirhelm mit Kamm und sehr hohem Federbusch (Varro l. l. II 11) und ein kurzes Schwert. (Diese Waffen nennt Juv. VI 256: balteus et manicae et cristae crurisque sinistri dimidium tegimen). Es wird an weißen und bunten Tuniken, wie sie die Gold- und Silberschildner der Samniten trugen, nicht gefehlt haben. Vielleicht bezeichnet Artemidor mit den Worten: εἰ δέ τις μετ' ἀργυρέων ὅπλων πυκτεύει die Samniten, wie Lipsius vermuthete. Auf dem Borghesischen Mosaik sind ihre Schilde bunt, Brustharnische haben sie nicht. Die spongia pectori tegumentum (Liv.) hat sich auf Monumenten nicht

gefunden. Vgl. Henzen p. 107 und die besonders belehrende Abbildung der Figur eines Samniten aus der Sammlung Campana auf Tav. 7, 1. Danach hat Henzen die Samniten auf dem Borghesischen Mosaik nachgewiesen, als Gegner der Retiarier, ebenso erscheinen sie auf dem Mosaik von Bignor; dagegen mit Thraciern kämpfend bei Bartoli lucernae sepp. I 22, Overbeck, Pompeji S. 141 (Bild auf der Brüstungsmauer der Arena) u. Boissieu Inscr. de Lyon p. 464 (Vase aus Terracotta). Andre Darstellungen von Samniten Guattani Mon. ined. 1787 tav. 3 (wiederholt Clarac mus. de sculpt. pl. 866) Bull. d. Inst. 1850 p. 167.

7) Threces. Sie führten den kleinen Schild (parma), wodurch sie den mit dem großen (scutum) bewaffneten Samniten entgegengesetzt waren. Nach Plin. H. N. XXXIII 129 war die parma rund und etwas gewölbt: plurimumque refert concava sint (specula) et poculi modo, an parmae Threcidicae. So erscheint sie auf dem Monument des Scaurus. Häufig ist sie dagegen nicht rund, sondern viereckig, wie das scutum: s. z. B. das Monument des Thraciers Priscus Mus. Veron. 444, 2 und des M. Antonius Exochus Fabretti col. Traj. 256. Auf dem Monument eines Thraciers, beschrieben von Borghesi Bull. Nap. I p. 95, ist der Schild grande e ricurvo. Nur wenn die parma auch viereckig war, konnte sie Martial (XIV 213) zum scutum für einen Zwerg geeignet finden. Ihre charakteristische Angriffswaffe war die sica (die Nationalwaffe der Thracier Val. Max. III 2, 12), eine Art krummer Säbel. Gloss. Labb.: sica Θρᾳκικὸν ξίφος ἐπικαμπές, Juvenal. VIII 201 nennt sie falx supina (umgekehrte Sichel), Plin. H. N. XVIII 2 die Hauer der Eber dentium sicas. So erscheint die sica auf einem Relief des Amphitheaters zu Nimes (Kampf eines Thraciers und Samniten) Pelet descr. de l'amph. de N. pl. III f. 1. Oefter aber ist die Klinge nicht in einer Curve, sondern in einem geradlinigen Winkel gebogen, wie auf dem Monument des Exochus, auf dem oben angeführten Bilde, Overbeck Pompeji S. 141, auf den Tropäen von Gladiatorenwaffen in der Gladiatorenschule zu Pompeji Bull. Nap. 1853 Taf. VII 13 u. 14; vgl. das. p. 114 f. Den Mangel des großen Schildes ersetzte dem Thracier eine vollständigere Rüstung, daher ihnen Artemidor τὸ ἐσκεπάσθαι τοῖς ὅπλοις beilegt. Den Visirhelm am rechten Arm haben sie mit andern, namentlich den Samniten, gemein, von denen sie aber (außer der parma und sica) das unterscheidet, daß sie Schienen an beiden Beinen haben:

vgl. Henzen Mus. Borgh. p. 112, Bull. Nap. I p. 95 u. s. w. Namentlich auf dem Monument des Scaurus sind die Thracier, die Mazois (Ruines de Pompéi pl. 32) für Samniten hielt, auch hieran zu erkennen. Ob sie außer mit Samniten auch gegen einander kämpften, wie Haase in seiner Ergänzung der Stelle bei Seneca Qu. N. IV praef. 8 quamvis staturam habeas [Threcis cum] Threce compositi annimmt, ist unbekannt; aber die Ergänzung ist unmöglich, der Sinn verlangt etwa staturam — nani cum Threce compositi. Daß man diese schwergerüsteten Kämpfer besonders aus Leuten von großer Statur wählte, ist natürlich, und auch bei Petron. c. 45: unus alicujus flaturae fuit Thraex halte ich die Verbesserung von Scheffer, staturae, für unzweifelhaft. Die Inschrift des Exochus lautet Grut. 335, 3 = Orelli 2581: T. II. R. | M. ANTONIVS EXOCHVS | NAT. ALEXANDRINVS | ROM. OB TRIVMP. DIVI | TRAIANI DIE II TIR | CVM ARAXE CAE | ST. MISS. CAE ist gewiß falsch gelesen, vielleicht für GAL. Ueber stans missus vgl. S. 217, 2. — Wenn man übrigens auf Monumenten auch parmati mit geraden Schwertern sieht, wie bei Pacho voy. d. l. Cyrénaïque pl. 53, dagegen einen scutatus mit einer sica bei Avellino osservazioni auf einer pompejanischen Kritzelei, so ist zu bemerken, daß es ein vergebliches Bemühen sein würde, alle Darstellungen von Gladiatoren unter die uns bekannten Gattungen vertheilen zu wollen. Denn erstens waren diese Bewaffnungen keine festen Uniformen, sondern ohne Zweifel unzähligen, nach Zeit und Ort wechselnden Modifikationen unterworfen; sodann sind die Abbildungen sicherlich nicht immer treu. Mit voller Sicherheit sind bis jetzt erst Retiarier, Secutoren, Samniten und Thracier auf Monumenten nachgewiesen.

8) Hoplomachi, die am schwersten gerüsteten Fechter, also auch gewiß in der Regel besonders große Leute, die, wie es scheint, für die gefährlichsten Gegner galten. Sueton. Calig. c. 35: erat Esius Proculus patre primipilari, ob egregiam corporis amplitudinem et speciem Colosseros dictus: hunc spectaculis detractum repente et in harenam deductum Threci et mox hoplomacho comparavit. Die hoplomachi müssen vollständig gerüstet gewesen sein, also außer den Beinschienen der Thracier noch einen Brustharnisch gehabt haben, aber jedenfalls waren sie den Thraciern ähnlicher, als den Samniten, mit denen sie Lipsius und Henzen (Mus. Borgh. p. 109) zusammengestellt haben. Das Epigramm Martial. VIII 74:

Hoplomachus nunc es, fueras ophthalmicus ante.
Fecisti medicus, quod facis hoplomachus.

kann kaum einen andern Sinn haben, als daß die hoplomachi sich gegenseitig durch die Visirlöcher nach den Augen stießen, weil sie ganz von der Rüstung bedeckt waren. Eine unzweifelhafte Darstellung ist, soviel ich weiß, noch nicht nachgewiesen; Henzen (Bull. d. I. 1846 p. 90) glaubte sie auf dem pompejanischen Relief (Bull. Nap. IV tav. 1.) zu erkennen.

9) Dimachaeri. Artemidor. Onirocr. II 32: διμάχαιρος δὲ καὶ ὁ λεγόμενος ὀρβήλας (?). Orelli 2584 = Boissieu Inscr. de Lyon p. 469. Die Figur Mus. Borb. VIII tav. 7, 8 ist mit Unrecht dafür ausgegeben worden. Vgl. S. 324.

10) Velites. Isidor. Origg. XVIII 57: velitum pugna erat ut ultro citroque tela objectarent; nach Cic. Brut. 78, 271 hatten sie hastae amentatae; hasta velitaris evolsa corpori hominis Plin. H. N. XXVIII 34. Varro ap. Non. s. petauristae: nec minus alio in genere sunt ludi velitis, Galli Germani (?) petauristae. Ovid. Ibis 45: Utque petit primo plenum flaventis harenae Nondum calfacti velitis hasta solum; vgl. Cic. Orat. II 78, 316 und Hdb. d. R. A. IV A. 3605. Vielleicht ist auch unter dem veles bonu' sub vitem qui subicit hastas (Lucil. ed. Gerlach. fr. inc. 44 vgl. Fest. p. 310 Paul. p. 328 ed. O. M.) ein Gladiator zu verstehen. Lanzen sieht man auf den Gladiatorentropäen zu Pompeji Bull. Nap. 1853 p. 115 und öfter auf graffiti.

11) Provocatores (Cic. pro Sext. c. 64) waren nach der Vermuthung von Maffei de amph. I 1 und Henzen a. a. O. p. 115 den velites ähnlich. Auch Garrucci graff. di Pompei p. 74 not. u. p. 75 glaubt, daß sie Lanzen führten. Doch das Monument eines Anicetus provocator Henzen 6173 zeigt einen gladiator scuto gladio ocreis instructus. Dagegen bei Garrucci a. a. O. p. 13 lautet eine Inschrift: Mansuetus provocator victor Veneri parmam feret.

12) Essedarii (Cic. ad fam. VII 10), vermuthlich von Cäsar eingeführt. Ohne Zweifel ahmten sie die britannischen Wagenkämpfer möglichst genau nach, die Caesar d. bell. Gall. IV 33 folgendermaßen schildert: mobilitatem equitum, stabilitatem peditum in praeliis praestant; ac tantum usu quotidiano et exercitio efficiunt ut in declivi ac praecipiti loco incitatos equos sustinere, et brevi moderari ac flectere, et per temonem percurrere et in jugo insistere et inde se in currus citissime recipere consueverint. Diese Stelle und Seneca epp. 29 führt

Burmann zu Petron. c. 36: ita gesticulatus laceravit obsonium, ut putares essedarium hydraule cantante pugnare. an, woraus man sieht, daß die Essedarier ihre kunstvollen Bewegungen zuweilen nach dem Takte der Musik ausführten. Daß wie bei den Britanniern auf jedem Wagen sich neben dem Kämpfer ein Lenker befand (Tac. Agric. 12 honestior auriga, clientes propugnant), hat schon Lips. Saturn. II 12 mit Recht aus Sueton. Calig. c. 35 geschlossen, wo der essedarius Porius seinen Sklaven Porius ob prosperam pugnam freiläßt. Es wird nicht zufällig sein, daß bei Petron. c. 45 auch noch eine mulier essedaria vorkommt, die essedarii mochten durch die Kriege in Britannien unter Claudius und Nero besonders in Aufnahme gekommen sein; die Frauen der Britannier scheinen öfter im Kampfe erschienen zu sein (Tac. A. XIV 3 Bouduica, curru filias prae se vehens — solitum quidem Britannis feminarum ductu bellare testabatur.) Inschrift eines essedarius M. Bostorius Garrucci graffiti p. 66.

13) Equites. Equi gladiatorum schon bei Cic. pro Sest. 59, 126. Mommsen Inscr. Neap. 737 = Orelli 2569. Artemidor. l. l. Galen. de comp. med. p. gen. III 2. ed. Kuehn XIII p. 601? *θεασάμενος γάρ τινα μονομάχων τῶν καλουμένων ἱππέων.* Isidor. Origg. XVIII 53: genera gladiatorum plura, quorum primus ludus equestrium. Duo enim equites praecedentibus prius signis militaribus, unus a porta orientis alter ab occidentis procedebant in equis albis cum aureis galeis minoribus et habilioribus armis, sicque atroci perseverantia pro virtute sua inibant pugnam etc. Die Reiter auf dem Monument des Scaurus haben lange Panzer, kleine runde Schilde, Panzerärmel am rechten Arm, Tuniken, Visirhelme und Lanzen.

14) Andabatae. Cic. ad fam. VII 10; auch der Titel einer Satire Varro's war andabatae (ed. Oehler VII). Bekannt von ihnen ist weiter nichts, als daß sie fochten ohne sehen zu können, d. h. also wahrscheinlich mit einem Visir ohne Augenlöcher. Hieronym. adv. Jovin. I 37 adv. Helvid. 3 p. 3 A. contra Rufin. 3 p. 101 A. Lipsius Sat. II 12 hat sie ohne Grund für Reiter gehalten, hauptsächlich weil nach Artemidor. l. l. der *ἱππεὺς γυναῖκα — φρένας οὐκ ἔχουσαν* bedeutet, aber daraus nicht bloß zu schließen, daß die Reiter nicht sehen konnten, sondern auch aus dieser Stelle die Identität der andabatae und equites zu folgern, ist ganz unzuläſſiig. Turneb. Advers. II 20 hat ebenso grundlos andabates für identisch mit dem griechischen *ἀναβάτης* gehalten und

daraus geschlossen, daß ihre Kämpfe auf einem Wagen stattfanden. Das richtige sagt Orelli 2569. Auf Inschriften sind sie bis jetzt ebenso wenig gefunden worden, als auf Monumenten, auch erwähnt sie kein Schriftsteller der Kaiserzeit, Hieronymus hat doch wol aus Varro geschöpft: vielleicht war also diese Kampfart außer Gebrauch gekommen.

15) Paegniarii Orelli 2566 (Inschrift des Colleg. Silvani) und Henzen 6176 (ein pegniarius ludi magni, der beinah 100 Jahre alt wurde). Sueton. Calig. c. 26 (ed. Roth): tabidis feris vilissimos senioque confectos gladiatores, * quoque paegniaris patres familiarum notos sed insignis debilitate aliqua obiciebat (cod. Memm. pegniares, andre codd. pegmares, wofür Scutilli (de coll. glad.) und Marini (Iscr. alb. p. 12) schon paegniarios vermuthet hatten). Cavedoni Bull. d. I. 1846 p. 191 hält die paegniarii für Zwerge.

Andre Gattungen von Fechtern sind nur aus Irrthum angenommen worden, oder lassen sich wenigstens durchaus nicht mit Sicherheit nachweisen. Henzen Mus. Borgh. p. 117 glaubte, auch meridiani seien nicht bloß die von den Thierkämpfen in der Frühe übrig gebliebenen, sondern auch eine eigne Gattung von Fechtern; aber die dafür angeführte Inschrift Orelli 2587: L. ANNAEVS MER. VICIT CIV SECVNDAS TVLIT etc. bezieht sich nicht auf einen Gladiator, sondern auf einen Wagenlenker. Manicarii in dem colleg. Silvani Orelli 2566 sind nicht Gladiatoren, sondern Arbeiter von Panzerärmeln, was um so weniger auffallen kann, als auch ein unctor Mitglied dieses Collegiums war. Was scissores sind (nur Mommsen I. R. N. 737) ist unbekannt, die Vermuthung von Fabretti Inscr. ant. p. 65 (qui cadavera ictibus dissipabant, ne quis simulata morte deluderet) äußerst unwahrscheinlich.

Gladiatoren konnten sich auch auf mehr als eine Kampfart verstehen. Boissieu inscr. de Lyon p. 469 = Murat. 613, 3: DYMACHAERO SIVE ASSIDARIO P. VII RV(di)I. Martial. V 25, 11:

Hermes belligera superbus hasta,
Hermes aequoreo minax tridente,
Hermes casside languida timendus.

Die dritte Gattung ist nicht mit Sicherheit zu bestimmen, außerdem war Hermes retiarius und veles, oder vielleicht provocator.

Thierkämpfer. Zu diesen sind wol die Sagittarii Mommsen I. R. N. 737 zu rechnen (vgl. S. 231, 9). Außerdem kennen wir taurocentae und taurarii ib. 2378; dieselbe Inschrift nennt succursores und pontarii (vielmehr contarii von κοντός, vgl. κοντροκυνηγέσιον C. I. G. 3422). Succursores vermuthlich wie successores (ein successor Augusti I. R. N. 4785) scheinen Leute gewesen zu sein, die den Stier reizten und dann flohen (Henzen M. Borgh. p. 151). Auf Monumenten wird man die schlecht oder gar nicht gerüsteten Thierkämpfer für bestiarii, die gut gerüsteten für venatores halten dürfen (vgl. S. 219, 4). Die erstern erscheinen gewöhnlich in der bloßen Tunika, zuweilen ein Stück Zeug um den linken Arm, auch Binden um die Beine (dies z. B. Bull. Nap. IV tav. I), ohne Helm, Schild und Panzer, ihre Waffen sind ein Spieß (auf dem Mus. Borgh. mit einer Hakenspitze), zuweilen ein Schwert. Gut gerüstete Jäger sieht man bei Bartoli Pitt. antiche II 27 f., besonders auf dem Relief Torlonia (S. 200, 2), auf welchem Henzen (Mus. Borgh. p. 117, vgl. Ann. d. I. 1842 p. 15) eine parthische Rüstung mit um so mehr Recht erkannt hat, als die Parther Meister im Erlegen der Thiere durch Pfeilschüsse waren (vgl. S. 231): Tiridates zeigte sich darin Dio LXIII 3, Commodus ließ sich im Bogenschießen von Parthern, im Lanzenwerfen von Mauren unterrichten Herodian. I 15. Ein berittener Jäger, der einen fliehenden, bereits von einem Spieß getroffenen Hirsch verfolgt bei Garrucci graff. pl. XIV 5 (vgl. p. 74).

2. Ueber die bei den römischen Venationen verwendeten Thiere.

Von den mir bekannten Behandlungen dieses Gegenstandes ist (trotz einzelner Irrthümer) die vollständigste, am besten geordnete und belehrendste die Schrift von Mongez, Mémoire sur les animaux promenés ou tués dans les cirques in den Mémoires de l'Institut T. X (1833) p. 360—460. Ich habe in der folgenden Uebersicht soviel als möglich die chronologische Ordnung beobachtet, und die Thiere in der Reihenfolge behandelt, in der sie in Rom bekannt geworden sind oder doch von den alten Schriftstellern erwähnt werden. Von selbst ergeben sich dabei drei Perioden.

a. Von Einführung der Thierhetzen bis auf die Spiele des Scaurus 186 – 58 v. Chr.

Die Elephanten lernten die Römer zuerst in dem Kriege gegen Pyrrhus in Lucanien kennen, daher das Volk sie „Lucanische Ochsen“ nannte; M.' Curius Dentatus führte sie im J. 479 = 275 bei seinem Triumphe in Rom auf. Seneca br. v. 13, 3. L. Cäcilius Metellus, der Besieger der Karthager, der 504 = 250 triumphirte, ließ 120 (oder 140 oder 142) Elephanten in den Cirkus führen, die nach Verrius getödtet wurden, nach andern Berichterstattern nicht. Plin. H. N. VIII 16 sq. Seneca brev. vit. 13, 8. Eine Münze der gens Caecilia (Ursini fam. Rom. p. 37) zeigt zur Erinnerung an diesen Triumph einen Elephanten mit einer Glocke um den Hals. Kämpfen ließ man sie in Rom zuerst 655 = 99, und 675 = 79 gegen Stiere (Plin. ib. Gran. Licinian. l. XXXVI). Pompejus, der zuerst auf einem mit Elephanten bespannten Wagen gefahren war (bei seinem afrikanischen Triumph 673 = 81. Plin. ib. VIII 4), ließ sie auch (bei der Einweihung seines Theaters 699 = 55) zuerst mit Menschen kämpfen, und zwar nach einigen 20, nach andern 17 oder 18. (Seneca ib. Plin. ib. Dio XXXIX 38. Cic. ad Fam. 7, 1. vgl. S. 230, 9).

In der Kaiserzeit, wo sie hauptsächlich zum Ziehen von kaiserlichen, Triumph- und Processionswagen verwendet wurden, begnügte man sich meistens, sie im Cirkus Kunststücke machen zu lassen, für Thierhetzen wurden sie nur selten Preis gegeben. Selbst bei der Einweihung des Flavischen Amphitheaters kämpften nur vier Dio LXVI 25; einer (gegen ein Nashorn) 5 n. Chr. Dio LV 27; einer (mit einem Stier) lib. spect. 17; Commodus tödtete zwei Dio LXXII 10; einer 202 getödtet Dio LXXVI 1; einer 212 Dio LXXVII 6, einer 218 Dio LXXIX 9. Auf Münzen des Titus, Antoninus Pius, Commodus, Severus aus den Jahren 80, 149, 183, 197 erscheint der Elephant mit einem gitterartigen Panzer bekleidet Eckhel D. N. VII 19.

Afrikanische Bestien (Africanae, θηρία Λιβυκά, d. h. verschiedene Arten der Gattung felis, besonders gefleckte, namentlich Panther und Leoparden Mongez a. a. O. p. 379 f.; aber gewiß auch Hyänen, denn nur so erklärt es sich, daß diese nur ein Mal — Gordian. III c. 33 belbi id est hyaenae decem — erwähnt sind, wie auch

Panther und Leoparden nicht oft ausdrücklich genannt werden) sah man zu Rom schon bei der ersten Thierhetze 568 = 186 Liv. XXXIX 22, dann in einer zweiten 585 = 169 (63 Stück) Liv. XLIV 18. Von einem alten Senatsbeschluß, der ihre Einführung verbot, wurde durch den Tribunen Cn. Aufidius (nach Pigh. Ann. III p. 106 wahrscheinlich 614 = 140) eine Ausnahme gemacht. Scaurus gab in seiner Aedilität 150, alle gefleckt; Pompejus 410; P. Servilius als Prätor 729 = 25 300 (Dio LIII 27); August 420 (Plin. H. N. VIII 64), nach Dio bei Einweihung des Marcellustheaters (741 = 13) sogar 600 auf einmal (Dio LIV 26), im Ganzen während seiner Regierung etwa 3500 (Mon. Ancyr.); Caligula zur Einweihung des Tempels des August 37 n. Chr. 400 (Dio LIX 7); Claudius 41 n. Chr. 300 (Dio LX 7). Von den außereuropäischen Thieren waren diese bei den Venationen am häufigsten, auch in Municipien (in Verona Plin. epp. VI 34. Allifä I. R. N. 4768. Amiternum 5789).

Auch Löwen wurden schon bei der ersten Thierhetze von M. Fulvius gezeigt Liv. l. l., doch vermuthlich nur gezeigt; einen Kampf von mehreren Löwen gab erst Q. Scävola (cos. 659 = 95) als Aedil; auch diese waren wahrscheinlich angebunden; losgelassen wurden sie zuerst im Cirkus von Sulla bei einem Schauspiel, das er als Prätor gab, zu ihrer Bekämpfung hatte er vom König Bocchus Speerwerfer kommen lassen. Plin. H. N. VIII 53. Sen. brev. vit. 13, 6. Nach Plinius waren dies hundert gemähnte Löwen (jubati), die auch sonst (z. B. vit. Prob. c. 19) von den andern unterschieden werden; Mongez p. 390 f. vermuthet, daß nur die letztern wirkliche Löwen, unter der andern Gattung der Gepard (chasseur des Indes, felis jubata Linn.) zu verstehen sei. Pompejus gab im Cirkus 600, darunter 325 gemähnte (nach Dio XXXIX 38. Plutarch. Pompej. c. 52 nur 500), Cäsar 400 Plin. ib., August zur Einweihung des Tempels des Mars Ultor im J. 2 v. Chr. 200 Dio LV 10, Germanicus im J. 12 200 Dio LVI 27, Nero im J. 56 300 Dio LXI 9. Hadrian soll häufig 100 Löwen im Cirkus gegeben haben vit. c. 18, im J. 118 an seinem Geburtstag 100 Löwen und 100 Löwinnen Dio LXIX 8. Hundert Löwen auf ein Mal gab auch Antoninus Pius wahrscheinlich 149 (vit. c. 10), desgleichen Marc Aurel Eutrop. VIII 14 (vgl. Euseb. chron. 181). Commodus soll so viel bei einem einzigen Schauspiel erlegt haben Herodian. I 15. Ammian. Marcell. XXXI 10, 19. Probus ließ 100 gemähnte Löwen, deren

Gebrüll dem Donner ähnlich war, im Amphitheater erlegen, desgleichen 100 Löwinnen u. s. w. vit. Prob. c. 19.

Strauße wurden ebenfalls schon bei den ersten Venationen im Circus gezeigt. Plaut. Pers. II 2, 17: Vola curriculo. — Istuc marinus passer per circum solet. Commodus erlegte sie im Lauf mit halbmondförmigen Pfeilen Herodian. I 15, 5. vgl. Dio LXXII 20. Der erste Gordian gab als Aedil bei seinem sechsten Schauspiel unter andern 300 rothgefärbte maurische Strauße. Gordian. l. c. 3. Man sah sie auch in Municipien, wie in Cumä I. R. N. 2569. — Außerdem sind abgerichtete Kraniche die einzigen Vögel, die bei Venationen erwähnt werden Dio LXVI 25. Doch wurden Papageien und andre seltene Vögel zu Ausstellungen, wahrscheinlich auch zum Schmuck des Forums bei Schauspielen verwendet. Varro R. R. III 9, 7: gallinae rusticae — in ornatibus publicis poni solent cum psittacis ac merulis albis, item aliis id genus rebus inusitatis.

Dies waren, soviel wir wissen, die einzigen außereuropäischen Thiere, die vor der Aedilität des Scaurus bei Thierhetzen vorkamen; von europäischen werden folgende erwähnt.

Bären. Aus Lukanien Varro L. L. VI ed. Bip. p. 89. lib. spect. 8. Galen. de alimentor. facultatibus 3, 2. ed. Kuehn VI 666: ἐν Λευκανίᾳ δὲ τῆς Ἰταλίας τὸ μεταξύ πως ἄρκτου τε καὶ συός (?). Aus Apulien Symmach. Epp. X 13 u. 15. Aus Dalmatien Id. ib. X 20. Hundert numidische Bären gab zuerst L. Domitius Ahenobarbus als curulischer Aedil 693 = 61. An dem durch zahlreiche Stellen der Alten bezeugten Vorkommen von Bären in Numidien (Plin. VIII 131. Martial. I 104, 5. Juv. IV 99. Dio LIII 27 u. s. w.) scheint Cuvier nicht gezweifelt zu haben: Mongez a. a. O. S. 396. Schon 585 = 169 wurden 40 Bären gegeben Liv. XLIV 18; später öfter ebensoviel als afrikanische Bestien oder noch mehr. So gab P. Servilius als Prätor 729 = 25 300 Bären Dio LIII 27, Caligula 400 Dio LIX 7, Nero 400 Dio LXI 9, Commodus erlegte 100 Dio LXXII 18, Gordian der Erste gab an einem Tage 1000 neben 100 afrikanischen Thieren vit. Gordian. c. 3, Probus 300 vit. Prob. c. 19.

Stiere werden sehr häufig genannt, wie bereits 79 v. Chr. im Kampf mit Elephanten (so öfter z. B. lib. spect. 17), später besonders mit Menschen. Varro R. R. III 5, 3: ostium habere (ornithona oportel) humile et angustum et potissimum ejus generis quod cochleam appellant, ut solet esse in cavea in qua tauri pugnare solent. Zahlen werden gewöhnlich nicht angegeben, offenbar weil sie zu gemein waren. Theodosius soll Stierkämpfe in Rom verboten haben Prudent. adv. Symmach. II 1122.

Eber. Bei den Decennalien Sever's 202 mußten 60 Eber mit einander kämpfen Dio LXXVI 1; 150 Eber Gordiani tres c. 3; 1000 vit. Probi c. 19.

Wild und zahme Thiere verschiedener Art, die unter dem Gesammtnamen animalia herbatica Vit. Prob. c. 19 begriffen werden. (Bull. d. I. 1859 p. 51 [Rusicade]: venat. varii gen. dentatar. ferar. et [man]suet. item herbat.) Dasselbe bedeutet herbani (Mommsen I. R. N. 4063; vgl. Henzen Ann. d. I. XXV 118). herbariae (Muratori 654, 1 [Panormus] ... genere herbariarum et numerosas orientalis; pp. herbariarum Henzen 6177). Varro R. R. III 13 beschreibt den Wildpark des Q. Hortensius auf dessen Laurentischer Villa, wo auf ein Hornsignal tanta circumfluxit nos cervorum aprorum et ceterorum quadrupedum multitudo, ut non minus formosum mihi visum sit spectaculum quam in circo maximo aedilium sine Africanis bestiis cum fiunt venationes. Plaut. Persa III 3, 30: citius extemplo a foro Fugiunt quam ex porta ludis quum emissust lepus. Ovid. Metam. XI 25. (structoque utrinque theatro Ut matutina cervus periturus harena.) Besonders wurden solche Thiere an den Floralien gehetzt Ovid. Fast. V 371 (imbelles capreae sollicitusque lepus).

Natürlich kamen sie auch in den Venationen der Kaiserzeit oft und massenhaft vor (cervi palmati ducenti mixtis Britannis Gordiani tres c. 3). In der spätesten Zeit scheinen, so wie in der frühesten, die Thierhetzen wieder hauptsächlich mit diesen leichter zu beschaffenden und ungefährlichen Thieren bestritten worden zu sein; wenigstens erscheinen sie besonders häufig auf Diptychen (so auch Millin voy. d. l. midi I p. 100 pl. XXIV 3 und Bull. d. I. 1851 p. 82 f.) und Kontorniaten (Morelli thes. vol. III P. 1. tab. 33, 19 [Vol. I p. 335]; vol. III p. II tab. 18, 17 [Vol. II 79]; andre Venationen ib. tab. 20 u. 49).

Alle diese europäischen Thiere waren auch bei den Spielen der Municipien häufig (Stiere und Eber z. B. in dem pompejanischen Relief Bull. Nap. IV tav. I).

b. Von den Spielen des Scaurus bis zur Einweihung des Marcellustheaters 58—11 v. Chr.

Aegyptische Thiere zeigte in Rom zuerst M. Aemilius Scaurus als curulischer Aedil bei seinen vielberufenen Schauspielen 696 = 58; er mag sie sich bei seinem Einfall in das Land der Nabatäer in Petra (Mommsen, Röm. Münzw. S. 627 A. 468) verschafft haben.

Der damals zuerst gezeigte Hippopotamus (Plin. H. N. VIII 96. Ammian. Marcell. XXII 15, 24) wurde wahrscheinlich zum ersten Mal getödtet bei der Feier des ägyptischen Triumphs des August 725 = 29 Dio LI 23. Mongez a. a. O. S. 428. Natürlich kam er auch in der Kaiserzeit selten vor. In den Schauspielen des Antoninus Pius (149) sollen mehrere gezeigt worden sein vit. c. 10, und Commodus nicht weniger als fünf erlegt Dio LXXII 10, Elagabal mehrere besessen haben (vit. c. 28). Einer befand sich in Rom unter dem dritten Gordian Gordian. tert. c. 33.

Auch das Krokodil zeigte Scaurus in Rom zuerst und zwar fünf Exemplare, wie den Hippopotamus, in einem eigens dazu gegrabenen Wasserbehälter Plin. l. l. August ließ bei der Einweihungsfeier des Tempels des Mars Ultor 752 = 2 in den Flaminischen Cirkus Wasser leiten und 36 Krokodile erlegen Dio LV 10. Strabo XVII 1, 44 p. 815 C. scheint ein andres Schauspiel zu beschreiben. Neben dem Wasserbehälter befand sich ein Gerüst, auf dem die Krokodile sich sonnen konnten; Tentyriten zogen sie mit Netzen herauf und wieder ins Wasser hinab, indem sie ohne Schaden zu nehmen sich unter die Thiere mischten. Krokodile gab auch Antoninus Pius (vit. c. 10); eins besaß Elagabal vit. c. 28; Symmachus wollte in seinen Schauspielen mehrere geben, die jedoch sämmtlich starben Epp. VI 43. IX 132.

Bei den Spielen des Pompejus 699 = 55 sah man in Rom das erste Rhinoceros Plin. H. N. VIII 71. Gehört hatte davon schon Lucil. sat. 3, 21 (dente adverso eminulo hic est, rhinoceros velut Aethiops). August ließ zuerst ein Rhinoceros 725 = 29 tödten Dio LI 23, nachdem er es in den Septen gezeigt hatte Sueton. Aug. c. 43. Mit einem Elephanten kämpfte ein Rhinoceros 759 Dio LV 27. Strabo konnte es aus Autopsie beschreiben (p. 775 init.). Plinius sagt, das einhörnige sei öfter gesehen worden l. l. Das zweihörnige gab vielleicht zuerst Domitian lib. spect. 22; es ist auf seinen Münzen verewigt

Eckhel VI 393. Dies sah zu Rom auch Pausanias, man nannte es den äthiopischen Stier Paus. IX 21, 2. Commodus soll mehrere Rhinocerosse getödtet haben Dio LXXII 10; auch Caracalla ließ eins tödten id. LXXVII 6, eins besaß Elagabal vit. c. 28. Eins wurde bei den Säcularspielen Philipp's gezeigt Gordian. tert. c. 33. Bei den Spielen des Pompejus sah man auch zuerst den Chama aus Gallien, gallisch rufius, von der Gestalt des Wolfs mit den Flecken der Parder Plin. VIII 70, den die Römer auch lupus cervarius nannten id. VIII 84; es ist der Luchs (loup-cervier der Franzosen), der gegenwärtig in Frankreich ausgestorben ist. Vgl. Mongez p. 401, welcher aus Thevet Cosmographie du Levant Folgendes anführt: Les loups-cerviers sont trop plus cruelz que ceux dont nous avons maintenant parlé, et de cette espèce on en vit un en France, n'y ha pas long temps; lequel sortant de la forest d'Orleans, au pays de Berry, l'an 1548, devora plusieurs personnes. Wahrscheinlich hatte Pompejus dies Thier von Cäsar aus Gallien erhalten.

Endlich sah man bei diesen Spielen zum ersten und wie es scheint einzigen Mal den äthiopischen Cepus Plin. VIII 70, eine geschwänzte Affenart Aristot. hist. anim. II 8 sq., nach Mongez p. 402—404 zu der Gattung des singes-macaques habitans de la Guinée et de l'intérieur de l'Afrique gehörig.

Die Giraffe zeigte zuerst Cäsar bei den Triumphalspielen 708 = 46 Dio XLIII 23, Plin. H. N. VIII 69; von dieser reden Varro l. l. V 20 (Alexandrea camelopardalis nuper adducta), Horat. Epp. II 1, 194. Plinius sagt, daß das Thier, das die Römer und Griechen camelopardalis, auch wildes Schaf (ovis fera — wol ein volksthümlicher Name) nannten, bei den Aethiopen Nabun heiße. (Vgl. Brandt Bull. de l'ac. imp. de St. Pétersbourg 1860 T. I p. 353: Ist der Nabus des Plinius identisch mit seiner camelopardalis?) Der arabische Name ist zerrafa, neugriech. ζοράφις, bei Albert. Magn. seraph: Mongez p. 413 u. p. 418, der p. 411—422 die vollständigste mir bekannte Zusammenstellung der Nachrichten über die Giraffe aus dem Alterthum (vgl. auch Jahn, Columbar. der Villa Pamfili S. 45 f.) und der neuern Zeit gegeben hat. Der erste, der sie seit der Augusteischen Zeit als Augenzeuge beschreibt, ist Pausanias, der sie in Rom sah und indisches Kameel nennt Paus. IX 21, 3; dann sah sie in Rom Florentinus Geopon. XVI 22, der unter Macrinus gelebt haben soll, und Dio LXXII 10, der eine von Commodus erlegen sah. Zehn befanden sich zu Rom unter dem dritten Gordian, die bei den Säcularspielen Philipp's 247 vorgeführt wurden (Gordian. tert. c. 33); einige auch bei dem Triumph Aurelian's über Zenobia 278 (Aurelian. c. 33). Im Mittelalter sah und beschreibt Albertus Magnus eine Giraffe, die ein Sultan von Aegypten an Kaiser Friedrich den Zweiten gesendet hatte, dann Antonio Costanzio 1486 eine im Besitz von Lorenzo Medici befindliche, ebenfalls von einem ägyptischen Sultan gesendete (Politiani Miscell. c. III. Burckhardt, Cultur der Renaissance S. 282, 2. Mongez S. 417 ff.). Seit 1486 ist (mit Ausnahme von Constantinopel) in Europa keine Giraffe gesehen worden, bis 1827 eine von Alexandria nach Frankreich gebracht wurde (Mongez p. 420—422). — Abbildungen der Giraffe aus dem Alterthum bei Jahn a. a. O. Taf. I 1 und Bull. d. I. 1858 p. 125 (Sarkophag mit dem indischen Triumph des Bacchus); vgl. p. 173.

c. Von der Einweihung des Marcellustheaters 11 v. Chr. bis auf die letzte Zeit.

Erst unter August sah man zu Rom den Tiger. Noch Varro hatte die Möglichkeit geläugnet, ihn lebendig zu fangen L. l. V 20, obwohl schon König Seleukus den Athenern einen zum Geschenk gesendet hatte, den Philemon und Alexis bei Athen. XIII p. 590 erwähnen. Vgl. Ausland 1860 S. 833 (der Tiger im Alterthum). Nach Dio LIV 9 empfing August die ersten durch eine indische Gesandtschaft, die ihn auf der Insel Samos traf, im J. 735 = 19; nach Plin. H. N. VIII 65 zeigte er zu Rom den ersten am 4. Mai 743 = 11 bei der Einweihung des Marcellustheaters gezähmt in einem Käfig; Claudius vier. Ein gezähmter Tiger auch lib. sp. 18. Domitian gab eine größere Anzahl von Tigern (wahrscheinlich bei den zur Feier des Sarmatischen Triumphs gegebenen Schauspielen, im Anfang des J. 94; Martial. VIII 26, vgl. de temporib. libror. Martialis p. 11); desgleichen Antoninus Pius vit. c. 10. Bei der Hochzeit des Elagabal (der angeblich sogar mit Gespannen von Hirschen, Löwen und Tigern als Bacchus gekleidet fuhr vit. c. 28) sollen (218) 51 getödtet sein Dio LXXIX 9. Gordian der Dritte besaß zehn (Gord. tert. c. 33), Aurelian vier (Aurel. c. 33).

Außer diesen Thieren werden bei den Venationen der Kaiserzeit oder sonst als in Rom gezeigt, folgende erwähnt:

Bei den Schauspielen Domitian's: der bubalus (eine Antilopenart, vgl. Jahn a. a. O. S. 49, 11) und bison der Auerochs lib. spect. 23, 5. Mongez p. 433 f. (der letztere auch bei den Spielen des Sever im J. 202 Dio LXXVI und Calpurn. Ecl. III 61 sqq. genau beschrieben Mongez p. 450). Pausanias nennt sie päonische Stiere und beschreibt ihre Jagd ausführlich X 13, 2; er hatte sie zu Rom gesehen IX 21, 3. Ferner die damma lib. spect. 30, nach Cuvier eine afrikanische Antilope, die nanguer genannt wird Mongez p. 434. Vgl. Martial. XIII 94. Später werden sie öfter erwähnt (Gordiani tres c. 3 200, Prob. c. 19 2000 dammae). Der oryx (matutinarum non ultima praeda ferarum, saevus oryx Mart. XIII 95) ein einhörniges (Plin. H. N. XI 255) Thier aus den afrikanischen Wüsten (X 201). Auch den onager (Cic. ad Att. VI 1, 25) nennt Martial. XIII 100 als bei Venationen vorkommend. Dies Thier hielt man sonst für das Zebra, so auch Gibbon history ch. XX Not. 87. Doch Mongez p. 443—446 weist diese Ansicht mit Recht zurück, nicht bloß weil die Alten die Zähmung des onager erwähnen, während die des Zebra nie gelungen ist, sondern auch weil es wunderbar wäre, daß die Alten bei der Beschreibung die so charakteristischen Streifen des Zebra unerwähnt gelassen hätten. Das Zebra beschreibt zuerst Philostorg. hist. eccles. III 11 unter dem Namen ὄνος ἄγριος. Den onager der Römer hielt Cuvier für das Dschiggetai (equus hemionus Pallas), andre für den Wildesel. Er wird später öfter genannt, so Dio LXXVI 1; Gordiani tres c. 3 (30). Gordianus III c. 33 (XX onagri, L equi feri).

Bei den mehr erwähnten Schauspielen des Antoninus Pius, bei welchen „Thiere aus der ganzen Welt" (vit. c. 10) zu sehen waren, werden von bisher nicht erwähnten genannt der strepsiceros (eine afrikanische Antilopenart Mongez p. 439) und die crocuta. Dies letztere Thier, welches Dio LXXVI 1 bei den Spielen Sever's im J. 202 unter dem Namen κοροκόττας beschreibt und das seiner Meinung nach damals zuerst gesehen wurde, hat man für eine Hyäne gehalten Mongez p. 436. Nach den Münzen bei Eckhel D. N. VII 19, die zum ersten Mal die Inschrift Munificentia mit Bezug auf Venationen, auf der Rückseite einen schreitenden Löwen oder gepanzerten Elephanten haben, fanden diese Schauspiele des Antoninus im J. 149 Statt.

Pausanias sah außer den bereits erwähnten Thieren weiße Hirsche VIII 17, 3 und die gallische alces (ἄλκη IX 21, 3) „ein Mittelding zwischen Hirsch und Kameel", das Elenthier. Zehn Elenthiere hatte der erste, eben so viel der dritte Gordian; auch Aurelian besaß deren (Gordiani tres c. 2. Gordianus III c. 33. Aurelian. c. 33). Henzen glaubt dies Thier (raram silvis etiam quibus editur alcen Calpurn. ecl. VII 58) auf einem Diptychon (Mon. d. Inst. V 51) zu erkennen (Ann. d. Inst. XXV p. 118).

Was unter dem von Dio LXXVII 6 erwähnten, bei den Spielen des Caracalla erlegten hippotigris zu verstehen sei, ist unbekannt; wäre so vielleicht das Zebra als ein die Eigenschaften des Pferdes und Tigers vereinigendes Thier genannt worden, wie die Giraffe camelopardalis?

Bei den Spielen des ersten Gordian werden außer den bereits erwähnten Thieren genannt: oves ferae C. tauri Cypriaci C. ibices CC. Oves ferae (hier natürlich nicht Giraffen) sind vielleicht Thiere von der Gattung, die Columella R. R. VII 2, 4 erwähnt: nam cum in municipium Gaditanum ex vicino Africae miri coloris silvestres feri arietes sicut aliae bestiae munerariis adportarentur u. s. w. Die ibices nennt Plin. H. N. VIII 214 caprarum genus. Ibices und oves ferae Prob. c. 19.

Bei den von Calpurn. Eclog. III 57 sqq. beschriebenen Schauspielen kommen folgende noch nicht erwähnte Thiere vor: der weiße Hase (lepus variabilis Pall.), der gehörnte Eber (wahrscheinlich der Babirussa) und die Phoka (vgl. auch Aegae in Cilicien im Verzeichniß der Amphitheater) Mongez p. 448—453.

Symmachus ließ zu seinen Spielen addaces (eine Gazellenart) und pygargos (vielleicht capra aegagrus Pall.) kommen Epp. IX 125. Mongez 456 f.; ferner Hunde aus Schottland Epp. II 77, die schon in Strabo's Zeit ausgeführt wurden Strabo IV 5, 2 p. 199 (britannische Hunde Grat. Falisc. Cyneg. 174. Nemesian. Cyneg. 124).

Schlangen kommen bei Venationen nie vor, und wurden wol nur zur Schau ausgestellt. Vgl. über solche Ausstellungen Bd. I S. 35 ff.

3. Verzeichniß der in Italien und den Provinzen nachweisbaren Amphitheater.

Eine möglichst vollständige Kenntniß der sämmtlichen im ganzen römischen Reich mit hinlänglicher Sicherheit nachzuweisenden Amphitheater würde die Verbreitung der Fechterspiele und Thierhetzen am besten zur Anschauung bringen. Dabei darf natürlich nicht vergessen werden, daß steinerne Amphitheater, von denen allein sich Ueberreste bis in die neuern Zeiten erhalten konnten, nur da erbaut worden sind, wo solche Schauspiele regelmäßig und mit großer Ausrüstung gegeben wurden, daß folglich der Mangel von Amphitheatern noch keineswegs auf den Mangel von amphitheatralischen Schauspielen schließen läßt; vgl. das S. 252 über Griechenland Gesagte.

Nun kann aber jeder Versuch, eine Uebersicht der nachweisbaren Amphitheater zu geben, nur ein sehr unvollkommenes Resultat liefern. Die Angaben begründen sich entweder auf Ueberlieferung oder auf vorhandene Ueberbleibsel: in beiden Fällen ist die Gefahr zu irren augenscheinlich. Die Nachrichten sind zuweilen zweideutig und unzuverlässig, wie namentlich in den (überdies zum Theil apokryphischen) Acta martyrum und Acta sanctorum (Maffei degli anfiteatri ed. 2 p. 90). Ein angebliches Amphitheater zu Perugia z. B., von dem dortige Schriftsteller sprechen, scheint ausschließlich auf apokryphischen Akten des h. Herculanus zu beruhen (Vermiglioli Iscriz. Perugine p. 254—259). Die Angabe des Anonym. Vales. (Ammian. Marc. ed. Wagner-Erfurdt p. 623, 71), daß Theoderich in Pavia ein Amphitheater gebaut habe, verwirft Maffei (a. a. O.), weil ein solcher Bau in jener Zeit, so lange nach Aufhebung der Gladiatorenspiele undenkbar sei; und allerdings erscheint die Angabe sehr auffallend, obwohl man die Möglichkeit bei der Fortdauer der Venationen, zu denen die Amphitheater damals besonders dienten, schwerlich läugnen kann, besonders da Theoderich auch in Rom viel für Schauspiele that (ib. 260, 60).

Besonders mißlich ist es, die Existenz von Amphitheatern **allein** aus dem Vorkommen von Namen zu folgern, mit denen sie im Mittelalter bezeichnet wurden. Der häufigste derselben ist Arena. Du Cange s. v.: Meminit — Chronicon Episcoporum Petracoricensium Arenarum Petracoricensium sub anno 1157: sub hoc Boso comes Petracoricensis super locum Arenarum Petracoricensium excelsam turrem exaedificavit.

— In Consuetud. Bituric. tit. II art. 20 fit mentio de la fosse des Arènes de Bourges. Unde conficitur amphitheatrum olim ibi exstitisse. Arenas Remenses commemorat Marlotus in metropoli Remensi lib. I cap. 5; Parisienses ante S. Victorem Charta anni 1284 in Hist. academiae Parisiensis tom. 3. pag. 238. Dagegen bemerkt mit Recht Maffei a. a. O. p. 76, daß in jenen Jahrhunderten nè si sapea che fosse anfiteatro nè si usavano si fatti nomi nel suo vero e antico significato. Daß es namentlich zu Paris ein Amphitheater gab, wird man ebensowenig aus jener angeführten Erwähnung allein folgern wollen, als daraus, daß ein Ort unweit des palais des Thermes auf dem linken Seineufer den Namen Clos des Arènes führte, wo Caylus Rec. des antiq. II p. 376 ein Amphitheater annahm und auf dem Plan der Stadt pl. CVIII verzeichnete. Auch die Existenz eines Amphitheaters zu Aquileja ist von Bertoli antich. d'Aquileja p. 254 allein aus der öftern Erwähnung einer torre d'Arena in alten Schriften der Stadt gefolgert worden. In Neapel wird sogar nach Giov. Garrucci sull' origine e sulla costruzione dell' anf. di Catania, ein vico dell' anfiteatro, eine platea amphitheatri in der regio Thermensis erwähnt, ohne daß sich wirklich ein Amphitheater nachweisen läßt.

Der Name Colosseum ist ebenfalls, wenigstens in Italien hie und da, auch außerhalb Roms von Amphitheatern gebraucht worden. Am bekanntesten ist dies von dem Capuanischen, das der Benediktinermönch Erchempert, der im neunten Jahrhundert in Capua seine Longobardische Geschichte schrieb, Colossus nennt. Schon Mazzocchi und Maffei (a. a. O. p. 31) hatten hieraus mit Recht geschlossen, daß auch das Flavische Amphitheater seinen Namen nicht von dem Koloß des Nero, sondern von seiner Größe erhalten habe. Außerdem braucht auch Benv. Cellini den Namen von dem Amphitheater zu Florenz (vita cap. I. Goethe Bd. 28 S. 6): trovasi scritto nelle cronache da' nostri Fiorentini molto antichi ed uomini di fede, che la città di Firenze fu fatta ad imitazione della città di Roma, e ciò si vede di alcune vestigie del Colosseo e delle Terme. Promis (memorie della città di Luni p. 225) sagt, daß das dortige Amphitheater von den Landleuten colosseo genannt werde, nome propagatosi da quello celebre di Roma, e frequente sopra tutto nella Italia inferiore; ich lasse dahingestellt, ob dies erst in neuerer Zeit geschehen ist.

Noch ein dritter an einigen Orten Italiens üblicher Name verdient

Erwähnung. Erchempert nennt das Amphitheater von Capua auch Berelais, Berelasis, Berolassi, Namen, die nach der Meinung italienischer Gelehrter arabischen Ursprungs sein und aus der Zeit herrühren sollen, wo diese Gegend von den Saracenen besetzt war (Rucca Capua vetere). Wie mich mein College Nesselmann belehrt, könnte die angenommene Grundform bir-al-as allenfalls bedeuten: Cisterne der Stärke oder starke Cisterne, und es wäre denkbar, daß die Amphitheater den Arabern den Eindruck ungeheurer runder ummauerter Cisternen gemacht hätten. Mein früherer Kollege J. Zacher ist jedoch der Meinung, daß das Wort berolais (eigentlich bero-lâz) lombardisch und von ber und lâzan abzuleiten sei, was nach der Analogie von stole-saz, scult-haiz, mare-paiz zwar eine Person bedeuten würde, aber wol auch einen Ort, eigentlich ein „Bärengelaß" bedeuten könnte. Welchen Ursprungs nun auch jener Name sein möge, er findet sich in der jetzt üblichen Form Verlasci nicht bloß zu Capua, sondern auch in Venafrum; die Ueberbleibsel eines Amphitheaters sind dort nel così detto Vorlascio (Cotugno memorie storiche di Venafro p. 264 ff.); sodann in Arezzo und Florenz, an beiden Orten ist mit der Zeit Parlagio daraus geworden.

Es ist nicht ohne Interesse, diese Veränderungen zu verfolgen, und einige Mittheilungen aus der Schrift von Dom. Maria Manni Notizie istoriche intorno al Parlagio ovvero anfiteatro di Firenze, Bologna 1746. 4, die ich in Otto Jahn's Bibliothek gefunden habe, dürften um so eher willkommen sein, als diese Schrift wol in Deutschland sehr selten ist. Die Reste desselben Amphitheaters, das B. Cellini Colosseum nennt, heißen in Urkunden des elften, zwölften, dreizehnten und vierzehnten Jahrhunderts Perilasium, Perlasium, Perlagium, Perlascio, Pierlascio, Piarlagio, Piarlasgio. Daneben kommt in einer Urkunde von 1071 Peribasium vor, vielleicht ein Schreibfehler, vielleicht ein gelehrter Erklärungsversuch, auch Manni hält dies für die ursprüngliche und richtige Form (p. 18). Auffallend ist die Abweichung Pratolascio in zwei Pergamenten von 1085 und 1086. Das unverständliche Wort verwandelte sich sehr natürlich in das scheinbar verständliche Parlagio; sobald diese Umwandlung erfolgt war, schien auch die Herkunft von parlare unzweifelhaft und das Gebäude galt fortan als ein zu Volksberathungen bestimmtes. Schon Villani erzählt von seiner Erbauung durch Julius Cäsar (Storie I cap. 33): Comandò a' suoi, che dovessero andare nella villa di Camarti presso il fiume d'Arno; ed ivi edificassero Parlatorio per poter in quello fare suo parlamento e per una sua memoria lasciarlo. Questo edificio in nostro volgare avemo chiamato Parlagio. Fu fatto tondo e in volte molto maravigliose e con piazza in mezzo; e poi si cominciavano gradi da sedere tutto al torno, e poi di grado in grado sopra volte andavano allargandosi infino alla fine dell' altezza, ch'era alto più di 60 braccia, e avea due porte, ed in questo si ragunava il popolo a far parlamento. E di grado in grado sedeano le genti, al di sopra i più nobili, e poi digradando secondo la dignità delle genti; ed era per modo che tutti quelli del parlamento si vedean l'un l'altro in viso; ed udivasi chiaramente per tutti ciò che uno parlava, e capeavi ad agio infinita moltitudine di gente e' 'l diritto nome era Parlatorio. Dieser Glaube erhielt sich bis ins sechszehnte Jahrhundert; das Wörterbuch der Crusca hat Parlagio dove si tenea Parlamento. Du Cange: Parlatorium appellant in Italia et Lombardia praesertim locum seu cameram ubi de rebus seriis civitatis cujuspiam disceptatur, wobei Villani citirt wird. Der erste florentinische Schriftsteller, der die Bedeutung des Gebäudes erkannte, war Borghini (1578). Auch das Amphitheater von Arezzo heißt in einer aretinischen Chronik des 14. Jahrhunderts i Parlagi und noch Guazzesi (Supplemento alla dissertazione intorno agli anfiteatri degli antichi Toscani p. LXXV) leitet den Namen von der Bestimmung zu Versammlungen her. Der Name findet sich aber auch in Pisa. Guazzesi p. LXXXV: Ed in Pisa la Porta a Lucca si chiamava la Porta del Parlascio per esservi stato ne' tempi antichi l'Anfiteatro, che serviva nel 800 di Xpto al popolo di Pisa per adunarvisi. In una cronaca manoscritta si legge che nel 1534 nel far le mura della città fu trovata non procul ab amphiteatro moles peregregia diruti balnei marmorei et ibi reperti tubi plumbei ad aquae ductum. Doch wird man bei dem gänzlichen Mangel an Nachrichten über die Gestalt dieser Ruine um so eher bedenklich, hier ein Amphitheater anzunehmen, da nach Manni p. 12 unter diesem Namen s'intendeva la gran Fabbrica delle Terme, secondo che scrive il canonico Giuseppe Martini (Theat. Basil. Pis. p. 5). Vielleicht war das Wort eine volksthümliche Bezeichnung für alle antiken Ruinen geworden, so wie nach P. S. Bartoli das Volk in Rom soleva chiamar Terme tutti i grandi edifizi, dalla grandezza delle Terme di Antonino e di Diocleziano (Fea Miscellanea I p. CCXLIX).

Auch die auf Baureste begründeten Angaben sind häufig irrig. Ein angebliches Amphitheater zu Doué in Poitou, das Lipsius hat abbilden lassen und beschrieben hat (de Amph. c. VI), war nach Montfaucon antiq. expliq. T. III p. 258 ein Ueberbleibsel eines alten französischen Königspalastes. Pignorius gab Plan und Ansichten eines Amphitheaters zu Padua auf Grund eines dortigen ovalen Platzes mit Resten einer Ringmauer, der Arena genannt wurde, aber nach Maffei a. a. O. p. 80 schienen die Ruinen nicht mehr als 4 oder 5 Jahrhunderte alt zu sein. Vollends bei unzweifelhaft antiken Ruinen hat die oberflächlichste Aehnlichkeit oft hingereicht, um ein Amphitheater anzunehmen: ogni apparenza di rotondità o di oval figura all' imaginazione d'alcuni ricorda anfiteatro, sagt Maffei p. 93. Man wird also alle derartige Angaben ohne nähere Begründung nur mit Vorsicht aufzunehmen haben, besonders wenn sie aus dem Mittelalter oder den ersten Jahrhunderten der neuern Zeit stammen. Nach Maffei p. 62 macht ein sonst zuverlässiger und einsichtiger Schriftsteller aus dem Ende des 16. Jahrhunderts, Onorio Belli von Vicenza, die unglaubliche Angabe, daß er auf Candia 7 Theater und 5 Amphitheater gesehen habe, aber nur zwei von den letztern beschreibt er. Bei manchen Ruinen dürfte die Entscheidung, ob sie von einem Amphitheater herrühren, überhaupt nicht möglich sein.

Wenn also auf der einen Seite von den Angaben über Amphitheater manche Abzüge gemacht werden müssen, so ist auf der andern Seite doch klar, daß wir nur von einem geringen Theil der im Alterthum vorhandnen Kenntniß haben können. Denn bei Weitem die meisten müssen während des Mittelalters spurlos verschwunden oder bis zur Unkenntlichkeit zerstört worden sein. Nur ausnahmsweise und durch ein Zusammentreffen besondrer Umstände sind von einer Anzahl mehr oder minder bedeutende Ruinen stehen geblieben, oder aus der Zeit vor ihrer gänzlichen Zerstörung eine Kunde auf uns gekommen. Dergleichen Nachrichten dürften in Schriften früherer Jahrhunderte, besonders in städtischen Urkunden, sodann in Länderbeschreibungen und Reiseberichten, vielleicht noch gar manche zu finden sein, und Kenner der Litteratur dieser Zeiten würden sich durch Mittheilung derselben um die Kunde des römischen Alterthums verdient machen. Auch dürften in abgelegnern Gegenden manche Amphitheater noch der Entdeckung harren.

Den ersten Versuch eines Verzeichnisses machte Lipsius in der Schrift de amphiteatris quae extra Romam, worin 15 Amphitheater aufgezählt werden, unter denen aber zwei, die erwähnte Ruine zu Doué und ein angebliches athenisches, apokryphisch waren. Montfaucon antiq. expliquée

III p. 258 nennt 18 außerhalb Rom, mit Ausnahme der Ruinen von Italica, sämmtlich in Italien und Frankreich. Gegen die leichtfertigen und unkritischen Angaben über Amphitheater trat durch Maffei's Werk degli anfiteatri (Verona illustrata ed. 2 Milano 1826 Vol. V) eine heilsame Reaktion ein, freilich ging Maffei in seiner Hyperkritik so sehr über alles Maß hinaus, daß er überhaupt nur drei Amphitheater (zu Rom, Capua und Verona) anerkannte, das zu Pola für ein Theater erklärte und das zu Nimes wenigstens in Zweifel zog. Clerisseau antiquités de la France (1804) p. 90—96 gibt ein Verzeichniß von 62 Amphitheatern, das aber wol sehr der Prüfung bedürftig ist; dasselbe gilt von den Angaben über die Amphitheater in Italien bei Promis memorie della città di Luni (1837) p. 225, 1, deren dort 55 als unzweifelhaft angenommen werden. Das neueste mir bekannte Verzeichniß sämmtlicher bekannten Amphitheater von Emil Hübner Iscrizioni esistenti sui sedili di teatri ed anfiteatri antichi p. 23 (Annali dell' Inst. 1856 p. 67) enthält 83 bis 85.

Ein vollständiges Verzeichniß kann nur das Resultat fortgesetzter Nachforschungen von mehreren sein, und das hier folgende würde seinen Zweck erfüllen, wenn es als Grundlage zu solchen Vervollständigungen dienen könnte: immerhin wird es genügen, um eine annähernde Vorstellung von der Menge der nachweisbaren Amphitheater zu geben. Einen großen Theil namentlich der über italienische Ruinen gegebenen Notizen verdanke ich der Benutzung der an bezüglichen Monographieen überaus reichen Bibliothek von Otto Jahn, einige den Mittheilungen des Architekten Herrn Rudolf Bergau, einige andre Herrn Dr. Otto Hirschfeld; die Angaben über die spanischen Amphitheater Herrn Professor Emil Hübner. Die mir zugänglichen Angaben von Messungen der Hauptdimensionen sind am Schlusse dieses Verzeichnisses übersichtlich zusammengestellt. Andre Notizen habe ich nur gelegentlich und wo sie von besonderem Interesse zu sein schienen, mitgetheilt, doch solche, die das Vorhandensein und den Grad der Erhaltung dieser Ruinen in frühern Zeiten konstatiren, in größerer Anzahl; weil es durch die Thatsache, daß so vieles erst in den letzten Jahrhunderten verschwunden ist, sehr wahrscheinlich wird, daß im römischen Reich noch viel mehr Amphitheater existirten, als sich gegenwärtig ermitteln lassen, und so auch manche schlecht verbürgte Nachrichten der Beachtung nicht ganz unwerth erscheinen.

Daß es vor dem J. 725 u. c., wo Statilius Taurus das erste

steinerne Amphitheater zu Rom baute, irgendwo sonst steinerne Amphitheater gegeben habe, ist bis jetzt nicht erwiesen. Daß namentlich die Amphitheater in Etrurien nicht, wie früher geglaubt wurde, von den Etruskern, sondern von den Römern erbaut sind, ist jetzt allgemein anerkannt; vgl. Garrucci Bull. Nap. I p. 145 ff. Allerdings hat Henzen das Amphitheater zu Pompeji den ersten Zeiten der Sullanischen Kolonisation beilegen wollen, wegen der alterthümlichen Buchstaben und Wortformen folgender Inschrift, die am Amphitheater zweimal wiederholt ist (C. I. L. 1247): C. QVINCTIVS. C. F. VALGVS | M. PORTIVS. M. F. DVO. VIR | QVINQ. COLONIAI. HONORIS | CAVSSA. SPECTACVLA. DE. SVA PEQ. FAC. COER. ET. COLONEIS | LOCVM. IN. PERPETVOM DEDER. (Henzen Ann. d. I. 1859 p. 211). Doch hat schon Garrucci (sull' epoca dell' anf. Pomp. Bull. Ital. 1862 p. 41) bemerkt, daß Formen, wie coerare (vgl. C. I. L. 1252) coloneis (vgl. über die Fortdauer dieser Dative unter August Ritschl ind. lect. Bonn. aest. 1864 p. IV) coloniai (Corssen Ausspr. I 180) auch nach der republikanischen Zeit vorkommen. Wenn Garrucci dagegen dies Amphitheater a. a. O. p. 43 ins Jahr 685 setzt, so beruht dies hauptsächlich auf der unbewiesenen Annahme, daß eine ebenfalls dort befindliche Inschrift A. D. IX K. QVI(ntiles) das Datum der Vollendung sei, der Quintilis aber seit 710 Julius hieß. Henzen's früher geäußerte Ansicht, daß Campanien schon zur Zeit der Republik Amphitheater gehabt habe (Atti della pontif. acad. di arch. XII p. 74 vgl. p. 88 not. 16) scheint ausschließlich auf der pompejanischen Inschrift zu beruhen. Die Inschrift des Amphitheaters zu Puteoli I. R. N. 2541 hat Garrucci (Sull' epoca e sui frammenti dell' iscriz. dell' anf. Puteol. Nap. 1851) so ergänzt: colonia Flavia Augusta Puteolana fecit pecunia sua, was Henzen billigt (Bull. dell' Inst. 1852 p. 93—95). Hiernach wäre also dies Amphitheater nicht vor der Zeit der Flavier erbaut. Für die Erbauungszeit des Capuanischen ergibt sich nichts aus der von Mazzocchi hergestellten Inschrift I. R. N. 3593: col. IuLIA FELIX AVGusta Capua | FECIT | divus HadrIANVS AVGustus restituit | imagines et COLVMNAS ADdi curavit | imp. Caes. AelIVS HADRIANVS Antoninus | aug. PIVS. DEDicavit. Ueberhaupt sind keine Inschriften vorhanden, aus denen man die Erbauung von Amphitheatern vor August schließen könnte. Unter ihm aber gab es deren bereits in manchen Städten Italiens, da Vitruv. I 7 die Vorschrift gibt, die Tempel des Herkules in Städten, die weder Gymnasien noch Amphitheater haben, beim Cirkus zu erbauen; doch waren sie vermuthlich vereinzelt, und die Fechterspiele fanden noch vielfach auf dem Forum Statt. Vitruv. V 1: In Italiae urbibus (forum) non est eadem ratione faciendum ideo quod a majoribus consuetudo tradita est gladiatoria munera in foro dari. In Alexandria gab es ein Amphitheater schon im J. 730, da es Strabo XVII p. 795, der in diesem Jahr in Aegypten war, bereits nennt. Da derselbe XIV p. 643 auch eines in Nysa in Karien erwähnt, müssen sie sich auch außerhalb Italiens sehr schnell verbreitet haben.

a. Der Westen.

Italia.

Campania. Capua. De Laurentiis descrizione dello stato antico e moderno dell' anf. Campano 1835. Rucca Capua vetere (1828) p. 136—291. Ders. Anf. Capuano Mus. Borb. XV (1856) Taf. 37—39 und 41. Ueber die neuesten Ausgrabungen hat Minervini: Bull. Nap. N. S. VI p. 184 nichts Erwähnenswerthes mitgetheilt. Rucca meint, der Zuschauerraum sei ebenso groß als im Colosseum gewesen, und es habe dasselbe an Größe erreicht oder sogar übertroffen, denn es hatte, wie er als bestimmt angibt, vier Stockwerke. Das unterste noch erhaltene ist aber um eine neapol. Palme höher, als das unterste Stockwerk des Colosseum (35½—36½). Auch hatte es 80 bogenförmige Eingänge, die durch Götterbilder, von denen die Köpfe des Jupiter und der Diana übrig sind, bezeichnet waren. (Sechs andere sind nach Bergau in die Façade des Stadthauses von Neu-Capua eingelassen und einer in den Campanile des dortigen Dom. Beide Gebäude sind nach Rucca p. 137 aus Steinen des Amphitheaters gebaut). — Auch fand man hier die Statuen des Adonis, der Venus Victrix, der Psyche u. a., jetzt im Mus. Borb. (Cap. vet. p. 138). Ueber die sehr großen unterirdischen Gewölbe s. Rucca a. a. O. und seine Schrift: Su l'ipogeo dell' anf. Puteolano p. 11 f. Hiernach wäre außer Maschinen und Thierkäfigen Raum für 1000 Menschen gewesen, die ungesehen durch 4 unterirdische Eingänge unter den Hauptthoren hätten ein- und ausgehen können. Vgl. S. 234. Zerstört ist es im J. 840, als die Saracenen Capua verwüsteten. Dann diente es den longobardischen Anführern als

Festung und in späterer Zeit benutzte man es gleich einem Steinbruche zur Erlangung von Baumaterial.

Pausilypum. Schulz scavi di Nocera e del Posilippo. Bull. d. I. 1842 p. 145 f. p. 59: un piccolo anf. da nessuno sinora descritto — trovasi positivamente a mano manca dell' entrata della grotta (del Posilippo). — Di quest' anf. senza dubbio alzato per servire all' intertenimento d'una società poco numerosa è caduta quasi la metà della parte del seno di mare che ivi si sprofonda, in seguito degli scavamenti del tufo al dissotto operati. Rilevante è poi in esso che framezzo le sedie, che in poche file soprapposte l'una all' altra e divise di 3 piccole precinzioni l'arena ricoperta di terra circondano, alzansi dalla parte opposta alla veduta del mare 3 piccole loggie coperte con una soffitta dissopra, a guisa del suggesto sul quale elevavasi il pulvinar dell' imperadore, il che fa congetturare che Augusto o qualche altro dei suoi successori ivi dimorante avesse fatto erigere quell' anfiteatro. — Dergleichen Amphitheater am Meere waren vielleicht auf Villen nicht selten. Vgl. das Gedicht: de amphitheatro vicino mari in Meyer: anthol. lat. III 916 (II p. 13).

Cumae. Die Angabe von Jorio guida di Pozzuoli e contorni ed. 3 p. 85, es sei dort (in einer Vigne) ein freilich ganz zerstörtes und verschüttetes Amphitheater leicht zu erkennen, bestätigt Bergau, der noch hinzufügt, daß nach C. M. Riccio Cenni storici della città di Cuma (Nap. 1846) p. 25 frammenti de' gradini, de' vomitori e corridori zu bemerken gewesen sein sollen, wovon er aber nichts gesehen hat.

Puteoli. Nach Rucca: su l'ipogeo dell' anf. P. 1851 (p. 9) hatte es 72 bogenförmige Eingänge. Eine Abbildung gibt d'Ancora guida di Pozzuoli p. 59. Vgl. Schulz, Bull. d. I. 1841 p. 183—185. p. 184: Secondo pretende Mazella (sito ed antich. della città di Pozzuoli. Nap. 1606 p. 37) l'anf. poco tempo prima di lui era pressochè intiero. Tanto questo edifizio quanto una porzione del teatro puteolano, che ancora nel secolo XVI sussisteva (Capacio: Puteolana historia. Nap. 1604 p. 31), avranno ricevuto si notevole danno nella famosa eruzione della Solfatara nel 1538. Vgl. auch Romanelli viaggio a Pompei e Pesto (Nap. 1817) p. 118—123. Jorio guida di Pozzuoli (Nap. 1830) p. 49. Ueber die Souterrains Rucca a. a. O. u. S. 233.

Pompeji. Vgl. die v. O. Müller, Hdb. d. Arch. § 260, 2 angeführten Werke. Nach Goro de Agyagfalva Wanderungen p. 171 hatte es für 20,000 Zuschauer Raum.

Abella. Unter der Inschrift eines L. Egnatius Juventius (qui oblitterato muneris spectac. impetrata editione ab indulgentia max. principis diem gladiatorum et omne(m) apparatum pecunia sua edidit im J. n. Chr. 170 (I. N. 1952) ist ein A. abgebildet, dessen Sitzreihen, Fenster und Thore sichtbar sind; innen sind kämpfende Gladiatoren dargestellt. Doch kann dies ein Bild eines hölzernen Gebäudes sein.

Latium. Minturnae. Lipsius de amph. quae extra Romam cap. 2: Exstat hodieque ad Lirim Campaniae fluvium (Garigliano nunc dicunt) juxta Minturnas (hodie Trajecto) pars amphitheatri latericii bene conspicua. — Von diesem Gebäude, das auch Montfaucon Ant. expl. III p. 258 und Guattani mon. in. 1784 Oct. p. 82 erwähnen, scheint keine Spur mehr übrig zu sein, wenn nicht etwa Kephalides, Reise II, 204 und Westphal: die römische Campagna p. 67, nach denen zu Minturnae nur geringe Ueberbleibsel eines Theaters erhalten sind, damit Reste des genannten Amphitheaters bezeichnen.

Casinum. I. R. N. 4236 = Or. 781 (gefunden im Nov. 1757 in den Ruinen eines A. von Leuten, die dort Schätze suchten und bei Lesung des Wortes: pecunia ihren Zweck erreicht zu haben glaubten): VMMIDIA. C. F. | QVADRATILLA | AMPHITHEATRVM ET | TEMPLVM CASINATIBVS SVA PECVNIA FECIT. Die Erbauung ist also ungefähr 50 n. Chr. oder etwas später zu setzen, s. Plin. epp. VII 24.

Aquinum. Die Ueberreste eines A. von einfacher und schöner Bauart erwähnt unter andern Trümmern Westphal a. a. O. p. 92. Das Volk nennt es: „Grotte de' Pagani", (Pellegrino: Capua I 282).

Arpinum. Promis città di Luni p. 225 Anm. 1 legt dieser Stadt ein Amphitheater bei, das Westphal p. 90 nicht zu kennen scheint.

Frusino. Westphal p. 85 versichert, daß nicht einmal eine Spur von alten Gebäuden vorhanden sei, dagegen nennt Deminicis Giorn. arcad. LV p. 160 diese Stadt unter denen, die A. hatten.

Valeria. (Varia). Derselbe a. a. O.

Tibur. Nach Promis a. a. O. hat hier ein Amphitheater bis auf die Zeit Pius' des Zweiten gestanden.

Praeneste. Cecconi storia di Palestrina p. 70 führt folgende Inschrift (aus der Zeit des Claudius) an: M. JARENVS. CLARI . . . YRAN . . . | AMPHITHEATRI. PARTEM. DIMID. AM. IN. SO. Einen ludus und ein spoliarium schenkte den Pränestinern Cn. Foesius Aper, flamen divi Augusti. Grut. 489, 12 = Or. 2532.

Tusculum. Nach Canina descr. dell' antico Tuscolo p. 130 (Tav. 22 u. 23) war das Gebäude, das man meist Scuola di Cicerone nenne, ein A., das ungefähr 3000 Zuschauer fassen konnte. Die Arena hatte Substruktionen, von dem Podium seien noch Spuren übrig (in questo anf. rimane visibile soltanto l'ambulacro di mezzo). Tav. 23 zeigt eine elliptische Arena, an deren einem Theil eine Anhöhe, an dem andern zerstreute Trümmer sichtbar sind.

Albanum. Nach Westphal p. 24 sind die großen Trümmer des A. (in dem obern Theil der jetzigen Stadt) wegen ihrer Bauart nicht in die Zeit des Domitian, der es Nibby Analisi della carta de' contorni di Roma I p. 99 zuschreibt, sondern in eine spätere zu setzen.

Velitrae. Eine nur zum Theil verständliche Inschrift, nach der das A. zu Velitrae unter den Kaisern Valentinian und Valens restaurirt worden ist, s. bei Orelli 2538, vgl. Henzen III p. 225.

Setia. Nach Westphal p. 53 sind dort geringe Ueberreste eines A., die nur aus einigen Bogen zur Linken der nach Sermoneta führenden Straße bestehen.

Circeji. Hierher (oder nach Astura?) gehört wahrscheinlich die Inschrift bei Murat. 612, 7, gefunden zu „Paola in Maritima“:

S MONTANVS IIII VIR I. D. M. O.
NIVM AMPHITHEATRVM SVA
EMQVE MVNERE GLADIATORIO
ET VENATIONE DEDICAVIT. L. D. D. O.

Samnium. Venafrum. Nach Cotugno memorie storiche di Venafro (Nap. 1824) p. 260 f. hatte das A., dessen Ruinen sich nel così detto Vorlascio befinden, für 8000 Zuschauer Raum.

Allifae. Henzen Expl. mus. Borgh. p. 82.

Telesia, Id. ib.

Beneventum. Nach Promis a. a. O. sind dort bedeutende Trümmer (bei ruderi) eines A. übrig.

Aeclanum. Henzen ib. C. I. L. 1231 = I. R. N. 1120: Aeclani in amphitheatro creditur repertus.

Lucania. Paestum. Winckelmann, Anmerk. über die Baukunst der Alten, Vorbericht § 12, sagt, daß „die unteren Gewölber“ und 10 Sitzreihen eines A. übrig seien. Die Maaße gibt Paoli: ruine dell' antica città di Pesto 1784. Romanelli viaggio di Pompei a Pesto II p. 42: oggidì restano gli avanzi di 10 gradini e le indicazioni delle cavee dove le fiere erano ristrette. G. Bamonte di Capaccio Le antichità Pestane Nap. 1819 p. 62: Il luogo che si vuole anfiteatro Pestano, è posto nel centro della città ed è coverto di rottami e di terra; è un concavo circolare adesso alla semina.

Grumentum (alla Saponara Promis a. a. O.). Roselli storia Grumentina p. 50. Memorie dell' inst. archeol. p. 237: sono tuttavia in piedi diversi pezzi di mura reticolata dell' altezza di 20 piedi ed alcuni corridoi a volta, alti palmi 9 e larghi altrettanto, non che l'arena a forma ovale.

Apulia. Venusia. St. Aloe Bull. d. Inst. 1842 p. 129 und Bull. Nap. I (1843) p. 62: Fu costruito con tutta magnificenza. — Il suo portico e tutto il lato esterno era composto di grossi pezzi di travertino duro — le colonne che ornavano la decorazione esterna erano tutte di marmi colorati bigi e cipollini con capitelli di marmo bianco d'ordine dorico e composito. — Le fabbriche — si mantennero in parte salde sino al secolo XI, quando i monaci Benedettini — distrussero quasi al suolo que' preziosi avanzi per rizzarvi con essi il magnifico tempio della ss. Trinità. — Ueber die von Lupoli untergeschobene Inschrift s. Mommsen, Bull. 1847 p. 118.

Frentani. Larinum. Marangoni delle mem. sacre e profane dell anf. Flavio p. 30: Di pietra ancora si è l'anfiteatro di Larino nel regno di Napoli, il di cui accuratissimo disegno e descrizione delle sue parti è uscito alla luce l'anno 1744 nel erudito libro delle memorie istoriche di quella città di Mons. Andrea Tria già vescovo della medesima, ed ora arcivescovo di Tiro.

Sabini. Marrubium. Promis a. a. O.

Alba Fucentina. Nach Westphal p. 116 sehr zerstört. Promis, le antichità di Alba Fucense negli Equi p. 243: una vasta cavità nel terreno che dalla sua forma e soprattutto dagli avanzi dei muri cuneati si palesa per un anfiteatro — p. 248: le dimensioni molto prossime a quelli dell' anf. di Amiterno danno una capacità di circa 20000 spettatori. La cavità dell' anf. porta ora il nome di fossa di giudizio.

Amiternum. I. N. 5789 (über eine biga, die im A. errichtet werden soll).

Reate. Nach Promis a. a. O. ist das A. erst im J. 1283 zerstört.

Picenum. Ancona. Ebdas.

Auximum. Henzen expl. mus. Borgh. p. 82.

Urbs Salvia. Guattani, mon. ined. I 83. Promis a. a. O.

Firmum. Nach Adami (Chronik von Fermo, im 16. Jahrhundert) war das A. sehr groß und prächtig. Jetzt sind nur noch Trümmer übrig und folgendes Fragment einer Inschrift:

LIVS. HADRIA
RGITVS ERAT
ET. RE.

Vgl. A. d. I. 1846 p. 54.

Interamnia Praetutiorum. Delfico dell' Interamnia Pretuzia p. 80: Miserabili avanzi d'un grand' anfiteatro di cui si veggon varj archi e varie altre reliquie se ne scorgono in alcuni sotterranei. Vgl. Bull. Nap. II p. 64: Cita Corcia (Storia delle due Sicilie) gli avanzi di un anf. — e dice che esser doveva magnifico e di grandi proporzioni, esistendone una muraglia, cui vedesi poggiata una serie di volte sostenuta da grandi pilastri, che sorreggevano il più basso corridojo per gli spettatori a due ordini di archi. (Derselbe ebendas.: Nel circondario di Nereto in Garufo si veggono avanzi di un bel anfiteatro.)

Interpromium. I. R. N. 5330 = Henzen 6939 (Inschrift eines Sex. Pedius Hirrutus, prim. pil. leg. XXI IV vir i. d. praef. Germanici Caesaris quinquennalici juris ex. s. c. quinquen. iterum, der ein A. auf seine Kosten erbaute). —

Umbria. Ocriculum. P. S. Bartoli bei Fea Miscell. I p. 272: vi si scorgono i vestigj di un piccolo ma bello anfiteatro. Nach Guattani monumenti inediti I p. 83 ff. hatte es drei Stockwerke.

Interamnia (Terni). Promis a. a. O. Nach Giuseppe Riccardi sulla caduta delle marmore (ediz. V Roma 1825) p. 84 befindet sich ein A. al giardino dell' Episcopio, das auch in dem beigefügten Situationsplan angegeben ist.

Spoletium. Procop. b. Goth. III 23.

Carsuli? Ich weiß nicht, ob Promis a. a. O. mit den Worten: „all' antica Carsulum presso Acqua Sparta", Carsulae in Umbrien oder Carseoli in Latium bezeichnet. P. S. Bartoli (Fea Misc. I p. 272) erwähnt in Carsoli sotto Porcheria vicino Acqua Sparta nur: il bel portico di un bellissimo tempio corintio di grosse colonne ed intiero, un circo ovvero ippodromo con un arco di travertino.

Mevania. Promis Antichità di Aosta p. 170, 2.

Hispellum. Ein A. erwähnen: Guattani, Deminicis, Promis a. a. O. Vgl. Henzen 5580.

Assisium. Promis a. a. O. — O. Müller, Hdb. d. Arch. § 260, 3 citirt: Schorn, Reise p. 462.

Ariminum. Tonini, Rimini p. 218 ff. Die Arena ist von 4 Mauern umgeben, deren äußerste 60 bogenförmige Eingänge hat. Das ganze Gebäude war aus Ziegelsteinen, die Sitzreihen aus Marmor. Es konnte nicht zu Naumachieen benutzt werden. Außer den Fundamenten ist fast nichts erhalten. Tonini meint, es sei zwischen dem 3. und 6. Jahrh. zerstört worden.

Etruria. Lucus Feroniae. Orelli 4099: M. SILIO EPAPHRODITO PATRONO SEVIRVM AVG MAGISTRO IVVENVM ITERVM IVVENES LVCOFERONENSES PATRONO OB MERITA QVOD AMPHITHEATRVM COL. IVL. FELICI LVCOFER. S. P. F. DEDICAVITQVE. L. D. D. D.

Sutrium. Dennis (die Städte und Begräbnißplätze Etruriens, deutsch von Meißner I 65 ff.) glaubt in diesem Gebäude etrurischen Charakter zu erkennen; vgl. seine ausführliche Beschreibung. Es ist eine Ellipse, mehrere Präcinctionen sind noch vorhanden. Vgl. auch Westphal p. 151. Urlichs Bull. d. I. 1839 p. 75: come ci si raccontò sul luogo, prima che si formasse del anfiteatro un bel giardino, si vedevano canali grandi di mattoni che non saranno stati altro che i sotterranei servienti alle machine ed a ricettacolo delle bestie. Plan, Durchschnitt und Ansicht bei Canina Etruria Marittima Vol. I tav. 21 u. 22.

Falerii. Nach Deminicis, Giorn. arcad. 55 p. 160 ff. p. 168 ist die Gestalt des Amph. elliptisch, es hat 12 Eingänge, von denen 4 zur Arena führen, 8 zu den Sitzreihen. Die Sitzreihen sind durch 2 Präcinctionen in 3 Reihen getheilt. Die Arena ist bis zum Rande des Podium verschüttet und die äußerste Mauer, die noch erhalten ist, nur 45 römische Palmen hoch. —

Vulci. Ueber das dort gefundene A. vgl. Bull. d. I. 1835 p. 77.

Arretium. Nach Guazzesi Suppl. alla dissertazione intorno agli anfiteatri degli antichi Toscani p. 69 war es groß, aber nur aus Ziegelsteinen und ohne Schmuck von Säulen und Statuen. Zur Zeit Carl des Großen nannte man es: „gymnasium", in den Gewölben wohnten öffentliche Dirnen, was Carl bewog, es der arretinischen Kirche zu schenken: per togliere da quel luogo questa pestifera infamità. In der arretinischen Chronik von Girolamo Eusebj (Muratori tom. 24) heißt es: Mense Maji 1333 inceptus est locus S. Bernardi ordinis montis oliveti, et celebrata est ibi missa ubi prius vocabantur i Parlagi et ibi stabant publicae meretrices civitatis. Durch diesen Bau wurde das dabei als Steinbruch benutzte A. ganz zerstört. Noris (nell' ipocausto Pisano): Ita summa imis dies miscuit, ut amph. Aret. nostra aetate in meritorium rudentium animalium stabulum versum sit. Dennis II 641 ist ungewiß, ob die Ruinen wirklich einem A. angehören, da sie mehr Aehnlichkeit mit einem Bade haben und auch kein Sitz in der cavea mehr übrig ist.

Volaterrae. Dennis a. a. O. II p. 486—469 erwähnt die Ruinen des A., das ein römischer Bau zu sein scheine. Nur noch ein Halbkreis von Sitzen ist erhalten, anscheinend in den Abhang des Berges gehauen. Dennis ist zweifelhaft, ob es je mehr als ein Theater gewesen, da die andere Hälfte des Bauwerks gänzlich verschwunden ist. — Guazzesi a. a. O. p. 44: Volterra ancora può vantarsi d'aver avuto l'anfiteatro, parlando delle sue vestigie l'Inghirami nella risposta alle opposizioni, ove dice che *ivi* fù trovata la statua riportata dal dottissimo Sgr. Gori al num. 4 del suo museo Etrusco; — così il Borghini nell' origine di Firenze e il Sgr. Gori nel 2 tomo delle Iscr. di Toscana.

Vetulonia. Nach Dennis a. a. O. II 512 ff. gab zuerst Leandro Alberti im J. 1550 eine sehr eingehende Beschreibung von Trümmern, welche er für Ruinen von Itulonium (Vetulonia) hielt, und unter denen er auch die Ruinen eines prächtigen A. erwähnt. Spätere Nachforschungen nach diesen Ruinen blieben aber ganz erfolglos, woher Inghirami die ganze Angabe für eine Erfindung Alberti's erklärt (Ricerche di Vetulonia p. 40 ff.). Auch Dennis hält es für ganz unerwiesen, daß dort das alte Vetulonia gestanden.

Rusellae. Dennis II 529 erwähnt einige römische Bogen, die einige (nach seiner Meinung ohne Grund) für die Reste eines A. gehalten haben.

Florentia. D. M. Manni a. a. O. p. 2: collocato era il Parlagio dietro alla fianca sinistra della chiesa di S. Simone fino alla piazza de' Peruzzi per la sua lunghezza, e per larghezza dalla via dell' Anguillaja alla piazza di S. Croce; e quindi è che la chiesa stessa di S. Simone si disse del Parlagio. Derselbe (p. 4) führt folgende Worte Borghini's an: dalla parte di fuori non ha dubbio alcuno. veggendosi tuttavia con gli occhi. Molto più malagevoli son le parti interiori a rinvenire, essendo mutate oggi quasi tutte in abitazioni private e all' uso moderno accommodate. p. 8: La sua vastità ascende per la larghezza braccia 173 e girava braccia 573. p. 28: le burelle i. e. spezie di prigione e forse segrete — altre esser non potevano che cavee poste sotto le scalinate dell' anfit. e del teatro. Auch Dennis II 422 Anm. 1 erwähnt die Ruinen des A. in der Nähe der Piazza di Santa Croce.

Volsinii. Dennis I p. 343 erwähnt die Ruinen eines kleinen A., etwa eine Meile von Bolsena. Vgl. Henzen 5580.

Pisa s. die Einleitung S. 345.

Luna. Promis a. a. O. p. 222 nennt das A. la più celebrata e meglio conservata fabbrica di Luni. La più antica memoria che se n'abbia è quella che trovasi in un diploma di Federigo I a Pietro Vescovo di Luni nel 1185 nel quale è detto: „aedificium quod circulum vocatur aut arena.“ Die Inschrift: L. SVETIVS | L. L. AMPH. F. | V. S. L. M. | ist offenbar unächt. Schon im J. 1442 war es nach Cyriacus eine Ruine, die Marmorsäulen zerbrochen, von den Statuen nur Fragmente übrig (p. 228): Quest' anf. non poteva avere che 2 cavee non essendovi che una sola precinzione; è pure improbabile che la cavea superiore fosse coperta da soffitto come era nel Flavio di Roma, ma piuttosto doveva il muro esterno al di sopra delle arcuazioni inferiori essere tutto solido e decorato di pilastri anche nel interno, come vedesi all' anf. di Sutri. Promis p. 228 schließt aus der Bauart, daß es in das Zeitalter der Antonine gehöre. Vgl. Dennis II 413.

Gallia cispadana. Bononia. Tac. H. II 67 (im J. 70): tertiadecimani struere amphitheatra jussi. Nam Caecina Cremonae, Valens Bononiae spectaculum gladiatorum edere parabant. Doch waren dieselben vielleicht aus Holz, Maffei a. a. O. p. 86.

Parma. Lopez lettera al Braun intorno alle rovine d'un antico teatro scoperto in Parma (1844) p. 25: l'anf. — sarebbe stato eretto come usavasi da' Romani presso le mura. p. 26: il nostro anf. (das nach seiner Ansicht in Trajan's Zeit, sicher nicht vor dem Brande des A. zu Placentia [Tac. Hist. II 21] erbaut ist) potè resistere per molti secoli ad onte delle vicende guerresche a cui andò soggetto*, alla vo-

*) Agath. Hist. I 15 (ed. Niebuhr p. 15, 3): Βουτιλῖνος ὁ τῶν Φράγγων

racità del tempo ed alle barbarie degli uomini, dappoichè si trova bella memoria non solo ne' nostri statuti del 1255 (Pezz. stor. di P. T. S. App. f. 36 no. 30), ma eziandio nel codice terzo delle nostri leggi municipali di 1317, welche verbieten, das A. zu verunreinigen: quod cum multi forenses quando sunt in civitate Parma vadant ad videndum Palatium domini Imperatoris, quod est in Arena, et in ipsa arena deferantur multa turpia et inepta, videlicet animalia mortua lutum de andronis et alia quam plurima turpia, quae redundant in dedecus maximum Communis Parmae et vicinorum morantium circa et penes ipsam Arenam et Palatium supra dictum.

Placentia. Tac. Hist. II 21 (im J. 70 n. Chr.): in eo certamine pulcherrimum amphitheatri opus, situm extra muros conflagravit — municipale volgus, pronum ad suspitiones, fraude illata ignis alimenta credidit a quibusdam e vicinis coloniis, invidia et aemulatione, quod nulla in Italia moles tam capax foret.

Velleja. Huebner a. a. O. und Promis Ant. di Aosta p. 170 (kleiner als das A. von Aosta).

Liguria. Libarna. Promis a. a. O. u. Ant. di Aosta p. 170 (kleiner als das A. von Aosta).

Pollentia. Derselbe ebendas.

Venetia et Histria. Hadria. Derselbe ebendas. Deminicis a. a. O.

Aquileja. Vgl. die Einleitung S. 343.

Tergeste. Stancovich anfit. d. Pola (1822) p. 78 erwähnt ein A. zu Tergeste: fuori di porta di Riborgo, di cui F. Ireneo dalla Croce (Hist. di Trieste p. 245) ci dà l'asse maggiore di piedi geometrici 157 ed il minore di 136.

Pola. Nach Stancovich ebendas. p. 36 sind 43 Sitzreihen aus Marmor übrig. p. 64: das A. hatte Raum für 22,000 Zuschauer, p. 135: das ganze Gebäude war mit Ausnahme des hölzernen höchsten Stockwerks aus Stein, oben mit einem Säulengange geschmückt. p. 137: Nel registro dei diritti del Patriarca di Aquileja nell' Istria a. 1303 heißt es: In civitate Polae habet duo antiqua Palatia Iadrum et

---

ἡγεμὼν ἐς ἀμφιθέατρόν τι οὐ πόῤῥω τῆς πόλεως ἱδρυμένον (ἀνεῖτο δὲ τοῦτο ἀνδράσιν οἷς ὁ βίος θεωμένου τοῦ δήμου πρὸς θηρία διαγωνίζεσθαι, ἐνταῦθα δὴ — μεγίστην ἐνέδραν καταστησάμενος κ. τ. λ. (im J. 552 n. Chr.)

Arenam — et quicunque accipit aliquem lapidem de dictis Palatiis Iadri et Arenae, pro quolibet lapide quem accipit, solvit domino Patriarchae Bizantia centum. Doch wurde das A. fort und fort als Steinbruch benutzt, bis es der Venetianische Senator Emo vor weiterer Zerstörung schützte, wofür es ihm im J. 1584 geweiht wurde.

Gallia Transpadana. Verona. Maffei: degli anfiteatri (2. Ausg.) p. 120 gibt folgendes Fragment einer Inschrift, die sich wahrscheinlich auf die Dedication bezieht: S. CON. Die Buchstaben sind sehr groß und offenbar aus guter Zeit. — p. 159: Die Höhe war 110—120 Veron. Fuß, da es erwiesener Maßen 4 Stockwerke hatte; es hatte nach ihm 22,000 Sitzplätze und (p. 261) in den aus Holz erbauten höchsten Theilen Raum für eine fast gleiche Zahl von Stehplätzen; 72 Eingänge (p. 170 ff.), alle mit Zahlen bezeichnet. Die Mauer des Podium (p. 213) war mit kostbaren Marmorarten geschmückt, von denen noch Fragmente übrig sind. Unterirdische Canäle (p. 285) waren nur zur Aufnahme des herabfließenden Unraths und des Regenwassers, nicht zur Ueberschwemmung der Arena bestimmt.

Cremona. Tac. H. II 67.

Brixia. Labus intorno alle iscrizioni bresciane p. 71. (ich habe dies Buch nicht vergleichen können).

Bergomum. Promis a. a. O.

Augusta Praetoria Salassorum. Promis Antichità di Aosta (1862) Tav. XI. p. 168 ff.: ruderi non oltre l'ordine terreno, e questi spettanti alla bassa cuneazione della somma cavea con nove cunei ed otto pilastri. — p. 169: 60 erano gli archi esterni, keine Souterrains. p. 171. tutto spira l'epoca Augustea. Deßhalb (p. 172) soll es im J. 729 (Gründungsjahr der Kolonie) oder bald nachher erbaut sein. In einer Urkunde vom J. 1235 heißt es Palatium rotundum.

Sicilia.

Syracusae. Serradifalco Antich. di Sicilia IV Tav. 13—15 p. 108 ff. p. 128—131. (Valer. Max. I 7, 8. Tac. A. XIII 49 erwähnen Gladiatoren und Gladiatorenspiele zu Syrakus, aber kein A.). p. 154: es ist elliptisch, die Mauer um das Podium 10,6 palmi hoch (oltre il poggiuolo di marmo). Außer den beiden Hauptthoren an den Enden der Längenaxe führen noch 8 Eingänge in die Arena. Es hat keine Souterrains.

Catana. Serradifalco a. a. O. V Tav. VII—IX p. 19—21. Giovanni Garruccio sulla origine e sulla costruzione dell' anf. di Catania (Napoli 1854). p. 20: das A. befindet sich alla porta Stesicorea, ora detta di Aci, großentheils unter angeschwemmten Materialen begraben und von Häusern bedeckt. Schon Theodorich erlaubte im J. 498 den Catanensern saxa de amphitheatro longa vetustate collapso zu benutzen, um die Stadtmauern auszubessern (Cassiodor. Var. epp. III 49). p. 29: fino 1505 troviamo concesso al Patrizio Giov. Gioenio, che avesse investito i preziosi avanzi dell' a. a comodo di private abitazioni, e la sua arena ad uso di domestico erbajo. p. 30. Beim Ausbruch des Aetna im J. 1669 ergoß sich ein Lavastrom darüber. — Die Ausgrabung einer Seite erfolgte nach dem Erdbeben 1693 durch den Fürsten Biscari.

Thermae Himerenses? Ein Grundriß eines A. zu Termini bei Serradifalco V tav. 44.

Sardinia.

Caralis. De la Marmora Voyage en Sardaigne I p. 529 Taf. 38: creusé dans la roche calcaire, supplée par des constructions avec ciment — le fond de l'arène traversé par des aqueducs souterrains. — Es hatte für eine große Zahl von Zuschauern Raum. — (Das angebliche A. auf Capreae [Anacapri] (s. z. B. Donaldson architect. numism. p. 303) scheint apokryphisch zu sein.)

Dalmatia.

Salona. Lanza Della topografia dell' antica Salona (Ann. dell' Inst. 1849 p. 282 tav. d'agg. K.) und Scavi di Salona (ib. 1850 p. 140). Fast ganz zerstört; pochi avanzi di piloni e di arcuate — ancor ne rimangono. Es soll nach Bauart und Lage der Zeit nach Marc Aurel angehören.

Aequum. Archaeologia Britannica III 344: Mr. Fortis observes that he saw some vestiges of an ancient Roman a. on the hill of Aequum.

Galliae.

a. Narbonensis.

Cemenelium. Millin voyage dans le midi de la France II 544 (vgl. voy. en Savoie II 122). Die elliptische Arena, obwohl mit Getreide und Oliven bepflanzt, war wohl erhalten; Raum etwa für 8000 Zuschauer; von den obern Sitzreihen sah man das Meer. Die Anwohner nannten die Ruinen la Tino de Fali (cave des fées). Il en existe plusieurs massifs et une arcade, sous laquelle passe le chemin; le mastic, qui la recouvrait, subsiste encore. On y voit plusieurs autres arcades ou des restes d'arcades. Die bei diesem A. gefundne Inschrift Henzen 6633 bezieht sich nicht auf dasselbe.

Forum Julii. Montfaucon antiq. expliq. III 258 gibt hier ein A. an, Millin a. a. O. II 483 scheint dasselbe Gebäude zu meinen, das zu seiner Zeit ohne Zweifel schon um Vieles mehr zerstört und unkenntlicher geworden war: 'restes d'un ancien cirque, son plan est elliptique. L'enceinte est encore assez bien conservée, mais les siéges sont détruits. Die Arena hatte einen Umfang von 280 Schritt. Ein aus dem obersten Mauerrande vorspringender Stein war in der Art durchbohrt, daß er zum Aufnehmen eines Mastes bestimmt gewesen zu sein schien.

Arelas. Estrangin (études sur Arles 1838) setzt das A. bald nach Gründung der Kolonie unter Julius Cäsar, eine ganz leere Vermuthung (andre ebenso grundlos in die Zeit Constantin's des Großen). Die Zahl der Zuschauer, die es fassen konnte, veranschlagt er p. 13 auf 25000. Die Arena konnte nicht überschwemmt werden, da es in dem höchsten Theile der Stadt liegt (p. 31), auch sind keine Spuren eines Euripus entdeckt worden. In den Thierkäfigen hat man nur Hirschgeweihe und Eberzähne gefunden (p. 31). Auf mehrern Sitzreihen befanden sich folgende Inschriften: LOC. XXX D. D. LOC. | LOC A D A | LXX V D. (p. 34). Offenbar unächt ist folgende Inschrift einer angeblichen tessera: CAV. II. CVN. V. GRAD. X. GLADIATORES. VELA ERVNT. (p. 35). Daß die Vorrichtungen zur Bedeckung des A. mit Segeltüchern vorhanden waren, ist unzweifelhaft (p. 40). Ueber die Schicksale des A. im Mittelalter s. Estrangin a. a. O. und Millin a. a. O. p. 616 ff. (vgl. pl. XLVIII. fig. 9), oben S. 257.

Nemausus. Pelet description de l'amph. de Nimes (1853) muthmaßt, daß es unter Hadrian oder Antoninus Pius erbaut sei, aber aus sehr unzureichenden Gründen (p. 138). Er behauptet, daß es niemals beendet worden ist (p. 139): les aqueducs, qui devaient amener les eaux dans l'arène, ne sont même revêtus de ciment; ce qui n'aurait pas eu lieu, si le monument avait déjà servi aux jeux nautiques, auxquels il était destiné. Daß das Gebäude von Anfang an für Naumachieen bestimmt gewesen sei, glauben auch Grangent Durent et Durand monum. du midi de la France p. 68 ff., vgl. Pelet p. 118—127. Pelet (p. 87) veranschlagt die Zahl der Zuschauer auf 24,000, Millin (IV p. 220 ff.) nur auf 17,000. Ebdas.: La façade est composée d'un rez-de-chaussée, d'un étage au-dessus et d'un attique. Es hatte 60, nicht mit Zahlen bezeichnete Eingänge (auf einigen sind Phallen angebracht), und vier Hauptthore. Pelet p. 73: les gradins étaient au nombre de 34, divisés en 4 précinctions par un pareil nombre de baltei, hauteur totale de la façade 21,52 mètres (p. 183). Aus dem obersten Mauerrande sprangen 120 durchbohrte Kragsteine zum Aufnehmen von Masten vor, von denen ein Theil noch erhalten ist (p. 127 ff.). Die Geschichte des A. geben Pelet und Millin. Vgl. oben S. 256.

Narbo. Millin IV p. 392 f. gibt an, daß in einigen Kellerräumen der jetzigen Stadt Gewölbe existiren, qu'on croit avoir appartenu à un ancien amphithéâtre.

Tolosa. Derselbe ebdas. p. 455 sagt, daß von den 24 Bogen des A. noch 2 vorhanden seien, die Arena hatte etwa 180 Fuß Länge, 50 Fuß Breite.

Arausio hatte ein A. nach Montfaucon a. a. O. und Lapise histoire d'Orange p. 29 bei. Millin II p. 153.

Vasio Vocontiorum. Nach Millin IV p. 140 wurden zwei dort existirende Bogen als Reste eines A. angesehen.

Vienna. Aus der unten bei Lugdunum anzuführenden Stelle des Euseb. hist. eccl. V 1 läßt sich die Existenz eines A. zu V. nicht folgern. Nach Chorier antiquités de Vienne p. 416 wären von einem solchen noch einige Gewölbe (diverses voûtes) vorhanden; das Uebrige von den Einwohnern, die die Ruine als Steinbruch benutzten, bis auf den Grund zerstört.

b. Aquitania.

Burdigala. Lipsius a. a. O. Montfaucon a. a. O.: autant que je puis me souvenir, le champ ou les arènes de cet amphithéâtre étaient des plus grandes et ne le cédaient peut-être pas à celles du Colisée. Die Einwohner von Bordeaux nannten die Ruine den Palast des Gallienus (Millin IV p. 623). Als Millin sie sah, war die Arena mit Gebäuden bedeckt und die wenigen erhaltenen Ueberreste im Begriff gänzlich zu verschwinden. Nach Abbildungen aus früherer Zeit war die Arena 225 Fuß lang, 165 breit gewesen. L'élévation extérieure était de 60 pieds. Le rez-de-chaussée était décoré de l'ordre Toscan, 4 galeries placées l'une sur l'autre regnaient autour, 15 portiques conduisaient à l'arène ainsi que deux portes principales, plus grandes et plus ornées que sont aujourd'hui les parties de l'édifice mieux conservées.

Mediolanum Santonum. Montfaucon a. a. O. Millin IV p. 679. Chaudruc de Crazannes antiquités de Saintes p. 72 ff. setzt das A. aus höchst nichtigen Gründen in die Zeit von Hadrian bis Marc Aurel. Nach ihm hatte es Raum für 5000 Sitzplätze (60 arcades — il en existe 2 principales — un seul étage de voûtes inclinées vers l'arène et une, seule précinction). Von einer Vorrichtung zum Aufspannen eines Segeltuchs haben sich keine Spuren gefunden; daß Thierhetzen darin veranstaltet wurden, ist bei der Niedrigkeit der Brüstungsmauer der Arena nicht glaublich. Dagegen konnte sie zu Naumachieen überschwemmt werden nach Chaudruc a. a. O. p. 81: la branche de l'aqueduc du Douhet, qui se dirige vers l'amph., ne laisse guères douter de l'existence de cette naumachie (dans l'enceinte même de l'amph. p. 82).

Vesunna Petrocoriorum (Périgueux). Vgl. S. 342. Nach Lipsius a. a. O. war dort ein amphitheatrum pulchrum et satis integrum extra moenia — e lapide quadrato — et arenae ejus longitudo XXX perticarum, latitudo XX. Vgl. Mém. de l'acad. XIX 710. Caylus recueil d'antiquités VII (1767) p. 305 pl. LXXXVII: le contour que formait autrefois cet amph., est très bien marqué par les ruines — il subsiste encore 6 masses informes ou plutôt 6 masures de ce bâtiment, elles sont considérables, isolées et fort eloignées l'une de l'autre, (— des portions de voûtes et de piliers formant des souterrains). Cet édifice paraît avoir eu 1200 pieds de circonférence. — Il subsiste encore dans l'arène à 15 pieds de profondeur un aqueduc ou plutôt un égout de 5 pieds de largeur et de 6 de hauteur, il était coupé et traversé par un autre dont les proportions étaient les mêmes; l'un et l'autre servaient apparemment a écouler les eaux de l'arène.

Lemonum Pictonum (Poitiers). Nach Millin IV 712 waren von einem A. noch einige Gewölbe übrig (engagées dans des constructions modernes).

Rastiatum (? Ukert, Alte Geogr. II 2 p. 393). Caylus rec. VI p. 356 führt aus Baluzii histor. Tulliens. (1717) p. 8 Folgendes an: In extrema parte hujus capitis adnotabo olim IV M. P. a Tutela nobile oppidum in parochia Navensi et agro Tintinniacensi cujus multa adhuc vestigia supersunt; imprimis vero amphitheatrum, habens CC P. in longitudine, CL in latitudine, cujus caveas et rudera, quae etiamnum supersunt, ego vidi in juventute mea. — Etiam hodie locus ubi rudera amphitheatri, vocatur Arenae Tintinniacenses, vulgo les Arènes de Tintinniac. — Die Stadt hält er für das Rastiatum des Ptolemäus. Da Caylus erfuhr, daß die Ueberreste seit der Zeit des Baluze sich sehr verringert hatten, begnügte er sich, die von diesem gegebene Abbildung auf pl. CXIII zu wiederholen. Montfaucon, der dies A. a. a. O. erwähnt und dieselben Maße angibt, schöpfte vielleicht aus derselben Quelle.

Augustoritum Limovicum (Limoges). Caylus rec. IV p. 367: nos auteurs ont décrit les amphithéâtres ou les arènes de Lyon, de Périgueux, de Poitiers, de Limoges, de Bourges, de Paris, de Reims et de Trèves.

Biturigae (Bourges). S. S. 343.

Aquae Neri (Neris). Caylus gibt IV pl. CX den Plan eines Theaters, nicht eines A. Vgl. p. 368 ff.

c. Lugdunensis.

Lugdunum. Der Bojer Mariccus wurde hier im J. 70 den Thieren vorgeworfen Tac. H. II 61. Die Hinrichtung der Märtyrer von Vienna und Lugdunum im J. 177, die in den Briefen dieser Gemeinden bei Euseb. Hist. eccl. V 1 ausführlich erzählt ist, fand wahrscheinlich in Lugdunum Statt, obwohl dies nicht ausdrücklich gesagt ist. Dort heißt es (ed. Schwegler p. 162, 37): *ὁ μὲν οὖν Ματοῦρος καὶ ὁ Σάγκτος καὶ ἡ Βλανδῖνα καὶ ὁ Ἄτταλος ἤγοντο ἐπὶ τὰ θηρία εἰς τὸ δημόσιον καὶ εἰς τὸ κοινὸν τῶν ἐθνῶν τῆς ἀπανθρωπίας θέαμα, ἐπίτηδες τῆς τῶν θηριομαχιῶν ἡμέρας διὰ τοὺς ἡμετέρους διδομένης. ὁ μὲν οὖν Ματοῦρος καὶ ὁ Σάγκτος αὖθις διήεσαν ἐν τῷ ἀμφιθεάτρῳ διὰ πάσης κολάσεως — καὶ — ὑπέφερον πάλιν τὰς διεξόδους τῶν μαστίγων καὶ τοὺς ἀπὸ τῶν θη-*

ρίων ἐλκηθμοὺς καὶ πάνθ' ὅσα μαινόμενος ὁ δῆμος ἄλλοι ἀλλαχόθεν ἐπεβόων καὶ ἐπεκελεύοντο, καὶ ἐπὶ πᾶσι τὴν σιδηρᾶν καθέδραν, ἐφ' ἧς τηγανιζόμενα τὰ σώματα κνίσης αὐτοὺς ἐνεφόρει. Nach Martin-Daussigny Conservator des Lyoner Museums (Brief an Henzen, Ann. d. I. arch. 1860 p. 215 ff.) haben sich die Ueberreste, die man früher als zu einer Naumachie gehörig ansah, durch die neuesten Ausgrabungen vielmehr als die eines A. herausgestellt (ayant la faculté d'être inondé pour des spectacles extraordinaires).

Aquae Segeste? Caylus III p. 412 (pl. CXIII). D. Guillaume Morin, histoire générale du pays du Gâtinois etc. (1630) gibt an, daß man im J. 1608 unter andern Ruinen römischer Gebäude auch die eines A. fand, „en creusant les tranchées entre Montboui et Montcresson sur la rivière du Loing, en un lieu appelé Sevinière, une lieue de Châtillon sur Loing.“ D'Anville bezieht diese Ruinen auf den Ort, der in der tabula Peutingeriana Aquae Segeste heißt. Vgl. Ukert a. a. O. S. 475. Stufenreihen waren noch einige Jahre vor 1758 zu sehen.

Bibracte (Augustodunum). Das Bild, das Montfaucon antiq. expl. II 2 pl. CL von dem dortigen A. gibt, ist nach Millin I p. 307 ff. ganz imaginär. Als Millin die Stadt besuchte, fand er nichts mehr davon, da das Gebäude im achtzehnten Jahrhundert als Steinbruch benutzt und gänzlich zerstört worden war. Er hörte, daß in Kellern einige Reste seiner Portiken vorhanden seien, und sah die Ueberreste einer Wasserleitung, die angeblich das Wasser zu Naumachieen ins A. geführt hatte.

Caesarodunum (Turoni). Revue archéol. X p. 376. Die Arenae Turonenses werden in einem Diplom König Karl des Einfältigen erwähnt (D. Bouquet Script. rer. Gall. Tom. IX p. 534). Herr André Salmon hat zuerst auf die Stelle des A. hingewiesen, an der dann die Société archéologique erfolgreiche Ausgrabungen angestellt hat. On a reconnu d'abord 4 couloirs, servant de communication du podium à l'extérieur de l'amph. De plus on a trouvé deux loges accolées et un fragment de mur extérieur curviligne. L'amph. de Tours est un peu plus grand que ceux de Saintes et de Nîmes.

Lutetia Parisiorum. S. S. 343.

Genabum (civitas Aurelianorum) hatte ein A. nach der mir unbekannten histoire d'Orléans von Vergniaud-Romagnoli p. 178, angeführt von Hübner a. a. O.

Crociatonum Unellorum. Caylus VII p. 314 ff. (pl. XC

und XCI) sur les ruines situées près de Valogne en Normandie: En 1691 Mr. Foucault — y fit fouiller, on y trouva divers monuments — un château des bains, un amphithéâtre et tous les ornements d'une grande ville. — Quant à l'amph., on en a déjà beaucoup démoli pour bâtir aux environs, mais son plan circulaire aide à en retrouver l'enceinte, il paraît qu'il y en avait une double, l'une extérieure de 20 toises de rayon, l'autre intérieure de 18 toises — on ne pourra guère supposer de places pour plus de 6000 spectateurs. Il ne reste que peu de partie de l'enceinte extérieure et presque rien de l'enceinte intérieure.

d. Belgica.

(Helvetii) Aventicum. Die Inschrift Mommsen Inscr. Helvet. 182 soll 1804 bei dem dortigen A. gefunden sein.

Vindonissa hatte ein A. nach Haller Helvet. I 149, II 373 ff., Raiser, der Oberdonaukreis Bayerns unter den Römern I S. 20, beides mir unbekannt.

Augusta Rauracorum. Die Angabe eines dortigen A. bei Hübner a. a. O. und O. Müller, Hdb. d. Archäol. § 265, 1 scheint nur auf Schöepflin Alsatia illustr. T. I p. 160 zu beruhen, wo aber nicht von einem A. sondern von einem Theater die Rede ist, dessen Abbildung (e saec. XVI, e schedis Amerbachi) auch gegeben wird.

(Leuci.) Caylus VII p. 349. „Le village de Grand en Champagne entre Joinville et Neufchâteau (ad Fines? — Novimagus Ukert a. a. O. S. 505 f.) était une de ces anciennes villes, dont il ne reste qu'une faible tradition, elle était de la cité du peuple Leuci. — Son amph. était adossé à une colline. Son élévation du côté du midi est encore de 18 pieds 6 pouces, l'arène a encore 30 toises de longueur et 10 de largeur. Il y avait 3 portes de chaque côté de l'arène, qui conduisaient aux souterrains de l'amph. et aux gradins destinés pour les spectateurs. Les habitans appellent l'amph. le château de Julien, on croit que Ste Libaire, Vierge, y souffrait le martyre. Doch scheint es nach dem Grundriß auf pl. CXI vielmehr ein Theater gewesen zu sein.

Augusta Trevirorum. Quednow, Beschreibung des A. zu Trier S. 24 ff. Es ist in die Berge eingehauen; nur zwei kleinere und zwei größere Eingänge führen zu den Sitzreihen und der Arena. Sie ist elliptisch, ihr Boden Felsboden; in diesen ist ein Euripus von 3 Fuß Breite und 4 Fuß Tiefe eingehauen, der zur Ueberschwemmung bei Naumachieen diente, zu welchem Zweck ein Aquäduct Wasser in das A. leitete. Das Podium, jetzt 7 Fuß hoch, scheint ehemals 10 Fuß hoch gewesen zu sein, darin waren zehn Thüren, die zu den Thierkäfigen führten. Ueber das collegium arenariorum consistentium Col. Aug. Trev. s. Orelli 2773, über die hier von Constantin dem Gr. in den Jahren 306 u. 313 gegebenen Fechterspiele Eum. paneg. c. 10—12, Anon. pan. in Constantin. c. 22 und Eutrop. V 3. Nach den Gesta Trevir. belagerte der Vandalenfürst Crock die Trierer in arena civitatis (d. h. in diesem, von ihnen befestigten A.) im J. 406 vergebens (Wyttenbach, neue Forschungen S. 53). Vielleicht wurden damals die halbkreisförmigen Thürme erbaut, deren Ueberbleibsel noch vorhanden sind (ebdas. S. 60).

Durocortorum Remorum (Reims). S. S. 343.

Juliobona. Caylus VI 394 meint, daß das dortige Theater (pl. CXXVI) auch zu amphitheatralischen Zwecken gedient habe.

(Montfaucon antiq. expl. III p. 258 führt unter den Orten, die A. hatten, auch Metz auf.)

Britannia.

Ruinen von A. scheinen in Britannien nirgend gefunden zu sein, dagegen glauben englische Archäologen, in der Nähe verschiedener römischer Sädte und Standlager Spuren von sogenannten amphitheatra castrensia entdeckt zu haben, nämlich runde, der Arena entsprechende Vertiefungen, die auf allen Seiten von Hügelabhängen eingefaßt sind und so ungefähr die Gestalt natürlicher A. haben. Ausführlich spricht davon John Strange An account of some Roman and other antiquities in Monmouthshire (read Mai 11. 1755) in der Archaeologia Britannica Vol. V (1779) p. 67: the hollow circular spot known at Caerleon (Isca Silurum) by the name of Arthur's round-table, which is generally supposed to be a Roman work, and to have served by way of amphitheatre. In this case it must be considered as one of the Castrensian kind, like that at Richborough-Castle, not far from Sandwich in Kent, and many others. — Stukeley (Iter curiosum I p. 156) mentions one at Silchester and another 3 miles from Redruth in Cornwall. Probably the round entranchment between Perith and Shap in Westmoreland, described by Salmon (Survey p. 637) and compared by him to a cock-pit or wrestling-ring is of the same kind. It also goes by the name of Arthur's round table, as does that on the castle-wall at Winchester. Such temporary amphitheatres were probably the only used by the Romans in these distant provinces. — p. 68: It is observable, that the Castrensian amphitheatres in general preserve no signs of subsellia or seats, so that the people must have stood on the grassy declivity. I saw no signs in that of Caerleon, nor in the more perfect one near Dorchester, that Stukeley (ib. p. 166) has also observed. Nor do I recollect that any such have been discovered in any other Castrensian amphitheatre, at least in our island, where they seem to have been rather numerous. For it may reasonably be supposed, that there were many more of them in Britain, than that are known to us at present, though the number of the latter is by no means inconsiderable. Das zu Caerleon (worüber auch Archaeol. Br. II 6) ist genauer beschrieben von Lee (Isca Silurum, London 1862 p. 128), wie mir E. Hübner mitgetheilt hat. Nach der Angabe desselben Gelehrten glaubt man Spuren von A. gefunden zu haben zu Bath (Aquae Solis) und Richborough, Kent, (Rutupiae: Wright Wanderings p. 88), Cirencester, Silchester, Dorchester (ib. p. 95). Vgl. auch Archaeol. XVII p. 171 (near Llandrinolt, Wales) und Goughs. Camden I p. 158 (Chaselbury, Wiltshire). Daß all diese Beobachtungen sehr unsicher sind, leuchtet ein.

In den übrigen nördlichen Provinzen sind meines Wissens Reste von A. nirgend gefunden worden. Die Angabe von Muchar (das römische Noricum I 365), daß in Cibalis (Pannonia inferior) ein großes A. gewesen sei, scheint irrig; in der angeführten Stelle Zosim. II 18 steht wenigstens nichs davon.

Hispaniae.

Die folgenden Angaben von E. Hübner beruhen theils auf eigner Anschauung (vgl. seine antiquarischen Reiseberichte im Bull. d. Inst. 1860—1862), theils auf besserr handschriftlichen und gedruckten Quellen (vgl. die betreffenden epigraphischen Reiseberichte in den Monatsber. der Berliner Akademie 1860 u. 1861). Die spanischen Werke über dortige Alterthümer sind durchweg kritiklos und unzuverlässig, namentlich wegen des Hanges, alles Heimische ungemein zu übertreiben. Das bekannteste ist: D. Juan Augustin Cean-Bermudez, Sumario de las antiguedades romanas en España, en especial las partenentes à las bellas artes,

Madrid 1832. Fol. (vgl. darüber: Hübner, die antiken Bildwerke in Madrid p. 277). Außerdem sind zu nennen: Florez, España sagrada, Madrid 1752—1850, Voll. XLVII 4; D. Antonio Ponz viage de España 1772—1794, XVIII voll. 8; Laborde, Voyage pittoresque de l'Espagne, Paris 1806—1820 II voll. Fol. Die römischen Ueberreste Lusitaniens berührt Bellermann: Erinnerungen an Süd-Europa p. 249 ff.

a. Tarraconensis.

Tarraco. Seit Luis Pons de Ycart grandezas de Taragona 1572, 8. f. p. 215 behauptet hat, daß die Trümmer bei Nª Sª del Milagro (jetzt Gefängniß) zum Theater gehören, haben ihm alle späteren spanischen Schriftsteller beigestimmt, z. B. Cean p. 6, Florez XXIV p. 229, Albiñana Tarragonae monumenta p. 128; wo dieselben über das A. derselben Stadt sprechen (Cean p. 7. Florez ebendas. p. 228. Albiñana p. 124), bezeichnen sie jedoch ebendieselben Ruinen, die auch unzweifelhaft zu einem A. gehörten. (Von dem Theater, das wahrscheinlich auf einem Hügel der obern Stadt bei der sogenannten torre del Patriarca war, sind mehrere Sitzstufen übrig, über deren Aufschriften vgl. Hübner in den Monatsber. d. Berl. Akad. 1860 p. 239). Eine Abbildung des A., von dem jetzt nur ein geringer Theil der Cavea übrig ist, s. bei Laborde I Taf. 53, 54, 56.

Ercavica (Cabeza del Griego). Sehr undeutliche Ruinen nach Cornide (Memorias dell' academia de Madrid III 1796 p. 172) beschrieben von Cean p. 59.

Ganz unsicher sind die bei Cean aufgeführten A. in Barcino (p. 15), Carthago (p. 34) und Toletum (p. 118).

b. Baetica.

Corduba. Die im Jahr 1730 gefundenen, sehr unsichern Trümmer, welche Ruanes: historia general de Cordoba I (1761) p. 289 beschrieben hat, sollen nach Cean p. 340 zu einem A. gehört haben. Hübner sah nichts davon.

Italica (Santiponce bei Sevilla). Nach Montfaucon Ant. expl. III p. 262 wäre das A. auf Befehl des Magistrats von Sevilla zum großen Theil zerstört, um aus dem Material Dämme aufzuführen. Vgl. Cean p. 283. Nach den neuesten Ausgrabungen auf das Genaueste beschrieben von Demetrio de los Rios (Memoria arqueológico-descriptiva dell' a. de l. Madrid 1861, mit großem Plan). Cean hat auch Bolonia (Baelo p. 232) und Malaca A. zugeschrieben (p. 317), die ganz unsicher sind.

C. Lusitania.

Emerita. Vgl. Huebner Bull. d. I. 1862 p. 173. Laborde hielt es fälschlich für eine Naumachie.

Bracara Augusta (Braga). Sehr unsicher; die Reste nach den portugiesischen Autoren beschrieben bei Bellermann S. 252.

Mauretaniae.

Julia Caesarea (Jol). De Blinière Antiquités de la ville de Cherchel (Algérie) Rev. arch. V p. 344: L'enceinte extérieure de l'a. est mieux conservée, j'ai gravi 17 gradins encore en bon état. Vgl. Explor. scientif. de l'Alg. Beaux-Arts III pl. 21, wo auf dem Grundriß der Stadt das A. angegeben, und pl. 29 u. 30, wo es als Hippodrome Romain abgebildet ist.

Sitifis. Renier Inscr. de l'Alg. 3287: Vier sehr verstümmelte Fragmente einer Inschrift, worunter ANFIT HEATRI.

Von dem Theater (nicht A.) in Cuiculum (Djemila) Expl. Beaux-arts I pl. 47 glaubt Ravoisié p. 60, es sei auch zu gymnastischen Spielen und Thierkämpfen benutzt worden.

Numidia.

Cirta. Inscr. de l'Alg. 1825: Divo Pertinaci Aug. patri L. Scantius L. fil. Quir. Julianus eq. pub. exornatus statuam quam promisit, ex reditibus locorum amphitheatri diei muneris quem de liberalitate sua ob honorem IIIviratus edidit.

Rusicade (Philippeville). Expl. scientif. de l'Alg. Beaux-arts II pl. 56—59. Vgl. Rev. arch. I 814 (un seul étage de galeries.)

Tipasa? Dureau de la Malle Recueil des renseignements sur la province de Constantine p. 204: Entre Tifferch et Guelma Hebenstreit (Nouv. Ann. de Voy. A. 46 p. 58) a vu les débris d'une grande ville ancienne, de superbes portiques bien alignés, des colonnes de marbre, des palais encore debout, un amphithéâtre de 150 pas de diamètre, dont 10 rangs sont intacts, le tout en grosses pierres de taille. Les

Maures appellent ce lieu Hamisa, probablement parce qu'il est situé sur l'Hamise; c'est je crois la colonie Romaine de Tipasa.

Lambaese. Mémoire de la société nationale des antiquaires de la France. Troisième série t. I (1852). De la Mare recherches sur la ville de Lambèse p. 34: A 800 mètres du pretorium se trouve l'amphithéâtre. Ce monument assez bien conservé, n'a pu être étudié; il a 104 mètres de diamètre; ses gradins, de forme elliptique et au nombre de 15—20, sont un peu dérangés et inclinés vers le centre, comme s'ils avaient été légèrement secoués par un tremblement de terre. On y compte 14 portes cintrées de 2 à 3 mètres de large, plusieurs ont conservé leurs arceaux en bon état. On y voit aussi deux passages en voûtes inclinées, qui conduisent de l'extérieur au sol intérieur de l'édifice, lequel se trouve en contre-bas du terrain environnant. Cet amph. a été vu par Peyssonnel, qui estime assez bien sa circonférence à 300 pas. Auf den Sitzstufen befinden sich Inschriften von Curiennamen (Antoniniana Augusta Saturnia Trajana) Henzen III p. 524. Renier Inscr. de l'Alg. 185.

„Dans des ruines près du caravanserai d'El-Outaïa entre Batna et Biskara": Imp. Caesares M. Aurelius Antoninus et L. Aurelius Commodus (nomen abrasum) Augg. Germanici Sarmatici fortissimi amphitheatrum vetustate corruptum a solo restituerunt per coh . . . VI Commag. A. Julio Pompilio Pisone Laevilio leg. Aug. pr. pr. curante Aelio Sereno praet. — Henzen 6597.

Theveste. Annuaire de la société archéologique de la province de Constantine 1858—59 (in einem Aufsatz von Moll, capitaine du génie, Tébessa = Theveste) p. 40 ff.: le cirque est situé du côté seul de l'ancienne ville — — — une arène circulaire de 45 à 50 mètres de diamètre était environnée d'un massif de maçonnerie, qui se terminait intérieurement par 15 ou 16 rangées de gradins en pierres de taille — — deux entrées conduisaient dans l'intérieur de l'arène, elles étaient placées vis-à-vis l'une de l'autre, aux extrémités d'un même diamètre — — au général le cirque de Th. est dans un mauvais état de conservation — — sans avancer une date précise, nous pouvons affirmer, que l'amphithéâtre de Th. a été construit entre les années 75 et 80 après J.-C.

Africa.

Das Werk von V. Guerin voyage dans la régence de Tunis 1862 2 Voll. kenne ich nur aus der Anzeige von Hase Journ. des savants 1863 p. 333 ff. p. 554 ff.

Uthina Zeugitanae (Oudenah). Alfonse Rousseau lettre à Mr. Amédée Jaubert Revue arch. III p. 146. L'amph. qui est de forme ovale, est placé sur une éminence — j'ai estimé sa circonférence 240 pas environ. L'amph. paraît avoir été creusé par la main d'homme; son élévation actuelle, qui peut être de 70 m. environ, arrive au niveau du sol. Il ne serait pas impossible qu'il eût servi aussi à des naumachies. — Ses restes permittent aisément au visiteur de reconnaître la place des galeries, des tribunes, des vomitoires etc. — Vgl. John Jackson, Account of the ruins of Carthago and of Udenah in Barbary (1803) Archaeol. Brit. XV p. 151. The (2) principal entrances have been very broad; there are 16 other entrances for the spectators, 8 on each side, perfectly uniform.— the whole has been built with hewn stone.

Utica (Bou-Chatér). Pellissier, lettre à Mr. Hase, 2de partie, Rev. archéol. III 399: un amph. creusé dans la colline. La circonférence en est de 266 m. Vgl. Davis Carthage and her remains p. 507, wonach die Arena leicht überschwemmt werden konnte.

Carthago. Falbe sur l'emplacement de Carthage (1833) p. 39: L'amph. ne se reconnait que par l'excavation intérieure, qui a environ 240 pieds dans la plus grande dimension de l'ellipse. Mehr ist gegenwärtig nicht zu erkennen, an einigen Stellen sind Spuren von Netzwerk übrig. Davis a. a. O. p. 490 gibt eine Beschreibung von Edrisi (im 12. Jahrhundert); damals war es noch eine prächtige Ruine p. 497. Es konnte ebenfalls leicht für Naumachieen mit Wasser gefüllt werden. Expos. tot. mundi (Hudson geogr. minores III p. 18): In delectabilibus unum solum spectaculum exspectant habitantes (Carthagine), munerum. Das Epigramm von Luxorius de eo qui podium amphitheatri saliebat (Meyer Anthol. lat. II p. 149, 380) bezieht sich vermuthlich auf das dortige A. Ueber die hier stattfindenden Schauspiele der sacerdotes provinciae Africae s. am Schluß dieses Abschnitts.

Tuburbium. Ruinart vita mart. p. 78: das Märtyrerthum der H. Perpetua und Felicitas wird von Valesius nach Carthago, von den meisten nach Tuburbium verlegt. Das A. wird in den betreffenden Acten wiederholt als Schauplatz des Märtyrerthums genannt.

An der Ostküste von Zeugitana zwischen Leptis minor (Lamta?) und Turris Hannibalis (El Mohedieh?) bei einem Dorfe Dimas ist ein A. erhalten (43 × 32 m.), es hatte nur ein Stockwerk und war in der Art des zu Philippeville en Algérie befindlichen. Pellissier lettre à Mr. Hase Rev. arch. I 814. Derselbe (a. a. O. II 498) erwähnt die Ruinen eines kleinen A. zu Kénaïs (régence de Tunis) 8 Kilometer von Muredina in der Art des A. zu Dimas.

Thysdrus (El Djemm). Pellissier lettre à Mr. Hase I 816. Aimé Rochas ib. IX 90 (pl. 185). P. Coste u. Canina in den Ann. d. Inst. arch. 1852 p. 241 ff. (Mon. dell' Inst. Vol. V Tav. XLII—XLIV u. tav. d'agg. U.). Davis Carthage and her remains p. 492 ff. Canina meint, dies A. sei von dem ersten Gordian begonnen, von dem dritten beendet worden; Pellissier, es sei nie vollendet worden. Nach Coste p. 245 hatten sich die Araber unter Muhammed Bey im J. 1710 während eines Aufstandes hier verschanzt und zerstörten den obern Theil des A. fast ganz, um die Steine auf die Belagerer herabzuschleudern. Nach Besiegung der Rebellen ließ der Bey einige Arkaden des südlichen Haupteinganges in der ganzen Höhe des A. sprengen, um ähnliche Vorgänge unmöglich zu machen. Seitdem haben die Araber die Zerstörung fortgesetzt, um mit den Steinen Häuser, Gräber und die Marabouts des kleinen Orts El-Djemm zu erbauen, der unmittelbar dabei liegt; sie glauben (nach Rochas), daß diese Steine die Kraft besitzen, Skorpione zu vertreiben. Es hat 68 Bogenthore in seiner elliptischen Umfassungsmauer, und drei mit Säulen, die zur Hälfte aus der Mauer hervorspringen, geschmückte Stockwerke; darüber war eine Attika mit viereckigen Oeffnungen, den Axen der darunter befindlichen Bogenthore entsprechend. Der Styl ist einfach und edel. Das Innere ist so verschüttet, daß man nicht erkennen kann, ob es zu Naumachieen gedient hat. Allerdings ist im Mittelpunkt eine Oeffnung, die mit einem unterirdischen Kanal zusammenhängt, der wahrscheinlich bestimmt war, das Regenwasser abzuführen; die Araber behaupten, daß dieser Kanal sich 8 lieues weit erstrecke und mit dem Meere kommunicire.

Oea. Ein A. muß in der Stadt oder in ihrer unmittelbaren Nähe gewesen sein nach Apulej. apol. p. 556, wo er von seinem Stiefsohn sagt: In ludo quoque gladiatorio frequens visitur, nomina gladiatorum plane quidem ut puer, honeste, ab ipso lanista docetur. Vielleicht fanden die Schauspiele in dem A. Statt, dessen Beschreibung Castiglione, mémoire — sur la partie orientale de la Barbarie p. 18 nach dem Bericht eines englischen Reisenden gibt: à Zavia (Tripoli vecchia) village placé à une journée de marche de Tripoli du côté de Tunis, se trouve un a. qui est encore entier et qui a intérieurement 148 pieds de diamètre.

Die hauptsächlichsten Schauspiele werden auch in diesen Provinzen die von den sacerdotes provinciae veranstalteten gewesen sein. Sacerdotes und sacerdotales provinciae Africae kommen öfter vor: Inscr. de l'Alg. 1440 (Verecunda) u. 1528 (Thamugas, beide Mal derselbe sacerdotalis prov. Afr.); vgl. auch Gothofred. ad Cod. Theodos. XVI 10 Paratitlon ed. Ritter VI 279; in Mauretania ein flamen provinciae (I. A. 3915 Caesarea). Vgl. Henzen Ann. d. I. 1860 p. 50. Wegen der zu gebenden Schauspiele war das sacerdotium provinciae Africae eine große Last (Henzen 6904); daß darunter amphitheatralische waren, bezeugt ausdrücklich Augustin. epp. ad Marcellin. 138 (5): Apulejus cui sacerdoti provinciae permagno fuit, ut munera ederet venatoresque vestiret. Diese Schauspiele waren in Carthago: Cod. Theod. XII 1, 145; 176; XVI 10, 20). Daneben gab es natürlich auch munera in den einzelnen Städten bei verschiedenen Gelegenheiten. Inscr. de l'Alg. 2871 (Hippo Regius): L. Postumio Felici Celerino a mil. flam. Aug. p. p. pontifici II vir(o) ob magnificentiam gladiatorii muneris quod civibus suis triduo edidit, quo omnes superiorum memorias supergressus est. 2928 (Madauri): — admod[um] largus munidator. 3096 (Theveste): — qui primus a condita civitate ob honorem flamonii annui munus . . . . . bus omnibus — —. Mus. Veron. 467, 2 (in arcu Tripolitano): — curator muneris. Bull. d. I. 1859 p. 51 (Rusicade): pro salute — Commodi — munus gladiat. et venat. vari generis dentatar. ferar. et [man]suet. item herbat.

b. Der Osten.

Für diese Provinzen habe ich nicht nur die verhältnißmäßig nicht zahlreichen Angaben über A., sondern auch alle mir bekannten Nachrichten über amphitheatralische Spiele verzeichnet. Vgl. das Progr. der hiesigen Universität 1860 VI de propagatione munerum ac venationum per Graeciam et Orientem.

Achaia.

Corinthus. Die einzige Stadt Griechenlands, in der sich mit Sicherheit ein A. nachweisen läßt; denn die Angaben des Cyriacus, daß eine Inschrift (p. XVIII 129 C. I. G. 1108) Sicyone ad amphitheatrum gefunden sei, eine andre (C. I. L. 526) Delphis in pariete amphitheatri, sind keineswegs zuverlässig. Außerdem erwähnt Curtius Peloponnes II 222 zu Sparta ein kreisrundes Gebäude aus Backstein, dessen innerer Durchmesser ungefähr 100, der ganze 180 Fuß beträgt; „es scheint ein für musikalische und andere Aufführungen bestimmtes A. (?) des römischen Sparta gewesen zu sein.“ Pausanias nennt, wie schon Maffei Verona illustr. IV p. 59 bemerkte, in Griechenland kein A., auch nicht zu Korinth, und es muß wenigstens dahingestellt bleiben, ob es zu seiner Zeit schon gebaut war. Es liegt nach Curtius a. a. O. II 527 östlich von der neuen Stadt am Fuße des Berges und ist zum Theil in den Felsen gehauen. Er glaubt, daß es schon bei Dio Chrys. or. XXXI p. 591, 78; ed. Dindorf p. 385 gemeint ist, wo dieser sagt, daß die Korinthier Fechterspiele sahen ἔξω τῆς πόλεως — ἐν χαράδρᾳ τινί, πλῆθος μὲν δυναμένῳ δέξασθαι τόπῳ, ῥυπαρῷ δὲ ἄλλως καὶ ὅπου μηδεὶς ἂν μηδὲ θάψειε μηδένα τῶν ἐλευθέρων. Daß Dio die Stelle meint, an der das A. ist, mag richtig sein, aber schwerlich würde er sich so ausgedrückt haben, wenn damals schon das Gebäude existirt hätte, welches nach Orb. descr. sub Constantino imp. (Mai Auct. Class. III p. 402) ein opus praecipuum war. — Ueber die dortigen Schauspiele vgl. außer den S. 253, 1 angeführten Stellen Apulej. Metam. X 223, wo ein Thiasus zur Feier des Antritts der quinquennalitas ein dreitägiges munus verspricht und Julian. epp. 35 (die Argiver wurden gezwungen, zu den Fechterspielen und Venationen der Korinthier beizusteuern, welche nicht ἐς χορήγησιν ἀγώνων γυμνικῶν ἢ μουσικῶν τῶν πολλῶν δέονται χρημάτων· ἐπὶ δὲ τὰ κυνηγέσια τὰ πολλάκις ἐν τοῖς θεάτροις ἐπιτελούμενα ἄρκτους καὶ παρδάλεις ὠνοῦνται).

Athenae. Vgl. S. 252—254.

Megara. C. I. G. 1058 (mit einigen unzweifelhaften Ergänzungen): *Κούρτιον Πρόκλον .. Κουρτίου Πρόκλου υἱὸν ἡ βουλὴ καὶ ὁ δῆμος ἀγωνοθέτην Πυθαήων καὶ στρατηγὸν καὶ ἀγορανόμον φιλοτειμησάμενον μονομάχων ζεύγη κ — πρῶτον Πανέλληνα* (Vorsteher des von Hadrian eingesetzten Raths der Panhellenen).

Plataeae. Apulej. Metam. IV 72: Ibi famam celebrem super quodam nomine Demochare munus edituro gladiatorium deprehendimus. Nam vir et genere primarius et opibus pluribus et liberalitate praecipuus, digno fortunae suae splendore publicas voluptates instruebat. — Gladiatores isti famosae manus, venatores illi probatae pernicitatis: alibi noxii perdita securitate suis epulis bestiarum saginas instruentes. — Qui praeterea numerus, quae facies ferarum? Nam praecipuo studio, forensi etiam, advexerat generosa illa damnatorum capitum funera etc.

Thessalia. Hieher reist Thiasus, nobilissimas feras et famosos inde gladiatores comparaturus Apulej. Metam. X 223.

Larissa. Id. ib. I 5: ein Hausirer geht hierher, um ein gladiatorium spectaculum satis famigerabile zu sehen.

Macedonia.

Thessalonice. Lucian. Lucius s. asinus 49: *ὁ δὲ Μενεκλῆς ὁ δεσπότης ἡμῶν — ἐκ τῆς Θεσσαλονίκης δεῦρο ἐληλύθει ἐπ' αἰτίᾳ τοιαύτῃ· ὑπέσχετο τῇ πατρίδι θέαν παρέξειν ἀνδρῶν ὅπλοις πρὸς ἀλλήλους μονομαχεῖν εἰδότων.* Das Schauspiel, in dem auch eine Frau, *ἥτις κατεκέκριτο θηρίοις ἀποθανεῖν* (52), verwendet wird, und der Erzähler in Furcht ist, *μή που ἄρκτος ἢ λέων αναπηδήσεται* (53), findet in einem *θέατρον* Statt. Daß hier kein A. war, schließt Maffei Verona illustr. IV 67 aus den acta S. Demetrii (Mabillon annal.), wo es bei den Fechterspielen des Maximianus heißt: illic enim parabatur per quasdam tabulas circulus circumseptus. — Ad. de Longpérier Rev. archéol. VI p. 198 beschreibt die Stele eines retiarius, die hier gefunden ist.

Philippopolis. Die hier gefundene Grabschrift Murat. 616, 1 = Orelli 3746 ist von einem IIVIR ET MVNERARIVS seinem Sohne gesetzt.

Thracia.

Constantinopolis. Bock l'amph. de Constantinople (Bruxelles 1849). Das nach Chronicon Paschale I p. 495 von Sever in Byzanz gebaute A. (*κυνῆγιν* (sic) *μέγα πάνυ*) war vielleicht nur ein Theater, mit Einrichtungen für Gladiatorenkämpfe, wie es deren in Griechenland mehrere gegeben haben mag. Bei Codin. de signis 6 p. 31 ed. Bonn. (wiederholt bei Suidas s. *κυνήγιον: ἐν τῷ κ. τὸ πρῶτον ἐῤῥίπτοντο οἱ βιοθάνατοι κ. τ. λ.*) wird *Μαξιμῖνος ὁ κτίσας* (*τὸ κυνήγιον*) genannt. In der alten Stadtbeschreibung bei Panciroli Notit. dign. utr. imp. p. 259 wird das A. in der regio secunda angegeben. Vgl. Cod. Theod. XIV 6, 5 (v. J. 419): inter amphitheatrum et D. Juliani portum per littus maris. Nach Bock p. 36 ist die letzte Erwähnung des A. aus dem zwölften Jahrhundert: Banduri imp. orient. ed. Paris. p. 26.

Creta und die übrigen Inseln.

Creta. Maffei Verona ill. IV p. 62 führt einen handschriftlichen Trattato dell' isola di Candia von Onorio Belli Vicentino an, der im J. 1583 als Arzt des proveditor generale dorthin ging (l'opera è scritta con erudizione e con senno, e non si ha sopra quel paese alle stampe cosa di gran lunga paragonabile). Er glaubte außer 7 Theatern 5 A. entdeckt zu haben; von zweien gibt er die Abbildung. Von dem einen zu Gortyn, ch'ei rappresenta secondo il costume con pianta affatto simile a quella del Coliseo Romano nel portico raddoppiato e nelle quattro vie diametrali, benchè poi dì soli archi 56, dice ch'era tutto di mattoni e senza nissun ornamento d'architettura. L'altro dice ch'era a Gerapetra (Hierapytna). Es soll zum Theil in zwei Bergabhänge eingehauen und mit 6 contraforti di muraglia soda senza ornamento zur Ellipse vollendet sein. Maffei, der sonst geneigt war, auch die zuverlässigsten Angaben über A. zu bestreiten, gab im Vertrauen auf das Urtheil d'un uom si intendente e sensato zu, daß diese richtig sein mögen. Das Vorhandensein des A. zu Hierapytna bestätigt G. Perrot L'île de Crète (Rev. d. deux mondes 1864 p. 1004); es hat 60 Schritt im Durchmesser.

Lesbos. Inschrift eines gemeinschaftlichen Begräbnisses einer Gladiatorenfamilie zu Mitylene (C. I. G. II Add. 2194b. p. 1028): *φαμιλία μονομάχων πατρ.* (?) *Κλαυ. Τρυφωνιανοῦ νέου καὶ ἀρ-*

χιερείας Ὀρφίας Λαιλίας [Σ oder Ζ]ωτίου γυναικὸς αὐτοῦ. Wahrscheinlich war Claudius Tryphonianus Oberpriester, und daß diese auch auf Lesbos Spiele gaben, ergeben die Inschriften 2184—2194.

Thasos. Ib. 2164: Inschrift von Gladiatoren (Myrmillonen und Essedarier) einer Hekatäa, woraus keineswegs folgt, daß hier auch Fechterspiele stattfanden, da Inseln (wie Kos 2511) wol öfter zum Aufenthaltsort für Gladiatorenfamilien gewählt wurden.

Asia und die übrigen kleinasiatischen Provinzen.

Auch von den in den asiatischen Ländern veranstalteten Schauspielen waren die hauptsächlichsten die von den Provincialverbänden (communia, κοινά) der einzelnen Provinzen unter dem Vorsitz und auf Kosten der an der Spitze stehenden Priester gegebenen: vgl. Marquardt Hdb. d. R. A. III 1, S. 268 ff. Die letzte Erwähnung dieser Schauspiele ist aus dem Jahr 465, wo die Fechterspiele schon längst aufgehört hatten: Cod. Just. l. un. de officio comit. Orientis (Cod. I Tit. XXXVI). Daß in frühern Jahrhunderten dabei auch Gladiatoren nicht fehlten, ist vielfach bezeugt. Fechterspiele, von den Oberpriestern der Provinzen gegeben, erwähnt ausdrücklich ein Schreiben des Kaisers Alexander Severus (Cod. Just. X 61, vgl. Marquardt a. a. O. A. 1877) und der Bericht über das Märtyrerthum des h. Polycarp (im J. 166) bei Euseb. Hist. eccl. IV 15 p. 135, 27 ed. Schwegler; Ruinart acta mart. p. 42. vgl. Marquardt A. 1876. Daher kommen in Inschriften öfter Gladiatorenfamilien im Besitz dieser Priester vor: C. I. Gr. 2511. 3213. 3677. II 2194 b. 2759 b. Galen erzählt, daß er nach Vollendung seiner medicinischen Studien zu Alexandria von dem Oberpriester zu Pergamus als Arzt für dessen Gladiatoren angestellt worden sei, wobei er sich einer neuen Behandlungsart bedient habe: Κατὰ τυχὴν δὲ πολλῶν τεθνεώτων ἐν τοῖς ἔμπροσθεν ἔτεσιν ἐμοὶ δὲ οὔτε τῶν ὡς εἴρηται τετρωμένων ἀποθανόντος τινὸς οὔτ' ἐξ ἄλλου τραύματος u. s. w. — in Folge dessen sei er auch von den spätern Oberpriestern zu demselben Amt erwählt worden (de compos. medicam. p. genera lib. III cap. 2 ed. Kuehn v. XIII p. 599; Bas. II p. 350. Vgl. ed. Kuehn XIII 564, XVIII B 561 (woraus sich ergibt, daß diese Schauspiele in den Sommer fielen).

Die Gladiatorenschulen werden sich hauptsächlich in den Städten befunden haben, in denen die Provincialfeste gefeiert wurden. In der That finden sich solche in Smyrna, Philadelphia, Cyzicus und Pergamus, die sämmtlich Vororte der angegebenen Art waren: vgl. Marquardt a. a. O. S. 141. Aber zum Priesterthum wählbar waren auch Bürger der übrigen zu der Festgenossenschaft gehörigen Städte, die ihre Gladiatoren theils an ihren Wohnorten, theils an andern zweckmäßig erscheinenden Orten unterhalten und einüben lassen konnten. Wenn daher an einem Orte Monumente gefunden worden sind, die sich auf Gladiatoren beziehen, so folgt daraus höchstens, daß dort eine Schule war, aber nicht daß Fechterspiele gegeben worden sind. Daß übrigens in vielen Städten auch außer den Festen der Provinzialverbände bei manchen andern Gelegenheiten Fechterspiele veranstaltet wurden, ist unzweifelhaft. Ueber die kaiserlichen Gladiatoren in diesen Provinzen und auf Cyprus vgl. S. 204, 5.

Die Orte, in denen sich Spuren von amphitheatralischen Schauspielen oder darauf bezüglichen Einrichtungen nachweisen lassen, sind nach Provinzen geordnet, folgende.*

Caria. Cos. C. I. Gr. 2511: *φαμιλία μονομάχων καὶ ὑπόμνημα κυνηγεσίων Νεμερίου Καστρικίου, Λευκίου, Πακωνιανοῦ, Ἀσιάρχου, καὶ Αὐρηλίας Σαπφοῦς, Πλάτωνος, Λικινιανῆς, ἀρχιερείας, γυναικὸς αὐτοῦ.* Biagi hat dies richtig von einem gemeinschaftlichen Begräbnißplatze der Gladiatoren und Venatoren, die diesem Ehepaare gehörten, erklärt, wie solche auch sonst vorkommen (C. I. 3942 und Mommsen I. R. N. 736 = Orelli 2569). Vermuthlich war der Wohnort des Asiarchen Halikarnaß und er hatte die Insel Kos nur zum Aufenthalt für seine Gladiatoren oder zur Anlegung eines Begräbnißplatzes für sie gewählt.

Halicarnassus. C. I. 2663 Inschrift eines Retiariers bezüglich auf Geschenke, die er der Göttinn Nemesis dargebracht hat.

Stratonicea. C. I. 2719 Inschrift eines T. Flavius, Leontis f. Quir. Aeneas, *ἀρχιερατεύσαντος μεγαλοπρεπῶς, ἐν ᾗ ἀρχιερωσύνῃ καὶ μονομαχίας καὶ κυνηγεσίας ἐπετέλεσεν*, nach Böckh aus der Zeit der Antonine. Welches Oberpriesterthum hier gemeint sei, ist ungewiß; vgl. Marquardt A. 1875.

Miletus. C. I. 2880 Inschrift eines Propheten des Tempels

---

*) Da die Zeugnisse zum größten Theil dem C. I. G. entnommen sind, habe ich dessen Anordnung hier beibehalten.

der Branchiden, eines Sohnes *ἀρχιερέων τῶν Σεβαστῶν* (wahrscheinlich gleichbedeutend mit Asiarchen vgl. Marquardt a. a. O.) *ποιησάντων θεωρίας ἐπὶ ἡμέρας δέκα καὶ μονομαχίας ἀποτόμους ἐπὶ ἡμέρας δεκαδύο*. (Auch C. I. 3422 wird ein Thiergefecht als *ἀπότομος* gepriesen, wie in der Inschrift von Minturnä Mommsen I. R. N. 4063). C. I. 2889 enthält ein Verzeichniß von drei Myrmillonen, zwei Thrakern, einem Wagenkämpfer, die, wie es scheint, zwei Herren, Samia und Eukarpus, gehörten; die Zahlen der Siege (*NI*) und Kränze (*ΣT*) sind den Namen beigefügt, das zweimalige *EΛEY* bedeutet wol nicht *ἐλεύθερος* (Böckh), sondern *ἐλευθερωθείς* (pileatus).

Nysa. Das dortige A., beschrieben von Strabo XIV p. 639, lag *ἐν χαράδρᾳ*, wie das korinthische.

Aphrodisias. C. I. II Add. p. 1109 nr. 2759 b. *φαμιλία Ζήνωνος τοῦ Ὑψικλέους τοῦ Ὑψικλέους τοῦ φύσει Ζήνωνος Ὑψικλέους, ἀρχιερέως, μονομάχων καὶ καταδίκων καὶ ταυροκαθαπτῶν*.

Lydia. Smyrna. C. I. 3123 *φαμιλία μονομάχων Λ. Τίμωνος Ἀσιάρχου νεωτέρου*; außerdem Inschriften einzelner Gladiatoren: 3275 (Retiarier). 3291 (*ἱπποδιώκτης* scheint von Böckh richtig für einen Gladiator gehalten zu werden). 3368. 3374 (Thraker). 3392 (Myrmillonen). Auch ein Relief, aus den Spiegelthal'schen Ausgrabungen herrührend: ein Thierbändiger mit einem Panther (Programm der Acad. Alt. Regim. 1860 VI) dürfte bei Smyrna gefunden sein. Das Märtyrerthum des h. Polycarp fand nach dem Bericht bei Eusebius im *στάδιον* Statt. Maffei degli anfit. p. 91: Equivoco però prese, com' è solito, nelle reliquie d'antichi edifizj Tomaso Smith, che nelle notizie delle chiese d'Asia disse vedersi a Smirna avanzi di tale anfiteatro.

Philadelphia. C. I. 3422 (wie es scheint, erst aus der Zeit der Aurelischen Kaiser): — *ἀρχιερασάμενον καὶ δόντα κοντροκυνηγέσιον ἐνδόξιγον ἀπότομον ἐκ θείας φιλοδωρίας*. Francke erklärt wol richtig: Kampf eines einzelnen Thierkämpfers oder mehrerer einzelnen mit je einem Thier; die Kämpfer mit einem *κοντάριον* (Jagdspieß) bewaffnet. Vgl. S. 332.

Cyzicus. Nach Perrot L'île de Crète (Rev. des deux mondes 1864 p. 1004) sind die einzigen A. Kleinasiens hier und in Pergamus. Die von Marquardt (Kyzikos S. 148) erwähnte Ruine eines Cirkus, der überschwemmt werden konnte, ist doch wol das A. C. I. 3677 Denkmal der Gladiatorenfamilie eines Asiarchen, Aurelius Gratus und dessen Frau, die ebenfalls Oberpriesterin war. Inschrift eines Thrakers Rev. arch. 1846, 2 ff. Vgl. S. 213, 1.

Mysia. Pergamus. S. Cyzicus. Vgl. die oben angeführten Stellen aus Galen und Aristid. orat. XXV p. 324 ed. Jebb: *θεωρία τις ἦν ἐν τῇ πόλει πάνυ λαμπρά, ἢ ταύρων θήρα μοι δοκεῖν ἤ τι τοιοῦτον.*

Phrygia. Laodicea ad Lycum. Cic. ad Attic. VI 3, 9. C. I. 3935 *Νεικόστρατος Λευκίου τοῦ Νεικοστράτου νεώτερος τὸ ἀμφιθέατρον λευκόλιθον ἐκ τῶν ἰδίων ἀνέθηκεν — καθιερώσαντος Μάρκου Οὐλπιανοῦ τοῦ ἀνθυπάτου* (der Vater des Kaisers, im J. 79 n. Chr.). Vgl. 3936 u. 3982: *μνῆμα μονομάχων τῶν δοθέντων ὑπὸ ἀρχιερέως καὶ στεφανηφόρου Διοκλέους τοῦ Μηναφίλου.*

C. I. 3905 soll zu Hierapolis „inter rudera amphitheatri" gefunden sein.

C. I. 3847b (Vol. III Add.) von ungewisser Herkunft, der Stadt Nacolea zugeschrieben; darin wird ein *κυνήγιον πολυτελὲς καὶ παράδοξον* erwähnt.

Bithynia. Nicaea. C. I. 3674 (Denkmal eines Retiariers) und wahrscheinlich gehört auch die ähnliche Inschrift 3675 hierher. Vgl. Nicomedia.

Nicomedia. Plin. epp. X 43 (40): an Trajan, wegen der Verbrecher, die zu Nicäa und Nicomedia in ludum damnati waren.

Galatia. Ancyra. Auf dem linken Thürpfeiler des Augustustempels befindet sich (C. I. 4093) ein Verzeichniß der fünfjährigen Schauspiele, die zu Ehren des Kaisers beging *Γαλατῶν τὸ κοινὸν ἱερασάμενον θεῷ Σεβαστῷ καὶ θεᾷ Ῥώμῃ.* Die bei den einzelnen Jahren vorgeschriebenen Namen sind die der Galatarchen. Die hauptsächlich erwähnten Festlichkeiten sind öffentliche Mahlzeiten (*δημοθοινίαι*), Schauspiele (*θέαι*), gymnische und Gladiatorenkämpfe, Thierhetzen, Stierkämpfe (*θηρομαχίαι, ταυρομαχίαι, ταυροκαθάψια*). Bei dem ersten Fest, das nach der wahrscheinlichen Vermuthung von Franz in's J. 10 n. Chr. fiel, gab der Festgeber *μονομάχων ζεύγη τριάκοντα* und *κυνήγιον ταύρων καὶ θηρίων.* Auch bei dem dritten, vierten und fünften Fest fochten Gladiatoren, doch fehlen die Zahlen der Paare.

Paphlagonia. Amastris. Lucian. Toxaris 57 f. läßt den Scythen Sisinnes hier mit einem Gladiator für den Preis von 10,000

Drachmen kämpfen, um seinen Freund unterstützen zu können. Dem Gladiatorenspiel geht eine Thierhetze voraus.

Pontus. Sinope. Die Inschrift eines Pontarchen C. I. 4157 (denn die Ergänzung von Franz Z. 4 *πο[ντάρχη]ν* ist unzweifelhaft richtig) erwähnt *ταυροκαθάψια καὶ κυνηγέσιον καὶ — — μαχίαν.*

Lycia. Xanthus. Reste eines angeblichen A. s. Monum. d. Inst. IV tav. 2. Vgl. Ann. d. Inst. arch. 1844 p. 134.

Pisidia. Sagalassus C. I. 4377 (Grabschrift, zugleich Ehreninschrift):

πάντη μὲν κῦδος Τερτύλλου — — —
ἔκ τε σοφῶν ἔργων ἔκ τ' ἀγαθῶν πατέρων.
νῦν δ' ἔτι που καὶ μᾶλλον, ἀρηιφίλων ὅτε φωτῶν
τόσσην ἐν σταδίοις ἐστόρεσεν στρατιήν.
ἄρκτους παρδάλιάς τε κατέκτανεν ἠδὲ λέοντας
σφῶν κτεάνων πάτρην πρεσβυτέρην θέμενος.

Ἐστόρεσεν ist Ergänzung von Franz, auf dem Stein soll *ΕΣΕΝ* stehen, vielleicht ist dies nicht genau kopirt und das richtige *ἐστύλισεν*. Daß unter *στάδιον* ein A. zu verstehen sei, ist eine unbegründete Annahme von O. Müller, Welcker und Franz.

Pisidia. Antiochia Pisidiae. Henzen 6156: Cn. Dotlio Dotti Marullini fil. Ser. Planciano patr. col. flam. II vir. II qq. vir. muner. II (munerario iterum). — — asiarch. templ. splend. civit. Ephes. etc.

Iconium. Ammian. XIV 2: (Isauri) apud Iconium Pisidiae oppidum in amphitheatrali spectaculo feris praedatricibus objecti sunt.

Cilicia. Aegae. Philostrat. vit. Apoll. II, XIV ed. Kayser p. 31, 21 läßt den Apollonius erzählen: *φώκη μέν, ἣν εἶδον ἐγὼ ἐν Αἰγαῖς καθειργμένην εἰς κυνήγια, οὕτως ἐπένθησεν ἀποθανόντα τὸν σκύμνον, ὃν ἐν τῷ οἰκίσκῳ ἀπεκύησεν, ὡς μὴ προσδέξασθαι τριῶν ἡμερῶν σῖτον, καίτοι βορωτάτη θηρίων οὖσα.*

Tarsus. Die Märtyrer Tarachus, Probus und Andronicus sollen hier im J. 304 gelitten haben. Acta mart. ed. Ruinart (1731) p. 391: *ὁ ἀνοσιώτατος Μάξιμος* (der Statthalter von Cilicien) *μετακαλεσάμενος Τερεντιανὸν Κιλικάρχην, αὐτὸν φιλοτιμῶν* (?) *ἐκέλευσε τῇ ἑξῆς πάνδημον θέαν ἐπιτελεῖν τῶν κυνηγίων τῇ πόλει. Καὶ ὁ Τερεντιανὸς παραχρῆμα τοῖς ἐφεστῶσι τῶν θηρίων ἑτοίμοις γένεσθαι διέταττεν. Πρωίας δὲ γενομένης πᾶσα ἡ πόλις σὺν γυναιξὶ* καὶ παιδίοις ἐξῄεσαν ἐπὶ τὸ στάδιον· ἦν γὰρ ὁ τόπος τοῦ θεωρίου τούτοις ἀπὸ μηλίου μικρὸν πλείονος ἑνός· πληρωθέντος δὲ τοῦ ἀμφιθεάματος τῶν ὄχλων κ. τ. λ.

Syria mit Phoenicia und Palaestina.

Antiochia. Ein angeblich von Cäsar auf der Akropolis erbautes A. Malalas p. 217 (91, V) soll Valens in einen Schauplatz für Thierkämpfe verwandelt, Theodosius zerstört haben O. Mueller antiq. Antiochenae p. 79 (II 2 adn. 10). Doch scheinen dort mehrere A. gewesen zu sein nach Liban. orat. Antioch. (I p. 315 Reisk.): τίς δ' ἂν ἐφίκοιτο διεξιὼν ἕτερα θεάτρων εἴδη, τὰ μὲν ἀθληταῖς ἐναγωνίσασθαι πεποιημένα, τὰ δ' ἀνδράσι πρὸς θηρία. Gladiatoren müssen in Antiochia wenige Jahre nach Constantin's Verbot blutiger Schauspiele (325) aufgetreten sein, da Libanius (de vit. sua p. 3 ed. Morell.) sich rühmt, im Alter von funfzehn Jahren dies Schauspiel verschmäht zu haben. Er erwähnt Gladiatorenspiele häufig, wie epp. 218 (vgl. 220), wo er beklagt, daß sein Vetter mit der Anschaffung von Thieren und Thierkämpfern sein Vermögen verschwendet habe. Andre Stellen gibt Gothofred. ad Cod. Theodos. XII 1, 103. Den Tisamenus beschuldigt er, daß er einen Festgeber mit dem ganzen Apparat einer Thierhetze von Beroea habe nach Antiochia kommen lassen (in Tisam. ed. Reisk. II p. 447). Daß die verbotenen certamina pugilum, an denen sich der Cäsar Gallus zu Antiochia erfreute (Ammian. XIV 7, 3), Gladiatorenspiele waren, wie Lipsius meinte, haben Valesius a. a. O. und Gothofred. ad cod. Theodos. XV 12, 1 mit Recht bestritten.

Phoenicia. Berytus. Der Judenkönig Agrippa baute hier ein A., in dem er zwei Haufen von je 700 Verbrechern mit einander kämpfen ließ (Joseph. Ant. Jud. XIX 7, 5). Ebendaselbst ließ Titus eine große Anzahl von gefangenen Juden durch ein Gladiatorenspiel umbringen (B. J. VII 3, 1). Daß dies in einem A. geschah, sagt Josephus nicht; Maffei degli anf. p. 85 vermuthet, jenes von Agrippa erbaute sei nur von Holz gewesen. Daß es nicht zufällig ist, daß Constantin's Verbot der blutigen Schauspiele (325) hier erlassen wurde, bemerkt Gothofred. ad cod. Theodos. XV 12. 1.

Palaestina. Caesarea. Herodes erbaute hier ein A., πολὺν ὄχλον δέχεσθαι δυνάμενον καὶ κείμενον ἐπιτηδείως ἀποπτεύειν εἰς τὴν θάλατταν. Joseph. Ant. Jud. XV 9, 6. Dort feierte er den von ihm (Ol. 192 = 8 v. Chr.) zu Ehren August's gestifteten periodischen Agon, *παρεσκευάκει δὲ πολὺ πλῆθος μονομάχων καὶ θηρίων, ἵππων τε δρόμον καὶ τὰ πολυτελέστερα τῶν ἐν τῇ Ῥώμῃ καὶ παρ' ἄλλοις τισὶν ἐπιτηδευμάτων*. Vgl. B. J. I 21, 8 und Euseb. de martyr. Palaestin. IV 13, acta mart. ed. Ruinart p. 283.

Hierosolyma. Joseph. Ant. Jud. XV 8, 1: *παρασκευὴ δὲ καὶ θηρίων ἐγένετο* (bei der Feier desselben Agon) *λεόντων τε πλείστων αὐτῷ συναχθέντων καὶ τῶν ἄλλων, ὅσα καὶ τὰς ἀλκὰς ὑπερβαλλούσας ἔχει καὶ τὴν φύσιν ἐστὶ σπανιώτερα· τούτων αὐτῶν τε πρὸς ἄλληλα συμπλοκαὶ καὶ μάχαι πρὸς αὐτὰ τῶν κατεγνωσμένων ἀνθρώπων ἐπετηδεύοντο, τοῖς μὲν ξένοις ἔκπληξις ὁμοῦ τῆς δαπάνης καὶ ψυχαγωγία τῶν περὶ τὴν θέαν κινδύνων, τοῖς δ' ἐπιχωρίοις φανερὰ κατάλυσις τῶν τιμωμένων παρ' αὐτοῖς ἐθῶν*. Maffei a. a. O. p. 75 meint, auch diese beiden A. seien von Holz gewesen.

Canatha. Ein A. erwähnt hier die Inschrift C. I. 4614.

Gerasa. Die Fundamente eines elliptischen A. sah hier außerhalb der Stadt Graf Bertou Bull. d. I. 1837 p. 166.

Aegyptus.

Alexandria. Das A. muß hier unmittelbar nach der Occupation Aegyptens durch die Römer 724 gebaut sein, da schon Strabo (in Aegypten 730) es kennt. (XVII p. 795: *ἀμφιθέατρον καὶ στάδιον καὶ οἱ πεντετηρικοὶ ἀγῶνες* [S. 305, 6] *ἐκεῖ συντελοῦνται*). Auch gab es hier schon unter August eine kaiserliche Gladiatorenschule S. 204, 4. Ob freilich die papyrus amphitheatrica, die den Namen a consecturae loco hatte Plin. H. N. XIII 75 u. 78, bei diesem A. fabrizirt wurde, ist ungewiß, da Plinius den Fabrikort nicht angibt. Joseph. B. J. II 18, 7: *καὶ δὴ τῶν Ἀλεξανδρέων ἐκκλησιαζόντων περὶ ἧς ἔμελλον ἐκπέμπειν πρεσβείας ἐπὶ Νέρωνα, συνερρύησαν μὲν εἰς τὸ ἀμφιθέατρον ἅμα τοῖς Ἕλλησι συχνοὶ Ἰουδαίων*.

Cyrenaica.

Cyrene. Beechey proceedings of the expedition to explore the N. coast of Africa from Tripoli eastward 1821 and 1822 (1828) p. 529. Das A. scheint kreisrund, der Durchmesser der Arena über

160 Fuß gewesen zu sein; der Zugang war von oben, die Sitze auf den Abhängen der Anhöhe, wie in Ptolemais. p. 530: The seats seem to have occupied a space of above 80 feet in depth; if we reckon the level space (or platform) inclosing the amph. at 20, the whole building will have stood upon 300 feet of ground. Unterirdische Räume scheint das A. nicht gehabt zu haben. Bilder von Thierhetzen und Gladiatoren in der Nekropolis von C. Pacho voyage d. l. Marmarique pl. 52 u. 53.

Ptolemais. (Ptolemeta). Beechey a. a. O. p. 381: the amph. has been chiefly excavated in the quarry in which it stands, and a small portion of it only has been built, where the rock could not be made to serve. There appear to have been no interior communications, and the approach to the seats was probably from above as well as from below by means of the staircases between the several cunei only, no passage being anywhere observable. Der Durchmesser des ganzen (wie es scheint ebenfalls kreisrunden) Gebäudes mit Einschluß der Arena und Sitzreihen ist ungefähr 250 Fuß engl.

Berenice. C. I. G. 5362: *Δέκιμος Οὐαλέριος Γαίου υἱὸς Διονύσιος τοὺς οἴκους ἐκονίασεν καὶ τὸ ἀμφιθέατρον κατεσκεύασε τοῖς ἰδίοις δαπανήμασιν Βερενικέων τῷ πολιτεύματι.*

Maße von 44 Amphitheatern.

Die folgenden Maße können und sollen, auch da, wo sie sowohl für die innern als die äußern Axen angegeben sind, nur eine ungefähre Vorstellung von der Größe der betreffenden Gebäude geben. Denn trotz scheinbarer Genauigkeit stimmen die verschiedenen Messungen derselben A. fast nie überein. So gibt von dem A. zu Thysdrus Pellissier folgende Maße (der Längen= und Breitenaxe des ganzen Gebäudes): 137,65 m. 115,90 m.; Pelet: 130,35 m. 119,53 m.; Coste 150 m. 130 m. Ich habe die in den landesüblichen Maßen angegebenen Dimensionen überall auf mètres reduzirt, nach den Angaben von Silber (die Münzen, Maße und Gewichte aller Länder der Erde); die mit P. bezeichneten Messungen habe ich aus Pelet description de l'amph. de Nimes p. 54, die übrigen aus den zuverlässigsten im Verzeichniß angegebenen Quellen entlehnt.

	Große Axe des ganzen Gebäudes.	Kleine Axe des ganzen Gebäudes.	Große Axe der Arena.	Kleine Axe der Arena.
Alba Fucentina	93 m.	35 m.	79 m.	21 m.
Arelas P.	136,47	107,29	69,5	39,35
Ariminum	120	91	76,40	47,40
Augusta Praet. Sagalass. .	86,14	73,86		
Augusta Trevirorum . . .			c. 72,5	c. 48,6
Burdigala			73,45	53,95
Caesarodunum	135	120	68	30
Capua P.	169,89	139,60	76,12	45,83
Caralis			47	30
Carthago			79,2	
Catana			70,7	49,5
Corinthus			88,4	57,9
Cyrene			über 48,8	48,8
Emerita	75,4	52,6		
Ercavica	58,6	48,7		
Falerii	178,8	106,2		
Florentia	100,96			
Grumentum			62,6	60
Italica	156,5	134		
Julia Caesarea	168	88	140	60
Lambaese	104			
Leuci			58,5	19,5
Luna			63	37
Mediolanum Santonum . .	c.129,5	105,3	78	45,6
Nemausus P.	132,18	101,38	69,14	38,54
Ocriculum	c. 75	c. 51—54		
Paestum	56,9	34,4		
Pola P.	137,8	112,6	70	44,8
Pompeji P.	135,65	104,05	66,65	35,05
Ptolemais	76,2	76,2		
Puteoli P.*)	190,95	144,87	111,93	65,85
Rastiatum	65	48,75		

*) Si l'ampli. de P. est plus grand que le Colisée, celui-ci devait contenir une plus grande quantité de spectateurs, vu que l'épaisseur des constructions étant plus considérable, les gradins y étaient en plus grand nombre et l'édifice plus élevé. Pelet.

	Große Axe des ganzen Gebäudes.	Kleine Axe des ganzen Gebäudes.	Große Axe der Arena.	Kleine Axe der Arena.
Roma				
1. Flavianum P.	187,770	155,638	85,756	53,624
2. Castrense (Canina edif. di R. a.)	52	40	38	25
Sutrium			50	40
Syracusae			70,9	40
Tarraco P.	148,12	118,89	84,45	55,22
Theveste			45—50	45—50
Thysdrus P.	139,35	119,53	77,31	57,32
Tolosa			$48\frac{3}{4}$	26
Tusculum	70	52	48	29
Utica			41	
Venusia		c. 58		
Verona P.	154,18	122,89	75,68	44,39

4. Ueber den häufigen Gebrauch berühmter Künstlernamen.*

In der bekannten Stelle bei Seneca Q. N. VII 32, 3: at quanta cura laboratur, ne cujus pantomimi n o m e n intercidat? stat per successores Pylades et Bathylli d o m u s, harum artium multi discipuli sunt multique doctores, kann, wie bemerkt (S. 286, 7) domus nicht richtig sein. Falls nicht auch hier nomen stand, muß es etwa ein Wort im Sinne von ars gewesen sein. Scaliger ad Euseb. 1995 hat nun diese Stelle so erklärt, als wären die Schüler des P. Pyladae, des B. Bathylli genannt worden; eben so Salmasius ad Scr. Hist. Aug. (L. B. 1679) II p. 829 sqq. und Lessing Abhandlung v. d. Pantomimen der Alten XI 14 (Lachmann): aber dies ist unmöglich. Abgesehen davon, daß man nach der Analogie Pyladei und Bathyllei erwarten müßte, kommen die Namen P. und B. bei Schriftstellern und Dichtern immer nur als Per=

*) Vgl. zwei Programme der hiesigen Universität (1859) de nominibus clarorum artificum frequentatis.

sonennamen vor, die (ohne Hinzufügung eines andern Namens) verschiedene unter Nero, Trajan u. s. w. lebende Pantomimen bezeichnen. Nach Scaliger's Erklärung wären es aber Gattungsnamen, zu denen immer noch ein Personenname hinzugefügt sein müßte: z. B. der Pylades P. Aelius, der Pylades L. Aurelius. Ein solcher Gebrauch findet sich nirgend. Scaliger und Salmasius, denen Orelli beistimmt, haben ihn zwar in der Inschrift Or. 2629 zu entdecken geglaubt: D. M. | CVRANTE CALOPODIO LOCATORE | THEOCRITI | AVGG. LIB. | PYLADI | PANTOMIMO | HONORATO | SPLENDIDISSIMIS | CIVITATIB. ITALIAE | ORNAMENTIS | DECVRIONALIB. ORNA | GREX | ROMANVS | oB MERITA EIVS | TITVL MEMORIAE POSVIT. Ab altera parte: SVI TEMPoRIS PRIMVS | TROADAS. A tertia IONA. Sie nahmen nämlich an, daß Theocriti verschrieben sei für Theocrito; aber offenbar ist dieser Genetiv richtig und hängt von locatore (vgl. Hdb. d. R. A. IV A. 3122) ab, und der volle Name des hier geehrten ist (Grut. 331, 1) L. Aurelius Pylades. Sodann sind Pylades und Bathyllus keineswegs die einzigen Namen, die von spätern Pantomimen angenommen oder ihnen beigelegt wurden. In der Biographie des L. Verus (c. 8) heißt es: habuit et Agrippum histrionem, cui cognomentum erat Memphi, quem et ipsum e Syria veluti tropaeum Parthicum adduxerat; quem Apolaustum nominavit; und histriones eduxit e Syria, quorum praecipuus fuit Maximinus, quem Paridis nomine nuncupavit. Es ist klar, daß, wie L. Verus diesen Tänzern die Namen berühmter Kunstgenossen beilegte, so auch die Namen Pylades und Bathyllus andern Pantomimen von ihren Herren oder Patronen, von ihren Freunden und Anhängern, um sie aufzumuntern oder zu ehren, beigelegt, oder von ihnen selbst aus Verehrung gegen ihre Vorbilder und Meister oder in dem Gefühl eigner Meisterschaft angenommen wurden: und diese Namen erhielten öfter so allgemeine Geltung, daß sie die ursprünglichen ganz verdrängten.

Zu den berühmtesten Pantomimennamen gehört Paris. Der erste uns bekannte Tänzer, der ihn führte, lebte an Nero's Hof und wurde im J. 67 hingerichtet: S. 279 f.; über seine Kunst vgl. S. 281. Der zweite unter Domitian S. 298 und Bd. I S. 90, erwähnt bei Juv. VI 87 (utque magis stupeas ludos Paridemque reliquit); Statius verkaufte ihm die Agaue S. 278, 3; Grabschrift auf ihn Martial. XI 13 S. 299. Vgl. über beide Eckstein in Ersch und Gruber's Encykl. Sect. III Th. XII S. 104. Der dritte ist der eben genannte Günstling des L. Verus

(S. 299), erwähnt von Galen (S. 285, 2). Für einen vierten muß man wol den Grut. 332 genannten halten: Athenodorus xysticus Paridi thymelico benemerenti fecit. Einen fünften nennt Liban. ed. Reiske III p. 362, 13: καὶ μὴν καὶ τὸν παρ' ἡμῖν (in Antiochia) ποτὲ λάμψαντα [καὶ], τὸν ὁμώνυμον τοῦ παλαιοῦ βουκόλου, παρ' ᾧ καὶ τοῦ κάλλους ἐκρίθησαν αἱ θεαί, σοφιστὴς Τύριος (ὃς τῇ γλώσσῃ τὰ τοῦ Ποσειδῶνος ἴσχυε, σείων τε καὶ τινάσσων ἅπαντα) τοῦτον οὕτως ἐθρήνησε κείμενον καὶ μεγαλοπρεπὲς ἐντάφιον αὐτῷ τὸν λόγον ἔδωκεν, ὥστ' οὐκ οἶδ' ὅτι ἂν ἐζήτησε μεῖζον, εἰ σοφιστὴν οἰχόμενον ἐτίμα, ὅς γε καὶ τοῦτ' αὐτὸ προσειπεῖν ἠξίωσε τὸν ὀρχηστήν.

Daß auch Memphis oder Memphius ein berühmter Pantomimenname war, darf man schon daher vermuthen, daß jener Agrippus ihn sich beilegte. Vielleicht ist es dieser Memphis, den Athen. I 20 C. τὸν ἐφ' ἡμῖν φιλόσοφον ὀρχηστὴν nennt (vgl. S. 283, 5). Ein andrer Anthol. XI 255 Pallad. 57:

Δάφνιν καὶ Νιόβην ὠρχήσατο Μέμφις ὁ σιμός,
ὡς ξύλινος Δάφνην, ὡς λίθινος Νιόβην.

Ebenso war der zweite Name des Agrippus Apolaustus berühmt. Der erste ausgezeichnete uns bekannte Tänzer, der ihn führte, war ein Freigelassener des Trajan. Grut. 331, 6: M. Ulpius Aug. lib. Apolaustus maximus pantomimorum coronatus adversus histriones et omnes scaenicos artifices XII (ein M. Ulpius Apolaustianus Or. 2598). Der zweite Apolaustus kommt mit seinem frühern Namen Memphius auf folgender Inschrift zu Rom vor (Grut. 313, 8 = Orelli 2160): Aurelio Apolausto Memphio Augg. lib. hieronicae coronato et ton diapandon Apollinis sacerdoti soli vittato archieri synodi et Augg. L. Aurelius Panniculus qui et Sabanas. Patrono optimo. Ebenso auf einer zwischen Fundi und Itrium gefundenen Inschrift Mommsen I. R. N. 4140 = Grut. 1016, 1: L. Aurelius Aipolaustus pantomimus Memfius Mercurio invicto votum solvit. Dagegen auf zwei andern Inschriften, die sein Auftreten in Städten Italiens bezeugen, heißt er nur Apolaustus. I. R. N. 652 = Murat. 659, 3 = Grut. 313, 8 = Orelli 2630 (Canusia): L. aELIO AVG. LIB. | aurELIO APOLAVSTo | PANToMIMO | augVSTALIVM QQ | agoNISTE TEMPORIS | SVI PRIMO | COLONIA AVRELIA | AVG. PIA CANVSIVM | D. D. — Orelli 2628 = Murat 659, 2. von Henzen III p. 226 bezweifelt, von Mommsen, Ber. d. S. Ges.

1849, S. 269 für richtig gehalten (Ameria): .. AVREL ... | APOLAVSTO HIERONICO BIS CORONATo | ET DIAPANTON PARASITO ET SACERDOTI APOLLINIS | AVGVST. CAPVAE MAXIMO. Am Hofe wurde er natürlich auch nur mit dem ihm von Verus ertheilten Namen genannt. Fronto epp. ad L. Ver. Aug. 12: et te si spectaveris teste revincam, Pyladem magistro suo istum tanto meliorem esse, quanto sit Apolausto similior. Und überhaupt verdrängte dieser Name wol den frühern, da es doch wol derselbe ist, von dem es vit. Commod. c. 7 heißt: Apolaustus aliique liberti aulici pariter interempti sunt (vgl. Casaub. zu dieser Stelle und Mai zu Fronto a. a. O.).

Der von Fronto genannte Pylades ist der dritte uns bekannte dieses Namens. Der zweite war ein Liebling und vermuthlich Sklave Trajan's Dio LXVIII 10: καὶ τοὺς ὀρχηστὰς ἐς τὸ θέατρον ἐπανήγαγε· καὶ γὰρ ἑνὸς αὐτῶν τοῦ Πυλάδου ἤρα. Hadrian ließ ihn frei. Grut. 331, 1: P. Aelius Aug. lib. Pylades pantomimus hieronica instituit; L. Aurelius Aug. lib. Pylades hieronica discipulus consummavit. Er war also der ebenfalls von Fronto erwähnte Lehrer des dritten Pylades, der offenbar von ihm den Namen angenommen hatte. Dieser, nach der oben angeführten Inschrift Or. 2629 Augg. lib. d. h. Freigelassener des M. Aurel und Verus, ein besonders im Ion und den Troerinnen ausgezeichneter, also tragischer Tänzer, war nach Galen. de progn. ad Postum. p. 457 ed. Bas. neben Morphus und einem dritten (wahrscheinlich Apolaustus) der berühmteste seiner Zeit. Vielleicht ist es derselbe, mit dem nach Dio LXXIII 13 Didius Julianus nach der Ermordung des Pertinax Würfel spielte; doch kann dies auch ein vierter Pylades sein. — Uebrigens ist es vielleicht nicht zufällig, daß auch der in jener Inschrift vorkommende Name Theocritus noch einmal als der eines Tänzers erscheint, der ein Günstling Caracalla's war Dio LXXVII 21.

Außer dem ersten Bathyllus (vgl. Jahn ad Pers. V 123) kennen wir nur noch einen dieses Namens, den von Juv. VI 63 als Tänzer der Leda erwähnten, der also unter Domitian lebte. (Vgl. S. 285, 5.) Diese Leda kann zu der heitern Gattung gehört haben, die der erste Bathyllus erfand, doch ist es sehr möglich, daß berühmte Namen auch von solchen Künstlern angenommen wurden, die nicht gerade in der Specialität des frühern Trägers glänzten.

Die hier nachgewiesene Sitte beschränkte sich keineswegs auf Pantomimen, sondern war unter Künstlern aller Art verbreitet. Natürlich kehren auch hier manche Namen aus keinem andern Grunde oft wieder, als weil sie gewöhnlich und beliebt waren: so Eutyches ein Wagenlenker unter Caligula S. 161, ein andrer Wagenlenker Grut. 340, 4; ein Mime L. Acilius Eutyches Orelli 2625, ein Aurelius Eutyches stupidus gregis urbani Orelli 2645. Fortunatus und Felix Gruter 342; ein M. Vipsanius Felix Gruter. 340, 3 und der von Plin. H. N. VII 186 (S. 170, 1) erwähnte Felix, sämmtlich Wagenlenker; Gladiatoren dieses Namens Gruter 334, 3. Orelli 2566. Auch solche Namen, die Künstler mit besonderer Beziehung auf ihre Kunst oder ihre Erfolge wählten, wie Lepos (Tänzer Horat. Sat. II 6, 70), Favor (archimimus Sueton. Vespas. c. 19), Crotus (choraules Martial. VI 39, 19), können eben so gut von andern Kunstgenossen angenommen worden sein, ohne daß diese dabei an jene Vorgänger dachten; so kommt in dem Mimenverzeichniß Orelli 2625 ein Petronius Favor und ein Volumnius Favorabilis vor. Wenn ferner in demselben Verzeichniß ein Aelius Hylas vorkommt, so dürfte auch diese Homonymie mit einem berühmten Pantomimen (S. 283 f.) nur auf der Häufigkeit des Namens beruhen. Dagegen der Name des Freigelassenen des Apolaustus Or. 2160 Panniculus, der doch gewiß auch ein Bühnenkünstler war, ist vielleicht entlehnt von dem unter Domitian bekannten Mimen P. (Martial. III 86. V 62), und so dürfte auch ein Aelius Latinus in jenem Verzeichniß seinen Namen von dem noch berühmtern Mimen, der Domitian's Günstling war (S. 298, 4 Bd. I 91), ein Aelius Urbicus den seinen von jenem Urbicus entlehnt haben, der bei Juv. VI 71 exodio risum movet Atellanae Gestibus Autonoes (ein secutor Urbicus S. 325). Der Citharöde Amoebeus (Athen. XIV p. 622 D.) heißt nach einem berühmten Vorgänger (St. R. E. I² s. v.); den Namen der beiden thebanischen Flötenspieler Antigenidas (vgl. ebdas. s. v.) führt ein P. Aelius Antigenidas, dessen Inschrift Minervini im Bull. dell' Inst. 1859 p. 73 herausgegeben hat: *Δόγματι βου[λῆς ἡ πόλις]* Π. *Αἴλιον Ἀντιγείδα[ν τὸν ἴδιον πο]λίτην δημαρχήσαντα* ..... *ἀρχιερέα ἱερᾶς συνόδου θυ[μελικῆς τῶν περὶ τὸν Διόνυσον] πρῶτον καὶ μόνον ἀπ' αἰῶνος νεικήσαντα [τὸ διηνεκὲς πάντας τους] ἀγῶνας οὔςπερ καὶ μόνους ἠγωνίσατο, ἄλειπτος· Ῥώμην β', Νεάπολιν γ', καὶ τὸν διὰ πάντων καὶ Ποτιόλους τὰ πρῶτα διατεθέντα ὑπὸ τοῦ Κυρίου αὐτοκράτορος Ἀντωνείνου Εὐσέβεια, καὶ ὁμοίως τὰ ἑξῆς ἔχει [δύο] (?) καὶ τὰ ἐν Νικομηδείᾳ τῇ ἑαυτοῦ πατρίδι ἐπιλεγόμενα Ἀσκληπίεια* τῷ αὐ[τῷ] ἀγῶνι πυθαύλας χοραύλας· ἐπαύσατο δὲ ἐτῶν μέ, αὐλήσας δήμῳ Ῥω[μαί]ων ἔτεσιν εἴκοσι. Die Entlehnung des Namens hat Minervini schon bemerkt, der auch einen noch spätern Flötenspieler, M. Aurelius Septimius Nemesianus Antigenides (κύκλιος αὐλητής C. I. G. 1587) anführt. Auch der unter Domitian berühmte Citharöde Glaphyrus (Martial. IV 5. Juv. VI 77) trägt wol nicht zufällig denselben Namen wie der von Antipater von Thessalonich (Epigr. 28 und 29. Anthol. ed. Jacobs II 102 sq.) mit Orpheus verglichene Flötenspieler, der vielleicht identisch ist mit dem Orelli 2633 genannten: Heriae Thisbae monodiariae Ti. Claudi choraulae Actionicae et Sebastonicae.

Auch bei den Gladiatoren wird diese Sitte bestanden haben (S. 209, 2). Manche Namen werden freilich auch ohne die Absicht der Erinnerung an einen berühmten Vorgänger wiederholt worden sein, wie Triumphus Seneca prov. 4, 4 und Lib. spect. 20, 1; Carpophorus ib. 23, 27 und Orelli 2566 (coll. Silvani; ein Tänzer dieses Namens Juv. VI 199). Dagegen der bei Horat. Sat. II 7, 97 doch wol als damals bekannter Fechter erwähnte Pacidejanus hat seinen Namen von dem Zeitgenossen des Lucilius, optumu' multo Post homines natos gladiator qui fuit unus (Cic. Tusc. quaest. IV 21 etc.).

Bekannt ist ferner, daß Aerzte häufig den Namen Asclepiades annahmen, und zwar auch als einzigen; z. B. C. I. G. 4766: Ἀσκληπιάδης ἰατρὸς λεγεῶ[νος] β. Τρα[ιανῆς] ἰσχυρᾶς p. Chr. 147 und ib. III Add. 4778 d: Ἀσκληπιάδης ἰατρός. Vgl. die (mir unbekannte) Schrift von Harless Medicorum veterum Asclepiades dictorum lustratio historica Bonn. 1828, 4, wo dreizehn, und Fabricius Biblioth. Gr. XIII p. 89 sq., wo acht Aerzte dieses Namens aufgezählt werden. Ebenso führte ein Zeitgenosse Galen's, der Arzt Antigenes, den Namen eines ältern berühmten Kollegen (St. R. E. I² S. 1108). Apulej. Apol. 461: Themison servus noster, medicinae non ignarus. Lips. El. I 18: Themisones aliquot inter primores medicos: ideo medicorum pueri amabant id nomen.

Endlich bei bildenden Künstlern ist der Gebrauch bezeugt durch die im J. 159 p. Chr. gesetzte Inschrift auf der Figur eines Affen in ägyptischem Styl: Φιδίας καὶ Ἀμμώνιος ἀμφότεροι Φιδίου ἐποίουν (Brunn, Künstlergeschichte I 610 f.). Auch folgende Wiederholungen bekannter Namen werden vielleicht nicht zufällig sein: Leochares (machte die Statue eines M. Antonius, Sohn des Anaxion zu Athen a. a. O. I 555), Cephisodorus (machte die Statue eines P. Cornelius Scipio, vielleicht des Consuls vom J. 737 u. c. ebdas.), vielleicht auch Praxiteles ebdas. Nach solchen Analogieen zweifle ich auch nicht, daß der Dekurio und Duumvir Q. Lollius Alcamenes, der auf dem Relief Zoega Bassir. ant. I 23 eine Büste in der Hand hält, wo nicht ein Künstler, so doch ein Dilettant war.

5. Ueber die Wettkämpfe im Capitolinischen Agon.*

Als Sueton seine Kaiserbiographieen schrieb, d. h. im J. 120, waren mehrere der anfangs veranstalteten Wettkämpfe bereits eingegangen, namentlich (Sueton. Domit. c. 4):

Der Wettkampf in griechischer und
= = = lateinischer Beredsamkeit. Hier war das Lob des Capitolinischen Jupiter ein stehender Gegenstand gewesen Quintilian. III 7, 4; Palfurius Sura hatte einmal den Preis erhalten Sueton. Domit. c. 13.

Der Wettkampf im Spiel der Chorcither (der Chorocitharistae).

Der Wettkampf im Citherspiel ohne Begleitung (der Psilocitharistae).

Der Wettlauf der Jungfrauen.

Es bestand fort:

Der Wettkampf in griechischer Poesie. Zu diesem wollte der Dichter Diodorus im J. 94 (vgl. De temporib. epigr. Martialis. Acad. Alb. 1862 I p. 12) von Alexandria nach Rom reisen Martial. IX 40.

Der Wettkampf in lateinischer Poesie. Im J. 86 scheint den Preis erhalten zu haben der von Martial. IV 54 (a. a. O. p. 8) besungene Collinus; vgl. auch Morcelli de agone Cap. p. 21. Im J. 90 fiel wahrscheinlich Statius durch, a. a. O. S. 16; was Imhof

*) Vgl. Ind. lect. acad. Alb. Regim. 1862 V.

Statii ecloga ad uxorem p. 17 zum Beweise dafür anführt, daß es im J. 94 gewesen sei, finde ich nicht überzeugend. Auch der Rhetor P. Annius Florus ist in einem der drei ersten Agonen durchgefallen. Er sagt, die Zuhörer hätten für ihn einmüthig den Preis verlangt, invito quidem Caesare et resistente, non quod sibi puero invideret, sed ne Africa coronam magni Jovis attingeret (P. Anni Flori fragm. in Jahn ed. Juli Flori p. XLI). Falls er mit seinem Gedicht über den dacischen Triumph um den Preis rang (s. ebdas.), so braucht dies nicht, wie Jahn will (p. LXV), der Trajan's (101) gewesen zu sein, da auch Domitian (Ende 90) über Dacien triumphirte; das Gedicht kann 90 (kurz vor dem Triumph) oder 94 gemacht sein. Im J. 110 erhielt den Preis für lateinische Poesie der dreizehnjährige L. Valerius Pudens aus Histonium nach einstimmigem Richterspruch: Mommsen I. R. N. 5252.

Gesang. Inschrift eines Aurelius Charmus aus Philadelphia C. I. G. 3425: *ᾠδὸν παράδοξον, περιοδονείκην στεφανωθέντα ἱεροὺς ἀγῶνας τοὺς ἀπὸ τῆς οἰκουμένης πάντας ἀπὸ Καπετωλείων ἕως Ἀντιοχείας τῆς Συρίας.*

Citharödik. Juv. VI 387:

> Janum Vestamque rogabat,
> an Capitolinam deberet Pollio quercum
> sperare et fidibus promittere.

Vgl. über Pollio Martial. IV 61, 9.

Flötenspiel. Denkmal eines Pythaules aus Nicomedia, der *ἐν Ῥώμῃ Καπετώλεια πυθαύλας* den Preis erhielt. C. I. G. 1720. Vgl. die S. 311, 3 angeführten Denkmäler. Nach Minervini wäre auch in der Inschrift des Antigenides (S. 391) *Ῥώμην β'* auf den Capitolinischen Wettkampf zu beziehen. Es muß aber dahingestellt bleiben, ob die in Inschriften griechischer Musiker und Athleten nicht seltene Angabe, daß sie „zu Rom" gesiegt haben, immer diesen Sinn hat. Wenn in einer Inschrift an der Appischen Straße C. I. G. 5919 die Worte *Ῥώμην τραγῳδούς* wirklich, wie dort berichtet wird, in einen Lorbeerkranz eingeschlossen sind, so wäre die Deutung auf den Capitolinischen Agon, in dem ja Oliven- und Eichenlaubkränze ertheilt wurden, unzulässig.

Scenische Aufführungen und Vorträge. In der Inschrift C. I. G. IV 6829 aus der Zeit von 198—210 kommt vor: *Καπετωλιονείκου παραδόξου — Ἐφεσίου κωμῳδοῦ.* Artemidor.

Oniroer. IV 33: Ἡρακλείδης ὁ Θυατηρηνὸς ὁ τραγῳδὸς μέλλων ἀγωνίζεσθαι ἐν Ῥώμῃ τὸν τῶν τραγῳδῶν ἀγῶνα —? Möglich ist, daß (wie Morcelli glaubte sull' agone Cap. p. 16) auch die in Inschriften von Pantomimen vorkommenden Ausdrücke coronatus contra omnes scenicos, hieronica coronatus, (in urbe coronato Orelli 2627) auf den Capitolinischen Agon zu beziehen sind.

Gymnische Wettkämpfe: wie sich nach den zufällig erhaltenen Zeugnissen mit Sicherheit annehmen läßt, alle in den heiligen Spielen in Griechenland übliche, und zwar sowohl für Knaben als für Männer.

Dauerlauf. C. I. G. 2682 Inschrift des T. Flavius Metrobius aus Jasos, welcher den Sieg errang τὴν περίοδον ἀνδρῶν δόλιχον. Ἰασέων πρῶτος καὶ τὰ ἐν Ῥώμῃ Καπετώλεια πρῶτος ἀνθρώπων (86 p. Chr.).

Faustkampf. C. I. G. 237 Inschrift eines Faustkämpfers aus Apamea.

Ringkampf. Dio LXXIX 10: Αὐρήλιος Ἄλιξ ὁ ἀθλητής — τοσοῦτον τοὺς ἀνταγωνιστὰς ὑπερῆρεν, ὥστε πάλην τε ἅμα καὶ παγκράτιον ἐν τῇ Ὀλυμπίᾳ ἀγωνίσασθαι ἐθελῆσαι, κἂν τοῖς Καπετωλείοις καὶ ἄμφω νικῆσαι, — ὃ μηδεὶς ἄλλος ἐπεποιήκει (218 p. Chr.).

Pankration. C. I. G. 5806. T. Flavius Artemidorus von Adana siegte τὸν ἀγῶνα τῶν μεγάλων Καπετωλείων τὸν πρώτως ἀχθέντα ἀνδρῶν παγκράτιον (86 p. Chr.).

Ib. 5804. T. Flavius Archibius aus Alexandria: τὰ μεγάλα Καπετώλεια τὴν τρί[την Ὀλυμπιάδα] ἀγενείων παγκράτιον στεφανωθέντα, κα[ὶ τὴν τετάρτην] ἀνδρῶν παγκράτιον νικήσαντα καὶ τὴν πέμπτην ἀνδρῶν παγκράτιον στεφανωθέντα καὶ τὴν ἕκτην ὁ[μοίως ἀνδρῶν] παγκράτιον στεφανωθέντα πρῶτον ἀνθρώπων. (94, 98, 102, 106 p. Chr.).

Ib. 3674. M. Aurelius Corus aus Kyzikos siegt Ῥώμην Καπετώλεια ἀγενείων παγκράτιον (vielleicht 166 p. Chr.).

Ib. 5913. M. Aurelius Asklepiades, wie es scheint aus Hermopolis in Aegypten, ein sehr berühmter Pankratiast, siegte (Z. 21) Καπετώλεια ἐν Ῥώμῃ δίς, τὸ δεύτερον μετὰ πρῶτον κλῆρον στήσας τοὺς ἀνταγωνιστάς (?) (178 u. 182 p. Chr.).

Ib. 2180 b. Ein Aelius Aurelius (der Zuname fehlt) aus Aphro=

disias, siegte Ῥώμην Καπετώλεια Ὀλύμπια ἀνδρῶν παγκράτιον πρῶτος Ἀφροδεισιέων.

Artemidor. Onirocr. IV 42 Μένιππος ὁ Μάγνης οὐ πρὸ πολλοῦ τοῦ ἐν Ῥώμῃ ἀγῶνος, ἔδοξε παγκρατιάζοντος αὐτοῦ νύκτα γενέσθαι· οὐ μόνον ἐλείφθη τὸν ἐν Ῥώμῃ ἀγῶνα, ἀλλὰ καὶ πληγεὶς τὴν χεῖρα ἀπώλεσεν.

In der Inschrift eines Siegers aus Megara C. I. G. 1068, der dreimal im Capitolinischen Agon siegte, ist der Wettkampf nicht angeben.

Alle in Inschriften genannten Athleten sind römische Bürger, vielleicht erhielten die Capitolinischen Sieger regelmäßig das Bürgerrecht.

Wagenrennen. Orelli 2593. Inschrift eines Wagenlenkers P. Aelius Gutta Calpurnianus: — — — In factione Veneta vici — sacro quinquennalis certaminis I.

Druckfehler.

S. 5	Z. 18	v. oben:	statt	Räumte	lies:	Ströme.
„ 32	A. 1		„	Nach	„	Noch.
„ 42	Z. 16	„ „	„	wagen	„	wagten.
„ 46	„ 1	„ „	„	Anzio	„	Antium.
„ 60	„ 5	„ „	„	Ilion	„	Ilium.
„ 71	„ 8	„ „	„	Säulen	„	Säälen.
„ 101	„ 9	„ unten	„	aufsteigt	„	aufstieg.
„ 178	„ 9	„ oben	„	waren	„	war.
„ 187	„ 16	„ „	„	wo	„	wobei.
197	„ 3	„ „	nach	gewiß	fehlt	nicht.
„ 233	„ 11	„ „	statt	Salirus	lies:	Selurus.

Register.

(Die Hauptzahl bezeichnet die Seite, die zweite, wo sie hinzugefügt ist, die Anmerkung.)

CPSIA information can be obtained
at www.ICGtesting.com
Printed in the USA
LVHW040411200422
716646LV00005B/177

9 783752 596540